LA MÉMOIRE DANS LA PEAU

*Robert Ludlum est né en 1927 à New York. Après des études univer-
sitaires, il se met à écrire des romans d'action, riches en suspense. Les
Américains le considèrent comme un maître du genre ; ses livres, aux
U.S.A., totalisent un tirage de plus de seize millions d'exemplaires.*

Trois balles sont tirées sur un homme cramponné au bastingage
d'un bateau. A la quatrième, il bascule dans la Méditerranée, le
crâne ouvert. Il survivra grâce aux soins d'un médecin anglais de
l'île de Port Noir, mais il est devenu amnésique. Ses seuls points de
repère : il est polyglotte, son visage a subi d'innombrables opérations de chirurgie esthétique, et ses yeux peuvent changer de
couleur. Le caméléon parfait ! Un seul renseignement précis est
découvert, collé sous la peau, au-dessus de sa hanche droite, un
minuscule négatif révélant le nom et l'adresse d'une banque à
Zurich : un numéro de compte et sa signature.

Commence alors pour Bourne la quête de son identité. A Zurich, à
l'intérieur de la banque, des tueurs le prennent en chasse, le ratent,
le poursuivent à son hôtel, le ratent encore. Sa seule chance de
survie, tuer lui aussi, et il sait comment, visiblement. Qui se cache
derrière la Treadstone Company et pourquoi lui a-t-on versé cinq
millions de dollars ? Pour se protéger dans sa cavale, il contraint
une femme à le suivre. Complice dorénavant de l'homme à abattre,
Marie Saint-Jacques va être violée puis exécutée sur les quais
quand Jason Bourne la sauve au risque de sa propre vie. Jason
Bourne est-il un tueur sans scrupule ? Marie refuse de le croire et
lui offre son amour, son intelligence aiguë et ses relations. Elle sera
l'appui inébranlable de cet homme dont le cadavre est réclamé par
Carlos. Un ordre hante la mémoire de Jason : « Trouver Carlos,
prendre Carlos, Caïn est pour Charlie et Delta est pour Caïn. » Le
terroriste de l'Europe, l'assassin d'une cinquantaine d'hommes
politiques, est à ses trousses, Jason le sait, mais d'autres aussi au
profil indéterminé. Cet homme fragile, puisque sans mémoire,
affronte les agents de renseignement américains, les anciens de
Méduse, groupe d'action sanglant qui s'était infiltré au Nord-
Vietnam, et les messagers de Carlos, obéissant partout aveuglément à leur chef.

Le rythme de cette chasse à l'homme ne se ralentit pas une seule
fois, de la première à la dernière page. A l'angoisse de la mort qui
le guette s'ajoute celle de la culpabilité. Jason Bourne doit savoir s'il
est un tueur professionnel et au service de qui. Un chef-d'œuvre de
suspense et d'action qui excite à la fois les nerfs et l'intelligence du
lecteur. Le thriller parfait.

Paru dans Le Livre de Poche :

ROBERT LUDLUM

La Mémoire dans la peau

ROMAN

TRADUIT DE L'AMÉRICAIN
PAR JEAN ROSENTHAL

LAFFONT

Titre original :

THE BOURNE IDENTITY

Pour Glynis,

cet être de lumière que nous adorons tous.
Avec notre affection
et notre profond respect.

Préface

New York Times

Vendredi 11 juillet 1975

DES DIPLOMATES SERAIENT EN RAPPORT AVEC LE TERRORISTE EN FUITE CONNU SOUS LE NOM DE CARLOS

Paris, 10 juillet. — La France a expulsé aujourd'hui trois diplomates cubains de haut rang dans le cadre des recherches menées sur un plan international pour retrouver un nommé Carlos, que l'on croit être un maillon important d'un réseau terroriste international.

Le suspect, dont le véritable nom est Ilich Ramirez Sanchez, est recherché pour les meurtres de deux agents du contre-espionnage français et d'un informateur libanais, commis dans un appartement du Quartier latin, le 27 juin.

Les trois meurtres ont conduit la police française et leurs collègues britanniques sur ce qu'ils estiment être la piste d'un vaste réseau d'agents terroristes. Au cours des perquisitions qui ont suivi, les policiers français et britanniques ont découvert d'importantes caches d'armes reliant Carlos aux principaux mouvements terroristes d'Allemagne de l'Ouest, ce qui les a amenés à déduire que de nombreux actes de terrorisme perpétrés à travers l'Europe seraient en étroite relation.

Carlos aurait été vu à Londres

Depuis lors, Carlos aurait été vu à Londres et à Beyrouth, au Liban.

Associated Press
Lundi 7 juillet 1975
Dépêche d'agence

VASTE COUP DE FILET
POUR RETROUVER L'ASSASSIN

Londres (A.P.). — Des armes et des filles, grenades et costumes sur mesure, un portefeuille bien garni, des billets d'avion pour des lieux de rêve, de somptueux appartements dans une demi-douzaine de capitales : tel est le portrait qui se dessine d'un assassin de l'époque des Jets recherché dans le cadre d'une chasse à l'homme internationale.

Tout a commencé quand l'homme a ouvert la porte de son pied-à-terre parisien et abattu deux agents du contre-espionnage français ainsi qu'un informateur libanais. A la suite de cette affaire quatre femmes, accusées de complicité avec l'assassin, se sont retrouvées sous les verrous dans deux capitales. L'auteur de ce triple meurtre a disparu et se trouverait au Liban, estime la police française.

Ces derniers jours, à Londres, ceux qui l'ont rencontré l'ont décrit aux journalistes comme étant bel homme, courtois, bien élevé, riche et élégamment vêtu.

Cependant, ses complices sont des hommes et des femmes considérés comme les plus dangereux du monde. On le dit lié avec l'Armée rouge japonaise, l'Organisation pour la lutte armée arabe, la bande Baader-Meinhof en Allemagne de l'Ouest, le Front de libération du Québec, le Front de libération populaire turc, les Séparatistes français d'Espagne et l'aile provisoire de l'Armée républicaine irlandaise.

Dans le sillage de l'assassin — à Paris, à La Haye, à Berlin-Ouest — des bombes ont éclaté, des coups de feu ont été tirés et il y a eu des enlèvements.

Une chance s'est présentée à la police parisienne lorsqu'un terroriste libanais a craqué au cours de son interrogatoire et a conduit deux agents du contre-espionnage français jusqu'à la porte de l'assassin à Paris, le 27 juin. Il les a abattus tous trois et s'est échappé. La police a découvert des armes et des carnets contenant « des listes d'exécutions » de personnalités en vue.

L'*Observer* de Londres affirmait hier que la police recherchait le fils d'un avocat communiste vénézuélien pour l'interroger au sujet du triple meurtre. Scotland Yard a déclaré : « Nous ne démentons pas », mais a ajouté que, pour l'instant, aucune charge n'avait été retenue contre cet homme et qu'on voulait seulement l'interroger.

L'*Observer* a identifié le fugitif recherché comme étant Ilich Ramirez Sanchez, de Caracas. Son nom, affirmait le quotidien britannique, figurait sur l'un des quatre passeports découverts par la police française lors de la perquisition dans l'appartement parisien où ont eu lieu les meurtres.

Le journal ajoutait que Ilich a été prénommé ainsi en mémoire de Vladimir Ilitch Lénine, fondateur de l'État soviétique, qu'il a fait ses études à Moscou et parle couramment le russe.

A Caracas, un porte-parole du Parti communiste vénézuélien a déclaré que Ilich est le fils d'un avocat marxiste septuagénaire habitant à sept cents kilomètres à l'ouest de Caracas, mais que « ni le père ni le fils ne sont inscrits au Parti ». Il a en outre déclaré aux journalistes qu'il ne savait pas où se trouvait actuellement Ilich.

LIVRE PREMIER

1

Le chalutier plongeait dans les creux redoutables de la mer sombre et déchaînée comme un animal essayant désespérément de fuir un marécage. Les vagues s'élevaient à des hauteurs gigantesques, leur masse venant s'écraser sur la coque avec une force effrayante ; dans le ciel nocturne la pluie blanche des embruns déferlait sur le pont sous la force du vent. Partout on percevait les bruits des objets qui souffrent, du bois forçant contre le bois, des cordages qui frottaient, tendus à se rompre. L'animal se mourait.

De soudaines explosions percèrent les grondements de la mer, les hurlements du vent et les cris de douleur du navire. Elles provenaient de la cabine mal éclairée qui s'élevait et retombait au gré des vagues. Un homme se précipita par la porte, empoigna le bastingage d'une main, l'autre crispée sur son ventre.

Un autre homme suivait, prudent, mais visiblement résolu. Il se cala dans l'encadrement de la porte, braqua sur l'autre un pistolet et fit feu encore une fois. Et encore une fois.

L'homme cramponné au bastingage, courbé en arrière sous l'impact de la quatrième balle, porta les deux mains à sa tête. La proue du chalutier plongea soudain en une vallée creusée entre deux lames géantes, projetant en l'air le blessé ; il bascula sur la gauche, incapable de retirer ses mains de sa tête. Le bateau se redressa, l'avant pointant hors de l'eau, et l'homme qui se trouvait sur le seuil fut précipité à l'intérieur de la cabine, tandis qu'une cinquième balle allait se perdre dans le ciel. Le blessé hurlait, ses mains battant l'air pour s'accrocher à n'importe quoi, les yeux aveuglés par le sang, par les rafales d'embruns. Il n'y avait rien à quoi il pouvait se cramponner, ses mains ne rencontraient que le vide ; ses jambes se dérobèrent sous lui tandis que son corps plongeait en avant. Le bateau roula violemment sous le vent et l'homme, qui avait le crâne ouvert, plongea par-dessus bord dans les ténèbres déchaînées, tout en bas.

Il sentit l'eau glacée qui l'enveloppait, l'avalait, l'aspirait vers le fond, le faisait tournoyer, puis le rejetait à la surface, pour lui laisser tout juste le temps d'une goulée d'air. Un bref halètement et il replongeait.

Il y avait la chaleur, une chaleur étrange et moite à la tempe qui le brûlait à travers l'eau glacée qui ne cessait de l'engloutir, un feu où, là, aucun feu n'aurait dû brûler. Il y avait la glace aussi, une palpitation glaciale dans son ventre, dans ses jambes et sa poitrine. Ces sensations, il les éprouvait à la fois en même temps qu'il sentait la panique l'envahir. Il croyait voir son propre corps se tordre et tournoyer, ses bras et ses pieds luttant frénétiquement contre l'aspiration du tourbillon. Il sentait, il percevait, il voyait son affolement et sa lutte — bizarrement, en même temps, il y avait aussi la paix. C'était le calme de l'observateur, de l'observateur détaché, séparé des événements, qui en avait conscience mais qui ne les subissait pas vraiment.

Une autre forme de peur se répandit alors en lui, perçant à travers la chaleur ou la glace. Pas question de se laisser aller à la paix ! Pas encore ! Quelque chose allait arriver d'une seconde à l'autre maintenant ; il ne savait pas très bien quoi, mais quelque chose. Il devait être là à ce moment !

Il donna de furieux coups de pied, ses mains griffant les énormes murs d'eau au-dessus de lui. La poitrine en feu, il émergea à la surface, se débattant pour rester à la crête des lames noires. Monte ! Monte !

Une vague monstrueuse vint l'aider ; il en chevauchait la crête, cerné par des poches d'écume et de ténèbres. Rien. Tourne ! Tourne-toi !

Ce fut alors que cela arriva. L'explosion fut formidable ; il l'entendit à travers le fracas des eaux et du vent, et ce qu'il vit et entendit était comme un seuil qui conduisait à la paix. Le ciel s'embrasa comme un diadème étincelant et, à l'intérieur de cette couronne de feu, des objets de toutes formes et de toutes tailles traversèrent l'embrasement pour replonger dans les ténèbres.

Il avait gagné. Il ne savait pas comment, mais il avait gagné.

Brusquement, il replongeait, il replongeait dans les abysses. Il sentait le déferlement des eaux s'abattre sur ses épaules, rafraîchissant cette brûlure douloureuse à sa tempe, combattant le froid glacial qui lui mordait le ventre et les jambes et... oh ! sa poitrine. Quelle souffrance ! Quelque chose l'avait frappé — un coup stupéfiant, brutal et intolérable. Et ça recommença ! *Laissez-moi tranquille. Donnez-moi la paix.*

Et encore !

Ses mains de nouveau griffèrent l'eau, ses pieds battirent les vagues... Et tout d'un coup il sentit quelque chose. Un objet lourd et huileux qui suivait les mouvements de la mer. Il n'aurait pu dire ce que c'était, mais l'objet était là, il le sentait, il le tenait.

Tiens bon ! Cela va te conduire à la paix. Au silence des ténèbres... Et à la paix.

Les rayons du soleil matinal percèrent les brumes à l'horizon de l'est, faisant étinceler bientôt les eaux calmes de la Méditerranée. Le patron du petit bateau de pêche, les yeux injectés de sang, les mains déchirées à force d'avoir tiré sur des cordes, était assis sur le plat-bord arrière à fumer une Gauloise, et promenait un œil reconnaissant sur la mer toute lisse. Il jeta un coup d'œil vers la porte arrière de la timonerie ; son frère cadet remettait un peu de gaz pour rattraper leur retard, tandis qu'un matelot, qui à lui seul complétait tout l'équipage, vérifiait un filet quelques mètres plus loin. Ils riaient et c'était bien : il n'y avait guère eu d'occasion de rire la nuit dernière. D'où la tempête était-elle venue ? Les bulletins météo en provenance de Marseille n'avaient rien annoncé ; sinon il serait resté à proximité de la côte. Il voulait atteindre à l'aube les lieux de pêche à quatre-vingts kilomètres au sud de La Seyne-sur-Mer, mais pas au prix de réparations coûteuses et, de nos jours, quelles réparations n'étaient pas coûteuses ?

Ni au prix de sa vie : la nuit dernière il y avait eu des moments où la question s'était posée.

« *Tu es fatigué, hein, mon frère ?* lui cria son frère en souriant. *Va te coucher maintenant. Laisse-moi faire.*

— *D'accord*, répondit-il, jetant sa cigarette par-dessus bord et se laissant glisser sur le pont jusqu'à un amas de filets. Un petit somme ne me fera pas de mal. »

Il était bon d'avoir un frère à la barre. Sur un bateau de famille, le pilote devrait toujours être un membre de la famille ; l'œil était plus aigu. Même un frère qui parlait avec les beaux mots d'un homme instruit et contrastant avec son langage grossier à lui. C'était dingue ! Un an d'université et voilà que son frère voulait fonder une compagnie. Avec un unique bateau qui voilà bien des années avait connu des jours meilleurs. Dingue. A quoi lui avaient servi ses livres la nuit dernière ? Quand sa compagnie était sur le point de chavirer.

Il ferma les yeux, laissant ses mains tremper dans

l'eau qui roulait encore sur le pont. Le sel ferait du bien aux meurtrissures laissées par les cordages. Les cordages qui dans la tempête ne voulaient pas rester en place.

« Regarde ! Là-bas ! »

C'était son frère ; il semblait qu'on ne voulait pas le laisser dormir.

« Qu'est-ce que c'est ? cria-t-il.

— Par bâbord devant ! Il y a un homme dans l'eau ! Il se cramponne à quelque chose ! Un bout de bois, une planche. »

Le patron prit la barre, amenant le bateau à la droite de la silhouette dans l'eau, coupant les moteurs pour diminuer les remous. On aurait dit que le moindre mouvement allait faire lâcher prise à l'homme cramponné au bout de bois ; ses mains, crispées dessus comme des serres, étaient blanches dans l'effort, mais le reste de son corps flottait mollement ; on aurait dit un noyé.

« Bouclez les cordes ! cria le patron à son frère et au matelot. Faites-les passer autour de ses jambes. Doucement maintenant ! Remontez jusqu'à la taille. Tirez en douceur.

— Ses mains ne veulent pas lâcher la planche !

— Penche-toi ! Dégagez-les ! Elles se sont peut-être crispées comme ça dans la mort.

— Non. Il est vivant... mais tout juste, je crois. Ses lèvres remuent, on n'entend rien. Ses yeux aussi, mais je ne crois pas qu'il nous voie.

— Ça y est, les mains sont libres !

— Soulevez-le. Prenez-le par les épaules et hissez-le. Doucement, doucement !

— Sainte Mère de Dieu, regarde sa tête ! cria le matelot. Il a le crâne fendu.

— Il a dû se cogner dans la tempête, dit le frère.

— Non, déclara le patron en examinant la blessure. C'est net comme un coup de rasoir. Une blessure par balle, on lui a tiré dessus.

— Tu ne peux pas en être sûr.

« — Il a été touché en plusieurs endroits, ajouta le patron, son regard courant sur le corps inerte. On va mettre le cap sur l'île de Port-Noir ; c'est la terre la plus proche. Il y a un docteur sur les quais.

— L'Anglais ?

— Il exerce encore ?

— Quand il en est capable, dit le frère du patron. Quand il a cuvé. Il a plus de succès avec ses clients animaux qu'avec ses clients humains.

— Ça n'a pas d'importance. Le temps qu'on y arrive, c'est un cadavre qu'on aura sur les bras. Si par hasard il vit, je lui facturerai le supplément d'essence et ce qu'on aura pu manquer comme prise. Passe-moi la trousse : à tout hasard on va lui panser la tête.

— Regardez ! cria le matelot. Regardez ses yeux.

— Qu'est-ce qu'ils ont ? demanda le frère.

— Il y a un moment ils étaient gris... aussi gris que des câbles d'acier. Voilà maintenant qu'ils sont bleus !

— Le soleil éclaire mieux, dit le patron en haussant les épaules. Ou alors c'est la lumière qui joue des tours, peu importe, il n'y a pas de couleur dans la tombe. »

Les sifflets intermittents des bateaux de pêche se mêlaient aux cris incessants des mouettes : c'était le fond sonore sur les quais. On était en fin d'après-midi, le soleil semblait une boule de feu à l'ouest, l'air était calme et trop humide, trop chaud. Derrière les jetées et face au port s'amorçait une rue pavée, et quelques maisons blanches à la peinture pelée, séparées par des herbes trop hautes, jaillissaient de la terre desséchée et du sable. Ce qui restait des vérandas n'était que treillages rafistolés et écaillés soutenus par des piliers enfoncés à la hâte. Toutes ces résidences avaient connu des temps meilleurs voilà quelques décennies, lorsque leurs occupants avaient commis l'erreur de croire que l'île de Port-Noir allait sans doute devenir une nouvelle station à la mode de la Méditerranée. Cela n'arriva jamais.

Toutes les maisons avaient une allée jusqu'à la rue,

mais la dernière de la rangée possédait un chemin manifestement plus piétiné que les autres. Elle appartenait à un Anglais qui était arrivé à Port-Noir huit ans plus tôt dans des circonstances que personne ne connaissait et qui n'intéressaient personne non plus ; il était médecin et Port-Noir en avait besoin d'un. Les crochets, les aiguilles et les couteaux constituaient des moyens d'existence tout autant que des instruments bien dangereux à manier. Si on voyait le toubib dans un bon jour, les sutures n'étaient pas trop mal faites. En revanche, s'il sentait trop fort le vin ou le whisky, on prenait ses risques.

Tant pis ! C'était mieux que rien.

Mais pas aujourd'hui ; personne ce jour-là n'empruntait l'allée. C'était dimanche et personne n'ignorait que tous les samedis soir le docteur titubait, complètement ivre, dans le village, avant de terminer la soirée avec la première putain disponible. Bien sûr, on savait aussi que ces derniers samedis il y avait eu un changement dans l'emploi du temps du docteur : on ne l'avait pas vu au village. Pourtant, rien n'avait tellement changé : on envoyait toujours régulièrement au docteur des bouteilles de scotch. Simplement il restait chez lui : c'était comme ça depuis que le bateau de pêche de La Ciotat avait amené l'inconnu qui était plus un cadavre qu'un homme.

Le docteur Geoffrey Washburn s'éveilla en sursaut, son menton enfoncé au creux de son épaule lui ramenant aux narines l'odeur de son haleine, et elle n'avait rien d'agréable. Il clignota, cherchant à s'orienter, et jeta un coup d'œil à la porte ouverte de la chambre. Avait-il été interrompu dans son sommeil par un autre monologue incohérent de son patient ? Non ; il n'y avait pas un bruit. Même les mouettes, dehors, étaient miraculeusement tranquilles. C'était jour férié à l'île de Port-Noir, pas un bateau ne rentrait au port pour tenter les oiseaux avec leurs prises.

Washburn contempla le verre vide et la bouteille de whisky à demi pleine, sur la table, auprès de son fauteuil. Les choses s'amélioraient : un dimanche normal, les deux maintenant seraient vides, les épreuves de la nuit précédente englouties dans le scotch. Il sourit tout seul, bénissant une fois de plus sa sœur aînée de Coventry qui, grâce à sa pension, rendait possible ces achats mensuels d'alcool. C'était une brave fille, Bess, et Dieu sait qu'elle pouvait se permettre fichtrement plus que ce qu'elle lui envoyait, mais il lui était quand même reconnaissant de ce qu'elle faisait. Un jour elle s'arrêterait, l'argent n'arriverait plus et ce serait dans le vin le meilleur marché qu'il lui faudrait chercher l'oubli jusqu'au moment où il n'y aurait plus aucune souffrance. Plus du tout.

Il en était arrivé à accepter cette éventualité... jusqu'à l'instant où, trois semaines et cinq jours plus tôt, cet étranger à demi mort avait été arraché à la mer et déposé devant sa porte par des pêcheurs qui n'avaient pas pris la peine de se présenter. Ils avaient agi par charité, ils ne voulaient pas d'histoire. Dieu comprendrait : l'homme avait été blessé par balle.

Ce que les pêcheurs ne savaient pas, c'était qu'il n'y avait pas que des balles à avoir atteint le corps de l'homme. Et son esprit.

Le docteur extirpa du fauteuil sa grande carcasse et s'approcha d'un pas incertain de la fenêtre qui donnait sur le port.

Il abaissa la jalousie, fermant les yeux pour se protéger du soleil, puis clignota entre les lamelles pour observer ce qui se passait dans la rue, en bas, et pour découvrir notamment les raisons du ferraillement qu'il entendait. C'était une voiture tirée par un cheval, une famille de pêcheurs qui allait faire sa sortie dominicale. Y avait-il un autre endroit où l'on pouvait voir un pareil spectacle ? Puis se souvenant des attelages et des chevaux bien pansés qui passaient dans Regent Park à Londres, avec leur chargement de touristes pendant les mois d'été, il éclata de rire à cette comparaison. Mais son rire fut bref, et vite remplacé par quelque chose qui aurait été impensable trois semaines plus tôt. Il avait renoncé à tout espoir de revoir l'Angleterre, mais peut-être cela allait-il changer maintenant. Grâce à l'étranger.

A moins que son pronostic ne fût erroné, cela devait arriver d'un jour à l'autre, d'une heure, d'une minute à l'autre. Les blessures aux jambes, au ventre et à la poitrine étaient profondes et sérieuses, et auraient pu être fatales sans le fait que les balles étaient restées là où elles s'étaient logées, et qu'il y avait eu cautérisation et asepsie continues grâce à l'eau de mer. Leur extraction n'était absolument pas aussi dangereuse que cela aurait pu l'être, les tissus étant préparés, adoucis, stérilisés et n'attendant plus que le bistouri. Le vrai problème, c'était la blessure au crâne. Non seulement il y avait pénétration sous-cutanée, mais les régions fibreuses du thalamus et du cortex cérébral semblaient avoir été touchées. Si la balle avait dévié de quelques millimètres d'un côté ou de l'autre, les fonctions vitales auraient cessé ; elles n'avaient pas été atteintes et Washburn avait pris une décision. Il s'était mis au régime sec pendant trente-six heures, absorbant autant de féculents et d'eau que c'était humainement possible. Il pratiqua alors l'opération la plus délicate qu'il eût jamais tentée depuis le jour où on l'avait congédié de l'hôpital Macleans à Londres. Millimètre par millimètre, il avait minutieusement lavé au pinceau les régions fibreuses, puis retendu et suturé la peau au-dessus de la plaie crânienne, sachant que la moindre erreur avec le pinceau, l'aiguille ou la pince provoquerait la mort du patient.

Et il ne voulait pas la mort de ce patient inconnu pour un certain nombre de raisons. Mais surtout pour une.

Lorsque ce fut terminé, voyant que les signes vitaux étaient demeurés constants, le docteur Geoffrey Washburn revint à son support chimique et psychologique : sa bouteille. Il s'était enivré et était resté ivre, mais il savait exactement, et à tout moment, où il en était et ce qu'il faisait. C'était assurément une amélioration.

D'un jour à l'autre, n'importe quand, l'étranger allait ouvrir les yeux et des mots intelligibles allaient franchir ses lèvres.

D'un instant à l'autre.

Ce furent les mots qui vinrent les premiers. Ils se mirent à flotter dans l'air alors que la brise du petit matin venant de la mer rafraîchissait la pièce.

« Qui est là ? Qui est dans cette chambre ? »

Washburn se redressa sur son lit de camp, bascula sans bruit les jambes sur le côté et se mit debout avec lenteur. Il était essentiel d'éviter toute note discordante, tout bruit soudain, tout geste brusque qui risquerait, en effrayant le patient, de le replonger dans une régression psychologique. Les quelques minutes suivantes allaient être aussi délicates que l'opération chirurgicale à laquelle il avait procédé ; le médecin qui subsistait en lui était préparé à cet instant.

« Un ami, fit-il d'une voix douce.

— Ami ?

— Vous parlez anglais. Je m'y attendais. Américain ou Canadien, c'est ce que je pensais. Vos travaux dentaires n'ont pas été faits en Angleterre ni à Paris. Comment vous sentez-vous ?

— Je ne sais pas trop.

— Ça va prendre un moment. Avez-vous besoin de vous soulager les intestins ?

— Quoi ?

— Vous allez chier, mon vieux. C'est à ça que sert le bassin à côté de vous. Le blanc à votre gauche. Quand nous le prenons à temps, bien sûr.

— Je suis désolé.

— Il n'y a pas de quoi. C'est une fonction parfaitement naturelle. Je suis médecin, votre médecin. Je m'appelle Geoffrey Washburn. Et vous ?

— Quoi ?

— Je vous ai demandé quel était votre nom. »

L'étranger remua la tête et contempla le mur blanc strié des rayons du soleil matinal. Puis il se retourna, ses yeux bleus fixant le docteur. « Je ne sais pas. Oh ! mon Dieu. »

« Je vous l'ai dit et répété. Ça va prendre du temps. Plus vous vous débattrez, plus vous vous crucifierez, pire ce sera.

— Vous êtes ivre.

— En général. Peu importe d'ailleurs. Mais je peux vous donner des indices, si vous voulez écouter.

— J'ai écouté.

— Pas du tout ; vous vous détournez. Vous vous blottissez dans votre cocon et vous rabattez la couverture sur votre esprit. Prêtez-moi l'oreille encore une fois.

— J'écoute.

— Dans votre coma — votre coma prolongé — vous avez parlé en trois langues différentes : anglais, français et Dieu sait quel foutu patois qui, je suppose, est oriental. Ça veut dire que vous êtes polyglotte, que vous êtes à l'aise dans diverses parties du monde. Réfléchissez en termes de géographie. Qu'est-ce qui est le plus facile pour vous ?

— De toute évidence l'anglais.

— Nous sommes tombés d'accord là-dessus. Alors, qu'est-ce qui est le plus *difficile* ?

— Je ne sais pas.

— Vous avez les yeux ronds, non pas en amande. Je dirais que c'est sûrement le dialecte oriental.

— Sûrement.

— Alors pourquoi le parlez-vous ? Maintenant, réfléchissez en termes d'association d'idées. J'ai écrit des mots, écoutez-les. Je vais les prononcer phonétiquement : *Ma-kwa. Tam-kwan. Kee-sah.* Dites-moi la première chose qui vous vient à l'esprit.

— Rien.

— Bravo.

— Mais qu'est-ce que vous voulez que je vous dise ?

— Quelque chose, n'importe quoi.

— Vous êtes ivre.

— Nous en sommes déjà convenus. Je le suis de

façon permanente. Il se trouve aussi que je vous ai sauvé la vie. Ivrogne ou non, je suis bel et bien médecin. Je vous l'ai déjà dit : un très grand docteur.

— Que s'est-il passé ?

— C'est le malade qui pose des questions ?

— Pourquoi pas ? »

Washburn marqua un temps, regardant les quais par la fenêtre. « J'étais soûl, dit-il. Il paraît que j'ai tué deux patients sur la table d'opération parce que j'étais ivre. Un, j'aurais pu m'en tirer. Pas deux. Les gens ont vite fait de classer un comportement, vous savez. Ne laissez plus jamais un bistouri à portée d'un homme comme moi.

— Etait-ce nécessaire ?

— Qu'est-ce qui était nécessaire ?

— La bouteille.

— Oui, bon Dieu, murmura Washburn en se détournant de la fenêtre. Ça l'était et ça l'est encore. Et le patient n'est pas autorisé à porter des jugements sur le médecin.

— Je suis désolé.

— Vous avez aussi l'agaçante habitude de vous excuser. Protester trop, ça n'est pas du tout naturel. Je ne crois pas un instant que vous soyez homme à vous excuser facilement.

— Alors vous savez quelque chose que je ne sais pas.

— Sur vous, oui. Beaucoup. Et très peu dans tout ça qui rime à quelque chose. »

L'homme se pencha dans son fauteuil. Sa chemise ouverte s'écarta, révélant les bandages qui entouraient son torse amaigri. Il croisa les mains devant lui, et ce geste fit ressortir les veines de ses bras minces et musclés. « D'autres choses que ce dont nous avons parlé ?

— Oui.

— Des choses que j'ai dites quand j'étais dans le coma ?

— Non, pas vraiment. Presque tout ce fatras, nous en avons discuté. Les langues, votre connaissance de la géographie — les villes dont je n'ai jamais ou à peine entendu parler — votre obsession à éviter l'emploi de noms, de noms que vous avez envie de prononcer mais dont vous vous abstenez ; votre penchant pour la confrontation : attaque, recul, esquive, fuite — tout cela assez violent, dirais-je. Il m'est fréquemment arrivé de vous attacher les bras, pour protéger vos plaies. Mais nous avons évoqué tout cela. Il y a d'autres choses.

— Que voulez-vous dire ? Quoi donc ? Pourquoi ne m'en avez-vous pas parlé ?

— Parce que ce sont des détails physiques. L'enveloppe extérieure, si vous voulez. Je ne savais pas si vous étiez prêt à aborder cela. Je n'en suis pas encore sûr. »

L'homme se renversa dans son fauteuil, ses sourcils sombres prenant un pli agacé. C'était maintenant le jugement du médecin dont on n'a pas besoin. « Que voulez-vous dire ?

— Voulez-vous que nous commencions par cette tête plutôt acceptable que vous avez ? En particulier le visage.

— Qu'est-ce qu'il a ?

— Ce n'est pas celui avec lequel vous êtes né.

— Comment ça ?

— A la loupe, la chirurgie laisse toujours des traces. On vous a modifié, mon vieux.

— Modifié ?

— Vous avez un menton accentué ; sans doute avait-il une fossette. Elle a été retirée. La partie supérieure de votre pommette gauche — vos pommettes aussi sont prononcées, sans doute trouverait-on chez vous des traces de sang slave — porte des traces infimes d'une intervention chirurgicale. Je me risquerais à avancer qu'on a procédé à l'ablation d'une loupe. Votre nez est un nez anglais, qui jadis était un peu plus proéminent qu'il ne l'est maintenant. Il a été subtilement aminci. Vos traits bien marqués ont été adoucis, le caractère atténué. Comprenez-vous ce que je vous dis ?

23

— Non.

— Vous êtes un homme raisonnablement séduisant mais votre visage se distingue plus par la catégorie dans laquelle on le classe que par les traits eux-mêmes.

— La catégorie ?

— Oui. Vous êtes le prototype de l'Anglo-Saxon blanc qu'on voit tous les jours sur les meilleurs terrains de cricket et sur les plus beaux courts de tennis. Ou bien au bar du *Mirabel's*. Ces visages deviennent presque impossibles à distinguer les uns des autres, vous ne trouvez pas ? Les traits bien en place, les dents droites, les oreilles collées — rien de déséquilibré, chaque chose là où il faut, et avec un tout petit peu de mollesse.

— De mollesse ?

— Ma foi, peut-être que « gâté » convient mieux. En tout cas très assuré, voire arrogant, habitué à n'en faire qu'à votre tête.

— Je ne vois pas encore très bien ce que vous cherchez à dire.

— Alors essayez donc ceci. Changez la couleur de vos cheveux, ça vous transforme le visage. D'accord, il y a des traces de décoloration, de teinture, les cheveux sont un peu cassants. Portez des lunettes et une moustache, vous êtes un homme différent. A mon avis, vous avez dans les trente-cinq, trente-huit ans, mais vous pourriez avoir dix ans de plus ou cinq ans de moins. (Washburn s'interrompit, guettant les réactions de l'homme, et il se demandait s'il allait ou non poursuivre.) Et, à propos de lunettes, vous souvenez-vous de ces exercices, des expériences que nous avons faites il y a une semaine ?

— Bien sûr.

— Votre vue est parfaitement normale ; vous n'avez aucun besoin de lunettes.

— Je ne le pensais pas.

— Alors pourquoi y a-t-il des traces d'un emploi prolongé de verres de contact sur votre rétine et vos paupières ?

24

— Je ne sais pas. Ça ne rime à rien.

— Puis-je me permettre de suggérer une explication possible ?

— J'aimerais bien l'entendre.

— Peut-être pas. (Le docteur se retourna vers la fenêtre et promena sur les quais un regard absent.) Certains types de verres de contact sont conçus pour changer la couleur des yeux. Et certains types d'yeux se prêtent mieux que d'autres à cette méthode. En général ceux qui ont une coloration grise ou bleutée ; les vôtres sont un mélange. Gris noisette sous certains éclairages, bleu sous d'autres. A cet égard, la nature vous a favorisé ; aucune modification n'était possible ni nécessaire.

— Nécessaire pour quoi ?

— Pour changer votre aspect physique. Je dirais de façon très professionnelle. Visas, passeport, permis de conduire : ça se change comme on veut. Les cheveux : bruns, blond châtain. Les yeux : on ne peut faire grand-chose pour les yeux : verts, gris, bleus ? Ça ouvre des tas de possibilités, vous ne trouvez pas ? »

L'homme se leva de son fauteuil avec difficulté, prenant appui sur ses bras, retenant son souffle en se levant. « Il est possible aussi que vous alliez trop loin, et que vous vous trompiez complètement.

— Toutes les traces sont là, les marques, les preuves.

— Interprétées par vous avec en plus une dose de cynisme. Imaginez que j'aie eu un accident et qu'on m'ait rafistolé... Ça expliquerait la chirurgie.

— Pas les interventions qu'on vous a faites. La teinture de cheveux et l'ablation de fossette et de loupe ne font pas partie de la chirurgie reconstructrice.

— Vous n'en savez rien ! fit l'inconnu, furieux. Il y a différentes sortes d'accident, différentes formes d'opération. Vous n'étiez pas là ; vous ne pouvez pas être certain.

— Bon ! Mettez-vous en colère contre moi. Vous ne

le faites pas assez souvent d'ailleurs. Et pendant que vous êtes furieux, *réfléchissez.* Qu'est-ce que vous étiez ? Qu'est-ce que vous êtes ?

— Un représentant... un cadre d'une société internationale spécialisée dans l'Extrême-Orient, ça pourrait être ça. Ou bien un professeur... de langues. Dans une université, quelque part. C'est possible aussi.

— Parfait. Choisissez une hypothèse, maintenant !

— Je... je ne peux pas. » On sentait le désespoir dans le regard de l'homme.

« Parce que vous ne croyez ni à l'une ni à l'autre. » L'homme secoua la tête.

« C'est vrai. Et vous ?

— Non plus, dit Washburn. Pour une raison précise. Ces occupations sont relativement sédentaires et vous avez le corps d'un homme qui a été soumis à des épreuves physiques. Oh ! je ne veux pas dire un entraînement athlétique ni rien de ce genre, vous n'êtes pas un sportif, comme on dit. Mais vous avez une structure musculaire ferme, vos bras et vos mains sont très robustes. Dans d'autres circonstances, je pourrais vous prendre pour un travailleur manuel habitué à porter des objets lourds, ou bien pour un pêcheur qui tire toute la journée sur des filets. Mais l'étendue de vos connaissances, je dirais votre intellect, élimine de telles hypothèses.

— Pourquoi ai-je l'idée que vous êtes en train d'arriver à quelque chose ? A quelque chose d'autre.

— Parce que voilà plusieurs semaines maintenant que nous travaillons ensemble, en étroite association. Vous repérez un schéma.

— Alors j'ai raison ?

— Oui. Il fallait que je voie comment vous accepteriez ce que je viens de vous dire. Ces interventions chirurgicales, les cheveux, les verres de contact.

— J'ai passé l'épreuve ?

— Avec un équilibre exaspérant. Il est temps maintenant ; inutile de reculer plus longtemps. Franchement, je n'en ai pas la patience. Venez avec moi. »

Washburn précéda l'homme dans le salon jusqu'à

la porte du fond qui menait au dispensaire. Là, il se dirigea vers un coin et prit un projecteur vétuste ; la monture du gros objectif rond était toute rouillée et craquelée. « Je me suis fait apporter ceci de Marseille, dit-il en posant l'appareil sur le petit bureau et en branchant la fiche dans la prise de courant. On ne peut pas dire que ce soit ce qu'il y a de mieux comme équipement, mais ça ira. Tirez les rideaux, voulez-vous ? »

L'homme sans nom ni mémoire s'approcha de la fenêtre et abaissa le store ; la pièce se trouva plongée dans l'obscurité. Washburn alluma le projecteur : un carré lumineux apparut sur le mur blanc. Il introduisit alors un petit bout de celluloïd derrière l'objectif.

Le carré s'emplit soudain de lettres fortement grossies.

GEMEINSCHAFT BANK
BAHNHOFSTRASSE. ZURICH.
ZÉRO — SEPT — DIX-SEPT — DOUZE — ZÉRO
QUATORZE — VINGT-SIX — ZÉRO

« Qu'est-ce que c'est ? demanda l'homme sans nom.

— Regardez. Examinez bien. Réfléchissez.

— C'est un numéro de compte en banque.

— Exactement. Le nom et l'adresse sont ceux de la banque, les chiffres manuscrits remplacent un nom, mais dans la mesure où ils sont manuscrits ils constituent la signature du détenteur du compte. Procédure classique.

— Où l'avez-vous trouvé ?

— Sur vous. C'est un très petit négatif, à mon avis la moitié de la taille d'une pellicule de trente-cinq millimètres. Il était implanté — chirurgicalement implanté — sous la peau au-dessus de votre hanche droite. Les numéros sont de votre écriture ; c'est votre signature. Avec ça, vous pouvez ouvrir un coffre à Zurich. »

2

Ils choisirent le nom de Jean-Pierre. Ça ne surprenait ni ne choquait personne, c'était un nom aussi banal qu'un autre à Port-Noir.

Des livres arrivèrent aussi de Marseille, six de tailles et d'épaisseurs différentes, quatre en anglais, deux en français. C'étaient des ouvrages de médecine, des volumes traitant des blessures de la tête et des troubles de l'esprit. Il y avait des dessins en coupe du cerveau, des centaines de mots étranges à assimiler et à essayer de comprendre. L'*obus occipitalis* et *temporalis*, le *cortex* et les fibres du *corpus callosum*. Le *système limbique* — et notamment l'*hippocampe* et les *corps mammilaires* qui, avec le *formix*, étaient indispensables au bon fonctionnement de la mémoire. S'ils étaient endommagés, il y avait amnésie.

Il y avait des études sur les tensions émotionnelles produisant *hystérie stagnante* et *aphasie mentale*, états qui avaient également pour résultat une perte partielle ou totale de la mémoire. L'amnésie.

« Il n'y a pas de règle, dit l'homme aux cheveux bruns, en se frottant les yeux dans l'éclairage insuffisant de la lampe de bureau. C'est comme une énigme géométrique, il y a un tas de combinaisons possibles. Ça peut être physique ou psychologique — ou un peu des deux. Ça peut être permanent ou provisoire, total ou partiel. Pas de règle !

— D'accord, fit Washburn assis dans un fauteuil à l'autre bout de la pièce et sirotant son whisky. Mais je crois que nous approchons de ce qui s'est passé. De ce qui, *à mon avis*, s'est passé.

— C'est-à-dire ? demanda l'homme, tout vibrant d'appréhension.

— Vous venez de le dire : "un peu des deux". Encore que les mots "un peu" doivent être remplacés par "massif". Des chocs massifs.

— Des chocs massifs subis par quoi ?

— Par le physique *et* par le psychologique. Ils

étaient liés, entremêlés : comme deux fils d'expérience ou de stimuli qui se sont noués ensemble.

— Quelle quantité d'alcool avez-vous déjà ingurgitée ?

— Moins que vous ne croyez, c'est sans importance. (Le docteur prit une liasse de feuillets retenus par une pince.) Voici votre histoire — votre nouvelle histoire — qui a commencé le jour où on vous a amené ici. Laissez-moi résumer. Les blessures physiques nous révèlent que la situation dans laquelle vous vous êtes trouvé était lourde de tensions psychologiques, la crise qui a suivi ayant été provoquée par un séjour d'au moins neuf heures dans l'eau, ce qui a eu pour effet de consolider les atteintes psychologiques. L'obscurité, la violence de la mer, les poumons parvenant à peine à aspirer l'air ; voilà qui a provoqué la crise. Tout ce qui l'a précédée a dû être effacé pour que vous puissiez tenir le coup, survivre. Vous me suivez ?

— Je crois. La tête se protégeait.

— Pas la tête, l'esprit. Faites bien la distinction, c'est important. Nous reviendrons à la tête, mais nous lui donnerons une étiquette. Le cerveau.

— Très bien. L'esprit, pas la tête... c'est-à-dire en fait le cerveau.

— Bon. (Washburn feuilleta les pages de notes.) Il y a là plusieurs centaines d'observations. On y trouve les notes médicales normales — dosage des médicaments, heures auxquelles on les a administrés, réactions, tout ce genre de choses — mais dans l'ensemble il est question de *vous*, de l'homme lui-même. Des mots que vous employez, des mots auxquels vous réagissez, des phrases que vous utilisez — quand je peux les noter — aussi bien dans des conditions rationnelles que quand vous parlez dans votre sommeil et quand vous étiez dans le coma. Même votre façon de marcher, de parler ou de crisper vos muscles quand vous êtes surpris et que vous voyez quelque chose qui vous intéresse. Vous semblez être une masse de contradictions, il y a une violence sous la surface qui est presque toujours contrôlée, mais très active. Il y a aussi une réflexion qui semble pénible pour vous, et pourtant vous donnez rarement libre cours à la colère que cette souffrance doit provoquer.

— Vous êtes en train de la provoquer en ce moment, fit l'homme. Nous avons maintes et maintes fois répété ces mots et ces phrases...

— Et nous allons continuer, annonça Washburn, aussi longtemps qu'il y aura progrès.

— Je ne me rendais pas compte qu'il y avait eu progrès.

— Pas en termes d'identité ou d'occupations. Mais nous arrivons bel et bien à découvrir ce qui vous convient le mieux, ce à quoi vous vous adaptez le plus facilement. C'est un peu effrayant.

— Comment cela ?

— Laissez-moi vous donner un exemple. »

Le docteur reposa ses notes et se leva de son fauteuil. Il se dirigea vers un petit buffet adossé au mur, ouvrit un tiroir et en tira un gros pistolet automatique. L'homme sans mémoire se crispa sur son siège ; Washburn remarqua la réaction : « Je ne l'ai jamais utilisé, je ne sais même pas si je saurais, mais je vis quand même sur les quais. (Il sourit, puis, soudain, sans avertissement, le lança à l'homme. Celui-ci saisit l'arme au vol, d'un geste net et assuré.) Démontez-le, je crois que c'est comme ça qu'on dit.

— Quoi?

— Démontez-le. Maintenant. »

L'homme regarda le pistolet. Puis, en silence, ses mains et ses doigts s'affairèrent avec dextérité sur l'arme. En moins de trente secondes, elle était en pièces détachées. Il leva les yeux vers le docteur.

« Vous voyez ce que je veux dire ? fit Washburn. Parmi vos talents, il y a une connaissance extraordinaire des armes à feu.

— L'armée ? demanda l'homme, la voix tendue une fois de plus par l'appréhension.

— C'est très peu probable, lui répondit le docteur. Lorsque vous êtes sorti du coma pour la première fois, je vous ai parlé de vos travaux dentaires, je vous assure qu'ils n'ont rien de militaire. Et, bien sûr, les interventions chirurgicales élimineraient absolument l'association avec des militaires, me semble-t-il.

— Alors quoi ?

— Ne nous attardons pas là-dessus pour l'instant ; revenons à ce qui s'est passé. Nous parlions de l'esprit, vous vous souvenez ? De la tension psychologique, de l'hystérie. Pas du cerveau en tant qu'organe, mais des pressions mentales. Est-ce que je suis clair ?

— Continuez.

— A mesure que le choc s'apaise, il en va de même des pressions, jusqu'au moment où il n'y a plus de nécessité fondamentale de protéger le psychisme. A mesure que se produit cette évolution, vos connaissances et vos talents vous reviennent. Vous allez vous rappeler certains schémas de comportement ; peut-être allez-vous les vivre très naturellement et vos réactions de surface seront-elles instinctives. Mais il y a une lacune et tout dans ces pages me dit que c'est là un phénomène irréversible. »

Washburn s'interrompit et revint jusqu'à son fauteuil et à son verre. Il s'assit et but une gorgée, fermant les yeux d'un air las.

« Continuez », murmura l'homme.

Le médecin ouvrit les yeux, les fixant sur son patient. « Revenons à la tête, que nous avons appelée le cerveau. Le cerveau *physique* avec ses millions et ses millions de cellules et de composants agissant les uns sur les autres. Vous avez lu les ouvrages de médecine concernant le formix et le système limbique, les fibres de l'hippocampe et du thalamus ; le callosum et surtout les techniques chirurgicales de la lobotomie. La plus légère altération peut provoquer des changements spectaculaires. C'est ce qui vous est arrivé. Les dégâts ont été d'ordre *physique*. Comme si on avait réarrangé les cubes, la structure *physique* n'est plus ce qu'elle était. » Washburn s'interrompit de nouveau.

« Et ? insista l'homme.

— La diminution des pressions psychologiques

permettra — permet déjà — que vous retrouviez vos connaissances et vos talents. Mais je ne pense pas que vous soyez jamais capable de les rattacher à rien qui concerne votre passé.

— Pourquoi ? Pourquoi donc ?

— Parce que les canalisations qui permettent et transmettent les souvenirs ont été modifiées, réarrangées au point de ne plus fonctionner comme jadis. En fait, c'est comme si elles avaient été détruites. »

L'homme restait immobile sur son siège. « La réponse est à Zurich, dit-il.

— Pas encore. Vous n'êtes pas prêt, vous n'êtes pas assez fort.

— Je le serai.

— Oui, vous le serez. »

Des semaines passèrent. Les exercices oraux se poursuivaient tandis que les pages s'amoncelaient et que l'homme reprenait des forces. On était au milieu de la matinée de la dix-neuvième semaine, le temps était clair, la Méditerranée calme et étincelante. Comme l'homme en avait pris l'habitude, il venait de courir une heure au bord de la mer et jusque dans les collines, il avait allongé la distance à près de vingt kilomètres chaque jour, augmentant quotidiennement le rythme et diminuant les temps de repos. Il était assis dans le fauteuil auprès de la fenêtre de la chambre, le souffle un peu rauque, la sueur trempant son maillot. Il était entré par la porte de derrière, pénétrant dans la chambre par le vestibule sombre qui permettait d'éviter le salon. C'était simplement plus facile ; le salon servait de salle d'attente à Washburn et il y avait encore quelques patients avec des coupures et des entailles à soigner. Ils étaient assis sur des chaises, l'air effrayé, se demandant dans quel état serait le docteur ce matin. En fait, ce n'était pas si mal. Geoffrey Washburn continuait à boire comme un cosaque, mais ces temps-ci, il restait en selle. On aurait dit qu'il avait découvert les réserves de l'espoir dans les tréfonds de son fatalisme destructeur. Et l'homme sans mémoire comprenait que l'espoir était lié à une banque de la Bahnhofstrasse. Pourquoi le nom de la rue lui venait-il si facilement à l'esprit ?

La porte de la chambre s'ouvrit et le docteur déboucha en souriant, sa blouse blanche tachée du sang de son dernier accidenté.

« Ça y est ! annonça-t-il, ces paroles vibrant d'un accent plus triomphant qu'explicatif. Je devrais ouvrir mon propre bureau de placement et vivre de commissions. Ce serait plus régulier.

— De quoi parlez-vous ?

— Comme nous en étions convenus, c'est ce qu'il vous faut. Vous devez absolument fonctionner à l'extérieur et depuis deux minutes M. Jean-Pierre Sans-Nom est doté d'un emploi lucratif ! Au moins pour une semaine.

— Comment avez-vous réussi ça ? Je croyais qu'il n'y avait aucune possibilité.

— La possibilité qui s'est présentée, c'est la jambe infectée de Claude Lamouche. J'ai expliqué que les réserves d'anesthésiques étaient très, très limitées. Nous avons négocié ; vous étiez l'objet du marché.

— Une semaine ?

— Si vous êtes bon à quelque chose, il vous gardera peut-être. (Washburn marqua un temps puis reprit :) D'ailleurs, ça n'est pas terriblement important, n'est-ce pas ?

— Je n'en suis pas si sûr. Il y a un mois, peut-être, mais plus maintenant. Je vous l'ai dit, je suis prêt à partir. Je pensais que c'était ce que vous voudriez. J'ai un rendez-vous à Zurich.

— Et je préférerais que vous fonctionniez au mieux de votre forme à ce rendez-vous. Mon point de vue est extrêmement égoïste, aucun sursis ne me semble nécessaire.

— Je suis prêt.

— En apparence, oui. Mais, croyez-moi, il est indispensable que vous passiez de longs moments sur l'eau, et en partie la nuit. Pas dans des conditions faciles, pas comme passager, mais en étant soumis à des circonstances raisonnablement difficiles : en fait, plus elles seront difficiles mieux cela vaudra.

— Encore une épreuve ?

— Tout ce que je peux concevoir dans ce laboratoire primitif de Port-Noir. Si je pouvais arranger pour vous une tempête et un petit naufrage, je le ferais. Cela dit, Lamouche a quelque chose d'une tempête à lui tout seul : c'est un homme qui n'est pas facile. L'enflure de sa jambe va diminuer et il vous en voudra. Les autres aussi ; il faudra que vous remplaciez quelqu'un.

— Grand merci.

— Je vous en prie. Nous combinons là deux tensions. Au moins une ou deux nuits sur l'eau si Lamouche respecte son emploi du temps — c'est l'environnement hostile qui a provoqué votre crise nerveuse — et le fait d'être exposé à la rancœur et à la méfiance des hommes qui vous entourent : le symbole de la situation de départ pour vous.

— Vous me comblez. Et s'ils décident de me jeter par-dessus bord ? Ce serait votre ultime épreuve, je suppose, mais je ne sais pas à quoi ça nous avancerait si je me noyais.

— Oh ! il n'en est pas question, fit Washburn d'un ton railleur.

— Je suis ravi de vous voir si confiant. J'aimerais partager vos sentiments.

— Vous le pouvez. Vous avez la protection de ma présence. Je ne suis peut-être pas Christian Barnard ni Michael De Bakey, mais je représente tout ce qu'ont ces gens et ils ont besoin de moi : ils ne vont pas risquer de me perdre.

— Mais vous voulez partir. C'est moi votre passeport.

— Par des voies insondables, mon cher patient. Allons, venez, Lamouche veut que vous descendiez au port pour vous familiariser avec son matériel. Vous partirez à 4 heures demain matin. Songez quel bienfait va vous apporter une semaine en mer. Considérez ça comme une croisière d'agrément. »

Belle croisière en vérité. Le patron du petit bateau de pêche crasseux et suintant de mazout était un horrible bonhomme mal embouché ; l'équipage se composait d'un quarteron d'inadaptés qui, à n'en pas douter, étaient les seuls hommes de Port-Noir disposés à supporter Claude Lamouche. Le cinquième était un frère du patron-pêcheur, ce que l'on fit savoir au dénommé Jean-Pierre quelques minutes après leur sortie du port à 4 heures du matin.

« Tu retires le pain de la bouche de mon frère ! murmura le pêcheur d'un ton furieux tout en tirant nerveusement sur sa cigarette. Tu en prives le ventre de ses enfants !

— Ça n'est que pour une semaine », protesta Jean-Pierre.

Ç'aurait été plus facile — bien plus facile — de proposer de rembourser le frère réduit au chômage sur la pension mensuelle de Washburn, mais le médecin et son patient s'étaient mis d'accord pour s'abstenir de tels compromis.

« J'espère que tu sais te servir d'un filet ! »

Il en était incapable. Il y eut des moments, au cours des soixante-douze heures suivantes, où le nommé Jean-Pierre crut qu'il allait devoir recourir à la solution d'un versement en espèces. On ne cessait de le harceler, même la nuit — surtout la nuit. On aurait dit que des yeux étaient braqués sur lui lorsqu'il était allongé sur le matelas de pont crasseux, et qu'on attendait l'instant où il arrivait au bord du sommeil.

« Toi ! Prends le quart ! Il y a un matelot de malade. Tu le remplaces. »

« Lève-toi ! Philippe est en train d'écrire ses mémoires ! On ne peut pas le déranger. »

« Debout ! Tu as déchiré un filet cet après-midi. On ne va pas payer pour ta stupidité. On est tous d'accord. Répare-le maintenant ! »

Les filets.

Si on avait besoin de deux hommes sur un bord, ses deux bras en remplaçaient quatre. S'il travaillait auprès d'un homme, son compagnon brusquement lâchait tout, ce qui lui laissait le poids à supporter ; ou bien c'était un coup soudain d'une épaule voisine qui l'envoyait valser contre le plat-bord et presque tomber à la mer.

Et Lamouche. Un maniaque claudicant qui mesurait chaque kilomètre d'eau au poisson qu'il avait perdu. Il avait une voix grinçante et qui semblait toujours pleine de parasites, comme un mégaphone. Jamais il ne s'adressait à quiconque sans faire précéder son nom d'une grossièreté, habitude que le patient trouvait de plus en plus exaspérante. Pourtant, Lamouche ne touchait pas au malade de Washburn ; il se contentait d'envoyer au docteur un message : *Ne me refaites jamais ce coup-là. Pas quand il s'agit de mon bateau ni de ma pêche.*

Le programme de Lamouche prévoyait un retour à Port-Noir au coucher du soleil le troisième jour, puis on déchargerait le poisson ; l'équipage aurait jusqu'à 4 heures le lendemain matin pour dormir, forniquer, s'enivrer ou, avec un peu de chance, faire les trois. Ils arrivaient en vue de la terre quand cela se produisit.

Le maître-pêcheur et son premier assistant étaient en train de rincer les filets et de les plier sur le milieu du navire ; le matelot indésirable qu'ils appelaient « Jean-Pierre la Sangsue » frottait le pont avec un balai à long manche. Les deux autres hommes d'équipage déversaient des seaux d'eau de mer devant lui, non sans arroser plus souvent la Sangsue que le pont.

Un seau lancé trop haut, aveuglant un instant le patient de Washburn, lui fit perdre l'équilibre. La lourde brosse avec ses soies dures comme du métal lui échappa des mains, et les piquants acérés entrèrent en contact avec la cuisse du pêcheur agenouillé.

« Merde alors !

— Désolé, lança l'autre d'un ton désinvolte en se secouant pour chasser l'eau qui lui piquait les yeux.

— Tu parles ! cria le pêcheur.

— J'ai dit que j'étais désolé, répondit le nommé Jean-Pierre. Dis à tes amis d'arroser le pont et pas moi.

— Mes amis ne font pas de moi la victime de leur stupidité !

— Et pourtant c'est ce qu'ils viennent de faire. »

Le pêcheur empoigna le manche du balai, se leva et le brandit comme une baïonnette. « Tu veux jouer, Sangsue ?

— Allons, rends-le-moi.

— Avec plaisir, Sangsue. Tiens ! » Le pêcheur poussa le balai en avant, les poils grattant la poitrine et le ventre du malade, pénétrant le tissu de sa chemise.

Etait-ce le contact avec les cicatrices de ses blessures ou bien l'agacement et la colère résultant de trois jours de harcèlement, l'homme ne le sut jamais. Il comprit seulement qu'il devait réagir. Et sa réaction l'inquiéta plus que tout ce que l'on peut imaginer.

Il saisit le manche de sa main droite, l'enfonçant à son tour dans le ventre du pêcheur, et le tirant en avant au moment du choc ; en même temps, il leva haut son pied gauche qui vint frapper la gorge de son adversaire.

« *Tao !* » Le chuchotement guttural lui échappa involontairement ; il ne savait pas ce que ça voulait dire.

Avant d'avoir eu le temps de comprendre, il avait pivoté, son pied droit jaillissant maintenant comme un bélier pour venir s'écraser dans le rein gauche du pêcheur.

« *Che-sah !* » murmura-t-il.

Le pêcheur encaissa, puis plongea vers lui, fou de rage et de douleur, les mains tendues comme des serres. « Salaud ! »

Le patient s'accroupit, lançant sa main droite pour saisir le bras gauche du pêcheur, le tirant vers le bas, puis se soulevant en relevant le bras de sa victime, le faisant basculer dans le sens des aiguilles d'une montre, tirant encore pour le lâcher enfin tout en lui expédiant un coup de talon au creux des reins. Le Français vint s'affaler sur les filets, sa tête heurtant le bois du plat-bord.

« *Mee-sah !* » Il ne connaissait pas non plus la signification de ce cri silencieux.

Un matelot le saisit à la nuque par-derrière. Le patient décocha son poing gauche dans le bassin de l'homme derrière lui, puis se pencha en avant, saisissant le coude à la droite de sa gorge. Il se pencha sur la gauche ; son assaillant fut soulevé du sol, ses jambes battant l'air tandis qu'il se trouvait projeté à travers le pont pour retomber la tête et le cou coincés entre les rouages d'un treuil.

Les deux hommes qui restaient se précipitèrent sur lui, le frappant à coups de poing et à coups de genou, tandis que le capitaine du bateau de pêche ne cessait de hurler :

« Le docteur ! Appelons le docteur ! Va doucement ! »

Ces mots ne convenaient guère à la situation. Le patient saisit le poignet d'un homme, le ployant vers le bas tout en le tordant dans le sens inverse des aiguilles d'une montre d'un mouvement violent : l'homme poussa un hurlement de douleur. Il avait le poignet cassé.

Le patient de Washburn noua entre eux les doigts de ses mains, levant ses bras comme une masse, cueillant le matelot au poignet cassé en pleine gorge. L'homme bascula et s'effondra sur le pont.

« *Kwa-sah !* » Ce murmure retentit aux oreilles du patient.

Le quatrième homme recula, contemplant ce dément qui se contentait de le regarder.

C'était fini. Trois des matelots de Lamouche étaient inconscients, sévèrement punis pour ce qu'ils avaient fait. On ne pouvait douter qu'ils seraient incapables de descendre sur les quais à 4 heures du matin.

Dans le ton de Lamouche il y avait un mélange de stupéfaction et de mépris. « Je ne sais pas d'où tu viens, mais tu vas quitter ce bateau. »

L'homme sans mémoire comprit l'ironie involontaire qu'il y avait dans les paroles du capitaine. *Je ne sais pas non plus d'où je viens.*

« Vous ne pouvez pas rester ici, dit Geoffrey Washburn, en entrant dans la chambre sans lumière. J'étais franchement persuadé de pouvoir prévenir toute attaque sérieuse contre vous. Mais je ne peux pas vous protéger maintenant que vous avez fait de tels dégâts.

— On m'a provoqué.

— Et vous avez vu ce que vous avez fait ? Un poignet cassé et des lacérations nécessitant des points de suture sur la gorge et le visage d'un homme ainsi que sur le crâne d'un autre. Une grave contusion et une atteinte non encore précisée à un rein. Sans parler d'un coup à l'aine qui a causé une enflure des testicules. Je crois que c'est le mot massacre qui convient.

— Vous n'en auriez pas fait un tel plat et ç'aurait été moi le mort si ça s'était passé autrement. (Le patient marqua un temps, puis reprit avant que le docteur ne pût l'interrompre :) Je crois que nous devrions parler. Plusieurs choses se sont produites, d'autres mots me sont venus. Il faut que nous parlions.

— Il le faut mais nous ne pouvons pas. Nous n'avons pas le temps. Il faut que vous partiez maintenant. J'ai pris des dispositions.

— Tout de suite ?

— Oui. Je leur ai dit que vous étiez parti pour le village, sans doute pour vous soûler. Les familles vont vous rechercher. Tous les frères, cousins et beaux-frères en bon état. Ils auront des couteaux, des crochets, peut-être un fusil ou deux. Quand ils ne vous trouveront pas, ils vont revenir ici. Ils n'auront de cesse qu'ils ne vous aient découvert.

— A cause d'une bagarre que je n'ai pas déclenchée ?

— Parce que vous avez blessé trois hommes qui vont perdre au moins un mois de salaire. Et puis autre chose d'infiniment plus important.

— Quoi donc ?

— L'insulte. Un étranger s'est révélé plus fort que,

pas seulement un, mais trois respectables pêcheurs de Port-Noir.

— Respectables ?

— Au sens physique. L'équipage de Lamouche est considéré comme le plus costaud du port.

— C'est ridicule.

— Pas pour eux. C'est leur honneur... Maintenant faites vite, rassemblez vos affaires. Il y a un bateau qui est arrivé de Marseille ; le capitaine a accepté de vous prendre en passager clandestin et de vous déposer à un demi-mille de la côte au nord de La Ciotat. »

L'homme sans mémoire retint son souffle. « Alors il est temps, dit-il d'un ton calme.

— Il est temps, répondit Washburn. Je crois que je sais ce qui se passe dans votre esprit. Une impression de désarroi, un sentiment de dériver sans gouvernail pour vous permettre de tenir un cap. J'ai été votre gouvernail et je ne serai pas avec vous. Je n'y peux rien. Mais croyez-moi quand je vous dis que vous n'êtes pas désemparé. Je vous assure que vous trouverez votre chemin.

— Vers Zurich ? ajouta le patient.

— Vers Zurich, renchérit le docteur. Tenez, j'ai enveloppé certaines choses pour vous dans ce sac de toile cirée. Mettez-vous ça à la ceinture.

— Qu'est-ce que c'est ?

— Tout l'argent que j'ai, environ deux mille francs. Ça n'est pas grand-chose, mais ça vous aidera à démarrer. Et mon passeport, à tout hasard. Nous avons à peu près le même âge et il est vieux de huit ans ; les gens changent. Ne laissez personne l'examiner de trop près. Ça n'est qu'un document officiel.

— Qu'allez-vous faire ?

— Je n'en aurai jamais besoin si je n'ai pas de vos nouvelles.

— Vous êtes quelqu'un de bien.

— Je crois que vous aussi... Pour autant que je vous connaisse. Il est vrai que je ne vous ai pas connu avant. Alors je ne peux rien dire de cet homme-là. Je voudrais bien, mais je n'ai aucun moyen de le faire. »

L'homme, appuyé au bastingage, regardait les lumières de l'île de Port-Noir s'éloigner à l'horizon. Le bateau de pêche fonçait dans les ténèbres, tout comme l'homme y avait plongé aussi près de cinq mois plus tôt.

3

Il n'y avait pas de lumière sur la côte de France ; rien que la lune déclinante qui soulignait les contours du rivage rocheux. Ils étaient à deux cents mètres de la terre, le bateau de pêche se balançait doucement dans les courants de la crique. Le capitaine désigna un point par-dessus bord.

« Il y a une petite plage entre ces deux amoncellements de rochers. Ça n'est pas grand-chose, mais vous y arriverez si vous nagez vers la droite. Nous pourrons dériver encore dix ou douze mètres, guère plus. Encore une minute ou deux.

— Vous faites plus que je ne m'y attendais. Je vous en remercie.

— Pas la peine. Je paie mes dettes.

— Et j'en fais partie ?

— Et comment ! Le docteur de Port-Noir a recousu trois de mes hommes après cette tempête insensée voilà cinq mois. Vous n'étiez pas le seul, vous savez.

— La tempête ? Vous me connaissez ?

— Sur la table vous étiez blanc comme de la craie, mais je ne vous connais pas et je ne veux pas vous connaître. Je n'avais pas d'argent alors, je n'avais rien pêché ; le docteur a dit que je pourrais le payer quand les choses iraient mieux. Mon paiement, c'est vous.

— J'ai besoin de papiers, dit l'homme, sentant que l'autre pouvait l'aider. J'ai besoin d'un passeport trafiqué.

— Pourquoi vous adresser à moi ? demanda le

41

capitaine. J'ai dit que je déposerais un paquet par-dessus bord au nord de La Ciotat. C'est tout.

— Vous n'auriez pas dit ça si vous n'étiez pas capable de faire plus.

— Je ne veux absolument pas vous conduire jus-qu'à Marseille. Je ne veux pas prendre le risque de rencontrer des patrouilleurs. La Sûreté grouille dans tout le port ; les équipes de la Brigade des Stupéfiants sont des maniaques. Ou bien vous les payez ou bien ça vous coûte vingt ans de taule.

— Ce qui veut dire que je peux me procurer des papiers à Marseille. Et que vous pouvez m'aider.

— Je n'ai pas dit ça.

— Mais si. J'ai besoin d'un service et ce service on peut me le rendre dans un endroit où vous ne voulez pas m'emmener : ça n'empêche que le service est là-bas. Vous l'avez dit.

— J'ai dit quoi ?

— Que vous me parleriez à Marseille — si je peux arriver là-bas sans votre aide. Dites-moi simplement où. »

Le patron du bateau de pêche scruta le visage du patient ; ce ne fut pas à la légère qu'il prit sa décision, mais il finit par la prendre. « Il y a un café rue Sarrasin, au sud du Vieux Port : le *Bouc de Mer*. J'y serai ce soir entre neuf et onze. Il vous faudra de l'argent, il faudra en verser un peu d'avance.

— Combien ?

— Ce sera à discuter entre vous et l'homme à qui vous parlerez.

— Il me faut une idée.

— C'est moins cher si vous avez un document sur lequel travailler, sinon il faut en voler un.

— Je vous l'ai dit. J'en ai un. »

Le capitaine haussa les épaules. « Quinze cents, deux mille francs. Est-ce que nous perdons notre temps ? »

Le patient pensa au sac en toile cirée attaché à sa ceinture. Il se retrouverait sans un sou à Marseille, mais il avait absolument besoin d'un passeport trafiqué, d'un passeport pour Zurich. « Je m'arrangerai, dit-il, se demandant pourquoi il parlait d'un ton si assuré. A ce soir, alors. »

Le capitaine examina la côte. « On ne peut pas dériver plus loin. A vous de vous débrouiller maintenant. N'oubliez pas, si nous ne nous retrouvons pas à Marseille, vous ne m'avez jamais vu et je ne vous ai jamais vu. Personne de mon équipage ne vous a vu non plus.

— J'y serai. Le *Bouc de Mer*, rue Sarrasin, au sud du Vieux Port.

— A la grâce de Dieu », dit le patron, en faisant signe à un homme d'équipage qui se trouvait à la barre ; les machines se mirent à gronder sous les planches du pont. « Au fait, les clients du *Bouc* n'ont pas l'habitude du dialecte parisien. Si j'étais vous, je le rendrais un peu plus rude.

— Merci du conseil », dit le patient en passant les jambes par-dessus la rambarde et en se laissant tomber à l'eau. Il tenait son sac au-dessus de la surface, battant des jambes pour rester à flot. « A ce soir », ajouta-t-il d'une voix plus forte, en levant les yeux sur la coque noire du bateau.

Il n'y avait plus personne ; le capitaine n'était plus au bastingage. On n'entendait que le battement des vagues contre le bois et le ronflement étouffé des machines.

A vous de vous débrouiller, maintenant.

L'homme frissonna et se retourna dans l'eau froide, le corps tendu vers le rivage, faisant en sorte de nager vers la droite, de se diriger vers un amas de rochers sur sa droite. Si le capitaine savait de quoi il parlait, le courant l'entraînerait jusqu'à la plage invisible.

Ce fut le cas ; il sentit le ressac tirer sur ses pieds nus enfoncés dans le sable, et les dix derniers mètres furent les plus difficiles à franchir. Mais le sac de toile était relativement sec, il avait réussi à le maintenir au-dessus des vagues.

Quelques minutes plus tard, il était assis sur une

dune plantée d'herbes sauvages dont les hautes tiges penchaient sous la brise qui venait du large. Les premiers rayons du matin envahissaient le ciel nocturne. Dans une heure le soleil serait levé ; il allait devoir le suivre.

Il ouvrit le sac et y prit une paire de bottes, de grosses chaussettes, un pantalon et une chemise d'épaisse cotonnade. Quelque part dans son passé il avait appris à faire un paquetage en économisant l'espace ; le sac en contenait bien plus que n'aurait pu le supposer un observateur. Où avait-il appris cela ? Pourquoi ? Les questions ne cessaient jamais. Il se leva et ôta le short britannique qu'il avait accepté de Washburn. Il l'étendit sur l'herbe, à sécher ; il ne pouvait rien laisser. Il retira aussi son maillot et en fit de même.

Planté là tout nu sur la dune, il éprouvait un étrange sentiment d'exaltation auquel se mêlait une sourde douleur au creux de l'estomac. C'était la peur, ça il le savait. Il comprenait aussi les raisons de son exaltation.

Il avait passé sa première épreuve. Il s'était fié à un instinct et il avait su quoi dire et comment réagir. Voilà une heure, il était sans destination immédiate, sachant seulement que son objectif, c'était Zurich, mais sachant aussi qu'il y avait des frontières à traverser, des regards officiels à satisfaire. Le passeport vieux de huit ans était si peu en rapport avec lui-même que le fonctionnaire des services d'immigration le plus abêti s'en apercevrait tout de suite. Et même s'il parvenait à passer en Suisse avec ce document, il devrait en ressortir ; à chaque pas les risques d'être arrêté se multipliaient. Il ne pouvait pas permettre cela. Pas maintenant ; pas avant d'en savoir davantage. Les réponses étaient à Zurich, il devait voyager librement et il était tombé sur un capitaine de bateau de pêche qui rendait la chose possible. Vous n'êtes *pas* désemparé. *Je vous assure,* vous trouverez votre chemin. Avant la fin de la journée il découvrirait le moyen de faire trafiquer le passeport de Washburn par un professionnel, de le transformer en un permis de voyage. C'était la première mesure concrète, mais avant de la prendre, il y avait le problème de l'argent. Les deux mille francs que le médecin lui avait donnés ne suffisaient pas ; ce ne serait peut-être même pas assez pour le passeport. A quoi bon un permis de voyager sans les moyens de le faire ? De l'argent. Il lui fallait de l'argent. Il devait y réfléchir.

Il secoua les vêtements qu'il avait sortis du sac, les passa et enfila les bottes. Puis il s'allongea sur le sable, en regardant le ciel qui peu à peu s'éclaircissait. Le jour naissait, et lui aussi.

Il déambula dans les étroites rues pavées sur La Ciotat, entrant dans les boutiques surtout pour bavarder avec les vendeurs. Cela faisait une drôle d'impression d'être intégré à l'activité humaine, de ne plus être une épave inconnue repêchée de la mer. Se rappelant le conseil du capitaine, il donna à son français un accent plus guttural afin de se faire passer pour un banal étranger traversant la ville.

De l'argent.

Il y avait un quartier de La Ciotat qui semblait fréquenté par une clientèle riche. Les magasins étaient plus propres et les marchandises plus coûteuses, le poisson plus frais et la viande de qualité supérieure à celle qu'on trouvait dans la partie commerciale. Même les légumes étincelaient à la lumière ; il y en avait de nombreux, exotiques, importés d'Afrique du Nord et du Moyen-Orient. Cette partie de la ville avait un côté Paris ou Nice implanté à la lisière d'une bourgade côtière plutôt bourgeoise. Un petit café, avec son entrée au bout d'un chemin d'allée, était séparé des boutiques qui le flanquaient par une pelouse soigneusement entretenue.

De l'argent.

Il entra dans une boucherie, se rendant compte que l'impression qu'il faisait au propriétaire n'était pas favorable, que le coup d'œil que celui-ci lui jetait n'avait rien d'amical. L'homme servait un couple d'un certain âge, qui, d'après leur façon de parler et leur attitude, étaient domestiques dans une propriété des environs. Ils étaient précis, secs et exigeants.

« La semaine dernière, le veau était à peine passable, dit la femme. Tâchez de faire mieux cette fois, sinon je serai obligée de commander à Marseille.

— Et l'autre soir, ajouta l'homme, le marquis m'a fait remarquer que les côtes d'agneau étaient beaucoup trop minces. Je vous le répète, je les veux épaisses de trois centimètres. »

Le patron soupira en haussant les épaules, marmonnant d'un ton obséquieux des phrases pleines d'excuses et de promesses. La femme se tourna vers son compagnon, et sa voix, pour s'adresser à lui, n'était pas moins autoritaire que lorsqu'elle parlait au boucher.

« Occupe-toi des paquets et charge-les dans la voiture. Je vais chez l'épicier : retrouve-moi là-bas.

— Bien sûr, ma chérie. »

La femme partit comme un pigeon en quête de nouvelles graines de discorde. A peine eut-elle franchi la porte que son mari se tourna vers le boucher, métamorphosé. Plus trace d'arrogance ; un sourire apparut. « Un jour comme les autres, hein, Marcel ? dit-il en tirant de sa poche un paquet de cigarettes.

— J'en ai connu de meilleurs, mais aussi de pires. Les côtes étaient vraiment trop minces ?

— Pas du tout. Quand a-t-il été capable de le dire pour la dernière fois ? Mais ça le satisfait quand je me plains, vous savez.

— Où est le marquis du Tas de Bouse ?

— A deux pas d'ici, ivre, à attendre la putain de Toulon. Je reviendrai le prendre cet après-midi et l'aider à se glisser dans les écuries sans que la marquise s'en aperçoive. A cette heure-là, il ne sera plus en état de conduire. Il utilise la chambre de Jean-Pierre au-dessus de la cuisine, vous savez.

— C'est ce qu'on m'a dit. »

A la mention du nom de Jean-Pierre, le patient de

Washburn détourna les yeux de l'étal de volailles. C'était un réflexe machinal, mais ce geste ne servit qu'à rappeler sa présence au boucher.

« Qu'est-ce que c'est ? Qu'est-ce que vous voulez ? »

Le moment était venu de rendre son français moins guttural. « Vous nous avez été recommandé par des amis de Nice, déclara le patient avec un accent convenant plus au quai d'Orsay qu'au *Bouc de Mer*.

— Oh ? » Le patron boucher changea aussitôt de ton. Parmi sa clientèle, et surtout parmi les plus jeunes, il y avait ceux qui préféraient s'habiller en contradiction avec leur situation sociale. Le vulgaire maillot rayé était même à la mode ces temps-ci. « Vous êtes nouveau par ici, monsieur ?

— Mon yacht est en réparation ; nous ne pourrons pas atteindre Marseille cet après-midi.

— Est-ce que je peux vous être utile ? »

Le patient éclata de rire. « Vous pourriez sans doute l'être pour le chef ; je n'oserai pas prendre cette responsabilité. Il passera plus tard et j'ai une certaine influence sur lui. »

Le boucher et son ami rirent à leur tour. « Je n'en suis pas surpris, monsieur, dit le boucher.

— J'aurais besoin d'une douzaine de canetons et, disons, dix-huit chateaubriands.

— Bien sûr.

— Parfait. Je vous enverrai directement notre maître queux. (Le patient se tourna vers l'homme d'un certain âge :) Au fait, je n'ai pas pu m'empêcher d'entendre votre conversation... non, je vous en prie, ne soyez pas inquiet. Le marquis ne serait pas cet imbécile d'Ambois, par hasard ? Il me semble que quelqu'un m'a dit qu'il habitait dans les environs.

— Oh ! non, monsieur, répondit le domestique. Je ne connais pas le marquis d'Ambois. Je parlais du marquis de Chamford. Un bon gentilhomme, monsieur, mais il a des problèmes. Un mariage difficile, monsieur. Très difficile ; ça n'est pas un secret.

— Chamford ? Ah ! oui, je crois que nous nous

sommes rencontrés. Un type plutôt petit, n'est-ce pas ?

— Non, monsieur. Très grand, en fait. A mon avis, à peu près votre taille.

— Vraiment ? »

Le patient découvrit vite les diverses entrées et les escaliers intérieurs du café à deux étages, en jouant le rôle d'un livreur de Roquevaire qui connaissait mal sa nouvelle tournée. Il y avait deux volées de marches qui donnaient accès au premier étage, l'une partant de la cuisine, l'autre juste après la porte de la rue, dans le petit vestibule ; c'était l'escalier qu'utilisaient les clients pour monter aux toilettes du premier étage. Il y avait aussi une fenêtre par laquelle un observateur extérieur pouvait apercevoir quiconque utilisait cet escalier, et le patient était certain que s'il attendait assez longtemps, il verrait deux personnes s'y engager. A n'en pas douter, elles monteraient séparément, sans se diriger vers les toilettes mais, au contraire, vers une chambre au-dessus de la cuisine. Le patient se demandait laquelle des somptueuses automobiles garées dans la rue paisible appartenait au marquis de Chamford. Quelle qu'elle fût, le domestique qui faisait ses courses chez le boucher n'avait pas à s'inquiéter : ce ne serait pas son maître qui la conduirait.

De l'argent.

La femme arriva peu avant une heure. C'était une blonde plantureuse, aux seins généreux qui tendaient la soie bleue de son corsage, avec de longues jambes hâlées. Elle avançait d'un pas gracieux sur des chaussures à talons hauts, les cuisses et les hanches bien rondes se dessinant sous la jupe blanche moulante. Chamford avait peut-être des problèmes, mais il avait aussi du goût.

Vingt minutes plus tard, le patient aperçut la jupe blanche par la fenêtre : la femme se rendait au premier étage. Moins d'une minute plus tard, une autre silhouette emplit l'encadrement de la fenêtre ; un pantalon sombre et un blazer, sous un visage pâle, s'aventuraient prudemment dans l'escalier. Le patient compta les minutes ; il espérait que le marquis de Chamford avait une montre.

Tenant aussi discrètement que possible son sac de toile par ses courroies, le patient suivit l'allée dallée jusqu'à l'entrée du restaurant. A l'intérieur, il tourna à gauche dans le vestibule, passant en s'excusant devant un homme âgé qui gravissait l'escalier, parvint au premier étage et prit de nouveau à gauche un long couloir qui menait vers l'arrière du bâtiment, au-dessus de la cuisine. Il passa sans s'arrêter devant les toilettes et arriva à une porte close au bout de l'étroit corridor où il s'immobilisa, le dos plaqué au mur. Il tourna la tête en attendant que l'homme d'un certain âge fût arrivé à la porte des toilettes et l'eût poussée tout en déboutonnant sa braguette.

Le patient — d'un geste instinctif et sans vraiment réfléchir — souleva son sac et l'appuya contre le milieu du panneau de la porte. Il le maintint bien en place de ses bras tendus, recula et d'un brusque mouvement enfonça son épaule gauche dans la toile, sa main droite s'abaissant à l'instant où la porte s'ouvrait, pour en saisir le bord avant que le chambranle n'allât heurter un mur. En bas, dans le restaurant, personne n'avait pu entendre cette entrée en force mais assourdie.

« Nom de Dieu ! hurla la femme. Qui est-ce ?...

— Silence »

Le marquis de Chamford passa par-dessus le corps nu de la blonde, pour se précipiter sur le parquet. Il avait l'air de sortir d'une comédie de boulevard, car il avait gardé sa chemise empesée, son nœud de cravate bien en place et ses longues chaussettes de soie noire ; mais il ne portait rien d'autre. La femme empoigna les couvertures, faisant de son mieux pour minimiser ce que sa situation avait d'embarrassant. Le patient lança ses ordres sans traîner : « N'élevez pas la voix. Je ne ferai de mal à personne si vous faites exactement ce que je vous dis.

— C'est ma femme qui vous a engagé ! lança

Chamford d'une voix pâteuse, l'œil vague. Je vous paierai davantage !

— Ça n'est qu'un début, répondit le patient du docteur Washburn. Enlevez votre chemise et votre cravate. Les chaussettes aussi. (Il aperçut le bracelet d'or qui brillait au poignet du marquis.) Et la montre. »

Quelques minutes plus tard, la transformation était complète. Les vêtements du marquis ne lui allaient pas parfaitement, mais nul ne pouvait nier la qualité du tissu ni de la coupe originelle. La montre était une Girard Perregaux, et le portefeuille de Chamford contenait plus de treize mille francs. Les clefs de voiture n'étaient pas moins impressionnantes : chacune avait pour tête une initiale en argent massif.

« Pour l'amour de Dieu, donnez-moi mes vêtements ! fit le marquis, le caractère invraisemblable de la situation dans laquelle il se trouvait pénétrant lentement les brumes de l'alcool.

— Je suis navré, mais ça n'est pas possible, répliqua l'intrus, ramassant tout à la fois les vêtements du marquis et ceux de la femme blonde.

— Vous n'allez pas prendre les miens ! vociféra-t-elle.

— Je vous ai dit de ne pas élever la voix.

— Bon, bon, reprit-elle, mais vous ne pouvez pas...

— Mais si, je peux. (Le patient inspecta la chambre ; il y avait un téléphone sur un bureau près d'une fenêtre. Il s'en approcha et arracha le cordon de la prise.) Maintenant personne ne vous dérangera, ajouta-t-il en ramassant son sac.

— Ça ne va pas se passer comme ça, vous savez ! lança Chamford. Vous ne vous en tirerez pas comme ça ! La police vous retrouvera !

— La police ? demanda l'intrus. Vous pensez vraiment que vous devriez appeler la police ? Il faudra faire un rapport officiel, décrire les circonstances. Je ne suis pas sûr que ce soit une si bonne idée. Je pense que vous feriez mieux d'attendre que ce type vienne vous rechercher plus tard cet après-midi. Je l'ai entendu dire qu'il vous ferait passer dans les écuries sous le nez de la marquise. Tout bien considéré, je crois sincèrement que c'est ce que vous devriez faire. Je suis certain que vous pouvez trouver une meilleure histoire que ce qui s'est vraiment passé ici. Ça n'est pas moi qui vous contredirai. »

Le voleur inconnu quitta la chambre, refermant derrière lui la porte endommagée.

Vous n'êtes pas désemparé. Je vous assure, vous trouverez votre chemin.

Cela s'était passé ainsi jusqu'à maintenant et c'était un peu effrayant. Qu'avait donc dit Washburn ? Que ses talents lui reviendraient... *Mais je ne pense pas que vous pourrez jamais les rattacher à rien qui touche à votre passé.* Le passé. Quel genre de passé était-ce donc qui comprenait les talents dont il avait fait montre au cours des dernières vingt-quatre heures ? Où avait-il appris à blesser et à estropier en utilisant ses pieds et ses doigts entrecroisés comme des marteaux ! Comment savait-il avec précision où frapper ? Qui lui avait enseigné à jouer sur la mentalité criminelle pour manipuler les gens et obtenir d'eux-mêmes à contrecœur une sorte d'engagement ? Comment pouvait-il être profondément convaincu que ses instincts ne le trompaient pas ? Où avait-il appris à discerner une possibilité de chantage immédiat en surprenant par hasard une conversation dans une boucherie ? Et ce qui était peut-être plus frappant encore, c'était la simple décision de mettre à exécution le crime. Mon Dieu, comment pouvait-il ?

Plus vous le combattez, plus vous vous crucifiez, pire ce sera.

Il concentra son attention sur la route et sur le tableau de bord en acajou de la Jaguar du marquis de Chamford. Un tel étalage d'instruments ne lui était pas familier ; son passé ne comportait pas une expérience approfondie de ce genre de voiture. Sans doute cela révélait-il quelque chose.

Moins d'une heure plus tard il franchissait un pont

au-dessus d'une voie ferrée et sut qu'il avait atteint Marseille. Des petites maisons de pierres carrées, qui semblaient sortir de l'eau ; des rues étroites et des murs partout — le Vieux Port. Il connaissait tout cela et pourtant il ne le connaissait pas. Se dressant au loin, sa silhouette se découpant au sommet d'une des collines, on apercevait une basilique, avec une statue de la Vierge qu'on distinguait nettement au faîte de son clocher. Notre-Dame-de-la-Garde. Le nom lui vint : il l'avait déjà vue — et pourtant il ne l'avait pas vue.

Oh ! mon Dieu. *Assez !*

Quelques minutes plus tard, il était dans le centre palpitant de la ville, roulant sur la Canebière encombrée, avec son grouillement de boutiques luxueuses, les rayons du soleil de l'après-midi se reflétant sur les vitrines teintées de chaque trottoir et baignant les énormes terrasses des cafés. Il prit à gauche, vers le port, passant devant des entrepôts, de petits ateliers et des terrains entourés de barbelés abritant les automobiles prêtes à partir pour le Nord, vers les salles d'exposition de Saint-Etienne, Lyon et Paris. Et vers le Sud, de l'autre côté de la Méditerranée.

L'instinct. Suivre son instinct. Car il ne fallait rien négliger. La moindre ressource pouvait avoir son emploi immédiat. Un caillou avait de la valeur s'il pouvait être lancé, ou bien un véhicule si quelqu'un en avait besoin. Il choisit un parking où les voitures étaient aussi bien neuves que vieilles, mais toutes chères ; il se gara au bord du trottoir et sortit. De l'autre côté de la barrière se trouvait un garage, comme une petite caverne, où des mécanos en salopette déambulaient en silence en trimbalant des outils. Il entra d'un pas nonchalant jusqu'au moment où il eut repéré un homme vêtu d'un costume à petites rayures que son instinct l'incita à aborder.

Cela prit moins de dix minutes, les explications étant réduites au minimum, et la disparition de la Jaguar vers l'Afrique du Nord était garantie, une fois dûment limé le numéro du moteur.

Les clefs aux initiales d'argent massif s'échangèrent contre six mille francs, environ le cinquième de ce que valait la voiture de Chamford. Puis le patient du docteur Washburn trouva un taxi et se fit conduire chez un prêteur sur gages — mais dans un établissement où on ne posait pas trop de questions. Le message était clair ; après tout, on était à Marseille. Et une demi-heure plus tard la Girard Perregaux en or n'était plus à son poignet, remplacée par un chronomètre Seiko et huit cents francs. Chaque chose avait une valeur proportionnelle à son côté pratique : le chronomètre était antichoc.

L'arrêt suivant eut lieu dans un grand magasin de la Canebière. Il choisit des vêtements sur les cintres et les étagères, régla le tout et sortit d'une cabine d'essayage en arborant sa nouvelle tenue, laissant derrière lui un pantalon et un blazer qui ne lui allaient pas.

Il choisit ensuite une valise en cuir souple où il fourra quelques autres vêtements ainsi que son sac. Le patient jeta un coup d'œil à sa nouvelle montre ; il était presque cinq heures, l'heure de trouver un hôtel confortable. Il n'avait pas vraiment dormi depuis plusieurs jours ; il avait besoin de se reposer avant de se rendre rue Sarrasin, dans un café à l'enseigne du *Bouc de Mer*, où des dispositions pourraient être prises pour un rendez-vous plus important, à Zurich.

Allongé sur le lit, il contemplait le plafond où les lumières de la rue dessinaient des figures toujours changeantes sur la surface blanche et lisse. La nuit était tombée rapidement, et avec elle le patient éprouvait un certain sentiment de liberté. On aurait dit que l'obscurité était une gigantesque couverture, tamisant le dur éclairage du jour qui révélait trop vite trop de choses. Il apprenait encore un nouveau détail sur lui-même : il était plus à l'aise la nuit. Comme un chat à demi affamé, il préférait rôder dans les ténèbres. Pourtant, il y avait une contradiction, et de cela aussi il avait conscience. Durant les mois passés à l'île de

Port-Noir, il était avide de soleil, il l'attendait à chaque lever du jour, en souhaitant seulement de voir se dissiper les ténèbres.

Des choses lui arrivaient ; il changeait.

Des choses étaient arrivées. Des événements qui démentaient dans une certaine mesure cette idée de mieux se débrouiller la nuit. Douze heures auparavant, il était à bord d'un bateau de pêche en Méditerranée, avec un but à l'esprit et deux mille francs attachés à sa ceinture. Deux mille francs, un peu moins de cinq cents dollars américains à en juger par le taux de change du jour affiché dans le hall de l'hôtel. Il était nanti maintenant de plusieurs tenues tout à fait acceptables et allongé sur un lit dans un hôtel raisonnablement coûteux, avec un peu plus de vingt-trois mille francs dans un portefeuille Vuitton appartenant au marquis de Chamford. Vingt-trois mille francs... près de six mille dollars américains.

D'où venait-il pour être capable de faire tout cela ? *Assez !*

La rue Sarrasin était si vétuste que dans une autre ville elle aurait pu faire figure de curiosité ; c'était une large allée de brique reliant des rues tracées des siècles plus tard. Mais on était à Marseille ; l'antique coexistait avec l'ancien, l'un et l'autre mal à l'aise avec le moderne. La rue Sarrasin n'avait pas plus de soixante mètres de long, figée dans le temps entre les murs de pierre des bâtiments des quais, sans lampadaires, prenant au piège les brumes qui déferlaient du port. C'était une venelle propice à de brèves rencontres entre hommes qui n'avaient pas envie qu'on observât leurs conciliabules.

Il ne venait de lumières et de bruits que du *Bouc de Mer*. Le café était situé à peu près au milieu de la ruelle, dans ce qui avait été jadis un immeuble de bureaux du XIXe siècle. On avait abattu un certain nombre de cloisons pour installer une grande salle de bar et des tables, mais on avait toutefois aménagé des niches pour des rendez-vous moins publics. C'était, pour le port, l'équivalent de ces salons particuliers qu'on trouvait dans les restaurants de la Canebière et, comme il convenait, il y avait des rideaux mais pas de portes.

Le patient se fraya un chemin entre les tables encombrées, avançant à travers un nuage de fumée, s'excusant en passant devant des pêcheurs titubants, des soldats ivres et des prostituées aux visages rouges en quête de lit pour se reposer et gagner quelques nouveaux francs. Il inspecta une succession de niches, comme un matelot qui cherche ses compagnons — jusqu'au moment où il retrouva le capitaine du bateau de pêche. Il y avait un autre homme à la table. Maigre, au visage pâle, les yeux étroits qui le scrutaient comme ceux d'un furet curieux. « Asseyez-vous, dit le patron d'un ton maussade. Je croyais que vous viendriez plus tôt.

— Vous aviez dit entre neuf et onze. Il est onze heures moins le quart.

— Si vous nous faites attendre, vous pouvez nous payer la goutte.

— Avec plaisir. Commandez quelque chose de convenable s'ils en ont. »

L'homme maigre et pâle sourit. Tout allait bien se passer. Ce fut le cas en effet. Le passeport en question était, comme il fallait s'y attendre, un des plus difficiles du monde à trafiquer mais, avec beaucoup de soin, un bon matériel et des dons artistiques, c'était faisable.

« Combien ?

— Un talent comme ça — et l'équipement — ça n'est pas bon marché. Deux mille cinq cents francs.

— Quand est-ce que je peux l'avoir ?

— Le soin, l'art, ça prend du temps. Trois ou quatre jours. Et encore c'est vraiment bousculer l'artiste ; il va pousser des hauts cris.

— Mille francs de plus si je peux l'avoir demain.

— A dix heures du matin, dit aussitôt l'homme au visage pâle. C'est moi qui subirai ses injures.

— Et les mille francs ? fit le capitaine, l'air toujours

bourru. Qu'est-ce que vous avez apporté de Port-Noir ? Des diamants ?

— Du talent, répondit le patient.

— Il va me falloir une photographie, dit l'autre.

— Je me suis arrêté dans une galerie marchande et j'ai fait faire ça, répondit le patient, tirant de la poche de sa chemise une petite photo d'identité. Avec tout ce matériel coûteux, je suis sûr que vous pouvez l'améliorer.

— Beaux vêtements, dit le capitaine, en passant la photo à l'homme au visage pâle.

— Bien coupés », renchérit le patient.

On se mit d'accord sur le lieu du rendez-vous matinal, on régla les consommations et le capitaine glissa cinq cents francs sous la table. La conférence était terminée ; l'acheteur quitta la niche et se dirigea vers la porte à travers le bar plein d'une foule bruyante et d'une épaisse fumée.

Ça se passa si rapidement, si brusquement, d'une façon si totalement inattendue qu'il n'eut pas le temps de réfléchir. Seulement de réagir. La collision fut brutale, fortuite mais il n'y avait rien de fortuit dans le regard vissé sur lui : les yeux semblaient jaillir de leurs orbites, éberlués, incrédules.

« Non ! Oh ! mon Dieu, non. Ça n'est pas possible... » L'homme se retourna ; le patient plongea en avant, sa main s'abattant sur l'épaule de l'homme.

« Une minute ! »

L'homme se retourna de nouveau, essayant de se libérer de la main qui le retenait. « *Toi !* Mais tu es mort ! Tu n'aurais pas pu survivre !

— J'ai survécu. Qu'est-ce que tu sais ? »

Le visage était maintenant crispé, tordu par la rage, les yeux plissés, la bouche grande ouverte aspirant l'air, découvrant des dents jaunes à l'aspect bestial. Soudain l'homme fut armé d'un couteau, et dans le vacarme ambiant on entendit le claquement de la lame qui sortait. Le bras se détendit en avant, la lame en prolongement de la main qui l'empoignait, plongeant vers le ventre du patient. « Je sais que je veux en finir ! » murmura l'homme.

Le patient abattit son bras droit, comme un pendule qui balayait tout sur son chemin. Il pivota, levant son pied gauche, son talon s'enfonçant dans le bassin de son agresseur.

« *Che-sah !* » L'exclamation retentit à ses oreilles, assourdissante. L'homme trébucha en arrière sur un trio de buveurs tandis que le couteau tombait par terre. On vit l'arme ; des cris éclatèrent, des hommes s'avancèrent, des poings et des mains séparant les combattants.

« Foutez le camp d'ici !

— Allez vous battre ailleurs !

— On ne veut pas de police ici, espèces d'ivrognes ! »

De furieuses exclamations en patois marseillais s'élevèrent au-dessus du brouhaha qui régnait au *Bouc de Mer*. On entoura le patient ; il regarda l'homme qui avait voulu le tuer se frayer un chemin à travers le rassemblement en se tenant l'aine, fendant la foule jusqu'à l'entrée. La lourde porte s'ouvrit ; l'homme se précipita dans les ténèbres de la rue Sarrasin.

Quelqu'un qui le croyait mort — qui le voulait mort — savait qu'il était vivant.

4

En classe économique, la Caravelle d'Air France à destination de Zurich était pleine à craquer, les sièges étroits rendus encore plus inconfortables par les turbulences qui secouaient l'appareil. Un bébé hurlait dans les bras de sa mère ; des enfants pleurnichaient, ravalant des cris de frayeur tandis que les parents leur prodiguaient en souriant des paroles de réconfort qu'ils ne ressentaient pas. La plupart des autres passagers gardaient le silence, quelques-uns buvant leur whisky plus vite qu'il n'était habituel de le faire. D'autres, moins nombreux encore, arrachaient un rire à leurs gorges serrées, une bravade qui sonnait faux et qui soulignait leur insécurité plutôt que de la déguiser. Un vol désagréable peut représenter bien des choses selon les passagers, mais bien peu échappent à une sourde appréhension. Lorsque l'homme s'est enfermé dans un tube métallique à dix mille mètres au-dessus du sol, il s'est rendu vulnérable. Il pourrait, d'un long plongeon déchirant l'air, piquer vers la terre. Et se poser alors les questions fondamentales qui allaient de pair avec la terreur. Quelles pensées vous traverseraient l'esprit à ce moment-là ? Comment réagirait-on ?

Le patient essayait de le découvrir ; pour lui, c'était important. Il était assis auprès d'un hublot, ses yeux fixant l'aile de l'appareil, regardant la large surface de métal vibrer sous le violent impact des vents. Les tourbillons déferlaient les uns contre les autres, martelant cette coque fabriquée par l'homme, rappelant aux créatures minuscules qu'elle abritait qu'ils n'étaient pas faits pour supporter les infirmités sans bornes de la nature. Une pression dépassant de quelques grammes la tolérance de flexibilité et l'aile craquerait, arrachée par le vent ; quelques rivets sauteraient, il y aurait une brève explosion et puis le plongeon en piqué.

Que ferait-il ? Que penserait-il ? A part la peur incontrôlable de mourir et de sombrer dans l'oubli, y aurait-il autre chose ? C'était là-dessus qu'il devait se concentrer ; c'était la projection dont Washburn parlait sans cesse à Port-Noir. Les mots du médecin lui revinrent.

Lorsque vous observez une situation qui vous met en état de tension — et vous avez le temps — faites tous vos efforts pour vous projeter dedans. Laissez les associations d'idées se faire aussi librement que possible ;

laissez les mots et les images vous emplir l'esprit. Peut-être trouverez-vous là des indices.

Le patient continuait de regarder par le hublot, s'efforçant délibérément d'éveiller son inconscient, les yeux braqués sur les éléments déchaînés de l'autre côté de la vitre, et faisant sans rien dire de son mieux pour laisser ses réactions donner naissance à des mots et à des images.

Cela finit par venir... lentement. D'abord, ce furent de nouveau les ténèbres, et le bruit du vent qui hurlait, à vous fracasser les oreilles, un bruit continu, qui s'amplifiait jusqu'au moment où il crut que sa tête allait éclater. Sa tête... Les vents lui labouraient le côté gauche de la tête et du visage, lui brûlant la peau, le forçant à lever son épaule gauche pour se protéger... son épaule gauche. Son bras gauche. Son bras était levé, les doigts gantés de sa main gauche étreignaient une corniche métallique, sa main droite tenait une... une courroie ; il se cramponnait à une courroie en attendant quelque chose. Un signal... Une lumière qui clignotait ou bien une tape sur l'épaule, ou bien les deux. Un signal. Il venait enfin. Il se sentit plonger. Dans l'obscurité, dans le vide, son corps tournoyant, basculant, balayé dans le ciel nocturne. Il avait... sauté en parachute !

« *Etes-vous malade ?* »

Son rêve dément se brisa ; le passager nerveux assis à côté de lui avait touché son bras gauche... qui était levé, les doigts de sa main écartés comme pour résister et figés dans la position où ils étaient. Sur sa poitrine, son avant-bras droit était serré contre le tissu de sa veste, sa main droite étreignant le revers, froissant le tissu. Et sur son front ruisselant des filets de sueur ; c'était arrivé. L'autre chose s'était un instant — un instant de folie — précisée devant ses yeux.

« *Excusez-moi*, dit-il, en abaissant les bras. *Un mauvais rêve* », ajouta-t-il vaguement.

Il y eut une accalmie ; la Caravelle se stabilisa. Sur les visages harassés des hôtesses les sourires redevinrent sincères ; le service reprit tandis que les passagers embarrassés se regardaient.

Le patient observa ce qui l'entourait mais sans parvenir à aucune conclusion. Il était tout absorbé par les images et les bruits qu'il avait perçus avec une telle netteté dans son esprit. Il s'était précipité en dehors d'un avion... de nuit... et à ce saut étaient liés un signal et du métal et des courroies. Il avait bel et bien sauté en parachute. *Où ? Pourquoi ?*

Cesse de te crucifier !

Sans autre raison que de chercher à détourner ses pensées de cette folie, il plongea la main dans sa poche intérieure de veston, en tira le passeport trafiqué et l'ouvrit. Comme on pouvait s'y attendre, on avait conservé le nom de *Washburn* ; c'était une pratique assez courante et le propriétaire du passeport avait précisé qu'il n'était pas recherché. Toutefois le *Geoffrey R.* avait été changé en *George P.*, et une main experte avait supprimé des lettres et modifié les espacements. La photographie était elle aussi passée par les mains d'un expert ; elle ne ressemblait plus au mauvais tirage provenant d'une machine automatique.

Les numéros, bien sûr, étaient totalement différents, et garantis pour ne pas provoquer d'alerte dans un ordinateur de service d'immigration. Du moins jusqu'au moment où le titulaire soumettrait son passeport pour la première fois à la vérification d'un ordinateur ; à partir de là, c'était la responsabilité de l'acheteur. On payait autant pour cette garantie que pour le travail artistique et le matériel, car elle exigeait des relations avec Interpol et les centres de renseignements des services d'immigration. Des fonctionnaires des douanes, des spécialistes d'ordinateurs et des employés travaillant dans les services frontaliers d'Europe étaient régulièrement payés pour ces informations vitales ; ils commettaient rarement d'erreurs. Si, et quand cela se produisait, il n'était pas rare que cette méprise se payât de la perte d'un œil ou d'un bras : ainsi étaient les courtiers en faux papiers.

George P. Washburn. Il n'était pas à l'aise avec ce nom ; le propriétaire du document original lui avait trop bien expliqué les fondements de la projection et de l'association d'idées. *George P.* n'était qu'une façon d'esquiver *Geoffrey R.*, un homme dévoré par une impulsion dont les racines plongeaient dans l'évasion : une évasion loin de l'identité. C'était la dernière chose que le patient voulait ; il voulait, plus que tout, savoir qui il était.

En était-il bien sûr ?

Peu importait. La réponse était à Zurich. A Zurich il y avait...

« *Mesdames et messieurs. Nous commençons notre descente vers l'aéroport de Zurich.* »

Il connaissait le nom de l'hôtel : Carillon du Lac. Il l'avait donné sans réfléchir au chauffeur de taxi. L'avait-il lu quelque part ? Le nom figurait-il parmi ceux énumérés dans les dépliants « Bienvenue-à-Zurich » placés dans les poches extensibles sur le dossier de la banquette du siège devant lui ?

Non. Il connaissait le hall ; les lourdes boiseries sombres et bien astiquées avaient quelque chose de... de familier. Et les grandes baies vitrées qui donnaient sur le lac de Zurich. Il était déjà venu ici ; voilà longtemps il s'était arrêté là où il était maintenant ; devant le comptoir au dessus de marbre.

Tout cela se trouva confirmé par les paroles de l'employé de la réception. Elles eurent l'impact d'une explosion :

« C'est bon de vous revoir, monsieur. Ça fait pas mal de temps que vous n'étiez pas venu chez nous. »

Ah oui ? Depuis combien de temps ? Pourquoi ne m'appelez-vous pas par mon nom ? Bon sang ! Je ne vous connais pas ! Je ne me connais pas ! Aidez-moi ! Je vous en prie, aidez-moi !

« C'est vrai, dit-il. Voulez-vous me rendre un service ? Je me suis foulé la main ; j'ai du mal à écrire.

Pourriez-vous remplir ma fiche et je ferai de mon mieux pour la signer ? »

Le patient retint son souffle. Et si cet homme poli, derrière le comptoir, lui demandait de répéter son nom, ou de l'épeler ?

« Bien sûr. (L'employé fit pivoter la fiche et écrivit.) Voudriez-vous voir le médecin de l'hôtel ?

— Plus tard, peut-être. Pas maintenant. »

L'employé écrivait toujours, puis il souleva la carte, la tournant vers le client pour la lui faire signer.

M. J. Bourne. New York N.Y., U.S.A.

Il la contempla, pétrifié, hypnotisé par ce qu'il voyait. Il avait un nom... une partie d'un nom. Et un pays ainsi qu'un lieu de résidence.

J. Bourne. John ? James ? Joseph ? Que représentait le *J* ?

« Quelque chose qui ne va pas, Herr Bourne ? demanda l'employé.

— Comment ? Non, pas du tout. » Il prit le stylo, n'oubliant pas de feindre un certain inconfort. S'attendrait-on à le voir écrire un prénom ? Non, il allait signer exactement comme l'employé avait écrit en majuscules.

M. J. Bourne.

Il écrivit le nom aussi naturellement qu'il put, laissant son esprit vagabonder, accueillant toutes les pensées, toutes les images que cela pouvait évoquer. Rien ; il se contentait de signer d'un nom inconnu. Il n'éprouvait rien.

« Vous m'avez fait peur, mein Herr, dit l'employé. J'ai cru que je m'étais trompé. Ça a été une semaine très chargée, et une journée encore plus chargée. Mais j'ai très vite été tout à fait certain. »

Et si ç'avait été le cas ? S'il s'était trompé ? M. J. Bourne, de New York, U.S.A., se refusait à envisager cette possibilité. « L'idée ne m'est jamais venue de mettre en doute votre mémoire... Herr Stossel », répondit le patient, jetant un coup d'œil au panneau sur le mur gauche du comptoir annonçant qui était de service ; l'homme derrière le comptoir était le directeur adjoint du Carillon du Lac. « Vous êtes bien bon. » Le directeur adjoint se pencha en avant. « Je présume que vous désirez les consignes habituelles de votre séjour chez nous ?

— Certaines ont pu changer, dit J. Bourne. Voulez-vous me les rappeler ?

— Quiconque téléphone ou vous demande à la réception doit s'entendre répondre que vous êtes absent de l'hôtel, sur quoi vous devez en être aussitôt informé. La seule exception est votre bureau de New York. La Treadstone Seventy One Corporation, si je me souviens bien. »

Un autre nom ! Un dont il pouvait retrouver la trace par un simple coup de fil transatlantique. De petits fragments se remettaient en place. Il retrouva quelque entrain.

« Ce sera parfait. Je n'oublierai pas votre efficacité.

— C'est Zurich, répondit l'homme en haussant les épaules. Vous avez toujours été extrêmement généreux, Herr Bourne. *Page... hierher, bitte !* »

Tandis que le patient suivait le chasseur dans l'ascenseur, plusieurs éléments lui parurent plus clairs. Il avait un nom et il comprenait pourquoi ce nom revenait si vite en mémoire au directeur adjoint du Carillon du Lac. Il avait un pays, une ville et un bureau qui l'employait... du moins, qui l'*avait* employé. Et chaque fois qu'il venait à Zurich, certaines précautions étaient prises pour le protéger de visiteurs inattendus ou indésirables. C'était cela qu'il n'arrivait pas à comprendre. Ou bien l'on se protégeait totalement, ou bien on ne prenait pas la peine de se protéger du tout. Quel était le véritable avantage d'un système de filtrage si lâche, si vulnérable à la pénétration ? Cela lui parut être des précautions de second ordre, sans valeur, comme si un petit enfant jouait à cache-cache. *Où suis-je ? Essayez de me trouver. Je vais crier quelque chose pour te mettre sur la piste.*

Ce n'était pas professionnel, et s'il avait appris quelque chose sur son sujet au cours des dernières quarante-huit heures, c'était qu'il était bien un professionnel. Dans quel domaine, il n'en avait pas idée, mais le statut n'était pas discutable.

La voix de l'opératrice à New York s'affaiblissait par moments. Sa conclusion, toutefois, était d'une exaspérante clarté. Et définitive. « Il n'y a pas d'abonné au nom de cette société, monsieur. J'ai consulté les annuaires les plus récents ainsi que la liste rouge, et il n'y a pas de Treadstone Corporation — et rien qui ressemble même à Treadstone suivi d'un chiffre.

— Peut-être l'a-t-on supprimé pour abréger...

— Il n'y a *pas* de bureau ni de société de ce nom, monsieur. Je répète, si vous avez un ou deux prénoms, ou si vous connaissez le genre d'affaires dont s'occupe ce bureau, je pourrai peut-être vous aider davantage.

— Je n'ai rien. Rien que le nom, Treadstone Seventy One, New York.

— C'est un nom bizarre, monsieur. Je suis sûre que s'il figurait dans l'annuaire il serait très simple à trouver. Je suis désolée.

— Merci beaucoup de votre obligeance », dit J. Bourne, en raccrochant.

Inutile de poursuivre ; le nom était une sorte de code, des mots énoncés par un correspondant lui permettant de communiquer avec un client de l'hôtel qui n'était pas facile à joindre. Et ces mots pouvaient être utilisés par n'importe qui, sans tenir compte de l'endroit d'où émanait l'appel ; l'adresse de New York pouvait donc fort bien ne rien vouloir dire. C'était ce qu'affirmait une opératrice se trouvant à huit mille kilomètres de Zurich.

Le patient s'approcha d'un secrétaire sur lequel il avait déposé le portefeuille Vuitton et le chronomètre Seiko. Il mit le portefeuille dans sa poche et passa la montre à son poignet ; il regarda dans la glace et dit d'une voix douce :

« Tu es J. Bourne, citoyen américain, résidant à New York, et il est tout à fait possible que les chiffres "zéro — sept — dix-sept — douze — zéro — quatorze

— vingt-six — zéro" soient ce qu'il y a de plus important dans ta vie. »

Le soleil brillait, filtrant à travers les arbres sur l'élégant Bahnhofstrasse, se reflétant sur les glaces des magasins et projetant des ombres massives là où les grandes banques arrêtaient ses rayons. C'était une rue qui sentait l'argent et la stabilité, la sécurité et l'arrogance, où coexistaient la résolution avec un rien de frivolité ; et le patient du docteur Washburn en avait arpenté déjà les trottoirs. Il déboucha sur Burkli Platz, le square qui dominait le lac de Zurich, avec ses nombreux quais bordés de jardins qui dans la chaleur de l'été devenaient des parterres de fleurs. Ils les revoyait dans son esprit ; des images lui revenaient. Mais aucune pensée, aucun souvenir.

Il revint vers la Bahnhofstrasse, sachant d'instinct que la Gemeinschaft Bank était un bâtiment de pierres blanches non loin de là ; il se trouvait sur l'autre trottoir ; il était passé devant délibérément. Il s'approcha des lourdes portes vitrées et poussa le panneau central. La porte pivota sans effort et il se retrouva sur un sol de marbre marron ; il était déjà venu ici, mais l'image n'était pas aussi forte que les autres. Il avait la désagréable impression qu'il devait éviter la Gemeinschaft.

Il n'en était plus question maintenant.

« Bonjour, monsieur. Vous désirez... ? »

L'homme qui lui posait cette question était en jaquette, la fleur rouge à sa boutonnière, symbole de son autorité. Les vêtements de son client expliquaient son usage du français ; même les subordonnés de gnomes de Zurich étaient observateurs.

« J'ai une affaire personnelle et confidentielle à discuter », répondit J. Bourne en anglais, une fois de plus un peu surpris par les mots qu'il énonçait avec un tel naturel. S'il utilisait l'anglais, c'était pour deux raisons : il voulait voir quelle expression arborerait le gnome se rendant compte de son erreur, et il ne voulait surtout pas qu'on donnât une fausse interprétation à rien de ce qu'il dirait au cours de l'heure suivante.

« Je vous demande pardon, monsieur, dit l'homme avec un imperceptible haussement d'épaules, en examinant le pardessus de son client. L'ascenseur sur votre gauche, deuxième étage. L'huissier vous indiquera. »

L'huissier en question était un homme d'un certain âge aux cheveux coupés en brosse et portant des lunettes à monture d'écaille ; il avait une expression figée et les yeux brillant d'une curiosité réprimée. « Avez-vous en général des questions personnelles et confidentielles à discuter avec nous, monsieur ? demanda-t-il, en reprenant la formule du visiteur.

— En effet.

— Votre signature, je vous prie », dit l'huissier, lui tendant une feuille de papier à en-tête de la Gemeinschaft avec deux lignes en pointillé disposées au milieu de la page.

Le client comprit ; on ne demandait pas de nom. *Les numéros écrits à la main remplacent le nom... Ils constituent la signature du titulaire du compte. Procédure classique.* Voilà ce qu'avait expliqué Washburn.

Le patient écrivit les chiffres, se détendant la main pour que son écriture ne fût pas crispée. Il rendit la feuille à l'huissier qui l'inspecta, se leva de son fauteuil et désigna une rangée de portes étroites et vitrées. « Si vous voulez bien attendre dans la quatrième salle, monsieur, quelqu'un va s'occuper de vous tout de suite.

— La quatrième salle ?

— La quatrième porte en partant de la gauche. Elle se verrouillera automatiquement.

— Est-ce nécessaire ? »

L'huissier lui lança un coup d'œil surpris. « C'est conforme à vos propres instructions, monsieur, dit-il poliment, un soupçon de surprise filtrant derrière sa courtoisie. C'est un compte à trois zéros. D'habitude, à la Gemeinschaft, les détenteurs de ces comptes téléphonent d'avance de façon qu'on puisse les faire entrer par un passage privé.

— Je le sais, déclara sans vergogne le patient de Washburn avec une nonchalance qu'il était loin d'éprouver. C'est simplement que je suis pressé.

— Je m'en vais expliquer ça aux Vérifications, monsieur.

— Aux Vérifications ? »

M. J. Bourne, de New York, U.S.A., ne put se retenir ; le mot retentissait comme une sonnette d'alarme. « Les Vérifications de signatures, monsieur. » L'homme ajusta ses lunettes ; ce mouvement masqua le pas qu'il fit pour se rapprocher de son bureau, sa main gauche à quelques centimètres d'une console. « Je vous propose d'attendre dans la salle quatre, monsieur. » Cette suggestion n'était pas une requête ; c'était un ordre.

« Pourquoi pas ? Dites-leur seulement de faire vite, voulez-vous ? » Le patient s'approcha de la quatrième porte, l'ouvrit et pénétra à l'intérieur. La porte se referma automatiquement ; il entendit le déclic de la serrure. J. Bourne regarda le panneau vitré ; ce n'était pas un simple panneau de verre, car on distinguait sous la surface un réseau de fils très fins qui s'entrecroisaient. A n'en pas douter, tout bris de verre déclencherait une alarme ; il était dans une cellule, attendant d'être convoqué.

Le reste de la petite pièce était lambrissé de bois et meublé avec un certain goût, deux fauteuils de cuir l'un auprès de l'autre, en face d'un petit canapé flanqué de tables anciennes. A l'autre bout de la pièce, une seconde porte offrait un contraste étonnant : elle était en acier gris. Il y avait sur les tables des magazines et des journaux récents en trois langues. Le patient s'assit et prit l'édition parisienne du *Herald Tribune*. Il lut les mots imprimés, mais sans rien en retenir. On allait l'appeler d'un instant à l'autre ; son esprit était tout entier absorbé par les idées de manœuvres à faire. Une manœuvre sans mémoire, rien que d'instinct.

La porte d'acier finit par s'ouvrir, livrant passage à un homme mince et de haute taille, aux traits aquilins et aux cheveux gris coiffés avec soin. Un visage de patricien, qui ne demandait qu'à rendre service à un pair qui avait besoin de ses talents. Il tendit la main, s'exprimant dans un anglais raffiné et qui coulait sans effort sous un léger accent suisse.

« Enchanté de vous rencontrer. Pardonnez-moi cette attente ; en fait, c'était assez drôle.

— Comment cela ?

— Je crains que vous n'ayez un peu surpris Herr Koenig. Ça n'est pas souvent qu'un compte à trois zéros arrive sans prévenir. Il est très ancré dans ses habitudes, vous savez ; l'insolite lui gâche sa journée. En revanche, cela rend généralement les miennes plus agréables. Je suis Walther Apfel. Entrez, je vous en prie. »

Le banquier lâcha la main du patient et lui désigna la porte d'acier. De l'autre côté, la pièce en forme de V, était un prolongement de la cellule. Des lambris sombres, des meubles lourds et confortables et un grand bureau installé devant une large baie donnant sur la Bahnhofstrasse.

« Je suis désolé d'avoir bouleversé ses habitudes, dit J. Bourne. C'est juste que j'ai très peu de temps.

— Oui, c'est ce qu'il m'a dit. (Apfel fit le tour du bureau, désignant de la tête un des fauteuils de cuir.) Asseyez-vous donc. Une ou deux formalités et nous pourrons discuter de l'affaire qui vous amène. »

Les deux hommes s'assirent ; aussitôt le banquier prit un bloc de papier et se pencha pour le tendre à son client. Maintenue en place par une pince il y avait une autre feuille de papier à en-tête, mais au lieu de deux lignes en pointillé, il y en avait dix qui s'étalaient sur toute la hauteur de la page. « Votre signature, s'il vous plaît. Un minimum de cinq suffira.

— Je ne comprends pas. Je viens de le faire.

— Et de façon tout à fait satisfaisante. La Vérification l'a confirmé.

— Alors pourquoi recommencer ?

— On peut s'habituer à imiter une signature jusqu'au moment où on peut la faire une fois de façon acceptable. Toutefois, des répétitions successives provoqueront des défauts si elle n'est authentique. Un des chiffreurs graphologiques les repérera aussitôt ; mais je suis certain que vous n'avez pas à vous inquiéter. (Apfel sourit en posant un stylo au bord du bureau.) Ni moi non plus, pour tout vous dire, mais Koenig insiste.

— C'est un homme prudent », dit le patient, prenant la plume et commençant à écrire. Il attaquait la quatrième signature lorsque le banquier l'arrêta.

« Ça ira ; le reste est vraiment une perte de temps. (Apfel reprit le bloc.) On m'a dit aux Vérifications que vous n'étiez même pas un cas litigieux. En échange de ceci, on va vous remettre votre compte. (Il inséra la feuille de papier dans la fente d'un étui métallique sur le côté droit de son bureau et pressa un bouton ; un pinceau lumineux s'éclaira puis s'éteignit.) Cet appareil transmet directement les signatures au déchiffreur qui, bien sûr, est programmé. Là encore, franchement, c'est un peu ridicule. Personne, connaissant les précautions que nous prenons, ne consentirait à tracer les signatures supplémentaires s'il était un imposteur.

— Pourquoi pas ? Dès l'instant qu'il serait allé jusque-là, pourquoi ne pas le tenter ?

— Il n'y a qu'une entrée à ce bureau, et inversement qu'une sortie. Je suis certain que vous avez entendu le déclic de la serrure dans la salle d'attente.

— Tout comme j'ai vu le réseau de fils dans la vitre, ajouta le patient.

— Alors vous comprenez. Un imposteur reconnu serait pris au piège.

— Et s'il avait une arme ?

— Vous n'en avez pas.

— Personne ne m'a fouillé.

— Si, l'ascenseur. Sous quatre angles différents. Si vous aviez été armé, la cabine se serait arrêtée entre le premier et le second étage.

— Vous prenez toutes les précautions.

— Nous essayons d'être efficaces. (Le téléphone sonna. Apfel répondit.) Oui ? Entrez. (Le banquier jeta un coup d'œil à son client.) Le dossier de votre compte est ici.

— Ça a été rapide.

— Herr Koenig a signé voilà quelques minutes ; il attendait simplement la confirmation du déchiffreur. (Apfel ouvrit un tiroir et y prit un trousseau de clefs.) Je suis certain qu'il est déçu. Il était absolument sûr que quelque chose clochait. »

La porte d'acier s'ouvrit et l'huissier entra, portant un coffret de métal noir qu'il posa sur le bureau auprès d'un plateau sur lequel se trouvaient une bouteille de Perrier et deux verres.

« Vous êtes content de votre séjour à Zurich ? demanda le banquier, de toute évidence pour meubler le silence.

— Très. Ma chambre donne sur le lac. C'est une belle vue, très paisible, très calme.

— Magnifique », dit Apfel en versant un verre de Perrier à son client.

Herr Koenig sortit ; la porte se referma et le banquier revint à ses affaires.

« Votre compte, monsieur, dit-il en choisissant une clef dans le trousseau. Puis-je me permettre de déverrouiller le coffre ou préféreriez-vous le faire vous-même ?

— Allez-y. Ouvrez-le. »

Le banquier leva les yeux. « J'ai dit déverrouiller, pas ouvrir. Ce n'est pas à moi de le faire et d'ailleurs je n'en prendrais pas la responsabilité.

— Pourquoi donc ?

— Au cas où votre identité y figurerait, ce n'est pas à moi de la connaître.

— Et si je voulais effectuer une transaction ? Faire transférer de l'argent, en faire virer à quelqu'un d'autre.

— Cela pourrait se faire avec votre signature chiffrée sur un formulaire de retrait.

— Ou en faire envoyer à une autre banque... Hors de Suisse ? A mon intention.

— Alors il faudrait un nom. Dans ces circonstances, ce serait à la fois ma responsabilité et mon privilège que de réclamer une identité.

— Ouvrez. »

Le banquier obéit. Le patient du docteur Washburn retint son souffle, une douleur aiguë se nouant au creux de son estomac. Apfel prit une liasse de relevés rassemblés par un très grand trombone. Ses yeux de banquier se posèrent sur la colonne de droite des premières pages. Son expression de banquier semblait impassible, mais pas tout à fait. Sa lèvre inférieure eut une crispation à peine perceptible, qui plissa les commissures de sa bouche ; il se pencha en avant et tendit les feuillets à leur propriétaire.

Sous l'en-tête de la Gemeinschaft, on pouvait lire, dactylographiés, les mots suivants, en anglais, de toute évidence la langue du client :

Compte : zéro — sept — dix-sept — douze — zéro — quatorze — vingt-six — zéro.

Nom : restreint aux Instructions légales et au Détenteur.

Accès : scellé sous pli séparé.

Fonds en dépôt : sept millions cinq cent mille *Francs*.

Le patient exhala lentement, en contemplant le chiffre. Même s'il se croyait préparé à tout, rien ne pouvait dépasser cela. C'était aussi terrifiant que tout ce qu'il avait connu depuis ces cinq derniers mois. En gros la somme représentait plus de cinq millions de dollars. Cinq millions de dollars !

Comment ? Pourquoi ?

Maîtrisant le tremblement qui commençait à lui agiter la main, il feuilleta les relevés pour regarder les versements. Ils étaient nombreux, et les sommes extraordinaires ; jamais moins de trois cent mille francs suisses, les dépôts étant effectués toutes les cinq à huit semaines sur une période de vingt-trois mois. Il regarda la dernière feuille de relevés, où figurait le premier versement. C'était un transfert d'une banque de Singapour et le plus gros dépôt : deux millions sept cent mille dollars malaisiens convertis en cinq millions cent soixante-quinze mille francs suisses.

Sous le relevé, il sentit le contour d'une autre enveloppe, bien plus petite que la page elle-même. Il souleva le papier ; l'enveloppe était bordée de noir et portait une inscription dactylographiée :

Identité : accès du détenteur.
Restrictions légales : directeur accrédité, Société Treadstone soixante et onze, le porteur présentera des instructions écrites du détenteur. Sujettes à vérification.

« J'aimerais vérifier ceci, dit le client.
— C'est à vous, répondit Apfel. Je puis vous assurer que personne n'y a touché. »

Le patient prit l'enveloppe et la retourna. Un cachet de la Gemeinschaft figurait sur les bords du rabat ; les lettres étaient bien en place. Il ouvrit l'enveloppe, en tira la fiche et lut :

Détenteur : Jason Charles Bourne.
Adresse : non précisée.
Nationalité : américaine.

Jason Charles Bourne.
Jason.

Le J représentait Jason ! Son nom était Jason Bourne. Le *Bourne* ne lui disait rien, pas plus que le *J*. Bourne, mais la combinaison de Jason et de Bourne fit tomber en place d'obscurs cliquets. Il pouvait accepter ce nom : il l'acceptait bel et bien. Il était Jason Charles Bourne, citoyen américain. Il sentait pourtant un martèlement dans sa poitrine ; la vibration dans ses oreilles était assourdissante, la douleur dans son estomac plus aiguë. *Qu'était-ce donc ? Pour-*

quoi avait-il le sentiment de replonger dans les ténèbres, dans les eaux noires ?

« Quelque chose qui ne va pas ? » demanda Walther Apfel.

Quelque chose qui ne va pas, Herr Bourne ?

« Non. Tout va bien. Mon nom est Bourne. Jason Bourne. »

Est-ce qu'il criait ? Chuchotait ? Il était incapable de le dire.

« Enchanté de vous connaître, monsieur Bourne. Votre identité restera confidentielle. Vous avez la parole d'un des directeurs de la banque Gemeinschaft.

— Merci. Voyons, je crois qu'il va me falloir transférer une grande partie de cet argent et je vais avoir besoin de votre aide.

— Ce sera avec plaisir. Quelque aide ou conseil que je puisse vous fournir, je serai enchanté de le faire. »

Bourne tendit la main vers le verre de Perrier.

La porte d'acier du bureau d'Apfel se referma derrière lui ; dans quelques secondes il allait quitter la petite cellule antichambre meublée avec goût, traverser la salle de réception et se diriger vers les ascenseurs. Dans quelques minutes, il serait sur le Bahnhofstrasse avec un nom, beaucoup d'argent et pas grand-chose d'autre qu'un mélange de peur et de désarroi.

Il avait réussi. Le docteur Geoffrey Washburn avait été largement payé pour la vie qu'il avait sauvée. Un virement télégraphique d'un montant de un million cinq cent mille francs suisses avait été adressé à une banque de Marseille, pour être versé à un compte numéroté dont le montant parviendrait au seul médecin de l'île de Port-Noir, sans que le nom de Washburn fût jamais utilisé ni révélé. Tout ce que Washburn aurait à faire serait de se rendre à Marseille, de réciter les chiffres codés et l'argent serait à lui. Bourne sourit tout seul, s'imaginant l'expression du visage de Washburn lorsqu'on lui remettrait l'argent. Le vieux médecin alcoolique et excentrique aurait été ravi de toucher dix ou quinze mille livres. Et voilà qu'il toucherait plus d'un million de dollars. Cela assurerait soit son rétablissement, soit sa destruction ; il devrait choisir, c'était son problème.

Un second virement de quatre millions cinq cent mille francs fut adressé à une banque du quartier de la Madeleine à Paris, pour être déposé au nom de Jason C. Bourne. Le virement serait effectué par le sac de la Gemeinschaft qui deux fois par semaine partait pour Paris, les fiches avec les signatures en trois exemplaires accompagnant les documents. Herr Koenig avait affirmé à son supérieur, ainsi qu'au client, que les papiers seraient à Paris dans trois jours.

Auprès de cela, la dernière transaction était mineure. On apporta dans le bureau d'Apfel cent mille francs en grosses coupures, l'ordre de retrait portant la signature chiffrée du détenteur du compte. Il restait en dépôt à la Gemeinschaft Bank un million quatre cent mille francs suisses, ce qui était loin d'être une somme négligeable.

Comment ? Pourquoi ? D'où ?

Tout cela n'avait pris qu'une heure et vingt minutes, avec une seule note discordante dans toute cette opération sans heurt. Bien entendu, elle était due à Koenig, dont le visage exprimait un mélange de gravité et de triomphe modeste. Il avait téléphoné à Apfel, avait été introduit et avait remis à son supérieur une petite enveloppe bordée de noir.

« Une fiche », avait-il dit en français.

Le banquier avait ouvert l'enveloppe, en avait retiré une carte, l'avait examinée puis avait rendu le tout à Koenig. « La procédure sera respectée », avait-il dit.

Koenig était sorti.

« Cela me concernait ? avait demandé Bourne.

— Seulement pour les cas où nous devons sortir d'aussi grosses sommes. Simple politique de la maison. » Le banquier avait eu un sourire rassurant.

Un déclic dans la serrure. Bourne ouvrit la porte

vitrée et pénétra dans le fief personnel de Herr Koenig. Deux autres hommes étaient arrivés, ils s'étaient assis aux extrémités opposées de la salle de réception. Comme ils n'étaient pas dans des cellules séparées derrière des vitres opaques, Bourne supposa qu'aucun des deux n'avait un compte à triple zéro. Il se demanda s'ils avaient signé leurs noms ou écrit toute une série de chiffres, mais il cessa de se poser des questions dès l'instant où il se trouva devant l'ascenseur et pressa le bouton. Du coin de l'œil, il perçut un mouvement ; Koenig avait remué la tête, faisant un signe aux deux hommes. Ils se levèrent au moment où la porte de l'ascenseur s'ouvrait. Bourne se retourna ; l'homme situé à sa droite avait tiré de la poche de son manteau un petit poste émetteur ; il parlait dans le micro... en phrases brèves et rapides. L'homme sur sa gauche avait la main droite dissimulée sous le tissu de son imperméable. Lorsqu'il la retira, il brandissait un pistolet, un 9 mm automatique noir avec un cylindre perforé fixé au canon : un silencieux.

Les deux hommes convergèrent sur Bourne tandis qu'il reculait dans l'ascenseur vide.

Débuta un cycle de folie.

5

Les portes de l'ascenseur commencèrent à se refermer ; l'homme à l'émetteur était déjà à l'intérieur, les épaules de son compagnon armé se glissant entre les panneaux qui coulissaient, le pistolet braqué sur la tête de Bourne.

Jason se pencha vers la droite — un brusque geste de peur — puis soudain, sans crier gare, leva son pied gauche en pivotant, son talon heurtant la main qui tenait le pistolet et le projetant en l'air, tandis que l'homme reculait en trébuchant et disparaissait de la cabine. Deux coups de feu assourdis précédèrent la fermeture des portes, les balles allant s'enfoncer dans le bois épais du plafond. Bourne termina de tourner sur lui-même, son épaule venant s'enfoncer dans l'estomac du second de ses adversaires, sa main droite plongeant vers la poitrine, sa main gauche happant la main qui tenait l'émetteur. Il précipita l'homme contre la paroi. L'émetteur fut projeté à travers la cabine ; comme il tombait, des mots sortirent du haut-parleur :

« Henry ? Ça va ? Qu'est-ce qui se passe ? »

L'image d'un autre Français vint à l'esprit de Jason. Un homme au bord de la crise de nerfs, au regard incrédule, un tueur qui était sorti en courant du *Bouc de Mer*, pour plonger dans les ombres de la rue Sarrasin, moins de vingt-quatre heures plus tôt. Cet homme-là n'avait pas perdu de temps pour envoyer son message à Zurich. Celui qu'ils croyaient mort était vivant. Tout ce qu'il y a de plus vivant. *Tuez-le !*

Bourne empoigna le Français en le plaquant devant lui, son bras gauche serrant la gorge de l'homme, sa main droite tirant sur l'oreille gauche. « Combien ? demanda-t-il en français. Combien y en a-t-il en bas ? Où sont-ils ?

— Trouve-le toi-même, salaud ! »

L'ascenseur était à mi-chemin du hall d'entrée.

Jason fit pencher la tête de l'homme, lui arrachant à demi l'oreille, tout en lui fracassant la tête contre la paroi. Le Français se mit à hurler en s'effondrant sur le plancher. Bourne envoya un coup de genou dans la poitrine de l'homme ; il sentit le baudrier. D'un geste brusque il entrouvrit le manteau, plongea la main et en retira un revolver à canon court. L'idée le traversa que quelqu'un avait débranché le système du détecteur métallique installé dans l'ascenseur. Koenig. Il s'en souviendrait : pas d'amnésie à propos de Herr Koenig. Il enfonça le canon de son arme dans la bouche ouverte du Français. « Raconte ou je te fais sauter le crâne ! » L'homme émit un gémissement rauque ; Bourne retira l'arme pour appuyer le canon contre sa joue. « Deux. Un près des ascenseurs, l'autre sur le trottoir, auprès de la voiture.

— Quelle sorte de voiture ?

— Une Peugeot.

— Couleur ? » L'ascenseur ralentissait, il allait s'arrêter.

« Marron.

— L'homme dans le hall. Qu'est-ce qu'il a sur le dos ?

— Je ne sais pas... »

Jason frappa l'homme à la tempe avec le pistolet. « Tu ferais mieux de t'en souvenir !

— Un manteau noir ! »

L'ascenseur s'arrêta ; Bourne remit le Français debout ; les portes s'ouvrirent. Sur la gauche, un homme en imperméable noir et le nez chaussé d'une bizarre paire de lunettes à monture dorée s'avança. D'un coup d'œil, il comprit : du sang ruisselait sur la joue du Français. La main qu'on ne voyait pas remonta un peu, cachée dans la large poche de son imperméable, et un autre automatique muni d'un silencieux se braqua sur la cible venant de Marseille.

Jason poussa le Français devant lui pour lui faire franchir les portes battantes. On entendit trois *pshttt* en rapides successions ; le Français poussa un cri, levant les bras tout en émettant un dernier hurlement de protestation. Il cambra le dos et s'effondra sur le sol dallé de marbre. Une femme à la droite de l'homme aux lunettes à monture dorée poussa un cri, imitée par plusieurs hommes qui se mirent à crier *Hilfe !* et *Polizei !*

Bourne savait qu'il ne pouvait pas utiliser le revolver qu'il avait pris au Français. L'arme n'avait pas de silencieux ; le bruit d'un coup de feu le ferait remarquer. Il le fourra dans la poche de son manteau, d'un pas de côté évita la femme qui hurlait et empoigna par les épaules le préposé aux ascenseurs, faisant tournoyer sur place l'homme abasourdi et le jetant vers la silhouette du tueur en imperméable sombre.

Tandis que la panique s'installait dans le hall, Jason se précipita vers les portes vitrées. L'huissier à la boutonnière fleurie qui, une heure et demie plus tôt, s'était adressé à lui en français, vociférait dans un téléphone accroché au mur. Auprès de lui, revolver au poing, un garde en uniforme barrait la sortie, les yeux d'abord fixés sur le tumulte, puis soudain sur *lui*. Sortir devint aussitôt un problème. Evitant les yeux du garde, Bourne s'adressa à celui qui téléphonait.

« L'homme avec les lunettes à monture d'or ! criat-il. C'est lui ! Je l'ai vu !

— Quoi ? Qui êtes-vous ?

— Je suis un ami de Walther Apfel ! Ecoutez-moi ! L'homme aux lunettes à monture d'or, en imperméable noir, là-bas ! »

La mentalité bureaucratique ne changeait jamais. En entendant mentionner le nom d'un supérieur, on suivait les ordres.

« Herr Apfel ! (L'huissier de la Gemeinschaft se tourna vers le garde.) Tu as entendu ! L'homme aux lunettes. Des lunettes à monture d'or !

— Bien, monsieur ! » Le garde se précipita.

Jason se glissa devant l'huissier jusqu'aux portes vitrées. Il poussa celle de droite, jetant un coup d'œil derrière lui, sachant qu'il allait devoir se remettre à courir mais ignorant si, dehors, sur le trottoir, un homme attendant auprès d'une Peugeot marron n'allait pas le reconnaître et lui tirer une balle dans la tête.

Le garde était passé en courant devant un homme en imperméable noir, un homme qui marchait plus lentement que les gens affolés l'entourant, un homme qui ne portait pas de lunettes. Il hâta le pas vers l'entrée, vers Bourne.

Dans la rue, sur le trottoir, la panique grandissante protégeait Jason. La nouvelle s'était répandue hors de la banque ; le hurlement des sirènes se faisait plus fort tandis que les voitures de police remontaient en trombe la Bahnhofstrasse. Entouré de piétons, il fit quelques mètres vers la droite, puis d'un coup se mit à courir, se frayant un chemin parmi la foule des curieux massés devant un magasin, tout en fixant son attention sur les voitures garées. Il aperçut la Peugeot et vit l'homme planté à côté, une main enfoncée de façon inquiétante dans la poche de son manteau. En moins de quinze secondes, le conducteur de la Peugeot fut rejoint par l'homme à l'imperméable noir, occupé maintenant à chausser de nouveau ses lunettes à monture d'or, ses yeux clignotant en même temps qu'il retrouvait une vision normale. Les deux hommes eurent une brève discussion, leurs regards balayant la Bahnhofstrasse.

Bourne comprenait leur confusion. Sans aucun affolement il avait franchi les portes vitrées de la Gemeinschaft au milieu de la foule. Il s'apprêtait à courir, mais il ne l'avait pas fait, de crainte d'être appréhendé avant de s'être suffisamment éloigné de l'entrée. On n'avait laissé faire ça à personne — et le chauffeur de la Peugeot n'avait pas fait le rapprochement. Il n'avait *pas* reconnu la cible identifiée et marquée à Marseille pour l'exécution.

La première voiture de police arriva sur les lieux au moment où l'homme aux lunettes à monture d'or enlevait son imperméable et le lançait par la vitre ouverte de la Peugeot. Il fit signe au chauffeur qui s'installa au volant et mit le moteur en route. Le tueur ôta ses lunettes et fit ce à quoi Jason s'attendait le moins : il revint à pas rapides vers les portes vitrées de la banque, rejoignant les policiers qui se précipitaient à l'intérieur.

Bourne vit la Peugeot démarrer et s'éloigner rapidement dans la Bahnhofstrasse. La foule des badauds massés devant le magasin commença à se dissiper, nombre d'entre eux se dirigeant vers les portes vitrées, se démanchant le cou, dressés sur la pointe des pieds pour voir ce qui se passait à l'intérieur. Un policier sortit, faisant signe aux curieux de reculer, demandant qu'on dégageât le passage jusqu'au bord du trottoir. Tandis qu'il criait, une ambulance déboucha à toute vitesse au coin de la rue, le conducteur actionnant son klaxon en même temps que sa sirène pour s'ouvrir la route ; il vint garer sa voiture à l'endroit laissé libre par le départ de la Peugeot. Jason n'avait plus le temps de regarder. Il devait regagner le Carillon du Lac, faire ses bagages et quitter Zurich, la Suisse. En route pour Paris. Pourquoi Paris ? Pourquoi avait-il insisté pour qu'on transférât les fonds à *Paris* ? L'idée ne lui en était pas venue avant le moment où, assis dans le bureau de Walther Apfel, il était resté abasourdi par les chiffres extraordinaires qu'on lui présentait. Des chiffres qui dépassaient tout ce qu'il pouvait imaginer... A tel point qu'il ne pouvait avoir qu'une réaction confuse, instinctive. Et l'instinct avait évoqué Paris. Comme si c'était là quelque chose de vital. *Pourquoi ?*

Mais encore une fois, il n'eut pas le temps de réfléchir... Il vit les ambulanciers sortir de la banque en portant une civière. Dessus, il y avait un corps, la tête dissimulée par une couverture, ce qui voulait dire un mort. Bourne en avait parfaitement conscience : s'il n'avait pas eu des réactions qu'il était incapable de rattacher à quoi que ce fût qu'il comprît, ç'aurait été lui le cadavre sur le brancard.

Il aperçut le taxi libre au coin de la rue et se précipita. Il lui fallait quitter Zurich ; un message avait été envoyé de Marseille, et pourtant le mort était vivant. Jason Bourne était vivant. Tuez-le. Tuez Jason Bourne !

Dieu du ciel, *pourquoi ?*

Il espérait trouver le directeur adjoint du Carillon du Lac à la réception, mais il n'était pas là. Il se dit qu'un mot à son intention — comment s'appelait-il déjà ?... Stossel ? Oui, Stossel... suffirait. Inutile d'expliquer son brusque départ et cinq cents francs paieraient largement les quelques heures qu'il avait passées au Carillon du Lac — ainsi que le service qu'il allait demander à Herr Stossel.

Dans sa chambre, il fourra sa trousse de toilette dans sa valise, vérifia le pistolet qu'il avait pris au

Français, le laissant dans la poche de son manteau, et s'assit au bureau ; il écrivit un mot à l'intention de Herr Stossel, directeur adjoint. Il y inclut une phrase qui lui vint facilement — presque trop facilement sous la plume.

... Je prendrai peut-être bientôt contact avec vous à propos des messages qui sans doute m'auront été envoyés. Je compte sur vous pour être prêt à les recevoir et à les accepter de ma part.

Si un quelconque signe de vie émanait de l'insaisissable Treadstone soixante et onze, il voulait le savoir. On était à Zurich ; il le saurait.

Il glissa un billet de cinq cents francs entre les plis de la feuille de papier à lettre et cacheta l'enveloppe. Puis il prit sa valise, sortit de la chambre et traversa le couloir jusqu'aux ascenseurs. Il y en avait quatre ; il pressa un bouton et regarda derrière lui, se rappela la Gemeinschaft. Il n'y avait personne ; une sonnette tinta et une lumière rouge se mit à clignoter au-dessus de la cage du troisième ascenseur. Un ascenseur qui descendait. Parfait. Il fallait gagner l'aéroport le plus vite possible ; il fallait quitter Zurich, quitter la Suisse. On le lui avait fait comprendre.

Les portes de l'ascenseur s'ouvrirent. Deux hommes encadraient une femme aux cheveux châtains ; ils interrompirent leur conversation, saluèrent de la tête le nouveau venu — remarquant la valise et s'écartant pour lui faire de la place — puis reprirent leur discussion tandis que les portes se fermaient. Ils avaient une trentaine d'années et parlaient un français rapide, la femme jetant tour à tour un coup d'œil aux deux hommes, tantôt souriante et tantôt pensive. On prenait des décisions qui n'avaient pas grande importance. Des rires se mêlaient à des interrogations à demi sérieuses.

« Alors, vous allez rentrer demain, une fois les débats terminés ? demanda l'homme sur sa gauche.

— Je ne suis pas sûre. J'attends des nouvelles

d'Ottawa, répondit la femme. J'ai de la famille à Lyon, ce serait agréable d'aller les voir.

— C'est impossible, à la Commission d'Orientation, de trouver dix personnes disposées à apporter une conclusion à cette foutue conférence en une journée, dit l'homme à sa droite. Nous en avons encore pour une semaine.

— Bruxelles n'approuvera pas, reprit le premier en souriant. L'hôtel est trop cher.

— Alors, si c'est ça, trouvez-en un autre, dit le second en adressant à la femme un regard complice. Nous n'attendions que ça, n'est-ce pas ?

— Vous êtes fous, dit la femme. Vous êtes fous tous les deux, et voilà ma conclusion à moi.

— Vous, Marie, reprit le premier, vous ne l'êtes pas. Je veux dire folle. Votre exposé d'hier était brillant.

— Pas le moins du monde, fit-elle. C'était du train-train et tout à fait assommant.

— Non, non ! corrigea le second. C'était superbe. Je n'ai pas compris un mot. Mais j'ai d'autres talents.

— Fous... »

L'ascenseur ralentissait ; le premier des deux hommes reprit la parole. « Asseyons-nous tout au fond de la salle. De toute façon, nous sommes en retard et Bertinelli est en train de parler — sans grand effet, à mon avis. Sa théorie des fluctuations cycliques forcées est passée de mode avec les conceptions financières des Borgia.

— Avant, fit la femme aux cheveux châtains en riant. Avec les impôts de César. (Elle marqua un temps, puis ajouta :) Sinon avec les guerres puniques.

— Le dernier rang alors, dit le second en tendant son bras à la femme. Nous pourrons faire un somme. Il projette des diapositives ; et il fera noir.

— Non, allez-y tous les deux, je vous rejoins dans quelques minutes. J'ai vraiment quelques câbles à envoyer et je ne me fie pas aux standardistes pour ne pas en écorcher le texte. »

Les portes s'ouvrirent et le trio sortit de l'ascenseur. Les deux hommes traversèrent le hall, la femme se dirigea vers la réception. Bourne lui emboîta le pas, lisant d'un œil distrait un panneau posé sur un trépied à quelques mètres de là.

BIENVENUE
AUX MEMBRES DE LA SIXIÈME CONFÉRENCE
ÉCONOMIQUE MONDIALE

PROGRAMME DE LA JOURNÉE :

13 HEURES : L'HONORABLE JAMES FRAZIER M. P.
ROYAUME UNI.

SUITE 12

18 HEURES : DR EUGENIO BERTINELLI,
UNIVERSITÉ DE MILAN, ITALIE.

SUITE 7

21 HEURES : DINER D'ADIEU DU PRÉSIDENT, SUITE DE LA
CONFÉRENCE.

« Chambre 507. La standardiste a dit qu'il y avait un câble pour moi. »

Anglais. La femme aux cheveux châtains se trouvait maintenant près de lui au comptoir de la réception et parlait anglais. Il est vrai qu'elle avait déclaré « attendre des nouvelles d'Ottawa ». Elle était canadienne.

L'employé examina les niches derrière lui et revint avec le câble. « Docteur Saint-Jacques ? demanda-t-il, en tendant l'enveloppe.

— Oui. Merci beaucoup. »

La femme se détourna pour ouvrir son câble tandis que l'employé s'approchait de Bourne. « Monsieur ?

— J'aimerais laisser ce mot pour Herr Stossel. » Il déposa sur le comptoir l'enveloppe à en-tête du Carillon du Lac.

« Herr Stossel ne reviendra pas avant six heures du

matin, monsieur. L'après-midi, il part à quatre heures. Puis-je vous aider ?

— Non, merci. Veillez simplement à ce qu'il ait ce message, je vous prie. (Puis Jason se souvint : on était à Zurich.) Rien d'urgent, ajouta-t-il, mais j'ai besoin d'une réponse. Je l'appellerai demain matin.

— Très bien, monsieur. »

Bourne reprit sa valise et traversa le hall en direction de l'entrée de l'hôtel, une rangée de grandes portes vitrées débouchant sur une allée circulaire en face du lac. Il apercevait plusieurs taxis attendant les uns derrière les autres sous les projecteurs de la marquise ; le soleil était couché ; il faisait nuit à Zurich. Mais il y avait des vols vers toutes les capitales européennes jusque bien après minuit...

Il s'immobilisa, le souffle coupé, comme paralysé. Une Peugeot marron vint s'arrêter dans l'allée circulaire devant le premier taxi. Sa portière s'ouvrit et un homme en descendit : un tueur en imperméable noir, portant des lunettes à fine monture d'or. Puis un autre personnage sortit par l'autre portière, mais ce n'était pas le conducteur qui attendait sur le trottoir de la Bahnhofstrasse, guettant une cible qu'il ne reconnaissait pas. C'était un autre tueur, vêtu lui aussi d'un imperméable dont les grandes poches pouvaient abriter des armes puissantes. C'était l'homme qui était assis dans la salle de réception du second étage de la Gemeinschaft Bank, le même homme qui avait tiré d'un baudrier dissimulé sous son manteau un pistolet 9 mm. Un pistolet dont le canon se prolongeait par un cylindre perforé permettant de tirer sans bruit deux balles destinées au crâne de la proie qu'il avait suivie dans un ascenseur.

Comment ? Comment avaient-ils pu le trouver ? Puis il se souvint et une nausée le prit. Ç'avait été si inoffensif, si nonchalant !

Vous êtes content de votre séjour à Zurich ? avait demandé Walther Apfel pendant qu'ils attendaient qu'un sous-fifre sorte du bureau pour les laisser de nouveau seuls.

Très. Ma chambre donne sur le lac. C'est une belle vue, très paisible, très calme.

Koenig ! Koenig l'avait entendu dire que sa chambre donnait sur le lac. Combien d'hôtels avaient des chambres avec vue sur le lac ? Surtout des hôtels que pouvait fréquenter un homme avec un compte à trois zéros. Deux ? Trois ?... Des tréfonds insoupçonnés de sa mémoire des noms lui vinrent : Carillon du Lac, Baur au Lac, Eden du Lac. Y en avait-il d'autres ? Aucun autre nom ne lui vint. Comme ç'avait dû être facile de le retrouver ! Comme ç'avait été facile pour lui de prononcer les mots. Quelle stupidité !

Pas le temps. Trop tard. Il voyait maintenant derrière la rangée de portes vitrées ; tout comme les tueurs sans doute. Le second des deux hommes l'avait repéré. On échangeait quelques paroles par-dessus le capot de la Peugeot, on ajustait des lunettes à monture d'or, on plongeait les mains dans de grosses poches, on empoignait des armes invisibles. Les deux hommes convergèrent vers l'entrée, se séparant au dernier moment, un de chaque côté de la rangée des panneaux vitrés. Les flancs étaient couverts, le piège était tendu ; il ne pouvait pas se précipiter dehors.

S'imaginaient-ils qu'ils allaient pouvoir entrer dans un hall d'hôtel encombré et tout simplement *abattre* un homme ?

Bien sûr qu'ils le pouvaient. Leur couverture, c'étaient la foule et le brouhaha. Deux, trois, quatre coups de feu étouffés tirés à bout portant seraient aussi efficaces qu'une embuscade sur une place encombrée en plein jour : le chaos qui en résulterait leur permettrait de s'enfuir sans mal.

Il ne pouvait pas les laisser s'approcher de lui ! Il recula, mille pensées se bousculant dans son esprit, mais avant tout il était scandalisé. Comment osaient-ils ? Qu'est-ce qui leur faisait croire qu'il n'allait pas se précipiter en courant pour demander protection, appeler la police ? Puis la réponse lui vint, aussi étourdissante que la question elle-même. Les tueurs savaient avec certitude ce que lui ne pouvait que supposer : il était dans l'impossibilité de réclamer ce genre de protection, il ne pouvait pas appeler la police. Jason Bourne devait éviter toutes les autorités... Pourquoi ? Pourquoi le traquait-on, *lui* ?

Bon Dieu, pourquoi ?

Des mains se tendirent pour ouvrir les portes, d'autres mains, dissimulées, étreignant des crosses d'acier. Bourne se retourna ; il y avait des ascenseurs, des portes, des couloirs... Un toit et des caves ; et il devait y avoir une douzaine de façons de sortir de l'hôtel.

En était-il bien sûr ? Les tueurs qui se frayaient un chemin à travers la foule savaient-ils autre chose qu'il ne pouvait que supposer ? Le Carillon du Lac n'avait-il que deux ou trois issues ? Faciles à couvrir par des hommes placés dehors, faciles à utiliser comme des pièges pour abattre la silhouette esseulée d'un homme qui courait.

Un homme seul. Un homme seul était une cible évidente. Mais s'il n'était pas seul ? S'il avait quelqu'un avec lui ? Deux personnes, ça n'en faisait plus une, mais pour quelqu'un de seul, un autre personnage assurait un camouflage : surtout dans la foule, surtout de nuit. Et il faisait nuit. Des tueurs décidés évitaient de supprimer la personne qu'il ne fallait pas, non par compassion mais pour des raisons pratiques ; dans la panique qui risquait de s'ensuivre, la vraie cible pourrait s'échapper.

Il sentit dans sa poche le poids du pistolet, mais ce n'était guère réconfortant de savoir qu'il était là. Comme à la banque, s'en servir — même le montrer — c'était se faire remarquer. Quand même, il était là. Il revint vers le milieu du hall, puis partit vers la droite où il y avait une plus forte concentration de gens. C'était l'heure qui précédait la soirée lors d'une conférence internationale, où mille projets s'échafaudaient, la piétaille et les gens de cour aussitôt séparés par des coups d'œil d'approbation ou de rejet, des groupes se formant partout çà et là.

Il y avait contre le mur un comptoir au dessus de

marbre et, derrière, un employé qui vérifiait des feuilles jaunes avec un crayon qu'il tenait comme un pinceau. *Télégrammes.* Devant le comptoir se trouvaient deux personnes, un obèse d'un certain âge et une femme en robe rouge sombre, la chaude couleur de la soie faisant ressortir l'éclat de ses longs cheveux d'un blond vénitien... Des cheveux châtains. C'était la femme de l'ascenseur qui faisait des plaisanteries sur les impôts de César et les guerres puniques, le médecin qui était auprès de lui à la réception, demandant le câble qui lui avait été adressé.

Bourne regarda derrière lui. Les tueurs faisaient le meilleur usage de la foule, passant en s'excusant d'un ton poli mais ferme, un sur la droite, un sur la gauche, se rapprochant comme les deux branches dans une attaque en tenailles. Tant qu'ils ne le perdaient pas de vue, ils pouvaient l'obliger à continuer à courir à l'aveuglette, sans direction précise, sans savoir si le chemin qu'il prenait ne risquait pas de le conduire dans une impasse où il se trouverait acculé. Alors ce seraient les crachotements étouffés, les poches noircies par les brûlures de la poudre...

Ne pas le perdre de vue ?

Au dernier rang alors... On pourra faire un somme. Il projette des diapositives ; il fera noir.

Jason se retourna et regarda la femme aux cheveux châtains. Elle avait fini de rédiger son câble et remerciait l'employé, ôtant une paire de lunettes à monture d'écaille pour les remettre dans son sac. Elle n'était pas à plus de deux mètres de lui.

C'est Bertinelli qui parle, sans grand résultat, à mon avis.

Il n'avait le temps que pour des décisions instinctives. Bourne fit passer sa valise dans sa main gauche, s'approcha à grands pas de la femme qui se trouvait encore près du comptoir et lui toucha le coude, d'un geste doux, de façon à l'inquiéter le moins possible.

« Docteur ?...

— Je vous demande pardon ?

— Vous êtes bien le docteur... ? » Il la lâcha, l'air décontenancé.

« Docteur Saint-Jacques, termina-t-elle, en prononçant Saint à la française. C'est vous qui étiez dans l'ascenseur.

— Je ne m'étais pas rendu compte que c'était vous, reprit-il. On m'a dit que vous sauriez où Bertinelli fait son discours.

— C'est sur le panneau. Suite 7.

— Je ne sais malheureusement pas où c'est. Ça vous ennuierait de me montrer ? Je suis en retard et il faut que je prenne des notes sur son exposé.

— De Bertinelli ? Pourquoi ? Vous travaillez pour un journal marxiste ?

— Un groupe neutre, dit Jason, se demandant d'où venaient les phrases qu'il sortait. Je couvre la conférence pour un certain nombre de gens. Ils ne pensent pas que ça vaut la peine pour eux de se déplacer.

— Peut-être pas, mais lui mérite d'être entendu. Il y a quelques vérités brutales dans ce qu'il dit.

— Nous avons tiré au sort et j'ai perdu, alors il faut que je le trouve. Vous pourrez peut-être me le montrer.

— Malheureusement non. Je vais vous montrer la salle, mais j'ai un coup de fil à donner. » Elle referma son sac d'un geste sec.

« Je vous en prie. *Vite !*

— Comment ? » Elle le regarda, sans douceur.

« Excusez-moi, mais c'est vrai que je suis pressé. » Il jeta un coup d'œil sur sa droite : les deux hommes n'étaient pas à plus de six mètres.

« Vous êtes également grossier, dit la Saint-Jacques d'un ton glacé.

— Je vous en prie. »

Il maîtrisa l'envie qu'il avait de la pousser en avant, pour s'éloigner des mâchoires du piège en train de se refermer. « C'est par ici. » Elle se mit à traverser le hall en se dirigeant vers un large couloir qui s'ouvrait au fond à gauche. Il y avait moins de monde par là, les groupes étaient plus clairsemés. Ils arrivèrent devant ce qui ressemblait à un tunnel capitonné de velours rouge, avec des portes se faisant face, des panneaux allumés au-dessus précisant que l'une était la Salle de Conférences numéro un, l'autre la Salle de Conférences numéro deux. Au fond du couloir, des doubles portes, les lettres dorées sur la droite annonçant que c'était l'entrée de la suite sept.

« C'est là, dit Marie Saint-Jacques. Faites attention en entrant ; c'est probablement sombre. Bertinelli donne toujours ses conférences avec des projections.

— Comme un film », observa Bourne, regardant derrière lui les divers groupes tout au bout du couloir.

Il était là dans le hall : l'homme aux lunettes à monture d'or passait en s'excusant devant un trio animé. Il avançait dans le couloir, son compagnon juste derrière lui.

«... C'est tout à fait différent. Il est assis au pied de la scène et pontifie. » La jeune femme avait dit quelque chose et maintenant s'éloignait.

« Qu'avez-vous dit ? Une scène ?

— Enfin, une estrade. Qu'on utilise en général pour les cartes et les diagrammes qu'on veut montrer.

— Il faut les apporter, dit-il.

— Quoi donc ?

— Les cartes et les diagrammes. Y a-t-il une sortie là-bas ? Une autre porte ?

— Je n'en ai aucune idée ; il faut vraiment que j'aille donner mon coup de téléphone. Amusez-vous bien avec le *Professore*. » Elle tourna les talons.

Il laissa tomber la valise et lui prit le bras. A ce contact, elle le foudroya du regard. « Je vous prie de me lâcher.

— Je ne veux pas vous faire peur, mais je n'ai pas le choix. »

Il parlait doucement, en regardant par-dessus l'épaule de la jeune femme ; les tueurs avaient ralenti leur avance, le piège était sûr, il allait se refermer. « Il faut que vous veniez avec moi.

— Ne soyez pas ridicule ! »

Il resserra l'étreinte autour de son bras, la poussant

devant lui. Puis il tira le pistolet de sa poche, s'assurant que son corps à elle le cachait au regard des hommes à dix mètres de là. « Je n'ai pas envie de m'en servir. Je ne tiens pas à vous faire de mal, mais je n'hésiterai pas s'il le faut.

— Mon Dieu...

— Restez tranquille. Faites ce que je vous dis et tout ira bien. Il faut que je sorte de cet hôtel et vous allez m'aider. Une fois dehors, je vous laisserai partir. Mais pas avant. Nous allons entrer.

— Mais vous ne pouvez pas...

— Mais si, je peux. »

Il lui enfonça le canon du pistolet dans le ventre, le forçant contre la soie sombre qui se plissa sous la pression du métal. Terrifiée, elle se tut, elle se fit docile. « Allons-y. » Il passa à sa gauche, sans lui lâcher le bras, le pistolet braqué à quelques centimètres d'elle. Elle avait les yeux fixés sur l'arme, les lèvres entrouvertes, le souffle court. Bourne ouvrit la porte, la faisant passer devant lui. Il entendit un cri dans le couloir.

« *Schnell !* »

Ils étaient dans le noir, mais cela ne dura pas ; un faisceau de lumière blanche traversa la salle, par-dessus les rangées de fauteuils, illuminant les têtes des spectateurs. Sur l'écran dressé tout là-bas, sur la scène, se projetait un graphique, les lignes du quadrillage marquées par des chiffres, un gros trait noir partant sur la gauche et se prolongeant en zigzag vers la droite. On entendait une voix avec un fort accent, amplifiée par un haut-parleur :

« Vous noterez que durant les années 1970 et 71, lorsque des restrictions précises de la production ont été volontairement imposées — je répète, *volontairement* imposées — par ces chefs d'industries, la récession économique qui en est résultée a été beaucoup moins sévère que lors — diapo douze, je vous prie — de la prétendue régulation paternaliste du marché par les interventionnistes du gouvernement. Diapo suivante, s'il vous plaît. »

90

La salle se trouva replongée dans l'obscurité. Il y avait un problème avec le projecteur ; le faisceau lumineux ne jaillissait pas.

« Diapo douze, je vous prie ! »

Jason poussa la femme en avant, passant devant les silhouettes debout le long du mur du fond, derrière la dernière rangée de fauteuils. Il essaya d'estimer la profondeur de la salle, cherchant une lumière rouge qui indiquerait la sortie. Il l'aperçut ! Une pâle lueur rouge au loin. Sur la scène, derrière l'écran. Il n'y avait pas d'autre issue, pas d'autre porte que l'entrée de la suite sept. Il fallait y arriver ; il fallait atteindre cette sortie. Sur cette scène.

« *Marie... par ici !* » Ce chuchotement venait de leur gauche, d'une place au dernier rang.

« *Non, chérie. Reste avec moi.* » Le dernier murmure émanant de la silhouette en ombre chinoise d'un homme planté juste devant Marie Saint-Jacques. Il s'était écarté du mur pour l'intercepter. « *On nous a séparés. Il n'y a plus de chaise.* » Bourne enfonça énergiquement le pistolet dans les côtes de la femme, le message était clair. Elle murmura sans reprendre son souffle, Jason remerciant le Ciel qu'on ne distinguât pas son visage : « Je vous en prie, laissez-nous passer, dit-elle en français. Je vous en prie.

— Qui est-ce ? C'est votre câble, ma chère ?

— Un vieil ami », chuchota Bourne.

Un cri s'éleva au-dessus du brouhaha croissant qui montait du public.

« Pourrais-je, je vous en prie, avoir la diapo douze ! *Per favore !*

— Il faut que nous allions voir quelqu'un au bout de la rangée », poursuivit Jason en regardant derrière lui.

La porte de droite s'ouvrit ; au milieu d'un visage plongé dans l'ombre, une paire de lunettes à monture d'or reflétait la lumière tamisée du couloir. Bourne poussa la jeune femme devant son ami abasourdi, le bousculant contre le mur en murmurant une excuse.

« Désolé, mais nous sommes pressés !

— Vous êtes fichtrement grossier aussi !

— Oui, je sais.

— Diapo douze ! *Ma che infamia !* »

Le faisceau lumineux jaillit du projecteur, vibrant sous la main nerveuse du projectionniste. Un autre graphique apparut sur l'écran au moment où Jason et la femme atteignaient le mur opposé, le début de l'étroite travée qui descendait sur toute la longueur de la salle jusqu'à la scène. Il la poussa dans le coin, pressant son corps contre celui de sa prisonnière, le visage contre son visage à elle. « Je vais crier, murmura-t-elle.

— Je vais tirer », répondit-il.

Il scruta les silhouettes adossées au mur ; les tueurs étaient tous les deux dans la salle, tous deux clignotant, agitant la tête comme des rôdeurs inquiets, en essayant de repérer leur cible parmi les rangées de visages. La voix de l'orateur s'éleva comme le tintement d'une cloche ailée, sa diatribe fut brève et stridente : « *Ecco !* Pour les sceptiques auxquels je m'adresse ici ce soir — c'est-à-dire la plupart d'entre vous — voici une preuve statistique ! Identique en substance à cent autres analyses que j'ai préparées. Laissez le marché à ceux qui vivent là-bas. On peut toujours découvrir des excès mineurs. C'est un faible prix à payer pour le bien général. »

Il y eut des applaudissements clairsemés, l'approbation d'une minorité. Bertinelli reprit un ton normal et poursuivit son discours, sa longue baguette se promenant sur l'écran, pour souligner ce qui était évident — évident pour lui. Jason se plaqua de nouveau contre le mur ; les lunettes d'or brillèrent dans la lueur crue du projecteur, le tueur qui les portait touchant le bras de son compagnon, lui désignant de la tête sa gauche, ordonnant à son subordonné de continuer à fouiller le côté gauche de la salle ; lui s'occuperait du côté droit. Il commença, les cercles d'or se faisant plus brillants tandis qu'il se glissait devant les spectateurs debout, inspectant chaque visage. Dans quelques secondes il allait arriver au coin, arriver à eux. Arrêter le tueur d'une balle était la seule solution qui restât ; et si quelqu'un bougeait parmi les spectateurs debout, si la femme qu'il avait pressée contre le mur s'affolait et le repoussait... ou s'il manquait le tueur pour un certain nombre de raisons, il était coincé. Et même s'il touchait l'homme, il y avait un autre tueur de l'autre côté de la salle, assurément bon tireur.

« Diapo treize, s'il vous plaît. »

Allez. Maintenant !

Le faisceau lumineux s'éteignit. Dans le noir, Bourne, d'un geste sec, éloigna la femme du mur, la fit pivoter sur place, son visage à quelques centimètres de son visage à elle. « Si vous émettez un son, je vous tuerai !

— Je vous crois, murmura-t-elle, terrifiée. Vous êtes un fou.

— Allons-y ! » Il la poussa dans l'étroite travée qui donnait accès à la scène à quinze mètres de là. La lumière du projecteur revint ; il empoigna la jeune femme par le cou, la forçant à s'agenouiller tandis que lui aussi en faisait autant. Ils étaient dissimulés aux regards des tueurs par les rangées de corps assis dans les fauteuils. Il serrait la chair de sa nuque entre ses doigts ; c'était sa façon de lui dire de continuer à avancer, à ramper... lentement, sans se relever, mais à avancer. Elle comprit ; elle partit à quatre pattes, tremblante. « Les conclusions de cette phase sont irréfutables, proclamait le conférencier. Le mobile du profit est inséparable du stimulant de la productivité, mais les rôles adverses ne peuvent jamais être équivalents. Comme l'a compris Socrate, l'inégalité des valeurs est constante. L'or n'est tout simplement pas du cuivre ni du fer ; qui parmi vous peut le nier ? Diapo quatorze, je vous prie ! »

De nouveau, l'obscurité. Maintenant.

Sans douceur, il obligea la femme à se lever, la poussant en avant, vers la scène. Ils étaient à moins d'un mètre des planches.

« *Cosa succede ?* Qu'est-ce qui se passe ? Diapo quatorze ! »

C'était arrivé ! Le projecteur était de nouveau coincé ; une fois de plus l'obscurité se prolongeait. Et là, sur la scène devant eux, au-dessus d'eux, brillait l'ampoule rouge de la sortie de secours. Jason saisit la jeune femme par le bras. « Montez sur cette scène et courez vers la sortie ! Je suis juste derrière vous ; vous vous arrêtez, vous poussez un cri et je tire.

— Au nom du Ciel, laissez-moi partir !

— Pas encore. (Il était sérieux ; il y avait quelque part une autre sortie où des hommes attendaient dehors la cible venue de Marseille.) Allez-y ! Maintenant. »

Le docteur Saint-Jacques se redressa et courut jusqu'à la scène. Bourne la souleva du sol, pour l'aider à franchir le rebord, bondissant tout en même temps et la tirant pour l'aider à se relever.

La lueur aveuglante du projecteur jaillit, inondant l'écran, balayant la scène. Des cris de surprise et des railleries montèrent du public à la vue des deux silhouettes, les vociférations de Bertinelli, indigné, dominant le vacarme.

« *E insoffribile ! Ci sono comunisti qui !* » »

Et puis d'autres sons — trois — mortels, brefs, soudains, le claquement d'une arme, de deux armes munies de silencieux ; des éclats de bois volèrent sur les moulures du proscenium. Jason obligea la jeune femme à se pencher et plongea vers les ombres des coulisses, l'entraînant derrière lui.

« *Da ist er ! Da oben !*

— *Schnell ! Der projektor !* »

Un cri s'éleva de la travée centrale tandis que le faisceau du projecteur basculait vers la droite, vers les coulisses... mais pas complètement. Il était arrêté par des panneaux verticaux qui masquaient l'accès des coulisses ; lumières, ombres, lumières, ombres. Et derrière les panneaux, au fond de la scène, se trouvait la sortie de secours : de hautes portes métalliques fermées par une barre.

94

Du verre vola en éclats ; l'ampoule rouge explosa, la balle d'un des tireurs fit sauter le panneau lumineux au-dessus de la porte. Peu importait ; il apercevait le cuivre étincelant de la barre centrale.

Dans la salle de conférences, c'était un véritable pandémonium. Bourne empoigna la jeune femme par le tissu de son corsage, la tirant vers la porte. Un instant elle résista ; il la gifla en pleine figure et la traîna derrière lui jusqu'au moment où la barre de fermeture se trouva au-dessus de leurs têtes.

Des balles s'écrasèrent dans le mur sur leur droite, les tueurs descendaient les travées pour mieux viser. Dans quelques secondes ils allaient les atteindre, et dans quelques secondes d'autres balles, ou une seule balle, allaient faire mouche. Il leur en restait assez, il le savait. Il ne comprenait pas du tout comment et pourquoi il savait, mais il savait. Au bruit, il s'imaginait les armes, il dénombrait les chargeurs, comptait les balles.

D'un coup de l'avant-bras il fit sauter la barre de fermeture de la porte, plongea par l'ouverture, entraînant avec lui le docteur Saint-Jacques qui se débattait.

« Assez ! cria-t-elle. Je refuse d'aller plus loin ! Vous êtes fou ! C'étaient des coups de feu ! »

Du pied, Jason claqua la grande porte métallique. « Debout !

— Non ! »

Il la gifla du revers de la main. « Désolé, mais vous venez avec moi. Debout ! Une fois dehors, vous avez ma parole. Je vous laisserai partir. » Mais où allait-il maintenant ! Ils étaient dans un autre tunnel, mais sans tapis, sans porte bien astiquée surmontée de panneau lumineux. Ils se trouvaient dans une sorte de zone de chargement déserte ; le sol était cimenté et il y avait auprès de lui, contre lui, contre le mur, deux chariots en tube métallique. Il avait raison : les pièces qu'on exposait sur la scène de la suite sept devaient être apportées par camion, la porte qu'ils venaient de franchir était assez haute et assez large pour livrer passage à des objets de grande taille.

La porte ! Il fallait bloquer la porte ! Marie Saint-Jacques s'était relevée ; sans la lâcher, il saisit le premier chariot, le tirant devant la sortie de secours, le poussant de l'épaule et du genou jusqu'à ce qu'il fût coincé contre le métal. Il baissa les yeux ; sous l'épais plateau de bois il aperçut les freins qui bloquaient les roues. Du talon il abaissa les freins à l'avant, puis celui du train arrière.

La jeune femme pivota, essayant de se libérer au moment où il tendait la jambe vers le bout du chariot ; il glissa une main sous son bras, lui saisit le poignet et le tordit à l'intérieur. Elle poussa un hurlement, les larmes aux yeux, les lèvres tremblantes. Il la tira vers lui, l'obligeant à aller vers la gauche en courant, se disant qu'ils se dirigeaient vers l'arrière du Carillon du Lac, et espérant qu'il allait trouver la sortie. Car c'était là et seulement là qu'il aurait peut-être besoin de la femme ; quelques brèves secondes ce serait un couple qui apparaîtrait, non pas un homme seul en train de courir.

Il y eut une succession de coups sourds ; les tueurs essayaient de forcer la porte du fond de la scène, mais le chariot bloqué constituait une trop lourde barrière.

Il entraîna la jeune femme sur le sol cimenté ; elle essaya de se libérer, donnant des coups de pied, se tordant d'un côté et de l'autre ; elle était au bord de la crise de nerfs. Il n'avait pas le choix ; il lui saisit le cou, appuyant son pouce sur la chair de la saignée et pressa aussi fort qu'il pouvait. Elle haleta, tant la douleur était violente et insupportable, puis elle éclata en sanglots et se laissa pousser en avant.

Ils arrivèrent à un escalier cimenté, les quatre marches entourées de bandes d'acier, et qui donnaient accès à une porte métallique un peu plus bas. C'était la plate-forme de chargement ; derrière les portes se trouvait le parc de stationnement derrière le Carillon du Lac. Ils y étaient presque. Il ne s'agissait plus maintenant que de faire bonne figure.

« Ecoutez-moi, dit-il à la femme crispée de terreur. Vous voulez que je vous laisse partir ?

— Oh ! mon Dieu, oui. Je vous en prie !

— Alors faites exactement ce que je vous dis. Nous allons descendre ces marches et franchir cette porte comme deux personnes tout à fait normales à la fin d'une journée de travail normale. Vous allez passer votre bras sous le mien et nous allons marcher sans précipitation, en bavardant tranquillement, jusqu'aux voitures tout au bout du parking. Nous allons rire — pas fort, un rire léger — comme si nous évoquions des choses amusantes qui nous seraient arrivées dans la journée. Vous avez compris ?

— Il ne m'est rien arrivé du tout de drôle au cours des quinze dernières minutes, répondit-elle d'une voix à peine audible.

— Faites comme si. Il se peut que je sois pris au piège ; si c'est le cas, peu m'importe. Vous comprenez ?

— Je crois que j'ai le poignet cassé.

— Mais non.

— Mon bras gauche, mon épaule. Je ne peux pas les bouger ; ils me font mal.

— J'ai pressé sur une terminaison nerveuse, ça va se passer dans quelques minutes. Ça ira très bien.

— Vous êtes un monstre.

— J'ai envie de vivre, dit-il. Venez. Souvenez-vous : quand j'ouvre la porte, regardez-moi en souriant, renversez la tête en arrière, ayez un petit rire.

— Ce sera la chose la plus difficile que j'aie jamais faite.

— C'est plus facile que de mourir. »

Elle passa sa main blessée sous le bras de Bourne et ils descendirent les quelques marches jusqu'à la porte de la plate-forme. Il l'ouvrit et ils sortirent, sa main dans la poche de son manteau étreignant le pistolet du Français, ses yeux balayant la plate-forme. Au-dessus de la porte, il n'y avait qu'une seule ampoule protégée par un treillage métallique et répandant une flaque de lumière sur les marches vers la gauche descendant vers le trottoir, ce fut dans cette direction qu'il entraîna son otage.

Elle fit comme il l'avait ordonné, mais comme ils descendaient les marches, elle tourna son visage vers lui, la lumière éclairant ses traits terrifiés. Ses lèvres généreuses étaient écartées, découvrant ses dents blanches dans un sourire faux et crispé, ses grands yeux étaient deux plaques sombres, reflétant une peur primitive. Sa peau sillonnée de traces de larmes était pâle et tendue, rouge par endroits là où il l'avait frappée. C'était un visage de pierre qu'il regardait, un masque encadré de cheveux d'un roux sombre qui tombaient en cascade sur ses épaules, balayés par la brise de la nuit, et c'était dans ce masque le seul élément qui bougeait, qui vivait.

Un rire étranglé monta de sa gorge, tandis que se gonflaient les veines de son cou allongé. Elle n'était pas loin de s'évanouir, mais il ne pouvait pas y penser pour l'instant. Il lui fallait se concentrer sur l'espace autour d'eux, sur le moindre mouvement — si infime fût-il — qu'il pourrait distinguer dans les ombres du vaste parking. De toute évidence, ces zones mal éclairées étaient utilisées par les employés du Carillon du Lac ; il était près de six heures trente, l'équipe de nuit était en plein travail. Tout était calme, un terrain noir et découvert où s'alignaient les rangées d'automobiles silencieuses, comme de gros insectes, le vert des phares semblable à cent paires d'yeux fixés sur le vide.

Un crissement. Du métal contre du métal. Ça venait de la droite, d'une des voitures dans une rangée voisine. Quelle rangée ? Quelle voiture ? Il renversa la tête en arrière comme s'il réagissait à une plaisanterie faite par sa compagne, tout en laissant son regard balayer les vitres des voitures les plus proches. Rien.

Quelque chose ? C'était là mais si petit, à peine visible... si bizarre. Un minuscule cercle vert, la lueur à peine perceptible d'une lumière verte. Qui se déplaçait... en même temps qu'eux.

Du vert. Petit... Une lumière ? Soudain, du fond d'un passé oublié, l'image de fils en croix lui jaillit à l'esprit. Ses yeux regardaient deux lignes minces qui se croisaient ! Des fils en croix ! Un viseur... le viseur à infrarouge d'un fusil.

Comment les tueurs savaient-ils ? Il y avait beaucoup de réponses. A la Gemeinschaft, on avait utilisé un émetteur radio portatif ; peut-être en utilisait-on un autre maintenant. Lui avait un manteau ; son otage avait une légère robe de soie et la nuit était fraîche. Aucune femme ne sortirait dans cette tenue.

Il obliqua à gauche, se baissant, plongeant sur Marie Saint-Jacques, de l'épaule la bousculant au creux de l'estomac, la faisant basculer vers les marches. Les claquements étouffés se succédèrent, saccadés ; de la pierre et de l'asphalte explosèrent tout autour d'eux. Il plongea à droite, roulant sur lui-même dès l'instant où il prit contact avec le sol, tirant le pistolet de la poche de son manteau. Puis il bondit de nouveau, cette fois en avant, sa main gauche servant d'appui à son poignet droit, le pistolet braqué sur la portière d'où pointait le fusil. Il tira trois balles.

Un cri jaillit de la voiture immobile ; cela devint une plainte, puis un halètement, puis plus rien. Bourne était allongé, immobile, attendant, l'oreille aux aguets, prêt de nouveau à faire feu. Le silence. Il commença à se redresser... Mais il n'y parvenait pas. Il était arrivé quelque chose. Il pouvait à peine bouger. Puis la douleur se mit à rayonner dans sa poitrine, le martelant avec une violence telle qu'il se pencha, se soutenant à deux mains, secouant la tête, ses yeux essayant d'accommoder. Il s'efforçait de chasser cette douleur insupportable. Son épaule gauche, le bas de sa poitrine — sous les côtes... sa cuisse gauche — au-dessus du genou, sous la hanche ; l'emplacement de ses précédentes blessures, là où un mois plus tôt on lui avait enlevé des douzaines de points de suture. Il avait endommagé les régions affaiblies, en tirant sur des tendons et des muscles qui n'étaient pas tout à fait remis. Oh ! Seigneur. Il fallait se redresser ; il fallait arriver jusqu'à la voiture du tueur, tirer le tueur de là et s'en aller.

Il redressa la tête en grimaçant de douleur et regarda Marie Saint-Jacques. Elle se mettait lentement debout, d'abord sur un genou, puis sur un pied, en prenant appui au mur de l'hôtel. Dans un instant, elle serait debout, puis se mettrait à courir. Elle s'en irait.

Il ne pouvait pas la laisser partir ! Elle allait se précipiter en hurlant dans le Carillon du Lac, des hommes viendraient, les uns pour l'emmener... les autres pour le tuer. Il fallait l'en empêcher !

Il se laissa retomber en avant et roula sur la gauche, comme une marionnette déréglée, jusqu'au moment où il fut à un mètre du mur, à un mètre d'elle. Il leva son arme, visant la tête de la jeune femme.

« Aidez-moi à me lever, dit-il, percevant la tension dans sa voix.

— Quoi ?

— Vous m'avez entendu ! Aidez-moi à me lever.

— Vous avez dit que je pourrais partir ! Vous m'avez donné votre parole !

— Il faut que je la reprenne.

— Non, je vous en prie.

— Ce pistolet est braqué droit sur votre visage, docteur. Vous venez m'aider à me lever ou je vous fais sauter la cervelle. »

Il tira le mort de la voiture et ordonna à la jeune femme de se mettre au volant. Puis il ouvrit la portière arrière et se glissa sur la banquette en se cachant.

« Roulez, dit-il. Roulez là où je vous dirai. »

6

Chaque fois que vous vous trouverez dans une situation de stress — et cela viendra, bien sûr — agissez exactement comme vous le feriez si vous vous projetiez dans une situation que vous imaginez. Laissez votre esprit libre, laissez toutes les pensées, toutes les images qui montent à la surface se dessiner nettement. Ne cherchez pas à exercer la moindre discipline mentale. Soyez une éponge ; concentrez-vous sur tout et sur rien. Des détails peuvent vous venir, certains conduits obstrués peuvent se remettre à fonctionner.

Bourne songeait aux paroles de Washburn tout en s'installant dans le coin de la banquette, en essayant de retrouver les muscles endoloris autour de ses anciennes blessures ; la douleur était toujours là, mais pas aussi aiguë que quelques minutes auparavant.

« Vous ne pouvez pas me dire tout simplement de rouler ! s'écria le docteur Saint-Jacques. Je ne sais pas où je vais !

— Moi non plus », dit Jason.

Il lui avait ordonné de rester sur la route qui bordait le lac ; il faisait sombre et il lui fallait le temps de réfléchir. Ne serait-ce que pour devenir une éponge.

« On va me rechercher ! s'exclama-t-elle.

— On me recherche aussi.

— Vous m'avez emmenée contre mon gré. Vous m'avez frappée. A plusieurs reprises. (Elle parlait plus doucement maintenant, se forçant à se maîtriser.) Enlèvement, voies de fait... Ce sont des crimes graves. Vous êtes sorti de l'hôtel ; c'est ce que vouliez. Laissez-moi partir et je ne dirai rien. Je vous le promets !

— Vous voulez dire que vous me donnerez votre parole ?

— Oui.

— Je vous ai donné la mienne et je l'ai reprise. Vous pourriez en faire autant.

— Vous êtes différent. Je ne le ferai pas. Personne n'essaie de me tuer ! Oh ! mon Dieu. Je vous en prie !

— Continuez à rouler. »

Une chose était claire à ses yeux. Les tueurs l'avaient vu lâcher sa valise et la laisser derrière lui dans sa fuite. Cette valise leur révélait l'évidence : à n'en pas douter, il quittait Zurich, il quittait la Suisse. On allait surveiller l'aéroport et la gare. Et la voiture qu'il avait prise à l'homme qu'il avait tué — et qui avait essayé de le tuer — on allait la rechercher aussi.

Il ne pouvait pas aller à l'aéroport ni à la gare ; il devait se débarrasser de la voiture et en trouver une autre. Toutefois il n'était pas sans ressources. Il avait sur lui cent mille francs suisses et plus de seize mille francs français, l'argent suisse dans son passeport, l'argent français dans le portefeuille qu'il avait volé au marquis de Chamford. C'était plus qu'assez pour le conduire en secret jusqu'à Paris.

Pourquoi Paris ? On aurait dit que la ville était un aimant qui l'attirait sans explication.

Vous n'êtes pas sans défense. Vous trouverez votre route... Suivez vos instincts, raisonnablement, bien sûr.

A Paris.

« Etes-vous déjà venue à Zurich ? demanda-t-il à son otage.

— Jamais.

— Vous ne me mentiriez pas, n'est-ce pas ?

— Je n'ai aucune raison de le faire. Je vous en prie, laissez-moi m'arrêter. Laissez-moi partir !

— Depuis combien de temps êtes-vous ici ?

— Une semaine. La conférence devait durer une semaine.

— Alors vous avez eu le temps de vous promener, de visiter un peu.

— C'est à peine si j'ai quitté l'hôtel. Je n'avais pas le temps.

— Le programme que j'ai vu affiché dans le hall ne me semblait pas très chargé. Deux conférences seulement pour toute la journée.

— Ils étaient les invités ; il n'y en avait jamais plus de deux par jour. L'essentiel de notre travail se faisait en conférences... en petites conférences. Dix à quinze personnes de pays différents, d'intérêts différents.

— Vous êtes du Canada ?

— Je travaille pour le Trésor canadien, service de l'Administration fiscale.

— Le « docteur » ne veut donc pas dire en médecine ?

— En sciences économiques. Université de McGill, collège de Pembroke, à Oxford.

— Je suis impressionné. »

Soudain, d'une voix cinglante mais qu'elle maîtrisait maintenant, elle ajouta : « Mes supérieurs s'attendent à ce que je prenne contact avec eux. Ce soir. S'ils n'ont pas de mes nouvelles, ils vont s'inquiéter. Ils vont faire des recherches ; ils appelleront la police.

— Je comprends, fit-il. C'est une chose à quoi il faut penser, n'est-ce pas ? » L'idée vint à Bourne que malgré les épreuves et la violence de la demi-heure qui venait de s'écouler, la Saint-Jacques n'avait pas lâché son sac. Il se pencha en avant, grimaçant en faisant ce mouvement, la douleur dans sa poitrine redevenant aiguë.

« Donnez-moi votre sac.

— Quoi ? » Elle retira aussitôt sa main du volant, saisissant le sac dans un vain effort pour l'empêcher de le prendre.

Il passa la main droite par-dessus le dossier, ses doigts se refermant sur le cuir. « Roulez toujours, docteur, dit-il en s'emparant du sac et en se renversant en arrière.

— Vous n'avez pas le droit... Elle se tut, sensible à la stupidité de sa remarque.

— Je le sais », répondit-il en ouvrant le sac, puis en allumant la petite lampe de lecture disposée à l'arrière, et en renversant près de lui le contenu du sac à main. Comme on pouvait s'y attendre d'après sa propriétaire, le sac était bien organisé. Passeport, portefeuille, bourse de rechange, des clefs et un assortiment de notes et de messages dans les poches du fond. Il cherchait un message précis : il se trouvait dans une enveloppe jaune que lui avait remise l'employé de la réception au Carillon du Lac. Il le trouva, ouvrit l'enveloppe et y prit le papier plié. Un câble d'Ottawa :

RAPPORTS QUOTIDIENS PREMIÈRE CLASSE. PERMISSION ACCORDÉE. TE RETROUVERAI AÉROPORT MERCREDI 26. TÉLÉPHONE OU CABLE NUMÉRO VOL. A LYON NE MANQUE PAS BELLE MEUNIÈRE. CUISINE SUPERBE. TENDRESSSES. PETER.

Jason remit le télégramme dans le sac. Il aperçut une petite pochette d'allumettes en carton glacé blanc, portant une inscription en lettres gothiques. Il la prit et déchiffra le nom. Kronenhalle. Un restaurant... Un restaurant. Quelque chose le tracassait ; il ne savait pas quoi, mais c'était quelque chose à propos d'un restaurant. Il garda les allumettes, referma le sac et se pencha pour le déposer sur le siège avant. « C'est tout ce que je voulais voir, dit-il en se réinstallant dans son coin, tout en contemplant les allumettes. Je crois me souvenir vous avoir entendu dire quelque chose à propos "des nouvelles d'Ottawa". Vous les avez, le 26, c'est dans plus d'une semaine.

— Je vous en prie...»

C'était un appel à l'aide ; il le comprit, il ne pouvait pas réagir. Pendant encore une heure ou deux, il avait besoin de cette femme, il avait besoin d'elle comme un infirme avait besoin d'une béquille ou, plus exactement, comme quelqu'un qui ne pouvait pas s'installer au volant avait besoin d'un chauffeur. Mais pas dans cette voiture.

« Faites demi-tour, ordonna-t-il. Rentrez au Carillon.

— A... à l'hôtel ?

— Oui, dit-il, ses yeux toujours fixés sur les allumettes, qu'il tournait et retournait dans sa main à la lueur de la petite lampe. Il nous faut une autre voiture.

— Nous ? Non, vous ne pouvez pas ! Je n'irai... »
De nouveau, elle s'arrêta avant d'avoir terminé sa phrase, avant d'être allée jusqu'au bout de sa pensée. De toute évidence, une autre idée venait de la traverser ; elle se tut soudain tandis qu'elle tournait le volant jusqu'au moment où la voiture se retrouva dans la direction opposée sur la route du bord du lac. Elle écrasa la pédale d'accélérateur avec une telle vigueur que la voiture bondit en avant ; les pneus crissèrent sous cette soudaine accélération. Elle cessa aussitôt d'appuyer sur la pédale, crispée sur le volant, essayant de se maîtriser.

Bourne détacha son regard des allumettes pour le fixer sur sa nuque, sur les longs cheveux d'un roux sombre qui luisaient à la lumière. Il prit le pistolet dans sa poche et une fois de plus se pencha juste derrière elle. Il leva l'arme, posant sur son épaule la main qui la tenait, pressant le canon sur la joue de la jeune femme.

« Comprenez-moi bien. Vous allez faire exactement ce que je vous dis. Vous allez être à côté de moi et ce pistolet se trouvera dans ma poche. Il sera braqué sur votre ventre tout comme en ce moment il est braqué sur votre tête. Comme vous l'avez vu, c'est ma peau que je joue et je n'hésiterai pas à presser la détente. Je tiens à ce que vous me compreniez.

— Je comprends », répondit-elle dans un souffle. Elle avait les lèvres entrouvertes, en proie à une terreur totale. Jason éloigna de sa joue le canon du pistolet, il était satisfait.

Satisfait et révolté.

Laissez votre esprit vagabonder... Les allumettes. Qu'y avait-il à propos des allumettes ? Mais ce n'était pas les allumettes, c'était le restaurant — pas le Kronenhalle, mais un restaurant. De grosses poutres, des bougies, des triangles... des triangles noirs dehors. De la pierre blanche et des triangles noirs. Trois ?... Trois triangles noirs.

Il y avait quelqu'un... dans un restaurant avec trois triangles devant. L'image était si claire, si nette... si troublante. Qu'était-ce donc ? Est-ce qu'un endroit pareil existait même ?

Des détails peuvent vous revenir... Certains conduits obstrués... peuvent se remettre à fonctionner.

Etait-ce ce qui se passait maintenant ? *Oh ! Seigneur, je ne peux pas le supporter !*

Il apercevait les lumières du Carillon du Lac à quelques centaines de mètres. Il n'avait pas envisagé tout ce qu'il allait faire, mais il se fondait sur deux hypothèses. La première était que les tueurs n'étaient pas restés sur les lieux. D'un autre côté, Bourne n'allait pas se jeter dans un piège qu'il se serait tendu lui-même. Il connaissait deux des tueurs ; il ne reconnaîtrait pas les autres s'il en restait de postés là-bas.

Le parking principal était par-delà l'allée circulaire, à la gauche de l'hôtel. « Ralentissez, ordonna Jason. Prenez la première allée à gauche.

— C'est une sortie, protesta la femme d'un ton crispé. C'est un sens interdit.

— Personne ne sort. Allez-y ! Entrez dans le parking, après les lumières. »

La scène qui se déroulait à l'entrée de l'hôtel expliquait pourquoi personne ne faisait attention à eux. Il y avait quatre voitures de police garées dans l'allée, leurs girophares donnant à tout cela une atmosphère d'urgence. Il apercevait les policiers en uniforme, les employés d'hôtel en smoking auprès d'eux, parmi la foule excitée des clients ; ils posaient des questions aussi bien qu'ils répondaient à d'autres, notant les noms de ceux qui partaient en voiture.

Marie Saint-Jacques traversa le parc de stationnement, dépassa la zone éclairée par les projecteurs et s'arrêta sur la droite dans un espace dégagé. Elle coupa le contact et resta immobile, le regard braqué droit devant elle.

« Faites très attention, dit Bourne en abaissant sa vitre. Pas de geste brusque. Ouvrez votre portière et sortez, puis mettez-vous auprès de la mienne et aidez-moi à descendre. N'oubliez pas, la vitre est ouverte et j'ai le pistolet à la main. Vous n'êtes qu'à moins d'un mètre devant moi, je ne pourrais pas vous rater si je tirais. »

Elle fit ce qu'il demandait. Comme un automate. Jason prit appui sur la portière et descendit sur le trottoir. Il fit porter son poids sur un pied, sur l'autre : il retrouvait sa mobilité. Il pouvait marcher. Pas bien, et en boitant, mais il y parvenait.

« Qu'allez-vous faire ? demanda la jeune femme, comme si elle avait peur d'entendre sa réponse.

— Attendez. Tôt ou tard, quelqu'un arrivera en voiture ici pour se garer. Malgré ce qui s'est passé là-bas, c'est encore l'heure du dîner. Les réservations ont été faites, les soirées organisées ; dans la majorité des cas il s'agit de dîners d'affaires, ces gens-là ne vont pas changer leurs plans.

— Et quand une voiture va arriver, comment allez-vous faire ? (Elle se tut, puis répondit d'elle-même à la question.) Oh ! vous allez tuer le conducteur. »

Il lui saisit le bras, approchant tout près du sien le visage pâle de peur de la jeune femme. Il devait la maîtriser par la crainte, mais pas au point de la laisser sombrer dans l'hystérie. « Je le ferai s'il le faut, mais je ne pense pas que ce soit nécessaire. Ce sont des chasseurs qui ramènent les voitures ici. On laisse en général les clefs sur le tableau de bord ou sous les sièges, c'est plus facile. »

Des faisceaux de phares jaillirent de l'embranchement de l'allée, un petit coupé pénétra sur le parking, accélérant aussitôt, ce qui voulait dire qu'il était conduit par un chasseur de l'hôtel. La voiture arriva directement sur eux, ce qui inquiéta Bourne jusqu'au moment où il s'aperçut qu'il y avait une place libre auprès d'eux. Mais ils se trouvaient dans le faisceau des phares, on les avait vus.

Des réservations pour le dîner... Un restaurant. Jason prit sa décision ; il allait en profiter.

Le chasseur descendit de la voiture et glissa les clefs sous le siège avant. Il se dirigea vers l'arrière de la

voiture, les saluant au passage, non sans curiosité.
Bourne s'adressa à lui en français.

« Hé, jeune homme ! Vous pouvez peut-être nous aider.

— Monsieur ? »

Le chasseur s'approcha d'eux d'un pas hésitant, prudent. De toute évidence il pensait encore aux événements qui venaient de se passer à l'hôtel.

« Je ne me sens pas très bien. Trop de votre excellent vin suisse.

— Ce sont des choses qui arrivent, monsieur. » Le jeune homme sourit, soulagé.

« Ma femme a pensé que ce serait une bonne idée de prendre un peu l'air avant d'aller en ville.

— Excellente idée, monsieur.

— C'est toujours la folie à l'intérieur ? J'ai cru que ce policier n'allait pas nous laisser sortir jusqu'au moment où il a compris que je risquais de vomir sur son uniforme.

— Toujours, monsieur. Il y a des policiers partout... On nous a dit de ne pas en discuter.

— Bien sûr. Mais nous avons un problème. Un de mes associés est arrivé par avion cet après-midi et nous devons nous retrouver dans un restaurant, seulement j'ai oublié le nom. J'y suis déjà allé mais je n'arrive pas à me rappeler comment ça s'appelle. Je me souviens quand même que sur la façade il y avait trois motifs bizarres... une sorte de dessin, je crois. Des triangles, il me semble.

— C'est le Drei Alpenhäuser, monsieur. Les trois chalets. C'est dans une petite rue qui donne dans Falkenstrasse.

— Oui, bien sûr, c'est ça ! Et pour y aller d'ici nous... »

Bourne ne termina pas sa phrase, comme un homme un peu aviné essayant de se concentrer.

« Vous n'avez qu'à prendre à gauche après la sortie, monsieur. Suivez le quai Uto sur une centaine de mètres, jusqu'au moment où vous arrivez à la hauteur d'une grande jetée, puis prenez à droite. Ça vous emmènera dans Falkenstrasse. Quand vous aurez passé Seefeld, vous ne pouvez pas manquer la rue ni le restaurant. Il y a une enseigne au coin.

— Merci. Vous serez ici dans quelques heures quand nous rentrerons ?

— Je suis de service jusqu'à deux heures du matin, monsieur.

— Bon. Je vous chercherai pour vous exprimer ma gratitude de façon plus concrète.

— Merci, monsieur. Est-ce que je peux vous amener votre voiture ?

— Vous en avez assez fait, merci. Un peu de marche me fera encore du bien. » Le chasseur salua et se dirigea vers l'hôtel. Jason entraîna Marie Saint-Jacques vers le coupé, boitillant à ses côtés. « Vite. Les clefs sont sous le siège.

— Si on nous arrête, qu'allez-vous faire ? Le chasseur verra la voiture sortir ; il saura que vous l'avez volée.

— J'en doute. Pas si nous partons tout de suite, alors qu'il a replongé dans cette foule.

— S'il s'en aperçoit quand même ?

— Alors j'espère que vous conduisez vite, dit Bourne en la poussant vers la portière. Montez. »

Le chasseur avait tourné le coin et hâtait soudain le pas. Jason prit le pistolet et contourna rapidement le capot en boitillant, prenant appui dessus tout en braquant son arme sur le pare-brise. Il ouvrit la portière du côté passager et s'installa auprès de Marie. « Bon sang... Je vous ai dit de prendre les clefs !

— Bon... Je n'arrive pas à penser.

— Faites un effort !

— Oh ! mon Dieu... »

Elle plongea la main sous le siège, fouillant sur la moquette jusqu'au moment où ses doigts rencontrèrent l'étui de cuir.

« Mettez le moteur en marche, mais attendez que je vous dise de reculer. » Il guettait la lueur des phares débouchant de l'allée ; cela expliquerait pourquoi le chasseur s'était soudain presque mis à courir ; une voiture à garer. Rien ; il avait dû se dépêcher pour une autre raison. Deux inconnus dans le parking. « Allez-y. Je veux sortir d'ici. » Elle passa en marche arrière, quelques secondes plus tard ils étaient à la sortie donnant sur la route du lac. « Ralentissez », ordonna-t-il. Un taxi s'engageait dans l'allée devant eux.

Bourne retint son souffle et regarda par l'autre glace, l'entrée du Carillon du Lac. La scène qui se déroulait sous la marquise expliquait la soudaine hâte du chasseur. Une discussion venait d'éclater entre la police et un groupe de clients de l'hôtel. Une file s'était formée, on prenait les noms de ceux qui quittaient l'hôtel ; tout cela provoquait des retards et mettait des innocents en fureur.

« Allons-y, dit Jason, tressaillant car la douleur lui traversait de nouveau la poitrine. Le passage est libre. »

C'était une sensation étrange, irréelle. Les trois triangles étaient bien là où il les avait imaginés : en gros bois sombre se détachant en bas-relief sur la pierre blanche. Trois triangles identiques, représentations abstraites de toits de chalets dans une vallée si profondément enneigée que les étages inférieurs avaient disparu. Au-dessus des trois pointes, le nom du restaurant en lettres gothiques : DREI ALPENHAUSER. Sous la base du triangle central se trouvait l'entrée, des doubles portes qui s'inséraient sous un arc de cathédrale, et pivotant sur des gonds de fer massif comme on en voit dans les châteaux alpins.

Sur les deux côtés de la ruelle, les bâtiments voisins étaient des édifices restaurés d'un Zurich et d'une Europe depuis longtemps passés. Ce n'était pas une rue pour les automobiles, on s'imaginait plutôt des voitures à chevaux, les cochers juchés tout en haut, enveloppés dans leur houppelande et coiffés d'un haut-de-forme, et des réverbères à gaz partout. C'était une rue pleine des images et des sons de souvenirs oubliés, songea l'homme qui n'avait pas de souvenirs à oublier.

Et pourtant si, il en avait un, vivace et troublant. Trois triangles sombres, de grosses poutres et des bougies. Il ne s'était pas trompé ; c'était bien un souvenir de Zurich. Mais d'une autre vie.

« Nous y sommes, dit la femme.

— Je sais.

— Dites-moi ce que je dois faire ! cria-t-elle. Nous passons devant.

— Allez jusqu'au prochain carrefour et tournez à gauche. Faites le tour du pâté de maisons, puis revenez par ici.

— Pourquoi ?

— Je voudrais bien savoir.

— Quoi ?

— Parce que je vous le dis. » Quelqu'un était là... dans ce restaurant. Pourquoi d'autres images ne venaient-elles pas ? Une autre image. Celle d'un visage.

Ils repassèrent à deux reprises devant le restaurant. Deux couples séparés et un groupe de quatre personnes y entrèrent ; un homme seul en sortit, se dirigeant vers Falkenstrasse. A en juger d'après les voitures garées le long du trottoir, il n'y avait pas encore beaucoup de monde au Drei Alpenhäuser. Le nombre des clients allait augmenter au cours des deux heures suivantes, la plupart des gens à Zurich préférant prendre leur repas du soir vers dix heures et demie plutôt que huit heures. Inutile d'attendre plus longtemps, rien d'autre ne venait à l'esprit de Bourne. Il ne pouvait que s'asseoir, regarder et espérer que quelque chose allait surgir. *Quelque chose.* Car ce restaurant évoquait pour lui un souvenir ; une pochette d'allumettes lui avait rappelé une réalité. Dans cette réalité, il y avait une réalité qu'il devait découvrir.

« Garez-vous sur la droite, devant la dernière voiture. Nous reviendrons sur nos pas. »

En silence, sans commentaires ni protestations, la jeune femme fit ce qu'il lui disait. Jason la regarda ;

elle réagissait avec une trop grande docilité, sans rapport avec son comportement précédent. Il comprit. Elle avait besoin d'une leçon. Peu importait ce qui risquait de se passer à l'intérieur du Drei Alpenhäuser, il avait besoin d'elle une dernière fois. Elle devait lui faire quitter Zurich.

La voiture s'immobilisa, les pneus frottant le bord du trottoir. Elle coupa le contact et se mit à retirer les clefs d'un geste lent, trop lent. Il tendit la main et lui prit le poignet ; elle le fixa dans l'ombre, retenant son souffle. Il fit glisser ses doigts sur la main de la jeune femme jusqu'au moment où il sentit le porte-clefs.

« Je vais les prendre, dit-il.

— Bien sûr, répondit-elle, sa main gauche pendant bizarrement sur le côté, le long de la portière.

— Maintenant descendez et attendez-moi près du capot, poursuivit-il. Ne faites pas de bêtise.

— Pourquoi en ferais-je ? Vous me tueriez.

— Bon.»

Il tendit la main vers la poignée, simulant un effort plus grand qu'il n'en avait à faire. Il lui tournait le dos ; il abaissa la poignée de la portière. Le froissement du tissu fut brusque, le courant d'air qui s'engouffrait plus brusque encore, sa portière à elle s'ouvrit violemment, la femme était déjà à moitié sortie mais Bourne était prêt ! Elle avait besoin d'une leçon. Il se retourna, son bras gauche comme un ressort qui se détend, sa main comme une vipère agrippant la soie de sa robe entre ses omoplates. Il la força à se rasseoir et, l'empoignant par les cheveux, lui tira la tête jusqu'au moment où elle eut le cou tendu, le visage tout près du sien.

« Je ne le ferai plus ! cria-t-elle, ses yeux s'emplissant de larmes. Je vous jure que je ne le ferai plus !»

Il se pencha et referma la portière, puis la regarda attentivement, essayant de comprendre quelque chose en lui. Une demi-heure plus tôt, dans une autre voiture, il avait éprouvé une sorte de nausée lorsqu'il avait pressé le canon du pistolet contre la joue de la jeune femme, en la menaçant de la tuer si elle lui désobéissait. Il n'éprouvait plus une pareille répulsion maintenant ; d'un seul coup, elle était passée dans un autre territoire. Elle était devenue une ennemie, une menace ; il pourrait la tuer s'il le fallait, la tuer sans émotion parce que c'était la solution évidente.

« Dites quelque chose ! » murmura-t-elle. Son corps fut secoué d'un bref spasme, ses seins tendant la soie sombre de sa robe, s'élevant et retombant au rythme de sa respiration. Elle se prit le poignet comme pour se maîtriser, elle y réussit en partie. Elle reprit d'une voix blanche : « J'ai dit que je ne le referais pas, et c'est vrai.

— Vous essaierez, répondit-il doucement. Il viendra un moment où vous croirez pouvoir le faire et vous essaierez. Croyez-moi quand je vous dis que vous ne pouvez pas, mais si vous essayez encore une fois, il faudra que je vous tue. Je ne tiens pas à le faire, je n'ai aucune raison, absolument aucune à moins que vous ne deveniez pour moi une menace et, en vous enfuyant avant que je vous laisse partir, c'est exactement ce que vous feriez. Je ne peux pas le permettre.»

Il avait énoncé la vérité comme il la comprenait. La simplicité de la décision était aussi stupéfiante pour lui que la décision elle-même. Tuer était un problème pratique, rien d'autre

« Vous dites que vous me laisserez partir, dit-elle. Quand ?

— Quand je serai en sûreté, répondit-il. Quand ce que vous direz ou ferez n'aura plus d'importance.

— Ce sera quand ?

— D'ici une heure environ. Quand nous serons sortis de Zurich et que je serai en route pour un autre endroit. Vous ne saurez pas où ni comment.

— Pourquoi voulez-vous que je vous croie ?

— Peu m'importe que vous me croyiez ou pas. (Il la lâcha.) Remettez-vous. Séchez vos yeux et peignez-vous. Nous allons entrer dans le restaurant.

— Qu'est-ce qu'il y a là-dedans ?

« — Je voudrais bien le savoir, dit-il, en regardant par la vitre arrière la porte du Drei Alpenhäuser.

— Vous avez déjà dit ça. »

Il la regarda, regarda les grands yeux marron qui scrutaient les siens. Avec crainte, avec stupéfaction. « Je sais. Dépêchez-vous. »

Il y avait de grosses poutres au plafond, des tables et des chaises en bois massif, des niches et des bougies partout. Un accordéoniste évoluait entre les tables, jouant des airs bavarois.

Il avait vu auparavant cette grande salle, l'image des poutres et des bougies imprimée quelque part dans son esprit ; les sons aussi étaient gravés. Il était venu ici dans une autre vie. Ils s'arrêtèrent dans la petite entrée devant le pupitre du maître d'hôtel ; l'homme en smoking les accueillit.

« *Haben Sie einen Tisch schön, reserviert, mein Herr ?*

— Si vous parlez de réservation, malheureusement non. Mais on m'a chaudement recommandé votre établissement. J'espère que vous pourrez nous trouver une table. Dans une niche, si possible.

— Certainement, monsieur. Il est encore tôt ; il n'y a pas la foule. Par ici, je vous prie. »

On les escorta jusqu'à une niche d'angle, avec une bougie dont la flamme vacilla sur la table. La claudication de Bourne et le fait qu'il s'appuyait au bras de la jeune femme imposaient le trajet le plus court possible. Jason fit signe à Marie Saint-Jacques, elle s'assit et il se glissa sur la banquette en face d'elle.

« Mettez-vous contre le mur, dit-il lorsque le maître d'hôtel fut reparti. Rappelez-vous, le pistolet est dans ma poche, je n'ai qu'à lever la jambe et vous êtes coincée.

— Je vous ai dit que je n'essaierais pas.

— Je l'espère. Commandez un verre ; nous n'avons pas le temps de dîner.

— Je ne pourrais pas. (Elle se prit de nouveau le poignet, ses mains tremblaient visiblement.) Pourquoi pas le temps ? Qu'attendez-vous ?

114

— Je ne sais pas.

— Pourquoi dites-vous tout le temps ça ? "Je ne sais pas." "J'aimerais bien savoir." Pourquoi êtes-vous venu ici ?

— Parce que j'y suis déjà venu.

— Ça n'est pas une réponse !

— Je n'ai aucune raison de vous en donner une. »

Un serveur approcha. La jeune femme commanda du vin ; Bourne demanda du scotch, il avait besoin de quelque chose de fort. Son regard parcourut la salle du restaurant, essayant de se concentrer *sur tout et sur rien*. Une éponge. Mais il n'y avait que rien. Aucune image n'envahissait son esprit ; aucune pensée ne faisait irruption dans son absence de pensée. *Rien*.

Puis il aperçut le visage au fond de la salle. Un gros visage sur une grosse tête, surmontant un corps obèse pressé contre le mur d'une niche du fond, près d'une porte fermée. Le gros homme restait dans l'ombre de son poste d'observation comme si c'était là sa protection, la partie non éclairée de la salle étant son sanctuaire. Il avait les yeux fixés sur Jason, son regard exprimant tout à la fois la peur et l'incrédulité. Bourne ne connaissait pas ce visage, mais le visage le connaissait. L'homme porta ses doigts à sa bouche et s'essuya les commissures des lèvres, puis son regard balaya la salle, examinant chaque client de toutes les tables. Ce fut seulement après cela qu'il amorça ce qui était de toute évidence un pénible trajet jusqu'à leur niche.

« Un homme s'approche de nous, dit Jason par-dessus la flamme de la bougie. Un gros homme, et il a peur. Ne dites rien. Quoi qu'il dise, restez silencieuse. Et ne le regardez pas ; levez la main, tenez-vous la tête d'un geste nonchalant. Regardez le mur, pas lui. »

Surprise, la femme porta sa main droite à son visage ; ses doigts tremblaient. Ses lèvres dessinèrent une question, mais pas un mot ne sortit. Jason répondit à son interrogation muette.

« C'est dans votre intérêt, dit-il. Inutile qu'il puisse vous identifier. »

Le gros homme arriva devant leur table. Bourne souffla la bougie, jetant ainsi leur coin dans une pénombre relative. L'homme le dévisagea et dit d'une voix basse et tendue :

« *Du lieber Gott !* Pourquoi êtes-vous venu ici ? Qu'est-ce que je vous ai fait pour que vous me fassiez une chose pareille ?

— J'aime la bonne cuisine, vous le savez.

— Vous n'avez donc aucun sentiment ? J'ai une famille, une femme et des enfants. Je n'ai fait que ce qu'on m'a dit. Je vous ai remis l'enveloppe ; je n'ai pas regardé à l'intérieur, je ne sais rien !

— Mais on vous a payé, n'est-ce pas ? demanda Jason d'instinct.

— Oui, mais je n'ai rien dit. Nous ne nous sommes jamais rencontrés, je n'ai jamais donné votre signalement. Je n'ai parlé à personne !

— Alors pourquoi avez-vous peur ? Je ne suis qu'un client comme les autres qui va commander à dîner.

— Je vous en supplie. Partez.

— Maintenant je suis en colère, vous feriez mieux de vous expliquez. »

Le gros homme porta une main à son visage, ses doigts essuyant une fois de plus ses lèvres humides. Il tourna la tête pour jeter un coup d'œil à la porte, puis revint à Bourne.

« Peut-être que d'autres ont parlé ; peut-être que d'autres savent qui vous êtes. J'ai eu ma part d'ennuis avec la police, c'est à moi qu'on s'adresserait tout de suite. »

La jeune femme perdit tout contrôle, elle regarda Jason, les mots lui échappant des lèvres : « La police... c'était la police. »

Bourne la foudroya du regard, puis se retourna vers le gros homme nerveux : « Vous dites que la police ferait du mal à votre femme et à vos enfants ?

— Pas à eux-mêmes... vous le savez bien. Mais

l'intérêt que me porterait la police conduirait d'autres jusqu'à moi, jusqu'à ma famille. Combien sont-ils à vous rechercher, mein Herr ? Et qui sont ces gens-là ? Vous n'avez pas besoin que je vous réponde ; rien ne les arrête : pour eux la mort d'une femme ou d'un enfant n'est rien. Je vous en prie. Sur ma vie. Je n'ai rien dit. Partez.

— Vous exagérez. » Jason porta le verre à ses lèvres, comme pour donner congé à cet intrus.

« Au nom du Ciel, ne faites pas ça ! (L'homme se pencha, agrippant le bord de la table.) Vous voulez une preuve de mon silence, je vous en donne une. Cela s'est su par la *Verbrecherwelt*. Toute personne possédant le moindre renseignement devait appeler un numéro donné par la police de Zurich. Tout cela se passerait à titre purement confidentiel, ils ne raconteraient pas d'histoire là-dessus dans la *Verbrecherwelt*. Les récompenses n'étaient pas négligeables, la police de plusieurs pays adressait des fonds par l'Interpol. On pourrait envisager sous un jour nouveau des malentendus passés. (Le conspirateur se redressa, s'essuyant une fois de plus la bouche, sa silhouette massive dominant la table.) Un homme comme moi aurait tout à gagner de relations moins tendues avec la police. Et pourtant je n'ai rien fait. Malgré l'assurance que cela resterait confidentiel, je n'ai rien fait du tout !

— Personne d'autre n'a rien fait ? Dites-moi la vérité ; je saurai si vous mentez.

— Je ne connais que Chernak. C'est le seul à qui j'aie jamais parlé et qui reconnaisse même vous avoir vu. Vous le savez ; c'est par lui que l'enveloppe m'est parvenue. Je ne dirai jamais rien.

— Où est Chernak maintenant ?

— Où il est toujours. Dans son appartement de Löwenstrasse.

— Je n'y suis jamais allé. Quel est le numéro ?

— Vous n'y êtes jamais allé ?... (Le gros homme se tut, serrant les lèvres, l'air inquiet.) Vous me mettez à l'épreuve ?

— Répondez à ma question.

— Numéro 37. Vous le savez aussi bien que moi.

— Alors je vous mets à l'épreuve. Qui a remis l'enveloppe à Chernak ? »

L'homme était immobile. « Je n'ai aucun moyen de le savoir. Je ne demanderais d'ailleurs jamais.

— Vous n'étiez même pas curieux ?

— Bien sûr que non. Une chèvre n'entre pas de son plein gré dans la caverne du loup.

— Les chèvres ont le pied sûr, elles ont l'odorat fin.

— Elles sont prudentes, mein Herr. Parce que le loup est plus rapide, infiniment plus agressif. Ce serait la dernière promenade de la chèvre.

— Qu'y avait-il dans l'enveloppe ?

— Je vous l'ai dit, je ne l'ai pas ouverte.

— Mais vous savez ce qu'il y avait dedans.

— De l'argent, je suppose.

— Vous supposez ?

— Très bien. De l'argent. Beaucoup d'argent. Si le compte n'était pas juste, je n'y suis pour rien. Maintenant, je vous en prie, je vous en supplie. Partez d'ici !

— Une dernière question.

— Tout ce que vous voulez mais partez !

— A quoi devait servir l'argent ? »

Le gros homme dévisagea Bourne, le souffle rauque, la sueur coulant sur son menton. « Vous me mettez à la torture, mein Herr, mais je ne vais pas vous laisser tomber ; appelez ça si vous voulez le courage d'une chèvre insignifiante qui a survécu. Tous les jours je lis les journaux. En trois langues. Il y a six mois un homme a été tué. Sa mort a été annoncée à la une de tous ces journaux-là. »

7

Ils contournèrent le bloc d'immeubles, débouchant sur Falkenstrasse, puis tournèrent à droite pour laisser Limmat en direction de la cathédrale de Grossmünster. La Löwenstrasse était de l'autre côté du fleuve, sur le côté ouest de la ville. Le moyen le plus rapide de s'y rendre était de traverser le pont de Münster pour gagner la Bahnhofstrasse, puis la Nüchelerstrasse ; les rues se croisaient, avait précisé un couple sur le point d'entrer au Drei Alpenhäuser.

Marie Saint-Jacques était silencieuse, les mains crispées sur le volant comme elles l'étaient sur les courroies de son sac à main durant ces scènes de folie au Carillon : c'était sa façon à elle de se raccrocher à la santé d'esprit. Bourne lui jeta un coup d'œil et comprit.

... Un homme a été tué, sa mort a été annoncée à la première page de chacun de ces journaux.

Jason Bourne avait été payé pour tuer, et dans plusieurs pays la police avait envoyé des fonds par Interpol pour convertir des informateurs peu enthousiastes, pour élargir les possibilités de le capturer. Ce qui voulait dire que d'autres hommes avaient été tués...

Combien y en a-t-il qui me recherchent, mein Herr ? Et que font-ils ?... Rien ne les arrête... La mort d'une femme ou d'un enfant n'est rien !

Pas la police. D'autres.

Les clochers jumeaux de la cathédrale de Grossmünster s'élevaient dans le ciel nocturne, les projecteurs créant des jeux d'ombres étranges. Jason contempla l'antique édifice ; comme bien d'autres choses, il le connaissait, mais sans le connaître. Il l'avait déjà vu, mais pourtant il le voyait maintenant pour la première fois.

Je ne connais que Chernak... C'est par lui que l'enveloppe m'est parvenue... Löwenstrasse. Numéro 37. Vous le savez aussi bien que moi.

Vraiment ?

Ils franchirent le pont et se retrouvèrent dans la circulation de la ville nouvelle. Les rues étaient encombrées, automobiles et piétons rivalisant à chaque carrefour pour avoir la suprématie, les feux de circulation fantaisistes et interminables. Bourne essaya de se concentrer sur rien... et sur tout. On lui présentait les contours de la vérité, une forme énigmatique après l'autre, chacune plus stupéfiante que la précédente. Il n'était pas du tout sûr d'être capable — mentalement capable — d'en absorber beaucoup plus.

« *Halt ! Die Dame da ! Die Scheinwerfer sind aus und sie haben links signaliziert. Das ist ein Einbahnstrasse !* »

Jason leva les yeux, une douleur sourde lui nouant l'estomac. Une voiture de patrouille était auprès d'eux, un policier vociférait par sa vitre ouverte. Tout, soudain, devint clair... Clair et exaspérant. La jeune femme avait vu la voiture de police dans le rétroviseur ; elle avait éteint ses phares et glissé la main jusqu'à l'indicateur de direction, l'abaissant pour signaler qu'elle tournait à gauche. Un virage à gauche dans une rue en sens interdit dont les flèches, au carrefour, indiquaient nettement que la circulation se dirigeait vers la droite. Et tourner à gauche en passant devant la voiture de police entraînerait diverses infractions : absence d'éclairage, peut-être même une collision préméditée, on les arrêterait, la femme serait libre de se mettre à hurler.

Bourne ralluma les phares, puis se pencha par-dessus la jeune femme, d'une main arrêtant le clignotant et de l'autre lui saisissant le bras là où il l'avait déjà fait.

« Je vous tuerai, docteur, murmura-t-il. (Puis à travers la vitre, il cria au policier :) Désolé ! Nous sommes un peu perdus ! Touristes ! Nous cherchons le bloc suivant ! »

Le policier était à moins d'un mètre de Marie Saint-

120

Jacques, qu'il ne quittait pas des yeux, évidemment surpris par son manque de réaction.

Le feu passa au vert. « Avancez doucement. Ne faites rien de stupide, dit Jason. (A travers la vitre il salua de la main l'officier de police.) Excusez-nous encore ! » cria-t-il. Le policier haussa les épaules, se tournant vers son collègue pour reprendre leur conversation.

« C'est vrai que j'étais perdue, dit la jeune femme, d'une voix tremblante. Il y a tant de circulation... Oh ! mon Dieu, vous m'avez cassé le bras !... Espèce de salaud. »

Bourne la lâcha, troublé par sa colère ; il préférait la peur. « Vous ne comptez pas que je vais vous croire, non ?

— Pour mon bras ?

— Pour me raconter que vous étiez perdue.

— Vous aviez dit que nous devions bientôt tourner à gauche... Je ne pensais qu'à ça.

— La prochaine fois, regardez la circulation. » Il s'écarta un peu mais sans cesser de la regarder.

« Vous êtes un vrai monstre », murmura-t-elle, fermant un instant les yeux. La peur était revenue dans son regard quand elle les rouvrit.

Ils arrivèrent à la Löwenstrasse, une large avenue où de petits immeubles faits de briques et de gros madriers étaient pris en sandwich entre des constructions modernes de béton bien lisse et de verre. Jason regardait les numéros ; ils descendaient depuis les quatre-vingt, et à chaque bloc, les vieilles maisons étaient plus nombreuses que les grands immeubles d'habitation, jusqu'au moment où il n'y eut plus que cela. Une rangée de maisons à quatre étages, aux toits et aux fenêtres encadrés de bois, avec des perrons et des rampes donnant accès à des porches éclairés par des lampes fixées au mur. Bourne reconnaissait ce dont il ne se souvenait plus ; en soi ce n'était pas stupéfiant, mais autre chose l'était. La rangée de maisons évoquait une autre image, une image très vive d'une autre rangée de petits immeubles, aux silhouettes analogues, mais étrangement différentes en même temps. Patinées par les ans, plus vieilles, loin d'être aussi nettes et soignées... avec des carreaux fêlés, des marches de pierre cassées, des balustrades incomplètes... dont il ne restait que des bouts de fer rouillé. C'était plus loin, dans un autre quartier de... Zurich, oui, c'était bien à Zurich. Dans un quartier que ne visitaient jamais, ou bien rarement, ceux qui n'habitaient pas là, une partie négligée de la ville.

« Steppdeckstrasse », se dit-il, se concentrant sur l'image qui lui occupait l'esprit. Il apercevait le seuil d'une maison, la peinture d'un rouge passé, aussi sombre que la robe de soie rouge que portait la femme auprès de lui. « Une pension de famille... dans Steppdeckstrasse.

— Quoi ? » fit Marie Saint-Jacques, abasourdie. Les paroles qu'il prononçait l'inquiétaient ; de toute évidence, elle croyait qu'il s'agissait d'elle et elle était terrifiée.

« Rien. (Il détacha ses yeux de la robe et regarda par la vitre.) Voilà le numéro 37, dit-il en désignant la cinquième maison de la rangée. Arrêtez la voiture. »

Il descendit le premier, en lui ordonnant de se glisser le long de la banquette pour le suivre. Il s'assura que ses jambes pouvaient bien le porter et lui prit les clefs.

« Vous pouvez marcher, dit-elle. Si vous pouvez marcher, vous pouvez conduire.

— C'est probable.

— Alors laissez-moi partir ! J'ai fait tout ce que vous vouliez.

— Et même davantage, ajouta-t-il.

— Je ne dirai rien, vous ne comprenez pas ça ? Vous êtes la dernière personne sur terre que je veuille jamais revoir... Je ne veux plus avoir affaire à vous. Je n'ai pas envie d'être un témoin, d'être interrogée par la police, de devoir faire des déclarations ni rien ! Je ne veux pas faire partie de ce dont vous faites partie ! Je suis morte de peur... c'est ça votre protection, vous ne comprenez donc pas ? Laissez-moi partir, je vous en prie.

— Je ne peux pas.

— Vous ne me croyez pas.

— La question n'est pas là. J'ai besoin de vous.

— Pourquoi ?

— Pour une raison tout à fait stupide. Je n'ai pas de permis de conduire. Vous ne pouvez pas louer de voiture sans permis de conduire et il faut que j'en loue une.

— Mais vous avez celle-ci.

— Elle est bonne pour une heure encore peut-être. Quelqu'un va sortir du Carillon du Lac et la chercher. On en enverra la description par radio à toutes les voitures de police de Zurich. »

Elle le regarda, la terreur brillant dans son regard fixe. « Je ne veux pas aller là-bas avec vous. J'ai entendu ce qu'a dit l'homme au restaurant. Si j'en entends davantage, vous allez me tuer.

— Ce que vous avez entendu n'a pas plus de sens pour moi qu'il n'en a pour vous. Peut-être moins. Venez. »

Il la prit par le bras et posa sa main libre sur la balustrade de façon à pouvoir gravir les marches avec le minimum de souffrance. Elle le dévisagea, et dans son regard se mêlaient la crainte et la stupeur.

Le nom de M. Chernak était inscrit sous la seconde boîte à lettres, et sous la petite pancarte il y avait une sonnette. Il n'y toucha pas mais pressa les quatre boutons voisins. En quelques secondes une cacophonie de voix jaillissait des petits haut-parleurs perforés demandant en suisse allemand qui était là. Mais quelqu'un ne répondit pas ; on se contenta d'actionner un déclic qui libéra la serrure. Jason ouvrit la porte, poussant Marie Saint-Jacques devant lui. Il la plaqua contre le mur et attendit. D'en haut on entendait des bruits de portes qui s'ouvraient, de pas qui se dirigeaient vers l'escalier.

« *Wer ist da ?*

— Johann ?

— *Wo bist du denn ?* »

Un silence. Suivi par des paroles irritées. De nouveau des bruits de pas ; des portes qui se fermaient.

M. Chernak occupait l'appartement 2 C, au second étage. Bourne prit la jeune femme par le bras, se dirigea avec elle en boitillant jusqu'à l'escalier et commença à monter les marches. Elle avait raison, bien sûr. Ce serait beaucoup mieux s'il était seul, mais il n'y pouvait rien : il avait besoin d'elle.

Il avait étudié des cartes routières durant les semaines passées à Port-Noir. Lucerne n'était pas à plus d'une heure, Berne à deux heures et demie ou trois heures. Il pouvait prendre l'une ou l'autre direction, la déposer dans un endroit désert quelque part sur la route et puis disparaître. Simple question de temps ; il avait les moyens de se débrouiller. Tout ce qu'il lui fallait, c'était quelqu'un pour lui faire quitter Zurich, et ce quelqu'un, c'était elle.

Mais avant de partir, il devait savoir ; il devait parler à un homme qui s'appelait...

M. Chernak. Le nom était inscrit à la droite du bouton de sonnette. Il s'écarta de la porte, entraînant la jeune femme avec lui.

« Vous parlez allemand ? demanda Jason.

— Non.

— Ne mentez pas.

— Je ne mens pas. »

Bourne réfléchit, inspectant du regard le petit couloir. Puis il dit :

« Sonnez. Si la porte s'ouvre, restez plantée là. Si quelqu'un répond sans ouvrir, dites que vous avez un message — un message urgent — d'un ami du Drei Alpenhäuser.

— Et imaginez que lui — ou elle — dise de le glisser sous la porte ?»

Jason la regarda. « Très bien.

— J'en ai assez de toute cette violence. Je ne veux plus rien savoir, ni rien voir. Tout ce que je veux...

— Je sais, fit-il, lui coupant la parole. Revenir aux impôts de César et aux guerres puniques. Si lui — ou

124

elle — dit quelque chose de ce genre, expliquez en deux mots qu'il s'agit d'un message verbal qui ne peut être transmis qu'à l'homme dont on vous a donné le signalement.

— Et s'il demande ce signalement ? dit Marie Saint-Jacques d'un ton glacé, l'esprit d'analyse l'emportant un instant sur la peur.

— Vous avez une cervelle bien organisée, docteur, dit-il.

— Je suis précise. J'ai peur, je vous l'ai dit. Qu'est-ce que je fais ?

— Dites-leur d'aller se faire voir, que quelqu'un d'autre peut le remettre. Puis commencez à vous éloigner. »

Elle s'approcha de la porte et pressa la sonnette. Un bruit bizarre parvint de l'intérieur. Un crissement qui s'affirmait. Puis il cessa et on entendit une voix grave à travers le panneau.

« *Ja ?*

— Malheureusement je ne parle pas allemand.

— *English.* Qu'est-ce qu'il y a ? Qui êtes-vous ?

— J'ai un message urgent d'un ami du Drei Alpen-häuser.

— Passez-le sous la porte.

— Je ne peux pas. Ce n'est pas un message écrit. Il faut que je le remette personnellement à l'homme que l'on m'a décrit.

— Oh ! ça ne devrait pas être difficile », fit la voix. Il y eut un déclic dans la serrure et la porte s'ouvrit.

Bourne s'écarta du mur et apparut sur le seuil.

« Vous êtes fou ! cria un homme qui n'avait en guise de jambes que deux moignons et se trouvait dans un fauteuil roulant. Fichez le camp ! Fichez le camp d'ici !

— J'en ai assez d'entendre ça », dit Jason, entraînant la jeune femme à l'intérieur et refermant la porte.

Il n'eut aucun mal à persuader Marie Saint-Jacques de rester dans une petite chambre sans fenêtre pendant qu'ils discutaient ; elle le fit bien volontiers. Ce Chernak cul-de-jatte était au bord de l'affolement, son visage ravagé était d'un blanc de craie, ses cheveux gris et mal peignés collés par mèches sur son cou et sur son front.

« Qu'est-ce que vous voulez de moi ? demanda-t-il. La dernière fois vous aviez juré que c'était fini ! Je ne peux pas faire davantage, je ne peux pas prendre de risques. Des messagers sont venus ici. Malgré toutes les précautions, malgré leur ignorance de vos sources, ils sont venus ici ! Si on laisse traîner une adresse là où il ne faut pas, je suis un homme mort !

— Vous ne vous en êtes pas mal tiré pour les risques que vous avez pris », dit Bourne, planté devant le fauteuil roulant, des pensées se bousculant dans son esprit, tandis qu'il se demandait s'il y avait un mot ou une phrase susceptible de déclencher un flot d'informations. Puis il se rappela l'enveloppe. *Si quelque chose n'allait pas, je n'y étais pour rien.* Un gros homme au Drei Alpenhäuser.

« Ce n'est rien comparé à l'ampleur de ces risques. (Chernak secoua la tête ; il haletait ; les moignons qui dépassaient du fauteuil roulant s'agitaient de façon répugnante.) J'étais heureux avant que vous n'interveniez dans ma vie, mein Herr, car je n'étais rien du tout. Un vieux soldat qui avait réussi à gagner Zurich — grillé, infirme, sans intérêt à part certains faits soigneusement emmagasinés pour lesquels d'anciens camarades payaient de maigres sommes afin de ne pas les voir révélés. C'était une vie convenable, pas extraordinaire, mais ça suffisait. Et puis vous m'avez trouvé...

— Je suis touché, intervint Jason. Parlons de l'enveloppe... de l'enveloppe que vous avez remise à notre ami commun du Drei Alpenhäuser. Qui vous l'a donnée ?

— Un messager. Qui d'autre voulez-vous que ce soit ?

— D'où venait-elle ?

— Comment voulez-vous que, moi, je le sache ?

Elle est arrivée dans un carton, comme les autres. J'ai ouvert le paquet et je vous ai fait parvenir l'enveloppe. C'était vous qui vouliez qu'on opère ainsi. Vous disiez que vous ne pouviez plus venir ici.

— Mais vous l'avez ouverte. » C'était une affirmation, pas une interrogation.

« Jamais !

— Et si je vous disais qu'il manquait de l'argent.

— Alors c'est qu'il n'a pas été versé ; l'argent n'était pas dans l'enveloppe ! (L'homme sans jambes éleva la voix.) Mais je ne vous crois pas. Si c'était ça, vous n'auriez pas accepté la mission. Mais vous l'avez bel et bien acceptée. Alors pourquoi êtes-vous ici maintenant ? »

Parce qu'il faut que je sache. Parce que je suis en train de perdre la tête. Je vois des choses et j'entends des choses que je ne comprends pas. Je suis un légume... un légume bien entraîné et plein de ressources, mais un légume quand même ! Aidez-moi !

Bourne s'éloigna pour se diriger d'un pas nonchalant vers un rayonnage où quelques photographies étaient appuyées contre le mur. Elles expliquaient l'homme qui se trouvait derrière lui. Des groupes de soldats allemands, certains avec des chiens policiers, posant devant des cantonnements et des clôtures... et devant une grande porte en barbelés sur laquelle on pouvait lire une partie d'un nom. DACH...

Dachau.

L'homme derrière lui. Il bougeait ! Jason se retourna ; le cul-de-jatte avait plongé la main dans le sac de toile fixé à son fauteuil ; ses yeux flamboyaient, son visage ravagé était crispé par la rage. La main jaillit, tenant un revolver à canon court, et avant que Bourne ait eu le temps de prendre le sien, Chernak fit feu. Les balles jaillirent, la douleur glacée lui envahissant l'épaule gauche, puis la tête... Oh ! Dieu. Il plongea sur sa droite, roulant sur le tapis, poussant vers l'infirme une lourde lampe à pied, continuant à rouler jusqu'au moment où il se retrouva loin du fauteuil de l'infirme. Il s'accroupit et plongea, son épaule droite heurtant le dos de Chernak, précipitant l'homme-tronc hors de son fauteuil pendant qu'il cherchait son pistolet dans sa poche.

« On paiera pour votre cadavre ! hurla l'infirme qui se tortillait sur le sol, s'efforçant d'immobiliser son corps estropié assez longtemps pour viser. Vous ne me mettrez pas dans un cercueil ! C'est moi qui vous verrai là-dedans ! Carlos paiera ! Bon sang, il paiera ! »

Jason bondit sur la gauche et fit feu. La tête de Chernak bascula en arrière, sa gorge giclant de sang. Il était mort.

Un cri parvint de la porte de la chambre. Il prit de l'ampleur, c'était un long gémissement où la terreur et la répulsion mêlaient leurs accents. Un cri de femme... Bien sûr que c'était une femme ! Son otage, celle qui allait lui faire quitter Zurich ! Oh ! Seigneur, il n'arrivait pas à y voir clair ! Il ressentait une douleur insupportable à la tempe !

Il retrouva sa vision, refusant de reconnaître la douleur. Il aperçut une salle de bain, la porte ouverte, des serviettes ainsi qu'un lavabo et... une armoire à pharmacie avec un miroir. Il se précipita, tira sur le miroir avec une telle violence que la porte fut arrachée de ses gonds et vint se fracasser sur le carrelage où elle se brisa en mille morceaux. Des étagères. Des rouleaux de pansements et de ruban adhésif et... c'était tout ce qu'il pouvait emporter. Il fallait s'en aller... des coups de feu ; des coups de feu donnaient l'alarme. Il fallait s'en aller, emmener son otage et filer ! La chambre, la chambre. Où était-elle ?

Le cri, le gémissement... il fallait suivre le cri ! Il parvint à la porte et l'ouvrit d'un coup de pied. La femme... son otage — comment diable s'appelait-elle ? — était plaquée contre le mur, le visage ruisselant de larmes, les lèvres entrouvertes. Il se précipita et la saisit par le poignet, la traînant derrière lui.

« Mon Dieu, vous l'avez tué ! s'écria-t-elle. Un vieil homme sans...

— Taisez-vous ! » Il la poussa vers la porte du

palier, l'ouvrit et la précipita dans le couloir. Il apercevait des silhouettes floues auprès de la rampe, dans des pièces. Ils se mirent à courir ; il entendit des portes claquer, des gens crier. Il saisit le bras de la femme de sa main gauche ; il en éprouva une douleur qui lui laboura l'épaule. Il l'entraîna vers l'escalier et l'obligea à descendre avec lui, s'appuyant sur elle, sa main droite tenant le pistolet.

Ils arrivèrent dans le hall et devant la lourde porte. « Ouvrez-la ! » ordonna-t-il ; elle obéit. Ils passèrent devant la rangée de boîtes à lettres, courant vers la porte de la rue. Il la lâcha un instant pour ouvrir lui-même la porte, scrutant la rue, guettant le bruit des sirènes. Rien. « Venez ! » dit-il, l'entraînant sur les marches et jusqu'au trottoir. Il fouilla dans sa poche, tressaillant de douleur, et sortit les clefs de la voiture. « Montez ! »

Dans la voiture, il déroula de la gaze dont il fit un tampon qu'il appliqua sur le côté de sa tête pour éponger le sang qui ruisselait. Du fond de sa conscience, émanait une étrange sensation de soulagement. La blessure n'était qu'une égratignure ; le fait qu'il eût été touché à la tête l'avait affolé, mais la balle n'avait pas pénétré dans le crâne. Absolument pas ; il n'allait pas retrouver les angoisses de Port-Noir.

« Bon sang, mettez la voiture en route ! Foutons le camp d'ici !

— Pour aller où ? Vous n'avez pas dit où. »

La femme ne hurlait pas ; au contraire, elle était calme. D'un calme extraordinaire. Elle le regardait... Etait-ce bien lui qu'elle regardait ?

De nouveau, il se sentait en proie au vertige, il n'arrivait plus à accommoder. « Steppdeckstrasse... » Il entendit le mot au moment où il le prononçait, sans être sûr que la voix fût la sienne. Mais il se représentait la porte. Une peinture rouge sombre passée, des carreaux fêlés... du fer rouillé. « Steppdeckstrasse », répéta-t-il. Qu'est-ce qui n'allait pas ? Pourquoi le moteur ne tournait-il pas ? Pourquoi la voiture n'avançait-elle pas ? Est-ce qu'elle ne l'entendait pas ?

Il avait les yeux fermés ; il les ouvrit. Le pistolet. Il était sur ses genoux, il l'avait posé là pour se panser la tête... et elle était en train de taper dessus, de taper dessus ! Le pistolet tomba par terre ; il se baissa et elle le repoussa, lui heurtant la tête contre la vitre. Elle ouvrit la portière, sauta dans la rue et se mit à courir. Elle s'enfuyait ! Son otage, le seul moyen qu'il avait de quitter Zurich, remontait la Löwenstrasse !

Il ne pouvait pas rester dans la voiture ; il n'osait pas essayer de la conduire. C'était un piège d'acier qui le marquait. Il fourra le pistolet dans sa poche avec le ruban adhésif et saisit la gaze, la serrant dans sa main gauche, prêt à la presser contre sa tempe si le sang recommençait à couler. Il descendit et s'éloigna en boitillant aussi vite qu'il le pouvait.

Il y avait bien un carrefour quelque part, un taxi. *Steppdeckstrasse.*

Marie Saint-Jacques continuait à courir au milieu de la large avenue déserte, passant de l'une à l'autre des flaques de lumière que laissaient tomber les réverbères, agitant les bras en direction des automobiles qui passaient. Mais elles ne s'arrêtaient pas. Elle se retournait dans le faisceau des phares qui arrivaient derrière elle, en levant les mains, dans un geste implorant ; les voitures accéléraient et passaient. C'était Zurich et la Löwenstrasse, le soir, était trop large, trop sombre, trop près du parc désert et de la rivière Sihl.

Toutefois, dans une voiture, les hommes installés à l'intérieur la remarquèrent. Les phares étaient éteints, le conducteur avait vu la femme au loin. Il s'adressa à son compagnon en suisse allemand : « Ce pourrait être elle. Ce Chernak n'habite qu'à un ou deux pâtés de maisons plus loin.

— Arrête et laisse-la s'approcher. Il paraît qu'elle a une robe en soie... c'est elle !

— Soyons-en certains avant d'alerter les autres par radio. »

Les deux hommes descendirent de voiture, le passager passant discrètement derrière la malle pour rejoindre le conducteur. Ils étaient vêtus de costumes sombres et discrets, ils avaient un visage avenant, mais grave, sérieux. La femme affolée approchait ; ils s'avancèrent d'un pas rapide au milieu de la rue. Le conducteur lança :

« *Was ist passiert fraülein ?*

— Au secours ! cria-t-elle. Je... je ne parle pas allemand. *Nicht sprechen.* Appelez la police ! La... *Polizei !* »

Le compagnon du conducteur répondit d'une voix pleine d'autorité, qui la calma. « Nous sommes de la police, dit-il en anglais. Zurich Sicherheitpolizei. Nous n'étions pas sûrs, mademoiselle. C'est bien vous la femme du Carillon du Lac ?

— Oui ! cria-t-elle. Il ne voulait pas me laisser partir ! Il n'arrêtait pas de me frapper, de me menacer de son pistolet ! C'était horrible !

— Où est-il maintenant ?

— Il est blessé. Il a été touché par une balle. Je me suis enfuie de la voiture... il était dedans quand je suis partie en courant ! (Elle désigna la Löwenstrasse.) Par là. A deux blocs, je crois... au milieu du pâté de maisons. Un coupé, un coupé gris ! Attention, il est armé.

— Nous aussi, mademoiselle, dit le conducteur. Ne restez pas là, montez à l'arrière de la voiture. Vous serez parfaitement en sécurité ; nous allons faire très attention. Vite, maintenant. »

Ils approchèrent du coupé gris, moteur arrêté, tous feux éteints. Il n'y avait personne dans la voiture. Toutefois, des gens discutaient avec animation sur le trottoir et sur le perron du numéro 37. Le compagnon du conducteur se retourna pour parler à la femme terrifiée, blottie sur la banquette arrière.

« C'est ici qu'habite un nommé Chernak. A-t-il parlé de lui ? A-t-il dit qu'il allait le voir ?

— Il y est allé ; il m'a obligée à l'accompagner ! Il l'a tué ! Il a tué ce vieillard infirme !

— *Der Sender — schnell,* dit le policier au conducteur, tout en empoignant un microphone accroché au tableau de bord. *Wird sind zwei Strassen von da.* » La voiture bondit en avant ; la femme s'agrippa au dossier de la banquette.

« Qu'est-ce que vous faites ? Un homme a été tué là-bas !

— Et nous devons retrouver le meurtrier, dit le conducteur. Comme vous dites, il a été blessé ; il est peut-être encore dans le quartier. Notre voiture est banalisée et nous pourrions le repérer. Nous attendrons, bien sûr, pour être certains que l'équipe de la Criminelle arrive, mais nos missions sont tout à fait différentes. »

La voiture ralentit, se coulant le long du trottoir à quelques centaines de mètres du numéro 37 Löwenstrasse. Le policier avait parlé dans le microphone pendant que le conducteur expliquait ce qu'ils comptaient faire. Les crépitements de parasites provenaient du haut-parleur du tableau de bord, puis les mots : « *Wir kommen binnen zwanzig Minuten. Wartet.*

— Notre supérieur ne va pas tarder, dit le policier qui ne conduisait pas. Nous devons l'attendre. Il désire vous parler. »

Marie Saint-Jacques se renversa en arrière contre le dossier de la banquette, fermant les yeux, poussant un long soupir. « Oh ! mon Dieu, que j'aimerais boire quelque chose ! »

En riant, le conducteur fit un signe à son compagnon. Celui-ci prit une bouteille dans la boîte à gants et la tendit en souriant à la jeune femme. « Notre installation n'est pas très chic, mademoiselle. Nous n'avons pas de verre, mais nous avons du cognac. Pour les urgences, bien sûr. Je crois que c'est le cas maintenant. Je vous en prie, servez-vous. »

Elle lui rendit son sourire et accepta la bouteille. « Vous êtes très gentils tous les deux, et vous ne saurez jamais combien je vous suis reconnaissante. Si jamais vous venez au Canada, je vous préparerai le meilleur repas français de tout l'Ontario.

— Merci, mademoiselle », dit le conducteur.

Bourne examina le pansement qu'il avait à l'épaule, clignotant devant le reflet assombri qu'il apercevait dans le miroir crasseux, ajustant son regard à la pénombre de la pièce en désordre. Il ne s'était pas trompé à propos de la Steppdeckstrasse, l'image de la porte rouge passé était exacte, jusqu'aux carreaux fêlés et à la balustrade rouillée. On ne lui avait posé aucune question lorsqu'il avait loué une chambre, malgré le fait que de toute évidence il était blessé. Toutefois, le responsable de la réception s'était risqué à un commentaire lorsque Bourne l'avait payé.

« Pour une somme plus substantielle, on peut trouver un médecin qui la boucle.

— Je vous préviendrai. »

La blessure n'était pas si grave ; le ruban adhésif maintiendrait le pansement en place jusqu'au moment où il trouverait un médecin plus digne de confiance qu'un praticien exerçant subrepticement dans la Steppdeckstrasse.

Si une situation de tension prolongée provoque une lésion, sachez bien que les dégâts peuvent être aussi bien d'ordre psychologique que physique. Vous pouvez très bien éprouver une répulsion très réelle devant la douleur et la souffrance physiques. Ne prenez pas de risques, mais, si vous en avez le temps, donnez-vous le loisir de vous adapter. Ne vous affolez pas...

Il s'était affolé ; des secteurs entiers de son corps s'étaient figés. Bien que la blessure à l'épaule et l'éraflure à la tempe fussent réelles et douloureuses, il n'y avait rien là d'assez sérieux pour l'immobiliser. Il ne pouvait pas se déplacer aussi vite qu'il pourrait le souhaiter ni avec toute la force qu'il savait posséder, mais il pouvait remuer. Des messages étaient émis et reçus, du cerveau aux muscles et aux membres ; ils pouvaient fonctionner. Ils fonctionneraient mieux après s'être reposé. Il n'avait plus de guide maintenant ; il devrait se lever bien avant l'aube et trouver un autre moyen de quitter Zurich. Le concierge de l'immeuble aimait l'argent ; dans une heure environ, Bourne irait le réveiller.

Il se laissa tomber sur le lit défoncé et s'allongea sur le dos, fixant l'ampoule nue au plafond, essayant de ne pas entendre les mots pour pouvoir se reposer. Il les entendait quand même, qui emplissaient ses oreilles comme un martèlement de timbales.

Un homme a été tué...

Mais vous avez quand même accepté cette mission...

Il se tourna vers le mur, fermant les yeux, essayant de se boucher les oreilles pour ne rien entendre. Puis d'autres mots vinrent et il dut s'asseoir, le front baigné de sueur.

On paiera pour ton cadavre !... Carlos paiera ! Bon sang, il paiera ! Carlos.

Une grosse conduite intérieure s'arrêta devant le coupé et se gara le long du trottoir. Derrière eux, au 37 Löwenstrasse, les voitures de patrouilles étaient arrivées un quart d'heure plus tôt et l'ambulance, il y avait à peine cinq minutes. De petits groupes, sortis des appartements environnants, encombraient le trottoir près de l'escalier, mais l'excitation était maintenant muette. Il y avait eu mort d'homme, quelqu'un avait été tué la nuit, dans ce quartier tranquille de la Löwenstrasse. L'inquiétude était à son comble : ce qui s'était passé au 37 pouvait arriver au 32, au 40 ou au 53. Le monde devenait fou et Zurich aussi.

« Notre supérieur est arrivé, mademoiselle. Pouvons-nous vous conduire à lui, s'il vous plaît ? » Le policier descendit de voiture et ouvrit la portière à Marie Saint-Jacques.

« Certainement. » Elle mit le pied sur le trottoir et sentit la main de l'homme sur son bras ; elle était beaucoup plus douce que la rude poigne du monstre qui avait braqué sur sa joue le canon d'un pistolet. Ce souvenir la fit frémir. Ils approchèrent de la limousine et elle monta dans la voiture. Elle se laissa aller contre la banquette et regarda l'homme assis auprès d'elle. Elle eut un sursaut, soudain paralysée, incapable de respirer, l'homme auprès d'elle évoquant un souvenir de terreur.

La lueur des lampadaires se reflétait sur la fine monture dorée de ses lunettes.

« Vous !... Vous étiez à l'hôtel ! Vous étiez l'un d'eux ! »

L'homme eut un hochement de tête las ; son épuisement était visible. « C'est exact. Nous appartenons à un service spécial de la police de Zurich. Et avant de poursuivre cette conversation, je dois vous préciser qu'à aucun moment au cours des événements qui se sont déroulés au Carillon du Lac, vous ne couriez le moindre risque d'être blessée par nous. Nous sommes des tireurs entraînés ; pas un coup de feu n'a été tiré qui aurait pu vous blesser. Souvent nous n'avons pas tiré parce que vous étiez trop près de notre homme. »

Le premier choc passé, la tranquille autorité du personnage était rassurante. « Je vous remercie.

— C'est un talent mineur, dit le policier. Voyons, si je comprends bien, la dernière fois que vous l'avez vu c'était à l'avant de la voiture qui est derrière nous.

— Oui. Il est blessé.

— Grièvement ?

— Assez pour être incohérent. Il maintenait contre sa tête une sorte de pansement et il avait du sang sur l'épaule... je veux dire sur son manteau. Qui est-ce ?

— Les noms ne veulent rien dire ; il en utilise beaucoup. Mais, comme vous l'avez vu, c'est un tueur. Un tueur sans merci, et il faut le retrouver avant qu'il ne tue de nouveau. Voilà plusieurs années que nous le traquons. De nombreuses polices de nombreux pays. Nous avons maintenant une occasion qu'aucun de nous n'a jamais eue. Nous savons qu'il est à Zurich et qu'il est blessé. Il ne devrait pas rester dans ce secteur, mais jusqu'où peut-il aller ? Vous a-t-il dit comment il comptait quitter la ville ?

— Il comptait louer une voiture. A mon nom, je suppose. Il n'a pas de permis de conduire.

— Il mentait. Il voyage avec toutes sortes de faux papiers. Vous étiez un otage qu'il était prêt à sacrifier. Maintenant, racontez-moi depuis le début tout ce qu'il vous a dit. Où vous êtes allés, qui il a vu, tout ce qui vous passe par la tête.

— Il y a un restaurant, Drei Alpenhäuser, et il y avait là un gros homme mort de peur... »

Marie Saint-Jacques raconta tout ce dont elle pouvait se souvenir. De temps en temps, le policier l'interrompait, la questionnant à propos d'une phrase, d'une réaction, d'une brusque décision du tueur. Parfois, il retirait ses lunettes à monture d'or, essuyant les verres d'un air absent, serrant la monture comme si cette pression lui permettait de maîtriser son irritation. L'interrogatoire dura près de vingt-cinq minutes ; puis le policier prit sa décision. Il s'adressa à son chauffeur.

« Drei Alpenhäuser. *Schnell !* (Il se tourna vers Marie Saint-Jacques.) Nous allons confronter cet homme avec ses propres paroles. Son incohérence à lui était tout à fait intentionnelle. Il en sait beaucoup plus que ce qu'il a dit à table.

— Son incohérence... (Elle murmura le mot doucement, se rappelant comment elle-même l'avait utilisé.) Steppdeck... Steppdeckstrasse. Des carreaux fêlés, des chambres.

— Quoi ?

— Une pension de famille de Steppdeckstrasse. Voilà ce qu'il a dit. Tout se passait si vite, mais il a dit ça. Et juste avant que je saute de la voiture, il l'a répété. Steppdeckstrasse.

— *Ich kenne diese Strasse,* fit le chauffeur. *Früher gab es Textilfabriken da.*

— Je ne comprends pas, dit Marie Saint-Jacques.

— C'est un quartier délabré, abandonné, répondit le policier. C'est là-bas qu'étaient jadis les ateliers de textile. C'est devenu un refuge pour les moins fortunés... et pour d'autres. *Los !* » ordonna-t-il.

Ils démarrèrent.

8

Un craquement. Dans une autre pièce. Quelque chose qui claquait avec un bruit pénétrant, qui diminuait avec la distance. Bourne ouvrit les yeux.

L'escalier. L'escalier au bout du couloir crasseux devant la chambre. Quelqu'un avait monté les marches et s'était arrêté, à cause du bruit que son poids avait provoqué sur les planches vétustes. Un pensionnaire de l'établissement n'aurait pas eu une telle préoccupation. Silence.

Un craquement. Plus proche cette fois. Quelqu'un prenait un risque, le temps pressait. Jason se jeta à bas du lit, saisissant le pistolet près de sa tête et se plaqua contre le mur près de la porte. Il s'accroupit en entendant les pas — un homme seul — qui ne se souciait plus de faire du bruit, mais seulement de parvenir à destination. Bourne n'avait aucun doute sur ce qu'elle était ; il avait raison. La porte s'ouvrit avec violence ; il la referma tout aussi fort, puis lança tout son poids sur le panneau, clouant l'intrus contre le chambranle, en même temps qu'il martelait à coups de poing le ventre, la poitrine et le bras de l'inconnu. Il rouvrit la porte et, de la pointe de son pied droit, frappa la gorge qui s'offrait à lui, se penchant pour saisir de la main gauche des cheveux blonds et tirer le corps à l'intérieur. La main de l'homme se fit molle ; le pistolet qu'elle tenait tomba par terre, un revolver à canon long avec un silencieux.

Jason referma la porte et guetta les bruits dans l'escalier. Rien. Il regarda l'homme inconscient. Un voleur ? Un tueur ? Qu'était-il ? Un policier ? Le patron de la pension de famille avait-il décidé d'oublier le code de la Steppdeckstrasse pour toucher une récompense ? Du pied, Bourne fit rouler l'intrus et prit dans sa poche un portefeuille. Une seconde nature lui fit prendre l'argent aussi, tout en sachant que c'était ridicule : il avait sur lui une petite fortune. Il examina les diverses cartes de crédit et le permis de conduire ; il sourit, mais bientôt son sourire disparut. Ça n'avait rien de drôle ; les noms sur les cartes étaient tous différents, et c'en était un autre encore que portait le permis de conduire. L'homme sans connaissance n'était pas un policier.

C'était un professionnel, venu tuer un homme blessé dans la Steppdeckstrasse. Quelqu'un l'avait engagé. Qui ? Qui pouvait bien savoir où il se trouvait ?

La femme ? Avait-il mentionné la Steppdeckstrasse en apercevant la rangée de maisons bien alignées, et en cherchant le 37 ? Non, ce n'était pas elle ; peut-être avait-il dit quelque chose, mais elle n'aurait pas compris. Et si elle avait compris, ce ne serait pas un tueur professionnel qui serait maintenant dans sa chambre ; au lieu de cela, ce triste établissement serait cerné par la police.

L'image d'un homme obèse et transpirant au-dessus d'une table vint à l'esprit de Bourne. Ce même homme avait essuyé la sueur qui perlait au-dessus de ses grosses lèvres et avait parlé du courage d'une chèvre insignifiante — qui avait survécu. Etait-ce là un exemple de sa technique de survie ? Connaissait-il la pension de Steppdeckstrasse ? Etait-il au courant des habitudes du pensionnaire dont la seule vue le terrifiait ? Etait-il déjà venu dans cet hôtel crasseux ? Pour apporter une enveloppe ?

Jason se pressa le front et ferma les yeux. *Pourquoi est-ce que je n'arrive pas à me souvenir ? Quand les brumes se dissiperont-elles ? Se dissiperont-elles jamais ?*

Ne vous crucifiez pas vous-même...

Bourne ouvrit les yeux, les braquant sur l'homme blond. Un bref instant, il faillit éclater de rire ; voilà qu'on lui avait offert son visa pour quitter Zurich et, au lieu de le reconnaître, il perdait du temps à se tourmenter. Il fourra le portefeuille dans sa poche, le coinçant derrière celui du marquis de Chamford, ramassa le pistolet qu'il fourra dans sa ceinture, puis tira l'homme inanimé sur le lit. Une minute plus tard, il était ligoté sur le matelas, bâillonné par un bout de drap déchiré enroulé autour de son visage. Il allait rester là où il était pendant des heures, et dans quelques heures, Jason aurait quitté Zurich, grâce à un gros homme en sueur.

Il avait dormi dans ses vêtements. Il n'avait rien à ramasser ni à emporter sauf son manteau. Il l'enfila et essaya sa jambe, mais c'était par acquit de conscience, se dit-il. Dans l'animation de ces dernières minutes, il n'avait pas fait attention à la douleur ; elle était là, tout comme sa claudication était toujours là, mais ni l'une ni l'autre ne l'immobilisaient. L'épaule n'était pas en aussi bonne forme. Une lente paralysie se répandait ; il fallait voir un docteur. Quant à sa tête... Il ne voulait pas penser à sa tête.

Il sortit dans le couloir à peine éclairé, referma la porte derrière lui et s'immobilisa, l'oreille aux aguets. Un éclat de rire jaillit de l'étage au-dessus ; il se plaqua le dos au mur, serrant son pistolet. Le rire s'éteignit ; c'était un rire d'ivrogne : incohérent, absurde.

Il boitilla jusqu'à l'escalier, se cramponna à la rampe et se mit à descendre. Il était au troisième étage d'un immeuble qui en comptait quatre, ayant insisté pour un étage élevé quand la phrase *tout en haut* lui était venue instinctivement. *Pourquoi lui était-elle venue ? Qu'est-ce que ça voulait dire quand il s'agissait de louer une chambre crasseuse rien que pour une nuit ? Un abri ?*

Assez !

Il parvint au palier du second étage, des craquements de bois accompagnant chacun de ses pas. Si le patron sortait de son appartement, en bas, pour satisfaire sa curiosité, ce serait la dernière satisfaction qu'il aurait pour plusieurs heures.

Un bruit. Un grattement. Un tissu doux effleurant une surface râpeuse. Du tissu contre du bois. Quelqu'un était caché dans le petit bout de couloir entre la fin d'une volée d'escalier et l'amorce de la suivante. Sans rompre le rythme de sa marche, il scruta la pénombre : il y avait trois portes en retrait sur le mur de droite, tout comme à l'étage au-dessus. Dans l'une d'elles...

Il s'approcha d'un pas. Ça n'était pas la première, elle était vide. Et ce ne devait pas être la dernière, le mur à cet endroit formait un cul-de-sac, on n'avait pas la place de bouger. Ce devait être la seconde, oui, la seconde porte. De là un homme pouvait se précipiter, vers la gauche ou vers la droite, ou bien basculer de l'épaule une victime sans méfiance, la faire basculer par-dessus la rampe et plonger dans la cage de l'escalier.

Bourne se déplaça vers la droite, faisant passer le pistolet dans sa main gauche et cherchant dans sa ceinture l'arme munie d'un silencieux. A deux pas de la porte en retrait, il plongea dans l'ombre l'automatique qu'il tenait dans sa main gauche tout en pivotant contre le mur.

« *Was ist ?*... » Un bras apparut ; Jason tira une balle, faisant voler la main en éclats. « *Ahh !* » La silhouette trébucha sous le choc, incapable de viser. Bourne tira encore une fois, touchant l'homme à la cuisse ; il s'effondra sur le plancher, en se tordant de douleur. Jason fit un pas en avant et s'agenouilla, un genou appuyé sur la poitrine de l'homme, son pistolet braqué contre son front. Il parlait dans un souffle. « Il y a quelqu'un d'autre en bas ?

— *Nein !* fit l'homme en grimaçant de douleur. *Zwei*... Nous ne sommes que deux. On nous a payés.

— Qui ça ?

— Vous savez.

— Un nommé Carlos ?

— Je ne répondrai pas. Tuez-moi d'abord.

— Comment savais-tu que j'étais ici ?

— Chernak.

— Il est mort.

— Maintenant. Pas hier. La nouvelle est parvenue à Zurich : vous étiez vivant. On s'est renseigné partout... Auprès de tout le monde. Chernak était au courant. »

Bourne lança à tout hasard : « Tu mens ! (Il pressa le canon du pistolet contre la gorge de l'homme.) Je n'ai jamais parlé à Chernak de la Steppdeckstrasse. »

L'homme sursauta, le cou tendu. « Ça n'était peut-être pas la peine. Ce salaud de nazi avait des informateurs partout. Pourquoi ça ne serait pas la même chose avec la Steppdeckstrasse ? Il pouvait vous décrire. Qui d'autre en était capable ?

— Un homme au Drei Alpenhäuser.

— On n'a jamais entendu parler de lui.

— Qui ça "on" ?»

L'homme avala sa salive, les lèvres crispées par la douleur. « Des hommes d'affaires... rien que des hommes d'affaires.

— Et ton affaire à toi, c'est de tuer.

— On ne peut pas discuter avec vous. Mais, *nein.* On devait vous enlever, pas vous tuer.

— Où ça ?

— On devait nous le dire par radio. Par la radio de la voiture.

— Formidable, dit Jason d'un ton neutre. Non seulement tu n'es qu'un miteux, mais encore tu es serviable. Où est ta voiture ?

— Dehors.

— Donne-moi les clefs. »

Il la reconnaîtrait grâce à son émetteur radio. L'homme essaya de résister ; il repoussa le genou de Bourne et se mit à rouler contre le mur.

« *Nein !*

— Tu n'as pas le choix. »

Jason abattit la crosse du pistolet sur le crâne de l'homme. Le Suisse s'effondra. Bourne trouva les clefs — il y en avait trois dans un étui de cuir — prit le pistolet de l'homme et le fourra dans sa poche. C'était une arme de plus petit calibre que celle qu'il avait à la main et elle n'avait pas de silencieux, ce qui donnait une certaine crédibilité à son affirmation qu'on devait l'enlever et pas le tuer. Le blond, en haut, était en avant-garde et avait donc besoin de la protection d'un tireur équipé d'un silencieux, au cas où il faudrait en venir aux mains. Mais un coup de feu pouvait attirer des complications ; le Suisse, au second étage, était en renfort, son arme ne devait servir que de menace tangible.

Alors pourquoi était-il au second ? Pourquoi n'avait-t-il pas suivi son collègue ? Dans l'escalier ? Il y avait là quelque chose de bizarre, mais ça n'était pas le moment de discuter tactique, le temps pressait. Il y avait une voiture dans la rue et il en avait les clefs.

On ne pouvait rien négliger. Le troisième pistolet.

Il se remit debout péniblement et trouva le revolver qu'il avait pris au Français dans l'ascenseur de la Gemeinschaft Bank. Il retroussa sa jambe gauche de pantalon et glissa l'arme sous la bande élastique de sa chaussette. Elle était en sûreté.

Il s'arrêta pour reprendre haleine et retrouver son équilibre, puis se dirigea vers l'escalier, sentant que la douleur à son épaule gauche était soudain plus aiguë, que la paralysie s'amplifiait. Les messages allant du cerveau à son bras étaient moins clairs. Il espérait qu'il pourrait quand même conduire.

Il atteignit la cinquième marche et s'arrêta soudain, tendant l'oreille comme il venait de le faire un instant auparavant, pour guetter si quelqu'un ne se cachait pas dans les parages. Rien ; le blessé n'était peut-être pas un grand tacticien, mais il avait dit la vérité. Jason descendit l'escalier en hâte. Il allait quitter Zurich — d'une façon ou d'une autre — et trouver un docteur... quelque part.

Il repéra la voiture sans mal. Elle était différente des véhicules un peu minables garés dans la rue. Une grosse limousine bien entretenue, et il aperçut la sortie de l'antenne télescopique fixée dans la malle. Il se dirigea vers le côté du conducteur et passa la main sur la portière et l'aile avant gauche : pas de mécanisme d'alarme.

Il déverrouilla la portière, puis l'ouvrit, retenant son souffle au cas où il se serait trompé pour le signal d'alarme ; mais non. Il s'installa au volant, changeant de position jusqu'à en avoir trouvé une aussi confortable que possible, heureux de constater que la voiture avait une boîte automatique. Le gros pistolet passé à sa ceinture le gênait. Il le posa sur la banquette auprès de lui, puis tendit la main vers le tableau de bord, pensant que la clef de la portière faisait également clef de contact.

Ce n'était pas le cas. Il essaya la suivante, mais elle non plus n'était pas la bonne. La clef du coffre ? se dit-il. C'était la troisième. Etait-ce bien cela ? Il ne cessait d'essayer. La clef refusait de s'adapter ; il tenta de nouveau sa chance avec la seconde ; rien à faire. Puis avec la première. Aucune ne se révélait être la clef de contact ! Ou bien les messages provenant de son cerveau à son bras et à ses doigts étaient-ils trop confus, sa coordination musculaire trop insuffisante ! Bon sang ! Encore une fois !

Une puissante lumière jaillit sur sa gauche, lui brûlant les yeux, l'aveuglant. Il voulut prendre le pistolet, mais un second faisceau lumineux jaillit sur sa droite ; la portière s'ouvrit sans douceur et une lourde torche électrique s'abattit sur sa main, pendant qu'une autre main s'emparait de l'arme posée sur la banquette.

« Dehors ! » L'ordre venait de sa gauche, le canon d'un pistolet était pressé contre son cou.

Il descendit, tandis qu'une succession de cercles blancs dansaient dans ses yeux. Comme sa vision lui revenait lentement, la première chose qu'il aperçut, ce fut le contour de deux cercles. Des cercles d'or ; les lunettes du tueur qui l'avait traqué toute la soirée. L'homme prit la parole.

« Les lois de la physique disent que toute action déclenche une réaction égale et contraire. Le comportement de certains hommes dans certaines conditions est tout aussi prévisible. Avec un homme comme vous, on tend une embuscade en disant à chaque combattant ce qu'il doit dire s'il tombe. S'il ne tombe pas, vous êtes pris. S'il tombe, vous êtes égaré, prisonnier d'une fausse impression de progrès.

— C'est prendre de bien gros risques, dit Jason. Pour ceux qui tendent l'embuscade.

— Ils sont bien payés. Et puis il y a autre chose... ça n'est pas garanti, bien sûr, mais quand même. L'énigmatique Bourne ne tue pas aveuglément. Pas par compassion, évidemment, mais pour une raison bien plus terre à terre. Les hommes se souviennent quand ils ont la vie sauve ; c'est ainsi qu'on infiltre les armées adverses. C'est une tactique de guérilla raffinée et qui s'applique sur un champ de bataille sophistiqué. Mes félicitations.

— Pauvre trou du cul. (C'était tout ce que Jason pouvait trouver à dire.) Mais vos deux hommes sont en vie, si c'est ce que vous voulez savoir. »

Une autre silhouette émergea des ombres de l'immeuble, aidée par un petit homme trapu. C'était la femme ; c'était Marie Saint-Jacques.

« C'est lui, murmura-t-elle, l'air résolu.

— Oh ! mon Dieu... fit Bourne en secouant la tête d'un air incrédule. Comment s'y est-on pris, docteur ? demanda-t-il en élevant la voix. Est-ce que quelqu'un surveillait ma chambre au Carillon ? Est-ce qu'on chronométrait l'ascenseur tout en arrêtant les autres ? Vous êtes très convaincante. Et moi qui croyais que vous alliez emboutir une voiture de police.

— Au bout du compte, répondit-elle, ça n'a pas été nécessaire. Ils sont de la police.»

Jason regarda le tueur devant lui ; l'homme ajustait ses lunettes à monture d'or. « Mes félicitations, dit-il.

— Juste un peu de talent, répondit le tueur. Les conditions étaient bonnes. C'est vous qui les avez créées.

— Qu'est-ce qui se passe maintenant ? Dans la maison, l'homme a dit qu'on devait m'emmener, pas me tuer.

— Vous oubliez. On lui avait expliqué ce qu'il fallait dire. (Le Suisse marqua un temps.) Ainsi, voilà la tête que vous avez. Nombre d'entre nous se sont posé des questions au cours de ces deux ou trois dernières années. Vous aviez donné lieu à bien des conjectures ! A bien des contradictions ! Il est grand, vous savez ; non, il est de taille moyenne. Il est blond ; non, il a les cheveux brun foncé. Les yeux, bleu très clair, bien sûr ; non, aucun doute, ils sont marron. Il a les traits durs ; non, ils sont ordinaires, on ne le remarque pas dans une foule. Mais rien n'était ordinaire. Tout était extraordinaire. »

On a adouci vos traits, gommé le caractère. Changez de cheveux, vous changez de visage... Certains types de verres de contact sont conçus pour modifier la couleur des yeux... Portez des lunettes, vous voilà un homme différent. Visas, passeports... Changez à volonté.

Le dessin était clair. Tout concordait. Pas toutes les réponses, mais une plus grande partie de la vérité qu'il n'avait envie d'en entendre.

« J'aimerais en terminer avec cette affaire, dit Marie Saint-Jacques en s'avançant. Je signerai tout ce que j'ai à signer... à votre bureau, j'imagine. Mais après, il faut vraiment que je retourne à l'hôtel. Je n'ai pas besoin de vous préciser par quoi je suis passée ce soir. »

Le Suisse lui jeta un coup d'œil derrière ses lunettes à monture dorée. Le petit costaud qui l'avait conduite lui prit le bras. Elle regarda les deux homme, puis baissa les yeux vers la main qui la retenait.

Elle se tourna vers Bourne. Elle commençait à comprendre la terrible réalité. Elle ouvrit de grands yeux.

« Laissez-la partir, dit Jason. Elle retourne au Canada. Vous ne la reverrez jamais.

— Un peu de sens pratique, Bourne. Elle nous a vus. Nous sommes tous deux des professionnels, et il y a des règles. »

L'homme braqua son pistolet sous le menton de Jason, le canon une fois de plus s'enfonçant dans sa gorge. De la main gauche il palpait les vêtements de sa victime, il sentit le pistolet dans la poche de Jason et le prit. « Je pensais bien, dit-il en se tournant vers son compagnon. Emmenez-la dans l'autre voiture. La Limmat. »

Bourne se figea. On allait tuer Marie Saint-Jacques et jeter son corps dans la Limmat, la petite rivière qui traverse Zurich.

« Attendez ! (Jason fit un pas en avant ; le pistolet s'enfonça dans son cou, l'obligeant à se plaquer contre le capot de la voiture.) Vous êtes idiots ! Elle travaille pour le gouvernement canadien. Ils vont tous débarquer à Zurich.

— Qu'est-ce que ça peut vous faire ? Vous ne serez pas là.

— Parce que c'est du gâchis ! cria Bourne. Nous sommes des professionnels, n'est-ce pas ?

— Vous m'ennuyez. (Le tueur se tourna vers son complice :) *Geh ! Schnell. Guisan Quai !*

— Criez à tue-tête ! lança Jason. Allez-y ! Sans arrêt ! »

Elle essaya, son cri interrompu par un violent coup à la gorge. Elle s'écroula sur le trottoir tandis que son futur bourreau la traînait vers une petite conduite intérieure noire.

« C'était stupide, dit le tueur en dévisageant Bourne derrière ses lunettes à monture dorée. Vous ne faites que précipiter l'inévitable. D'un autre côté, ça va simplifier les choses. Ça me permet de libérer un homme pour s'occuper de nos blessés. Tout est si militaire, vous ne trouvez pas ? Un vrai champ de bataille. (Il se tourna vers l'homme avec la torche électrique :) Fais signe à Johann d'entrer. Nous reviendrons les chercher. »

La torche s'alluma et s'éteignit par deux fois. Un quatrième homme, qui avait ouvert la porte de la petite conduite intérieure pour faire monter la condamnée, hocha la tête. On jeta Marie Saint-Jacques sur la banquette arrière et on claqua la portière. Le nommé Johann s'éloigna vers le perron de la maison, en adressant un signe de tête à l'exécuteur.

Jason sentit son cœur se serrer en entendant la petite voiture démarrer et s'éloigner dans la Steppdeckstrasse, les chromes du pare-chocs disparaissant dans les ombres de la rue. Dans cette voiture se trouvait une femme que, trois heures plus tôt, il n'avait jamais vue de sa vie. Et voilà qu'il l'avait tuée.

« Vous ne manquez pas de troupes, dit-il.

— S'il y avait cent hommes à qui je puisse faire confiance, je les paierais volontiers. Comme on dit, votre réputation vous précède.

— Et si c'était moi qui vous payais. Vous étiez à la banque... Vous savez que je ne manque pas de fonds.

— Sans doute des millions, mais je ne voudrais pas toucher un franc suisse.

— Pourquoi ? Vous avez peur ?

— Je pense bien. La fortune est relative au temps qu'on a pour en profiter. Je n'aurais pas cinq minutes. (Le tueur se tourna vers son subordonné.) Faites-le monter. Déshabillez-le. Je veux qu'on prenne des photos de lui nu... avant et après qu'il nous quitte. Vous trouverez beaucoup d'argent sur lui ; je veux qu'on le photographie l'argent en main. Je vais conduire. (De nouveau il regarda Bourne.) Le premier cliché sera pour Carlos. Et je ne doute pas de pouvoir tirer une bonne somme des autres sur le marché. Les magazines paient des prix ahurissants.

— Pourquoi "Carlos" vous croirait-il ? Pourquoi n'importe qui vous croirait-il ? Vous l'avez dit : personne ne sait de quoi j'ai l'air.

— Je serai couvert, dit le Suisse. A chaque jour suffit sa peine. Deux banquiers de Zurich viendront vous identifier comme étant un certain Jason Bourne. Le même Jason Bourne qui a satisfait aux conditions extrêmement strictes fixées par la loi suisse pour le versement de fonds provenant d'un compte numéroté. Ce sera suffisant. (Il s'adressa à l'homme de main.) Vite ! J'ai des câbles à envoyer. De l'argent à toucher. »

Un bras puissant passa par-dessus l'épaule de Bourne, lui faisant une clef à la gorge. Le canon d'un pistolet s'enfonça dans son dos, la douleur rayonnant dans sa poitrine tandis qu'on le traînait dans la voiture. L'homme qui le tenait était un professionnel ; même sans ses blessures, Bourne n'aurait pas réussi à se libérer. Toutefois, ce n'était pas assez pour le chef à lunettes. Il prit place au volant et lança un autre ordre.

« Cassez-lui les doigts », dit-il.

Jason se sentit à demi étranglé tandis que le canon du revolver s'abattait méthodiquement sur sa main... sur ses mains. D'instinct, Bourne avait posé sa main gauche sur sa droite, pour la protéger. Comme le sang jaillissait des jointures de sa main gauche, il agita les doigts pour le laisser couler jusqu'à en avoir les deux mains couvertes. Il étouffa ses hurlements ; l'étreinte se desserra ; il se mit à crier :

« Mes mains ! Elles sont cassées !

— *Gut*. »

Mais elles n'étaient pas cassées ; la gauche était abîmée au point d'être inutile ; pas la droite. Il remua les doigts dans l'ombre ; sa main était intacte.

La voiture dévala la Steppdeckstrasse et tourna dans une petite rue en direction du Sud. Jason se laissa retomber sur la banquette, haletant. L'homme de main lui arracha ses vêtements, déchirant sa chemise, tirant sur sa ceinture. Dans quelques secondes, il allait se retrouver torse nu ; son passeport, ses papiers, ses cartes de crédit, son argent, tout ce qu'il lui fallait pour fuir Zurich, on allait le lui arracher. C'était maintenant ou jamais. Il poussa un hurlement. « Ma jambe ! Oh ! ma jambe ! » Il se pencha en avant, sa main droite s'agitant furieusement dans l'obscurité en tâtonnant sous le tissu de sa jambe de pantalon. Il la sentit enfin. La crosse de l'automatique.

« *Nein !* rugit le professionnel installé au volant. Surveille-le ! »

Il savait : c'était d'instinct.

Mais c'était déjà trop tard. Bourne avait la main crispée sur son arme dans l'obscurité de la voiture ; l'homme le repoussa. Bourne bascula sous le choc, le revolver maintenant à la hauteur de la taille et braqué droit sur la poitrine de son assaillant.

Il fit feu à deux reprises ; l'homme se rejeta en arrière. Jason tira encore, la main sûre, et lui logea une balle dans le cœur ; l'homme s'effondra contre le strapontin replié.

« Lâchez ça ! » cria Bourne faisant passer le revolver par-dessus l'arrondi du dossier, et enfonçant le canon contre la nuque du conducteur. « Lâchez ça ! »

Le souffle court, le tueur laissa tomber son arme. « Nous allons discuter, dit-il, les mains crispées sur le volant. Nous sommes des professionnels. Nous allons discuter. » La grosse voiture bondit en avant, prenant de la vitesse, le conducteur écrasant l'accélérateur.

« Ralentissez !

— Quelle est votre réponse ? »

La voiture allait plus vite. Devant eux, on voyait les phares d'autres voitures ; ils quittaient le quartier de la Steppdeckstrasse pour pénétrer dans des rues plus animées. « Vous voulez sortir de Zurich, je peux vous faire sortir. Sans moi, pas possible. Je n'ai qu'à donner un coup de volant et monter sur le trottoir. Je n'ai rien à perdre, Herr Bourne. Il y a des policiers partout. Je ne crois pas que vous ayez envie de les voir.

— Nous allons parler », dit Jason en mentant.

Tout était une question de temps, de temps calculé à la fraction de seconde près. Ils étaient maintenant deux tueurs enfermés dans une voiture roulant à toute vitesse et qui, en elle-même, était un piège. Aucun des deux tueurs ne pouvait faire confiance à l'autre ; tous deux le savaient. L'un devait faire bon emploi de cette demi-seconde supplémentaire dont l'autre ne pourrait pas profiter. On était entre professionnels. « Freinez, dit Bourne.

— Posez votre pistolet sur le siège auprès du mien. »

Jason lâcha l'arme. Elle tomba sur celle du tueur, le tintement du métal donnant la preuve de son geste. « Voilà. »

Le tueur leva le pied de l'accélérateur et freina. Il

appuya sur le frein lentement, puis par brèves saccades, si bien que la lourde voiture tanguait. Les coups de frein devenaient plus accentués ; Bourne comprenait. Cela faisait partie de la stratégie du conducteur. L'aiguille du compteur de vitesse bascula vers la gauche : *trente kilomètres, dix-huit kilomètres, neuf kilomètres.* Ils avaient presque stoppé ; c'était le moment de cette demi-seconde supplémentaire... le moment où tout se jouait.

Jason saisit l'homme par le cou, lui griffant la gorge, le soulevant de son siège. Puis il leva sa main gauche ensanglantée et la lança en avant, barbouillant le visage du tueur à hauteur des yeux. Il lui lâcha la gorge, plongeant la main droite vers les revolvers posés sur la banquette. Bourne saisit une crosse, repoussant la main du tueur ; celui-ci émit un hurlement, la vision brouillée, le pistolet hors d'atteinte. Jason plongea en avant, repoussant l'autre contre la portière, du coude gauche bloquant la gorge du tueur, empoignant du même geste le volant dans sa paume ensanglantée. Il jeta un coup d'œil par le pare-brise et donna un coup de volant à droite, braquant la voiture vers un tas d'ordures sur le trottoir. La limousine s'enfonça dans le monticule de détritus, comme un gros insecte rampant parmi les déchets, sans que rien vînt trahir la scène de violence qui se déroulait à l'intérieur.

L'homme tenta de se redresser, roulant sur la banquette. Bourne tenait l'automatique bien en main, ses doigts cherchant la détente. Il la trouva. Il plia le poignet et tira.

Son futur bourreau s'affala, un trou rouge sombre au milieu du front. Dans la rue, des hommes arrivaient en courant vers ce qui avait dû leur paraître un dangereux accident. Jason repoussa le cadavre de l'autre côté de la banquette et s'installa au volant. Il passa en marche arrière ; la lourde limousine recula péniblement, franchit le bord du trottoir et retomba sur la chaussée. Il abaissa sa vitre, criant aux sauveteurs qui s'approchaient : « Excusez-nous ! Rien de cassé ! Juste un peu trop à boire ! »

Le petit groupe se dissipa rapidement, les gens faisant des gestes d'admonition, les autres rejoignant en hâte leurs compagnes ou leurs amis. Bourne poussa un grand soupir, essayant de maîtriser le tremblement involontaire qui le secouait de la tête aux pieds. Il enclencha la boîte automatique ; la voiture repartit en marche avant. Il essaya de s'imaginer les rues de Zurich, faisant appel à une mémoire qui refusait de le servir.

Il savait vaguement où il était, et, ce qui était plus important, il savait plus nettement où se trouvait le quai Guisan.

Geh ! Schnell. Quai Guisan !

Marie Saint-Jacques devait être exécutée sur le quai Guisan, et son corps jeté à la rivière. Il n'y avait qu'une section où le quai rejoignait la Limmat : c'était à l'embouchure du lac de Zurich, sur la rive gauche. Quelque part dans un parc de stationnement désert ou dans un jardin abandonné dominant l'eau, un petit homme trapu allait procéder à une exécution ordonnée par un mort. Maintenant peut-être, le coup de feu avait-il déjà été tiré ou le poignard enfoncé dans la chair de la victime ; il n'y avait aucun moyen de savoir, mais Jason savait qu'il devait connaître la vérité. Peu importait qui et ce qu'il était, il ne pouvait pas s'en aller dans l'ignorance.

Toutefois, le professionnel en lui exigeait qu'il s'engageât dans la large allée sombre devant lui. Il y avait deux morts dans la voiture ; c'était un risque et un fardeau qu'il ne pouvait supporter. Les précieuses secondes qu'il faudrait pour se débarrasser d'eux éviteraient peut-être le danger de voir un policier regarder par les vitres et y découvrir les morts.

Une trentaine de secondes, avait-il estimé : il lui avait fallu moins d'une minute pour tirer de la voiture ceux qui avaient voulu le tuer. Il les regarda tout en passant en boitillant devant le .capot. Ils étaient affalés de façon horrible l'un à côté de l'autre contre un mur de brique crasseux. Dans le noir.

Il s'installa au volant et repartit en marche arrière.

Geh ! Schnell ! quai Guisan !

9

Il arriva à un carrefour et le feu était au rouge. Sur la gauche, à quelques blocs vers l'Est, il distingua des lumières qui traçaient un arc dans le ciel nocturne. Un pont ! La Limmat ! Le feu passa au vert ; il prit à gauche.

Il était de nouveau dans la Bahnhofstrasse ; à quelques minutes seulement du début du quai Guisan. La large avenue suivait le bord de l'eau, là où la berge de la rivière et celle du lac se confondaient. Quelques instants plus tard, sur sa gauche, se dressa l'entrée d'un parc. En été le paradis des promeneurs, mais ce soir tout sombre et déserté par les touristes autant que par les Zurichois. Il passa devant une entrée pour les voitures ; en travers de la chaussée blanche une lourde chaîne était suspendue entre deux piliers de pierre. Il parvint à une seconde entrée, et là encore une chaîne interdisait l'accès. Mais ça n'était pas pareil ; il y avait quelque chose de différent, de bizarre. Il arrêta la voiture et regarda de plus près, se penchant sur la banquette pour chercher la torche électrique qu'il avait prise au tueur. Ses doigts se refermèrent et il braqua le faisceau sur la lourde chaîne. Qu'y avait-il ? Qu'y avait-il de différent ? Ce n'était pas la chaîne. C'était *sous* la chaîne. Sur l'asphalte blanchi, maintenu immaculé par les équipes de nettoyage, il y avait des traces de pneus, qui tranchaient sur la propreté environnante. On ne les aurait pas remarquées durant les mois d'été : maintenant, elles sautaient aux yeux. On aurait dit que la crasse de la Steppdeckstrasse avait bien supporté le voyage.

Bourne éteignit la torche et la laissa tomber sur la banquette. La douleur qui rayonnait dans sa main gauche se confondit soudain avec les élancements qui lui traversaient l'épaule et le bras ; il lui fallait repousser toute douleur de son esprit ; il fallait arrêter l'hémorragie du mieux possible. Sa chemise était déchirée ; il l'empoigna et tira plus fort, arrachant une bande de tissu qu'il entreprit d'enrouler autour de sa main gauche, nouant l'étoffe tant bien que mal en la maintenant avec ses dents. Il était aussi prêt qu'il pouvait l'être.

Il prit le pistolet — l'arme de l'exécuteur — et vérifia le chargeur : plein. Il attendit que deux voitures l'eussent dépassé, puis éteignit les phares et fit demi-tour pour venir se garer tout contre la chaîne. Il descendit, essayant d'instinct sa jambe sur la chaussée, puis il boitilla jusqu'au pilier le plus proche et souleva le crochet de l'anneau métallique scellé dans la pierre. Il abaissa la chaîne, en faisant le moins de bruit possible, et regagna la voiture.

Il embraya, appuya avec douceur sur l'accélérateur, puis releva le pied. Il avançait maintenant en roue libre dans la vaste étendue d'un parc de stationnement dont toutes les lumières étaient éteintes, et rendu plus sombre encore par la façon brutale dont la route d'accès blanche s'arrêtait pour céder la place à un ruban de goudron noir. Plus loin, à quelque deux cents mètres, on apercevait la ligne droite et sombre de la digue, une digue qui arrêtait non pas la mer, mais les flots de la Limmat se déversant dans les eaux du lac de Zurich. Plus loin encore il y avait les lumières des bateaux qui avançaient avec une lenteur majestueuse. Et tout au fond, les feux fixes de la vieille ville, les projecteurs un peu noyés de brume des quais plongés dans l'ombre. Jason embrassa tout cela d'un même regard, car le lointain faisait office de toile de fond : ce qu'il regardait, c'étaient les formes qui se dressaient devant.

Sur la droite. A droite. Une silhouette sombre, plus sombre que la digue, une masse obscure qu'on distinguait à peine mais qui était là. A une centaine de mètres... Quatre-vingt-dix maintenant, quatre-vingt-cinq ; il coupa le contact et arrêta la voiture. Il resta immobile auprès de la vitre ouverte, scrutant l'obscurité en essayant d'y voir plus clair. Il entendait la brise qui venait du lac ; cela couvrait sûrement le ronronnement de la voiture.

Un bruit. Un cri. Rauque, étouffé... Un cri de terreur. Puis une claque violente, puis une autre, et une autre. Un hurlement s'éleva, puis s'étrangla, ses échos retentissant dans le silence.

Bourne descendit sans bruit de voiture, le pistolet dans sa main droite, tenant tant bien que mal la torche dans les doigts ensanglantés de sa main gauche. Il s'avança vers la forme noire et vague, chaque pas, chaque boitillement enrobés de silence.

Ce qu'il aperçut tout d'abord, ce fut ce qu'il avait vu en dernier lorsque la petite conduite intérieure avait disparu dans l'ombre de la Steppdeckstrasse : le métal luisant du pare-chocs chromé ; il luisait maintenant dans la pénombre.

Quatre gifles en rapide succession, la chair heurtant la chair, des coups administrés avec une violence de maniaque, et reçus avec des cris de terreur étouffés. Les cris s'étranglaient, on entendait des halètements, toute une agitation : ça se passait dans la voiture !

Jason s'accroupit du mieux qu'il put, passant derrière la malle pour se glisser derrière la lunette arrière. Il se leva d'abord lentement, puis soudain, utilisant le bruit comme une arme, il cria tout en allumant la puissante lampe électrique : « Un mouvement et tu es mort ! »

Ce qu'il vit dans la voiture l'emplit de fureur et de dégoût. Les vêtements de Marie Saint-Jacques étaient à moitié arrachés, en lambeaux. Des mains étaient crispées comme des serres sur son corps demi-nu, pétrissant ses seins, essayant d'écarter ses jambes. Le

sexe de l'exécuteur jaillissait du tissu de son pantalon : il s'apprêtait à infliger l'ultime indignité avant
d'exécuter la sentence de mort.

« Sors de là, espèce de salaud ! »

Il y eut un fracas de verre brisé ; l'homme, qui était
en train de violer Marie Saint-Jacques, comprit que
Bourne ne pouvait pas tirer sans risquer de tuer la
jeune femme ; il s'était laissé rouler sur la banquette,
tout en donnant du talon de sa chaussure, un grand
coup dans la lunette arrière de la petite voiture. Du
verre jaillit, des éclats venant recouvrir le visage de
Jason. Il ferma les yeux et recula en boitillant pour
éviter ce déluge de verre.

La portière s'ouvrit toute grande ; une lueur aveuglante accompagna l'explosion. Une violente douleur
traversa le côté droit de Bourne. Le tissu de sa veste
fut arraché, du sang se répandit sur ce qui restait de sa
chemise. Il pressa la détente, ne distinguant qu'à
peine la silhouette qui roulait sur le sol ; il fit feu de
nouveau, la balle ricochant sur l'asphalte. L'exécuteur avait roulé par terre et disparu, maintenant
invisible dans les ténèbres.

Jason savait qu'il ne pouvait rester là où il était ;
ç'aurait été se condamner. Il se mit à courir en traînant la jambe à l'abri de la portière ouverte.

« Restez à l'intérieur ! » lança-t-il à Marie Saint-
Jacques ; la jeune femme, affolée, avait commencé à
sortir. « Bon Dieu ! Restez là-dedans ! » Un coup de
feu ; la balle vint pénétrer dans le métal de la porte.
Une silhouette qui courait se détacha au-dessus de la
digue. Bourne fit feu à deux reprises, satisfait d'entendre au loin un cri étouffé. Il avait blessé l'homme ; il
ne l'avait pas tué. Mais le tueur fonctionnerait moins
bien que soixante secondes plus tôt.

Des lumières. Des lumières tamisées... Dans des
cadres. Qu'est-ce que c'était ? Il regarda à gauche et
vit ce qu'il n'aurait pas pu voir auparavant. Un petit
bâtiment de brique, une sorte d'habitation auprès de
la digue. On avait allumé les lumières à l'intérieur. Un

poste de garde, sans doute ; quelqu'un, là-bas, avait entendu les coups de feu.

« *Was ist los ? Wer ist da ?* » C'était un homme qui poussait ces cris — un vieil homme voûté — planté sur un seuil éclairé. Puis le faisceau d'une torche électrique perça les ténèbres. Bourne le suivit des yeux, espérant qu'il allait éclairer le tueur.

Cela ne manqua pas. L'homme était accroupi contre la digue. Jason se redressa et tira ; au bruit de la détonation, le faisceau pivota dans sa direction. C'était lui maintenant la cible ; deux coups de feu jaillirent de l'obscurité, une balle venant ricocher sur l'encadrement de la vitre. Un éclat de métal lui lacéra le cou ; du sang jaillit. Des pas précipités. Le tueur courait vers la source lumineuse.

« *Nein !* »

Il y était arrivé ; sur le pas de la porte, la silhouette fut immobilisée par un bras. Le faisceau de la torche s'éteignit ; à la lueur des fenêtres, Jason vit le tueur qui entraînait l'homme de guet, se servant du vieillard comme d'un bouclier, et le tirant dans l'ombre. Bourne suivit la scène jusqu'au moment où il ne vit plus rien, son pistolet vainement braqué par-dessus le capot.

Il y eut un ultime coup de feu, suivi d'un cri guttural et, une fois de plus, des pas précipités. Le tueur avait exécuté une sentence de mort, non pas aux dépens de la femme condamnée, mais du vieil homme. Il courait ; il s'enfuyait.

Bourne n'était plus capable de courir ; la douleur avait fini par l'immobiliser, il avait la vision trop brouillée, son instinct de conservation s'épuisait. Il se lassa aller sur l'asphalte. Il en avait tout simplement assez.

Quoi qu'il fût, tant pis. Il n'en pouvait plus.

La jeune femme se glissa hors de la voiture, maintenant les lambeaux de ses vêtements, encore hébétée par la stupeur. Elle dévisagea Jason, l'incrédulité, l'horreur et le désarroi dans son regard.

« Allez, murmura-t-il, en espérant qu'elle pourrait

l'entendre. Il y a une voiture là-bas, les clefs sont dessus. Filez. Il va peut-être en amener d'autres, je ne sais pas.

— Vous êtes venu me chercher, dit-elle d'une voix que la stupéfaction faisait vibrer comme du fond d'un tunnel.

— Allez-vous-en ! Montez dans cette voiture et foutez le camp, docteur. Si quelqu'un essaie de vous arrêter, écrasez-le. Allez trouver la police... les vrais policiers, ceux en uniforme, pauvre idiote. »

Il avait la gorge en feu, le ventre glacé. Le feu et la glace ; il avait déjà senti cela. En même temps. Où donc ?

« Vous m'avez sauvé la vie, poursuivit-elle sur ce même ton neutre, qui donnait l'impression que ses paroles flottaient dans l'air. Vous êtes venu me chercher. Vous êtes revenu pour moi et vous m'avez... sauvé... la vie.

— N'en faites pas ce que ça n'était pas. » *Vous n'êtes qu'un incident, docteur. Vous êtes un réflexe, un instinct issu de souvenirs oubliés, des voies que la tension fait retrouver. Vous voyez, je connais les mots... ça m'est égal maintenant. J'ai mal... Oh ! mon Dieu, que j'ai mal.*

« Vous étiez libre. Vous auriez pu poursuivre votre chemin, mais vous ne l'avez pas fait. Vous êtes revenu me chercher. »

Il l'entendait à travers des brumes de douleur. Il la voyait, et ce qu'il voyait était insensé... aussi insensé que la douleur. Elle était agenouillée auprès de lui, lui palpait le visage, lui palpait la tête. *Assez ! Ne me touchez pas la tête ! Laissez-moi.*

« Pourquoi avez-vous fait ça ? » C'était sa voix à elle, pas à lui. Elle lui posait une question. Elle ne comprenait donc pas ? Il ne pouvait pas lui répondre.

Que faisait-elle ? Elle avait déchiré un bout de tissu qu'elle lui enveloppait autour du cou... et puis un autre, plus grand celui-ci, un bout de sa robe. Elle avait desserré la ceinture de son pantalon et enfonçait le doux tissu contre la plaie brûlante sur sa hanche droite. « Ça n'était pas vous. » Il trouvait les mots et les utilisait vite. Ce qu'il voulait, c'était la paix des ténèbres... comme il l'avait déjà voulue jadis, mais il n'arrivait pas à se rappeler quand. Il pourrait trouver si elle le laissait tranquille. « Cet homme... il m'avait vu. Il pouvait m'identifier. C'était lui. Lui que je voulais. Maintenant fichez le camp !

— Ç'aurait pu être le cas pour une demi-douzaine d'autres, répondit-elle avec, dans sa voix, un accent différent ; je ne vous crois pas.

— Il faut me croire ! »

Elle était plantée au-dessus de lui, à présent. Puis elle n'était plus là. Elle avait disparu. Elle l'avait laissé. La paix allait venir vite maintenant ; il allait être englouti dans les eaux sombres et tumultueuses et la douleur allait se dissiper. Il s'appuya contre la voiture et se laissa aller au courant de sa pensée.

Un bruit vint le déranger. Un bruit de moteur. Un bruit de pas ; cela venait troubler le calme de sa liberté retrouvée. Puis une main se posa sur son bras. Puis une autre, qui doucement le soulevait.

« Allons, dit la voix, aidez-moi.

— Lâchez-moi ! » Il avait crié : c'était un ordre. Mais on n'obéissait pas à cet ordre. Il était stupéfait ; les ordres étaient faits pour être obéis. Pas toujours pourtant ; quelque chose lui soufflait cela. Le vent était là de nouveau, mais ce n'était pas un vent de Zurich. Quelque part ailleurs, très haut dans le ciel nocturne. Et un signal survint, une lumière jaillit et il se leva d'un bond, fouetté par des tourbillons nouveaux et déchaînés.

« Bon. Ça va, dit la voix exaspérante qui n'attachait aucune importance aux ordres qu'il donnait. Levez votre pied. Levez-le !... bon. Vous y êtes arrivé. Maintenant, montez dans la voiture. Laissez-vous aller... doucement. C'est cela. »

Il tombait... il tombait dans un ciel d'encre. Et puis la chute s'arrêta, tout s'arrêta, et ce fut l'immobilité ; il entendait le bruit de son propre souffle. Et des pas, il entendait des pas... et le bruit d'une porte qu'on fermait, suivi de ce grondement sous lui, devant lui, quelque part.

Il bougeait, il oscillait. Il avait perdu l'équilibre et tombait de nouveau, mais s'arrêtait encore, un autre corps contre le sien, une main qui le tenait, qui ne le lâchait pas. Une sensation de fraîcheur sur le visage ; puis plus rien. Il dérivait de nouveau, dans des courants moins tumultueux maintenant, et l'obscurité était totale.

Il y avait des voix au-dessus de lui, au loin, mais pas si loin que ça. Peu à peu, des formes se dessinaient, éclairées par la lumière déversée par des lampes. Il était dans une assez grande pièce, allongé sur un lit, un lit étroit, et des couvertures étaient entassées sur lui. Dans la pièce il y avait deux personnes, un homme en pardessus et une femme... vêtue d'une jupe rouge sombre sous une blouse blanche. Rouge sombre, comme ses cheveux...

Marie Saint-Jacques ? C'était bien elle, debout près d'une porte, en train de parler à un homme tenant une serviette en cuir dans sa main gauche. Ils parlaient français.

« Surtout du repos, expliquait l'homme. Si vous n'êtes pas en mesure de me joindre, n'importe qui peut retirer les points de suture. A mon avis, on peut les enlever dans une semaine.

— Je vous remercie, docteur.

— C'est moi qui vous remercie. Vous avez été extrêmement généreuse. Bon, il faut que je parte. Peut-être aurai-je de vos nouvelles, peut-être pas. »

Le docteur ouvrit la porte et sortit. Lorsqu'il fut parti, la femme tendit le bras et mit le verrou. Puis elle se retourna et vit Bourne qui la regardait. Elle s'avança à pas lents et prudents vers le lit. « Vous m'entendez ? demanda-t-elle. (Il fit oui de la tête.) Vous êtes blessé, dit-elle, assez grièvement ; mais si vous restez tranquille, vous n'aurez pas besoin d'aller dans un hôpital. Cet homme était un médecin... de toute évidence. Je l'ai payé avec l'argent que j'ai trouvé sur vous ; beaucoup plus qu'il ne semblerait normal, mais on m'a dit que je pouvais lui faire confiance. D'ailleurs, c'était votre idée. Pendant que nous roulions, vous n'arrêtiez pas de dire qu'il fallait trouver un docteur, un médecin que vous pourriez payer pour qu'il tienne sa langue. Vous aviez raison. Ça n'a pas été difficile.

— Où sommes-nous ? » Il entendait sa propre voix ; elle était faible, mais il l'entendait.

« Dans un village qui s'appelle Lenzbourg, à une trentaine de kilomètres de Zurich. Le docteur est de Wohlen ; c'est une ville voisine. Il vous verra dans une semaine, si vous êtes ici.

Comment ?... » Il essaya de se soulever, mais il n'en avait pas la force. Elle lui toucha l'épaule ; c'était un ordre de rester allongé.

« Je vais vous raconter ce qui s'est passé, et peut-être que cela répondra à vos questions. Du moins je l'espère, car sans cela, je ne suis pas sûre d'en être capable. (Elle était immobile, à le regarder, son ton parfaitement calme.) Une brute essayait de me violer... après quoi il avait ordre de me tuer. J'étais condamnée. Dans la Steppdeckstrasse, vous avez essayé de les arrêter, et comme vous n'y arriviez pas, vous m'avez dit de hurler, de continuer à hurler. C'était tout ce que vous pouviez faire, et en me criant cela, vous couriez le risque d'être tué vous-même au même instant. Par la suite, vous avez réussi à vous libérer... je ne sais pas comment, mais je sais que vous avez été sérieusement blessé en le faisant... et vous êtes revenu me chercher.

— Le chercher, l'interrompit Jason. C'était lui que je voulais.

— C'est ce que vous m'avez raconté, et je vous répète ce que j'ai déjà dit : je ne vous crois pas. Non pas parce que vous êtes un piètre menteur, mais parce que cela ne correspond pas aux faits. Je travaille sur des statistiques, monsieur Washburn, ou monsieur Bourne, quel que soit votre nom. Je respecte les éléments observables, et je peux repérer ce qui ne concorde pas ; je suis entraînée à ça. Deux hommes sont entrés dans ce bâtiment pour vous trouver, et je vous ai entendu dire qu'ils étaient tous deux en vie. Qu'ils pouvaient vous identifier. Et puis il y a le patron du Drei Alpenhäuser ; il le pouvait aussi. Voilà les faits, et vous les connaissez aussi bien que moi. Non, vous êtes revenu me chercher. Vous êtes revenu me sauver la vie.

— Continuez, dit-il, sa voix retrouvant de la force. Qu'est-ce qui s'est passé ?

— J'ai pris une décision. La plus difficile que j'aie jamais prise de ma vie. Je crois qu'on ne peut prendre ce genre de décision que si on a failli perdre la vie dans un acte de violence et que quelqu'un d'autre vous a sauvé. J'ai décidé de vous aider. Juste pour un moment... pour quelques heures, peut-être... mais j'ai pensé que je vous aiderais à fuir.

— Pourquoi ne vous êtes-vous pas adressée à la police ?

— J'ai failli le faire, et je ne suis pas certaine de pouvoir vous expliquer pourquoi je ne l'ai pas fait. Peut-être à cause du viol. Je ne sais pas. Je suis sincère avec vous. On m'a toujours dit que c'est l'expérience la plus horrible que puisse connaître une femme : je le crois maintenant. Et j'ai perçu la colère... le dégoût... dans votre voix quand vous avez interpellé l'homme. Jamais je n'oublierai cet instant aussi longtemps que je vivrai, et malgré toute l'envie que j'en aie.

— Et la police ? répéta-t-il.

— Cet homme, au Drei Alpenhäuser, a dit que la police vous recherchait. Qu'on avait donné un numéro de téléphone qu'il fallait appeler à Zurich. (Elle marqua un temps.) Je ne pouvais pas vous livrer à la police. Plus maintenant. Pas après ce que vous aviez fait.

— Sachant ce que je suis ? demanda-t-il.

— Je ne sais que ce que j'ai entendu, et ce que j'ai entendu ne correspond pas à l'homme blessé qui est revenu me chercher en offrant sa vie en échange de la mienne.

— Ça n'est pas très malin.

— C'est tout ce dont je suis capable, monsieur Bourne — je pense que c'est Bourne, c'est comme ça qu'ils vous appelaient, mais vous, vous êtes très malin.

— Je vous ai frappée. J'ai menacé de vous tuer.

— Si j'avais été à votre place et que des hommes essayent de me tuer, j'en aurais sans doute fait autant... Si j'en avais été capable.

— Vous avez donc quitté Zurich ?

— Pas tout de suite, seulement au bout d'une demi-heure environ. J'avais besoin de me calmer, de prendre ma décision. Je suis quelqu'un de méthodique.

— Je commence à m'en apercevoir.

— J'étais dans un état épouvantable ; j'avais besoin de vêtements, d'une brosse à cheveux, de maquillage. Je ne pouvais aller nulle part. J'ai trouvé une cabine téléphonique au bord de la rivière, et il n'y avait personne, alors je suis descendue de voiture et j'ai appelé un collègue à l'hôtel...

— Le Français ? Le Belge ? fit Jason.

— Non. Ils étaient à la conférence de Bertinelli, et s'ils m'avaient reconnue sur l'estrade avec vous, je pensais qu'ils avaient donné mon nom à la police. Non, j'ai appelé une femme qui fait partie de notre délégation ; elle a horreur de Bertinelli et elle était dans sa chambre. Nous avons travaillé plusieurs années ensemble, et nous sommes amies. Je lui ai dit que si elle entendait quoi que ce soit à mon sujet, qu'elle n'en tienne pas compte, que j'allais très bien. D'ailleurs, si on demandait de mes nouvelles, elle devait dire que je passais la soirée avec un ami... la nuit, si on insistait. Que j'étais partie tôt de la conférence de Bertinelli.

— C'est vrai que vous êtes méthodique, dit Bourne.

— Oui. (Marie se permit un petit sourire.) Je lui ai demandé d'aller dans ma chambre... nous ne sommes qu'à deux portes l'une de l'autre et la femme de chambre sait que nous sommes amies. Si personne n'était là, qu'elle fourre dans ma valise quelques vêtements, des produits de maquillage et qu'elle regagne sa chambre. Je lui ai dit que je l'appellerais cinq minutes après.

— Elle a tout bonnement accepté ce que vous disiez ?

— Je vous l'ai dit, nous sommes amies. Elle savait que j'allais bien, que j'étais excitée peut-être, mais indemne. Et qu'elle devait faire ce que je lui demandais. (Marie marqua de nouveau un temps.) Elle a sans doute cru que je lui disais la vérité.

— Continuez.

— Je l'ai rappelée et elle avait mes affaires.

— Ce qui veut dire que les deux autres délégués n'ont pas donné votre nom à la police. Votre chambre aurait été surveillée, bouclée.

— Ça, je ne sais pas. Mais s'ils l'ont fait, mon amie a sans doute été interrogée voilà pas mal de temps. Elle a dû simplement raconter ce que je lui ai demandé de dire.

— Elle était au Carillon, vous étiez au bord de la rivière. Comment avez-vous récupéré vos affaires ?

— Ça a été très simple. Pas de très bon goût, mais facile. Elle s'est adressée à la femme de chambre en lui disant que je fuyais un homme à l'hôtel parce que j'en voyais un autre en ville. J'avais besoin de quelques affaires pour la nuit et pouvait-elle trouver un moyen de me les faire parvenir. A une voiture... au bord de la rivière. Un garçon d'étage qui n'était pas de service me les a apportées.

— Il n'a pas été surpris de vous voir dans cet état ?

— Il n'a pas eu l'occasion de voir grand-chose. J'ai ouvert le coffre, je suis restée dans la voiture et je lui ai dit de mettre la valise derrière. J'ai laissé un billet de dix francs sur la roue de secours.

— Vous n'êtes pas méthodique, vous êtes extraordinaire.

— Méthodique suffira.

— Comment avez-vous trouvé le docteur ?

— Ici même. Par le concierge, ou Dieu sait comment on les appelle en Suisse. Rappelez-vous, je vous avais enveloppé de mon mieux, j'avais réduit autant que possible l'hémorragie. Comme la plupart des gens, j'ai quelques notions de secourisme ; pour cela j'ai dû vous enlever quelques vêtements. J'ai trouvé l'argent et j'ai compris alors ce que vous vouliez dire par trouver un docteur que vous pourriez payer. Vous avez des milliers et des milliers de dollars sur vous ; je connais les taux de change.

— Ça n'est que le début.

— Comment ?

— Peu importe. (Il essaya de se soulever encore ; c'était trop difficile.) Vous n'avez pas peur de moi ? Peur de ce que vous avez fait ?

— Bien sûr que si. Mais je sais ce que vous avez fait pour moi.

— Et vous êtes plus confiante que je ne le serais dans les mêmes circonstances.

— Alors peut-être ne vous rendez-vous pas tout à fait compte des circonstances. Vous êtes encore très faible et c'est moi qui ai le pistolet. D'ailleurs, vous n'avez pas de vêtements.

— Pas du tout ?

— Même pas un caleçon. J'ai tout jeté. Vous auriez l'air un peu bizarre à courir dans les rues vêtu seulement d'une ceinture porte-monnaie. »

Bourne rit malgré sa souffrance, se souvenant de La Ciotat et du marquis de Chamford. « Méthodique, dit-il.

— Très.

— Qu'est-ce qui se passe maintenant ?

— J'ai noté le nom du médecin et j'ai payé une semaine de loyer pour la chambre. Le concierge vous apportera vos repas à partir de midi aujourd'hui. Je vais rester ici jusqu'au milieu de la matinée. Il est près de six heures ; il ne devrait pas tarder à faire jour. Ensuite je retournerai à l'hôtel prendre le reste de mes affaires et mes billets d'avion et je ferai de mon mieux pour éviter la moindre allusion à votre existence.

— Et si vous ne pouvez pas ? Si on vous identifie ?

— Je nierai. Il faisait nuit. Tout le monde était affolé.

— Ah ! maintenant vous n'êtes plus méthodique. Du moins, pas autant que la police de Zurich. J'ai une meilleure méthode à vous proposer. Appelez votre amie, dites-lui de faire le reste de vos bagages et de régler votre note. Prenez dans ma ceinture tout l'argent dont vous avez besoin et sautez dans le premier avion pour le Canada. C'est plus facile de nier quand on est loin. »

Elle le regarda en silence, puis hocha la tête. « C'est très tentant.

— C'est très logique. »

Elle continua à le dévisager encore un moment, et à voir son regard, on sentait la tension monter en elle. Elle se détourna et s'approcha de la fenêtre, pour regarder les tout premiers rayons du soleil matinal. Lui l'observait, il sentait l'intensité qui vibrait en elle, rien qu'à voir son visage à la pâle lueur orange de l'aube. Il ne pouvait rien faire ; elle avait fait ce qu'elle estimait son devoir parce qu'on l'avait arrachée à la terreur. A une forme d'horrible dégradation qu'aucun homme ne pouvait vraiment comprendre. A la mort. Et en faisant ce qu'elle faisait, elle avait enfreint toutes les règles. Elle tourna soudain la tête vers lui, le regard flamboyant.

« Qui êtes-vous donc ?

— Vous avez entendu ce qu'on disait.

— Je sais ce que j'ai vu ! Ce que j'éprouve ! N'essayez pas de justifier ce que vous avez fait. Vous l'avez fait, voilà tout. Laissons cela.»

Laissons cela. Oh ! mon Dieu, vous auriez pu me laisser. Et alors il y aurait eu la paix. Mais maintenant vous m'avez rendu une partie de ma vie, et il faut que je recommence à lutter, à affronter.

Tout d'un coup elle se planta au pied du lit, le pistolet à la main. Elle le braqua sur lui et sa voix tremblait. « Alors, est-ce que je devrais détruire cela ? Faut-il que j'appelle la police et que je leur dise de venir vous arrêter ?

— Il y a quelques heures, j'aurais dit : allez-y. Je ne peux plus me décider à le dire maintenant.

— Alors, qui êtes-vous ?

— On dit que mon nom est Bourne. Jason Charles Bourne.

— Qu'est-ce que ça signifie : "On dit" ?»

Il fixa le pistolet, le rond sombre du canon. Il ne restait plus que la vérité... ce qu'il en savait.

« Qu'est-ce que ça signifie ? répéta-t-il. Vous en savez presque autant que moi, docteur.

— Comment ?

— Autant vous mettre au courant. Peut-être que ça vous fera du bien. Ou le contraire, je ne sais pas. Mais autant que vous sachiez, parce que je ne sais pas quoi vous dire d'autre. »

Elle abaissa le pistolet. « Me dire quoi ?

— Ma vie a commencé voilà cinq mois sur une petite île de la Méditerranée, l'île de Port-Noir... »

Le soleil avait atteint le milieu des arbres qui les entouraient, ses rayons, filtrés par les branches remuant sous le vent, se déversaient par les fenêtres et tachetaient les murs de flaques de lumière. Bourne était allongé sur l'oreiller, épuisé. Il avait terminé ; il ne restait plus rien à dire.

Marie était assise à l'autre bout de la chambre dans un fauteuil de cuir, les jambes repliées sous elle, ses cigarettes et le pistolet sur une table à sa gauche. C'était à peine si elle avait bougé, son regard fixé sur le visage de Bourne ; même lorsqu'elle fumait, son regard ne vacillait jamais, restait vissé sur le sien. Elle était là comme une analyste, évaluant les données, filtrant les faits.

« Vous n'avez pas cessé de dire : "Je ne sais pas"... "Je voudrais bien savoir", murmura-t-elle d'une voix lente. Vous regardiez quelque chose et j'avais peur. Je vous demandais : qu'est-ce que c'était ? Qu'est-ce que vous alliez faire ? Et vous me répétiez : "Je voudrais bien savoir." Mon Dieu ! Par quoi êtes-vous passé... Par quoi êtes-vous en train de passer ?

— Après ce que je vous ai fait, vous pouvez vous intéresser à ce qui m'est arrivé ?

— Il y a deux suites d'événements distincts, dit-elle d'un ton absent, l'air préoccupé.

— Distincts ?

— Apparentés à l'origine, et qui se sont développés indépendamment ; c'est absurde... et puis sur la Löwenstrasse, juste avant que nous montions à l'appartement de Chernak, je vous ai supplié de ne pas m'obliger à vous accompagner. J'étais persuadée que si j'en apprenais davantage, vous alliez me tuer. C'est alors que vous m'avez dit la chose la plus étrange. Vous avez dit : "Ce que vous avez entendu n'a pas plus de sens pour moi que pour vous. Peut-être moins..." J'ai cru que vous étiez fou.

— Ce dont je souffre est une forme de folie. Une personne saine d'esprit se souvient. Pas moi.

— Pourquoi ne m'avez-vous pas dit que Chernak avait essayé de vous tuer ?

— Je n'avais pas le temps et je ne pensais pas que cela avait de l'importance.

— Ça n'en avait pas sur le moment... pour vous. Mais pour moi, si.

— Pourquoi ?

— Parce que je me cramponnais au faible espoir que vous ne tireriez pas sur quelqu'un qui n'avait pas d'abord tenté de vous tuer.

— Mais il a essayé. J'ai été blessé.

— Je ne connaissais pas l'enchaînement des événements ; vous ne m'avez rien dit.

— Je ne comprends pas. »

Marie alluma une cigarette. « C'est difficile à expliquer, mais durant tout le temps où vous m'avez gardée en otage, même quand vous m'avez frappée, traînée et que vous m'avez enfoncé le pistolet dans le ventre ou appuyé sur la tempe — Dieu sait que j'étais terrifiée — j'ai cru voir quelque chose dans vos yeux. Appelez ça de la répugnance. C'est ce que je peux trouver de mieux.

— Bon, d'accord. Où voulez-vous en venir ?

— Je ne sais pas très bien. Ça remonte peut-être à quelque chose d'autre que vous avez dit au Drei Alpenhäuser. Ce gros homme s'approchait et vous m'avez dit de me plaquer contre le mur, de me masquer le visage avec la main. "Dans votre intérêt, avez-vous dit. Inutile qu'il puisse vous identifier."

— C'est vrai.

— "dans votre propre intérêt." Ça n'est pas ainsi que raisonne un tueur pathologique. Je crois que je me suis cramponnée à ça — peut-être pour ne pas perdre la tête — à ça et à ce regard au fond de vos yeux.

— Je ne comprends toujours pas.

— L'homme aux lunettes à monture d'or m'a convaincue qu'il était de la police et que vous étiez un tueur sans pitié qu'il fallait arrêter avant qu'il ne recommence à tuer. S'il n'y avait pas eu Chernak, je ne l'aurais pas cru. En aucune façon. Les policiers ne se conduisent pas comme ça ; ils ne se servent pas d'armes dans le noir, dans des endroits pleins de monde. Et vous étiez un homme qui courait pour sauver sa peau — vous courez pour sauver votre peau — mais vous n'êtes pas un tueur.

— Pardonnez-moi, dit Bourne en levant la main, mais il me semble que c'est là un jugement fondé sur un faux sentiment de reconnaissance. Vous dites que vous avez le respect des faits — alors regardez-les. Je répète : vous avez entendu ce qu'ils ont dit — sans tenir compte de ce que vous croyez avoir vu et ressenti... vous avez entendu les mots. En gros, on a bourré d'argent des enveloppes qui m'ont été remises pour que je m'acquitte de certaines missions. Je dirai que ces missions étaient extrêmement claires et que je les ai acceptées. J'avais un compte numéroté à la Gemeinschaft Bank s'élevant à environ cinq millions de dollars. Où me suis-je procuré cette somme ? Où donc un homme comme moi — avec les talents évidents que j'ai — se procure-t-il pareille somme ? (Jason fixa le plafond. La douleur revenait en même temps qu'un sentiment de totale futilité.) Voilà les faits, docteur Saint-Jacques. Il est temps que vous partiez. »

Marie se leva du fauteuil et écrasa sa cigarette. Puis elle prit le pistolet et s'approcha du lit. « Vous tenez beaucoup à vous condamner, n'est-ce pas ?

— Je respecte les faits.

— Alors si ce que vous dites est vrai, moi aussi j'ai une obligation. En tant que citoyenne respectueuse de l'ordre social, je dois appeler la police de Zurich pour dire où vous êtes. » Elle releva le pistolet.

Bourne la regarda. « Je croyais...

— Pourquoi pas ? fit-elle. Vous êtes un homme condamné qui a envie d'en finir, n'est-ce pas ? Vous êtes allongé là, à parler d'un ton si catégorique... Non sans toutefois, pardonnez-moi, vous apitoyer un peu sur votre sort, en vous attendant à toucher mon... comment avez-vous dit déjà ? Faux sentiment de reconnaissance ? Eh bien, je crois que vous feriez mieux de comprendre une chose. Je ne suis pas une imbécile ; si j'avais pensé une seconde que vous étiez vraiment ce qu'ils disent que vous êtes, je ne serais pas ici et vous non plus. Les faits qu'on ne peut pas établir ne sont pas des faits. Vous n'avez pas de faits, vous avez des conclusions, vos conclusions à vous, fondées sur des déclarations formulées par des hommes dont vous savez que ce sont des ordures.

— Et un compte en banque inexpliqué avec cinq millions de dollars. N'oubliez pas ça.

— Comment le pourrais-je ? Je suis censée être un génie de la finance. Ce compte peut ne pas avoir d'explications qui vous satisfassent, mais il y a une clause conditionnelle attachée à ce compte qui lui confère une certaine légitimité. Il peut être inspecté — et donc contrôlé — par n'importe lequel des directeurs d'une société appelée je ne sais quoi soixante et onze. Ça ne sent guère le tueur à gages...

— La société a peut-être un nom ; elle n'est pas dans l'annuaire.

— Dans l'annuaire du téléphone ? Vous êtes vraiment naïf. Mais revenons à vous. A vous, maintenant. Faut-il vraiment que j'appelle la police ?

— Vous connaissez la réponse. Je ne peux pas vous en empêcher, mais je n'ai pas envie que vous le fassiez. »

Marie abaissa le canon de son arme. « Et je ne vais pas le faire. Pour la même raison qui fait que vous n'y tenez pas. Pas plus que vous, je ne crois ce qu'on dit.

— Alors qu'est-ce que vous croyez ?

— Je vous ai dit, je ne suis pas sûre. Tout ce dont je suis certaine, c'est qu'il y a sept heures j'étais coincée sous un monstre, que sa bouche était partout sur moi, que ses mains me griffaient... et que je savais que j'allais mourir. Et puis un homme est revenu pour moi — un homme qui aurait pu continuer à s'enfuir — mais qui est revenu pour moi et s'est offert pour mourir à ma place. Eh bien, je crois en lui.

— Imaginez que vous vous trompiez ?

— Alors j'aurais commis une monstrueuse erreur.

— Merci. Où est l'argent ?

— Sur la commode. Dans votre étui à passeport et dans votre portefeuille. Il y a aussi le nom du médecin et le reçu pour la chambre.

— Puis-je avoir le passeport, je vous prie ? C'est l'argent suisse qui est dedans.

— Je sais, fit Marie en le lui apportant. J'ai donné au concierge trois cents francs pour la chambre et deux cents pour le nom du médecin. Les honoraires du docteur se sont élevés à quatre cent cinquante francs, auxquels j'en ai ajouté cent cinquante pour sa coopération. Au total j'ai dépensé onze cents francs.

— Vous n'avez pas à me rendre de comptes, dit-il.

— Il faut que vous sachiez. Qu'est-ce que vous allez faire ?

— Vous donner de l'argent pour que vous puissiez retourner au Canada.

— Je veux dire ensuite.

— Voir comment je vais me sentir plus tard. Sans

doute donner de l'argent au concierge pour qu'il m'achète des vêtements. Lui poser quelques questions. Ça ira.» Il prit quelques gros billets et les lui tendit.

« Ça fait plus de cinquante mille francs.

— Je vous en ai fait voir beaucoup. »

Marie Saint-Jacques regarda l'argent, puis le pistolet dans sa main gauche. « Je ne veux pas de votre argent, dit-elle en posant l'arme sur la table de chevet.

— Que voulez-vous dire ? »

Elle tourna les talons et revint jusqu'au fauteuil, se tournant de nouveau vers lui pour le regarder. « Je crois que j'ai envie de vous aider.

— Attendez. Attendez...

— Je vous en prie, fit-elle sans le laisser poursuivre. Je vous en prie ne me posez pas de questions. Ne dites rien pendant un moment. »

LIVRE II

10

Ni l'un ni l'autre ne s'en aperçurent quand cela arriva ni, à vrai dire, si c'était bien arrivé. Et non plus, si c'était vrai, jusqu'à quelles extrémités l'un ou l'autre irait pour le sauvegarder ou l'approfondir. Il n'y eut pas de drame bouleversant, pas de conflit à résoudre, ni d'obstacle à surmonter. Il suffit d'un échange de mots et de regards et peut-être, ce qui était tout aussi essentiel, le fréquent accompagnement de rires étouffés.

Dans la chambre de l'auberge du village, leur installation était aussi clinique qu'elle aurait pu l'être dans le service d'hôpital qu'elle remplaçait. Dans la journée, Marie s'occupait de divers problèmes pratiques tels que vêtements, repas, cartes routières et journaux. Elle avait conduit la voiture volée jusqu'au bourg de Reinach, à une quinzaine de kilomètres au sud, où elle l'avait abandonnée, prenant un taxi pour regagner Lenzbourg. Pendant ses absences, Bourne concentrait tout son temps à deux activités : le repos et la mobilité. Quelque part dans les profondeurs oubliées de son passé, il savait que sa convalescence dépendait de ces deux facteurs et il appliquait ce

173

régime avec une stricte discipline ; il avait déjà fait cela autrefois... avant Port-Noir.

Quand ils étaient ensemble, ils bavardaient, avec une certaine gêne au début : c'était l'échange de deux étrangers survivants d'un cataclysme et réunis par le hasard. Ils s'efforçaient de donner aux circonstances un caractère normal bien difficile à trouver, mais les choses étaient plus faciles quand tous deux acceptaient les conditions résolument anormales de leurs existences : ils ne pouvaient rien dire qui ne se rapportât pas à ce qui s'était passé. Et quand ils y parvenaient, cela ne commençait à apparaître que durant ces moments où ils avaient pour un temps cessé d'analyser les événements récents, et où le silence débouchait sur le soulagement, sur d'autres mots et d'autres pensées.

Ce fut dans ces moments-là que Jason apprit l'essentiel de ce qui concernait la femme qui lui avait sauvé la vie. Il affirmait qu'elle en savait autant sur lui qu'il en connaissait lui-même, mais il ne savait rien d'elle. D'où avait-elle jailli ? Pourquoi une jolie femme aux cheveux châtains et à la peau de toute évidence nourrie quelque part dans une ferme prétendait-elle être docteur en sciences économiques ?

« Parce qu'elle en avait assez de la ferme, répondit Marie.

— Sans blague ? Une ferme, vraiment ?

— Oh ! un petit ranch serait plus exact. Petit auprès des gigantesques domaines de l'Alberta. Du temps de mon père, quand un Canuck s'en allait dans l'Ouest pour acheter de la terre, il existait des contraintes non écrites. — Ne cherche pas à rivaliser avec tes supérieurs. — Il disait souvent que s'il avait pris le nom de Saint-James plutôt que Saint-Jacques, il serait aujourd'hui un homme bien plus riche.

— Il était fermier ? »

Marie avait éclaté de rire. « Non, c'était un comptable devenu éleveur grâce à un bombardier Vickers pendant la guerre. Il était pilote dans la Royal Canadian Air Force. Je pense qu'après avoir vu tout ce ciel, un bureau de comptable lui semblait un peu morne.

— Il faut du cran pour se lancer dans une telle aventure.

— Plus que vous ne pensez. Avant d'acheter le ranch, il avait vendu du bétail qui ne lui appartenait pas, sur des terres qui n'étaient pas les siennes. Un vrai Français, disaient les gens.

— Je crois qu'il me plairait.

— Sûrement. » Elle avait vécu à Calgary avec ses parents et ses deux frères jusqu'à l'âge de dix-huit ans ; puis elle était allée à l'université McGill à Montréal et ç'avait été le début d'une vie qu'elle n'avait jamais envisagée. Une étudiante indifférente qui préférait les courses à travers champs sur le dos d'un cheval à l'ennui structuré d'une école religieuse dans l'Alberta découvrait l'excitation de faire fonctionner son esprit.

« C'était vraiment aussi simple que ça, lui raconta-t-elle. J'avais toujours considéré les livres comme des ennemis naturels et voilà tout d'un coup que je me trouvais entourée de gens plongés dans la lecture et passionnés par cette occupation. On ne faisait que discuter. On discutait toute la journée, toute la nuit : dans les classes et dans les séminaires, dans des bistrots envahis devant des chopes de bière ; je crois que c'est la discussion qui m'a emballée. Vous comprenez ça ?

— Je ne me souviens pas, mais je comprends, dit Bourne. Je n'ai pas de souvenirs de collège ni d'amitiés de ce genre, mais je suis certain d'être passé par là aussi. (Il sourit.) Discuter devant des pichets de bière, c'est quelque chose qui vous marque. »

Elle sourit à son tour. « Et je me faisais remarquer dans ce domaine-là ; une robuste fille de Calgary avec deux frères aînés et capable de boire plus de bière que la moitié des étudiants de Montréal.

— On devait vous en vouloir.

— Non, simplement m'envier. »

Un nouveau monde s'ouvrait à Marie Saint-

Jacques ; elle ne regagna jamais celui qu'elle avait connu. Sauf pour les vacances obligatoires qui coupaient chaque trimestre, les séjours prolongés à Calgary se firent de moins en moins fréquents. Le cercle de ses amis à Montréal s'étendit, les étés étaient pris par des emplois dans le cadre ou à l'extérieur de l'université. Elle s'intéressa d'abord à l'histoire, puis réfléchit que l'essentiel de l'histoire était façonné par les forces économiques, aussi s'essaya-t-elle aux théories économiques. Et elle fut conquise.

Elle resta cinq ans à McGill, y fut licenciée et obtint du gouvernement canadien une bourse pour Oxford.

« Quelle journée, je peux vous le dire. J'ai cru que mon père allait avoir une attaque. Il a abandonné son précieux bétail à mes frères assez longtemps pour prendre l'avion et venir tenter de me dissuader.

— Vous dissuader ? Pourquoi ? Il avait été comptable ; vous alliez passer un doctorat d'économie.

— N'allez pas commettre cette erreur-là ! s'exclama Marie. Les comptables et les économistes sont des ennemis jurés. L'un voit les arbres, l'autre les forêts, et en général leurs points de vue ne concordent pas. D'ailleurs, mon père n'est pas simplement canadien, c'est un Canadien français. Je crois qu'il a considéré que je trahissais Versailles. Mais il s'est radouci quand je lui ai dit qu'une des conditions de cette bourse était l'engagement de travailler pour le gouvernement un minimum de trois ans. Il a dit que je pourrais "servir mieux la cause de l'intérieur". *Vive le Québec libre... Vive la France !* »

Ils se mirent à rire tous les deux.

L'engagement de trois ans par Ottawa fut prolongé grâce à toutes sortes de raisons logiques : chaque fois qu'elle envisageait de partir, elle avait de l'avancement, on lui donnait un grand bureau et des collaborateurs plus nombreux.

« Le pouvoir corrompt, bien sûr, fit-elle en souriant, et personne ne le sait mieux qu'une éminente bureaucrate que les banques et les grosses sociétés poursuivent pour obtenir une recommandation. Mais je crois

176

que Napoléon a mieux dit cela : "Donnez-moi assez de médailles et je vous gagnerai n'importe quelle guerre." Je suis donc restée. J'adore mon travail. Il est vrai que c'est un travail que je fais bien et ça aide. »

Jason la regardait tandis qu'elle parlait. Sous des apparences calmes, il y avait chez elle une exubérance un peu puérile. C'était une enthousiaste qui mettait la bride à son enthousiasme chaque fois qu'elle le sentait devenir trop prononcé. Bien sûr qu'elle faisait bien ce qu'elle faisait ; il se doutait qu'elle mettait toujours toute son application à ce qu'elle entreprenait. « Je suis sûr que vous faites bien votre travail, mais ça ne vous laisse pas beaucoup de temps pour d'autres choses. n'est-ce pas ?

— Quelles autres choses ?

— Oh ! je ne sais pas. Un mari, une famille, une maison avec une barrière.

— Ça viendra peut-être un jour ; je n'exclus pas tout ça.

— Mais pas pour l'instant.

— Non. Ça a failli arriver une ou deux fois, mais ça ne s'est pas fait.

— Qui est Peter ? »

Son sourire s'effaça. « J'avais oublié. Vous avez lu le câble.

— Je suis désolé.

— Mais non. Nous avons déjà abordé ce sujet... Peter ? J'adore Peter. Nous avons vécu ensemble près de deux ans, mais ça n'a pas marché.

— Apparemment il ne vous en veut pas.

— Il a raison ! fit-elle en riant de nouveau. Il est directeur du département, il espère être bientôt attaché de cabinet. S'il ne se conduit pas comme il faut, je raconterai au département du trésor tout ce qu'il ne sait pas et il se retrouvera en bas de l'échelle.

— Il disait qu'il viendrait vous chercher à l'aéroport le 26. Vous feriez mieux de lui câbler.

— Oui, je sais. »

Son départ était un sujet qu'ils n'avaient pas abordé ; ils l'avaient évité comme si c'était une lointaine éventualité. C'était sans rapport avec ce qui s'était passé ; c'était quelque chose qui allait être. Marie avait dit qu'elle voulait l'aider ; il avait accepté, croyant qu'elle était poussée par un faux sentiment de reconnaissance à rester avec lui un jour ou deux — et il en éprouvait de la gratitude à son égard. Mais toute autre chose était impensable.

C'était pourquoi ils n'en parlaient pas. Des mots et des regards s'étaient échangés entre eux, il y avait eu des rires étouffés, une impression de confort qui s'installait. De temps en temps, il y avait de brefs élans de chaleur et tous deux comprenaient et faisaient machine arrière. Toute autre chose était en effet impensable.

Ils revenaient donc toujours à ce que la situation avait d'anormal, aux événements qu'ils avaient vécus. Ils revenaient à lui plutôt qu'à eux, car c'était lui la raison bien irrationnelle qui les avait réunis... dans la chambre d'une petite auberge de village, en Suisse. Une situation anormale. Cela ne faisait pas partie du monde ordonné et raisonnable de Marie Saint-Jacques et, à cause de cela, son esprit analytique et bien organisé se trouvait provoqué. Les choses déraisonnables, il fallait les examiner, les démêler, les expliquer. Elle devint inlassable dans sa recherche, et aussi insistante que l'avait été Geoffrey Washburn sur l'île de Port-Noir, mais sans la patience du docteur. Car elle n'avait pas le temps ; elle le savait et cela la menait au bord de l'exaspération.

« Quand vous lisez les journaux, qu'est-ce qui vous frappe ?

— Le gâchis. On dirait que c'est universel.

— Soyez sérieux. Qu'est-ce qui est familier pour vous ?

— A peu près tout, mais je ne peux pas vous dire pourquoi.

— Donnez-moi un exemple.

— Ce matin, il y avait un article à propos d'une livraison d'armes américaines à la Grèce et du débat qui s'était ensuivi aux Nations Unies ; les Soviétiques ont protesté. Je comprends ce que ça signifie : la lutte d'influence en Méditerranée, le conflit du Moyen-Orient.

— Donnez-moi un autre exemple.

— Il y avait aussi un article sur l'ingérence de l'Allemagne de l'Est dans les services de liaison du gouvernement de Bonn à Varsovie. Le bloc de l'Est, le bloc de l'Ouest ; là encore j'ai compris.

— Vous voyez le rapport, n'est-ce pas ? Vous êtes politiquement — géopolitiquement — réceptif.

— Ou bien j'ai une connaissance parfaitement normale des événements actuels. Je ne crois pas avoir jamais été diplomate. L'argent qu'il y avait à la Gemeinschaft exclurait tout emploi de fonctionnaire.

— Je suis d'accord avec vous. Pourtant, vous avez une conscience politique. Et les cartes ? Vous m'avez demandé de vous acheter des cartes routières. Qu'est-ce qui vous vient à l'esprit quand vous les regardez ?

— Dans certains cas, les noms évoquent des images, comme cela a été le cas à Zurich. Des immeubles, des hôtels, des rues... parfois des visages. Mais jamais de noms. Les visages n'en ont pas.

— Pourtant vous avez beaucoup voyagé.

— Je crois que oui.

— Vous *savez* que oui.

— D'accord, j'ai voyagé.

— Comment voyagiez-vous ?

— Que voulez-vous dire par comment ?

— En général, était-ce par avion ou en voiture... pas en taxi mais en conduisant vous-même ?

— Les deux, je crois. Pourquoi ?

— L'avion signifierait de plus grandes distances et plus fréquemment. Est-ce que des gens vous attendaient ? Voyez-vous des visages dans les aéroports, les hôtels ?

— Dans les rues, répondit-il machinalement.

— Les rues ? Pourquoi les rues ?

— Je ne sais pas. Des visages me rencontraient

dans les rues... et dans des endroits discrets. Sombres.

— Des restaurants ? Des cafés ?

— Oui. Et des chambres.

— Des chambres d'hôtel ?

— Oui.

— Pas des bureaux ?

— Parfois. Mais en général non.

— Bon. Des gens vous retrouvaient. Des visages. Des hommes ? Des femmes ? Les deux ?

— Surtout des hommes. Quelques femmes, mais surtout des hommes.

— De quoi parlaient-ils ?

— Je ne sais pas.

— Essayez de vous souvenir.

— Je ne peux pas. Il n'y a pas de voix ; il n'y a pas de mots.

— Aviez-vous des horaires ? Vous rencontriez des gens, cela signifie que vous aviez des rendez-vous. Ils vous attendaient et vous vous attendiez à les rencontrer. Qui organisait ces rendez-vous ? Quelqu'un devait bien le faire.

— Ça se faisait par câbles. Par coups de téléphone.

— De qui ? D'où ?

— Je ne sais pas. On me joignait.

— Dans des hôtels ?

— Principalement, j'imagine.

— Vous m'avez raconté que le directeur adjoint du Carillon disait en effet que vous receviez des messages.

— Alors on venait dans les hôtels.

— On, c'est je ne sais quoi soixante et onze ?

— Treadstone.

— Treadstone. C'est le nom de votre société, n'est-ce pas ?

— Ça ne veut rien dire. Je n'ai pas pu le trouver.

— Concentrez-vous !

— Je ne fais que cela. Le nom n'était pas dans l'annuaire. J'ai appelé New York.

— Vous avez l'air de trouver ça très insolite. Ça ne l'est pas.

— Pourquoi donc ?

— Ça pourrait être un service à l'intérieur d'une firme, ou une compagnie annexe, une société créée pour faire des achats au nom d'une société mère dont le seul nom ferait monter les prix. Ça se pratique couramment.

— Qui essayez-vous de convaincre ?

— Vous. Il est tout à fait possible que vous soyez un négociateur itinérant pour des intérêts financiers américains. Tout confirme cette hypothèse : des fonds disponibles immédiatement, éventuellement sous réserve de l'accord d'une société, droit qui n'a jamais été exercé. Tout cela correspond à l'image d'un acheteur à qui l'on fait confiance et très probablement à un gros actionnaire ou à un copropriétaire de la société mère.

— Vous parlez fichtrement vite.

— Je n'ai rien dit qui ne soit pas logique.

— Il y a quand même une lacune ou deux.

— Où ça ?

— Ce compte ne montrait aucun retrait. Que des dépôts. Je n'achetais pas, je vendais.

— Vous ne le savez pas ; vous ne pouvez pas vous rappeler. Des paiements peuvent être faits par petits versements.

— Je ne sais même pas ce que ça veut dire.

— Un financier au courant de certaines stratégies fiscales le saurait. Quelle est l'autre lacune ?

— Les gens n'essaient pas de tuer quelqu'un pour acheter quelque chose moins cher. On peut le dénoncer ; on ne le tue pas.

— On le fait si une erreur gigantesque a été commise. Ou si on a pris cette personne pour quelqu'un d'autre. Ce que j'essaie de vous dire c'est que vous ne pouvez pas être ce que vous n'êtes pas ! Malgré tout ce qu'on dit.

— Vous êtes rudement convaincue.

— Parfaitement. J'ai passé trois jours avec vous.

Nous avons parlé, j'ai écouté. Une erreur effroyable a été commise. Ou alors c'est une sorte de complot.

— A propos de quoi ? *Contre* quoi ?

— C'est ce qu'il vous faut découvrir.

— Merci.

— Dites-moi. Qu'est-ce qui vous vient à l'esprit quand vous pensez à l'argent ? »

Arrêtez ! Ne faites pas ça ! Vous ne comprenez donc pas ? Vous vous trompez. Quand je pense à l'argent, je pense à tuer.

« Je ne sais pas, dit-il. Je suis fatigué. J'ai envie de dormir. Envoyez votre câble demain matin. Dites à Peter que vous rentrez. »

Il était plus de minuit le quatrième jour, et le sommeil ne voulait toujours pas venir. Bourne fixait le plafond, le bois sombre où se reflétait la lumière de la lampe posée sur une table à l'autre bout de la pièce. La lampe restait allumée la nuit ; Marie la laissait, tout simplement ; on ne lui demandait pas d'explications et elle n'en proposait pas.

Le matin, elle serait partie et ses plans à lui devraient se préciser. Il resterait à l'auberge quelques jours encore, il téléphonerait au docteur à Wohlen et prendrait rendez-vous pour se faire retirer les points de suture. Après cela, Paris. A Paris, il y avait l'argent, et puis autre chose aussi ; il le savait, il le sentait. Une réponse définitive ; elle était à Paris.

Vous n'êtes pas tout à fait désemparé. Vous vous débrouillerez.

Que trouverait-il ? Un nommé Carlos ? Qui était Carlos et qu'était-il pour Jason Bourne ?

Il entendit un froissement de tissu sur le canapé contre le mur. Il jeta un coup d'œil, surpris de constater que Marie ne dormait pas. Mais non, elle le regardait, elle le dévisageait même.

« Vous avez tort, vous savez, dit-elle.

— A propos de quoi ?

— De ce que vous pensez.

— Vous ne savez pas ce que je pense.

— Mais si. J'ai lu dans vos yeux, vous voyez des choses dont vous n'êtes pas sûr qu'elles soient là, dont vous redoutez qu'elles puissent y être.

— Elles y ont existé, répondit-il. Expliquez-moi la Steppdeckstrasse. Expliquez-moi le gros homme au Drei Alpenhäuser.

— Je ne peux pas, mais vous non plus.

— Ils étaient quand même là. Je les ai vus et ils étaient là.

— Trouvez pourquoi ? Vous ne pouvez pas être ce que vous n'êtes pas, Jason. Cherchez.

— Paris, dit-il.

— Oui, Paris. » Marie se leva du canapé. Elle portait une chemise de nuit d'un jaune pâle, presque blanc, avec des boutons de nacre au cou ; le bas flottait un peu tandis qu'elle s'avançait, pieds nus, vers le lit. Elle se planta devant lui en le regardant, puis porta les mains à son cou et se mit à déboutonner le haut de sa chemise de nuit. Elle la laissa tomber en s'asseyant sur le lit, ses seins juste au-dessus de lui. Elle se pencha, prit son visage à deux mains, avec beaucoup de douceur, ses yeux fixés sur lui sans vaciller, comme si souvent durant ces derniers jours. « Merci de m'avoir sauvé la vie, murmura-t-elle.

— Merci d'avoir sauvé la mienne », répondit-il en éprouvant la même envie que, il le savait, elle éprouvait aussi, se demandant si, comme pour lui, ce désir en arrivait à être douloureux. Il n'avait aucun souvenir d'une femme et, peut-être à cause de cela, elle pouvait être tout ce qu'il pouvait imaginer ; tout et beaucoup, beaucoup plus. Pour lui, elle faisait reculer les ténèbres. Elle faisait cesser la douleur.

Il n'avait pas osé le lui dire. Et c'était elle qui lui disait maintenant que c'était bien, même si ce n'était que pour un moment, pour une heure ou deux. Pour le restant de cette nuit elle lui donnait un souvenir parce que, elle aussi, avait besoin d'échapper à cette tension constante de la violence. La tension s'interrompait, ils pouvaient trouver le réconfort pendant quelques instants. C'était tout ce qu'il demandait, mais Dieu du ciel, comme il avait besoin d'elle.

Il tendit la main vers ce sein qui s'offrait, attira les lèvres humides contre les siennes.

Elle souleva les couvertures et vint le rejoindre.

Elle reposait dans ses bras, la tête sur sa poitrine, prenant soin d'éviter sa blessure à l'épaule. Elle glissa avec douceur pour se soulever sur les coudes. Il la regarda ; leurs regards se croisèrent et tous deux sourirent. Elle leva la main gauche, posant l'index sur ses lèvres à lui et dit d'une voix douce :

« J'ai quelque chose à dire et je ne veux pas que tu m'interrompes. Je n'envoie pas ce câble à Peter. Pas encore.

— Eh ! une minute. » Il écarta sa main.

« Je t'en prie, ne m'interromps pas. J'ai dit "pas encore". Ça ne veut pas dire que je ne l'enverrai pas, mais pas tout de suite. Je reste avec toi. Je vais à Paris avec toi. »

Il se força à dire : « Imagine que je n'en aie pas envie. »

Elle se pencha, lui effleurant la joue de ses lèvres. « Ça ne marche pas. L'ordinateur vient de le rejeter.

— Je ne serais pas si sûr, si j'étais toi.

— Mais tu n'es pas moi. Tandis que moi, je suis moi, et je sais comment tu m'as tenue en essayant de dire tant de choses que tu n'arrivais pas à exprimer. Des choses que nous voulions tous les deux nous dire depuis quelques jours, je crois. Je ne peux pas expliquer ce qui s'est passé. Oh ! j'imagine que ça tient à quelque obscure théorie psychologique : deux êtres d'une intelligence raisonnable précipités tous les deux en enfer et parvenant à s'en sortir... ensemble. Ça ne va peut-être pas plus loin que ça. Mais ça existe et je ne peux pas y échapper. Je ne peux pas t'échapper. Parce que tu as besoin de moi et que tu m'as sauvé la vie.

— Qu'est-ce qui te fait croire que j'ai besoin de toi ?

— Je peux faire pour toi des choses que tu ne peux

pas faire tout seul. Je ne pense qu'à ça depuis deux heures. (Elle se souleva un peu plus, nue auprès de lui.) Tu as à ta disposition une énorme somme d'argent, mais je ne crois pas que tu connaisses la différence entre un débit et un crédit. Tu l'as peut-être su autrefois, mais plus maintenant. Moi, je sais. Et puis ça n'est pas tout. J'ai une haute position auprès du gouvernement canadien. Cela me permet de formuler toutes sortes de demandes. Et puis j'apporte la protection. Les finances internationales sont pourries et le Canada a été violé. Nous avons monté notre propre système de protection et j'en fais partie. C'est pourquoi j'étais à Zurich. Pour observer et signaler des alliances, pas pour discuter de théories abstraites.

— Et le fait que tu aies cette liberté de mouvement, cette possibilité d'enquêter, ça peut m'aider ?

— Je crois que oui. Et la protection de mon ambassade, ça peut être le plus important. Mais je te donne ma parole qu'au premier signe de violence, j'enverrai ce câble et je partirai. Mes propres peurs mises à part, dans ces conditions je ne serai pas un fardeau pour toi.

— Au premier signe, répéta Bourne en l'examinant. Et c'est moi qui décide quand et où ?

— Si tu veux. Dans ce domaine mon expérience est limitée. Je ne discuterai pas. »

Il continua à la regarder au fond des yeux, un long moment, grandi encore par le silence. Puis il finit par demander : « Pourquoi fais-tu ça ? Tu viens de le dire : nous sommes deux êtres relativement intelligents qui nous sommes tirés d'une sorte d'enfer. C'est peut-être bien tout ce que nous sommes. Est-ce que ça en vaut la peine ? »

Elle s'assit, immobile. « J'ai dit aussi autre chose ; peut-être que tu as oublié. Il y a quatre nuits, un homme qui aurait pu continuer à fuir est revenu me chercher et s'est offert pour mourir à ma place. Je crois en cet homme-là. Plus qu'il n'y croit lui-même, me semble-t-il. Voilà ce que j'ai vraiment à offrir.

— J'accepte, dit-il en lui ouvrant les bras. Je ne

devrais pas, mais j'accepte. J'ai fichtrement besoin d'y croire moi aussi.

— Tu peux m'interrompre maintenant, murmura-t-elle en abaissant le drap, son corps venant à la rencontre du sien. Fais-moi l'amour. J'ai des besoins moi aussi. »

Trois jours et trois nuits passèrent encore, emplis par la chaleur de leur réconfort, l'excitation de la découverte. Ils vivaient avec l'intensité de deux êtres qui savaient que le changement viendrait. Et que quand il viendrait, ce serait très soudain.

La fumée de cigarette montait en spirale au-dessus de la table pour rejoindre la vapeur de café âpre et brûlant. Le concierge était reparti quelques minutes plus tôt, après avoir apporté le petit déjeuner et les quotidiens de Zurich, français et anglais. Jason et Marie étaient assis l'un en face de l'autre ; tous deux avaient parcouru les journaux.

« Rien dans les tiens ? demanda Bourne.

— Ce vieil homme, le veilleur de nuit sur le quai Guisan, a été enterré avant-hier. La police n'a toujours rien de concret. "L'enquête se poursuit", dit-on.

— C'est un peu plus détaillé ici, dit Jason en tournant tant bien que mal les pages de son journal avec sa main gauche encore bandée.

— Comment ça va ? demanda Marie en regardant la main.

— Mieux. Je peux remuer mes doigts maintenant.

— Je sais.

— Tu as l'esprit mal tourné. (Il replia le journal.) Tiens, c'est ici. Ils répètent ce qu'ils disaient l'autre jour. On examine au laboratoire les douilles et les traces de sang. (Bourne releva la tête.) Mais ils ont ajouté quelque chose. On parle de bout de tissu ; on ne le mentionnait pas avant.

— C'est un problème ?

— Pas pour moi. Mes vêtements viennent d'un magasin de confection de Marseille. Et ta robe ? Il y

186

avait quelque chose de spécial dans le modèle ou dans le tissu ?

— Tu me gênes. Pas du tout, toutes mes toilettes viennent d'une petite couturière d'Ottawa.

— Alors, impossible d'en retrouver la trace ?

— Je ne vois pas comment. La soie venait d'une pièce de tissu que quelqu'un de notre service a rapportée de Hong Kong.

— Tu n'as rien acheté aux boutiques de l'hôtel ? Quelque chose que tu aurais pu avoir sur toi. Un mouchoir, une broche, rien de ce genre ?

— Non. Je ne suis pas une passionnée du shopping.

— Bon. Et on n'a posé aucune question à ton amie quand elle est partie ?

— Pas à la réception, je te l'ai dit. Seulement les deux hommes que tu as vus dans l'ascenseur.

— Des délégations française et belge.

— Oui. Tout allait bien.

— Reprenons.

— Il n'y a rien à reprendre. Paul — celui de Bruxelles — n'a rien vu. Il est tombé de son fauteuil par terre et il est resté là. L'autre — il a essayé de nous arrêter, tu te souviens ? — a d'abord cru que c'était moi qui étais sur l'estrade, dans la lumière, mais avant d'avoir pu alerter la police, il a été bousculé dans la foule et conduit à l'infirmerie...

— Et le temps qu'il ait pu dire quelque chose, l'interrompt Jason, se rappelant ce qu'elle lui avait raconté, il n'était plus sûr.

— Exactement. Mais j'ai dans l'idée qu'il connaissait la vraie raison pour laquelle j'assistais à la conférence ; mon exposé ne l'a pas trompé. Mais dans ce cas, ça renforcerait sa décision de ne pas se mêler de mes histoires. »

Bourne prit sa tasse de café. « Revoyons ce point-là, dit-il. Tu cherchais des... alliances ?

— Oh ! en fait, juste des indications. Personne ne va venir dire que tel intérêt financier de son pays a un accord avec tel intérêt financier de tel pays pour pouvoir acheter des matières premières sur le marché canadien ou sur tout autre marché. Mais tu vois qui sont les gens qui se retrouvent pour prendre un verre, qui dînent ensemble. Parfois, c'est aussi bête qu'un délégué de, mettons, Rome — dont tu sais qu'il est payé par Agnelli — qui vient te demander si Ottawa prend vraiment au sérieux les lois sur la déclaration.

— Je ne suis pas sûr de comprendre.

— Tu devrais. Ton propre pays est très sensible là-dessus. Qui possède quoi ? Combien de banques américaines sont contrôlées par l'argent de l'O.P.E.P. ? Quelle part de l'industrie est aux mains de groupes européens et japonais ? Combien de centaines de milliers d'hectares ont été acquis par des capitaux fuyant l'Angleterre, l'Italie et la France ? Nous nous préoccupons tous de cela.

— Ah ! oui ? »

Marie éclata de rire. « Bien sûr. Rien ne rend un homme plus nationaliste que de penser que son pays est aux mains d'étrangers. Il peut à la longue s'habituer à l'idée de perdre une guerre — ça veut simplement dire que l'ennemi était plus fort — mais perdre son économie signifie que l'ennemi était plus malin. La période d'occupation dure plus longtemps, et les blessures sont plus longues à cicatriser.

— Tu as beaucoup pensé à tout ça, hein ? »

Un bref instant, toute lueur d'humour disparut du regard de Marie ; elle lui répondit gravement : « Mais oui. Je trouve que c'est important.

— Tu as appris quelque chose à Zurich ?

— Rien d'extraordinaire, dit-elle. L'argent s'en va dans toutes les directions ; des groupes essaient de trouver des investissements pendant que la machine bureaucratique regarde ailleurs.

— Ce câble de Peter disait que tes rapports journaliers étaient remarquables. Que voulait-il dire par là ?

— J'ai découvert un certain nombre d'associés bizarres qui, à mon avis, utilisent des hommes de paille canadiens pour acheter des affaires canadiennes. Je ne cherche pas à te cacher quelque chose ; c'est simplement que les noms ne te diraient rien.

— Je ne te pose pas de questions, répliqua Jason, mais je crois que tu m'as classé, moi, dans cette catégorie. Pas par rapport au Canada, mais en général.

— Je n'élimine pas cette possibilité, en effet ; la structure est là. Tu pourrais faire partie d'un groupement financier en quête de toutes sortes d'acquisitions illégales. C'est une chose que je peux signaler discrètement, mais par téléphone. Rien d'écrit, même dans un câble.

— A moi maintenant de te poser des questions. Que veux-tu dire par là ?

— S'il y a une Treadstone soixante et onze quelque part derrière la porte d'une multinationale, il y a des moyens de savoir de quelle société il s'agit et de quelle sorte. Il faudra que j'appelle Peter d'une cabine téléphonique à Paris. Je lui dirai que je suis tombée à Zurich sur le nom Treadstone soixante et onze et que ça me tracasse. Je lui demanderai de faire une E.D. — une enquête discrète — et je lui dirai que je le rappellerai.

— Et s'il la trouve ?

— Si elle existe, il la trouvera.

— Ensuite je prends contact avec quiconque figurera parmi les directeurs et je refais surface.

— Très prudemment, ajouta Marie. Par des intermédiaires. Moi, si tu veux.

— Pourquoi ?

— A cause de ce qu'ils ont fait. Plutôt de ce qu'ils n'ont pas fait.

— A savoir ?

— Ils n'ont pas cherché à te joindre depuis plus de six mois.

— Tu ne le sais pas... Moi, je ne le sais pas.

— La banque le sait. Des millions de dollars laissés intacts, inexpliqués, et personne n'a pris la peine de chercher pourquoi. Voilà ce que je n'arrive pas à comprendre. C'est comme si on t'abandonnait. C'est là où l'erreur aurait pu être commise. »

Bourne se renversa dans son fauteuil, contemplant le pansement de sa main gauche, revoyant l'arme qui lui martelait les jointures tandis que la voiture fonçait dans la Steppdeckstrasse. Il leva les yeux pour regarder Marie. « Ce que tu veux dire, c'est que si on m'a abandonné, c'est parce que les directeurs de Treadstone prennent cette erreur pour la vérité.

— C'est possible. Ils pourraient croire que tu les as entraînés dans des transactions illégales — avec des éléments criminels — susceptibles de leur coûter des millions de dollars supplémentaires. Peut-être même de courir le risque de voir des sociétés entières expropriées par des gouvernements furieux. Ou bien que tu t'es allié à un syndicat international du crime, sans doute à ton insu. N'importe quoi. Cela expliquerait qu'ils n'aient pas contacté la banque. Ils ne voudraient pas être accusés de complicité.

— Alors, dans un sens, quoi qu'apprenne ton ami Peter, je me retrouve à la case de départ.

— Nous nous retrouvons, mais ça n'est pas la case de départ, c'est plutôt la quatrième ou la cinquième sur un jeu de dix.

— Même si c'était la neuvième, rien n'a vraiment changé. Des hommes veulent me tuer et je ne sais pas pourquoi. D'autres pourraient les en empêcher, mais ils ne le veulent pas. Cet homme, au Drei Alpenhäuser, a dit qu'Interpol me recherchait, et si je tombe entre leurs mains je n'ai aucune réponse à leur donner. Je suis coupable de ce dont on m'accuse parce que je ne sais pas de quoi je suis coupable. Ça n'est guère une défense de ne pas avoir de mémoire, et il est d'ailleurs possible que je n'aie pas de défense du tout.

— Je refuse de le croire, et tu dois le refuser aussi.

— Merci.

— C'est vrai, Jason. Cesse. »

Cesse. Combien de fois est-ce que je me dis ça ? Tu es mon amour, la seule femme que j'aie jamais connue, et tu crois en moi. Pourquoi est-ce que moi, je ne peux pas croire en moi-même ?

Bourne se leva, comme toujours éprouvant ses jambes. La mobilité lui revenait, ses blessures étaient moins graves que son imagination ne le lui avait laissé croire. Il avait pris rendez-vous ce soir-là avec le docteur de Wohlen pour se faire retirer ses points de suture. Demain le changement viendrait.

« Paris, dit Jason. La réponse est à Paris. Je le sais aussi sûrement que j'ai vu le dessin de ces triangles à Zurich. Ce qu'il y a, c'est que je ne sais pas par où commencer. C'est dingue. Je suis un homme qui n'attend qu'une image, un mot ou une phrase — une pochette d'allumettes — qui me dise quelque chose. M'envoie ailleurs.

— Pourquoi ne pas attendre que j'aie des nouvelles de Peter ? Je peux l'appeler demain ; nous pouvons être à Paris demain.

— Parce que ça ne changerait rien, tu ne vois pas ? Peu importe ce qu'il aura trouvé, la seule chose que j'ai besoin de savoir ne va pas être là-bas. Pour la même raison qui fait que Treadstone n'a jamais pris contact avec la banque. A cause de *moi*. Il faut que je sache pourquoi des hommes veulent me tuer, pourquoi un nommé Carlos paiera... comment était-ce ?... une fortune pour mon cadavre. »

Il n'alla pas plus loin, interrompu par un brusque fracas. Marie avait laissé tomber sa tasse et le dévisageait, toute pâle, comme si elle était exsangue. « Qu'est-ce que tu viens de dire ? demanda-t-elle.

— Comment ? J'ai dit qu'il faut que je sache...

— Le nom. Tu viens de prononcer le nom de Carlos.

— C'est exact.

— Durant toutes les heures où nous avons parlé, tous les jours où nous avons été ensemble, tu n'as jamais prononcé ce nom. »

Bourne la regarda, essayant de se rappeler. C'était vrai ; il lui avait raconté tout ce qui lui était arrivé, et pourtant, Dieu sait pourquoi, il avait omis de mentionner le nom de Carlos... presque à dessein, comme s'il y avait là un blocage.

« Tu as peut-être raison, dit-il. Mais, dis-moi, qui est Carlos ?

— Tu cherches à faire de l'esprit ? Si c'est cela, la plaisanterie n'est pas très bonne.

— Je n'essaie pas de faire de l'esprit. Je ne crois pas qu'il y ait rien de drôle là-dedans. Qui est Carlos ?

— Mon Dieu... tu ne sais donc pas ! s'exclama-t-elle en le regardant dans les yeux. Ça fait partie de ce qu'on t'a retiré.

— Qui est Carlos ?

— Un assassin. Un terroriste. On l'appelle l'assassin de l'Europe. Un homme traqué depuis des années, et dont on croit qu'il a tué cinquante à soixante personnalités politiques et militaires. Personne ne sait à quoi il ressemble... mais on dit qu'il opère à partir de Paris. »

Bourne sentit une vague glacée déferler sur lui.

Le taxi qui les conduisit à Wohlen était une Ford anglaise appartenant au gendre du concierge. Jason et Marie étaient assis à l'arrière, et le paysage défilait derrière les vitres. On lui avait retiré les points de suture, il n'avait plus que les pansements souples maintenus par de larges bandes de ruban adhésif.

« Rentre au Canada, murmura Jason en rompant le silence qui s'était établi entre eux.

— Je rentrerai, je te l'ai dit. Il me reste encore quelques jours. J'ai envie de voir Paris.

— Je ne veux pas de toi à Paris. Je te téléphonerai à Ottawa. Tu peux faire toi-même l'enquête sur Treadstone et me donner les renseignements par téléphone.

— Je croyais que tu disais que ça ne changerait rien. Que tu avais besoin de connaître le *pourquoi* ; le *qui* ne voudrait rien dire tant que tu n'aurais pas compris.

— Je trouverai bien un moyen. Il me faut juste un homme ; je le trouverai.

— Mais tu ne sais pas par où commencer. Tu es un

homme qui attend une image, une phrase ou une pochette d'allumettes. Tu ne les trouveras peut-être pas là-bas.

— Il y aura bien quelque chose.

— Il y a quelque chose, mais tu ne le vois pas. Moi, si. C'est pourquoi tu as besoin de moi. Je connais les mots, les méthodes. Pas toi. »

Bourne la regarda dans les ombres qui défilaient. « Je crois que tu ferais mieux d'être plus claire.

— Les banques, Jason. Treadstone a des rapports avec les banques. Mais pas comme tu pourrais croire. »

Le vieil homme voûté avec son manteau élimé et son béret noir à la main descendit la travée gauche de la petite église de campagne d'Arpajon, à une quinzaine de kilomètres au sud de Paris. Les cloches de l'Angélus retentissaient dans leur cage de bois et de pierre ; l'homme s'installa au cinquième rang et attendit le moment où les cloches se turent. C'était son signal ; il l'acceptait, sachant que pendant que les cloches carillonnaient, un autre homme, plus jeune — aussi impitoyable qu'on pouvait l'être —, avait fait le tour de la petite église en examinant tous ceux qui se trouvaient à l'intérieur et à l'extérieur. Si cet homme avait vu quelque chose qu'il ne s'attendait pas à voir, quelqu'un qu'il considérait comme une menace pour lui, aucune question ne serait posée ; ce serait l'exécution pure et simple. C'était la méthode de Carlos, et seuls ceux qui comprenaient que leur vie pouvait s'arrêter net parce qu'eux-mêmes avaient été suivis acceptaient de l'argent pour servir de messagers à l'assassin. Ils étaient tous comme celui-là, des hommes du passé, dont la vie arrivait à son terme, les mois qui leur restaient limités par l'âge, la maladie ou les deux. Carlos n'autorisait pas le moindre risque, la seule consolation étant que si l'on mourait à son service — ou de sa main —, de l'argent parviendrait à de vieilles femmes, ou aux enfants de vieilles femmes, ou aux enfants de ces derniers. Il fallait bien le dire :

on trouvait une certaine dignité à travailler pour Carlos. Et la générosité n'était pas absente. C'était ce que sa petite armée de vieux infirmes comprenait : il donnait un but à la fin de leur existence.

Le messager serra son béret entre ses mains, descendit la nef jusqu'aux rangées de confessionnaux alignés contre le mur de gauche. Il alla jusqu'à la cinquième niche, écarta le rideau et s'installa, accommodant ses yeux à la lumière d'un unique cierge qui brillait de l'autre côté du drap translucide séparant le prêtre du pécheur. Il s'assit sur le petit banc de bois et regarda la silhouette dans le saint enclos. C'était comme toujours la silhouette encapuchonnée d'un homme en habit de moine. Le messager n'essaya pas d'imaginer à quoi ressemblait cet homme ; ce n'était pas à lui de faire ce genre d'hypothèse.

« *Angelus Domini*, dit-il.

— *Angelus Domini*, enfant de Dieu, murmura la silhouette du moine. Vos jours sont-ils confortables ?

— Ils tirent à leur fin, répondit le vieillard comme il convenait, mais on me les rend confortables.

— Bien. A votre âge, il est important d'avoir un sentiment de sécurité, dit Carlos. Mais revenons à nos affaires. Avez-vous eu les renseignements de Zurich ?

— Le hibou est mort ; ainsi que deux autres et peut-être un troisième. Une autre main a été grièvement blessée ; elle ne peut travailler. Caïn a disparu. On croit que la femme est avec lui.

— Les événements ont pris une tournure bizarre, dit Carlos.

— Ça n'est pas tout. On n'a plus entendu parler de celui qui avait reçu l'ordre de la tuer. Il devait l'emmener quai Guisan ; personne ne sait ce qui s'est passé.

— Sauf qu'un veilleur de nuit a été tué à la place de la femme. Il est possible qu'elle n'ait jamais été otage mais qu'en fait elle ait servi d'appât pour un piège. Un piège qui s'est refermé sur Caïn. Il faut que j'y réfléchisse. En attendant, voici mes instructions. Vous êtes prêt ? »

Le vieil homme fouilla dans sa poche et y prit un bout de crayon et un morceau de papier. « Très bien.

— Téléphonez à Zurich. Je veux demain à Paris un homme qui a vu Caïn, qui puisse le reconnaître. Zurich doit également contacter Koenig à la Gemeinschaft pour lui dire d'envoyer sa cassette à New York. Qu'il utilise la boîte postale du bureau de poste du village.

— Je vous en prie, l'interrompit le vieux messager. Ces vieilles mains n'écrivent pas comme elles le faisaient jadis.

— Pardonnez-moi, murmura Carlos. Je suis préoccupé et j'oublie. Je suis navré.

— Mais non, mais non. Continuez.

— Enfin, je veux que notre équipe prenne des chambres dans le même bloc que la banque rue de la Madeleine. Cette fois, la banque causera la perte de Caïn. Le prétendant sera pris à la source de son orgueil déplacé. Une véritable occasion, si méprisable qu'il soit... A moins qu'il ne soit autre chose. »

11

Bourne regarda de loin Marie passer la douane et le contrôle d'immigration à l'aéroport de Berne, guettant les signes d'intérêt ou de reconnaissance de quelqu'un dans la foule qui se pressait dans la salle de départ d'Air France. Il était quatre heures de l'après-midi, l'heure de pointe pour les vols à destination de Paris, l'heure où les hommes d'affaires privilégiés se hâtaient de regagner la Ville Lumière après s'être acquittés de leurs tâches assommantes dans les banques de Berne. Marie jeta un coup d'œil par-dessus son épaule tout en franchissant la porte ; il fit un petit signe de tête, attendit qu'elle eût disparu, puis tourna les talons et se dirigea vers la salle d'embarquement de la Swissair. George B. Washburn avait une réservation sur le vol de quatre heures trente pour Orly.

Ils devaient se rencontrer plus tard au café dont Marie se souvenait du temps où elle étudiait à Oxford. Il s'appelait *Au Coin de Cluny,* sur le boulevard Saint-Michel, à quelques blocs de la Sorbonne. Si par hasard il n'existait plus, Jason la retrouverait vers neuf heures sur les marches du musée de Cluny.

Bourne allait être en retard, pas de beaucoup, mais un peu. La Sorbonne avait une des plus vastes bibliothèques d'Europe et quelque part dans cette bibliothèque se trouvaient des collections de journaux. Les bibliothèques d'université n'étaient pas soumises aux horaires des employés du gouvernement : les étudiants les fréquentaient même le soir. C'était ce qu'il comptait faire sitôt arrivé à Paris. Il y avait là quelque chose qu'il devait découvrir.

Tous les jours je lis les journaux. En trois langues. Il y a six mois un homme a été tué, sa mort a été annoncée à la première page de chacun de ces journaux. Voilà ce qu'avait dit un gros homme à Zurich.

Il laissa sa valise au vestiaire de la bibliothèque et monta au second étage, prenant à gauche vers le passage voûté qui conduisait à la grande salle de lecture. Là, on trouvait tous les journaux classés par ordre chronologique jusqu'au numéro datant précisément d'il y a un an.

Il passa le long des châssis auxquels étaient accrochés les quotidiens, comptant six mois, et à partir de cette date, il prit les journaux des dix premières semaines. Il les porta jusqu'à la table libre la plus proche et sans même s'asseoir, se mit à feuilleter les collections en ne regardant que la première page de chaque numéro.

De grands hommes étaient morts dans leur lit, tandis que d'autres avaient fait des déclarations ; le dollar avait chuté, l'or avait monté ; des grèves avaient paralysé des pays et des gouvernements avaient vacillé entre l'action et l'inertie. Mais personne n'avait été tué qui méritât un gros titre ; il ne trouvait trace d'aucun incident de ce genre, d'aucun assassinat.

Jason revint aux collections et remonta un peu plus loin. Deux semaines ; douze semaines, vingt semaines. Cela faisait près de huit mois. Rien.

Puis il songea soudain qu'il était remonté dans le temps au lieu de partir de cette date voilà six mois. Il pouvait commettre une erreur dans l'une comme dans l'autre direction : quelques jours ou une semaine, voire deux. Il remit en place les numéros qu'il avait consultés et prit les journaux datant de quatre et cinq mois.

Des avions s'étaient écrasés et des révolutions avaient éclaté dans un bain de sang ; de saints hommes n'avaient parlé que pour être réfutés par d'autres saints hommes ; la pauvreté et la maladie avaient frappé là où tout le monde savait qu'elles pouvaient frapper, mais aucun personnage important n'avait été tué.

Il attaqua le dernier chevalet, en se demandant si le gros homme en sueur de Zurich n'avait pas menti ? Tout cela n'était-il qu'un mensonge ? Une collection de mensonges ? Ne vivait-il pas un cauchemar qui pouvait se dissiper...

L'AMBASSADEUR LELAND ASSASSINÉ A MARSEILLE

Les gros caractères du titre explosaient sur la page, lui faisant mal aux yeux. Ce n'était pas une douleur imaginaire ni inventée, mais une sorte d'élancement qui lui pénétrait les orbites et lui brûlait la tête. Il retint son souffle tandis que son regard se fixait sur le nom de LELAND. Il connaissait ce nom ; il pouvait se représenter le visage, le voir. De gros sourcils sous un front large, un nez fort installé entre deux pommettes saillantes et dominant des lèvres étrangement minces soulignées par une moustache grise parfaitement taillée. Il connaissait le visage, il connaissait l'homme. Et l'homme avait été tué d'une seule balle tirée par un fusil à lunette depuis une fenêtre d'un immeuble du quai. A cinq heures de l'après-midi, sur un quai de Marseille, l'ambassadeur Howard Leland avait eu la tête fracassée. Bourne n'avait pas besoin de lire le second paragraphe pour savoir que Howard Leland avait été l'amiral H. R. Leland, de la marine américaine, jusqu'au jour où il avait été nommé directeur des Renseignements de la Marine, juste avant d'être envoyé comme ambassadeur à Paris. Pas besoin non plus de lire le corps même de l'article où l'on formulait des hypothèses sur les mobiles de l'assassinat : il les connaissait. La principale fonction de Leland à Paris était de dissuader le gouvernement français d'autoriser les ventes d'armes massives — en particulier de flottes entières de Mirage — à des pays d'Afrique et du Moyen-Orient. Il y avait réussi dans des proportions stupéfiantes, s'attirant la colère des parties intéressées aux quatre coins de la Méditerranée. On supposait que c'était pour son intervention qu'il avait été tué ; un châtiment qui servait d'avertissement aux autres. Les acheteurs et les vendeurs de mort n'entendaient pas être gênés. Et le vendeur de mort qui l'avait tué avait dû être fort bien payé, loin des lieux du crime, toute trace bien enfouie.

Zurich. Un messager s'adressant à un homme sans jambes ; un autre allant trouver un obèse dans un restaurant encombré à côté de la Falkenstrasse.

Zurich. Marseille.

Jason ferma les yeux, la douleur était maintenant intolérable. Voilà cinq mois on l'avait repêché en mer, venant de son port d'origine qu'on supposait être Marseille. Et si c'était Marseille, c'était par la mer qu'il avait fui, à bord d'un bateau loué pour lui faire traverser la Méditerranée. Tout concordait trop bien ; chaque pièce du puzzle s'emboîtait dans celle d'à côté. Comment pouvait-il connaître les choses qu'il savait s'il n'était pas ce vendeur de mort posté derrière une fenêtre sur un quai de Marseille ?

Il ouvrit les yeux, la souffrance gênant ses pensées, mais pas toutes, et une décision s'imposait plus clairement que tout dans sa mémoire limitée. Il n'y aurait pas de rendez-vous à Paris avec Marie Saint-Jacques.

Peut-être, un jour lui écrirait-il une lettre pour lui dire tout ce qu'il ne pouvait pas dire maintenant. S'il était en vie et qu'il pouvait écrire une lettre ; il en était incapable maintenant. Il ne pouvait y avoir par écrit de mots de remerciements ou d'amour, pas d'explications du tout ; elle l'attendrait et il ne viendrait pas. Il devait mettre de la distance entre eux ; elle ne pouvait pas être compromise avec un marchand de mort. Elle s'était trompée et ses pires craintes à lui s'étaient révélées exactes.

Oh ! mon Dieu ! Il pouvait voir le visage de Howard Leland, et il y avait une photographie sur la page devant lui ! La première page du journal avec le titre terrible qui déclenchait, qui confirmait tant de choses. La date. *Jeudi 26 août. Marseille.* C'était un jour dont il se souviendrait aussi longtemps qu'il en serait capable jusqu'à la fin de sa vie tortueuse.

Jeudi 26 août...

Quelque chose clochait. Quoi donc ? Mais quoi donc ? Jeudi ?... jeudi ne signifiait rien pour lui. Le 26 août ?... le 26 ? Ce ne pouvait pas être le 26 ! Le 26 ne collait pas ! Il l'avait entendu maintes et maintes fois répété. Le journal de Washburn... Le journal où il notait les progrès de son patient. Combien de fois Washburn était-il revenu sur chaque fait, chaque phrase, chaque jour et chaque progrès ? Trop de fois pour compter. Trop de fois pour ne pas se rappeler ! *On vous a amené chez moi le matin du mardi 24 août, à 8 h 20 précises. Votre état était...*

Mardi 24 août.

24 août.

Il n'était pas à Marseille le 26 ! Il n'avait pas pu tirer un coup de feu d'une fenêtre d'un immeuble du quai. Ce n'était pas lui qui avait donné la mort à Marseille ; pas lui qui avait tué Howard Leland !

Il y a six mois un homme a été tué... mais ça ne

faisait pas six mois ; ça faisait *près* de six mois, mais *pas* six mois. Et il n'avait pas tué cet homme ; au moment du meurtre il était à demi mort dans la maison d'un alcoolique sur l'île de Port-Noir.

Les brumes se dissipaient, la douleur reculait. Un sentiment d'exultation l'emplissait ; il avait découvert un mensonge concret ! S'il y en avait un, il pouvait y en avoir d'autres !

Bourne regarda sa montre ; il était neuf heures et quart. Marie avait quitté le café ; elle l'attendait sur les marches du musée de Cluny. Il rangea les collections de journaux, puis se dirigea vers la grande porte cathédrale de la salle de lecture, marchant à grands pas. Il descendit le boulevard Saint-Michel, hâtant l'allure à chaque enjambée. Il avait la nette impression de savoir ce que c'était que de s'être vu accorder un sursis juste avant la pendaison et il voulait partager avec quelqu'un cette expérience rare. Un moment il quitta cette zone de ténèbres violentes, par-delà les eaux qui déferlaient ; il avait trouvé un moment de soleil : comme les moments et comme le soleil qui avaient empli la chambre d'une auberge de village — et il lui fallait aller retrouver celle qui lui avait fait ce cadeau. La retrouver, la serrer dans ses bras et lui dire qu'il y avait de l'espoir. Il l'aperçut sur les marches, les bras croisés contre le vent glacé qui balayait le boulevard. Tout d'abord, elle ne le vit pas, son regard scrutait l'avenue bordée d'arbres. Elle était nerveuse, anxieuse, c'était une femme impatiente qui craignait de ne pas voir ce qu'elle avait envie de voir.

Puis elle le vit. Son visage s'illumina, un sourire apparut, plein de vie. Elle se précipita à sa rencontre tandis qu'il montait les marches en courant vers elle. Ils se retrouvèrent et pendant un moment aucun d'eux ne dit rien, isolés qu'ils étaient dans la chaleur de ces retrouvailles boulevard Saint-Michel.

« J'ai attendu et attendu, dit-elle enfin, tout essoufflée. J'avais si peur, j'étais si inquiète. Il est arrivé quelque chose ? Tu vas bien ?

— Je vais très bien. Mieux que depuis longtemps.

— Comment ça ? »

Il la prit par les épaules. « "Il y a six mois un homme a été tué..." tu te souviens ? »

La joie quitta son regard. « Oui, je me souviens.

— Ce n'est pas moi qui l'ai tué, dit Bourne, je n'aurais pas pu. »

Ils trouvèrent un petit hôtel à côté du boulevard Montparnasse. L'entrée et les chambres avaient un air vieillot mais il y avait une prétention à une élégance oubliée qui donnait à l'établissement un aspect hors du temps. C'était un endroit tranquille où se reposer, planté au milieu d'un carnaval, qui se cramponnait à son identité en acceptant l'époque sans la rejoindre.

Jason referma la porte après un petit salut de la tête au garçon d'étage à cheveux blancs dont l'indifférence avait viré à l'indulgence après avoir enfoui dans sa poche un billet de cinquante francs.

« Il te prend pour le doyen d'une faculté de province tout excité par la perspective d'une nuit de débauche, dit Marie. J'espère que tu as remarqué que je suis allée droit vers le lit.

— Il s'appelle Hervé et il va être aux petits soins pour nous. Il n'a aucune intention de partager cette manne. (Il s'avança vers elle et la prit dans ses bras.) Merci de m'avoir sauvé la vie, dit-il.

— A votre service, mon ami. (Elle lui prit le visage entre ses mains.) Mais il ne faut pas me faire attendre comme ça. J'ai failli devenir folle ; je m'imaginais que quelqu'un t'avait reconnu... que quelque chose de terrible était arrivé.

— Tu oublies que personne ne sait de quoi j'ai l'air.

— Ne compte pas là-dessus ; ça n'est pas vrai. Il y avait quatre hommes dans la Steppdeckstrasse, y compris ce salaud du quai Guisan. Ils sont en vie, Jason. Ils t'ont vu.

— Pas vraiment. Ils ont vu un homme brun avec des pansements autour de la tête et du cou et qui marchait en boitant. Deux seulement m'ont approché : l'homme du second étage et le salaud du quai Guisan. Le premier n'est pas près de quitter Zurich ; il ne peut pas marcher et il ne lui reste pas grand-chose d'une main. Le second avait dans les yeux le faisceau d'une torche électrique ; ce n'était pas mon cas. »

Elle le lâcha, l'air soucieux, tourmentée par de nouvelles questions qui lui venaient à l'esprit. « Tu ne peux pas être sûr. Ils étaient là ; ils t'ont quand même vu. »

Changez de couleur de cheveux... changez de visage. Geoffrey Washburn, île de Port-Noir.

« Je te répète, ils ont vu un homme brun dans l'ombre. Tu sais te servir d'eau oxygénée ?

— Je n'en ai jamais utilisé.

— Alors je trouverai une pharmacie demain matin. Qu'est-ce que tu dirais de moi en blond ? »

Elle le dévisagea. « J'essaie d'imaginer l'air que ça te donnera.

— Différent. Pas beaucoup, mais suffisamment.

— Tu as peut-être raison. Mon Dieu, je l'espère. (Elle l'embrassa sur la joue.) Maintenant, raconte-moi ce qui s'est passé. Où es-tu allé ? Qu'est-ce que tu as découvert sur cet... incident d'il y a six mois ?

— Ça n'était pas il y a six mois, et justement à cause de cela je n'aurais pas pu le tuer. » Il lui raconta tout, sauf les quelques brefs instants où il avait cru ne jamais la revoir. Ça n'était pas nécessaire ; elle le dit à sa place :

« Si cette date n'avait pas été aussi claire dans ton esprit, tu ne serais pas venu me retrouver, n'est-ce pas ? »

Il secoua la tête. « Sans doute que non.

— Je le savais. Je le sentais. Pendant une minute, alors que j'allais du café jusqu'aux marches du musée, c'est à peine si je pouvais respirer. J'avais l'impression de suffoquer. Tu te rends compte ?

— Je n'y tiens pas.

— Moi non plus, mais ça m'est quand même arrivé. »

202

Ils étaient assis, elle sur le lit, lui dans l'unique fauteuil tout près. Il lui prit la main. « Je ne suis pas encore sûr d'avoir raison d'être ici... Je connaissais cet homme, j'ai vu ce visage, j'étais à Marseille quarante-huit heures avant son assassinat !

— Mais ce n'est pas toi qui l'as tué.

— Alors pourquoi étais-je là ? Pourquoi les gens croient-ils que c'est moi ? Seigneur, c'est dément ! (Il jaillit de son fauteuil, la douleur maintenant revenue dans ses yeux.) C'est vrai que j'oubliais : je ne suis pas normal, n'est-ce pas ? Parce que j'ai oublié... des années, toute une vie.»

Marie répondit d'un ton détaché, sans aucune compassion dans sa voix. « Les réponses vont te venir. D'une source ou d'une autre, et en fin de compte de toi-même.

— Ça n'est peut-être pas possible. Washburn a dit que c'était comme des cubes disposés autrement, comme des tunnels différents... des fenêtres différentes. (Jason s'approcha de la fenêtre, s'adossant à l'embrasure et regardant en bas les lumières de Montparnasse.) Je ne vois plus les mêmes choses ; ça ne sera jamais pareil. Quelque part, dehors, il y a des gens que je connais, qui me connaissent. A trois mille kilomètres d'ici il y a d'autres gens qui m'intéressent et que je n'intéresse pas... ou bien, oh ! mon Dieu, peut-être une femme et des enfants... Je ne sais pas. Je n'arrête pas de tourbillonner dans le vent sans arriver à mettre les pieds par terre. Chaque fois que j'essaie, je suis emporté de nouveau.

— Dans le ciel ? demanda Marie.

— Oui.

— Tu as sauté d'un avion », dit-elle sur le ton de l'affirmation.

Bourne se retourna. « Je ne t'ai jamais dit ça.

— L'autre nuit, tu en parlais dans ton sommeil. Tu étais en sueur ; tu avais le visage rouge et congestionné et j'ai dû t'éponger avec une serviette.

— Pourquoi n'as-tu rien dit ?

— Mais si, je t'ai demandé si tu étais pilote, ou si tu n'aimais pas l'avion. Surtout la nuit.

— Je ne savais pas de quoi tu parlais. Pourquoi n'as-tu pas insisté ?

— Je n'ai pas osé. Tu étais au bord de la crise de nerfs, et je n'ai pas l'habitude de ce genre de situation. Je peux t'aider à essayer de te souvenir, mais je ne peux pas dialoguer avec ton inconscient. Je crois que seul un docteur pourrait le faire.

— Un docteur ? Mais, bon sang, j'ai passé près de six mois avec un médecin.

— D'après ce que tu m'as dit de lui, je crois qu'un autre avis est nécessaire.

— Pas moi ! répliqua-t-il, déconcerté par la colère qu'il sentait soudain en lui.

— Pourquoi donc ? fit Marie en se levant. Tu as besoin qu'on t'aide, mon chéri ! Un psychiatre pourrait...

— Non ! (Sans le vouloir il avait crié, et il était furieux contre lui.) Je ne veux pas. Je ne peux pas.

— Je t'en prie, dis-moi pourquoi ? demanda-t-elle calmement, plantée devant lui.

— Je... je... ne peux pas.

— Dis-moi simplement pourquoi, voilà tout. »

Bourne la dévisagea, puis tourna les talons et revint regarder par la fenêtre, les mains posées sur l'appui. « Parce que j'ai peur. Quelqu'un a menti, et j'ai été éperdu de reconnaissance d'avoir découvert cela, plus que je ne peux te le dire. Mais imagine qu'il n'y ait plus d'autre mensonge, imagine que le reste soit vrai. Qu'est-ce que je fais alors ?

— Veux-tu dire que tu n'as pas envie de savoir ?

— Pas comme ça. (Il se leva et s'adossa à l'embrasure, les yeux toujours fixés sur les lumières, en bas.) Essaie de me comprendre, dit-il. Il faut que je sache certaines choses... assez pour prendre une décision... mais peut-être pas tout. Une partie de moi doit pouvoir s'en aller, disparaître. Il faut que je puisse me dire : ce qui a été n'est plus, et il est même possible que cela n'ait jamais été parce que je n'en ai aucun souvenir. Ce que quelqu'un n'arrive pas à se rappeler n'a pas existé... pour lui. (Il revint vers elle.) Ce que j'essaie de te dire, c'est que c'est peut-être mieux ainsi.

— Tu veux des indices mais pas de preuves, c'est ça que tu veux dire ?

— Je veux des flèches indiquant une direction ou l'autre, me disant si je dois courir ou ne pas courir.

— *Te* disant. Et *nous* ?

— Ça viendra avec les flèches, n'est-ce pas ? Tu le sais.

— Alors trouvons-les, répondit-t-elle.

— Fais attention. Peut-être que tu ne pourras pas vivre avec ce qu'on va découvrir. Je parle sérieusement.

— Je peux vivre avec toi. Et je parle sérieusement. (Elle lui prit de nouveau le visage à deux mains.) Allons. Il est à peine cinq heures dans l'Ontario et je peux encore joindre Peter au bureau. Il peut commencer son enquête sur la Treadstone... et nous donner le nom de quelqu'un ici, à l'ambassade, qui puisse nous aider si nous avons besoin de lui.

— Tu vas dire à Peter que tu es à Paris ?

— Il le saura de toute façon par la standardiste, mais il ne saura pas que l'appel vient de cet hôtel. Et ne t'inquiète pas, je vais présenter tout ça de façon anodine. Je suis venue à Paris pour quelques jours parce que ma famille de Lyon est tout bonnement trop assommante. Il le croira.

— Tu penses qu'il connaît quelqu'un à l'ambassade ici ?

— Peter tient à connaître quelqu'un partout. C'est un de ses traits de caractère les plus utiles, sinon les plus séduisants.

— Tu as sans doute raison. (Bourne prit leurs manteaux.) Quand tu auras téléphoné, nous irons dîner. Je crois qu'un verre nous ferait du bien.

— Passons devant la banque de la rue de la Madeleine. Je veux voir quelque chose.

— Qu'est-ce que tu peux voir le soir ?

— Une cabine téléphonique. J'espère qu'il y en a une pas loin. »

Il y en avait une. De l'autre côté de la rue, juste en face de l'entrée.

Le grand blond aux lunettes à monture d'écaille consulta sa montre. Dans le beau soleil du boulevard de la Madeleine, les trottoirs étaient encombrés, la circulation sur la chaussée, démente, comme presque partout dans Paris. Il entra dans la cabine téléphonique et jeta de nouveau un coup d'œil à sa montre ; le compte à rebours avait commencé. Marie était dans la banque. Dans quelques minutes elle allait appeler le numéro correspondant à la cabine. Il prit quelques pièces dans sa poche, les posa sur le taxiphone et s'adossa à la paroi vitrée, tout en promenant son regard sur la banque de l'autre côté de la rue. Un nuage vint voiler le soleil et il aperçut son reflet dans la vitre. Il n'était pas mécontent de ce qu'il voyait, se rappelant la réaction surprise d'un coiffeur de Montparnasse qui l'avait séquestré dans une cabine fermée par un rideau pendant qu'il lui décolorait les cheveux. Le nuage passa, le soleil revint et le téléphone sonna.

« C'est toi ? demanda Marie Saint-Jacques.

— C'est moi, dit Bourne.

— Note bien le nom et l'adresse du bureau. Et écorche un peu ton français. Prononce mal quelques mots pour qu'il sache que tu es américain. Dis-lui que tu n'as pas l'habitude des téléphones à Paris. Et puis, fais tout comme prévu. Je te rappellerai dans cinq minutes exactement.

— Bonne chance.

— Merci. » Jason raccrocha, reprit le combiné et composa le numéro qu'il avait appris par cœur

« Banque de Valois, bonjour.

— J'ai besoin d'assistance, dit Bourne, dans le français approximatif que Marie lui avait conseillé d'utiliser. J'ai récemment transféré de Suisse des sommes importantes par courrier. J'aimerais savoir si j'ai été crédité.

— Cela concerne notre service des comptes étrangers, monsieur. Je vous le passe. »

Un déclic, puis une nouvelle voix de femme. « Comptes étrangers. »

Jason renouvela sa requête.

« Puis-je avoir votre nom, je vous prie.

— Je préférerais parler à un fondé de pouvoir avant de vous le donner. »

Il y eut un silence à l'autre bout du fil. « Très bien, monsieur. Je vais vous passer le bureau du vice-président d'Amacourt. »

La secrétaire de M. d'Amacourt était moins complaisante, le système de filtrage du fondé de pouvoir était déclenché, comme Marie l'avait prédit. Bourne, une fois de plus, utilisa donc les formules conseillées par Marie. « Je fais allusion à un transfert de Zurich, en provenance de la Gemeinschaft Bank sur la Bahnhofstrasse, et il s'agit d'une somme en millions de francs suisses. M. d'Amacourt s'il vous plaît. J'ai très peu de temps. »

Ce n'était pas à une secrétaire de provoquer d'autre retard. Très vite il eut en ligne un vice-président fort perplexe.

« Puis-je vous aider ?

— C'est vous, d'Amacourt ? demanda Jason.

— Je suis Antoine d'Amacourt, oui. Et puis-je me permettre de demander qui parle ?

— Bon ! On aurait dû me donner votre nom à Zurich. La prochaine fois sûrement je tâcherai d'être sûr, dit Bourne avec un accent américain à couper au couteau.

— Je vous demande pardon ? Préféreriez-vous parler anglais, monsieur ?

— Oh ! oui, répondit Jason, se lançant aussitôt. J'ai déjà assez d'ennuis avec ce foutu téléphone. (Il regarda sa montre : il avait moins de deux minutes.) Je m'appelle Bourne, Jason Bourne, et voilà huit jours j'ai transféré quatre millions et demi de francs suisses de la Gemeinschaft Bank à Zurich. On m'a assuré que la transaction serait confidentielle.

— Toutes les transactions sont confidentielles, monsieur.

— Bon. Parfait. Ce que je voudrais savoir c'est : mon compte est-il crédité ?

— Je dois vous expliquer, poursuivit le banquier, que le caractère confidentiel de ces opérations exclut toute confirmation les concernant donnée par téléphone à des inconnus. »

Marie ne s'était pas trompée, et la logique de son piège apparut plus clairement à Jason.

« Je l'espère bien, mais comme je l'ai dit à votre secrétaire je suis pressé. Je quitte Paris dans deux heures et je dois mettre de l'ordre dans mes affaires.

— Alors je vous conseille de passer à la banque.

— Je le sais, dit Bourne, ravi de voir la conversation prendre exactement le tour prévu par Marie. Je voulais simplement que tout soit prêt quand je viendrai. Où est votre bureau ?

— Au rez-de-chaussée, monsieur. Au fond, derrière les guichets, la porte centrale. Vous trouverez là une réceptionniste.

— Et je n'aurai affaire qu'à vous, n'est-ce pas ?

— Si vous le désirez, encore qu'un autre directeur...

— Ecoutez, monsieur, tempêta l'Américain, nous parlons de plus de quatre millions de francs suisses !

— Vous n'aurez affaire qu'à moi, monsieur Bourne.

— Bon. Parfait. (Jason mit le doigt sur le levier. Il lui restait quinze secondes.) Ecoutez, il est maintenant 2 h 35... (Il abaissa à deux reprises le levier, interrompant la communication mais sans la couper.) Allô ? Allô ?

— Je suis toujours là, monsieur.

— Ah ! ces téléphones. Ecoutez, je vais... (Il actionna de nouveau le crochet.) Allô ? Allô ?

— Monsieur, je vous en prie... si vous voulez bien me donner votre numéro de téléphone.

— Mademoiselle ? Mademoiselle !

— Monsieur Bourne, s'il vous plaît...

— Je ne vous entends plus ! (Quatre secondes, trois secondes, deux secondes.) Attendez une minute. Je vais vous rappeler. (I raccrocha, coupant la communication. Trois secondes s'écoulèrent et le téléphone sonna ; il décrocha.) Il s'appelle d'Amacourt, bureau au rez-de-chaussée, au fond, la porte du milieu.

— Compris », dit Marie en raccrochant.

Bourne rappela la banque. « Je parlais avec M. d'Amacourt quand on m'a coupé... fit-il en français.

— Je suis désolée, monsieur.

— Monsieur Bourne ?

— D'Amacourt ?

— Oui... Je suis absolument navré que vous ayez tant de mal. Vous disiez ? A propos de l'heure ?

— Oh ! oui. Il est deux heures et demie passées. Je serai là vers trois heures.

— Au plaisir de vous rencontrer, monsieur. »

Jason quitta la cabine et, fendant la foule d'un pas rapide, alla s'installer à l'ombre du store d'un magasin. Il se retourna et attendit, les yeux fixés sur la banque de l'autre côté de la rue, se souvenant d'une autre banque à Zurich et du hurlement des sirènes dans la Bahnhofstrasse. Les vingt minutes suivantes allaient lui apprendre si Marie avait raison ou pas. Si oui, il n'y aurait pas de sirène rue de la Madeleine.

La mince jeune femme coiffée d'une capeline à large bord qui lui dissimulait une partie du visage raccrocha le téléphone dans la cabine installée à l'entrée de la banque. Elle ouvrit son sac, en tira un poudrier et vérifia ostensiblement son maquillage, tournant le petit miroir d'abord vers la gauche, puis vers la droite. Satisfaite, elle referma le poudrier, le remit dans son sac et passa devant les guichets des caissiers en se dirigeant vers le fond du rez-de-chaussée. Elle s'arrêta à un comptoir au milieu, prit un stylo à bille attaché à une chaîne et se mit à griffonner des chiffres au hasard sur un formulaire qui traînait sur le dessus de marbre. A moins de trois mètres d'elle se trouvait un petit portillon encadré de cuivre, flanqué d'une barrière de bois basse qui traversait la largeur du hall. De l'autre côté se trouvaient les bureaux de divers employés et derrière eux ceux des secrétaires principales — au nombre de cinq — postées devant cinq portes qui se succédaient sur le mur du fond. Marie déchiffra le nom en lettres d'or sur la porte du milieu :

A. R. D'AMACOURT
VICE-PRÉSIDENT
COMPTES ÉTRANGERS ET DEVISES

Cela allait arriver d'un moment à l'autre maintenant — si cela devait arriver, si elle avait raison. Et si c'était le cas, elle devait savoir à quoi ressemblait M. A. R. d'Amacourt ; ce serait lui l'homme que Jason pouvait contacter. Qu'il pourrait contacter et à qui il pourrait parler, mais pas à la banque.

Cela arriva en effet. Il y eut soudain un déploiement de fébrile activité. La secrétaire installée au bureau devant la porte de d'Amacourt se précipita à l'intérieur avec son bloc-notes, ressortit trente secondes plus tard et décrocha le téléphone. Elle composa trois chiffres sur le cadran — un coup de téléphone intérieur — et dit quelques mots, qu'elle lut sur son bloc.

Deux minutes s'écoulèrent ; la porte du bureau de d'Amacourt s'ouvrit et le vice-président apparut sur le seuil, avec l'air d'un directeur préoccupé par un retard injustifié. C'était un homme entre deux âges, avec un visage un peu vieilli mais qui s'efforçait de paraître jeune. Ses cheveux bruns clairsemés étaient coiffés avec soin pour masquer la calvitie ; des petites poches sous les yeux attestaient de longues heures passées à déguster du bon vin. Les yeux eux-mêmes avaient un regard froid et vif, trahissant un patron exigeant et qui se méfiait de son entourage. Il lança une question à sa secrétaire ; elle s'agita sur sa chaise, en faisant de son mieux pour garder son calme.

D'Amacourt regagna son bureau sans fermer la

porte, la cage d'un fauve en colère laissée ouverte. Une minute encore passa ; la secrétaire ne cessait de jeter de brefs coups d'œil à sa droite, pour regarder... ou plutôt pour chercher quelque chose. Lorsqu'elle aperçut ce qu'elle souhaitait voir, elle poussa un soupir soulagé et ferma les yeux dans une prière muette. Sur le mur de gauche, une lumière verte apparut soudain au-dessus de deux panneaux de bois sombre ; un ascenseur était en service. Quelques secondes plus tard, la porte s'ouvrit et un homme élégant et d'un certain âge sortit de la cabine, tenant une boîte noire guère plus grande que sa main. Marie la regarda, éprouvant un sentiment de satisfaction mêlé de crainte ; elle avait deviné juste. La boîte noire avait été retirée d'un dossier confidentiel rangé dans une salle gardée dont elle n'était sortie que sur la signature d'un homme au-delà de tout reproche et de toute tentation, celui qui passait devant les bureaux alignés et se dirigeait vers la porte de d'Amacourt. La secrétaire se leva pour accueillir le vieux directeur et le fit entrer dans le bureau de d'Amacourt. Elle en ressortit aussitôt, refermant la porte derrière elle.

Marie consulta sa montre, ses yeux sur l'aiguille des secondes. Elle avait encore besoin d'un fragment de preuve, et ne tarderait pas à se le procurer si elle pouvait franchir la barrière et voir distinctement le bureau de la secrétaire. Si elle devait y parvenir, ce devait être tout de suite.

Elle s'approcha de la barrière, ouvrant son sac en gratifiant d'un sourire absent la réceptionniste occupée au téléphone. Elle prononça à son intention le nom de d'Amacourt, se baissa un peu et ouvrit la petite porte. Elle entra d'un pas vif, en cliente décidée, sinon très éclairée, de la banque de Valois.

« Pardon, madame. » La réceptionniste posa la main sur le combiné, et demanda dans un français haletant : « Je peux vous aider ? »

Marie prononça de nouveau le nom : c'était maintenant une cliente courtoise en retard à un rendez-vous et qui ne désirait pas donner un surcroît de travail à une employée occupée. « M. d'Amacourt. Je crois malheureusement que je suis en retard. Je vais voir sa secrétaire. » Elle poursuivit jusqu'au bureau de celle-ci.

« S'il vous plaît, madame, lança la réceptionniste. Je dois vous annoncer... »

Le ronronnement des machines à écrire électriques et des conversations à voix basse étouffa ses paroles. Marie aborda la secrétaire au visage sévère qui leva les yeux, aussi étonnée que la réceptionniste.

« Oui ? Je peux vous aider ?

— Monsieur d'Amacourt, s'il vous plaît.

— Malheureusement, madame, il est en conférence. Vous avez un rendez-vous ?

— Oh ! oui, bien sûr », dit Marie en ouvrant de nouveau son sac.

La secrétaire consulta l'emploi du temps dactylographié sur son bureau. « Je crains bien de n'avoir personne d'inscrit à cette heure.

— Oh ! mon Dieu ! s'exclama la cliente, toute confuse. Je viens de m'en apercevoir. C'est pour demain, pas pour aujourd'hui ! Oh ! je suis désolée ! »

Elle tourna les talons et repartit d'un pas rapide vers la barrière. Elle avait vu ce qu'elle voulait voir, le dernier fragment de preuve. Un seul bouton était allumé sur le téléphone de d'Amacourt ; court-circuitant sa secrétaire, il téléphonait sur sa ligne directe. Le compte de Jason Bourne comprenait des inspections précises et confidentielles qui ne devaient pas être révélées au titulaire du compte.

Bourne, à l'ombre du store, regarda sa montre : 2 h 49. Marie allait être de retour dans la cabine téléphonique de la banque, il aurait ainsi une paire d'yeux à l'intérieur. Les quelques minutes suivantes allaient leur donner la réponse : peut-être la connaissait-elle déjà.

Il s'avança vers la gauche de la vitrine, sans quitter des yeux l'entrée de la banque. Dans le magasin, un employé lui sourit, ce qui lui rappela qu'il fallait à tout prix éviter d'attirer l'attention. Il prit un paquet de cigarettes dans sa poche, en alluma une et consulta de nouveau sa montre. 3 heures moins 8.

Ce fut alors qu'il les vit. Qu'il *le* vit. Trois hommes bien habillés remontant d'un pas rapide la rue de Sèze en bavardant, mais leur regard fixé droit devant eux. Ils dépassaient les piétons plus lents, s'excusant avec une courtoisie qui n'était pas tout à fait parisienne. Jason se concentra sur l'homme du milieu. C'était *lui*. Un nommé Johann. *Fais signe à Johann d'entrer. On reviendra les chercher.* Un homme grand et maigre, portant des lunettes à monture dorée, avait prononcé ces mots dans la Steppdeckstrasse. *Johann.* On l'avait envoyé ici de Zurich ; il avait vu Jason Bourne. Et cela voulait dire quelque chose : il n'existait pas de photographie de Bourne.

Les trois hommes arrivèrent devant l'entrée. Johann et l'homme qui était à sa droite entrèrent : le troisième resta près de la porte.

Bourne repartit vers la cabine téléphonique ; il allait attendre quatre minutes pour donner son dernier coup de fil à Antoine d'Amacourt. Il laissa tomber sa cigarette devant la cabine, l'écrasa sous sa semelle et ouvrit la porte.

Quelques instants plus tard, il entrait. Il prit des pièces de monnaie dans sa poche — de quoi passer deux communications — et composa le premier numéro.

« Banque de Valois, bonjour. »

Dix secondes plus tard, d'Amacourt était au bout du fil, la voix tendue. « C'est vous, monsieur Bourne ? Je croyais que vous m'aviez dit que vous veniez à mon bureau.

— Un changement de dernière minute dans mes projets, hélas. Il faudra que je vous rappelle demain. »

Soudain, à travers la vitre de la cabine, Jason vit une voiture venir se garer à une place libre de l'autre côté de la rue, en face de la banque. Le troisième homme, posté près de l'entrée, fit un signe de tête au conducteur.

«... Je peux faire ? » D'Amacourt venait de lui poser une question.

« Je vous demande pardon ?

— Je demandais s'il n'y avait rien que je puisse faire. J'ai votre compte ; tout est prêt pour vous ici. »

Je n'en doute pas, se dit Bourne ; ça valait la peine d'essayer. « Ecoutez, il faut que j'aille à Londres cet après-midi, mais je serai de retour demain. Gardez tout avec vous, d'accord ?

— A Londres, monsieur ?

— Je vous appellerai demain. Il faut que je trouve un taxi pour Orly. »

Il raccrocha et surveilla l'entrée de la banque. Moins de trente secondes plus tard, Johann et son compagnon sortaient en hâte ; ils s'adressèrent au troisième homme, puis montèrent tous dans la voiture qui attendait.

La voiture destinée à assurer la fuite du tueur était toujours en chasse, en route maintenant pour l'aéroport d'Orly. Jason apprit par cœur le numéro de la plaque minéralogique, puis donna son second coup de téléphone. Si la cabine de la banque n'était pas utilisée, Marie décrocherait au moment où la sonnerie se déclencherait à peine.

C'est ce qu'elle fit.

« Oui ?

— Tu as vu quelque chose ?

— Je pense bien. D'Amacourt est bien ton homme. »

12

Ils circulaient dans le magasin, passant d'un comptoir à l'autre. Toutefois, Marie ne s'éloignait pas de la grande vitrine, gardant l'œil sur l'entrée de la banque.

« Je t'ai trouvé deux foulards, dit Bourne.

— Tu n'aurais pas dû. C'est beaucoup trop cher.

— Il est près de quatre heures. S'il n'est pas sorti maintenant, il ne va pas bouger avant l'heure de la fermeture.

— Sans doute que non. S'il devait retrouver quelqu'un, il l'aurait déjà fait. Mais il fallait bien savoir.

— Crois-moi, ses amis sont à Orly, à surveiller tous les avions en partance pour Londres. Ils n'ont aucun moyen de savoir sur quel vol je suis, car ils ne savent pas quel nom j'utilise.

— Ils doivent compter sur l'homme de Zurich pour te reconnaître.

— Ils recherchent un homme aux cheveux bruns et qui boite, pas moi. Viens, entrons dans la banque. Tu peux me montrer d'Amacourt.

— On ne peut pas faire ça, dit Marie en secouant la tête. Les caméras fixées au plafond ont des objectifs grand angle. S'ils passaient les bandes, ils pourraient te repérer.

— Un homme blond avec des lunettes ?

— Ou bien moi. J'étais là ; la réceptionniste ou la secrétaire de d'Amacourt pourrait m'identifier.

— J'en doute.

— Ils pourraient trouver une raison ou une autre pour faire passer les bandes vidéo. (Marie s'arrêta ; elle serra le bras de Jason, les yeux fixés sur la banque de l'autre côté de la vitre.) Le voilà ! Celui en manteau avec le col de fourrure noire... d'Amacourt.

— Qui tire sur ses manches ?

— Oui.

— Je l'ai repéré. Je te retrouve à l'hôtel.

— Fais attention. Fais très attention.

— Règle les foulards ; c'est à la caisse du fond. »

Jason quitta le magasin, clignotant dans le soleil, espérant un arrêt de la circulation pour pouvoir traverser la rue, mais rien à faire. D'Amacourt avait tourné à droite et s'éloignait d'un pas nonchalant ; il ne donnait pas l'impression d'un homme pressé

215

d'aller retrouver quelqu'un. Il avait plutôt un air abattu.

Bourne arriva au coin de la rue et traversa quand le feu passa au rouge, emboîtant le pas au banquier. D'Amacourt s'arrêta à un kiosque à journaux pour acheter un quotidien du soir. Jason fit halte devant un magasin d'articles de sport, puis reprit sa filature tandis que le banquier poursuivait sa marche.

Il aperçut un café, aux vitres sombres, avec une porte en bois sertie de cuivre. Il ne fallait pas un grand effort d'imagination pour imaginer l'intérieur ; c'était un bar discret pour prendre un verre entre hommes ou avec des femmes, mais où personne ne chercherait à vous reconnaître. L'endroit rêvé pour une discussion tranquille avec Antoine d'Amacourt. Jason hâta le pas pour arriver à la hauteur du banquier. Il s'adressa à lui dans le français maladroit qu'il avait utilisé au téléphone.

« Bonjour, monsieur. Je... pense que vous... êtes M. d'Amacourt. Je ne me trompe pas ? »

Le banquier s'arrêta. Ses yeux froids avaient un regard inquiet ; il se souvenait. Il prit un air encore plus abattu. « Bourne ? murmura-t-il.

— Vos amis doivent être très déconcertés. Ils doivent courir à travers tout l'aéroport d'Orly en se demandant peut-être si vous ne leur avez pas donné un mauvais renseignement. Peut-être exprès.

— Quoi ? » L'affolement s'accentuait dans son regard.

« Entrons, dit Jason en prenant le bras de d'Amacourt d'une poigne ferme. Il me semble que nous devrions bavarder.

— Je ne sais absolument rien ! J'ai simplement suivi les instructions accompagnant votre compte. Je n'y suis pour rien !

— Désolé. Quand je vous ai parlé pour la première fois, vous m'avez dit que vous ne vouliez pas confirmer au téléphone le genre de compte dont je parlais ; que vous refusiez de discuter affaire avec quelqu'un que vous ne connaissiez pas. Mais vingt minutes plus tard vous m'avez dit que tout était prêt. C'est une confirmation, n'est-ce pas ? Entrons donc. »

Le café était un peu une version miniature du Drei Alpenhäuser de Zurich. Les niches étaient profondes, les cloisons qui les séparaient étaient hautes et la lumière tamisée. Les ressemblances, toutefois, s'arrêtaient là ; le café de la rue de Sèze était totalement français et les carafes de vin remplaçaient les chopes de bière. Bourne demanda une table dans l'angle ; le serveur leur trouva cela. « Prenez un verre, dit Jason. Vous allez en avoir besoin.

— C'est ce que vous croyez, répondit le banquier d'un ton glacé. Je vais prendre un whisky. »

Les consommations arrivèrent rapidement, d'Amacourt employant ce bref intervalle à extraire de sa poche un paquet de cigarettes. Bourne craqua une allumette qu'il approcha du visage du banquier. Très près. « Merci. (D'Amacourt aspira la fumée, reposa sa cigarette et avala la moitié de son petit verre de whisky.) Je ne suis pas l'homme à qui vous devriez parler, dit-il.

— Qui est-ce ?

— Un des propriétaires de la banque, peut-être. Je ne sais pas, mais certainement pas moi.

— Expliquez-moi ça.

— Des arrangements ont été pris. Une banque privée a plus de souplesse qu'un établissement public avec des actionnaires.

— Comment cela ?

— Il y a, disons, une plus grande latitude en ce qui concerne les exigences de certains clients et de certaines autres banques. On y regarde de moins près. La Gemeinschaft de Zurich est également une banque privée.

— Les exigences provenaient de la Gemeinschaft ?

— Les demandes... les exigences... oui.

— Qui est propriétaire de la banque de Valois ?

— Qui ? Ils sont nombreux... c'est un consortium. Dix ou douze hommes et leurs familles.

— Alors c'est à vous qu'il faut que je parle, n'est-ce

pas ? Je veux dire, ce serait un peu ridicule que je coure à travers Paris pour les débusquer.

— Je ne suis qu'un fondé de pouvoir. Un employé. » D'Amacourt avala le reste de son whisky, écrasa sa cigarette et en chercha une autre. Et les allumettes.

« Quelles sont les dispositions concernant mon compte ?

— Je pourrais perdre ma situation, monsieur !

— Vous pourriez perdre la vie, dit Jason, troublé de voir à quel point les mots lui venaient facilement.

— Je n'ai pas la position que vous croyez.

— Vous n'êtes pas non plus aussi ignorant que vous voudriez me le faire croire, dit Bourne en toisant le banquier assis en face de lui. Votre type est très classique, d'Amacourt. Ça se voit dans vos vêtements, dans votre façon de vous coiffer, même dans votre démarche ; vous vous pavanez trop. Un homme comme vous ne parvient pas à devenir vice-président de la banque de Valois sans poser des questions ; vous vous couvrez. Vous ne faites pas un geste douteux sans savoir que vous êtes paré. Alors, dites-moi quelles étaient ces dispositions. Vous n'avez pas d'importance pour moi, est-ce que je me fais bien comprendre ? »

D'Amacourt craqua une allumette et l'approcha de sa cigarette tout en dévisageant Jason. « Vous n'avez pas besoin de me menacer, monsieur. Vous êtes un homme très riche. Pourquoi ne pas me payer ? (Le banquier eut un sourire nerveux.) Vous avez tout à fait raison, d'ailleurs. J'ai bien posé une ou deux questions. Paris n'est pas Zurich. Un homme de ma condition doit bien connaître quelques-unes, sinon toutes les réponses. »

Bourne se renversa en arrière, en faisant tourner son verre, remarquant que le tintement des cubes de glace, de toute évidence, agaçait d'Amacourt. « Fixez-moi un prix raisonnable, finit-il par dire, et nous en discuterons.

— Je suis un homme raisonnable. Laissons la décision être fonction de la valeur de ces renseignements et estimez-la vous-même. Dans le monde entier, les banquiers sont récompensés par des clients reconnaissants qu'ils ont conseillés. J'aimerais vous considérer comme un client.

— Je n'en doute pas. (Bourne sourit, secouant la tête devant le culot du personnage.) Ainsi nous glissons du pot-de-vin au pourboire. Récompense pour conseils et services personnels. »

D'Amacourt haussa les épaules. « J'accepte la définition, et si jamais on me posait la question, je répéterais vos paroles.

— Alors, ces dispositions ?

— En même temps que le transfert de vos fonds de Zurich, il y avait une fiche confidentielle...

— Une fiche ? dit Jason, se rappelant le moment où Koenig était entré dans le bureau d'Apfel à la Gemeinschaft, en prononçant ces mots. J'ai déjà entendu cela. Qu'est-ce que c'est ?

— Un terme désuet, en fait. Cela émane du milieu du XIXe siècle, où c'était une habitude courante pour les grands établissements bancaires — principalement les Rothschild — de suivre la circulation internationale de l'argent.

— Merci. Et dans le cas présent ?

— Des instructions scellées à n'ouvrir et à ne suivre que lorsque le compte en question est activé.

— "Activé" ?

— Quand on retire ou quand on dépose des fonds.

— Et si j'étais simplement allé trouver un caissier, si j'avais présenté un chèque et demandé de l'argent ?

— Un double astérisque serait apparu sur l'écran de l'ordinateur au moment de la transaction. On vous aurait envoyé à moi.

— On m'a envoyé à vous de toute façon. C'est la standardiste qui m'a passé votre bureau.

— Un hasard. Il y a deux autres responsables au service des comptes étrangers. Si l'on vous avait mis en rapport avec l'un ou l'autre, la fiche aurait quand même exigé qu'on vous adresse à moi. Je suis le responsable le plus âgé.

— Je comprends. » Mais Bourne n'était pas sûr de comprendre. Il y avait une brèche dans la séquence ; un espace à combler. « Attendez une minute. Vous ne saviez rien à propos d'une fiche quand vous vous êtes fait apporter le compte à votre bureau.

— Pourquoi l'ai-je demandée ? l'interrompit d'Amacourt, prévenant sa question. Soyez raisonnable, monsieur. Mettez-vous à ma place. Un homme téléphone et se présente, puis explique qu'il s'agit "de plus de quatre millions de francs suisses". *Quatre millions.* Est-ce que ça ne vous rendrait pas désireux de rendre service ? d'enfreindre un règlement par-ci par-là ? »

En regardant ce banquier élégamment pourri, Jason se rendit compte que c'était ce qu'il avait dit de moins étonnant jusqu'alors. « Les instructions. Quelles étaient-elles ?

— Tout d'abord un numéro de téléphone... ne figurant pas dans l'annuaire, bien sûr. On devait l'appeler et transmettre là toute information.

— Vous souvenez-vous de ce numéro ?

— Je tiens toujours à apprendre par cœur ce genre de choses.

— Je n'en doute pas. Quel est-il ?

— Je dois me protéger, monsieur. Par quel autre moyen auriez-vous pu vous le procurer ? Je pose la question... comment dites-vous ?... rhétorique.

— Ce qui signifie que vous avez la réponse. Comment est-ce que je me le suis procuré alors ? Si jamais on pose la question.

— A Zurich. Vous avez payé une très forte somme pour que quelqu'un commette une infraction non seulement au règlement très strict en vigueur sur la Bahnhofstrasse, mais aussi aux lois suisses.

— J'ai l'homme qu'il vous faut, dit Bourne, le visage de Koenig lui revenant en mémoire. Il a déjà commis ce crime.

— A la Gemeinschaft ? Vous plaisantez ?

— Pas du tout. Il s'appelle Koenig ; son bureau est au second étage.

— Je m'en souviendrai.

— J'en suis certain. Le numéro ? » D'Amacourt le lui donna. Jason l'inscrivit sur une serviette en papier. « Comment est-ce que je sais que c'est vrai ?

— Vous avez une garantie raisonnable. Je n'ai pas été payé.

— C'est vrai.

— Et puisque le point fondamental de notre discussion concerne la valeur de mes informations, je devrais vous préciser que c'est le second numéro de téléphone ; le premier a été annulé.

— Expliquez-moi cela. »

D'Amacourt se pencha en avant. « Une photocopie de la fiche originale est arrivée avec votre ordre de virement. Elle se trouvait dans une boîte noire scellée en échange de laquelle le chef des archives a signé un reçu. La fiche était signée par un des directeurs de la Gemeinschaft, dont la signature était authentifiée par le notaire suisse qui travaille avec eux ; les instructions étaient simples, très claires. Pour tout ce qui concernait le compte de Jason C. Bourne, il fallait aussitôt appeler les Etats-Unis et transmettre les détails... Dans le cas présent, la fiche a été modifiée, le numéro à New York supprimé et remplacé par un numéro à Paris, accompagné du paraphe de la banque.

— New York ? fit Bourne. Comment savez-vous que c'était New York ?

— Le code téléphonique était inscrit entre parenthèses ; il est resté intact. C'était 212. En tant que premier vice-président et responsable du service des comptes étrangers, j'appelle New York quotidiennement.

— La modification a été faite sans grand soin.

— C'est possible. Peut-être a-t-on fait les choses précipitamment, ou n'a-t-on pas bien compris. D'un autre côté, il n'y avait aucun moyen d'annuler le reste des instructions sans avoir besoin d'une nouvelle authentification par un notaire. Un risque mineur compte tenu des lignes téléphoniques qu'il y a à New York. En tout cas, la substitution m'a donné l'occasion de poser une question ou deux. Le changement est l'anathème du banquier. » D'Amacourt but ce qui restait de son whisky.

« Vous en voulez ? demanda Jason.

— Non, merci. Ça prolongerait notre discussion.

— C'est vous qui l'avez arrêtée.

— Je réfléchis, monsieur. Peut-être auriez-vous à l'esprit un vague chiffre avant que je poursuive.»

Bourne étudia l'homme. « Ça pourrait être cinq, dit-il.

— Cinq quoi ?

— Cinq chiffres.

— Je vais continuer. J'ai parlé à une femme.

— A une femme ? Que lui avez-vous dit ?

— Tout d'abord la vérité. Que j'étais le vice-président de la banque de Valois et que je suivais les instructions de la Gemeinschaft de Zurich. Qu'y avait-il d'autre à dire ?

— Continuez.

— J'ai dit que j'avais été en rapport avec un homme prétendant être Jason Bourne. Elle m'a demandé quand, ce à quoi j'ai répondu : quelques minutes plus tôt. Elle a alors tenu beaucoup à connaître la substance de notre conversation. C'est à ce moment que j'ai exprimé mes inquiétudes. La fiche précisait que c'était New York qu'il fallait appeler et non pas Paris. Elle m'a répondu naturellement que cela ne me regardait pas, que ce changement était autorisé par une signature et insista : est-ce que je tenais à ce que l'on annonce à Zurich qu'un fondé de pouvoir de la Valois refusait de suivre les instructions de la Gemeinschaft ?

— Attendez, l'interrompit Jason. Qui était cette femme ?

— Je n'en ai aucune idée.

— Vous voulez dire que vous avez parlé avec elle et

qu'elle ne vous a pas dit son nom ? Vous ne le lui avez pas demandé ?

— C'est la nature de la fiche confidentielle. Si l'on donne un nom, très bien. Sinon, on ne le demande pas.

— Vous n'avez pas hésité à l'interroger à propos du numéro de téléphone.

— Ce n'était qu'un subterfuge ; je voulais des renseignements. Vous avez fait virer quatre millions et demi de francs suisses, une somme considérable, et vous étiez donc un client important avec, peut-être, des contraintes encore plus importantes attachées à sa personne... On renâcle, puis on accepte, puis on renâcle encore juste pour accepter de nouveau ; c'est comme ça qu'on apprend des choses. Surtout si votre interlocuteur manifeste une certaine anxiété. Je puis vous assurer que c'était le cas.

— Qu'avez-vous appris ?

— Qu'il fallait vous considérer comme un homme dangereux.

— A quel égard ?

— La porte restait ouverte à toutes les suppositions. Mais le fait qu'elle ait employé ce terme a suffi pour que je demande pourquoi la Sûreté n'était pas alertée. Sa réponse a été extrêmement intéressante. "Il est au-delà de la Sûreté, au-delà d'Interpol", a-t-elle dit.

— Et qu'en avez-vous déduit ?

— Qu'il s'agissait d'une affaire extrêmement compliquée pour un certain nombre de raisons possibles, dans lesquelles mieux valait ne pas entrer. Mais, puisque nous avons commencé à parler, cela m'explique maintenant autre chose.

— Quoi donc ?

— Que vous devriez vraiment bien me payer car il faut que je sois extrêmement prudent. Ceux qui vous recherchent sont peut-être aussi hors d'atteinte de la Sûreté, hors d'atteinte d'Interpol.

— Nous allons y venir. Vous avez dit à cette femme que je venais à votre bureau.

— Dans le quart d'heure suivant. Elle m'a demandé de ne pas quitter quelques instants, qu'elle revenait de suite. De toute évidence elle a donné un autre coup de téléphone. Elle est revenue avec ses dernières instructions. Il fallait vous retenir dans mon bureau jusqu'au moment où un homme viendrait s'adresser à ma secrétaire à propos d'une affaire de Zurich. Et quand vous partiriez, il faudrait vous identifier par un signe de tête ou par un geste ; il ne pourrait pas y avoir d'erreur. L'homme est venu, bien sûr, et, bien sûr aussi, vous n'êtes jamais arrivé, aussi a-t-il attendu près des guichets avec un complice. Quand vous avez téléphoné pour dire que vous partiez pour Londres, j'ai quitté mon bureau pour trouver l'homme. Ma secrétaire me l'a désigné et je l'ai mis au courant. Le reste, vous le savez.

— Ça ne vous a pas paru bizarre que je doive être identifié ?

— Pas autant bizarre qu'excessif. Une fiche, c'est une chose — des coups de téléphone, des communications avec un interlocuteur sans visage — mais être impliqué directement, ouvertement en quelque sorte, c'est autre chose. C'est d'ailleurs ce que j'ai dit à la femme.

— Que vous a-t-elle répondu ? »

D'Amacourt s'éclaircit la voix. « Elle m'a laissé clairement entendre que le groupe qu'elle représentait — dont l'importance se trouvait d'ailleurs confirmée par la fiche elle-même — n'oublierait pas ma coopération. Vous voyez, je ne cache rien... Apparemment, ils ne savent pas de quoi vous avez l'air.

— Un homme se trouvait à la banque qui m'a vu à Zurich.

— Alors ses complices ne se fient pas à sa vue. Ou peut-être à ce qu'il croit avoir vu.

— Pourquoi dites-vous cela ?

— Ce n'est qu'une observation, monsieur ; la femme a insisté. Il faut que vous compreniez, je me suis opposé avec vigueur à toute participation flagrante ; ce n'est pas dans l'esprit de la fiche. Elle m'a dit qu'il n'y avait pas de photographie de vous. Ce qui est, bien sûr, un mensonge évident.

— Ah ! oui ?

— Naturellement. Tous les passeports ont des photographies. Où est le fonctionnaire de l'immigration qu'on ne peut acheter ni duper ? Dix secondes dans un bureau de contrôle des passeports, la photographie d'une photographie ; on peut prendre certains arrangements. Non, ils ont commis une grave négligence.

— Je le pense.

— Et vous, poursuivit d'Amacourt, vous venez de me dire autre chose. Oui, il faut vraiment que vous me payiez très bien.

— Qu'est-ce que je viens de vous dire ?

— Que votre passeport ne vous identifie pas comme étant Jason Bourne. Qui êtes-vous, monsieur ? »

Jason ne répondit pas tout de suite ; de nouveau, il fit tourner l'alcool dans son verre. « Quelqu'un qui peut vous payer très cher, dit-il.

— C'est tout à fait suffisant. Vous n'êtes qu'un client du nom de Bourne. Et je dois être prudent.

— J'ai besoin de ce numéro de téléphone à New York. Pouvez-vous me le procurer ? Il y aurait une jolie prime.

— Je voudrais bien. Je ne vois aucun moyen.

— On pourrait en retrouver la trace sur le carton de la fiche. Avec un très fort grossissement.

— Quand j'ai dit qu'il avait été détruit, monsieur, je ne voulais pas dire qu'il a été barré ni effacé. Il a été supprimé... Découpé.

— Alors quelqu'un l'a à Zurich.

— Ou bien il a été détruit.

— Dernière question, dit Jason qui maintenant avait hâte de s'en aller. Elle vous concerne, d'ailleurs. C'est la seule condition à laquelle vous serez payé.

— La question, bien sûr, sera tolérée. De quoi s'agit-il ?

— Si je me présentais à la banque Valois sans vous

téléphoner, sans vous prévenir de ma visite, deviez-vous donner un autre coup de téléphone ?

— Oui. On ne néglige pas les instructions d'une fiche ; elles émanent de puissants conseils d'administration. Toute négligence se traduirait par une révocation.

— Alors comment nous procurons-nous notre argent ? »

D'Amacourt fronça les lèvres. « Il y a une méthode. Le retrait *in absentia* des formulaires à remplir, des instructions données par lettre, une identification confirmée et authentifiée par un cabinet d'avocats ayant pignon sur rue. Je serais incapable d'intervenir.

— Mais vous devriez quand même donner ce coup de téléphone.

— C'est une question de temps. Si un avocat avec lequel la Valois avait de nombreuses affaires me téléphonait pour me demander de préparer, disons, un certain nombre de chèques de guichet tirés sur un virement provenant d'une banque étrangère dont il s'est assuré qu'il a été effectué, je le ferais. Il me préciserait qu'il m'enverrait les formulaires dûment remplis, les chèques, bien sûr, établis au "porteur", pratique qui n'a rien d'extraordinaire en notre époque d'impôts excessifs. Un messager arriverait avec la lettre en pleine période de coup de feu et ma secrétaire — une femme respectable que j'emploie depuis bien des années — se contenterait de m'apporter les formulaires à contresigner ainsi que la lettre pour que j'y appose mon paraphe.

— Sans nul doute, l'interrompit Bourne, avec un certain nombre d'autres papiers que vous auriez à signer.

— Exactement. C'est alors que je donnerais mon coup de téléphone, en regardant probablement le messager partir avec son porte-documents tandis que je téléphonerais.

— Vous n'auriez pas, par le plus grand des hasards, présent à l'esprit le nom d'un cabinet d'avocats de Paris, non ?

— En fait, il vient de m'en venir un à l'esprit.

— Combien a-t-il demandé ?

— Dix mille francs.

— C'est cher.

— Pas du tout. C'est un ancien juge. Un homme honorable.

— Et vous ? Soyons précis.

— Comme je vous l'ai dit, je suis raisonnable, et ce doit être à vous de décider. Puisque vous avez parlé de cinq chiffres, tenons-nous-en à votre proposition. Cinq chiffres commençant par un cinq. Cinquante mille francs.

— C'est scandaleux !

— Tout comme ce que vous avez fait, monsieur Bourne. »

« Une fiche confidentielle, dit Marie, assise dans le fauteuil auprès de la fenêtre, le soleil de fin d'après-midi éclairant les immeubles tarabiscotés du boulevard Montparnasse. Ainsi, c'est le procédé qu'ils ont utilisé.

— Je pourrais t'impressionner... je sais d'où ça vient. (Jason se versa à boire d'un flacon posé sur la commode et apporta son verre jusqu'au lit ; il s'assit, tourné vers elle.) Tu veux que je t'explique ?

— Ce n'est pas la peine, répondit-elle en regardant par la fenêtre, l'air préoccupé. Je sais exactement d'où cela vient et ce que ça veut dire. C'est un choc, voilà tout.

— Pourquoi ? Je croyais que tu t'attendais à quelque chose de ce genre.

— Aux résultats oui, pas au mécanisme. Une fiche est une survivance périmée de la légitimité, qui n'est presque plus en usage que dans les banques privées européennes. Les lois américaines, canadiennes et anglaises en interdisent l'usage. »

Bourne se rappela les paroles de d'Amacourt ; il les répéta. « Cela provient de puissants conseils d'administration... voilà ce qu'il a dit.

— Il avait raison. (Marie leva les yeux vers lui.) Tu

ne comprends pas ? Je savais que ton compte était repéré. Je pensais qu'on avait payé quelqu'un pour fournir des renseignements. Ça n'est pas inhabituel ; les banquiers ne figurent pas au premier rang des candidats à la canonisation. Mais ça, c'est différent. Ce compte à Zurich a été ouvert — tout au début — avec la fiche en faisant partie. Vraisemblablement avec ton accord.

— Treadstone 71, dit Jason.

— Oui. Les propriétaires de la banque devaient travailler en accord avec Treadstone. Et compte tenu des possibilités d'accès que tu as à ce compte, il est possible que tu étais au courant de cela.

— Mais quelqu'un a bien été payé : Koenig. Il a remplacé un numéro de téléphone par un autre.

— Il a été bien payé, je peux te l'assurer. Il pourrait écoper de dix ans dans une prison suisse.

— Dix ans ? C'est sévère.

— Tout comme les lois suisses. Il a fallu lui verser une petite fortune.

— Carlos, dit Bourne. Carlos... pourquoi ? Que suis-je pour lui ? Je n'arrête pas de me poser la question. Je répète le nom indéfiniment ! Et je ne trouve rien, rien du tout. Juste un... un... je ne sais pas. Rien.

— Mais il y a quelque chose, n'est-ce pas ? fit Marie en se penchant en avant. Qu'est-ce que c'est, Jason ? A quoi penses-tu ?

— Je ne pense pas... je ne sais pas.

— Alors tu ressens quelque chose. Quoi donc ?

— Je ne sais pas. La peur, peut-être... la colère, l'énervement. Je ne sais pas.

— Concentre-toi !

— Bon sang, tu crois que ça n'est pas ce que je fais ? Tu t'imagines que je ne l'ai pas fait ? As-tu la moindre idée de ce que c'est comme situation ? (Bourne se crispa, agacé par la sortie qu'il venait de faire.) Je suis désolé.

— Ne le sois pas. Jamais. Ce sont les signes, les indices que tu dois rechercher... que *nous* devons rechercher. Ton ami docteur à Port-Noir avait raison ;

des choses te reviennent, évoquées par d'autres choses. Comme tu l'as dit toi-même, une pochette d'allumettes, un visage, ou la façade d'un restaurant. Nous avons vu cela se produire. Maintenant, c'est un nom, un nom que tu évites depuis plus d'une semaine, alors que tu m'as raconté tout ce qui t'était arrivé au cours des cinq derniers mois, jusque dans le moindre détail. Et pourtant tu n'as jamais mentionné le nom de Carlos. Tu aurais dû mais tu ne l'as pas fait. Ça représente donc quelque chose pour toi, tu ne comprends pas ? Ça éveille des choses en toi ; des choses qui cherchent à sortir.

— Je sais. » Jason but une gorgée.

« Chéri, il y a une célèbre librairie boulevard Saint-Germain qui appartient à un fou de magazines. Il y a tout un étage plein de vieux périodiques, par milliers. Il a même des catalogues par sujet, comme dans une bibliothèque. J'aimerais savoir si Carlos se trouve dans ce catalogue. Tu veux aller voir ? »

Bourne sentit la douleur lancinante dans sa poitrine. Ça n'avait rien à voir avec ses blessures ; c'était de la peur. Elle s'en aperçut et comprit : il avait peur et ne savait pas de quoi. « Il y a de vieux numéros de journaux à la Sorbonne, dit-il en la regardant. L'un d'eux m'a fasciné un moment. Jusqu'à ce que j'aie eu le temps d'y réfléchir.

— Tu as découvert un mensonge. C'était ça l'important.

— Mais ce n'est pas un mensonge que nous cherchons maintenant, n'est-ce pas ?

— Non, nous cherchons la vérité. Ne la crains pas, chéri. Moi, elle ne me fait pas peur. »

Jason se leva. « Très bien. Saint-Germain est au programme. En attendant, appelle ce type à l'ambassade. » Bourne fouilla dans sa poche et y prit la serviette en papier sur laquelle il avait griffonné le numéro de téléphone ; il y avait ajouté le numéro de la voiture qui avait démarré en trombe devant la banque de la rue de Sèze. « Voici le numéro que m'a donné d'Amacourt, ainsi que celui de cette voiture. Vois ce qu'il peut faire.

— Très bien. »

Marie prit la serviette en papier et se dirigea vers le téléphone. Auprès de l'appareil, il y avait un petit carnet à reliure ; elle en feuilleta les pages. « Le voilà. Il s'appelle Denis Corbelier. Peter a dit qu'il l'appellerait aujourd'hui à midi, heure de Paris. Et que je pourrais compter sur lui ; que pour un attaché d'ambassade, il était bien informé.

— Peter le connaît, n'est-ce pas ? Ça n'est pas juste un nom pris sur une liste.

— Ils étaient étudiants ensemble à l'université de Toronto. Je peux l'appeler d'ici, n'est-ce pas ?

— Bien sûr. Mais ne dis pas où tu es. »

Marie décrocha. « Je vais lui raconter la même histoire qu'à Peter. Que je vais d'un hôtel à l'autre, mais que je ne sais pas encore quel sera le prochain. » Elle obtint une ligne, puis composa le numéro de l'ambassade du Canada. Quinze secondes plus tard, elle parlait à Denis Corbelier, attaché d'ambassade.

Marie en vint droit au fait. « Peter a dû vous dire que j'aurais peut-être besoin d'aide.

— Mieux que cela, répondit Corbelier, il m'a expliqué que vous étiez à Zurich. Je ne peux pas dire que j'ai compris tout ce qu'il m'a raconté, mais j'ai une idée générale de la situation. Ça a l'air de bouger pas mal dans le monde de la haute finance ces temps-ci.

— Plus que d'habitude. L'ennui, c'est que personne ne veut dire qui manipule qui. C'est mon problème.

— En quoi puis-je vous aider ?

— J'ai un numéro de téléphone et le numéro d'une voiture, tous les deux de Paris. Le numéro de téléphone ne figure pas dans l'annuaire ; ça pourrait être gênant si j'appelais.

— Donnez-moi ça. (Elle le fit.) *A mari usque ad mari*, dit Corbelier, récitant la devise de leur pays. Nous avons des amis bien placés. Nous échangeons souvent des services, en général à propos des narcotiques, mais tous ces arrangements sont très souples.

Pourquoi ne pas déjeuner avec moi demain ? Je vous apporterai ce que j'aurai pu trouver.

— J'aimerais bien, mais ça ne marche pas pour demain. Je passe la journée avec une vieille amie. Peut-être une autre fois.

— Peter a dit que je serais idiot de ne pas insister. D'après lui, vous êtes une femme formidable.

— C'est un ange, et vous aussi. Je vous appellerai demain après-midi.

— Parfait. Je vais me renseigner pour ce que vous me demandez.

— A demain au téléphone et merci encore. (Marie raccrocha et consulta sa montre.) Il faut que j'appelle Peter dans trois heures. Rappelle-le-moi.

— Tu crois vraiment qu'il aura des renseignements si vite ?

— Sûrement ; il a commencé hier soir en appelant Washington. C'est ce que Corbelier vient de me dire ; nous échangeons tous des renseignements. Une information par-ci contre une information par-là, un nom de notre côté pour un nom du vôtre.

— Ça ressemble un peu à de la trahison.

— C'est tout le contraire. Nous nous occupons d'argent, pas de fusée. D'argent qui circule en tournant les lois conçues pour défendre nos intérêts. A moins que tu ne veuilles voir les cheiks arabes se retrouver propriétaires de la maison Boeing.

— Oublie mon objection.

— Nous devons voir l'homme d'Amacourt demain en tout début de matinée. Calcule ce que tu veux retirer de ton compte.

— La totalité.

— Tout ?

— C'est exact. Si tu étais un des directeurs de Treadstone, que ferais-tu en apprenant qu'il manque six millions de francs suisses à un compte de la société ?

— Je vois.

— D'Amacourt a suggéré une série de chèques de guichet au porteur.

— Il a dit ça ? Des chèques ?

— Oui. Ça ne te plaît pas ?

— Pas du tout. Les numéros de ces chèques pourraient être relevés et les banques alertées partout pour escroquerie. Tu serais bien obligé d'aller dans une banque pour toucher ton argent ; les versements seraient bloqués.

— Il a un tempérament de gagnant, hein ? Il touche des deux côtés. Qu'est-ce qu'on fait ?

— Accepte la moitié de ce qu'il t'a dit... des documents au porteur. Mais pas des chèques. Des bons de caisse. Des bons de caisse de diverses dénominations. Ils sont bien plus faciles à négocier.

— Tu viens de gagner ton déjeuner, dit Jason en se penchant pour lui caresser la joue.

— Je m'efforce de gagner ma pitance, mon bon monsieur, répondit-elle en gardant la main de Jason contre son visage. D'abord déjeuner, ensuite Peter... et après une librairie du boulevard Saint-Germain.

— Une librairie du boulevard Saint-Germain », répéta Bourne, la douleur lui tenaillant de nouveau la poitrine. *Qu'était-ce donc ? Pourquoi avait-il si peur ?*

Ils quittèrent le restaurant du boulevard Raspail et allèrent à pied jusqu'à la poste de la rue de Vaugirard. Il y avait des cabines vitrées attenantes aux murs et un grand comptoir circulaire où des employés remplissaient des bons, attribuant des cabines à ceux qui demandaient des numéros.

« Il y a très peu d'encombrement, madame, dit l'employé à Marie. Vous devriez avoir votre communication dans quelques minutes. Cabine douze, je vous prie.

— Merci. Cabine douze ?

— Oui, madame. Juste en face. »

Comme ils se dirigeaient vers la cabine, Jason lui prit le bras. « Je sais pourquoi les gens utilisent les bureaux de poste, dit-il. Ça va dix fois plus vite que d'appeler d'un hôtel.

— Ça n'est qu'une des raisons. »

Ils avaient à peine atteint la cabine et allumé une cigarette lorsqu'ils entendirent deux brèves sonneries. Marie ouvrit la porte et entra, tenant à la main son carnet et un crayon. Elle décrocha le combiné.

Soixante secondes plus tard, Bourne la vit, avec stupéfaction, fixer le mur, le visage soudain d'une pâleur mortelle. Elle se mit à crier et lâcha son sac dont le contenu vint se répandre sur le plancher de la minuscule cabine ; le carnet restait sur la tablette, le crayon s'était cassé entre ses doigts crispés. Il se précipita ; elle était au bord de l'évanouissement.

« Lisa, c'est Marie Saint-Jacques à Paris. Peter attend mon coup de fil.

— Marie ? Oh ! mon Dieu... » La voix de la secrétaire s'éloigna, remplacée par un brouhaha en arrière-fond. Des voix excitées, étouffées par une main qu'on posait sur le micro. Puis il y eut toute une agitation, quelqu'un d'autre prenait l'appareil.

« Marie, c'est Alan, dit le premier directeur adjoint de son département. Nous sommes tous dans le bureau de Peter.

— Qu'est-ce qu'il se passe, Alan ? Je n'ai pas beaucoup de temps ; est-ce que je peux lui parler, s'il vous plaît ? »

Il y eut un moment de silence. « J'aimerais vous dire les choses moins brutalement, mais je ne sais pas comment. Peter est mort, Marie.

— Il est... quoi ?

— La police a téléphoné voilà quelques minutes ; elle arrive.

— La police ? Que s'est-il passé ? Oh ! mon Dieu, il est mort ? Et qu'est-il arrivé ?

— Nous essayons de comprendre. Nous sommes en train d'étudier ses papiers, mais nous sommes censés ne toucher à rien sur son bureau.

— Son bureau ?...

— Les notes, les mémos, des choses comme ça.

— Alan ! Dites-moi ce qui s'est passé !

— Justement... nous ne savons pas. Il n'a dit à

aucun de nous ce qu'il faisait. Tout ce que nous savons, c'est qu'il a reçu deux coups de téléphone des Etats-Unis ce matin : l'un de Washington, l'autre de New York. Vers midi, il a dit à Lisa qu'il allait à l'aéroport accompagner quelqu'un qui partait. Il n'a pas dit qui. La police l'a retrouvé voilà une heure dans un de ces tunnels utilisés pour le fret. C'était terrible ; il a été abattu. Une balle dans la gorge. Marie ? Marie ? »

Le vieil homme aux yeux creux et à la barbe blanche mal rasée entra en boitillant dans le confessionnal obscur, ses yeux clignotant sans cesse, essayant de distinguer la silhouette encapuchonnée de l'autre côté du rideau opaque. Ce vieux messager octogénaire avait du mal à voir. Mais il avait l'esprit clair ; c'était tout ce qui comptait. « *Angelus Domini,* dit-il.

— *Angelus Domini,* enfant de Dieu, murmura la silhouette. Votre existence est-elle confortable ?

— Elle touche à sa fin mais on la rend confortable.

— Bien... Zurich ?

— On a retrouvé l'homme du quai Guisan. Il était blessé ; on a retrouvé sa trace par un médecin connu du *Verbrecherwelt.* A la suite d'un interrogatoire serré, il a avoué avoir attaqué la femme. Caïn était revenu la chercher ; c'est Caïn qui l'a abattu.

— Il y avait donc un arrangement entre la femme et Caïn.

— La femme du quai Guisan ne le pense pas. C'était l'un des hommes qui l'ont enlevée sur la Löwenstrasse.

— C'est un imbécile. Il a tué le veilleur de nuit ?

— Il l'avoue mais se défend. Il n'avait pas le choix s'il voulait s'enfuir.

— Il peut ne pas avoir à se défendre ; ce pourrait être la chose la plus intelligente qu'il fasse. A-t-il son arme ?

— Ce sont vos gens qui l'ont.

— Bon. Il y a un préfet à la tête de la police de Zurich. Il faut lui remettre ce pistolet. Caïn est difficile à prendre, la femme beaucoup moins. Elle travaille avec des gens d'Ottawa ; ils resteront en contact. Nous la prenons au piège et ainsi nous retrouvons sa trace à lui. Votre crayon est prêt ?

— Oui, Carlos. »

13

Bourne la soutenait dans l'espace exigu de la cabine vitrée, l'aidant avec douceur à s'asseoir sur la banquette fixée à la paroi. Elle tremblait, elle haletait ; son regard presque vitreux finit par se poser sur lui.

« Ils l'ont tué. Ils l'ont tué ! Mon Dieu, mais qu'est-ce que j'ai fait ? Peter !

— Tu n'as rien fait ! Si quelqu'un a fait quelque chose, c'est moi. Pas toi. Mets-toi bien ça dans la tête.

— Jason, j'ai peur. Il était à l'autre bout du monde... et ils l'ont tué !

— Treadstone ?

— Qui d'autre ? Il y a eu deux coups de fil, Washington... et New York. Il est allé à l'aéroport retrouver quelqu'un et il a été tué.

— Comment ?

— Oh ! Seigneur... (Marie avait les yeux pleins de larmes.) Il a été abattu. Une balle dans la gorge », murmura-t-elle.

Bourne éprouva soudain une douleur sourde ; il était incapable de la localiser, mais elle était là, lancinante. « Carlos, dit-il, sans savoir pourquoi il l'avait dit.

— Quoi ? fit Marie en le dévisageant. Qu'est-ce que tu as dit ?

— Carlos, répéta-t-il doucement. Une balle dans la gorge. Carlos.

— Qu'est-ce que tu cherches à dire ?

— Je ne sais pas. (Il lui prit le bras.) Allons-nous-en. Ça va ? Tu peux marcher ? »

Elle acquiesça, ferma les yeux un instant et prit une profonde inspiration. « Oui.

— On va s'arrêter pour prendre un verre ; on en a besoin tous les deux. Ensuite nous la chercherons.

— Nous chercherons quoi ?

— Une librairie du boulevard Saint-Germain. »

A la fiche « Carlos » du catalogue il y avait trois vieux numéros de magazines. Un exemplaire datant d'il y avait trois ans de l'édition internationale du *Potomac Quaterly* et deux numéros du *Globe*. Ils ne lurent pas les articles dans la librairie ; ils achetèrent les trois numéros et regagnèrent en taxi leur hôtel de Montparnasse. Là, ils commencèrent à lire, Marie sur le lit, Jason dans le fauteuil auprès de la fenêtre. Quelques minutes s'écoulèrent puis Marie se leva d'un bond.

« C'est là, dit-elle, son visage et sa voix exprimant une crainte indicible.

— Lis-moi.

— "On dit que Carlos et sa petite bande de tueurs infligent une forme particulièrement brutale de châtiment. Ils donnent la mort en tirant une balle dans la gorge de leurs victimes, laissant souvent celles-ci mourir dans d'horribles douleurs. Ce traitement est réservé à ceux qui enfreignent la loi du silence ou la loyauté exigée par l'assassin, à d'autres aussi qui ont refusé de donner des renseignements..." (Marie s'arrêta, incapable de lire plus avant. Elle se renversa en arrière et ferma les yeux.) Il n'a pas voulu leur dire et ils l'ont tué. Oh ! mon Dieu...

— Il ne pouvait pas leur dire ce qu'il ne savait pas, fit Bourne.

— Mais toi, tu savais ! fit Marie en se redressant, les yeux grands ouverts. Tu connaissais l'histoire de la balle dans la gorge ! C'est toi qui en as parlé !

— J'en ai parlé. Je connaissais. C'est tout ce que je peux te dire.

« — Comment ?

— Je voudrais bien pouvoir répondre à cette question. Je ne peux pas.

— Je peux avoir un verre ?

— Certainement. (Jason se leva et s'approcha de la commode. Il versa deux rasades de whisky et la regarda.) Tu veux que je demande de la glace ? Hervé est de service ; ce ne sera pas long.

— Non. Ce sera encore trop long. (Elle lança le magazine sur le lit, loin d'elle, et se tourna vers lui... presque agressive.) Je deviens folle !

— Tu n'es pas la seule.

— J'ai envie de te croire ; je te crois d'ailleurs. Mais je... je...

— Tu ne peux pas être sûre, fit Bourne, terminant sa phrase pour elle. Pas plus que moi. (Il lui apporta son verre.) Qu'est-ce que tu veux que je te dise ? Qu'est-ce que je peux dire ? Est-ce que je suis un des soldats de Carlos ? Est-ce que j'ai enfreint la loi du silence ou les règles de la loyauté ? Est-ce que pour ça je connaissais la méthode d'exécution ?

— Assez !

— Je me dis ça tout le temps : "assez !" Ne pense pas ; essaie de te rappeler, mais il y a toujours quelque chose qui freine. Il ne faut pas que j'aille trop loin, trop profond. Un mensonge peut être dénoncé : il ne fait que poser dix autres questions. Peut-être que c'est comme se réveiller après une longue cuite, sans savoir avec qui on s'est battu, avec qui on s'est couché, ni... bon Dieu... qui on a tué.

— Non, non... lança Marie. Tu es *toi*. Ne me retire pas ça.

— Je n'en ai aucune envie. Je ne tiens pas à me l'enlever à moi non plus. (Jason revint s'asseoir dans le fauteuil, le visage tourné vers la fenêtre.) Tu as découvert... une méthode d'exécution. J'ai trouvé autre chose. Je le savais, tout comme je savais pour Howard Leland. Je n'ai même pas eu à le lire.

— A lire quoi ? »

Bourne se pencha pour ramasser un numéro vieux

de trois ans du *Potomac Quaterly*. Le magazine était ouvert à une page sur laquelle on voyait l'esquisse d'un homme barbu, aux traits sommaires et peu convaincants, comme s'ils avaient été tracés à partir d'une vague description. Il le lui tendit.

« Lis-le, dit-il. Ça commence en haut à gauche, sous le titre "Mythe ou monstre". Ensuite, je veux jouer à un jeu.

— Un jeu ?

— Oui. Je n'ai lu que les deux premiers paragraphes ; tu peux me croire sur parole.

— Très bien. » Marie le regarda, surprise. Elle abaissa le magazine vers la lumière et se mit à lire.

MYTHE OU MONSTRE

Depuis plus d'une décennie, on murmure le nom de « Carlos » dans les petites rues de villes aussi diverses que Paris, Téhéran, Beyrouth, Londres, Le Caire et Amsterdam. On dit que c'est le terroriste suprême en ceci qu'il s'attache aux meurtres et à l'assassinat en soi sans idéologie politique apparente. On possède pourtant des preuves concrètes qu'il a commis des exécutions profitables pour des groupes aussi extrémistes que l'O.L.P. et la bande Baader-Meinhof, aussi bien comme maître que comme mercenaire. C'est d'ailleurs par ses rares contacts et les conflits qu'il a pu avoir avec de telles organisations terroristes qu'un portrait plus net de « Carlos » commence à émerger. Des informateurs se présentent après de sanglantes querelles et ils parlent.

Si les récits de ses exploits donnent naissance à des images d'un monde de violence et de complots, de puissants explosifs et de complots contre les puissants, de voitures de sport et de jolies femmes, les faits donnent un portrait qui ressemble au moins autant à Adam Smith qu'à Ian Fleming. « Carlos » est réduit à des proportions humaines et, grâce à cette compression, c'est un homme véritablement effrayant dont la sil-

*houette se précise. Le mythe sado-romantique se trans-
forme en un monstre ensanglanté mais à l'intelligence
brillante, qui négocie l'assassinat avec le talent d'un
analyste financier, avec une pleine conscience des salaires, des prix de revient, des frais de distribution et des
divisions de la main-d'œuvre dans la pègre. C'est un
commerce complexe et « Carlos » en est le maître.*

*Le portrait commence par un nom supposé, aussi
bizarre à sa façon que la profession de celui qui le porte.
Ilich Ramirez Sanchez. On le dit vénézuélien, fils d'un
avocat marxiste fanatique mais pas très connu (le Ilich
est l'hommage du père à Vladimir Ilitch Lénine, et
explique en partie les incursions de « Carlos » dans le
terrorisme) qui a envoyé le jeune homme en Russie
pour l'essentiel de son éducation, qui comprenait
notamment une formation à l'espionnage au centre
soviétique de Novgorov. C'est là que le portrait devient
brièvement plus flou ; la rumeur et la conjecture guidant maintenant la main de l'artiste. A en croire ces
rumeurs, l'une ou l'autre des commissions du Kremlin
qui surveillent régulièrement les étudiants étrangers
susceptibles d'être plus tard infiltrés ont compris les
possibilités qu'il y avait chez Ilich Sanchez mais ont
refusé d'en faire usage. C'était un paranoïaque qui ne
trouvait de solution qu'en termes d'une balle bien
placée ou d'une bombe ; on recommanda de renvoyer le
jeune homme à Caracas et de rompre tout lien que les
Soviétiques pouvaient avoir avec la famille. Ainsi rejeté
par Moscou et profondément hostile à la société occi-
dentale, Sanchez entreprit d'édifier son propre univers,
où il était le chef suprême. Quelle meilleure façon de
devenir l'assassin apolitique dont le plus large assortiment de clients politiques et philosophiques pouvaient
s'assurer par contrat les services ?*

*Le portrait maintenant redevient net. Parlant plu-
sieurs langues, y compris son espagnol natal aussi bien
que le russe, le français et l'anglais, Sanchez utilisa son
instruction chez les Soviétiques comme tremplin pour
ses techniques. Des mois d'études attentives suivirent
son expulsion de Moscou, certains disent sous la tutelle*

des Cubains, de Che Guevara en particulier. Il méprisa la connaissance et le maniement de toutes sortes d'armes et d'explosifs ; il n'y avait pas un pistolet qu'il n'était pas capable de démonter et de remonter les yeux bandés, pas d'explosif qu'il ne pouvait analyser à l'odeur et au toucher et dont il connaissait une douzaine de moyens différents de le faire détoner. Il était prêt ; il choisit Paris comme base d'opérations et la nouvelle se répandit : un homme était à louer qui voulait bien tuer là où d'autres n'osaient pas.

Une fois de plus le portrait redevient vague tout autant faute d'archives d'état civil que pour d'autres raisons. Quel âge au juste a « Carlos » ? Combien de victimes peut-on lui attribuer et combien ne sont que mythes — qu'il revendique lui-même ou qu'on lui prête ? Des correspondants installés à Caracas n'ont pu découvrir nulle part là-bas d'acte de naissance au nom d'Ilich Ramirez Sanchez. Mais il y a des milliers de Sanchez au Venezuela, des centaines qui se prénomment Ramirez ; mais aucun dont Ilich soit le premier prénom. Fut-il ajouté plus tard, ou bien cette omission n'est-elle qu'une preuve supplémentaire de la minutie de « Carlos » ? On s'accorde à reconnaître que l'assassin est âgé de trente-cinq à quarante ans. Personne ne le sait vraiment.

LE TALUS DE DALLAS

Mais un fait que nul ne conteste, c'est que les bénéfices de ses premières exécutions ont permis à l'assassin de mettre sur pied une organisation que pourrait envier un analyste des opérations à la General Motors. C'est le capitalisme sous sa forme la plus efficace, la loyauté et le service étant assurés à parts égales par la crainte et la récompense. Les conséquences de la trahison ne tardent pas — c'est la mort — mais il en va de même des bienfaits qu'assure un fidèle service : primes généreuses et notes de frais considérables. L'organisation semble avoir des cadres d'élite partout ; et cette rumeur bien *installée débouche sur la question évidente : d'où sont venus les premiers bénéfices ? Quels ont été les premiers meurtres ? Celui qui a donné lieu au plus grand nombre d'hypothèses s'est produit voilà treize ans à Dallas. Malgré toutes les discussions qui ont pu entourer l'assassinat de John F. Kennedy, personne n'a jamais trouvé d'explications satisfaisantes à un peu de fumée jaillie d'un talus herbeux à trois cents mètres du cortège. La fumée a été enregistrée par une caméra ; deux radios de la police, montées sur des motocyclettes et restées ouvertes, ont enregistré un ou des bruits. Pourtant on n'a trouvé ni douille ni empreinte de pas. En fait, la seule allusion à ce tertre herbeux dans ces circonstances a été considérée comme si dénuée d'intérêt qu'elle est trouvée enfouie dans le rapport d'enquête du F.B.I. à Dallas et qu'elle n'a jamais figuré dans le Rapport de la Commission Warren. La mention en a été faite par un passant, K. M. Wright, de Dallas Nord qui, quand on l'a interrogé, a fait la déclaration suivante :*

« Bah ! le seul couillon qu'il y avait dans les parages était le vieux Billy Toile de Sac, et il était à deux cents mètres de là. »

Le « Billy » en question était un vieux clochard de Dallas qu'on voyait fréquemment faire la manche dans les endroits fréquentés par les touristes ; le surnom de « Toile de Sac » se rapportait à son penchant pour envelopper ses chaussures dans de vieux bouts de sac pour éveiller la compassion des gogos. D'après nos correspondants, la déclaration de Wright n'a jamais été rendue publique.

Pourtant, voilà six semaines, un terroriste libanais capturé a craqué lors de son interrogatoire à Tel-Aviv. Suppliant qu'on lui laisse la vie sauve, il prétendait détenir des renseignements extraordinaires sur l'assassin « Carlos ». Les services de renseignement israéliens ont transmis leur rapport à Washington ; nos correspondants dans la capitale s'en sont procuré des extraits.

Le témoin : « Carlos se trouvait à Dallas en novembre

1963. Il prétendait être cubain et a programmé Oswald. Il était en soutien. C'était son opération. »

Question : « Quelles preuves avez-vous ? »

Le témoin : « Je l'ai entendu le dire. Il était sur un petit talus d'herbe derrière un épaulement. Son fusil était muni d'un panier métallique pour recueillir les douilles. »

Question : « On n'a jamais signalé cela ; pourquoi ne l'a-t-on pas vu ? »

Le témoin : « Peut-être l'a-t-on vu, mais personne ne l'aurait remarqué. Il était déguisé en vieil homme avec un manteau tout déchiré et ses chaussures étaient enveloppées dans de la toile de sac pour ne pas laisser de traces de pas. »

Des renseignements fournis par un terroriste ne constituent assurément pas une preuve, mais on ne devrait pas toujours les négliger. Surtout lorsqu'il s'agit d'un assassin hors pair, passé maître dans l'art du camouflage, qui a fait un aveu qui corrobore de façon si stupéfiante un témoignage jamais publié concernant une crise nationale sur laquelle on n'a jamais fait toute la lumière. Voilà qui doit être pris au sérieux. Comme tant d'autres associés — même de loin — aux tragiques événements de Dallas, « Billy Toile de Sac » fut trouvé mort quelques jours plus tard d'une overdose de drogue. Il était connu pour être un vieil homme qui s'enivrait régulièrement au mauvais vin ; on ne l'avait jamais vu utiliser des stupéfiants. Il ne pouvait pas se les permettre.

« Carlos » était-il l'homme sur le tertre ? Quel extraordinaire début pour une carrière extraordinaire ! Si Dallas était vraiment son « opération », combien de millions de dollars ont-ils dû lui être versés ? Assurément plus qu'assez pour installer un réseau d'informateurs et de soldats qui constitue toute une société à lui tout seul.

Le mythe a trop de substance ; « Carlos » pourrait bien être un monstre de chair et de bien trop de sang.

Marie reposa le magazine. « Et le jeu, qu'est-ce que c'est ?

— Tu as fini ? demanda Jason en se détournant de la fenêtre.

— Oui.

— J'imagine qu'un tas de déclarations ont été faites. Des théories, des suppositions, des équations.

— Des équations ?

— Si quelque chose se produisait ici et qu'il y avait un effet là-bas, il existait une relation.

— Tu veux dire un rapport, dit Marie.

— Si tu veux, un rapport. Tout est là, n'est-ce pas ?

— Dans une certaine mesure, oui. On ne peut pas appeler ça un dossier juridique ; c'est plein d'hypothèses, de rumeurs et d'informations de seconde main.

— Il y a quand même des faits.

— Des faits précis.

— Des faits précis. Des éléments. Bon. Des éléments. Très bien.

— Qu'est-ce que c'est ce jeu ? répéta Marie.

— Ça a un titre simple. Ça s'appelle "le piège".

— Le piège pour qui ?

— Pour moi. (Bourne se pencha dans son fauteuil.) Je veux que tu me poses des questions. Sur n'importe quoi qui se trouve là-dedans. Une phrase, le nom d'une ville, une rumeur, un fragment de... d'élément. N'importe quoi. Voyons ce que vont être mes réactions. Mes réactions aveugles.

— Chéri, ça ne prouve pas...

— Fais-le ! ordonna Jason.

— Très bien. (Marie reprit le numéro du *Potomac Quaterly.*) Beyrouth, dit-elle.

— Ambassade, répondit-il. Le chef de l'antenne de la C.I.A. se faisant passer pour un attaché. Mitraillé dans la rue. Trois cent mille dollars. »

Marie le regarda. « Je me souviens... commença-t-elle.

— Moi pas ! l'interrompit Jason. Continue. »

Elle le dévisagea, puis ses yeux revinrent au magazine. « Baader-Meinhof.

— Stuttgart. Regensburg. Munich. Deux meurtres et un kidnapping, attribués à Baader. Fonds venant de... (Bourne s'arrêta, puis murmura d'un ton stupéfait :) source américaine. Detroit... Wilmington, Delaware.

— Jason, qu'est-ce que...

— Continue. Je t'en prie.

— Le nom, Sanchez.

— Le nom est Ilich Ramirez Sanchez, répliqua-t-il. C'est... Carlos.

— Pourquoi Ilich ? »

Bourne marqua un temps, son regard errant au loin. « Je ne sais pas.

— C'est russe, pas espagnol. Sa mère était russe ?

— Non... oui. Sa mère. Ça devait être sa mère... je crois. Je ne suis pas sûr.

— Novgorod.

— Centre d'espionnage. Transmissions, chiffres, étude des fréquences. Sanchez est diplômé de ce centre.

— Jason, tu as lu ça ici !

— Je ne l'ai pas lu ! Je t'en prie. Continue. »

Les yeux de Marie revinrent au début de l'article. « Téhéran.

— Huit meurtres. Attribution partagée : Khomeni et l'O.L.P. Honoraires, deux millions de dollars. Source : secteur soviétique du sud-ouest.

— Paris, fit Marie très vite.

— Tous les contrats passeront par Paris.

— Quels contrats ?

— Les contrats... les meurtres.

— Les meurtres de qui ? Les contrats de qui ?

— De Sanchez... de Carlos.

— Carlos ? Alors ce sont les contrats de Carlos, ses meurtres à lui. Ils n'ont rien à voir avec toi.

— Les contrats de Carlos, dit Bourne, comme hébété. Rien à voir avec moi, répéta-t-il, presque dans un souffle.

— Tu viens de le dire, Jason. Tout cela n'a rien à voir avec toi !

— Non ! Ça n'est pas vrai ! cria Bourne, bondissant du fauteuil, pour se planter devant elle en la dévisageant. Ce sont *nos* contrats, ajouta-t-il plus calmement.

— Tu ne sais pas ce que tu dis !

— Je réagis ! A l'aveuglette ! C'est pourquoi il fallait que je vienne à Paris ! (Il tourna les talons et se dirigea vers la fenêtre pour en agripper l'encadrement.) C'est ça, le jeu, continua-t-il. Nous ne cherchons pas un mensonge, nous cherchons la vérité, tu te souviens ? Peut-être que nous l'avons trouvée ; peut-être que le jeu l'a révélée.

— Ça n'est pas un test valable ! C'est un pénible exercice de mémoire accidentelle. Si un magazine comme le *Potomac Quaterly* a publié ce texte, il a dû être repris par la moitié des journaux du monde. Tu aurais pu le lire n'importe où.

— Le fait est que je l'ai retenu.

— Pas en totalité. Tu ne savais pas d'où venait le prénom Ilich, ni que le père de Carlos était un avocat communiste au Venezuela. Il me semble que ce sont des points importants. Tu n'as pas soufflé mot des Cubains. Si tu l'avais fait, ça t'aurait amené à l'hypothèse la plus choquante avancée ici. Tu n'en as pas dit un mot.

— De quoi parles-tu ?

— De Dallas, fit-elle. Novembre 1963.

— Kennedy, répondit Bourne.

— C'est ça ? Kennedy ?

— C'est à cette date que c'est arrivé. (Jason était immobile.)

— En effet, mais ça n'est pas ce que je cherche.

— Je sais, dit Bourne, sa voix redevenant neutre, comme s'il parlait dans le vide. Un talus herbeux... Billy Toile de Sac.

— Tu as lu ça !

— Non.

— Alors tu l'as entendu avant, tu l'as lu.

— C'est possible, mais ça ne change rien, n'est-ce pas ?

— Arrête, Jason !

— Encore. Je voudrais bien.

— Qu'est-ce que tu cherches à me dire ? Que tu es Carlos ?

— Dieu, non. Carlos veut me tuer et je ne parle pas russe, ça je le sais.

— Alors *quoi* ?

— Ce que je t'ai dit au début. Le jeu. Le jeu s'appelle Piège-pour-le-Soldat.

— Un soldat ?

— Oui. Un qui a abandonné Carlos. C'est la seule explication, la seule raison pour que je sache ce que je sais sur tout ces points.

— Pourquoi dis-tu abandonné ?

— Parce qu'il tient à me tuer. Il y est bien obligé ; il croit que j'en sais énormément sur lui. »

Marie était accroupie sur le lit ; elle fit passer ses jambes par-dessus le côté pour se planter devant lui, les bras ballants. « C'est le résultat de l'avoir abandonné. Et la cause ? Si c'est vrai, alors tu es devenu... devenu... » Elle n'alla pas plus loin.

« Tout bien considéré, il est un peu tard pour chercher une position morale, fit Bourne, voyant la douleur de la révélation sur le visage de la femme qu'il aimait. Je pourrais penser à plusieurs raisons, plusieurs clichés. Qu'est-ce que tu dirais de bagarre entre voleurs... entre tueurs.

— C'est absurde ! cria Marie. Il n'y a pas l'ombre d'une preuve.

— Il y en a des tonnes, et tu le sais. J'aurais pu me vendre au plus offrant ou dérober d'énormes sommes d'argent sur les honoraires. L'un ou l'autre expliquerait le compte à Zurich. (Il s'arrêta un instant, le regard fixé sur le mur au-dessus du lit, mais sans le voir.) L'un ou l'autre expliquerait Howard Leland, Marseille, Beyrouth, Stuttgart... Munich. Tout. Tous les faits oubliés qui veulent me revenir en mémoire. Et un surtout. Pourquoi j'ai évité son nom, pourquoi je ne l'ai jamais mentionné. Par peur. J'ai peur de lui. »

Il y eut un long silence. Marie hocha la tête. « Je suis sûre que tu crois ça, dit-elle, et dans une certaine mesure j'aimerais bien que ce soit vrai. Mais je ne crois pas que ce soit le cas. Tu veux y croire parce que ça confirme ce que tu viens de dire. Ça te donne une réponse... une identité. Ce n'est peut-être pas l'identité que tu veux, mais Dieu sait que ça vaut mieux que d'errer à l'aveuglette dans cet horrible labyrinthe auquel tu es confronté chaque jour. N'importe quoi serait mieux, j'imagine. (Elle marqua un temps.) Et moi, j'aimerais bien que ce soit vrai parce qu'alors nous ne serions pas ici.

— Comment ?

— C'est là l'illogisme, chéri ? Le chiffre ou le symbole qui ne colle pas avec ton équation. Si tu étais en effet ce que tu crois avoir été, si tu avais peur de Carlos — et Dieu sait que tu aurais toutes raisons pour cela — Paris serait le dernier endroit sur terre où tu te sentirais l'envie de te trouver. Nous serions ailleurs ; tu l'as dit toi-même. Tu fuirais ; tu prendrais l'argent de Zurich et tu disparaîtrais. Ça n'est pas ce que tu fais ; au lieu de cela, tu viens droit dans l'antre de Carlos. Ce n'est pas l'attitude d'un homme qui, ou bien a peur, ou bien se sent coupable.

— Il n'y a rien d'autre. Je suis venu à Paris pour trouver ; c'est aussi simple que ça.

— Alors file. Nous aurons l'argent demain matin ; rien ne peut t'arrêter... nous arrêter. C'est simple aussi. » Marie l'observait attentivement.

Jason la regarda, puis détourna la tête. Il s'approcha de la commode et se versa un verre. « Il y a toujours le problème de Treadstone, dit-il, sur la défensive.

— Pourquoi plus que Carlos ? Voilà ta véritable équation. Carlos et Treadstone. Un homme qu'autrefois j'ai beaucoup aimé a été tué par Treadstone. Raison de plus pour filer, pour survivre.

— Je croyais que tu voulais voir dénoncer les gens qui l'ont tué, dit Bourne. Leur faire payer ce crime.

— Mais oui. J'y tiens. Mais d'autres peuvent les trouver. J'ai des priorités, et la vengeance ne vient pas en tête de liste. C'est nous qui occupons cette place. Toi et moi. Ou bien est-ce seulement mon avis ? Mon sentiment.

— Ne dis pas de bêtises. (Il serra plus fort le verre dans sa main et la regarda.) Je t'aime, murmura-t-il.

— Alors filons ! dit-elle en faisant un pas vers lui. Oublions tout ça, oublions-le vraiment, et allons-nous-en aussi vite que nous pouvons, aussi loin que nous pouvons ! Partons tout de suite !

— Je... je, balbutia Jason, perdu encore dans des brumes qui l'exaspéraient. Il y a... des choses.

— Quelles choses ? Nous nous aimons, nous nous sommes trouvés ! Nous pouvons aller n'importe où, rien ne nous arrête, n'est-ce pas ?

— Rien que toi et moi, répéta-t-il doucement, les brumes maintenant se refermant jusqu'à le suffoquer. Je sais. Je sais. Mais il faut que je réfléchisse. J'ai tant de choses à découvrir, il y a tant de choses qui doivent sortir.

— Pourquoi est-ce si important ?

— C'est... c'est comme ça.

— Tu ne sais pas ?

— Si... non, je ne suis pas sûr. Ne me le demande pas maintenant.

— Si ça n'est pas maintenant, alors quand ? Quand est-ce que je peux te le demander ? Quand ça va-t-il se passer ? Ou bien ça durera-t-il toujours !

— Assez ! lança-t-il soudain, reposant avec bruit le verre sur le plateau. Je ne peux pas m'enfuir ! Je ne veux pas ! Il faut que je reste ici ! Il faut que je sache ! »

Marie se précipita vers lui, posant les mains d'abord sur ses épaules, puis sur son visage, ruisselant de transpiration. « Maintenant tu l'as dit. Tu te rends compte, chéri ? Tu ne peux pas t'enfuir parce que plus tu approches, plus c'est exaspérant pour toi.

Et que si tu t'enfuyais, ça ne ferait qu'empirer. Tu n'aurais pas de vie, tu vivrais un cauchemar. Je le sais. »

Il tendit les mains vers son visage pour le toucher, il la regarda. « Oui ?

— Bien sûr. Mais c'était à toi de le dire, pas à moi. (Elle le garda contre elle, posant la tête sur sa poitrine.) Il fallait que je te force. Ce qui est drôle, c'est que moi, je pourrais le faire. Je pourrais prendre un avion avec toi ce soir et aller où tu voudrais, disparaître et ne jamais regarder en arrière, plus heureuse que je ne l'ai été de ma vie. Mais toi, tu ne pourrais pas faire ça. Ce qu'il y a — ou ce qu'il n'y a pas — ici à Paris, te rongerait jusqu'au moment où tu ne pourrais plus le supporter. C'est l'ironie de la situation, mon chéri. Moi, je pourrais vivre avec, mais pas toi.

— Tu disparaîtrais comme ça ? demanda Jason. Et ta famille, ta situation... Tous les gens que tu connais ?

— Je ne suis ni une enfant ni une idiote, répondit-elle aussitôt. Je me trouverais une couverture, mais je ne crois pas que je prendrais ça très au sérieux. Je demanderais un congé prolongé pour raisons médicales et personnelles. Surmenage, dépression ; je pourrais toujours revenir, le ministère comprendrait.

— Et Peter ?

— Oui. (Elle se tut un moment.) Nous étions passés d'une relation à une autre, et la seconde était plus importante pour nous deux, je crois. Il était comme un frère imparfait dont on souhaite la réussite malgré ses défauts, parce qu'au fond il y a une grande honnêteté.

— Je suis navré. Je suis vraiment navré. »

Elle leva les yeux vers lui. « Tu es pareil. Quand on fait le genre de travail que je fais, l'honnêteté devient très importante. Ce ne sont pas les humbles qui héritent la terre, Jason, ce sont ceux qui corrompent. Et j'ai idée que la distance entre la corruption et le meurtre est bien courte.

— Treadstone 71 ?

— Oui. Nous avions raison tous les deux. Je veux les voir dénoncés, je veux les voir payer ce qu'ils ont fait. Et tu ne peux pas t'enfuir. »

Il lui effleura la joue de ses lèvres, puis les cheveux et la serra contre lui. « Je devrais te rejeter, dit-il. Je devrais te dire de sortir de ma vie. J'en suis incapable, mais je sais fichtrement bien que je le devrais.

— Ça ne changerait rien si tu le faisais. Je ne partirais pas, mon amour. »

Le cabinet de l'avocat se trouvait boulevard de la Chapelle ; la salle de conférences aux murs tapissés de livres rassemblait plus à un décor qu'à un bureau ; chaque détail était un accessoire, et il était bien à sa place. C'étaient des marchés qu'on concluait dans cette pièce, pas des contrats. Quant à l'avocat, la dignité d'une barbiche blanche et un pince-nez en argent au-dessus d'un nez aquilin ne parvenaient pas à dissimuler une corruption fondamentale. Il insista même pour s'exprimer dans un mauvais anglais, ce qui pourrait, plus tard, lui permettre de prétendre qu'on l'avait mal compris.

Ce fut Marie qui parla le plus souvent, Bourne l'écoutant, comme un client écoute son conseil. Elle exposa brièvement son affaire, remplaçant les chèques de guichet par des bons au porteur, payables en dollars, pour des sommes allant d'un maximum de vingt mille dollars à un minimum de cinq. Elle chargea l'avocat de dire à la banque que toutes les séries devaient être séparées numériquement par groupes de trois, les répondants internationaux changeant tous les cinq lots de bons. L'avocat comprit son objectif ; elle compliquait à tel point l'émission des bons qu'en retrouver la trace dépasserait les possibilités de la plupart des banques ou des courtiers. Aucun de ces courtiers ni de ces banques ne s'en donnerait d'ailleurs la peine. Les paiements étaient garantis.

Agacé, l'avocat avait presque terminé sa conversation téléphonique avec un Antoine d'Amacourt non moins déconcerté quand Marie leva la main.

« Pardonnez-moi, mais M. Bourne insiste pour que M. d'Amacourt prévoie aussi deux cent mille francs en espèces, cent mille francs devant être joints aux bons et cent mille conservés par M. d'Amacourt. Il suggère que cette seconde tranche de cent mille soit divisée comme suit : soixante-quinze mille pour M. d'Amacourt et vingt-cinq mille pour vous-même. Il se rend compte qu'il vous doit beaucoup à tous les deux pour vos conseils et pour tout le mal qu'il vous a donné. Il va sans dire qu'il est inutile de conserver aucune trace de cette répartition. »

Toute irritation disparut du visage de l'avocat lorsqu'il eut entendu les paroles de Marie, pour être remplacée par une obséquiosité comme on n'en avait pas vu depuis la Cour de Versailles. Les dispositions furent prises conformément aux exigences inhabituelles — mais bien compréhensibles — de M. Bourne et de son estimé conseil. Un porte-documents en cuir fut fourni par M. Bourne pour les bons et pour les espèces : il serait transporté par un courrier armé qui quitterait la banque à deux heures trente pour retrouver M. Bourne à trois heures sur le Pont-Neuf. Le distingué client se ferait reconnaître au moyen d'un petit morceau de cuir découpé sur le couvercle du porte-documents et qui s'adapterait parfaitement au morceau manquant. A cela s'ajouteraient les mots : « Herr Koenig envoie ses salutations de Zurich. »

Voilà pour les détails. Il y en avait encore un que le conseil de M. Bourne expliqua avec soin.

« Nous reconnaissons que les exigences de la fiche doivent être remplies à la lettre et nous comptons sur M. d'Amacourt pour le faire, dit Marie Saint-Jacques. Nous reconnaissons toutefois aussi que cet horaire peut être avantageux pour M. Bourne. Et nous entendons qu'il soit respecté. Faute de quoi, je crains qu'en tant que membre attitré — encore qu'aujourd'hui anonyme — de la Commission Internationale de Banques, je me verrais dans l'obligation de signaler certains manquements aux règles bancaires et juridiques que j'ai pu observer. Je suis certaine que ce ne sera pas nécessaire ; nous sommes tous très bien payés, n'est-ce pas, maître ?

— Vous avez tout à fait raison, madame ! Dans la banque comme dans la justice... d'ailleurs dans la vie même... les impératifs d'horaires sont essentiels. Vous n'avez rien à craindre.

— Je sais », dit Marie.

Bourne examina les cannelures du silencieux, s'assurant qu'il avait ôté les particules de poussière qui s'y étaient amassées. Il le serra une dernière fois, appuya sur le ressort du chargeur et en vérifia le contenu. Il restait six balles ; il était prêt. Il glissa l'arme dans sa ceinture et boutonna sa veste.

Marie ne l'avait pas vu avec le pistolet. Elle était assise sur le lit, lui tournant le dos, en train de parler au téléphone à l'attaché de l'ambassade canadienne, Denis Corbelier. De la fumée de cigarette montait en volutes d'un cendrier posé auprès d'elle ; elle était en train de noter les renseignements que lui donnait Corbelier. Lorsqu'il eut terminé, elle le remercia et raccrocha. Elle resta immobile deux ou trois secondes, sans lâcher son crayon.

« Il n'est pas au courant pour Peter, dit-elle en se tournant vers Jason. C'est bizarre.

— Très, reconnut Bourne. J'aurais cru qu'il serait le premier à être informé. Tu disais qu'on avait examiné le carnet de téléphone de Peter et qu'il avait appelé Corbelier à Paris. On pourrait croire que quelqu'un aurait suivi cette piste.

— Je n'y avais même pas songé. Je pensais aux journaux, aux agences. Peter a... a été découvert il y a dix-huit heures et, malgré ses airs nonchalants, il était quelqu'un d'important dans le gouvernement canadien. Sa mort constituerait une information à elle toute seule, son meurtre encore plus... Cela n'a pas été annoncé.

— Appelle Ottawa ce soir. Tâche de savoir pourquoi.

— Je le ferai.

— Qu'est-ce que t'a dit Corbelier ?

— Oh ! oui, fit Marie, son regard revenant à son carnet. Le numéro de la voiture rue de Sèze était sans intérêt, il s'agit d'une voiture louée à l'aéroport Charles-de-Gaulle à un certain Jean-Pierre Larousse.

— Autant dire John Smith, fit Jason.

— Exactement. Il a eu plus de chance avec le numéro de téléphone que d'Amacourt t'a donné, mais il ne voit pas comment ça pourrait avoir un rapport avec quoi que ce soit. Moi non plus, d'ailleurs.

— C'est si bizarre ?

— Je trouve. C'est une ligne directe d'une maison de couture du faubourg Saint-Honoré. Les Classiques.

— Une maison de couture ? Tu veux dire un atelier ?

— Je suis sûre qu'il y en a un, mais c'est avant tout un magasin élégant comme Dior ou Givenchy. De la haute couture. Dans le métier, a précisé Corbelier, on l'appelle la maison de René. C'est Bergeron.

— Qui ?

— René Bergeron, un modéliste. Il est dans le métier depuis des années, toujours au bord d'un grand succès. Je connais son nom parce que ma petite couturière, au Canada, copie ses modèles.

— Tu as noté l'adresse ? »

Marie acquiesça. « Pourquoi Corbelier n'était-il pas au courant pour Peter ? Pourquoi tout le monde ne le sait-il pas ?

— Tu vas peut-être l'apprendre en appelant. C'est sans doute tout simplement une question de fuseau horaire ; il était trop tard pour les éditions du matin, ici, à Paris. Je prendrai le journal du soir. (Bourne alla prendre son manteau dans la penderie, conscient du poids caché à sa ceinture.) Je retourne à la banque. Je vais suivre le messager jusqu'au Pont-Neuf. (Il enfila son pardessus, s'apercevant que Marie n'écoutait pas.) Je voulais te demander, est-ce que ces types portent un uniforme ?

— Qui ça ?

— Les messagers des banques.

— Ça expliquerait le silence des journaux, pas des agences.

— Je te demande pardon ?

— La différence d'heure. Les journaux auraient pu ne pas avoir le temps de passer l'information, mais les agences de presse auraient été au courant. Et puis il y a des télex dans les ambassades ; ils l'auraient su. Non, Jason, la nouvelle n'a pas été annoncée.

— Tu appelleras ce soir, dit-il. Je m'en vais.

— Tu me demandais pour les messagers. S'ils portent un uniforme ?

— Par curiosité.

— La plupart du temps, oui. Ils roulent aussi en fourgons blindés, mais j'ai été très précise sur ce point. Si on utilisait un fourgon, il devait être garé à un bloc du pont et le messager devait poursuivre à pied.

— Je t'ai entendue, mais je n'étais pas sûr de ce que tu voulais dire. Pourquoi ?

— C'est déjà assez embêtant d'avoir un messager professionnel, mais c'est une nécessité : les assurances de la banque l'exigent. Un fourgon, c'est quand même trop voyant : trop facile à suivre. Tu ne veux pas changer d'avis et me laisser t'accompagner ?

— Non.

— Crois-moi, il n'y aura aucun pépin ; ces deux canailles ne le permettraient pas.

— Alors il n'y a aucune raison pour que tu viennes.

— Tu es exaspérant.

— Je suis pressé.

— Je sais. Et tu vas plus vite sans moi. (Marie se leva et s'approcha de lui.) Je comprends. (Elle se plaqua contre lui pour l'embrasser sur les lèvres, sentant soudain l'arme qu'il avait glissée dans sa ceinture. Elle le regarda dans les yeux.) Tu es inquiet, n'est-ce pas ?

— Simplement prudent. (Il sourit et lui prit le

menton.) Ça fait un tas de fric. Il faudra peut-être que ça nous fasse vivre un bon moment.

— J'aime bien cette phrase.

— Pourquoi, l'argent ?

— Non. Nous. (Marie se rembrunit.) Il faut un coffre.

— Tu sais que tu as une conversation décousue.

— Tu ne peux pas laisser pour plus d'un million de dollars en bons négociables dans une chambre d'hôtel à Paris. Il faut que tu prennes un coffre.

— Nous pouvons le faire demain. (Il la lâcha et se tourna vers la porte.) Pendant que je suis sorti, cherche les Classiques dans l'annuaire et appelle le numéro habituel. Vois jusqu'à quelle heure c'est ouvert. » Puis il sortit.

Bourne était assis au fond d'un taxi à l'arrêt, surveillant à travers le pare-brise la façade de la banque. Le chauffeur fredonnait un air méconnaissable en lisant un journal, satisfait du billet de cinquante francs qu'il avait reçu d'avance. Toutefois le moteur tournait ; le client avait insisté là-dessus.

La silhouette du fourgon blindé se découpait dans la vitre arrière droite, son antenne radio jaillissant du milieu du toit comme la corde d'un arc. Il était garé à l'emplacement réservé, juste devant le taxi de Jason. Deux petites lumières rouges apparurent au-dessus du hublot en verre armé de la porte arrière. On venait d'enclencher le système d'alarme.

Bourne se pencha en avant, ne quittant pas des yeux l'homme en uniforme qui venait de descendre du véhicule et qui se frayait un chemin à travers la foule sur le trottoir, vers l'entrée de la banque. Il éprouva un sentiment de soulagement ; l'homme n'était pas l'un des trois personnages bien habillés qui étaient venus la veille à la banque de Valois.

Un quart d'heure plus tard, le messager ressortait de la banque, le porte-documents en cuir dans sa main gauche, sa main droite posée sur le baudrier ouvert d'un pistolet. On voyait distinctement le morceau de cuir qui manquait sur la mallette. Jason tâta la pièce manquante dans sa poche de chemise ; à défaut d'autre chose, c'était l'arrangement un peu simpliste qui permettait une vie loin de Paris, loin de Carlos. Si une telle vie existait et s'il pouvait l'accepter sans le terrible labyrinthe dont il n'arrivait pas à trouver l'issue...

Mais c'était plus que cela. Dans un labyrinthe créé par l'homme, on n'arrêtait pas de se déplacer, de courir, de se heurter à des murs ; tout contact était une sorte de progression, même s'il se faisait à l'aveuglette. Mais son labyrinthe à lui n'avait pas de murs, pas de couloirs tracés où courir. Il n'y avait que l'espace et des brumes tourbillonnantes dans les ténèbres qu'il voyait avec une telle netteté, lorsqu'il ouvrait les yeux la nuit, qu'il sentait la sueur ruisseler sur son visage. Pourquoi était-ce toujours le vide et l'obscurité et des vents qui soufflaient en tempête ? Pourquoi tombait-il toujours dans l'air la nuit ? Un parachute. Pourquoi ? Puis d'autres mots lui vinrent à l'esprit ; il ne savait absolument pas d'où ils venaient, mais ils étaient là et il les entendit.

Qu'est-ce qui reste quand vous n'avez plus de mémoire ? Et votre identité, monsieur Smith ?

Assez !

Le fourgon blindé s'engagea dans la circulation de la rue de Sèze. Bourne donna une tape sur l'épaule du chauffeur. « Suivez ce fourgon, mais gardez au moins deux voitures entre nous », dit-il en français. Le chauffeur se retourna, l'air inquiet. « Je crois que vous vous êtes trompé de taxi, monsieur. Reprenez votre argent.

— Mais non, je travaille pour la compagnie des fourgons blindés. C'est une mission spéciale.

— Toutes mes excuses, monsieur. Nous n'allons pas le perdre. » Le chauffeur plongea dans le flot de la circulation comme on se lance à l'assaut.

Le fourgon prit l'itinéraire le plus direct jusqu'à la Seine en passant par de petites rues. Puis, après avoir traversé la place de la Concorde, il prit le quai du

Louvre en direction du Pont-Neuf. Puis, alors que, selon Jason, il était encore à deux ou trois cents mètres du pont, il ralentit en serrant le trottoir comme si le messager avait décidé qu'il était trop tôt pour son rendez-vous. Mais au contraire, se dit Bourne, il était en retard. Il était trois heures moins six ce qui laissait à peine à l'homme le temps de se garer et d'aller à pied jusqu'au pont. Alors pourquoi le fourgon avait-il ralenti ? Ralenti ? Mais non, il s'était arrêté ; il ne bougeait plus ! Pourquoi ?

La circulation ? Bon sang, bien sûr... la circulation !

« Arrêtez-vous ici, dit Bourne au chauffeur. Garez-vous le long du trottoir. Vite !

— Qu'est-ce qu'il y a, monsieur ?

— Vous avez beaucoup de chance, dit Jason. Ma compagnie est disposée à vous payer cent francs de plus si vous allez simplement jusqu'à la portière de ce fourgon et que vous dites quelques mots au conducteur.

— Comment ça, monsieur ?

— A vous dire la vérité, nous le mettons à l'épreuve. C'est un nouveau. Voulez-vous les cent francs ?

— Je vais juste jusqu'à la portière et je dis quelques mots ?

— C'est tout. Cinq secondes tout au plus, puis vous pouvez regagner votre taxi et vous en aller.

— Sans histoires ? Je ne veux pas d'histoires.

— Ma firme compte parmi les plus respectables de France. Vous avez vu nos fourgons partout.

— Je ne sais pas...

— N'en parlons plus ! » Bourne mit la main sur la poignée de la portière.

« Qu'est-ce que je dois lui dire ? »

Jason tendit les cents francs. « Juste ceci : "Herr Koenig. Salutations de Zurich." Vous pouvez vous rappeler ça ?

— Koenig. Salutations de Zurich. Qu'est-ce que ça a de si difficile ?

— Bon, alors suivez-moi.

— Très bien. » Ils s'avancèrent à grands pas vers le

fourgon, ce fourgon qui était le piège de Carlos, songea Bourne. L'assassin s'était introduit parmi les messagers armés. Un seul nom et un rendez-vous révélés sur une fréquence radio soigneusement surveillée pouvaient rapporter beaucoup d'argent à un messager sous-payé. *Bourne. Pont-Neuf.* C'était si simple. Ce messager-ci se préoccupait moins d'être rapide que de s'assurer que les soldats de Carlos arrivaient au Pont-Neuf à temps. On connaissait la circulation parisienne ; n'importe qui pouvait être en retard. Jason arrêta le chauffeur de taxi, brandissant dans sa main quatre autres billets de cent francs ; l'homme avait les yeux rivés sur eux.

« Monsieur ?

— Ma compagnie va se montrer très généreuse. Cet homme doit être puni pour de graves infractions au règlement.

— Quoi donc, monsieur ?

— Après avoir dit : "Herr Koenig. Salutations de Zurich", ajoutez simplement : "Le programme est changé. Il y a dans mon taxi un client qui doit vous voir." Vous avez compris ça ? »

Les yeux du chauffeur revinrent aux billets. « Ça n'est pas difficile, non ? » Il empocha l'argent.

Ils se glissèrent le long du fourgon, Jason le dos collé à la paroi d'acier, sa main droite dissimulée sous son manteau, crispée sur le pistolet passé à sa ceinture. Le chauffeur de taxi s'approcha du fourgon et leva la main pour taper sur la vitre.

« Vous, là ! Herr Koenig ! Salutations de Zurich ! » cria-t-il.

La vitre s'abaissa, de quelques centimètres seulement. « Qu'est-ce que c'est que ça ? répondit une voix. Vous devez être au Pont-Neuf, monsieur ! »

Le chauffeur n'était pas idiot ; il avait hâte de partir le plus vite possible. « Pas moi, crétin ! lança-t-il au milieu du fracas de la circulation. Je vous dis ce qu'on m'a demandé de vous dire ! Le programme a été changé. Il y a un homme là-bas qui prétend qu'il doit vous voir !

— Dites-lui de faire vite », dit Jason en lui tendant un dernier billet de cinquante, ce qui ne pouvait pas se voir de la cabine du fourgon. Le chauffeur de taxi jeta un coup d'œil à l'argent, puis leva les yeux vers le messager. « Faites vite ! Si vous ne le voyez pas tout de suite, vous allez perdre votre place !

— Maintenant, filez ! » dit Bourne. Le chauffeur tourna les talons et passa devant Jason, saisissant le billet tout en revenant en courant vers son taxi.

Bourne ne bougeait pas, inquiet soudain de ce qu'il avait entendu par-dessus la cacophonie des coups de klaxon et des moteurs qui rugissaient sur le quai encombré. Des bruits de voix venaient de l'intérieur du fourgon, non pas un homme criant dans un radio-téléphone, mais deux hommes qui s'interpellaient. Le messager n'était pas seul ; il y avait un autre homme avec lui.

« C'est ce qu'il a dit. Tu as bien entendu.

— C'était *lui* qui devait venir. Il devait se montrer.

— C'est ce qu'il va faire. Et présenter le bout de cuir qui doit concorder exactement ! Tu t'imagines qu'il va faire ça dans une rue aussi encombrée ?

— Je n'aime pas ça !

— Tu m'as payé pour que je vous aide, toi et tes copains, à trouver quelqu'un. Pas pour perdre mon boulot. Je m'en vais !

— Ce doit être le Pont-Neuf !

— Va te faire voir ! »

Il y eut un bruit de pas lourds sur le fond métallique de la carrosserie. « Je vais avec toi ! »

La portière s'ouvrit ; Jason bondit derrière elle, sa main droite toujours dissimulée sous son manteau. Non loin de lui, un visage d'enfant était pressé contre la vitre d'une voiture, les yeux écarquillés, les traits juvéniles crispés dans une expression de terreur horrifiée. Le brouhaha des klaxons s'amplifiait, la circulation s'était arrêtée. Le messager descendit le marchepied métallique, le porte-documents dans sa main gauche. Bourne était prêt ; au moment précis où le messager fut sur le trottoir, il claqua la portière contre le corps de l'autre homme, envoyant le lourd panneau métallique contre un genou et une main tendue qui se présentaient. L'homme poussa un hurlement, recula en trébuchant dans le fourgon. Brandissant le bout de cuir dans sa main libre, Jason cria au messager :

« C'est moi, Bourne ! Voilà votre morceau de cuir ! Laissez ce pistolet dans son baudrier ou bien ce n'est pas seulement votre place que vous allez perdre, mais aussi votre vie, espèce d'enfant de salaud !

— Je ne souhaitais aucun mal, monsieur ! Ils voulaient simplement vous trouver ! Ils ne s'intéressent pas à votre livraison, je vous donne ma parole ! »

La portière s'ouvrit de nouveau. Jason la referma de l'épaule, puis l'entrouvrit pour voir le visage du soldat de Carlos, sa main toujours sur le pistolet qu'il avait à la ceinture.

Ce qu'il vit, ce fut le canon d'un revolver, sa gueule noire braquée sur lui. Il tournoya sur lui-même, comprenant que la fraction de seconde qu'avait perdue le tireur était provoquée par le déclenchement d'une sonnerie assourdissante qui retentissait dans le fourgon. L'alarme avait été déclenchée, le bruit infernal dominait le vacarme de la rue ; le coup de feu parut assourdi en comparaison ; on n'entendit même pas l'asphalte du trottoir jaillir sous l'impact.

Une fois de plus, Jason repoussa la portière. Il entendit le choc du métal contre le métal : il avait touché le pistolet du soldat de Carlos. Il prit le sien à sa ceinture, s'agenouilla dans la rue et ouvrit la portière.

Il aperçut le visage de Zurich, le tueur qu'on avait appelé Johann, l'homme qu'on avait fait venir à Paris pour le reconnaître. Bourne tira à deux reprises ; l'homme bascula en arrière, du sang se répandant sur son front.

Le messager ! Le porte-documents !

Jason aperçut l'homme ; il avait plongé pour se mettre à l'abri du hayon, son arme à la main, hurlant à l'aide. Bourne bondit et se précipita vers le pistolet qu'il brandissait, le saisissant par le canon et l'arrachant à la main du convoyeur. Il s'empara du porte-documents et cria :

« Pas de mal ? Donne-moi ça, salopard ! » Il jeta le pistolet de l'homme sous le fourgon, se redressa et s'enfonça dans la foule des passants affolés sur le trottoir. Il courait à toutes jambes, à l'aveuglette, les corps devant lui comme les parois mobiles de son labyrinthe. Mais il y avait une différence fondamentale entre cette épreuve et celle qu'il vivait chaque jour. Cela ne se passait pas dans les ténèbres : le soleil de l'après-midi brillait, aussi aveuglant que sa course dans le labyrinthe.

14

« Tout est là », dit Marie. Elle avait classé les certificats par dénominations et les piles s'entassaient sur le bureau avec les liasses de billets. « Je t'avais dit que ça marcherait.

— Ça a bien failli rater.

— Comment ?

— Le nommé Johann, celui de Zurich. Il est mort. Je l'ai tué.

— Jason, qu'est-ce qui s'est passé ? »

Il lui raconta. « Ils avaient tablé sur le Pont-Neuf, dit-il. A mon avis, la voiture de soutien s'est trouvée prise dans la circulation, puis est intervenue sur la fréquence radio du convoyeur pour lui dire d'arriver un peu en retard. J'en suis certain.

— Oh ! mon Dieu, ils sont partout !

— Mais ils ne savent pas où je suis, moi, dit Bourne en se regardant dans la glace au-dessus de la commode, et en examinant ses cheveux blonds tout en chaussant ses lunettes à monture d'écaille. Et le dernier endroit où ils s'attendraient à me trouver en ce moment — s'ils s'imaginaient même que j'en connaissais l'existence — serait une maison de couture du faubourg Saint-Honoré.

— Les Classiques ? demanda Marie, stupéfaite.

— Exactement. Tu as téléphoné ?

— Oui, mais c'est dément !

— Pourquoi ? fit Jason en se retournant. Réfléchis. Il y a vingt minutes, leur piège n'a pas fonctionné ; il doit y avoir chez eux une certaine confusion, des récriminations, des accusations d'incompétence ou pire encore. Actuellement, en ce moment même, ils se soucient plus les uns des autres que de moi ; personne n'a envie de recevoir une balle dans la gorge. Ça ne va pas durer ; ils vont se regrouper rapidement, Carlos va y veiller. Mais durant l'heure qui vient ou la suivante, pendant qu'ils s'efforcent de reconstituer ce qui s'est passé, le seul endroit où ils ne me chercheront pas, c'est une boîte à lettres-relais dont ils ne se doutent absolument pas que je connais l'existence.

— Quelqu'un va te reconnaître !

— Qui ça ? Ils avaient fait venir un homme de Zurich pour ça et il est mort. Ils ne savent pas de quoi j'ai l'air.

— Le convoyeur. Ils vont l'emmener, il t'a vu.

— Pendant les heures à venir, il va être occupé avec la police.

— Et d'Amacourt. Et l'avocat !

— J'imagine qu'ils sont à mi-chemin de la Normandie ou de Marseille ou, s'ils ont de la chance, qu'ils ont déjà quitté le pays.

— Imagine qu'ils soient interceptés ?

— Bon. Crois-tu que Carlos risquerait de griller une boîte à lettres où il reçoit ses messages ? Penses-tu.

— Jason, j'ai peur.

— Moi aussi. Mais pas d'être reconnu. (Bourne revint au miroir.) Je pourrais te faire un long discours sur les classifications faciales et la modification des traits, mais je m'abstiendrai.

— Tu parles des traces de chirurgie. Port-Noir. Tu m'as raconté.

— Pas tout. (Bourne vint s'appuyer à la commode, regardant avec attention son visage dans la glace.) De quelle couleur sont mes yeux ?

— Quoi ?

— Non, ne me regarde pas. Maintenant, dis-moi, de quelle couleur sont mes yeux ? Les tiens sont bruns avec des petits points verts ; et les miens ?

— Bleus... bleutés. Ou plutôt un peu gris... (Marie s'arrêta.) Je ne suis pas vraiment sûre. C'est épouvantable, non ?

— C'est tout à fait naturel. En fait, ils sont noisette, mais pas tout le temps. Même moi, je m'en suis aperçu. Quand je porte une chemise ou une cravate bleue, ils deviennent plus bleus ; une veste ou un manteau marron, ils sont gris. Quand je suis nu, ils deviennent étrangement indéfinissables.

— Ça n'a rien d'étrange. Je suis sûre que c'est la même chose pour des millions de gens.

— J'en suis certain. Mais combien d'entre eux portent des verres de contact alors que leur vue est parfaitement normale ?

— Des verres de contact...

— C'est bien ce que j'ai dit, reprit Jason. On utilise certains types de verres de contact pour changer la couleur des yeux. C'est quand les yeux sont noisette qu'ils sont le plus efficaces. Lorsque Washburn m'a examiné pour la première fois, il y avait des traces d'usage prolongé. C'est un des indices, n'est-ce pas ?

— C'est tout ce que tu peux en faire, dit Marie. Si c'est vrai.

— Pourquoi ne le serait-ce pas ?

— Parce que le docteur était plus souvent ivre qu'à jeun. C'est toi qui me l'as dit. Il suivait une hypothèse après l'autre, l'esprit Dieu sait à quel point embrumé par l'alcool. Il n'était jamais précis. Il en était bien incapable.

— Il l'était sur un point. Je suis un caméléon, conçu pour m'adapter à un moule flexible. Je veux découvrir quel moule ; peut-être que je le peux maintenant. Grâce à toi, j'ai une adresse. Quelqu'un là-bas connaît peut-être la vérité. Rien qu'un homme, c'est tout ce qu'il me faut. Une personne que je puisse confronter, briser s'il le faut...

— Je ne peux pas t'en empêcher, mais au nom du Ciel, fais attention. S'ils te reconnaissent, ils te tueront.

— Pas là-bas ; ce serait très mauvais pour les affaires. Nous sommes à Paris.

— Je ne trouve pas ça drôle, Jason.

— Moi non plus. Je compte très sérieusement là-dessus.

— Qu'est-ce que tu vas faire ? Je veux dire : comment vas-tu t'y prendre ?

— Je saurai mieux une fois là-bas. Je verrai bien si je trouve quelqu'un qui a l'air nerveux, inquiet, ou qui semble attendre un coup de fil comme si sa vie en dépendait.

— Et alors ?

— Alors, j'opérerai comme avec d'Amacourt. J'attendrai dehors et je suivrai la personne en question. Je suis tout près ; je ne veux pas manquer mon coup.Et je serai prudent.

— Tu m'appelleras ?

— Je tâcherai.

— Je vais devenir folle à t'attendre. Sans savoir.

— N'attends pas. Peux-tu déposer les bons quelque part ?

— Les banques sont fermées.

— Prends un grand hôtel, les hôtels ont des coffres.

— Il faut avoir une chambre.

— Prends-en une. Au Meurice ou au George-V. Laisse le coffret à la réception mais reviens ici. »

Marie acquiesça. « Ça me donnera quelque chose à faire.

— Ensuite, appelle Ottawa. Tâche de savoir ce qui s'est passé.

— Entendu. »

Bourne s'approcha de la table de chevet et prit une liasse de billets de cent francs. « Un petit cadeau peut faciliter les choses, dit-il. Je ne pense pas que ce sera nécessaire, mais on ne sait jamais.

— On ne sait jamais, reconnut Marie. (Puis elle ajouta, dans le même souffle :) Tu t'es entendu ? Tu viens de citer le nom de deux hôtels.

— J'ai entendu. (Il se tourna vers elle.) Je suis déjà venu ici. De nombreuses fois. J'ai vécu ici, mais pas dans ces hôtels. Dans des petites rues, je crois. Pas très faciles à trouver. »

Un silence s'établit, la peur presque palpable autour d'eux.

« Je t'aime, Jason.

— Je t'aime aussi, dit Bourne.

— Reviens. Quoi qu'il arrive, reviens. »

L'éclairage était doux et spectaculaire, de minuscules projecteurs brillant sur le plafond marron foncé, baignant mannequins et clientes, luxueusement vêtus, dans des flaques d'une lumière jaune qui les flattait. Les comptoirs de joaillerie et d'accessoires étaient tapissés de velours noir, des soies rouge vif et vertes déployées avec art le long des murs, des reflets d'or et d'argent étincelant au fond de vitrines doucement éclairées. Les passages entre les comptoirs s'incurvaient avec grâce en demi-cercle, donnant l'illusion de plus d'espace qu'il n'y en avait, car les Classiques, sans être une petite boutique, n'étaient pas un magasin gigantesque. Il était toutefois somptueusement conçu et situé dans une des artères de Paris où le terrain était le plus cher. Au fond, il y avait des cabines d'essayage avec des portes en verre teinté, sous un balcon où se trouvaient les bureaux de la direction. Un escalier s'élevait sur la droite, à côté d'un standard téléphonique derrière lequel était assis un homme entre deux âges — étrangement déplacé à cet endroit — vêtu d'un costume croisé bleu marine et qui manipulait les touches et les boutons, parlant dans un microphone qui n'était que le prolongement de son casque.

La plupart des employés étaient des femmes, grandes, minces, au visage et au corps émaciés, d'anciens mannequins que leurs goûts et leur intelligence avaient menées plus loin dans la profession. Les quelques hommes qu'on apercevait étaient minces eux aussi ; des silhouettes genre roseau soulignées par des vêtements ajustés, des gestes rapides, des postures de danseurs.

Une musique légère et romantique tombait du plafond sombre, des crescendos discrets ponctués par les rayons des petits projecteurs. Jason déambula dans les allées, inspectant les mannequins, palpant les tissus, évaluant la situation. Cela lui servait à masquer sa profonde stupéfaction. Où étaient la confusion, l'angoisse qu'il s'attendait à trouver au cœur même du centre de communications de Carlos ? Il jeta un coup d'œil vers les portes ouvertes des bureaux et vers l'unique couloir qui divisait en deux le petit ensemble. Des hommes et des femmes y évoluaient sans hâte, comme au rez-de-chaussée, s'arrêtant de temps à autre pour échanger des plaisanteries ou des phrases brèves. Des potins. Nulle part on ne percevait le moindre signe d'urgence, rien n'indiquait qu'un piège venait de leur exploser au visage, qu'un tueur qu'on avait fait venir tout exprès — le seul homme à Paris à travailler pour Carlos et capable d'identifier la cible — s'était retrouvé avec une balle dans la tête, mort au fond d'un fourgon blindé quai du Louvre.

C'était incroyable, ne serait-ce que parce que l'ambiance était à l'opposé de ce qu'il avait supposé. Non pas qu'il s'attendît à trouver le chaos, loin de là ; les soldats de Carlos étaient trop disciplinés pour cela. Pourtant, il avait pensé trouver *quelque chose*. Mais ici, pas de visages crispés, de regards furtifs, de gestes brusques trahissant l'inquiétude. Absolument rien d'insolite ; le monde élégant de la haute couture continuait à tourner sur son orbite élégante, sans se soucier d'événements qui auraient dû le déséquilibrer.

Cependant, il y avait quelque part une ligne téléphonique et quelqu'un qui, non seulement parlait au nom de Carlos, mais avait aussi le pouvoir de lancer trois tueurs sur une piste. Une femme... il l'aperçut : ce ne pouvait être qu'elle. Au milieu de l'escalier recouvert d'une épaisse moquette, une grande femme à l'air impérieux, avec un visage que l'âge et les produits de beauté avaient transformé en un masque glacé ce qu'il était jadis. Elle fut interceptée par un employé penché vers elle comme un jonc et qui lui tendait une fiche à signer ; elle la regarda, puis jeta un coup d'œil au rez-de-chaussée, vers un quinquagénaire nerveux qui attendait près d'un comptoir de bijouterie. Le coup d'œil était bref mais acéré, le message sans équivoque : *Très bien, mon ami, emportez vos babioles, mais ne tardez pas à régler votre facture. Sinon, vous pourriez être gêné la prochaine fois. Ou, pire encore, je pourrais appeler votre femme.* En une fraction de seconde, tout cela disparut ; un sourire aussi faux qu'il était large s'épanouit sur le masque et, avec un hochement de tête et un grand geste de la main, la femme prit un stylo des mains de l'employé et signa la fiche de vente. Puis elle continua à descendre l'escalier, l'employé sur ses talons, toujours penché afin de poursuivre la conversation. De toute évidence, il lui débitait quelque flatterie ; sur la dernière marche elle se retourna, rajusta sa couronne de cheveux noirs que striaient des fils gris et lui tapota le poignet dans un geste de remerciement.

Dans les yeux de la femme, il y avait une vivacité, un perpétuel éveil comme Bourne n'en avait vu que rarement, sauf peut-être derrière des lunettes à monture d'or, à Zurich.

L'instinct. C'était elle son objectif ; restait à savoir comment l'atteindre. Les premiers mouvements de la pavane devaient être subtils, il ne fallait pas en faire trop ni trop peu, mais attirer l'attention. C'était elle qui devait venir le trouver.

Les quelques minutes suivantes étonnèrent Jason — c'est-à-dire qu'il s'étonna lui-même. Cela s'appelait « jouer un rôle », il le comprenait, mais ce qui le stupéfia, ce fut la facilité avec laquelle il se glissa dans la peau d'un personnage qui n'était pas lui. Alors qu'un instant plus tôt il évaluait la situation, il inspectait maintenant, prenant des robes sur leurs cintres, tenant le tissu à la lumière. Il examinait de près les coutures, les boutons et les boutonnières, ses doigts effleurant les cols, faisant bouffer un pli puis le lâchant. C'était un homme qui savait juger les toilettes, un acheteur rompu aux finesses de son métier qui savait ce qu'il voulait et écartait aussitôt ce qui ne lui convenait pas. La seule chose qu'il ne regardait pas, c'était l'étiquette : de toute évidence elle ne l'intéressait pas.

Cela ne manqua pas d'éveiller l'intérêt de la femme aux airs d'impératrice qui ne cessait de jeter des coups d'œil dans sa direction. Une vendeuse, flottant tout droit sur la moquette, s'approcha de lui ; il eut un sourire courtois mais dit qu'il préférait flâner tout seul. Moins de trente secondes plus tard, il se trouvait devant trois mannequins de plastique, vêtus chacun des modèles les plus coûteux qu'on pouvait trouver aux Classiques. Il haussa les sourcils, avec une grimace approbatrice tout en regardant entre les modèles la femme de l'autre côté du comptoir. Elle murmura quelque chose à la vendeuse qui lui avait parlé : celle-ci secoua la tête en haussant les épaules. Bourne était planté là, les poings sur les hanches, les joues gonflées, soufflant l'air par petites bouffées tandis que son regard passait d'un mannequin à l'autre ; l'image même d'un homme hésitant qui n'arrivait pas à se décider. Dans cette situation, un client éventuel, surtout un client qui ne regardait pas les étiquettes, avait besoin de l'aide de la personne la plus qualifiée dans les parages ; il était irrésistible. La femme aux airs impérieux porta une main à sa coiffure et s'approcha de lui d'un pas gracieux. On en arrivait à la fin du premier mouvement de la pavane ; les danseurs s'inclinaient, prêts à la gavotte.

« Je vois que vous avez gravité vers nos plus beaux modèles, monsieur, dit la femme en anglais, s'appuyant de toute évidence sur le jugement d'un œil exercé.

— Je le crois en effet, répondit Jason. Vous avez ici une collection intéressante, mais c'est vrai qu'il faut fouiner, n'est-ce pas ?

— L'inévitable échelle des valeurs, monsieur. Toutefois, tous nos modèles sont exclusifs.

— Cela va sans dire, madame, fit Jason en français.

— Ah ! vous parlez français ?

— Un peu. De façon juste passable.

— Vous êtes américain ?

— Je suis rarement là, dit Bourne. Vous dites que ces modèles sont exécutés rien que pour vous ?

— Oh ! oui. Notre modéliste est sous contrat d'exclusivité ; je suis certaine que vous avez entendu parler de lui. René Bergeron.

— Oui, fit Jason en plissant le front, en effet. Très respecté, mais il n'a jamais vraiment percé, n'est-ce pas ?

— Il va le faire, monsieur. C'est inévitable ; sa réputation s'affirme à chaque saison. Voilà un certain nombre d'années, il travaillait pour Saint-Laurent, puis pour Givenchy. On dit qu'il a fait plus que tailler les patrons, si vous voyez ce que je veux dire.

— Ça n'est pas difficile à suivre.

— Et il faut voir comment ces jaloux essaient de le repousser en arrière ! C'est honteux ! Parce qu'il adore les femmes ; il les flatte et ne les transforme pas en petits garçons, vous comprenez ?

— Je vous comprends parfaitement.

— Un jour, un jour prochain, il aura une réputation mondiale et ils n'arriveront pas à la cheville de ses créations. Considérez tout cela comme l'œuvre d'un maître qui émerge, monsieur.

— Vous êtes très convaincante. Je vais prendre ces trois robes. Je présume qu'elles sont dans les tailles quarante.

— Quarante-deux, monsieur. Bien sûr, la personne va venir essayer.

— Je ne pense pas, mais je suis sûr qu'il y a d'excellents couturiers à Cap-Ferrat.

— Naturellement, s'empressa d'acquiescer la femme.

— Et puis... reprit Bourne en hésitant, l'air de nouveau soucieux. Pendant que je suis ici, et pour gagner du temps, choisissez-moi quelques autres modèles dans cette ligne-là. Dans des tissus différents et avec des coupes différentes, mais assortis, si vous voyez ce que je veux dire.

— Très bien, monsieur.

— Merci beaucoup. J'ai eu un long vol pour rentrer des Bahamas, et je suis épuisé.

— Monsieur voudrait-il s'asseoir un moment ?

— Très franchement, monsieur prendrait bien un verre.

— Rien n'est plus facile. Quant au mode de paiement, monsieur ?...

— Je paierai cash, dit Jason, sachant qu'un versement en liquide séduirait la directrice des Classiques. Les chèques et les comptes sont comme des foulées dans la forêt, vous ne trouvez pas ?

— Vous êtes aussi sage qu'exigeant. (Le sourire, rigide de nouveau, fit craquer le masque, mais sans que rien dans le regard suivît ce mouvement.) Pour ce verre, pourquoi pas mon bureau ? C'est tranquille ; vous pourrez vous détendre et je vous apporterai des modèles à choisir.

— Splendide.

— Et dans quelle gamme de prix, monsieur ?

— Les plus beaux modèles, madame.

— Parfait. (Elle tendit une main blanche et maigre.) Je m'appelle Jacqueline Lavier, directrice associée des Classiques.

— Enchanté. » Bourne lui serra la main sans donner de nom. Il pourrait le faire dans un cadre moins public, disait son expression, mais pas pour l'instant. Dans l'immédiat, c'était l'argent qui faisait les présentations. « Votre bureau ? Ah ! le mien est à des milliers de kilomètres.

— Par ici, monsieur. » Le sourire crispé réapparut, brisant le masque du visage comme des craquelures dans la glace. Mme Lavier désigna l'escalier. Le monde de la haute couture continuait, son orbite ininterrompue par un échec et par une mort quai du Louvre.

Cette imperturbable continuité troublait Jason autant qu'elle le surprenait. Il était convaincu que la femme qui marchait à ses côtés était la dispensatrice des ordres mortels que quelques coups de feu avaient fait échouer une heure plus tôt, des ordres donnés par un homme sans visage qui exigeait l'obéissance ou la mort. Pourtant il n'y avait pas le moindre signe qu'une mèche de ses cheveux parfaitement coiffés eût été dérangée par des doigts nerveux, pas trace de pâleur sur ce masque finement ciselé, qu'on aurait pu prendre pour un vestige de peur. Pourtant, il n'y avait pas plus haut qu'elle aux Classiques, personne d'autre à avoir une ligne directe dans un bureau tranquille. Une partie de l'équation manquait... mais une autre venait d'être confirmée de façon troublante.

Et lui. Le caméléon. Son numéro avait réussi ; il était dans le camp de l'ennemi, persuadé qu'on ne l'avait pas reconnu. Tout cet épisode avait un côté de déjà vu. Il avait déjà fait ce genre de chose, éprouvé la sensation d'une réussite analogue. Il était un homme qui courait dans une jungle inconnue et qui pourtant trouvait d'instinct son chemin, sachant où étaient les pièges et comment les éviter. Le caméléon était un expert.

Ils arrivèrent à l'escalier et gravirent les marches. En bas sur la droite, le standardiste entre deux âges et à la tenue si conservatrice parlait calmement dans le micro, hochant sa tête grise d'un air presque las, comme s'il assurait à son interlocuteur que son monde à lui était aussi serein qu'il devrait l'être.

Bourne s'arrêta sur la septième marche, sans y réfléchir. La nuque de cet homme, le contour de la pommette, ces cheveux gris et clairsemés, la façon dont ils pendaient un peu sur l'oreille ; il avait déjà vu cet homme-là ! Quelque part. Dans le passé, dans ce passé oublié, mais qui lui revenait maintenant dans les ténèbres... troué de brefs éclairs. Des explosions, des brumes ; des rafales de vent suivies de silence lourd de tension. Qu'est-ce que c'était ? Où était-ce ? Pourquoi la douleur revenait-elle dans ses yeux ? L'homme aux cheveux gris se mit à tourner dans un fauteuil ; Jason détourna les yeux avant que leurs regards ne se fussent croisés.

« Je vois que vous avez remarqué notre standard assez unique, dit Mme Lavier. C'est là un détail qui, selon nous, met les Classiques en marge des autres boutiques du faubourg.

— Comment cela ? demanda Bourne, tout en montant les marches, la douleur qu'il sentait dans ses yeux le faisant clignoter.

— Quand un client ou une cliente appelle les Classiques, ce n'est pas une femme à la tête vide qui répond au téléphone, mais un monsieur cultivé qui a tous les renseignements à sa disposition.

— Délicate attention.

— C'est ce que pensent d'autres messieurs, ajouta-t-elle. Surtout lorsqu'ils font par téléphone des commandes qu'ils préfèrent voir rester confidentielles. Il n'y a pas de foulées dans notre forêt, monsieur. »

Ils arrivèrent au vaste bureau de Jacqueline Lavier. C'était l'antre d'une directrice efficace, avec des papiers rangés en piles bien séparées sur le bureau, un chevalet contre le mur avec des esquisses à l'aquarelle, les unes approuvées par des initiales énergiques, les autres intactes, manifestement refusées. Les murs étaient encombrés de photographies encadrées de gens célèbres et beaux, leur beauté souvent gâtée par les bouches béantes et les sourires aussi faux que celui qu'arborait l'occupante du bureau. Des relents de chienne flottaient dans l'air parfumé : c'était là le repère d'une tigresse vieillissante, mais prompte à attaquer quiconque menaçait ses possessions ou la satisfaction de ses appétits. Pourtant, on la sentait disciplinée ; tout bien considéré, une utile liaison pour Carlos.

Qui était cet homme au standard ? Où l'avait-il vu ?

On lui offrit un verre en lui montrant toute une sélection de bouteilles ; il choisit du cognac.

« Asseyez-vous donc, monsieur. Je vais m'assurer le concours de René lui-même, si je peux le trouver.

— C'est très aimable à vous, mais je suis sûr que ce que vous choisirez sera parfait. J'ai un instinct pour le goût : le vôtre se sent dans tout ce bureau. Il me convient à merveille.

— Vous êtes trop généreux.

— Seulement quand c'est mérité, dit Jason, toujours debout. D'ailleurs, j'aimerais jeter un coup d'œil à ces photographies. Je vois là un certain nombre de relations, sinon d'amis. Beaucoup de ces visages passent fréquemment par les banques des Bahamas.

— J'en suis certaine, reconnut Mme Lavier d'un ton qui trahissait son respect pour ces avenues de la finance. Je ne vais pas être longue, monsieur. »

Bourne n'en doutait pas en voyant la directrice des Classiques sortir du bureau. Mme Lavier n'allait pas laisser réfléchir trop longtemps un client riche et fatigué. Elle allait revenir avec les modèles les plus coûteux qu'elle pourrait rassembler le plus vite possible. Si donc il y avait dans la pièce quelque chose susceptible de jeter un peu de lumière sur l'intermédiaire de Carlos — ou sur la façon dont fonctionnait l'organisation de l'assassin — il fallait le trouver vite. Et si c'était là, ce serait sur le bureau tout à côté.

Jason passa derrière le fauteuil impérial devant le mur, feignant un intérêt amusé pour les photographies, mais concentrant son attention sur le bureau. Il y avait des factures, des reçus et des notes impayées, ainsi que des lettres de relance attendant la signature de Mme Lavier. Un carnet d'adresses était ouvert, il y avait quatre noms sur la page ; il s'approcha pour mieux voir. Chacun était le nom d'une firme avec, entre parenthèses, les contacts individuels et la situation qu'occupait la personne. Il se demanda s'il ne devrait pas apprendre par cœur le nom de chaque société, de chaque contact. Il allait le faire quand son regard tomba sur le bord d'une fiche. Ce n'était que le bord ; le reste était dissimulé sous l'appareil téléphonique. Et puis il y avait autre chose, à peine visible. Un bout de ruban adhésif qui courait le long du bord de la fiche, pour la maintenir en place. Le ruban lui-même était relativement neuf, il avait été récemment collé par-dessus le morceau de carton et le bois du bureau ; il était net, sans marque ni pli, ni trace d'avoir été là bien longtemps.

L'instinct.

Bourne souleva le téléphone pour le déplacer. L'appareil se mit à sonner, le tintement vibrant sous sa main, avec un bruit très désagréable. Il reposa l'appareil sur le bureau et s'écarta tandis qu'un homme en bras de chemise arrivait en courant par la porte ouverte du couloir. Il s'arrêta pour dévisager Bourne, l'air inquiet. Le téléphone sonna une seconde fois ; l'homme s'approcha à pas rapides du bureau et décrocha le combiné.

« Allô ? » Il y eut un silence tandis que l'homme écoutait, la tête penchée, concentrant toute son attention sur les propos de son interlocuteur. C'était un homme robuste et bronzé, d'un âge indéterminé, la peau gorgée de soleil masquant les années. Le visage était lisse, les lèvres minces, les cheveux courts et durs, bruns et disciplinés. Les muscles de ses bras nus jouaient sous la peau tandis qu'il faisait passer l'appareil d'une main à l'autre, en parlant par phrases brèves : « Pas ici. Sais pas. Téléphonez plus tard... (Il raccrocha et regarda Jason.) Où est Jacqueline ? continua-t-il en français.

— Un peu plus lentement, je vous prie, dit Bourne en anglais. Mon français est limité.

— Désolé, répondit l'homme bronzé. Je cherchais Mme Lavier.

— La propriétaire ?

— Où est-elle ?

— Occupée à me ruiner, fit Jason en souriant, portant le verre à ses lèvres.

— Ah ! Et qui êtes-vous, monsieur ?

— Qui êtes-vous, *vous* ?

L'homme examina Bourne. « René Bergeron.

— Oh ! Seigneur ! s'exclama Jason. C'est vous qu'elle cherche. Vous avez beaucoup de talent, monsieur Bergeron. Elle m'a dit que je devais considérer vos modèles comme l'œuvre d'un maître qui émergeait. (Bourne sourit de nouveau.) Il se peut qu'à cause de vous je doive câbler aux Bahamas pour me faire virer pas mal d'argent.

— Vous êtes très aimable, monsieur. Et pardonnez-moi d'avoir fait irruption de cette façon.

— Il vaut mieux que ce soit vous qui ayez répondu à ce téléphone que moi. Berlitz me considère comme un cas désespéré.

— Les acheteurs, les fournisseurs, tous des idiots. A qui ai-je l'honneur de parler, monsieur ?

— Briggs, fit Jason, n'ayant aucune idée d'où venait le nom, et stupéfait qu'il lui fût venu si vite, si naturellement. Charles Briggs.

— Ravi de vous connaître. (Bergeron tendit la main ; la poignée de main était ferme.) Vous dites que Jacqueline me cherchait ?

— A cause de moi, je le crains.

— Je vais la trouver. » Le modéliste sortit rapidement.

Bourne s'approcha du bureau, les yeux fixés sur la porte, sa main sur le téléphone. Il l'écarta, révélant la fiche collée au bureau. Il y avait deux numéros de téléphone, le premier qu'il reconnut pour être de Zurich, le second de toute évidence de Paris.

L'instinct. Il avait eu raison, un bout de ruban adhésif était le seul indice dont il avait besoin. Il fixa les numéros, pour les apprendre par cœur, puis remit le téléphone en place et recula d'un pas.

Il venait à peine d'effectuer sa manœuvre quand Mme Lavier fit son entrée, une demi-douzaine de robes jetées sur son bras. « J'ai rencontré René dans l'escalier. Il approuve mes sélections avec le plus grand enthousiasme. Il me dit aussi que vous vous appelez Briggs, monsieur.

— Je vous l'aurais dit moi-même, fit Bourne en souriant pour répondre au ton de léger reproche qu'il percevait dans la voix de Mme Lavier. Mais je ne crois pas que vous me l'ayez demandé.

— "Les foulées dans la forêt", monsieur. Tenez, je vous apporte un vrai régal ! (Elle disposa avec soin les robes sur plusieurs fauteuils.) Je crois sincèrement qu'elles sont parmi les plus belles créations que René nous ait apportées.

— Vous ait apportées ? Alors il ne travaille pas ici ?

— Façon de parler ; son atelier est au bout du couloir, mais c'est un lieu sacré. Même moi je tremble en y entrant.

— Elles sont magnifiques, reprit Bourne, passant d'une robe à l'autre. Mais je ne veux pas l'accabler, simplement l'apaiser, ajouta-t-il en désignant trois robes. Je vais prendre celles-ci.

— Un excellent choix, monsieur Briggs !

— Si vous voulez bien les faire emballer avec les autres.

— Certainement. Voilà assurément une femme qui a bien de la chance.

— Une charmante compagne, mais une enfant. Une enfant gâtée, hélas ! Toutefois, j'ai été souvent absent et je ne me suis pas beaucoup occupé d'elle, alors je pense que je dois faire un geste. C'est pourquoi je l'ai envoyée à Cap-Ferrat. (Il sourit en tirant de sa poche son portefeuille de chez Vuitton.) La facture, s'il vous plaît ?

— Je vais demander à une des filles de s'occuper de tout cela. »

Mme Lavier pressa un bouton à côté du téléphone. Jason ne la quittait pas des yeux, prêt à faire un commentaire sur la communication à laquelle Bergeron avait répondu au cas où le regard de la directrice se poserait sur l'appareil légèrement déplacé. « Faites venir Janine... avec les robes. La facture aussi. (Elle se leva.) Un autre cognac, monsieur Briggs ?

— Merci beaucoup. » Bourne tendit son verre ; elle le prit et se dirigea vers le bar. Jason savait que le moment n'était pas encore venu pour ce à quoi il songeait ; cela ne tarderait pas — dès qu'il aurait réglé sa facture — mais pas encore. Il pouvait toutefois continuer à consolider ses relations avec la directrice des Classiques. « Ce Bergeron, dit-il. Vous dites qu'il est sous contrat d'exclusivité avec vous ? »

Mme Lavier se retourna, un verre à la main. « Oh ! oui. Nous sommes une petite famille très unie, ici. » Bourne accepta le cognac, remercia d'un signe de tête et alla s'asseoir dans un fauteuil en face du bureau. « C'est un excellent arrangement », dit-il pour meubler le silence.

La grande vendeuse émaciée à laquelle il s'était tout d'abord adressé entra dans le bureau, un carnet à souches à la main. Elle reçut des instructions rapides, nota quelques chiffres, rassembla et tria les robes tandis que le carnet changeait de main. Mme Lavier le tendit à Jason. « Voici la facture, monsieur », dit-elle.

Bourne secoua la tête, refusant de l'examiner de plus près. « Je vous dois combien ? demanda-t-il.

— Vingt mille cent soixante francs, monsieur », répondit la directrice des Classiques, guettant sa réaction comme un gros oiseau méfiant. Il n'en eut aucune. Jason se contenta de prendre une liasse de billets et de la lui tendre. Elle acquiesça de la tête et les remit à son tour à la vendeuse qui sortit du bureau comme un cadavre ambulant avec les robes sur le bras.

« On va tout empaqueter pour vous le rapporter ici avec votre monnaie. (Mme Lavier alla s'asseoir à son bureau.) Alors vous partez pour Cap-Ferrat. Ce doit être ravissant à cette saison. »

Il avait payé ; le moment était venu. « Une dernière soirée à Paris avant que je retourne au jardin d'enfants, fit Jason en levant son verre comme pour porter un toast à sa propre stupidité.

— Oui, vous disiez que votre amie est très jeune.

— J'ai dit une enfant, et c'est ce qu'elle est. C'est une charmante compagne, mais je crois que je préfère la compagnie des femmes plus mûres.

— Vous devez lui être très attaché, protesta Mme Lavier, portant une main à sa coiffure impeccable, enregistrant la flatterie. Vous lui achetez des cadeaux si ravissants — et, pour parler franc, si chers.

— Un bien faible prix quand on songe au choix qu'elle pourrait faire.

— Vraiment ?

— C'est ma femme, ma troisième pour être précis, et aux Bahamas il faut respecter les apparences. Mais ce n'est pas un problème : ma vie est tout à fait en ordre.

— J'en suis certaine, monsieur.

— A propos des Bahamas, une idée m'est venue voilà quelques minutes. C'est pourquoi je vous ai posé la question à propos de Bergeron.

— Quoi donc ?

— Vous allez peut-être me trouver impétueux ; je vous assure que ce n'est pas le cas. Mais quand quelque chose me frappe, j'aime bien l'explorer plus avant. Puisque Bergeron vous est lié par contrat, avez-vous jamais songé à ouvrir une succursale dans les îles ?

— Aux Bahamas ?

— Et plus au sud. Dans les Caraïbes, peut-être.

— Monsieur, cette boutique du faubourg me semble souvent déjà trop lourde. Des terres dont on ne s'occupe pas ont généralement tendance à tomber en friche, comme on dit.

— On n'aurait pas à s'en occuper ; pas comme vous le pensez. Une concession ici, une ailleurs, des modèles en exclusivité, le fonds appartenant à quelqu'un du pays sur la base d'un pourcentage. Juste une boutique ou deux, avec une expansion bien sûr prudente.

— Cela demande des capitaux considérables, monsieur Briggs.

— Au départ, ce qu'on pourrait appeler un droit d'entrée. Elevé mais pas prohibitif. Dans les meilleurs hôtels et les clubs élégants, cela dépend généralement de vos relations avec la direction.

— Et vos relations sont excellentes ?

— Absolument. Je vous le dis, je ne fais qu'explorer cette idée, mais je crois qu'elle a quelque mérite. Vos étiquettes auraient une certaine distinction : Les Classiques, Paris, Bahamas... Caneel Bay, peut-être. (Bourne avala le reste de son cognac.) Mais vous allez sans doute me trouver fou. Ne voyez là que des mots... Encore qu'il me soit arrivé de gagner quelques dollars sur des risques pris sous l'impulsion du moment.

— Des risques ? fit Jacqueline Lavier en portant de nouveau la main à ses cheveux.

— Je ne donne pas mes idées, madame, en général je les finance.

— Oui, je comprends. Comme vous dites, l'idée a quelque mérite.

— Je le crois. Bien sûr, j'aimerais savoir quel genre d'accord vous avez avec Bergeron.

— Ça peut se faire, monsieur.

— Je vais vous dire, fit Jason. Si vous êtes libre, parlons de tout cela en prenant un verre et en dînant. C'est ma seule soirée à Paris.

— Et vous préférez la compagnie de femmes plus mûres, conclut Jacqueline Lavier, le masque se plissant de nouveau en un sourire, la blancheur de la glace se brisant sous un regard maintenant mieux accordé à l'expression du visage.

— C'est vrai, madame.

— Cela peut s'arranger », dit-elle en tendant la main vers le téléphone.

Le téléphone. Carlos.

Il la briserait, songea Bourne. *Il la tuerait s'il le fallait. Il apprendrait la vérité.*

Marie fendit la foule pour se diriger vers la cabine dans le bureau de poste de la rue de Vaugirard. Elle avait pris une chambre au Meurice, laissé le porte-documents à la réception et était restée assise seule dans la chambre pendant exactement vingt-deux minutes. Jusqu'au moment où elle n'avait pu le supporter davantage. Elle était assise dans un fauteuil en face d'un mur nu, en train de penser à Jason, à la folie des huit derniers jours qui l'avaient projetée dans une démence qui dépassait la compréhension. Jason, Jason Bourne, plein d'attentions, terrifiant, désemparé. Un homme chez qui il y avait tant de violence et pourtant, bizarrement, tant de compassion. Et trop terriblement capable de se débrouiller dans un monde dont les hommes ordinaires ne savaient rien. D'où avait-il jailli son nouvel amour ? Qui lui avait enseigné à trouver son chemin dans les ruelles obscures de Paris, de Marseille et de Zurich... jusqu'en Orient peut-être. Qu'était pour lui l'Extrême-Orient ? Comment en connaissait-il les langues ? Quelles étaient ces langues ? Ou cette langue ?

Tao.

Che-sha.

Tam Quan.

Un autre univers, et dont elle ne savait rien. Mais elle connaissait Jason Bourne, ou du moins l'homme qu'on appelait Jason Bourne, et elle se cramponnait à l'honnêteté profonde qui, elle le savait, était là. Oh ! mon Dieu, comme elle l'aimait !

Ilich Ramirez Sanchez. Carlos. Qu'était-il pour Jason Bourne ?

Assez ! C'était elle qui criait à elle-même alors qu'elle était seule dans cette chambre. Et puis elle avait fait ce qu'elle avait vu tant de fois faire à Jason : elle avait bondi de son fauteuil, comme si ce simple geste allait dissiper les brumes... ou lui permettre de les percer.

Le Canada. Elle devait rappeler Ottawa et découvrir pourquoi la mort de Peter — son meurtre — était tenu dans un tel secret. Ça ne rimait à rien ; elle protestait de tout son cœur. Car Peter, lui aussi, était un homme convenable, et il avait été tué par des hommes qui ne l'étaient pas. Il faudrait qu'on lui dise pourquoi, sinon elle dévoilerait elle-même cette mort — elle dénoncerait ce meurtre. Elle crierait tout haut au monde ce qu'elle savait et elle dirait : « Faites quelque chose ! »

Elle avait donc quitté le Meurice, pris un taxi jusqu'à la rue de Vaugirard et demandé Ottawa. Elle attendait maintenant devant la cabine, sa colère montant, une cigarette pas encore allumée un peu écrasée entre ses doigts. Lorsque la sonnerie retentit, elle ouvrit la porte vitrée de la cabine et pénétra à l'intérieur.

« C'est vous, Alan ?

— Oui, s'entendit-elle répondre sèchement.

— Alan, mais que se passe-t-il ? Peter a été assassiné et je n'ai pas vu une ligne dans aucun journal, je n'ai pas entendu un mot sur aucun poste de radio ! Je ne crois pas que même l'ambassade soit au courant ! On dirait que tout le monde s'en fiche ! Qu'est-ce que vous faites donc ?

— Ce qu'on nous a dit de faire. Et vous allez agir comme nous.

— Quoi ? Mais c'était Peter ! Votre ami ! Ecoutez-moi, Alan...

— Non ! fit-il brutalement. C'est vous qui allez m'écouter. Quittez Paris. Maintenant ! Prenez le premier avion pour le Canada. Si vous avez le moindre problème, l'ambassade le réglera... mais vous ne devez parler qu'à l'ambassadeur, c'est compris ?

— Non ! hurla Marie Saint-Jacques. Je ne comprends pas ! Peter a été tué et tout le monde s'en fout ! Tout ce que vous trouvez à dire, c'est du blabla bureaucratique ! N'allez pas vous compromettre ; au nom du ciel, n'allez jamais vous compromettre !

— Ne vous occupez pas de ça, Marie !

— Ne pas m'occuper de *quoi* ? Voilà ce que vous ne me dites pas. Eh bien, vous feriez mieux...

— Je ne peux pas ! fit Alan en baissant la voix. Je ne sais pas. Je ne fais que vous répéter ce qu'on m'a demandé de vous dire.

— Qui ça ?

— Vous ne pouvez pas me demander ça.

— Si, je vous le demande !

— Ecoutez-moi, Marie. Voilà vingt-quatre heures que je ne suis pas rentré chez moi. Douze heures que j'attends votre coup de fil. Essayez de me comprendre... Je ne vous conseille pas de rentrer. Ce sont des ordres de votre gouvernement.

— Des ordres ? Sans explication ?

— C'est comme ça. Tout ce que je peux vous dire c'est qu'ils tiennent à ce que vous partiez ; ils veulent qu'il soit isolé... c'est comme ça.

— Désolée, Alan... ça n'est pas comme ça. Au revoir. » Elle raccrocha brutalement puis aussitôt serra les poings pour empêcher ses mains de trembler. *Oh ! mon Dieu, elle l'aimait tant... et ils allaient essayer de le tuer. Jason, mon Jason. Ils veulent tous te tuer. Pourquoi ?*

L'homme au costume si sobre qui se trouvait au standard abaissa la manette rouge qui bloquait les lignes : tous les appels trouveraient ainsi les numéros occupés. Il faisait cela une ou deux fois par heure, ne serait-ce que pour s'aérer l'esprit et en chasser les stupidités qu'on lui avait demandé d'énoncer depuis quelques minutes. Le besoin de couper court à toute conversation lui venait en général après en avoir subi une particulièrement ennuyeuse ; c'était précisément le cas. La femme d'un député s'efforçant de dissimuler le prix scandaleux d'un unique achat en le répartissant sur plusieurs factures pour éviter que son mari ne s'en aperçoive. Assez ! il avait besoin de quelques minutes pour respirer.

L'ironie de la situation le frappa. Cela ne faisait pas tellement d'années où c'étaient d'autres qui étaient assis *pour lui* devant des standards. Dans ses bureaux de Saigon et dans la salle des transmissions dans sa vaste plantation du delta du Mékong. Et dire qu'il se trouvait maintenant devant le standard d'un autre, dans l'ambiance parfumée d'une boutique du faubourg Saint-Honoré.

Il entendit des rires dans l'escalier et leva les yeux. Jacqueline partait de bonne heure, sans doute avec une de ses relations célèbres et au compte en banque bien fourni. Jacqueline avait un incontestable talent pour arracher de l'or à une mine bien gardée, elle aurait pris des diamants à la De Beers. Il ne voyait pas l'homme qui l'accompagnait ; il était de l'autre côté de Jacqueline, la tête bizarrement tournée de côté.

Puis un instant il l'aperçut ; leurs yeux se croisèrent ; un contact bref et explosif. Le standardiste aux cheveux gris se trouva soudain incapable de respirer ; il vivait un moment d'incrédulité totale, à scruter un visage, une tête qu'il n'avait pas vue depuis des années, et presque toujours dans l'obscurité car c'était la nuit qu'ils travaillaient, la nuit qu'ils mouraient.

Oh ! mon Dieu... c'était *lui* ! Sorti de cauchemars qu'il croyait avoir laissés à des milliers de kilomètres. C'était *lui* !

Comme en transe, l'homme aux cheveux gris se leva. Il enleva son casque-microphone et le laissa tomber à terre. L'appareil tomba sur le standard où des clignotants signalaient des appels auxquels personne ne répondait. Il fit quelques pas rapides vers le passage pour mieux voir Jacqueline Lavier et le fantôme qui était avec elle. Ce fantôme qui était un tueur — de tous les hommes qu'il avait jamais connus, un tueur. On disait bien que ces choses-là pouvaient arriver, mais il n'y avait jamais cru, maintenant il y croyait. C'était bien l'homme. Il les vit nettement tous les deux. Il le vit, *lui*. Ils se dirigeaient vers l'entrée. Il fallait les arrêter. L'arrêter, elle ! Mais se précipiter en criant, cela signifiait la mort. Une balle dans la tête, instantanée.

Ils arrivèrent aux portes battantes ; il les ouvrit, et elle s'engagea dans la rue. L'homme aux cheveux gris jaillit de sa cachette et se précipita jusqu'à la vitrine. Sous ses yeux, dans la rue, *il* venait de héler un taxi. Il ouvrait la portière, faisant signe à Jacqueline de monter. Oh ! mon Dieu ! Elle s'en allait !

L'homme se retourna et courut vers l'escalier aussi vite qu'il en était capable. Il heurta deux clientes stupéfaites et une vendeuse, il repoussa toutes les trois avec violence. Il monta les marches quatre à quatre, traversa le petit balcon, s'engouffra dans le couloir vers la porte ouverte de l'atelier.

« René ! René ! » cria-t-il en surgissant.

Bergeron leva les yeux de sa table à dessin, surpris. « Qu'est-ce qu'il y a ?

— Cet homme, avec Jacqueline ! Qui est-ce ? Depuis combien de temps est-il ici ?

— Oh !... l'Américain sans doute, fit le modéliste. Il s'appelle Briggs. Un veau bien engraissé ; il a fait beaucoup pour notre chiffre d'affaires de la journée.

— Où sont-ils allés ?

— Je ne savais pas qu'ils allaient quelque part.

— Elle est partie avec lui !

— Notre Jacqueline n'a pas perdu la main, non ? Ni son bon sens.

— Trouve-les ! Contacte-la !

— Pourquoi ?

— Il *sait* ! Il va la tuer !

— Quoi ?

— C'est lui ! J'en jurerais ! Cet homme, c'est Caïn ! »

15

« Cet homme est Caïn », lança le colonel Jack Manning, comme s'il s'attendait à être contredit par au moins trois des quatre civils assis autour de la table de conférence du Pentagone. Ils étaient tous plus vieux que lui et se considéraient comme ayant plus d'expérience. Aucun d'eux n'était disposé à reconnaître que l'armée avait obtenu des renseignements là où ses services à lui avaient échoué. Il y avait un quatrième civil, mais son opinion ne comptait pas. Il appartenait à la Commission de Surveillance du Congrès, et comme tel devait être traité avec déférence, mais sans être pris au sérieux. « Si nous ne bougeons pas *maintenant*, reprit Manning, même au risque de révéler tout ce que nous avons appris, il pourrait une fois de plus glisser à travers les mailles du filet. Voilà onze jours, il était à Zurich. Nous sommes convaincus qu'il est toujours là-bas. Et, messieurs, c'est bien Caïn.

— Voilà une affirmation bien fracassante », dit l'universitaire à la tête d'oiseau un peu déplumé du Conseil national de Sécurité, tout en lisant la page de résumé concernant Zurich qu'on avait donnée à chaque délégué assis à la table. Il s'appelait Alfred Gillette, c'était un expert en psychologie et relations humaines, et on le considérait au Pentagone comme brillant, rancunier et ayant des amis haut placés.

« Je trouve cela extraordinaire », ajouta Peter Knowlton, directeur adjoint de la Central Intelligence Agency, un homme d'une cinquantaine d'années qui gardait la tenue, l'aspect physique et les attitudes d'un étudiant de Harvard Yale il y a trente ans. « Nos sources situent Caïn à Bruxelles, pas à Zurich, à la même époque... il y a onze jours. Nos sources commettent rarement d'erreurs.

— Ça, c'est une affirmation bien péremptoire », dit le troisième civil, le seul à cette table que Manning respectait réellement. C'était le plus âgé, un nommé David Abbott, ancien champion olympique de natation dont l'intellect était à la hauteur de ses exploits physiques. Il avait maintenant près de soixante-dix ans, mais se tenait toujours droit, avait l'esprit aussi vif que jamais et, seul, un visage marqué par les tensions de toute une vie qu'il ne voulait jamais raconter trahissait son âge. Il savait de quoi il parlait, songea le colonel. Bien qu'actuellement membre du tout-puissant Comité des Quarante, il était à la C.I.A. depuis que celle-ci était née de l'O.S.S. Le Moine Silencieux des Opérations Clandestines, c'était ainsi que le surnommaient ses collègues, dans le petit monde du renseignement. De mon temps, à l'agence, poursuivit Abbott avec un petit rire, les sources étaient souvent tout aussi contradictoires que concordantes.

« Nous avons des méthodes différentes de vérification, insista le directeur adjoint. Sans vouloir vous vexer, monsieur Abbott, notre matériel de transmissions est littéralement instantané.

— Vous me parlez d'équipement, pas de vérification. Mais je ne discuterai pas ; il semble que nous ayons là une dissonance : Bruxelles ou Zurich.

— Les arguments en faveur de Bruxelles sont inattaquables, insista Knowlton.

— Ecoutez, fit Gillette en ajustant ses lunettes, nous pouvons revenir au résumé de Zurich ; il est sous nos yeux. Et puis nos sources à nous ont quelques éléments à apporter, qui ne sont en conflit ni avec la thèse de Bruxelles ni avec celle de Zurich. Il s'agit d'événements qui se sont passés il y a six mois. »

Abbott tourna sa tête aux cheveux argentés vers Gillette. « Six mois ? Je ne me rappelle pas que le Conseil national de Sécurité nous ait fourni quelque chose sur Caïn voilà six mois.

— C'était un renseignement qui n'était pas totalement confirmé, répondit Gillette. Nous essayons de ne pas surcharger le Comité avec des informations non prouvées.

— Voilà encore une déclaration intéressante, fit Abbott.

— Monsieur le député Walters, interrompit le colonel en regardant l'homme de la Commission de Surveillance, avez-vous des questions à poser avant que nous continuions ?

— Fichtre oui, fit le représentant de l'Etat de Tennessee, son regard intelligent balayant l'assistance, mais puisque je suis nouveau dans ce domaine, allez-y, comme ça je saurai par où commencer.

— Très bien, monsieur, dit Manning, en faisant un signe de tête à Knowlton, de la C.I.A. Que s'est-il passé à Bruxelles il y a onze jours ?

— Un homme a été tué place Fontainas — un courtier clandestin en diamants qui fait le trafic entre Moscou et l'Ouest. Il opérait par le truchement d'une succursale de Russolmaz, la firme soviétique de Genève qui traite ce genre de marché. Nous savons que c'est une des méthodes qu'utilise Caïn pour convertir ses fonds.

— Qu'est-ce qui relie le meurtre à Caïn ? demanda Gillette, hésitant.

— D'abord, la méthode. L'arme était une longue aiguille, utilisée à midi, sur une place encombrée, et avec une précision de chirurgien. Caïn a déjà utilisé ce genre d'arme.

— C'est tout à fait vrai, convint Abbott. Il y a eu un Roumain tué à Londres il y a à peu près un an : et un autre quelques semaines avant lui. On a fini par attribuer les deux meurtres à Caïn.

— Attribués, mais sans confirmation, objecta le colonel Manning. C'étaient des transfuges politiques de haut niveau ; ils auraient pu être exécutés par le K.G.B.

— Ou par Caïn avec bien moins de risques pour les Soviétiques, répliqua l'homme de la C.I.A.

— Ou par Carlos, ajouta Gillette en haussant le ton. Ni Carlos ni Caïn ne se soucient d'idéologie ; tous deux sont des tueurs à gages. Comment se fait-il que chaque fois qu'il y a un meurtre important, il soit attribué à Caïn ?

— Chaque fois que nous le faisons, répliqua Knowlton avec une condescendance manifeste, c'est parce que des sources bien informées et sans lien entre elles nous ont donné le même renseignement. Puisque les informateurs ne se connaissent pas entre eux, il ne saurait guère être question de collusion.

— Tout cela colle fort bien, fit Gillette d'un ton désagréable.

— Revenons-en à Bruxelles, l'interrompit le colonel. Si c'était Caïn, pourquoi tuerait-il un courtier de Russolmaz ? Il l'utilisait.

— Un courtier clandestin, précisa le directeur de la

C.I.A. Et, d'après nos informateurs, pour un certain nombre de raisons. L'homme était un voleur, et pourquoi pas ? La plupart de ses clients l'étaient aussi ; ils ne pouvaient guère porter plainte. Peut-être avait-il roulé Caïn, et dans ce cas, ça a dû être sa dernière transaction. Ou bien il aurait pu être assez fou pour faire des hypothèses sur l'identité de Caïn ; même une simple allusion équivalait à un arrêt de mort. Ou peut-être Caïn voulait-il simplement brouiller ses dernières traces. Néanmoins, les circonstances, plus les sources, donnent bien à penser que c'était Caïn.

— Nous serons plus avancés quand j'aurai éclairci Zurich, dit Manning. Pouvons-nous revenir au résumé ?

— Un moment, je vous prie. (David Abbott intervenait d'un ton nonchalant tout en allumant sa pipe.) Je crois que notre collègue du Conseil de Sécurité a mentionné un incident concernant Caïn qui a eu lieu voilà six mois. Peut-être devrait-il nous mettre au courant.

— Pourquoi ? demanda Gillette, ses yeux de chouette clignotant derrière les verres de ses lunettes sans monture. L'élément temps l'empêche d'avoir aucun rapport avec Bruxelles ni Zurich. J'en ai parlé aussi.

— Oui, c'est vrai, reconnut ce personnage jadis si redouté qu'avait été le Moine des Opérations Clandestines. Je pensais toutefois que tout élément pouvait nous aider. Comme vous l'avez dit aussi, nous pouvons revenir au résumé ; il est là devant nous. Mais, si c'est sans intérêt, poursuivons avec Zurich.

— Merci, monsieur Abbott, dit le colonel. Vous noterez qu'il y a onze jours, quatre hommes ont été tués à Zurich. L'un d'eux était gardien dans un parking auprès de la rivière Limmat ; on peut supposer qu'il n'avait rien à voir avec les activités de Caïn, mais qu'il s'est trouvé impliqué. Deux autres ont été trouvés dans une ruelle sur la rive gauche de la ville, en apparence des meurtres sans rapport, sauf pour la quatrième victime. Celui-là est lié aux morts de la ruelle — tous trois font partie de la pègre de Zurich-Munich — et sa mort, sans aucun doute, est imputable à Caïn.

— C'est Chernak, dit Gillette en lisant le résumé. Je suppose du moins que c'est Chernak. Je reconnais le nom et il y a un rapprochement quelque part avec le dossier Caïn.

— En effet, répondit Manning. Son nom est apparu pour la première fois dans un rapport du G-2 voilà dix-huit mois et a réapparu un an plus tard.

— Ce qui ferait donc qu'il y a six mois, intervint Abbott d'une voix douce en regardant Gillette.

— En effet, monsieur, poursuivit le colonel. Si jamais on pouvait parler de ce qu'on appelle le rebut de la société, cela s'appliquait à Chernak. Pendant la guerre c'était une recrue tchécoslovaque à Dachau, un homme chargé des interrogatoires en trois langues, aussi brutal que n'importe quel garde du camp. Il a envoyé aux chambres à gaz des Polonais, des Slaves et des juifs après des séances de tortures au cours desquelles il leur arrachait — et fabriquait — des renseignements "accablants" que les commandants de Dachau voulaient entendre. Rien ne l'arrêtait pour se gagner la faveur de ses supérieurs, et les éléments les plus sadiques avaient du mal à être à la hauteur de ses exploits. Ce dont ils ne se rendaient pas compte, c'est que lui, tenait un catalogue des leurs. Après la guerre, il s'est évadé, a perdu ses deux jambes en sautant sur une mine et a fort bien réussi à survivre en faisant chanter d'anciens chefs de Dachau. Caïn l'a découvert et l'a utilisé comme intermédiaire pour les paiements effectués pour ses meurtres.

— Attendez protesta Knowlton avec vigueur. Nous avons déjà évoqué cette affaire Chernak. Si vous vous rappelez, c'est l'Agence qui l'a découvert tout d'abord ; nous l'aurions dénoncé voilà longtemps si le Département d'Etat n'était pas intervenu au nom de plusieurs hauts fonctionnaires antisoviétiques du gouvernement de Bonn. Vous supposez que Caïn utilisait Chernak ; vous ne le savez pas avec plus de certitude que nous.

— Nous le savons maintenant, fit Manning. Il y a sept mois et demi, nous avons reçu une information sur un homme qui dirigeait un restaurant appelé le Drei Alpenhäuser ; on signalait qu'il servait d'intermédiaire entre Caïn et Chernak. Nous l'avons fait surveiller pendant des semaines, mais ça n'a rien donné ; c'était un personnage secondaire de la pègre de Zurich, voilà tout. Nous n'avons pas poursuivi assez longtemps. (Le colonel marqua un temps, pour s'assurer que tous les regards étaient maintenant sur lui.) Lorsque nous avons appris le meurtre de Chernak, nous avons fait un pari. Voilà cinq nuits, deux de nos hommes se sont cachés au Drei Alpenhäuser après la fermeture du restaurant. Ils ont coincé le propriétaire et l'ont accusé d'être en affaire avec Chernak, de travailler pour Caïn ; ils ont fait tout un numéro. Vous imaginez leur stupeur quand l'homme s'est effondré, qu'il est littéralement tombé à leurs genoux en suppliant qu'on le protège. Il a avoué que Caïn se trouvait à Zurich la nuit où Chernak a été tué ; qu'en fait il avait vu Caïn cette nuit-là et que le nom de Chernak avait été mentionné dans la conversation. De façon très négative. »

Le militaire marqua de nouveau un temps, le silence comblé par un long sifflement de David Abbott, qui tenait sa pipe devant son visage buriné. « Eh bien, dit le Moine doucement, en voilà une affirmation.

— Pourquoi l'Agence n'a-t-elle pas été informée de ce renseignement que vous avez reçu il y a sept mois ? demanda Knowlton d'un ton sec.

— Il n'a pas été confirmé.

— Entre vos mains ; ç'aurait pu être différent dans les nôtres.

— C'est possible. J'ai reconnu que nous n'avions pas surveillé assez longtemps. Nos effectifs sont limités ; lequel d'entre nous peut poursuivre indéfiniment une surveillance improductive ?

— Nous aurions pu nous partager la tâche si nous avions été au courant.

— Et nous aurions pu vous épargner le temps qu'il vous a fallu pour constituer le dossier Bruxelles, si on nous avait parlé de cela.

— D'où venait le renseignement ? demanda Gillette d'un ton impatient.

— Il était anonyme.

— Vous vous êtes contenté de ça ? fit Gillette, l'air stupéfait.

— C'est une des raisons pour lesquelles notre surveillance ne s'est pas prolongée.

— Oui, bien sûr, mais vous voulez dire que vous n'êtes jamais allés plus loin ?

— Bien sûr que si, répondit le colonel d'un ton acide.

— Sans grand enthousiasme, me semble-t-il, poursuivit Gillette, furieux. L'idée ne vous est pas venue que quelqu'un à Langley, ou bien en Conseil, aurait pu vous aider, combler une lacune ? Je suis d'accord avec Peter. Nous aurions dû être informés.

— Il y a une raison pour laquelle vous ne l'avez pas été. » Manning prit une profonde inspiration ; dans une ambiance moins militaire, on aurait pu prendre cela pour un soupir. « L'informateur nous a laissé entendre sans équivoque que si nous faisions intervenir un autre service, il ne reprendrait pas contact. Nous avons estimé que nous devions nous en tenir à cela ; nous l'avons déjà fait.

— Qu'avez-vous dit ? interrogea Knowlton en reposant le résumé pour dévisager l'officier du Pentagone.

— Ça n'est rien de nouveau, Peter ? Chacun de nous a ses propres sources et les protège.

— Je le sais bien. C'est pourquoi on ne vous a pas parlé de Bruxelles. Nos deux informateurs nous ont dit de laisser l'armée en dehors de cette affaire. »

Il y eut un silence. Rompu par la voix cassante d'Alfred Gillette, du Conseil national de Sécurité.

« Qu'est-ce que veut dire au juste "nous l'avons déjà fait", colonel ?

— Comment ? » Manning regarda Gillette, tout en se rendant compte que David Abbott ne les quittait pas des yeux.

« J'aimerais savoir combien de fois on vous a dit de garder vos sources pour vous. Je parle de Caïn, bien sûr.

— Pas mal de fois je crois.

— Vous croyez ?

— La plupart du temps.

— Et vous, Peter ? Pour l'Agence ?

— Nous avons été sévèrement limités en termes de dissémination en profondeur.

— Au nom du Ciel, qu'est-ce que ça veut dire ? (L'interruption venait de là où on l'attendait le moins : du député de la Commission de Surveillance.) Ne vous méprenez pas, je n'ai pas encore commencé. Je veux simplement comprendre votre langage. (Il se tourna vers l'homme de la C.I.A.) Qu'est-ce que vous venez de dire ? Quoi donc en profondeur ?

— La dissémination, monsieur le député. C'est constant dans le dossier Caïn. Nous risquions de perdre les informateurs et nous les signalions à l'attention d'autres services de renseignements. Je vous assure que c'est courant.

— On aurait dit que vous parliez d'insémination artificielle.

Avec un peu les mêmes résultats, ajouta Gillette. Pas de fécondation annexe pour corrompre la souche. Et, inversement, pas de contre-vérification pour chercher des schémas d'inexactitude.

— Tout cela est bien joliment tourné, dit Abbott, mais je ne suis pas sûr de vous comprendre.

— Ça me paraît fichtrement clair, répliqua l'homme du Conseil national de Sécurité en regardant le colonel Manning et Peter Knowlton. Les deux services de renseignement les plus actifs du pays reçoivent des informations sur Caïn depuis *trois ans,* et il n'y a eu aucune confrontation entre eux pour nous assurer qu'ils n'étaient pas faux. Nous avons simplement reçu tous les renseignements comme étant de bonne foi, nous les avons enregistrés et acceptés comme valables.

— Ma foi, ça fait longtemps que je roule ma bosse — peut-être trop longtemps, j'en conviens — mais il n'y a rien dans tout cela que je n'aie déjà entendu, dit le Moine. Les sources d'information sont des gens rusés et toujours sur la défensive ; ils gardent jalousement leurs contacts. Ils ne sont jamais dans le métier par charité, mais seulement par appât du gain et pour survivre.

— Je crains que vous n'ayez mésestimé mon argumentation, fit Gillette en ôtant ses lunettes. J'ai dit tout à l'heure que j'étais inquiet de voir tant d'assassinats récents attribués à Caïn — attribués *ici* à Caïn — alors qu'il me semble que l'assassin le plus accompli de notre époque — peut-être de tous les temps — se trouve relégué à un rôle relativement mineur. Je crois que c'est une erreur. Je pense que Carlos est l'homme sur lequel nous devrions nous concentrer. Qu'est-il advenu de Carlos ?

— Je conteste, Alfred, dit le Moine. Le temps de Carlos est passé, maintenant c'est Caïn qui est en scène. L'ordre ancien a changé ; il y en a un nouveau et, je le crains, un requin bien plus redoutable qui rôde.

— Je ne suis pas d'accord, dit l'homme du Conseil national de Sécurité, ses yeux de chouette vrillés dans ceux du vieux spécialiste du renseignement. Pardonnez-moi, David, mais on dirait que Carlos lui-même manipule ce comité. Pour détourner l'attention de lui, pour nous obliger à nous concentrer sur un sujet de bien moindre importance. Nous consacrons toutes nos énergies à poursuivre un requin des sables édenté alors que le requin marteau circule librement.

— Personne n'oublie Carlos, protesta Manning. Simplement, il n'est pas aussi actif que l'a été Caïn.

— Peut-être est-ce exactement ce que Carlos veut

nous faire croire, fit Gillette d'un ton glacé. Et, bon sang, nous le croyons.

— Pouvez-vous en douter ? demanda Abbott. La liste des exploits de Caïn est impressionnante.

— Si je peux en douter ? répéta Gillette. C'est ça la question, n'est-ce pas ? Mais qui d'entre nous peut donc en être sûr ? Voilà une question tout aussi valable. Nous découvrons aujourd'hui que le Pentagone et la Central Intelligence Agency opèrent en toute indépendance, sans même se consulter sur l'authenticité de leurs sources.

— C'est une habitude qu'on n'oublie pas souvent dans cette ville », fit Abbott, amusé.

Le député de la Commission de Surveillance les interrompit de nouveau. « Qu'essayez-vous de dire, monsieur Gillette ?

— J'aimerais plus de renseignements sur les activités d'un certain Ilich Ramirez Sanchez. C'est...

— Carlos, dit le député. Je me rappelle mes lectures. Je comprends. Merci. Vous pouvez continuer, messieurs. »

Manning reprit rapidement : « Pouvons-nous, s'il vous plaît, revenir à Zurich. Nous recommandons maintenant de nous mettre en quête de Caïn. Nous pouvons répandre la nouvelle dans le *Verbrecherwelt*, convoquer tous les informateurs que nous avons, demander la coopération de la police de Zurich. Nous ne pouvons pas nous permettre de perdre un jour de plus. L'homme qui se trouve à Zurich est bien Caïn.

— Alors qui était à Bruxelles ? demanda Knowlton, s'interrogeant lui-même aussi bien que les autres personnages assis autour de la table. La méthode était celle de Caïn, les informateurs sont catégoriques. Quel était le but de l'opération ?

— De toute évidence, vous donner de faux renseignements, répondit Gillette. Et avant d'intervenir de façon spectaculaire à Zurich, je conseille que chacun de vous passe au peigne fin les dossiers sur Caïn et revérifie toutes ses sources. Demandez à vos antennes européennes de convoquer tous les informateurs qui se sont si miraculeusement présentés pour proposer des renseignements. J'ai dans l'idée que vous pourriez tomber sur quelque chose à quoi vous ne vous attendez pas : découvrir là la belle mine latine de Ramirez Sanchez.

— Puisque vous insistez tant pour tirer tout cela au clair, Alfred, intervint Abbott, pourquoi ne pas nous parler de l'incident non confirmé qui s'est produit voilà six mois. Nous avons l'air de patauger ; ça pourrait nous aider. »

Pour la première fois, depuis le début de la conférence, le représentant du Conseil national de Sécurité parut hésiter. « Nous avons appris vers le milieu d'août, par une source valable d'Aix-en-Provence, que Caïn était en route pour Marseille.

— Août ! s'exclama le colonel. Marseille ? C'était Leland ! L'ambassadeur Leland a été abattu à Marseille. En août !

— Mais ça n'est pas Caïn qui tenait le fusil. C'est un meurtre de Carlos ; cela a été confirmé. Les rayures sur les projectiles correspondaient aux constatations des assassinats précédents, nous avons eu trois signalements d'un inconnu aux cheveux bruns aperçu aux troisième et quatrième étages d'un entrepôt sur les quais et portant une sacoche. Il n'y a jamais eu aucun doute que Leland a été tué par Carlos.

— Bon sang, rugit le colonel. C'est après l'événement, après le meurtre ! Peu importe qui l'a demandé, mais il y avait un contrat sur Leland... vous n'y aviez pas pensé ? Si nous avions su pour Caïn, nous aurions pu protéger Leland. Bon sang, il serait peut-être encore vivant aujourd'hui !

— C'est peu probable, répondit Gillette sans se démonter. Leland n'était pas le genre d'homme à vivre dans une casemate. Et étant donné son style de vie, un vague avertissement n'aurait servi à rien. D'ailleurs, prévenir Leland se serait révélé peu productif.

— Comment cela ? demanda sèchement le Moine.

— Voici l'explication que vous réclamiez. Notre source devait prendre contact avec Caïn entre minuit et trois heures du matin, rue Sarrasin, le 23 août. Leland ne devait arriver que le 25. Si notre stratégie avait été cohérente, nous aurions pris Caïn. Ça n'a pas été le cas : Caïn ne s'est jamais manifesté.

— Et votre source a insisté pour ne coopérer qu'avec vous, dit Abbott. A l'exclusion de tous les autres.

— Oui, fit Gillette en essayant, mais en vain, de dissimuler son embarras. A notre avis, le risque que courait Leland avait été éliminé — ce qui, en ce qui concerne Caïn, s'est révélé être exact — et les chances de capture paraissaient plus grandes que jamais. Nous avions enfin trouvé quelqu'un disposé à venir identifier Caïn. L'un de vous aurait-il agi autrement ? »

Un silence. Rompu cette fois par la voix traînante du député du Tennessee.

« Bonté divine... quel ramassis de foutaises. » Un silence, coupé par la voix songeuse de David Abbott.

« Puis-je vous féliciter, monsieur, d'être le premier représentant sincère envoyé par le Capitole. Le fait que vous ne soyez pas écrasé par l'atmosphère raréfiée de ces lieux ultra confidentiels n'échappe à aucun de nous. C'est rafraîchissant.

— Je ne crois pas que le représentant du Congrès ait pleinement conscience de la délicatesse de...

— Oh ! bouclez-la, Peter, fit le Moine. Je crois que le représentant du Congrès veut dire quelque chose.

— Ce ne sera pas long, dit Walters. Je croyais que vous aviez tous plus de vingt et un ans ; je veux dire vous paraissez plus de vingt et un ans, et d'ailleurs vous êtes censés connaître votre affaire. Vous êtes censés être capables de tenir des conversations intelligentes, échanger des renseignements en respectant leur caractère confidentiel et chercher des solutions en commun. Au lieu de cela, vous avez l'air d'une bande de gosses caracolant sur un manège, en train de se disputer pour savoir qui va décrocher l'anneau. C'est une drôle de façon de dépenser l'argent du contribuable.

— Vous simplifiez à l'excès, monsieur le député, intervint Gillette. Vous parlez d'un appareil utopique de recherche des faits. Ça n'existe pas.

— Je parle de gens raisonnables, monsieur. Je suis avocat et, avant de me trouver dans ce foutu cirque, chaque jour de ma vie j'ai eu à traiter de questions tout aussi confidentielles. Qu'est-ce qu'il y a de si nouveau là-dedans ?

— Où voulez-vous en venir ? interrogea le Moine.

— Je veux une explication. Voilà dix-huit mois que je siège à la Sous-Commission des Assassinats à la Chambre des Représentants. J'ai feuilleté des milliers de pages, noté des centaines de noms et deux fois autant de théories. Je ne crois pas qu'il existe une ombre de complot ni le moindre suspect d'assassinat que je ne connaisse pas. Je vis avec ces noms et ces théories depuis bientôt près de deux ans, et je croyais ne plus rien avoir à apprendre.

— Je dirais que vos états de service sont très impressionnants, fit Abbott.

— C'est ce que je pensais aussi ; c'est pourquoi j'ai accepté de siéger à la Commission de Surveillance. Je croyais pouvoir apporter une contribution valable, mais maintenant je n'en suis plus si sûr. Tout d'un coup, je commence à me demander ce que je fais maintenant.

— Pourquoi ? demanda Manning, inquiet.

— Parce que je suis resté là à vous écouter tous les quatre décrire une opération qui se poursuit depuis trois ans, impliquant des réseaux, des informateurs et des antennes de renseignements dans toute l'Europe — tout cela concentré sur un assassin dont la liste d'exploits est impressionnante. Dans l'ensemble je ne me trompe pas ?

— Continuez, répondit Abbott avec douceur, sa pipe à la main, l'air ravi. Quelle est votre question ?

— Qui est-il ? Qui diable est ce Caïn ? »

16

Le silence dura exactement cinq secondes, durant lesquelles les regards se croisèrent. Des gorges s'éclaircirent sans que personne ne bougeât dans son fauteuil. On aurait dit qu'on arrivait à une décision sans discussion : il fallait éviter toute échappatoire. Le député Efrem Walters, sorti des collines du Tennessee par le biais de la Revue de Droit de Yale, n'était pas homme à se laisser écarter par les circonlocutions faciles appartenant au langage ésotérique des manipulations clandestines. Pas de foutaises avec lui. David Abbott reposa sa pipe sur la table, et ce bruit léger lui servit de préambule. « Moins un homme comme Caïn est connu du public, mieux cela vaut pour tout le monde.

— Ça n'est pas une réponse, dit Walters. Mais je présume que c'est le commencement d'une.

— Tout juste. C'est un assassin professionnel — c'est-à-dire un expert dans les diverses méthodes utilisées pour supprimer la vie. Ce talent est à vendre, il ne se soucie pas le moins du monde de politique ni de mobiles personnels. Il n'est dans le métier que pour gagner de l'argent — et l'argent qu'il gagne est en fonction directe de sa réputation. »

Le membre du Congrès hocha la tête. « Donc en gardant le plus grand secret possible sur cette réputation, vous le privez de toute publicité gratuite.

— Exactement. Il y a en ce monde une foule de maniaques avec trop d'ennemis réels ou imaginaires qui pourraient fort bien s'adresser à Caïn s'ils connaissaient son existence. Hélas ! un nombre regrettable d'entre eux l'ont déjà fait : à ce jour, trente-huit meurtres peuvent être directement attribués à Caïn et il y en a de douze à quinze qui sont probablement son fait.

— C'est sa liste d'"exploits" ?

— Oui. Et nous sommes en train de perdre la

bataille. Avec chaque nouveau meurtre, sa réputation s'étend.

— On n'a pas entendu parler de lui pendant quelque temps, dit Knowlton, de la C.I.A. Ces derniers mois, nous pensions qu'il était peut-être mort. Il y avait plusieurs meurtres probables dans lesquels les tueurs avaient payé aussi. Nous pensions qu'il était peut-être l'un d'entre eux.

— Par exemple ? demanda Walters.

— Un banquier de Madrid qui acheminait des pots-de-vin pour l'Europolitan Corporation résultant d'achats gouvernementaux en Afrique. Il a été abattu par quelqu'un qui passait très vite en voiture sur le Paseo de la Castellana. Un chauffeur garde du corps a abattu tout à la fois le chauffeur de cette voiture et le tueur ; nous avons cru un moment que le tueur était Caïn.

— Je me souviens de l'incident. Qui aurait pu payer ?

— Un certain nombre de sociétés, qui avaient envie de vendre des voitures carrossées d'or et des installations de plomberie à de nouveaux dictateurs, répondit Gillette.

— Quoi d'autre ? Qui d'autre ?

— Le Cheik Mustapha Kalig, à Oman, dit le colonel Manning.

— On a dit qu'il avait été tué lors d'un coup d'Etat avorté.

— Pas du tout, reprit l'officier. Il n'y a pas eu de tentative de coup d'Etat ; des informateurs du G-2 l'ont confirmé. Kalig n'était pas populaire, mais les autres cheiks ne sont pas fous. L'histoire du coup d'Etat était une couverture pour un assassinat susceptible de tenter d'autres tueurs professionnels. Trois officiers sans importance et faiseurs d'histoires ont été exécutés pour donner crédit à ce mensonge. Pendant quelque temps, nous avons cru que l'un d'eux était Caïn, la date correspond à la période d'inactivité de Caïn.

— Qui paierait Caïn pour assassiner Kalig ?

— Voilà une question que nous nous sommes posée bien des fois, dit Manning. La seule réponse possible émanait d'une source qui prétendait savoir, mais il n'y avait aucun moyen de le vérifier. L'homme disait que Caïn l'avait fait pour prouver que c'était faisable. Par lui. Les émirs du pétrole voyagent dans des conditions d'extrême sécurité.

— Il y a plusieurs douzaines d'autres incidents, ajouta Knowlton. Des meurtres qu'on peut sans doute attribuer à Caïn, qui ont suivi le même schéma, où des personnages très protégés ont été tués et où des informateurs se sont présentés pour impliquer Caïn.

— Je vois. (Le député reprit le résumé concernant Zurich.) Mais d'après ce que je comprends, vous ne savez pas qui il est.

— Nous n'en n'avons pas deux signalements identiques, intervint Abbott. Caïn semble être un virtuose du déguisement.

— Pourtant des gens l'on vu, lui ont parlé. Vos sources, les informateurs, cet homme à Zurich ; il se peut qu'aucun d'eux ne se découvre pour venir témoigner, mais vous les avez sûrement interrogés. Vous avez bien dû obtenir une sorte de portrait robot, quelque chose.

— Nous avons pas mal de choses, répondit Abbott, mais pas de signalement précis. Tout d'abord, Caïn ne se laisse jamais voir à la lumière du jour. Il tient ses réunions la nuit, dans des pièces sombres ou dans les ruelles. S'il a jamais rencontré plus d'une personne à la fois, nous n'en savons rien. On nous a dit qu'il n'était jamais debout, qu'il est toujours assis : dans un restaurant à l'éclairage tamisé, dans le coin d'une pièce ou dans une voiture à l'arrêt. Parfois il porte de grosses lunettes, parfois rien du tout ; à un rendez-vous il peut avoir des cheveux bruns, à un autre des cheveux blancs, roux ou couverts par un chapeau.

— Quelles langues parle-t-il ?

— Sur ce point, nous avons davantage de précisions, dit le directeur de la C.I.A. pressé d'étaler la documentation recueillie par la Compagnie. Français et anglais couramment, et plusieurs dialectes orientaux.

— Des dialectes ? Quels dialectes ? Il n'y a pas d'abord une langue ?

— Bien sûr que si. C'est à base de vietnamien.

— De viet... fit Walters en se penchant en avant. Pourquoi ai-je l'idée que j'en arrive à un point dont vous préféreriez ne pas me parler ?

— Parce que vous êtes sans doute très habile dans les contre-interrogatoires, monsieur le conseiller. » Abbott craqua une allumette et alluma sa pipe.

« Pas mauvais, reconnut le député. Alors, qu'est-ce que c'est ?

— Caïn, fit Gillette, son regard s'arrêtant bizarrement et de façon fugitive sur David Abbott. Nous savons d'où il est venu.

— D'où ça ?

— Du Sud-Est asiatique, répondit Manning, comme s'il souffrait d'une blessure au couteau. Pour autant que nous puissions en être sûrs, il a assimilé les divers dialectes qui lui permettent de se faire comprendre dans la région des collines, le long des routes frontalières du Cambodge et du Laos, ainsi que dans la zone rurale du Nord-Viêt-nam. Nous acceptons ces éléments ; ils concordent.

— Avec quoi ?

— Avec l'opération Méduse. » Le colonel prit une grosse enveloppe brune posée à sa gauche. Il l'ouvrit et y prit un dossier parmi plusieurs ; il le plaça devant lui. « C'est le dossier Caïn, dit-il. Il s'agit des documents Méduse, dont certains aspects pourraient concerner Caïn. »

L'homme du Tennessee se renversa dans son fauteuil, l'esquisse d'un sourire ironique lui retroussant les lèvres. « Vous savez, Messieurs, vous me faites bien rire avec vos titres ronflants. Cela dit, celui-ci est superbe ; très sinistre, très menaçant. Je pense que vous devez suivre un cours dans cette spécialité. Allez-y, colonel. Qu'est-ce que c'est que cette Méduse ? »

Manning lança un bref coup d'œil à David Abbott, puis expliqua : « C'était un prolongement clandestin du concept poursuite-et-anéantissement, créé pour fonctionner derrière les lignes ennemies durant la guerre du Viêt-nam. Vers la fin des années 60 et le début des années 70, on a rassemblé des volontaires américains, français, anglais, australiens et indigènes en équipes pour opérer dans les territoires occupés par les Nord-Vietnamiens. Leurs priorités étaient le bouleversement des lignes de télécommunications et de ravitaillement ennemis, le repérage des camps de prisonniers et, ce qui n'était pas leur moindre tâche, l'assassinat de chefs de villages connus pour coopérer avec les communistes ainsi que de commandants ennemis, chaque fois que la chose était possible.

— C'était une guerre dans la guerre, intervint Knowlton. Malheureusement, les apparences raciales et les problèmes de langage ont rendu l'exercice de ces activités infiniment plus dangereux que, par exemple, le fonctionnement de la résistance allemande et hollandaise ou de la résistance française dans la Seconde Guerre mondiale. Chez les Occidentaux le recrutement n'était pas toujours aussi sélectif qu'il aurait pu l'être.

— Il y avait des douzaines de ces équipes, reprit le colonel, comptant parmi leurs membres de vieux officiers de marine qui connaissaient les côtes et jusqu'à des propriétaires français de plantations dont le seul espoir de réparations résidait dans une victoire américaine. Il y avait des aventuriers anglais et australiens qui avaient vécu des années en Indochine, aussi bien que des officiers de carrière et des agents de renseignements civils américains. Il y avait aussi, ce qui était inévitable, une importante fraction de criminels endurcis. Dans l'ensemble, des trafiquants — des hommes qui faisaient le trafic des armes, des narcotiques, de l'or et des diamants dans toute la région du sud de la mer de Chine. C'étaient des encyclopédies vivantes quand il s'agissait de débarquements de nuit et de pistes de jungle. Nombre de ceux que nous employions étaient des évadés de prisons américaines ou des déserteurs, certains d'entre eux doués d'une bonne instruction, tous pleins de ressources. Nous avions besoin de leurs talents.

— Ça fait un bel échantillonnage de volontaires, interrompit le député. Des anciens de l'armée et de la marine ; des aventuriers anglais et australiens, des coloniaux français et des bandes de voleurs. Comment diable avez-vous réussi à les faire travailler ensemble ?

— Chacun selon ses appétits, fit Gillette.

— Des promesses, précisa le colonel. Des assurances de grades, de promotions, d'amnisties, de primes en espèces et, dans un certain nombre de cas, des occasions de dérober des fonds dans le cadre même de l'opération. Vous comprenez, ils devaient tous être un peu fous : nous en étions conscients. Nous les avons entraînés en secret, utilisant des codes, des méthodes de transport, d'embuscades et de meurtres — même des armes dont le commandement de Saigon ne savait rien. Comme l'a expliqué Peter, les risques étaient incroyables : la capture signifiait tortures et exécution ; le prix était élevé et ils étaient disposés à le payer. La plupart des gens les auraient traités de ramassis de paranoïaques, mais c'étaient des génies quand il s'agissait de désordres et d'assassinats. Surtout d'assassinats.

— Quel était le prix ?

— L'opération Méduse s'est soldée par quatre-vingt-dix pour cent de pertes. Mais il y a un hic : parmi ceux qui ne sont pas revenus se trouvaient un certain nombre dont on ne voulait pas qu'ils reviennent.

— Pris dans cette faction de voleurs et d'évadés ?

— Oui. Certains ont volé des sommes d'argent considérables dans le cadre de l'opération Méduse. Nous croyons que Caïn est l'un de ces hommes.

— Pourquoi ?

— Sa technique. Il a utilisé des codes, des pièges,

des méthodes de liquidations et de transports mises au point dans l'entraînement de Méduse.

— Alors, bon sang, lança Walters, vous avez un moyen direct de retrouver son identité. Peu m'importe où elles sont enfouies — et je suis bien sûr que vous ne voulez pas les rendre publiques — mais je suppose qu'on a conservé des archives.

— Il y en avait, et nous en avons retiré des dossiers, y compris ceux qui se trouvent ici. (L'officier désigna l'enveloppe à côté de lui.) Nous avons tout étudié, passé les listes d'effectifs à la loupe, fourni des éléments aux ordinateurs... tout ce à quoi nous avons pu penser. Nous ne sommes pas plus avancés que lorsque nous avons commencé.

— C'est incroyable, dit le député. Ou alors c'est la preuve d'une invraisemblable incompétence.

— Pas vraiment, protesta Manning. Regardez l'homme ; regardez sur quoi nous avons dû travailler. Après la guerre, Caïn s'est acquis une réputation à travers presque tout l'Est asiatique depuis Tokyo jusqu'aux Philippines, Malaisie et Singapour, avec des crochets par Hong Kong, le Cambodge, le Laos et Calcutta. Voilà deux ans et demi environ, des rapports ont commencé à filtrer jusqu'à nos antennes et ambassades asiatiques. Il y avait un tueur à gages, il s'appelait Caïn. Extrêmement professionnel, impitoyable. Ces rapports ont commencé à se développer avec une inquiétante fréquence. Caïn semblait être impliqué dans tous les meurtres importants. Des informateurs appelaient les ambassades au milieu de la nuit ou bien arrêtaient des attachés dans les rues, toujours avec le même renseignement. C'était Caïn, Caïn était l'homme qu'on recherchait. Un meurtre à Tokyo ; une voiture piégée à Hong Kong ; une caravane de stupéfiants tombée dans une embuscade dans le Triangle d'Or ; un banquier abattu à Calcutta ; un ambassadeur assassiné à Moulmein ; un technicien russe ou un homme d'affaires américain tués dans les rues de Shanghai. Caïn était partout, son nom chuchoté par des douzaines d'informateurs sérieux dans tous les secteurs vitaux du renseignement. Pourtant personne — absolument personne dans toute la zone du Pacifique est — ne venait nous apporter une identification. Où devions-nous commencer ?

— Mais à cette époque, n'aviez-vous pas établi le fait qu'il avait participé à l'opération Méduse ? demanda le député du Tennessee.

— Si. De façon catégorique.

— Alors il fallait commencer par les dossiers individuels de Méduse, bon sang ! »

Le colonel ouvrit le dossier qu'il avait retiré de l'enveloppe. « Voici les listes des pertes. Parmi les Occidentaux de race blanche qui ont disparu au cours de l'opération Méduse — et quand je dis disparu, je veux dire évanouis sans laisser de trace — il y a soixante-treize Américains, quarante-six Français, trente-neuf Australiens et vingt-neuf Britanniques, ainsi qu'une cinquantaine de contacts de race blanche recrutés parmi les neutres de Hanoi et entraînés sur le terrain : la plupart de ceux-là, nous ne les avons jamais connus. Plus de deux cent trente petites possibilités ; combien de voies sans issue ? Qui est vivant ? Qui est mort ? Même si nous découvrions le nom de tout homme qui a réellement survécu, qui est-il maintenant ? Qu'est-il ? Nous ne sommes même pas sûrs de la nationalité de Caïn. Nous croyons qu'il est américain, mais il n'existe pas de preuves. Et ça n'est pas tout. Les services de contre-espionnage de Hanoi ont arrêté et exécuté des dizaines de membres de l'opération Méduse. Ils étaient au courant de l'opération et nous n'avons jamais éliminé la possibilité d'infiltrations. Hanoi savait que les hommes de Méduse n'étaient pas des troupes de combat ; ils ne portaient pas d'uniformes. »

Walters tendit la main. « Je peux ? demanda-t-il en désignant de la tête les feuilles agrafées.

— Certainement, fit le colonel en les remettant au député. Vous comprenez, bien sûr, que ces noms demeurent un secret d'Etat, tout comme l'opération Méduse elle-même.

— Qui a pris cette décision ?

— C'est un ordre imposé sans défaillance par les présidents successifs sur la recommandation de l'état-major interarmes. Avec l'approbation de la Commission sénatoriale des Forces armées.

— Ça fait du beau monde tout ça, n'est-ce pas ?

— On estimait que c'était dans l'intérêt du pays, dit l'homme de la C.I.A.

— Dans ce cas, je ne veux pas discuter, reconnut Walters. Le spectre d'une telle opération n'ajouterait pas grand-chose à la gloire du drapeau. On ne forme pas des assassins, encore moins pour les utiliser sur le terrain. (Il feuilleta les pages.) Et dire que dans cette liste se trouve un assassin que nous avons formé, utilisé et que nous n'arrivons plus à retrouver.

— C'est ce que nous croyons, en effet, dit le colonel.

— Vous dites qu'il a bâti sa réputation en Asie, mais qu'il est venu en Europe ? Quand cela ?

— Il y a environ un an.

— Pourquoi ? Aucune idée ?

— Je proposerais l'explication évidente, dit Peter Knowlton. Il en a trop fait. Quelque chose a mal tourné et il s'est senti menacé. C'était un tueur blanc au milieu des Orientaux, ce qui dans le meilleur des cas est un concept dangereux ; il était temps pour lui de bouger. Dieu sait que sa réputation était faite ; les employeurs ne manqueraient pas en Europe. »

David Abbott s'éclaircit la voix. « J'aimerais proposer une autre possibilité fondée sur quelque chose qu'Alfred a dit voilà quelques minutes. (Le Moine marqua un temps et salua Gillette de la tête.) Il a dit que nous avions été contraints de nous concentrer sur un "requin des sables édenté tandis que le requin marteau rôdait libre", je crois que c'était sa phrase, ou à peu près.

— Oui, dit l'homme du Conseil national de Sécurité. Je faisais allusion à Carlos, bien sûr. Ce n'est pas Caïn que nous devrions poursuivre. C'est Carlos.

— Evidemment. Carlos. Le tueur le plus insaisissable de l'histoire moderne, un homme dont beaucoup d'entre nous croient sincèrement qu'il est responsable — d'une façon ou d'une autre — des assassinats les plus spectaculaires de notre époque. Vous aviez tout à fait raison, Alfred, et, dans une certaine mesure, j'avais tort. Nous ne pouvons pas nous permettre d'oublier Carlos.

— Merci, dit Gillette. Je suis heureux de m'être bien fait comprendre.

— Tout à fait. Par moi, en tout cas. Mais vous m'avez aussi amené à réfléchir. Pouvez-vous imaginer la tentation pour un homme comme Caïn, qui opère dans les parages brumeux d'un secteur grouillant d'aventuriers, de fugitifs et de régimes plongés jusqu'au cou dans la corruption ? Comme il a dû envier Carlos ; comme il a dû être jaloux de ce monde plus élégant, plus brillant, plus luxueux de l'Europe. Comme il a dû se dire souvent : "Je vaux mieux que Carlos." Si froids que soient ces types, leur orgueil est immense. A mon avis, il est allé en Europe pour trouver ce monde meilleur... et pour détrôner Carlos. Le prétendant, monsieur, veut s'emparer du titre. Il veut être le champion. »

Gillette regarda le Moine. « C'est une théorie intéressante.

— Et si je vous suis, intervint le député de la Commission de Surveillance, en pistant Caïn, nous allons peut-être tomber sur Carlos.

— Exactement.

— Je ne suis pas sûr, moi, de suivre, dit le directeur de la C.I.A. avec agacement. Pourquoi ?

— Mettez deux étalons dans une écurie, répondit Walters. Ils se battent.

— Un champion ne concède pas le titre de son plein gré. (Abbott prit sa pipe.) Il se bat avec acharnement pour le conserver. Comme dit le député, nous continuons à pister Caïn, mais nous devons aussi avoir l'œil sur d'autres traces dans la forêt. Et quand, et si nous trouvons Caïn, peut-être que nous devrions attendre. Attendre que Carlos vienne le chercher.

— Puis prendre les deux, ajouta l'officier.

— Une belle perspective », dit Gillette.

La réunion était terminée, chacun s'apprêtait à partir. David Abbott s'attarda avec le colonel du Pentagone, qui rassemblait les pages du dossier Méduse ; il avait ramassé les listes des disparus et se préparait à les remettre dans la chemise.

« Puis-je jeter un coup d'œil ? demanda Abbott. Nous n'en avons pas d'exemplaire à la Commission des Quarante.

— Ce sont les instructions que nous avons reçues, répondit l'officier en lui tendant les pages. Je croyais qu'elles venaient de vous. Seulement trois exemplaires. Un ici, un à l'Agence et l'autre au Conseil.

— Elles venaient bien de moi, fit le Moine avec un sourire bienveillant. Il y a bien trop de civils dans mon quartier. »

Le colonel se détourna pour répondre à une question que lui posait le représentant du Tennessee. David Abbott n'écoutait pas ; ses yeux parcouraient rapidement les colonnes de noms ; il était inquiet. Un certain nombre d'entre eux avaient été rayés, vérification faite. Où donc alors était-il ? Abbott était le seul homme dans cette pièce à connaître le nom, et il sentait son cœur battre en arrivant à la dernière page. Mais le nom était bien là.

Bourne, Jason C. Dernière affectation connue : Tam Quan. Au nom du Ciel, qu'était-il arrivé ?

René Bergeron raccrocha le téléphone sans douceur ; lorsqu'il parla, ce fut d'un ton à peine moins brutal que son geste. « Nous avons essayé tous les cafés, tous les restaurants et tous les bistrots où elle ait jamais mis les pieds !

— Il n'y a pas un hôtel à Paris où il soit inscrit, dit le standardiste aux cheveux gris, assis devant un second téléphone auprès d'une table à dessin. Ça fait plus de deux heures maintenant ; elle pourrait être morte. Si elle ne l'est pas, elle le regrette peut-être.

— Elle ne peut lui dire que certaines choses, dit Bergeron d'un ton compréhensif. Moins que nous ne pourrions ; elle ne sait rien des anciens.

— Elle en sait assez ; elle a appelé le Parc Monceau.

— Elle a transmis des messages ; elle ne sait même pas à qui.

— Elle sait pourquoi.

— Caïn aussi, je peux te l'assurer. Et il ferait une lourde erreur avec le Parc Monceau. (Le modéliste se pencha en avant, les muscles de ses avant-bras se crispant tandis qu'il serrait les poings, ses yeux fixés sur le standardiste grisonnant.) Répète-moi encore une fois tout ce que tu te rappelles. Pourquoi es-tu si sûr que c'est Bourne ?

— Je ne le sais pas. J'ai dit que c'était Caïn. Si tu as décrit ses méthodes avec exactitude, c'est notre homme.

— Bourne est bien Caïn. Nous l'avons découvert dans les archives de l'opération Méduse. C'est pourquoi on t'a engagé.

— Alors c'est Bourne, mais ça n'est pas le nom qu'il a employé. Bien sûr, à Méduse, il y avait un certain nombre d'hommes qui ne voulaient pas qu'on utilise leur véritable nom. A ceux-là, on garantissait de fausses identités ; ils avaient des dossiers criminels. Il doit être un de ces hommes.

— Pourquoi lui ? D'autres ont disparu. Toi, tu as disparu.

— Je pourrais dire que c'est parce qu'il était ici à Saint-Honoré, et que ça devrait suffire. Mais ça n'est pas tout, loin de là. Je l'ai regardé fonctionner. J'ai participé à une mission qu'il dirigeait ; ce n'est pas une expérience qu'on oublie ; et lui non plus. Cet homme-là pourrait être devrait être — ton Caïn.

— Raconte.

— On nous a parachutés de nuit dans un secteur appelé Tam Quan, avec pour objectif de ramener un

Américain du nom de Webb retenu par le Viêtcong. Nous ne le savions pas, mais nos chances de survie étaient infinitésimales. Même le vol depuis Saigon était horrible ; à trois cents mètres, des vents soufflant en tempête, l'avion vibrant comme s'il allait tomber en pièces détachées. Malgré cela, il nous a donné l'ordre de sauter.

— Et vous avez tous sauté ?

— Il avait son pistolet braqué sur nos têtes. Sur chacun de nous quand nous approchions de la porte. Nous avions une chance de survivre aux éléments, pas à une balle dans le crâne.

— Combien étiez-vous ?

— Dix.

— Vous auriez pu vous emparer de lui.

— Tu ne le connaissais pas.

— Vas-y, dit Bergeron, l'air concentré.

— Huit d'entre nous se sont regroupés sur le sol ; deux, avons-nous supposé, n'avaient pas survécu au saut. J'étais stupéfait de ne pas être mort. J'étais le plus âgé et pas tellement costaud, mais je connaissais la région ; c'est pourquoi on m'avait envoyé. (L'homme aux cheveux gris s'interrompit, secouant la tête à l'évocation de ce souvenir.) Moins d'une heure plus tard, nous nous sommes rendu compte que c'était un piège. Nous courions comme des lézards dans la jungle. Et la nuit il s'en allait seul au milieu des explosions de mortiers et des grenades. Pour tuer. Il revenait toujours avant l'aube pour nous obliger à nous rapprocher du camp de base. A l'époque, ça me paraissait du pur suicide.

— Pourquoi obéissiez-vous ? Il devait vous donner une raison ; vous étiez des membres de l'opération Méduse, pas des soldats.

— Il disait que c'était la seule façon de s'en tirer vivants, et il y avait une certaine logique là-dedans. Nous étions loin derrière les lignes ; nous avions besoin des vivres que nous pouvions trouver au camp de base à condition de pouvoir nous en emparer. Il déclara qu'il fallait prendre le camp ; nous n'avions pas le choix. Si l'un de nous discutait, il lui tirerait une balle dans la tête : nous le savions. La troisième nuit, nous avons pris le camp et découvert le nommé Webb, plus mort que vivant, mais respirant encore. Nous avons retrouvé aussi les deux membres disparus de notre équipe, tout à fait vivants, et abasourdis de ce qui s'était passé. Un Blanc et un Vietnamien ; ils avaient été payés par les Viets pour nous tendre un piège... pour lui tendre un piège, à mon avis.

— A Caïn ?

— Oui. Les Vietnamiens nous ont aperçus les premiers et se sont enfuis. Caïn a tué le Blanc : il paraît qu'il s'est approché et qu'il lui a fait sauter la cervelle.

— Il vous a ramenés ? A travers les lignes ?

— Quatre d'entre nous, oui, et le nommé Webb. Cinq hommes ont été tués. C'est durant ce terrible voyage de retour que j'ai, j'ai cru comprendre pourquoi les rumeurs étaient peut-être vraies : il était la recrue la mieux payée de l'opération Méduse.

— Comment ça ?

— C'est l'homme le plus froid que j'aie jamais vu, le plus dangereux et le plus totalement imprévisible. Je croyais à l'époque que c'était une guerre bizarre pour lui ; c'était un Savonarole, mais sans principes religieux, il n'avait que cette drôle de moralité centrée sur lui-même. Tous les hommes étaient ses ennemis — en particulier les chefs — et il ne s'intéressait pas plus à un camp qu'à l'autre. »

L'homme s'arrêta de nouveau, son regard sur la table à dessin, ses pensées de toute évidence à des milliers de kilomètres de là et bien loin dans le temps. « Rappelle-toi, Méduse c'était plein de toutes sortes d'hommes désespérés. Beaucoup étaient paranoïaques dans leur haine des communistes. On n'avait qu'à tuer un communiste et le Christ souriait : drôle d'exemple de l'enseignement chrétien. D'autres — comme moi — avaient eu leur fortune volée par le Viêt-minh ; la seule route vers la restitution, c'était si les Américains gagnaient la guerre. La France nous avait abandonnés à Diên Biên Phu. Mais il y en avait des douzaines qui voyaient qu'on pouvait faire fortune dans le cadre de Méduse. Les sacs contenaient souvent de cinquante à soixante-quinze mille dollars. Un courrier qui en piquait la moitié sur dix ou quinze voyages pouvait se retirer à Singapour ou à Kuala Lumpur, ou bien monter son propre réseau de drogue dans le Triangle d'Or. Outre la solde exorbitante — et fréquemment le pardon de crimes passés — les occasions étaient sans limite. C'était dans ce groupe-là que je situais cet homme très bizarre. C'était un vrai pirate des temps modernes. »

Bergeron desserra les poings. « Attends. Tu as utilisé une phrase : "une mission qu'il dirigeait". Il y avait des militaires dans l'opération Méduse ; es-tu sûr que ce n'était pas un officier américain ?

— Américain, ça oui, mais certainement pas dans l'armée.

— Pourquoi ?

— Il détestait tout ce qui touchait aux militaires. On sentait son mépris pour le haut commandement de Saigon dans chaque décision qu'il prenait ; il considérait l'armée comme un ramassis d'imbéciles et d'incapables. A un moment, nous avons reçu des ordres par radio à Tam Quan. Il a interrompu la transmission et dit à un général de brigade d'aller se faire foutre : il refusait d'obéir. Un officier ne ferait pas ça.

— A moins d'être sur le point d'abandonner sa profession, dit le modéliste. Comme toi, abandonné par Paris, tu faisais de ton mieux, tu volais l'argent de Méduse, tu montais des petites combines pas très patriotiques chaque fois que tu pouvais.

— Mon pays m'a trahi avant que je ne l'aie trahi, René.

— Revenons-en à Caïn. Tu dis que Bourne n'était pas le nom qu'il utilisait. C'était quoi ? Je ne me rappelle pas. Comme je te l'ai dit, pour beaucoup, les noms étaient sans importance. Pour moi il était simplement "Delta".

— A cause du Mékong ?

— Non, la lettre de l'alphabet, je crois.

— Alpha, Bravo, Charlie... Delta, dit Bergeron d'un ton pensif en anglais. Mais dans de nombreuses opérations, le mot de code "Charlie" était remplacé par "Caïn" parce que "Charlie" était devenu synonyme du Viêt-cong. "Charlie" est devenu "Caïn".

— C'est vrai. Bourne a donc sauté une lettre et pris le nom de "Caïn". Il aurait pu choisir "Echo" ou "Foxtrot" ou "Zoulou". Ou vingt autres noms. Qu'est-ce que ça change ? Où veux-tu en venir ?

— Il a fait exprès de choisir Caïn. C'était symbolique. Il tenait à ce que ce soit clair dès le début.

— Que quoi soit clair ?

— Que Caïn remplace Carlos. Réfléchis. "Carlos" est l'espagnol pour Charles-Charlie. Le mot de code "Caïn" a remplacé "Charlie-Carlos". C'était son intention depuis le début. Caïn allait remplacer Carlos. Et il tenait à ce que Carlos le sache.

— Il le sait ?

— Bien sûr. La nouvelle se répand à Amsterdam et à Berlin, à Genève et à Lisbonne, à Londres et jusqu'ici à Paris. Caïn est disponible ; on peut signer des contrats, moins chers que ceux de Carlos. Il ronge ! Il ne cesse de ronger la stature de Carlos.

— C'est comme deux matadors dans la même arène. Il ne peut y en avoir qu'un.

— Ce sera Carlos. Nous avons pris au piège le moineau qui gonflait ses plumes. Il est quelque part à deux heures du faubourg Saint-Honoré.

— Mais où ça ? Peu importe. Nous le trouverons. Après tout, il nous a bien trouvés. Il reviendra ; son orgueil l'exige. Et alors l'aigle s'abattra pour prendre le moineau. Carlos le tuera. »

Le vieil homme ajusta son unique béquille sous son bras gauche, écarta le rideau noir et s'installa dans le confessionnal. Il n'était pas bien ; la pâleur de la mort était sur son visage, et il était heureux que la silhouette en habit de prêtre, derrière le rideau transparent, ne puisse pas le voir distinctement. L'assassin pourrait bien ne plus lui donner de travail s'il avait l'air trop fatigué pour l'exécuter ; et il avait besoin de travail maintenant. Il ne restait que quelques semaines et il avait des responsabilités. Il parla.

« *Angelus Domini.*

— *Angelus Domini*, enfant de Dieu, lui répondit-on dans un murmure. Vos jours sont-ils confortables ?

— Ils touchent à leur fin, mais on me les rend confortables.

— Oui. Je crois que ce sera ton dernier travail pour moi. Mais il est d'une telle importance que ta récompense sera cinq fois ce qu'elle est d'habitude. J'espère que cela t'aidera.

— Merci, Carlos. Tu sais alors.

— Je sais. Voici ce que tu dois faire et ce renseignement doit quitter ce monde avec toi. Il n'y a pas place pour l'erreur.

— J'ai toujours été exact. J'irai à ma mort avec la même exactitude.

— Meurs en paix, vieil ami. C'est plus facile... Tu vas aller à l'ambassade vietnamienne et demander un attaché du nom de Phan Loc. Quand tu seras seul avec lui, dis-lui les mots suivants : "Fin mars 1968 Méduse, le secteur de Tam Quan. Caïn était là. Un autre aussi". Tu as compris ?

— "Fin mars 1968 Méduse, le secteur de Tam Quan. Caïn était là. Un autre aussi".

— Il te dira quand revenir. Ce sera une question d'heures. »

17

« Je crois qu'il est temps que nous parlions d'une fiche confidentielle en provenance de Zurich.

— Mon Dieu !

— Je ne suis pas l'homme que vous cherchez. »

Bourne saisit la main de la femme, la maintenant à sa place, l'empêchant de se mettre à courir entre les tables du restaurant élégant et encombré d'Argenteuil, à quelques kilomètres de Paris. La pavane était terminée, finie la gavotte. Ils étaient seuls dans cette alcôve tendue de velours qui soudain prenait l'aspect d'une cage.

« Qui êtes-vous ? » La Lavier grimaçait, essayant de libérer sa main, l'effort faisant saillir les veines de son cou tout imprégné de crème de beauté.

« Un riche Américain qui vit aux Bahamas. Vous n'y croyez pas ?

— J'aurais dû y penser, dit-elle, pas de compte, pas de chèque... tout en liquide. Vous n'avez même pas regardé la facture.

— Ni les prix. C'est ce qui vous a attirée.

— J'ai été stupide. Les riches regardent toujours les prix, ne serait-ce que pour le plaisir de les discuter. » Mme Lavier, tout en parlant, jetait des coups d'œil à la dérobée, cherchant un chemin entre les tables, un serveur qu'elle pourrait appeler. Une issue.

« Non, dit Jason en la surveillant. Ce serait idiot. Tout irait beaucoup mieux si nous discutions. »

La femme le regarda, le silence hostile qu'il y avait entre eux accentué encore par la rumeur des conversations dans la grande salle à l'éclairage tamisé et les rires discrets qui jaillissaient parfois de tables voisines. « Je vous repose ma question, dit-elle. Qui êtes-vous ?

— Mon nom est sans importance. Contentez-vous de celui que je vous ai donné.

— Briggs ? C'est un faux nom.

— Tout comme Larousse, et c'est celui qui figure sur le contrat de location d'une voiture qui est venue chercher trois tueurs à la Banque de Valois. Ils ont manqué leur coup là-bas. Tout comme cet après-midi au Pont-Neuf. Il s'est enfui.

— Oh ! mon Dieu ! cria-t-elle, essayant de se dégager.

— J'ai dit non ! fit Bourne en resserrant l'étreinte de ses doigts autour du poignet de Jacqueline Lavier.

— Et si je hurle, monsieur ? » Le masque poudré se craquelait en plis mauvais, le rouge à lèvres soulignant le grognement d'une bête vieillissante et traquée.

« Je hurlerai plus fort, répondit Jason. On nous flanquera à la porte et une fois dehors je ne pense pas ne pas pouvoir vous maîtriser. Pourquoi ne pas discuter ? Nous pourrions apprendre quelque chose l'un de l'autre. Après tout, nous sommes des employés, pas des employeurs.

— Je n'ai rien à vous dire.

— Alors, je vais commencer. Peut-être changerez-vous d'avis. »

Avec prudence il relâcha un peu son étreinte. On sentait toujours la tension sur le visage blanc et poudré, mais elle aussi diminuait à mesure que la pression des doigts de Jason se faisait moins violente. Elle était prête à écouter. « Vous avez payé à Zurich. Nous avons payé aussi. De toute évidence, plus que vous. Nous sommes après le même homme ; nous savons pourquoi nous le voulons. (Il la lâcha.) Mais vous, pourquoi ? »

Elle ne répondit pas tout de suite mais au contraire l'examina en silence, le regard brillant de colère et pourtant effrayé. Bourne savait qu'il avait bien formulé la question : pour Jacqueline Lavier, ne pas parler serait une dangereuse erreur. Cela risquait de lui coûter la vie si par la suite on posait d'autres questions.

« Qui est "nous" ? demanda-t-elle.

— Une société qui veut son argent. Beaucoup d'argent. C'est lui qui l'a.

— Alors, il ne l'a pas gagné ? »

Jason savait qu'il devait être prudent ; il était censé en savoir beaucoup plus que ce n'était le cas. « Disons qu'il y a litige.

— Comment serait-ce possible ? Ou bien il l'a

gagné, ou bien non. Il n'y a pas de solution intermédiaire.

— C'est mon tour, fit Bourne. Vous avez répondu à ma question par une question et je n'ai pas esquivé. Maintenant revenons en arrière. Pourquoi le recherchez-vous ? Pourquoi la ligne directe d'un des magasins les plus élégants du faubourg Saint-Honoré se trouve-t-elle sur une fiche à Zurich ?

— C'était un arrangement, monsieur.

— Pour qui ?

— Vous êtes fou ?

— Très bien, je passe pour l'instant. De toute façon, nous croyons savoir.

— Impossible !

— Peut-être que oui, peut-être que non. C'était donc un arrangement... pour tuer un homme ?

— Je n'ai rien à dire.

— Pourtant, voilà une minute, quand j'ai parlé de la voiture, vous avez essayé de vous enfuir. Ça veut dire quelque chose.

— Une réaction tout à fait naturelle, fit Jacqueline Lavier en effleurant le pied de son verre. C'est moi qui ai retenu cette voiture. Je peux vous le dire parce qu'il n'y a aucune preuve que je l'aie fait. A part ça, je ne sais rien de ce qui s'est passé. (Ses doigts soudain se crispèrent sur le verre, son visage exprimant tout à la fois une fureur contrôlée et la peur.) Qui êtes-vous donc, vous autres ?

— Je vous l'ai dit. Une société qui veut récupérer son argent.

— Vous gênez ! Quittez Paris ! Laissez tomber tout ça !

— Pourquoi donc ? C'est à nous qu'on a fait du tort ; nous voulons qu'on refasse les comptes. Nous y avons droit.

— Vous n'avez droit à rien ! lança Mme Lavier. C'est vous qui avez commis l'erreur et vous la paierez !

— L'erreur ? » Il devait se montrer *très* prudent. C'était là — juste sous la surface — qu'on pouvait

distinguer les contours de la vérité sous la glace.
« Allons donc. Le vol n'est pas une erreur commise
par la victime.

— L'erreur résidait dans votre choix, monsieur.
Vous avez choisi le mauvais cheval.

— Il a volé des millions à Zurich, dit Jason. Mais
vous le savez. Il a empoché des millions et si vous
croyez que vous allez les lui reprendre — ce qui
revient au même que nous les prendre — vous vous
trompez grandement.

— Nous ne voulons pas d'argent !

— Je suis ravi de le savoir. Qui est "nous" ?

— Je croyais que vous aviez dit que vous le saviez.

— J'ai dit que nous avions une idée. Que nous en
savions assez pour accuser un nommé Koenig à
Zurich, d'Amacourt ici à Paris. Si nous décidons de le
faire, cela pourrait se révéler bien gênant, n'est-ce
pas ?

— De l'argent ? Gênant ? Ce ne sont pas des problèmes. Vous êtes dévorés de stupidité, tous autant
que vous êtes ! Je vous le répète : quittez Paris. Laissez tomber tout cela. Ça ne vous regarde plus.

— Nous n'estimons pas que cela vous regarde.
Franchement, nous ne vous trouvons pas compétente
en la matière.

— Compétente ? répéta la Lavier, comme si elle
n'en croyait pas ses oreilles.

— Exactement.

— Avez-vous une idée de ce que vous dites ? Savez-
vous de qui vous parlez ?

— Peu importe. A moins que vous ne fassiez marche arrière, je vais recommander que nous agissions
haut et fort. Nous allons lancer des accusations... qui,
bien entendu, ne permettront pas de remonter jusqu'à nous. Dénoncer les événements de Zurich, le
comportement de la banque de Valois. Faire intervenir la Sûreté, Interpol... tout et tout le monde pour
déclencher une chasse à l'homme... une chasse à
l'homme colossale.

— Vous êtes fou. Et idiot.

— Pas du tout. Nous avons des amis très haut placés ; nous aurons les renseignements avant vous. Nous attendrons au bon endroit et à la bonne heure. Nous le prendrons.

— Vous ne le prendrez pas. Il disparaîtra de nouveau ! Vous ne comprenez donc pas ça ? Il est à Paris et tout un réseau de gens qu'il ne peut pas connaître le recherche. Il a pu échapper une fois, deux fois ; mais pas une troisième fois ! Il est pris au piège maintenant. Nous l'avons piégé !

— Nous ne voulons pas que vous le piégiez. Ça n'est pas dans notre intérêt. » C'était presque le moment, songea Bourne. Presque, mais pas tout à fait ! chez elle, la crainte devait égaler sa colère. Il fallait la pousser à révéler la vérité. « Voici notre ultimatum, et nous vous tenons pour responsable de le transmettre : sinon vous irez rejoindre Koenig et d'Amacourt. Arrêtez vos poursuites ce soir, ou bien nous intervenons dès demain matin ; nous commencerons à pousser les hauts cris. Les Classiques vont devenir le magasin le plus connu du faubourg Saint-Honoré, mais je ne crois pas que ce soit par les clients que vous souhaitez. »

Sous le maquillage, le masque cédait. « Vous n'oseriez pas ! Comment osez-vous ! Qui êtes-vous pour dire cela ! »

Il marqua un temps, puis lança son trait. « Un groupe de gens qui n'aiment guère votre Carlos. »

La Lavier se figea, ouvrant de grands yeux, le visage crispé. « Vous savez donc, murmura-t-elle. Et vous croyez que vous pouvez vous opposer à lui ? Vous pensez que vous êtes de taille à affronter Carlos ?

— Pour tout vous dire, oui.

— Vous êtes fou. On ne donne pas d'ultimatum à Carlos.

— C'est pourtant ce que je viens de faire.

— Alors vous êtes mort. Que vous parliez à quiconque et vous ne tiendrez pas la journée. Il a des hommes partout ; ils vous abattront en pleine rue.

— Ils le pourraient s'ils savaient qui abattre, dit

Jason. Vous oubliez. Personne ne le sait. Mais ils savent qui vous êtes. Et Koenig, et d'Amacourt. Dès l'instant où nous vous dénoncerions, vous seriez éliminée. Carlos ne pourrait plus se permettre de vous garder. Mais moi, personne ne me connaît.

— Vous oubliez, monsieur, que moi je vous connais.

— C'est le cadet de mes soucis. Trouvez-moi... une fois les dégâts causés et avant que la décision ne soit prise concernant votre propre avenir. Ça ne va pas tarder.

— C'est de la folie. Vous sortez de nulle part et vous parlez comme un dément. Ce n'est pas possible !

— Proposez-vous un compromis ?

— C'est concevable, fit Jacqueline Lavier. Tout est possible.

— Etes-vous en position de le négocier ?

— Je suis en mesure de transmettre un tel message... beaucoup mieux qu'un ultimatum. D'autres le relaieront jusqu'à celui qui décide.

— Ce que vous dites, et ce que je disais voilà quelques minutes : nous pouvons discuter.

— Nous pouvons discuter, monsieur, reconnut Mme Lavier, le désespoir au fond des yeux.

— Alors commençons par le plus évident.

— C'est-à-dire ? » *Maintenant. La vérité.*

« Que représente Bourne pour Carlos ? Pourquoi le veut-il ?

— Que représente Bourne ?... (La femme s'interrompit, son visage exprimant la stupéfaction la plus totale.) C'est vous qui demandez ça ?

— Je vais répéter ma question, fit Jason, qui sentait son cœur battre à grands coups dans sa poitrine. Que représente Bourne pour Carlos ?

— C'est Caïn ! Vous le savez aussi bien que nous. C'était là votre erreur, votre choix ! Vous avez choisi le mauvais cheval !

Caïn. Il entendit ce nom qui déchaîna comme les échos d'un assourdissant tonnerre. Et à chaque coup de tonnerre, la douleur le secouait, des traits brûlants l'un après l'autre lui traversaient la tête, l'esprit et le corps qui tressautaient sous le choc d'un nom : Caïn. Caïn. Les brumes revenaient. Les ténèbres, le vent, les explosions.

Alpha, Bravo, Caïn, Delta, Echo, Foxtrot... Caïn, Delta. Delta, Caïn. Delta... Caïn.

Caïn est pour *Charlie.*

Delta est pour *Caïn* !

« Qu'est-ce qu'il y a ? Qu'est-ce qui ne va pas ?

— Rien. » Bourne avait glissé sa main droite sur son poignet gauche, et il serrait, ses doigts s'enfonçant dans la chair avec une telle force qu'il crut que la peau allait céder. Il devait faire quelque chose ; il devait faire cesser ce tremblement, atténuer le bruit, repousser la douleur. Il devait s'éclaircir l'esprit. La vérité le regardait droit dans les yeux : il ne pouvait pas détourner la tête. Il était là, touchant au but et le froid le faisait frissonner. « Continuez, dit-il d'une voix que les efforts qu'il faisait pour la maîtriser réduisaient à un souffle.

— Vous êtes malade ? Vous êtes très pâle et vous...

— Je vais très bien, l'interrompit-il sèchement. J'ai dit : continuez.

— Qu'est-ce que vous voulez que je vous dise ?

— Dites-moi tout. Je veux l'entendre de votre bouche.

— Pourquoi ? Il n'y a rien que vous ne sachiez pas. Vous avez choisi Caïn. Vous avez écarté Carlos ; vous croyez pouvoir l'écarter maintenant. Vous vous êtes trompé à l'époque et vous vous trompez maintenant. »

Je vais vous tuer. Je vais vous prendre à la gorge et vous étrangler.

Dites-moi ! Au, nom du Ciel, dites-moi ! A la fin, il n'y a que mon commencement ! Il faut que je le connaisse.

« Peu importe, dit-il. Si vous recherchez un compromis — ne serait-ce que pour sauver votre peau — dites-moi pourquoi nous devrions écouter. Pourquoi Carlos est-il si cbstiné... si paranoïaque... à propos de

Bourne ? Expliquez-moi cela comme si je ne l'avais jamais entendu. Sinon, ces noms qui ne devraient pas être mentionnés vont se répandre dans tout Paris et vous serez morte en fin d'après-midi. »

Jacqueline Lavier était pétrifiée, son visage figé. « Carlos suivra Caïn jusqu'au bout de la terre pour le tuer.

— Ça, nous le savons. Nous voulons savoir pourquoi.

— Il est obligé. Regardez vous-même. Les gens comme vous.

— C'est absurde. Vous ne savez pas qui nous sommes.

— Je n'ai pas besoin de le savoir. Je sais ce que vous avez fait.

— Expliquez-vous !

— Je l'ai fait. Vous avez choisi Caïn plutôt que Carlos... c'était là votre erreur. Vous avez choisi l'homme qu'il ne fallait pas. Vous avez payé l'assassin qu'il ne fallait pas.

— L'assassin... qu'il ne fallait pas.

— Vous n'étiez pas le premier, mais vous serez le dernier. Le prétendant arrogant va être tué ici, à Paris, qu'il y ait un compromis ou non.

— Nous avons choisi l'assassin qu'il ne fallait pas... »

Les mots flottaient dans l'atmosphère élégante et parfumée du restaurant. Le tonnerre assourdissant se calma. Il grondait encore, mais loin dans les nuages de tempête ; les brumes se dissipaient en tournoyant autour de lui. Il commençait à voir et ce qu'il voyait, c'étaient les contours d'un monstre. Pas un mythe, mais un monstre. Un autre monstre. Il y en avait deux.

« Pouvez-vous en douter ? demanda la femme. N'allez pas marcher sur les brisées de Carlos. Laissez-le s'emparer de Caïn ; laissez-le prendre sa revanche. (Elle s'interrompit, comme pour reprendre haleine.) Je ne promets rien, mais je veux bien parler pour vous, expliquer la perte que vos amis ont subie.

Il est possible... seulement possible, vous comprenez... que votre contrat soit honoré par celui que vous auriez dû choisir d'abord.

— Celui que nous aurions dû choisir.... parce que nous avons fait le mauvais choix.

— Vous comprenez cela, n'est-ce pas monsieur ? Il faut dire à Carlos que vous vous en rendez compte. Peut-être... peut-être seulement... pourrait-il compatir à vos pertes s'il était convaincu que vous avez reconnu votre erreur.

— C'est cela, votre compromis ? demanda Bourne. Tout est possible. Rien de bien ne peut sortir de vos menaces, je peux vous l'assurer. Pour personne, et je suis assez franche pour m'inclure dans le lot. Cela n'aboutirait qu'à un absurde massacre ; et Caïn serait là en spectateur, à rire. Vous ne perdriez pas une fois, mais deux fois.

— Si c'est vrai... fit Jason qui avait du mal à avaler tant sa gorge était sèche, alors il faudra que j'explique à mes amis pourquoi nous... avons choisi... l'homme qu'il ne fallait pas. » *Assez ! N'en dis pas plus. Contrôle-toi.* « Racontez-moi tout ce que vous savez sur Caïn.

— Dans quel but ? fit Mme Lavier en croisant ses doigts sur la table, ses ongles comme les dix pointes rouges d'une arme.

— Si nous avons choisi l'homme qu'il ne fallait pas, alors c'est que nous avions une mauvaise information.

— Vous avez entendu dire qu'il était l'égal de Carlos, non ? Que ses honoraires étaient plus raisonnables, son appareil plus restreint et que, comme il y avait moins d'intermédiaires, les risques étaient plus faibles de voir retrouver la trace d'un contrat. Ça n'est pas cela ?

— Peut-être.

— Bien sûr que si. C'est ce qu'on a dit à tout le monde, et c'est un mensonge. La force de Carlos réside dans l'étendue de son réseau d'informations... des informations infaillibles. Dans son système perfectionné qui lui permet de contacter la personne qu'il faut juste au bon moment avant un meurtre.

— Ça fait beaucoup de gens. Il y avait trop de gens à Zurich, trop ici à Paris.

— Mais tous aveugles, monsieur. Absolument tous.

— Aveugles ?

— Pour vous dire carrément les choses, je fais partie de l'opération depuis un certain nombre d'années, je rencontre d'une façon ou d'une autre des douzaines de gens qui ont joué leur rôle mineur... aucun n'a un rôle majeur. Il me reste encore à rencontrer une seule personne qui ait jamais parlé à Carlos, qui ait la moindre idée de son identité.

— Vous me parlez de Carlos. Je veux des précisions sur Caïn. Ce que vous, vous savez de Caïn. » *Reste calme. Tu ne peux pas te détourner. Regarde-la. Regarde-la !*

« Par où faut-il que je commence ?

— Par ce qui vous vient d'abord à l'esprit. D'où est-il arrivé ? » *Ne détourne pas les yeux !*

« Du Sud-Est asiatique, bien sûr.

— Bien sûr... » *Oh ! Dieu.*

« De l'opération américaine Méduse, nous savons cela... »

Méduse ! Le vent, l'obscurité, les éclairs, la douleur... La douleur lui lacérait le crâne maintenant ; il n'était pas là où il était, mais là où il avait été. A un monde de là dans l'espace et dans le temps. La douleur. Oh ! mon Dieu. La douleur...

Tao !
Che-sah !
Tam Quan !
Alpha, Bravo, Caïn... Delta. Delta... Caïn !
Caïn est pour Charlie.
Delta est pour Caïn.

« Qu'y a-t-il ? (La femme avait l'air effrayé ; elle scrutait son visage, les yeux fixés sur lui.) Vous transpirez. Vos mains tremblent. Vous avez une crise de malaria ?

— Ça passe très vite. » Jason arracha sa main sur son poignet et prit une serviette pour s'éponger le front.

« Ça vient avec les pressions, non ?

— Avec les pressions, oui. Continuez. Il n'y a pas beaucoup de temps, il faut contacter des gens, prendre des décisions. Votre vie en dépend sans doute. Revenons-en à Caïn. Vous dites qu'il venait de l'opération américaine Méduse.

— Les mercenaires du diable, dit Mme Lavier. C'était le surnom donné aux hommes de Méduse par les coloniaux d'Indochine... ce qu'il en restait. Ça leur allait très bien, vous ne trouvez pas ?

— Peu importe ce que je pense. Ou ce que je sais. Je veux entendre ce que vous, vous pensez, ce que vous, vous savez de Caïn.

— Votre crise vous rend grossier.

— Je n'ai pas beaucoup de patience. Vous dites que nous avons choisi l'homme qu'il ne fallait pas ; dans ce cas-là, c'est que nous n'avions pas la bonne information. Les mercenaires du diable. Vous voulez dire que Caïn est français ?

— Pas du tout, c'est une déduction bien sommaire. Je n'ai mentionné ce surnom que pour indiquer jusqu'à quel point nous avons pénétré Méduse.

— "Nous" étant les gens qui travaillent pour Carlos.

— Si vous voulez.

— Je le veux. Si Caïn n'est pas français, qu'est-il ?

— Américain, à n'en pas douter. »

Oh ! Dieu ! « Pourquoi ?

— Tout ce qu'il fait a des résonances américaines. Il pousse et bouscule avec peu ou pas de finesse du tout, s'attribuant des mérites qui ne sont pas les siens, revendiquant des meurtres dans lesquels il n'avait rien à faire. Il a étudié les méthodes et les relations de Carlos comme personne au monde. On nous dit qu'il les récite par cœur aux clients éventuels, se mettant le plus souvent à la place de Carlos, convainquant les imbéciles que c'est lui, et non Carlos, qui a accepté et exécuté les contrats. (Jacqueline Lavier marqua un temps.) J'ai touché juste, non ? Il a fait la même chose avec vous... avec vos amis... hein ?

— Peut-être. » La main de Jason se crispa de nouveau sur son poignet tandis que des déclarations lui revenaient en mémoire. Des déclarations faites dans le cadre d'un jeu terrible.

Stuttgart. Regensburg. Munich. Deux meurtres et un kidnapping, attribués à Baader. Honoraires versés par des sources américaines...

— *Téhéran ? Huit meurtres. Attribution mixte : Khomeni et O.L.P. Honoraires, deux millions. Secteur sud-ouest soviétique.*

Paris ?... Tous les contrats passeront par Paris.

— *Les contrats de qui ?*

— *De Sanchez... de Carlos.*

«... toujours un subterfuge si transparent. »

Jacqueline Lavier avait parlé ; il ne l'avait pas entendue. « Qu'avez-vous dit ?

— Vous étiez en train de vous souvenir, hein ? Il utilisait le même subterfuge avec vous... avec vos amis. C'est comme ça qu'il obtient ses commandes.

— Ses commandes ? »

Bourne crispa les muscles de son ventre jusqu'au moment où la douleur le ramena à la table, dans la salle à manger du restaurant d'Argenteuil. « Alors, dit-il d'une voix neutre, il a des commandes ?

— Et il les exécute avec un talent remarquable ; personne ne lui nie cela. Son tableau de chasse est impressionnant. A bien des égards, il vient juste après Carlos... il n'est pas son égal, mais il est bien au-dessus de la masse des guérilleros. C'est un homme extrêmement doué, fort inventif, un tueur redoutable formé par Méduse. Mais ses arrogances, ses mensonges aux dépens de Carlos le perdront.

— Et c'est ça qui le rend américain ? Ou bien ce sont vos préjugés ? Il me semble que vous aimez bien l'argent américain, mais c'est à peu près tout ce qu'ils exportent et qui vous plaît. » *Extrêmement doué, fort inventif... Port-Noir, La Ciotat, Marseille, Zurich, Paris.*

« Ça dépasse les préjugés, monsieur. L'identification est positive.

— Comment y êtes-vous parvenue ? »

Jacqueline Lavier fit tourner le pied de son verre entre ses doigts.

« Un homme mécontent a été acheté à Washington.

— Washington ?

— Les Américains aussi recherchent Caïn... avec un acharnement comparable à celui de Carlos, me semble-t-il. L'opération Méduse n'a jamais été rendue publique, et Caïn pourrait se révéler extrêmement gênant. Cet homme mécontent était en mesure de nous donner une foule de renseignements, y compris les archives de Méduse. Il a été bien simple de vérifier les noms avec ceux de Zurich. Simple pour Carlos, pour personne d'autre. »

Trop simple, songea Jason, sans savoir pourquoi cette idée lui venait. « Je vois, dit-il.

— Et vous ? Comment l'avez-vous trouvé ? Pas Caïn, bien sûr, mais Bourne. »

A travers les brumes de son angoisse, Jason se rappelait une autre déclaration. Une déclaration de Marie. « C'est beaucoup plus simple, dit-il. Nous l'avons payé en lui versant de l'argent dans un compte d'où il était transféré dans d'autres. Nous avons pu retrouver les numéros.

— Caïn l'a permis ?

— Il n'en savait rien. Nous avons payé pour obtenir ces numéros... comme vous l'avez fait pour les numéros de téléphone qui figurent sur une fiche.

— Je vous félicite.

— Jusqu'à maintenant, vous n'avez fait qu'expliquer une identification. Poursuivez. Tout ce que vous savez sur ce Bourne, tout ce qu'on vous a dit. » *Attention. Garde une voix calme. Tu ne fais... qu'estimer des faits. C'est Marie qui t'a dit ça. Chère, chère Marie. Heureusement que tu n'es pas ici.*

« Ce que nous savons de lui est incomplet. Il a réussi à supprimer la plupart des documents essentiels, une leçon qu'il a apprise de Carlos, à n'en pas douter. Mais pas tous ; nous avons reconstitué une esquisse. Avant d'être recruté pour Méduse, on suppose qu'il était un homme d'affaires parlant français et vivant à Singapour où il représentait un groupe d'importateurs américains de New York jusqu'en Californie. La vérité est qu'il avait été congédié par ce groupe qui avait essayé ensuite de le faire extrader aux Etats-Unis pour lui faire un procès ; il avait volé des centaines de milliers de dollars. A Singapour, il avait la réputation d'être un reclus, très puissant dans les opérations de contrebande et extraordinairement impitoyable.

— Mais avant cela, l'interrompit Jason, qui sentait de nouveau la sueur perler à son front. Avant Singapour. D'où venait-il ? » *Attention ! Les images ! Il revoyait les rues de Singapour. Prince Edward Road, Kim Chuan, Boon Tat Street, Maxwell, Cuscaden.*

« Ce sont les documents que personne n'arrive à trouver. Il n'y a que des rumeurs et elles sont absurdes. On a dit par exemple que c'était un jésuite défroqué devenu fou ; d'après une autre hypothèse, c'était un jeune banquier d'investissement fort agressif, surpris à détourner des fonds d'accord avec plusieurs banques de Singapour. Il n'y a rien de concret, rien qu'on puisse retrouver. Avant Singapour, rien. »

Vous vous trompez, il y avait beaucoup. Mais rien de tout cela n'en fait partie... il y a un vide, il faut le combler et vous ne pouvez pas m'aider. Peut-être personne ne le peut-il ; peut-être que personne ne devrait.

« Jusqu'à maintenant, reprit Bourne, vous ne m'avez rien dit d'extraordinaire, rien qui touche aux renseignements qui m'intéressent.

— Alors je ne sais pas ce que vous voulez ! Vous me posez des questions, réclamez des détails, et quand je vous propose des solutions, vous les rejetez comme sans intérêt. Qu'est-ce que vous voulez, au bout du compte ?

— Que savez-vous... du travail de Caïn ? Puisque vous cherchez un compromis, donnez-moi une raison pour cela. Si nos informations diffèrent, ce devrait être sur ce qu'il a fait, n'est-ce pas ? Quand a-t-il attiré votre attention pour la première fois ? L'attention de Carlos ? Vite !

— Il y a deux ans, dit Jacqueline Lavier, déconcertée par l'impatience de Jason, agacée, effrayée. La nouvelle est venue d'Asie qu'un Blanc proposait des services étonnamment semblables à ceux assurés par Carlos. Il était en train d'arriver rapidement au niveau industriel. Un ambassadeur était assassiné à Moulmein ; deux jours plus tard, un politicien japonais grandement respecté était abattu à Tokyo, juste avant un débat de la Diète. Une semaine plus tard, le rédacteur en chef d'un quotidien sautait dans sa voiture piégée à Hong Kong, et moins de quarante-huit heures après, un banquier était descendu dans une rue de Calcutta. Derrière chacun de ces meurtres, Caïn. Toujours Caïn. (La femme s'arrêta, pour voir comment réagissait Bourne. Il ne bronchait pas.) Vous ne voyez donc pas ? Il était partout. Il se précipitait d'un meurtre à un autre, acceptant des contrats avec une telle précipitation qu'il finissait par le faire aveuglément. C'était un homme extrêmement pressé, bâtissant si vite sa réputation qu'il choquait même les professionnels les plus blasés. Et personne ne doutait qu'il était bien un professionnel, et surtout pas Carlos. Des instructions furent envoyées : renseignez-vous sur cet homme, apprenez tout ce que vous pouvez. Voyez-vous, Carlos avait compris ce qu'aucun d'eux n'avait perçu, et en moins de douze mois, il s'était révélé avoir raison. Des rapports parvinrent d'informateurs à Manille, à Osaka, à Hong Kong et à Tokyo. Caïn partait pour l'Europe, disaient-ils ; il allait faire de Paris sa base d'opérations. Le défi était clair, le gant était jeté. Caïn entendait détruire Carlos. Il voulait devenir le nouveau Carlos, ses services seraient *les* services réclamés par ceux qui les recherchaient. Et vous les avez recherchés, monsieur.

— Moulmein, Tokyo, Calcutta... » Jason entendait les noms sortir de ses lèvres. Ils flottaient, suspendus dans l'air parfumé comme les ombres d'un passé oublié. « Manille, Hong Kong... » Il s'arrêta, essayant de dissiper les brumes, scrutant les contours de formes étranges qui ne cessaient de défiler dans son esprit.

« Ces endroits-là et bien d'autres, poursuivit Jacqueline Lavier. Ça a été, et c'est toujours l'erreur de Caïn. Carlos est peut-être bien des choses pour bien des gens, mais chez ceux qui ont bénéficié de sa confiance et de sa générosité, il y a une grande loyauté. Ses informateurs et ses sbires ne sont pas à vendre, et pourtant Caïn a essayé maintes et maintes fois. On dit que Carlos est prompt à rendre des jugements sévères, mais on dit aussi : mieux vaut un démon qu'on connaît qu'un successeur qu'on ne connaît pas. Ce que Caïn n'a pas compris — ce qu'il ne comprend toujours pas — c'est que le réseau de Carlos est vaste. Lorsque Caïn est arrivé en Europe, il ne savait pas que ses activités étaient connues à Berlin, à Lisbonne, à Amsterdam, jusqu'à Oman.

— Oman, murmura Bourne machinalement. Le cheik Mustapha Kalig, murmura-t-il, comme s'il se parlait à lui-même.

— Ça n'a jamais été prouvé ! lança Mme Lavier d'un ton de défi. C'est un rideau de fumée déployé tout exprès, le contrat lui-même était imaginaire. Il s'est attribué le mérite d'un meurtre commis de l'intérieur ; personne ne pourrait pénétrer des services de sécurité aussi serrés. Un mensonge !

— Un mensonge, répéta Jason.

— Tant de mensonges, ajouta Mme Lavier d'un ton de mépris. Cela dit, il n'est pas bête ; il ment avec discrétion, lâchant une allusion ici et là, sachant bien qu'on va les exagérer jusqu'à leur donner de la substance. Sans cesse, il provoque Carlos, il fait sa propre promotion aux dépens de l'homme qu'il voudrait remplacer. Mais il n'arrive pas à la cheville de Carlos ; il accepte des contrats qu'il est incapable d'exécuter. Vous n'êtes qu'un exemple ; il paraît qu'il y en a eu plusieurs autres. C'est, paraît-il, pour cela qu'il est resté absent des mois en évitant des gens comme vous.

— En évitant des gens... » Jason de nouveau serra son poignet ; le tremblement avait recommencé, avec des grondements d'un lointain tonnerre qui vibrait quelque part sous son crâne. « Vous... vous êtes sûre de ça ?

— Tout à fait. Il n'était pas mort ; il se terrait. Caïn a raté plus d'une mission ; c'était inévitable. Il en acceptait trop en trop peu de temps. Pourtant, chaque fois que cela lui arrivait, il faisait suivre un meurtre manqué d'un assassinat spectaculaire et que personne ne lui avait commandé, pour rehausser sa position. Il choisissait un personnage éminent et l'abattait, le crime étant destiné à choquer tout le monde. L'ambassadeur en voyage à Moulmein en a été un exemple ; personne n'avait réclamé sa mort. Il y en a eu deux autres que nous connaissons : un commissaire russe à Changhai et plus récemment un banquier à Madrid... »

Les mots sortaient des lèvres rouges qui s'agitaient fébrilement dans le bas de ce masque poudré tourné vers lui. Il les entendait ; il les avait déjà entendus. Il les avait vécus auparavant. Ce n'étaient plus des ombres, mais des souvenirs de ce passé oublié. Les images et la réalité se confondaient. Elle ne commençait pas une phrase qu'il ne pût terminer ; elle ne citait pas un nom, une ville ni un incident qui, d'instinct, ne lui fût pas familier.

Elle parlait... de lui.

Alpha, Bravo, Caïn, Delta...

Caïn est pour Charlie et Delta est pour Caïn.

Jason Bourne était l'assassin qu'on appelait Caïn.

Il y avait une ultime question : Marseille, le 23 août.

« Que s'est-il passé à Marseille ? demanda-t-il.

— Marseille ? fit Jacqueline Lavier en sursautant. Quels mensonges vous a-t-on racontés ? Quels autres mensonges ?

— Racontez-moi simplement ce qui s'est passé.

— Vous parlez de Leland, bien sûr. Leland,

l'ambassadeur dont, en effet, la mort était demandée... payée, le contrat acheté par Carlos.

— Et si je vous disais qu'il y en a qui croient que
Caïn est responsable de ce meurtre ?

— C'est ce qu'il voulait faire croire à tout le
monde ! C'était sa dernière insulte à Carlos... lui voler
le mérite d'un meurtre. Le paiement n'intéressait pas
Caïn, il ne voulait que montrer au monde — à notre
monde — qu'il pouvait arriver là le premier et faire le
travail pour lequel Carlos s'était fait payer. Mais il ne
l'a pas fait, vous savez. Il n'était pour rien dans le
meurtre de Leland.

— Il était là.

— Il est tombé dans un piège. En tout cas, il ne s'est
jamais manifesté. Certains ont dit qu'il avait été tué ;
comme il n'y avait pas de cadavre, Carlos ne l'a pas
cru.

— Comment Caïn aurait-il été tué ? »

Mme Lavier secoua la tête. « Deux hommes du port
ont cherché à s'en attribuer le mérite, à se faire payer
ce meurtre. Il y en a un qu'on n'a jamais revu ; on peut
supposer que Caïn l'a tué, si c'était bien Caïn.
C'étaient des hommes de la pègre des docks.

— Quel était le piège ?

— Le prétendu piège, monsieur. Ils affirmaient
avoir appris que Caïn devait retrouver quelqu'un rue
Sarrasin une ou deux nuits avant l'assassinat. On
raconte qu'ils laissèrent des messages délibérément
obscurs et qu'ils attirèrent l'homme qui, selon eux,
était Caïn, sur les quais jusqu'à un bateau de pêche.
On n'a jamais revu le bateau ni le patron, alors peut-
être disaient-ils vrai — mais, comme je vous l'ai dit, il
n'y avait pas de preuves. Même pas une description
précise de Caïn qu'on pourrait comparer au signalement de l'homme rencontré rue Sarrasin. En tout cas,
c'est là que l'histoire s'arrête. »

*Vous vous trompez. C'est là qu'elle a commencé.
Pour moi.*

« Je vois, fit Bourne, d'un ton qu'il s'efforçait de
rendre naturel. Bien sûr, nos renseignements sont

différents. Nous avons choisi ce que nous croyions savoir.

— Le mauvais choix, monsieur. Ce que je vous ai dit est la vérité.

— Oui, je sais.

— Alors, nous arrivons à un compromis ?

— Pourquoi pas ?

— Bien. (Soulagée, la femme porta le verre de vin à ses lèvres.) Vous verrez, ce sera mieux pour tout le monde.

— Ça... ça n'a vraiment plus d'importance maintenant. » C'était à peine si on l'entendait, et il le savait. Que disait-il ? Que venait-il de dire ? Pourquoi avait-il dit cela ?... Les brumes se refermaient de nouveau, le tonnerre retentissait ; une fois de plus la douleur lui martelait les tempes. « Je veux dire... je veux dire, bien sûr, c'est mieux pour tout le monde. (Il sentait les yeux de Jacqueline Lavier posés sur lui, l'examinant.) C'est une solution raisonnable.

— Bien sûr. Vous ne vous sentez pas bien ?

— Je vous ai dit que ça n'était rien ; ça va passer.

— Tant mieux. Maintenant, voudriez-vous m'excuser un instant ?

— Non, fit Jason en lui saisissant le bras.

— Je vous en prie, monsieur, je veux aller aux toilettes, voilà tout. Si vous le voulez, attendez-moi devant la porte.

— Nous allons partir. Vous pourrez vous arrêter en sortant. » Bourne fit signe au serveur pour réclamer l'addition.

« Comme vous voudrez », dit-elle.

Il attendait dans un couloir un peu obscur entre les flaques de lumière tombant des ampoules encastrées dans le plafond. A l'autre bout, la porte des toilettes sur laquelle s'inscrivait un profil de femme en métal doré. Des femmes élégantes et belles ne cessaient de passer ; c'était la même ambiance qu'aux Classiques. Jacqueline Lavier n'était pas dépaysée.

Elle était aux toilettes depuis près de dix minutes, ce qui aurait dû troubler Jason s'il avait pu se concen-

trer sur la notion du temps. Mais il en était incapable ;
il était en feu. Le bruit et la souffrance le dévoraient,
il avait les nerfs à vif, il regardait droit devant lui, avec
l'impression d'avoir dans son sillage un cortège de
morts. Le passé se reflétait dans les yeux de la vérité :
des gens étaient venus le chercher et il les avait vus.
Caïn... Caïn... Caïn.

Il secoua la tête et regarda le plafond noir. Il fallait
fonctionner. Il ne pouvait pas se laisser aller, plonger
dans le gouffre plein de ténèbres et de vents violents.
Il y avait des décisions à prendre... Non, elles étaient
prises ; il ne s'agissait plus maintenant que de les
mettre à exécution.

*Marie. Marie ? Oh ! Dieu, mon amour, que nous
nous sommes trompés !*

Il prit une profonde inspiration et jeta un coup
d'œil à sa montre : le chronomètre qu'il avait échangé
contre un petit bijou en or appartenant à un marquis
du midi de la France. *C'est un homme plein de talent,
extrêmement inventif...* Il n'éprouvait aucune joie à se
rappeler ce jugement. Il tourna les yeux vers la porte
des toilettes.

Où était Jacqueline Lavier ? Pourquoi ne sortait-
elle pas ? Que pouvait-elle espérer accomplir en restant là ? Il avait eu la présence d'esprit de demander
au maître d'hôtel s'il y avait un téléphone là-bas ;
l'homme lui avait répondu par la négative en désignant une cabine près de l'entrée. Jacqueline Lavier
était auprès de lui lorsqu'il avait posé la question ; elle
avait entendu la réponse.

Il y eut un éclair aveuglant. Il trébucha en arrière,
heurtant le mur, portant les mains à ses yeux. Quelle
douleur ! Oh ! Seigneur ! Il avait les yeux en feu !

Puis il entendit les mots, à travers la rumeur courtoise de ces hommes et de ces femmes bien habillés
qui traversaient le couloir.

« En souvenir de votre dîner Chez Roger, monsieur,
dit une hôtesse qui tenait à la main un appareil de
photos avec un flash. La photographie sera prête dans
quelques minutes. Avec les compliments de Roger. »

Bourne demeura pétrifié, sachant qu'il ne pouvait pas casser l'appareil de photos, une peur nouvelle s'abattant sur lui. « Pourquoi moi ?

— C'est votre fiancée qui l'a demandé, monsieur, répondit la fille en désignant de la tête la porte des toilettes. Nous venons de bavarder. Vous avez bien de la chance ; c'est une femme charmante. Elle m'a priée de vous remettre ceci. » L'hôtesse lui tendit un billet plié ; Jason le prit tandis qu'elle s'éloignait vers l'entrée du restaurant.

Votre maladie me déconcerte, tout comme je suis sûre que c'est le cas pour vous, mon nouvel ami. Vous êtes peut-être ce que vous prétendez être, et peut-être pas. J'aurai la réponse dans une demi-heure environ. Un dîneur compatissant a donné un coup de téléphone et la photographie est en route vers Paris. Vous ne pouvez pas plus l'arrêter que vous ne pouvez le faire de ceux qui roulent maintenant vers Argenteuil. Si nous parvenons à ce compromis dont nous parlions, rien de tout cela ne vous troublera — comme votre maladie me trouble — et nous reprendrons notre conversation quand mes amis seront arrivés.

On dit que Caïn est un caméléon, qui se présente sous divers aspects, toujours convaincant. On dit aussi qu'il est enclin à la violence et à des crises de colère. Ce sont là les symptômes d'une maladie, non ?

Il se précipita dans la rue obscure pour voir la lumière brillant sur le toit d'un taxi s'éloigner ; elle tourna le coin et disparut. Il s'arrêta, le souffle court, cherchant du regard une autre voiture ; il n'y en avait pas. Le chasseur de Chez Roger lui avait dit qu'il faudrait dix à quinze minutes pour avoir un taxi ; pourquoi monsieur n'en avait-il pas demandé un plus tôt ? Le piège était tendu et il était tombé droit dedans.

Là-bas ! Une lumière, un autre taxi ! Il se mit à courir. Il fallait l'arrêter ; il fallait regagner Paris. Retrouver Marie.

Il se retrouvait dans un labyrinthe, courant à l'aveuglette, sachant enfin qu'il n'y avait pas d'issue. Mais cette course-là, il la ferait seul ; sa décision était irrévocable. Il n'y aurait pas de discussions, pas de débats, pas de cris échangés, d'arguments fondés sur l'amour et l'incertitude. Car maintenant il était certain. Il savait qui il était... ce qu'il avait été ; il était coupable de ce dont on l'accusait... comme il s'en était toujours douté.

Une heure ou deux à ne rien dire. A la regarder simplement, à parler tranquillement de tout sauf de la vérité. A l'aimer. Ensuite il partirait ; elle ne saurait jamais quand et il ne pourrait jamais lui dire pourquoi. Il lui devait bien cela ; elle souffrirait un moment, mais en fin de compte la douleur serait moindre que celle que lui causerait la marque de Caïn.

Caïn !
Marie. Marie ! Qu'est-ce que j'ai fait ?
« Taxi ! Taxi ! »

18

Quittez Paris ! Tout de suite ! Je ne sais pas ce que vous êtes en train de faire, mais arrêtez et partez !... Ce sont les ordres de votre gouvernement. Ils veulent que vous quittiez la France. Ils veulent qu'il soit isolé.

Marie écrasa sa cigarette dans le cendrier posé sur la table de chevet, et son regard tomba sur le vieux numéro du *Potomac Quaterly,* ses pensées s'attardant un instant sur le jeu terrible que Jason l'avait forcée à jouer.

« Je ne veux pas écouter ! » se dit-elle tout haut et elle sursauta en entendant sa propre voix résonner dans la chambre vide. Elle s'approcha de la fenêtre, la même fenêtre vers laquelle il s'était tourné pour regarder dehors, affolé, en essayant de la faire comprendre.

Il faut que je sache certaines choses... assez pour prendre une décision... mais peut-être pas tout. Une partie de moi doit pouvoir... s'enfuir, disparaître. Il faut que je puisse me dire que ce qui était n'est plus et qu'il est possible que ce n'ait jamais été parce que je n'en garde aucun souvenir. Ce que quelqu'un n'arrive pas à se rappeler n'a pas existé... pour lui.

« Mon chéri, mon chéri. Ne les laisse pas te faire ça ! » Ses paroles ne l'étonnèrent plus cette fois, car c'était comme s'il était dans la pièce, à l'écouter, à donner son avis lui aussi, prêt à s'enfuir, à disparaître... avec elle. Mais au fond d'elle-même elle savait qu'il ne pouvait pas faire ça ; qu'il ne pouvait pas se contenter d'une demi-vérité ou des trois quarts d'un mensonge.

Ils veulent qu'il soit isolé.

Qui ça, *ils* ? La réponse était au Canada et elle était coupée du Canada, c'était un autre piège.

Jason avait raison à propos de Paris ; elle en avait l'impression, elle aussi. Quelle que fût la réponse, c'était là qu'elle était. S'ils parvenaient à trouver une personne pour soulever le voile et lui laisser voir qu'on le manipulait, alors d'autres questions pourraient se poser sans dommage, dont les réponses ne le pousseraient plus vers l'autodestruction. Si l'on pouvait le convaincre que quels que fussent les crimes oubliés qu'il avait commis, il n'était qu'un pion dans une entreprise criminelle plus vaste encore, il pourrait s'en aller, disparaître avec elle. Tout était relatif. Ce que l'homme qu'elle aimait devait pouvoir se dire, c'était que le passé n'existait plus, mais qu'il avait quand même existé et qu'il pouvait vivre avec et l'enterrer. C'était la rationalisation dont il avait besoin, la conviction que quoi qu'il eût été, c'était beaucoup moins que ses ennemis voulaient le faire croire au monde, car sans cela ils ne se serviraient pas de lui. Il était le bouc émissaire, il devait mourir à la place d'un autre. Si seulement il pouvait comprendre cela ; si seulement elle parvenait à le convaincre. Et si elle n'y arrivait pas, elle allait le perdre. Ils allaient le prendre ; ils allaient le tuer.

Ils.

« Mais qui êtes-vous donc ? hurla-t-elle devant la fenêtre, aux lumières de Paris. Où êtes-vous ? »

Elle sentit un vent glacé sur son visage comme si les vitres avaient fondu, laissant l'air de la nuit s'engouffrer dans la chambre. Puis elle sentit sa gorge se serrer et puis, un court instant, elle ne réussit plus à avaler... elle ne pouvait plus respirer. Ça passa et elle reprit son souffle. Elle avait peur ; cela lui était déjà arrivé lors de leur première soirée à Paris, quand elle avait quitté le café pour le retrouver sur les marches du musée de Cluny. Elle descendait rapidement le boulevard Saint-Michel quand cela s'était produit : le vent glacé, la gorge serrée... A cet instant non plus, elle ne pouvait plus respirer. Plus tard, elle crut comprendre pourquoi ; cette fois-là aussi, à quelques blocs de là dans la Sorbonne, Jason était arrivé à une conclusion qu'il allait rejeter quelques minutes plus tard... mais ce n'était pas encore fait alors. Il avait décidé de ne pas revenir.

« Assez ! cria-t-elle. C'est fou », ajouta-t-elle en secouant la tête et en regardant sa montre. Cela faisait plus de cinq heures qu'il était parti ; où était-il ? *Où était-il ?*

Bourne descendit du taxi devant l'hôtel à l'élégance fanée. L'heure suivante allait être la plus difficile du peu qu'il se rappelait de sa vie, une vie qui n'était qu'un vide avant Port-Noir, et depuis, un cauchemar. Celui-ci allait se poursuivre, mais il le vivrait seul ; il aimait trop Marie pour lui demander de le vivre avec lui. Il trouverait une façon de disparaître, emportant avec lui les preuves qui la liaient à Caïn. C'était aussi simple que cela ; il partirait pour un rendez-vous fictif et ne reviendrait pas. Et dans l'heure qui suivrait il lui écrirait un mot :

C'est fini. J'ai retrouvé mes flèches. Rentre au Canada et pour nous deux ne dis rien. Je sais où te joindre.

La dernière phrase était injuste — il ne la joindrait jamais — mais il fallait le petit brin d'espoir, ne serait-ce que pour lui faire prendre un avion pour Ottawa. A la longue, avec le temps, les semaines qu'ils avaient passées ensemble deviendraient un secret conservé dans l'ombre, une cachette d'éphémères richesses qu'on dévoilerait et qu'on toucherait dans des moments de calme. Et puis qu'on oublierait car la vie était faite pour les souvenirs actifs ; ceux qui dormaient perdaient de leur sens. Personne ne savait cela mieux que lui.

Il traversa le hall, en saluant d'un signe de tête le concierge assis sur son tabouret derrière le comptoir de marbre, en train de lire un journal. Ce fut à peine si l'homme leva les yeux, pour remarquer seulement que c'était bien un client de l'hôtel.

L'ascenseur s'éleva jusqu'au cinquième étage en grinçant et en grondant. Jason prit une profonde inspiration et fit coulisser la grille ; il voulait surtout éviter un drame ; ne pas provoquer d'inquiétude par un mot ou par un regard. Le caméléon n'avait qu'à se confondre avec le paysage le plus discret de la forêt, celui où on ne pourrait retrouver aucune foulée. Il savait ce qu'il fallait dire ; il y avait pensé avec soin tout comme au billet qu'il allait écrire.

« J'ai passé toute la nuit à tourner en rond, dit-il, en la serrant contre lui, tout en caressant ses cheveux châtain sombre, sa tête blottie sur son épaule... (Et il poursuivit, le cœur serré :) A traquer des employés cadavériques, à écouter des conversations sans intérêt et à boire du mauvais café. Les Classiques, c'était une perte de temps. Ça n'est qu'un zoo. Les singes et les paons m'ont fait tout un numéro, mais je ne pense pas que personne sache vraiment rien. Il y a bien une vague possibilité, mais il pourrait n'être qu'un Français astucieux en quête d'un gogo américain.

— Il ? demanda Marie.

— Un homme qui tenait le standard », dit Bourne en repoussant des images d'explosions aveuglantes, de ténèbres et de bourrasques tandis qu'il se représentait le visage que tout à la fois il ne connaissait pas et connaissait si bien. « Je suis convenu de le retrouver à minuit au *Bastringue*, rue Hautefeuille.

— Qu'a-t-il dit ?

— Très peu de choses, mais assez pour m'intéresser. Je l'ai vu qui m'observait pendant que je posais des questions. Il y avait pas mal de monde, ce qui m'a permis de circuler assez librement, de parler aux employés.

— Des questions ? Quelles questions as-tu posées ?

— Tout ce qui me passait par la tête. Surtout à propos de la directrice, ou Dieu sait quel est son titre. Etant donné ce qui s'est passé cet après-midi, si elle était un relais direct avec Carlos, elle aurait été au bord de la crise de nerfs. Je l'ai vue. Ça n'était pas le cas ; elle se comportait comme si elle avait tout simplement une bonne journée à la boutique.

— Mais elle est quand même un relais, comme tu dis. D'Amacourt l'a expliqué. La fiche.

— C'est indirect. Elle reçoit un coup de téléphone et on lui explique quoi dire avant qu'elle en donne un autre. » En fait, se dit Jason, cette affirmation qu'il venait d'inventer s'appuyait sur la réalité : Jacqueline Lavier était bien un relais indirect.

« Tu n'as pas pu rester là à poser des questions sans paraître suspect, protesta Marie.

— Mais si, répondit Bourne, à condition d'être un écrivain américain en train de faire un article pour un magazine sur les boutiques du faubourg Saint-Honoré.

— Très bon, Jason.

— Ça a marché. Personne n'a envie d'être oublié.

— Qu'as-tu appris ?

— Comme dans la plupart de ces endroits, Les Classiques a sa clientèle ; des gens riches qui très souvent se connaissent et avec le lot habituel d'intrigues conjugales et d'adultères. Carlos savait ce qu'il faisait ; c'est un véritable service d'abonnés absents là-bas, mais pas celui qu'on trouve à la poste.

— Les gens t'ont dit ça ? demanda Marie.

— Pas dans ces termes, dit-il, s'apercevant de son incrédulité. On mettait toujours l'accent sur le talent de ce Bergeron, mais une chose mène à une autre. Tu imagines la scène. Tout le monde a l'air de tourner autour de cette directrice. D'après ce que j'ai pu comprendre, c'est une véritable source d'informations mondaines, sauf qu'elle ne pourrait sans doute rien me dire sinon qu'elle a rendu un service à quelqu'un et ce quelqu'un se révélera être une autre personne qui a rendu à quelqu'un d'autre un autre service. Impossible sans doute de remonter jusqu'à la source, mais je n'ai rien de plus.

— Pourquoi le rendez-vous ce soir au *Bastringue* ?

— Il s'est approché de moi au moment où je partais et m'a dit une chose très bizarre. » Jason n'avait pas à inventer cette partie du mensonge. Il en avait lu les termes sur un billet, dans un élégant restaurant d'Argenteuil, voilà moins d'une heure. « Il a dit : " Vous êtes peut-être ce que vous prétendez être, et peut-être que non. " C'est alors qu'il a proposé de prendre un verre plus tard, en dehors de la boutique. » Bourne vit les doutes de Marie se dissiper. Il avait réussi ; elle admettait son tissu de mensonges. Et pourquoi pas ? N'était-il pas un homme plein de talent, extrêmement inventif. Ces éloges, il ne les méprisait pas ; il était Caïn.

« C'est peut-être lui, Jason. Tu disais qu'il ne t'en fallait qu'un : ce pourrait être lui !

— Nous verrons. » Bourne consulta sa montre. Le compte à rebours pour son départ avait commencé ; il ne pouvait plus regarder en arrière. « Il nous reste presque deux heures. Où as-tu laissé le porte-documents ?

— Au Meurice. J'ai retenu une chambre là-bas.

— Passons le prendre et allons dîner. Tu n'as rien mangé, n'est-ce pas ?

— Non... fit Marie, l'air intrigué. Pourquoi ne pas laisser la serviette où elle est ? Elle est parfaitement en sûreté ; nous n'aurions pas à nous en occuper.

— Il le faudrait bien si nous devions partir précipitamment », dit-il d'un ton presque brusque en s'approchant de la commode. *Tout était une question de degré maintenant, des traces de friction qui peu à peu glissaient dans certaines façons de parler, dans des regards, dans des gestes. Rien d'alarmant, rien qui s'appuyât sur du faux héroïsme ; elle aurait vite fait de percer à jour ce genre de tactique. Mais c'était quand même assez pour que plus tard elle comprenne la vérité lorsqu'elle lirait son billet. « C'est fini. J'ai retrouvé mes flèches... »*

« Qu'y a-t-il, chéri ?

— Rien. (Le caméléon se mit à sourire.) Je suis juste un peu fatigué et probablement découragé.

— Bonté divine, pourquoi ? Un homme veut te retrouver discrètement à une heure tardive, un homme qui tient un standard. Il pourrait te conduire quelque part. En outre, tu es persuadé que cette femme est un contact de Carlos ; elle devrait pouvoir te dire quelque chose... qu'elle le veuille ou non. Je m'attendais à te retrouver plutôt content.

— Je ne suis pas sûr de pouvoir l'expliquer, dit Jason en regardant le reflet de Marie dans le miroir. Il faudrait que tu comprennes ce que j'ai découvert là-bas.

— Ce que tu as découvert ? » C'était une question.

« Ce que j'ai découvert. » C'était une affirmation. « Un monde différent, poursuivit Bourne en prenant la bouteille de scotch et un verre, des gens différents. C'est douillet, beau et frivole, avec des tas de petits projecteurs et du velours sombre. On ne prend rien au sérieux sauf les cancans et l'indulgence. N'importe qui parmi ces gens — y compris cette femme — pourrait servir de relais à Carlos sans jamais le savoir, sans même s'en douter. Un homme comme Carlos utiliserait des gens pareils ; comme lui, n'importe qui le ferait, moi y compris... voilà ce que j'ai découvert. C'est décourageant.

— Et déraisonnable. Quoi que tu puisses penser, ces gens prennent des décisions très conscientes. Cette indulgence dont tu parles l'exige ; ils réfléchissaient. Et tu sais ce que je crois, moi ? Je crois que tu es fatigué, que tu as faim et que tu as besoin d'un verre. Je regrette que tu ne puisses pas te décommander ce soir ; tu en as eu assez pour une journée.

— Ça n'est pas possible, dit-il sèchement.

— Très bien, ça n'est pas possible, répondit-elle sur la défensive.

— Pardon, je suis nerveux.

— Oui. Je sais. (Elle s'éloigna vers la salle de bain.) Je vais me rafraîchir et puis nous pourrons sortir. Verse-toi un whisky bien tassé, chéri. Tu en as besoin.

— Marie ?

— Oui ?

— Essaie de comprendre. Ce que j'ai découvert a été un choc pour moi. Je croyais que ce serait différent. Plus facile.

— Pendant que tu cherchais, Jason, j'attendais. Sans savoir. Ça n'était pas facile non plus.

— Je croyais que tu devais appeler le Canada. Tu l'as fait ? »

Elle s'arrêta un instant. « Non, dit-elle. Il était trop tard. »

La porte de la salle de bain se referma, Bourne se dirigea vers le bureau à l'autre bout de la pièce. Il ouvrit le tiroir, prit une feuille de papier, un stylo et écrivit les mots qu'il avait préparés :

C'est fini. J'ai retrouvé mes flèches. Retourne au Canada et dans notre intérêt à tous les deux, ne dis rien. Je sais où te joindre.

Il plia la feuille, la glissa dans une enveloppe qu'il laissa un instant ouverte tandis qu'il cherchait son portefeuille. Il y prit les francs français et les francs suisses qu'il glissa derrière le billet plié, puis cacheta l'enveloppe. Il écrivit dessus : MARIE.

Il avait si désespérément envie d'ajouter : *mon amour, mon très cher amour.*

Il ne le fit pas. Il ne le pouvait pas.

La porte de la salle de bain s'ouvrit. Il fourra l'enveloppe dans la poche de sa veste. « Ça a été rapide, dit-il.

— Ah ! oui ? Je ne pensais pas. Qu'est-ce que tu fais ?

— Je voulais un stylo, répondit-il en brandissant celui dont il venait de se servir. Si ce type a quelque chose à me dire, je peux pouvoir le noter. »

Marie était près de la commode, elle jeta un coup d'œil au verre vide inutilisé. « Tu n'as pas pris de scotch.

— Je ne me suis pas servi du verre.

— Ah ! bon. On y va ? »

Dans le couloir, ils attendirent l'ascenseur, le silence entre eux devenant gênant, presque intolérable. Il prit la main de Marie. A ce contact, elle serra celle de Jason, en le dévisageant, ses yeux à elle révélant qu'on mettait à l'épreuve son contrôle et elle ne savait pas pourquoi. Des signaux discrets avaient été émis et reçus, pas assez forts ni assez violents pour donner l'alarme, mais ils étaient là et elle les avait entendus. Cela faisait partie du compte à rebours, impitoyable, irréversible, prélude à son départ.

Oh ! Dieu, je t'aime tant. Tu es près de moi, nous nous touchons et je meurs. Mais tu ne peux pas mourir avec moi. Il ne faut pas. Je suis Caïn.

« Ça va aller », dit-il.

La cage métallique vibra bruyamment dans son puits. Jason fit glisser la grille, puis soudain jura sourdement.

« Oh ! bon sang, j'ai oublié !

— Quoi donc ?

— Mon portefeuille. Cet après-midi, je l'ai laissé dans le tiroir de la commode au cas où il y aurait des problèmes faubourg Saint-Honoré. Attends-moi dans le hall. (Avec douceur il lui fit franchir la grille, pressant le bouton de sa main libre.) Je descends tout de suite. » Il referma la grille ; les croisillons de cuivre lui masquèrent le regard de ses yeux étonnés. Il détourna la tête et revint à grands pas vers la chambre.

Là, il prit l'enveloppe dans sa poche et la posa contre le pied de la lampe sur la table de chevet. Il la considéra longuement, et c'était une souffrance insupportable.

« Adieu, mon amour », murmura-t-il.

Bourne attendit devant l'hôtel Meurice sous les arcades de la rue de Rivoli, guettant Marie à travers les portes vitrées. Elle était à la réception, elle venait de signer le reçu pour son porte-documents qu'on lui avait remis par-dessus le comptoir. De toute évidence, elle était maintenant en train de demander à un employé quelque peu surpris sa note pour une chambre qui avait été occupée moins de six heures. Deux minutes s'écoulèrent avant qu'on lui présentât la note. A contrecœur ; ce n'était pas une façon de se conduire pour un client du Meurice. Marie sortit sur le trottoir, pour venir le rejoindre dans l'ombre des arcades où par moments le vent faisait pénétrer la bruine qui tombait. Elle lui remit le porte-documents, un sourire forcé aux lèvres, la voix un peu haletante.

« L'employé m'a regardée d'un drôle d'air. Je suis sûre qu'il est persuadé que j'ai utilisé la chambre pour quelques passes rapides.

— Qu'est-ce que tu lui as dit ? interrogea Bourne.

— Que mes plans avaient changé, voilà tout.

— Bien. Moins on en dit, mieux ça vaut. Tu as rempli une fiche à ton nom. Pense à une raison pour laquelle tu avais pris cette chambre.

— Une raison ?... C'est moi qui devrais penser à

une raison ? » Elle scruta son regard, son sourire disparut.

« Je veux dire que nous allons trouver une raison. Naturellement.

— Naturellement.

— Allons. » Ils se dirigèrent vers le coin de la rue de Castiglione et il lui prit le bras — non pour la guider, pas même par courtoisie — mais seulement pour la toucher, pour la tenir encore un peu. Il restait si peu de temps.

Je suis Caïn. Je suis la mort.

« On ne peut pas ralentir un peu ? demanda soudain Marie.

— Quoi ? » Jason se rendit compte qu'il courait pratiquement ; depuis quelques secondes il était de retour dans le labyrinthe où il fonçait en sentant sans sentir. Il leva la tête et trouva une réponse. Au carrefour, un taxi vide venait de s'arrêter auprès d'un kiosque à journaux, et par la vitre ouverte le conducteur interpellait le marchand. « Je veux attraper ce taxi, dit Bourne sans ralentir l'allure. Il va se mettre à pleuvoir à verse. »

Ils arrivèrent au coin, tous deux hors d'haleine tandis que le taxi vide redémarrait et tournait dans la rue de Rivoli.

Jason regarda le ciel nocturne, il sentit l'eau ruisseler sur son visage : la pluie avait commencé. Il regarda Marie dans la lumière crue qui venait du kiosque, elle tressaillait sous l'averse. Non, elle ne tressaillait pas ; elle regardait fixement quelque chose... elle regardait d'un air incrédule, horrifié. Soudain elle poussa un cri, le visage crispé, puis porta la main droite à sa bouche. Bourne la saisit, lui appuyant la tête contre le tissu humide de son manteau ; elle criait toujours. Il se tourna, essayant de trouver la cause de son affolement. Puis il vit et, dans cette fraction de seconde, il comprit que le compte à rebours venait de s'arrêter. Il avait commis le crime ultime ; il ne pouvait pas la laisser. Pas maintenant, pas encore.

Sur la tablette du kiosque se trouvait un quotidien du matin dont le gros titre ressortait à la lumière électrique :

LA MEURTRIÈRE À PARIS
ON RECHERCHE UNE FEMME DANS L'AFFAIRE
DES MEURTRES DE ZURICH
LE VOL S'ÉLÈVERAIT À PLUSIEURS MILLIONS
DE FRANCS SUISSES

Et là-dessous, une photographie de Marie Saint-Jacques.

« Assez ! » chuchota Jason en utilisant son corps pour dissimuler le visage de Marie au marchand de journaux curieux, et cherchant de la monnaie dans sa poche. Il jeta quelques pièces sur le comptoir, prit deux journaux et la poussa dans la rue sous la pluie.

Ils étaient maintenant tous les deux dans le labyrinthe.

Bourne ouvrit la porte et fit entrer Marie. Elle restait immobile à le regarder, le visage pâle et effrayé, le souffle court, tout en elle respirant la peur et la colère.

« Je vais te préparer un verre », dit Jason en se dirigeant vers la commode. Tout en lui versant l'alcool, son regard se posa sur le miroir et il fut pris d'une irrésistible envie de fracasser la glace, tant sa propre image lui semblait méprisable. Qu'avait-il fait ? Oh ! mon Dieu.

Je suis Caïn. Je suis la mort.

Il l'entendit pousser un petit cri et il se retourna, trop tard pour l'arrêter, trop loin pour se précipiter et lui arracher ce qu'elle avait à la main. Oh ! Seigneur, il avait oublié. Elle avait trouvé l'enveloppe sur la table de chevet et était en train de lire son mot. Et le cri qu'elle poussait était un cri de douleur violent et déchirant.

« Jasonnn !... »

— Je t'en prie ! Non ! (Il se précipita.) Ça n'a pas d'importance ! Ça ne compte plus ! (Il criait, désemparé de voir les larmes s'amasser dans ses yeux puis ruisseler sur son visage.) Ecoute-moi ! C'était avant, pas maintenant.

— Tu partais ! Mon Dieu, tu me quittais ! fit-elle, ses yeux exprimant l'affolement le plus total. Je le savais ! Je le sentais !

— C'est moi qui te l'ai fait sentir, dit-il en la forçant à le regarder. Mais c'est fini maintenant. Je ne vais pas te quitter. Ecoute-moi. Je ne vais pas te quitter !

— Je ne pouvais plus respirer ! cria-t-elle. Il faisait si froid ! »

Il l'attira contre lui en la serrant dans ses bras. « Il va falloir recommencer. Essayer de comprendre. C'est différent maintenant — et je ne peux pas changer ce qui s'est passé — mais je ne vais pas te quitter. Pas comme ça. »

Elle le repoussa, renversant en arrière son visage ruisselant de larmes en murmurant d'un ton suppliant : « Pourquoi, Jason ? Pourquoi ?

— Tout à l'heure. Pas maintenant. Ne dis rien pendant un moment. Reste là ; laisse-moi te tenir dans mes bras. »

Les minutes passèrent, sa crise de nerfs s'apaisa et les contours de la réalité recommencèrent à se dessiner. Bourne la guida jusqu'au fauteuil ; elle accrocha la manche de sa robe dans la dentelle déchirée. Ils sourirent tous les deux, tandis qu'il s'agenouillait auprès d'elle, lui tenant la main sans rien dire.

« Et ce verre ? dit-il enfin.

— C'est vrai, répondit-elle, resserrant brièvement son étreinte sur sa main lorsqu'il se leva. Ça fait un moment que tu l'as servi.

— Ça ne va pas s'évaporer. (Il se dirigea vers la commode et revint avec deux verres à demi pleins de whisky. Elle prit le sien.) Ça va mieux ? demanda-t-il.

— Je me sens plus calme. Encore désemparée... effrayée, bien sûr. Peut-être en colère aussi, je ne sais pas. J'ai trop peur pour penser à ça. (Elle but une gorgée, les yeux fermés, la tête renversée contre le dossier du fauteuil.) Pourquoi as-tu fait ça, Jason ?

— Parce que je croyais avoir à le faire. C'est la réponse la plus simple.

— Mais ça n'est pas du tout une réponse. Je mérite mieux que ça.

— Oui, c'est vrai, et je vais te répondre. Je le dois maintenant parce qu'il faut que tu saches ; il faut que tu comprennes. Il faut que tu te protèges.

— Que je me protège... »

Il leva la main pour l'interrompre. « Ça viendra plus tard. Tout, si tu veux. Mais tout d'abord, ce qu'il faut, c'est savoir ce qui est arrivé... pas à moi, mais à toi. C'est là qu'il faut commencer. Tu t'en sens capable ?

— Tu parles du journal ?

— Oui.

— Dieu sait que ça m'intéresse, fit-elle avec un pâle sourire.

— Tiens. (Jason alla jusqu'au lit où il avait posé les deux journaux.) Nous allons tous les deux le lire.

— Pas de jeu ?

— Pas de jeu. »

Ils lurent le long article en silence, un article qui parlait de morts et d'intrigues à Zurich. De temps en temps Marie poussait un petit cri, ahurie de ce qu'elle lisait ; à d'autres moments, elle secouait la tête d'un air incrédule. Bourne ne disait rien. Il voyait là la main d'Ilich Ramirez Sanchez. *Carlos suivra Caïn jusqu'au bout de la terre. Carlos le tuera.* Marie Saint-Jacques ne comptait pas, elle n'était qu'un appât bonne pour mourir dans le piège auquel Caïn s'était laissé prendre.

Je suis Caïn. Je suis la mort.

L'article était — les deux articles en fait — un étrange mélange de faits et d'hypothèses, les suppositions prenant le relais là où s'arrêtaient les preuves. La première partie parlait d'une fonctionnaire du gouvernement canadien, une économiste, Marie Saint-Jacques. Elle s'était trouvée sur le lieu de trois meurtres, et l'on y avait relevé ses empreintes digitales, comme l'avait confirmé le gouvernement canadien. En outre, la police avait trouvé une clef d'hôtel du Carillon du Lac, apparemment perdue durant la bagarre sur le quai Guisan. C'était la clef de la chambre de Marie Saint-Jacques, que lui avait remise l'employé de la réception, lequel se souvenait bien d'elle, il se la rappelait comme paraissant une cliente extrêmement anxieuse. La dernière pièce à conviction était un pistolet découvert non loin de la Steppdeckstrasse, dans une ruelle, non loin du théâtre de deux autres meurtres. D'après l'examen balistique, c'était l'arme du crime ; là aussi on avait relevé des empreintes, là aussi confirmées par le gouvernement canadien comme étant celles de la nommée Marie Saint-Jacques.

C'était là que l'article s'éloignait des faits. Il faisait état de rumeurs courant dans la Bahnhofstrasse : un vol portant sur plusieurs millions de dollars avait été exécuté grâce à une manipulation d'ordinateur sur un compte numéroté qui était celui d'une société américaine, la Treadstone 71. On donnait également le nom de la banque : c'était la Gemeinschaft, bien sûr. Mais tout le reste était enveloppé de brumes obscures, et il y avait plus d'hypothèses que de faits. Selon des « sources non révélées », un Américain, détenteur des codes nécessaires, avait transféré ses millions sur une banque parisienne, au bénéfice de certaines personnes qui attendaient à Paris et qui, dès l'opération effectuée, avaient retiré l'argent et disparu. La réussite du coup était attribuée au fait que l'Américain s'était procuré les codes exacts du compte à la Gemeinschaft, exploit qui n'avait été possible qu'en utilisant des procédés informatiques sophistiqués et en bénéficiant d'une connaissance approfondie des usages bancaires suisses. Interrogé, un responsable de la banque, Herr Walter Apfel, avait reconnu qu'une enquête était en cours sur une affaire concernant la société américaine mais que, conformément à la loi suisse, « la banque n'avait aucun commentaire à faire... à personne ».

On précisait alors le rôle de Marie Saint-Jacques.
On la décrivait comme une économiste connaissant à
fond les procédures bancaires internationales ainsi
qu'une spécialiste des ordinateurs. On la soupçonnait
d'être complice dans l'affaire, ses connaissances étant
nécessaires à cet énorme vol. Il y avait aussi un
suspect : on signalait l'avoir vue en compagnie d'un
homme au Carillon du Lac.

Marie termina l'article la première et laissa le journal tomber à terre. A ce bruit, Bourne leva les yeux.
Elle fixait le mur. Une sérénité étrange et pensive
s'était emparée d'elle. C'était la dernière réaction à
laquelle il s'attendait. Il termina rapidement sa lecture, il se sentait déprimé et désespéré. Il resta un
moment muet de surprise. Puis il retrouva sa voix et
dit :

« Des mensonges, et on les a faits à cause de moi, à
cause de ce que je suis. En te débusquant, ils me
trouvent. Je suis désolé, plus navré que je ne saurais te
dire. »

Marie détourna les yeux du mur pour le regarder.
« Ça va plus loin que les mensonges, Jason, dit-elle. Il
y a trop de vrai dans tout ça pour que ce ne soit que
des mensonges.

— De vrai ? La seule vérité c'est que tu étais à
Zurich. Tu n'as jamais touché une arme, tu ne t'es
jamais trouvée dans une ruelle près de la Steppdeckstrasse, tu n'as pas perdu de clef d'hôtel et tu n'as
même jamais approché la Gemeinschaft.

— D'accord, mais ça n'est pas de ça que je parle.

— Comment ça ?

— La Gemeinschaft, Treadstone 71, Apfel. Tout ça,
c'est vrai et le fait qu'on le mentionne — surtout la
déclaration d'Apfel — est incroyable. Les banquiers
suisses sont des gens prudents. Ils ne tournent pas les
lois en ridicule, pas de cette façon ; les peines de
prison sont trop lourdes. Les statuts concernant le
secret bancaire sont des choses sacro-saintes en
Suisse. Apfel pourrait passer des années en prison
pour avoir dit ce qu'il a dit, pour avoir même fait

allusion à un tel compte, et avoir confirmé le nom de son détenteur. A moins qu'il n'ait reçu l'ordre de faire cette déclaration d'une autorité assez puissante pour enfreindre les lois. (Elle s'interrompit, son regard se détournant de nouveau vers le mur.) Pourquoi ? Pourquoi a-t-on parlé de la Gemeinschaft, de Treadstone ou d'Apfel ?

— Je te l'ai dit. C'est moi qu'ils veulent et ils savent que nous sommes ensemble. Carlos sait que nous sommes ensemble. Il suffit de te trouver et il me trouve.

— Non, Jason, ça dépasse Carlos. Tu ne comprends pas vraiment les lois suisses. Même Carlos n'arriverait pas à les leur faire enfreindre de cette façon. (Elle le regarda, mais ses yeux ne le voyaient pas.) Il ne s'agit pas d'une histoire, mais de deux. Toutes deux sont bâties sur des mensonges, la première reliée à la seconde par des hypothèses fragiles à propos d'une crise dans une banque qui n'aurait jamais dû être rendue publique, à moins et en attendant qu'une enquête discrète et approfondie n'ait établi les faits. Et cette seconde histoire — la déclaration totalement fausse d'après laquelle des millions ont été volés à la Gemeinschaft — a été accolée à l'histoire non moins fausse d'après laquelle je suis recherchée pour le meurtre de trois hommes à Zurich. Ça a été ajouté. Délibérément.

— Explique-toi, je t'en prie.

— C'est clair, Jason. Crois-moi quand je te dis ça : c'est sous notre nez.

— Quoi donc ?

— Quelqu'un cherche à nous envoyer un message. »

19

La limousine militaire filait vers le sud sur l'East River Drive, à Manhattan, ses phares éclairant les derniers tourbillons d'une chute de neige. Le commandant assis sur la banquette arrière sommeillait, son long corps calé dans le coin de la voiture, ses jambes allongées en diagonale devant lui. Sur ses genoux un porte-documents avec une fine cordelette de nylon attachée à la poignée par une agrafe métallique et qui, en passant par sa manche droite et sous sa tunique, venait se fixer à sa ceinture. Ce mécanisme de sécurité, il ne l'avait enlevé que deux fois au cours des neuf dernières heures. Une fois lorsque le commandant avait quitté Zurich, et une autre fois lors de son arrivée à Kennedy Airport. Dans les deux cas, toutefois, des fonctionnaires américains surveillaient les employés des douanes ou, plus précisément, surveillaient le porte-documents. On ne leur avait pas dit pourquoi ; ils avaient simplement reçu l'ordre de surveiller les inspections et, au moindre signe qu'on s'écartait des procédures normales — c'est-à-dire si quelqu'un manifestait un intérêt inopportun pour le porte-documents — ils devaient intervenir. Avec des armes, si besoin était.

Il y eut soudain une discrète sonnerie ; le commandant ouvrit les yeux et porta la main gauche à son visage. La sonnerie venait d'une montre-bracelet réveil ; il pressa le bouton de sa montre et regarda le second cadran lumineux : le premier était à l'heure de Zurich ; le second à celle de New York ; le réveil avait été réglé voilà vingt-quatre heures lorsque le commandant avait reçu ses ordres par câble. Le message allait venir dans les trois minutes suivantes. Enfin, se dit le commandant, il allait voir si Cul de Fer était aussi précis qu'il l'attendait de ses subordonnés. L'officier s'étira, un peu gêné par le porte-documents fixé à son poignet, et se pencha pour parler au chauffeur.

« Sergent, voulez-vous régler votre brouilleur sur 1 430 mégahertz ?

— Bien, mon commandant. (Le sergent abaissa deux commutateurs sur le panneau de contrôle installé sous le tableau de bord, puis tourna le bouton jusqu'à la fréquence 1430.) C'est fait, mon commandant.

— Merci. Est-ce que le micro va venir jusqu'ici ?

— Je ne sais pas. Je n'ai jamais essayé, mon commandant. (Le chauffeur décrocha le petit micro en plastique de son support et tendit le cordon spirale par-dessus la banquette.) Ça a l'air », conclut-il.

Un crachotement de parasites sortit du haut-parleur, le dispositif de brouillage à l'émission commençait à fonctionner. Le message allait suivre dans quelques secondes. Il suivit en effet.

« Treadstone ? Treadstone, répondez, je vous prie.

— Ici Treadstone, dit le commandant Gordon Webb. Je vous reçois parfaitement. Allez-y.

— Quelle est votre position ?

— Environ un kilomètre et demi au sud du pont de Tridorough, sur East River Drive, dit le commandant.

— Vous êtes dans les temps, dit la voix dans le haut-parleur.

— Heureux de l'apprendre. Voilà qui éclaire ma journée... monsieur. »

Il y eut un bref silence, on n'appréciait pas les commentaires du commandant. « Veuillez vous rendre au 139 East 71e Rue. Veuillez confirmer.

— 139 East 71e.

— N'allez pas en voiture jusque-là. Faites la fin du trajet à pied.

— Compris.

— Terminé.

— Terminé. (Webb referma le bouton du haut-parleur et rendit le micro au chauffeur.) Oubliez cette adresse, sergent. Votre nom se trouve dans un dossier très peu épais maintenant.

— Entendu, mon commandant. De toute façon, il n'y a que des parasites dans ce machin. Mais puisque je ne sais pas où c'est et que cette bagnole n'est pas censée y aller, où voulez-vous que je vous dépose ? »

Webb sourit. « Pas à plus de deux blocs. Je m'endormirais dans le caniveau s'il fallait que je marche plus que ça.

— Le coin de Lexington et de la 72e, ça vous va ?

— Ça fait deux blocs.

— Pas plus de trois.

— Si ça fait trois blocs, vous redevenez simple soldat.

— Alors je ne pourrais pas venir vous reprendre plus tard, mon commandant. Faut être sous-officier pour ça.

— Très bien, capitaine. »

Webb ferma les yeux. Au bout de deux ans, il allait voir enfin Treadstone 71. Il savait qu'il devrait éprouver un sentiment d'impatience ; ce n'était pas le cas. Il n'éprouvait qu'une impression de lassitude, de futilité. *Que s'était-il passé ?*

Le chuintement des pneus sur la chaussée avait un effet hypnotique, mais le rythme était rompu par de brèves secousses, aux jointures des dalles de ciment. Ces bruits évoquaient de lointains souvenirs, des cris aigus se mêlant aux rumeurs de la jungle. Et puis la nuit — cette nuit-là — où des lumières aveuglantes et des explosions jaillissaient tout autour de lui et au-dessous de lui, lui annonçant qu'il allait mourir. Mais il n'était pas mort ; un miracle accompli par un homme qui lui avait rendu la vie... et les années étaient passées, cette nuit-là et ces jours-là jamais oubliés. *Que diable s'était-il passé ?*

« Nous y sommes, mon commandant. »

Webb ouvrit les yeux, sa main essuyant la sueur qui perlait sur son front. Il regarda sa montre, prit son porte-documents dans une main et tendit l'autre vers la poignée de la portière.

« Je serai ici entre vingt-trois heures et vingt-trois heures trente, sergent. Si vous ne pouvez pas vous garer, croisez dans les parages et je vous retrouverai.

— Bien, mon commandant. (Le chauffeur se

tourna vers lui.) Mon commandant pourrait-il me dire si nous allons faire un peu de route ensuite ?

— Pourquoi ? Vous avez un autre client ?

— Voyons, mon commandant. Je suis affecté à votre service jusqu'à nouvel avis, vous le savez: Mais ces grosses bagnoles, ça suce comme les Sherman d'autrefois. Si nous allons loin, je ferais mieux de faire le plein.

— Pardonnez-moi. (Le commandant marqua un temps.) Bon. De toute façon, il faudra que vous découvriez où c'est, parce que moi je ne sais pas. Nous allons sur le terrain d'aviation privé à Madison, dans le New Jersey. Il faut que je sois là-bas pas plus tard qu'à une heure.

— J'ai une vague idée, dit le chauffeur. A vingt-trois heures trente, ça va faire juste, mon commandant.

— Bon... Alors vingt-trois heures. Et merci. » Webb descendit de voiture, referma la portière et attendit que la limousine kaki eût replongé dans le flot de la circulation sur la 72ᵉ Rue. Puis il traversa et se dirigea vers la 71ᵉ.

Quatre minutes plus tard, il s'arrêtait devant un petit immeuble en pierre de taille bien entretenu, dont l'architecture discrète s'accordait avec celle des autres bâtiments dans la rue plantée d'arbres. C'était une rue tranquille, qui sentait l'argent... l'argent qui n'était pas récent. C'était le dernier endroit de Manhattan que l'on aurait pu soupçonner d'abriter un des services de renseignement les plus délicats des Etats-Unis. Et vingt minutes plus tôt, le commandant Gordon Webb n'était encore qu'une des huit ou dix personnes des Etats-Unis à en connaître l'existence.

Treadstone 71.

Il grimpa les marches du perron, sachant que la pression de ses semelles sur les grilles de fer logées sous lui dans la pierre déclenchait des dispositifs électroniques qui, à leur tour, actionnaient des caméras, reproduisant son image sur des écrans à l'intérieur. Au-delà de cela, il ne savait pas grand-chose, sauf que Treadstone 71 n'était jamais fermé ; les bureaux fonctionnaient et étaient surveillés vingt-quatre heures sur vingt-quatre par quelques élus à l'identité inconnue.

Il parvint en haut du perron et pressa la sonnette, une sonnette ordinaire, mais pas devant une porte ordinaire, le commandant le vit tout de suite. L'épaisse boiserie était rivée à une plaque d'acier derrière, les ornements en fer forgé constituaient en fait les rivets et le gros bouton de porte en cuivre dissimulait un palpeur à chaleur qui amenait une série de tiges d'acier à s'enfoncer dans des tubes au contact d'une main humaine quand le système d'alarme se déclenchait. Webb jeta un coup d'œil vers les fenêtres. Chaque vitre, il le savait, avait presque trois centimètres d'épaisseur et pouvait supporter l'impact de balles de douze millimètres. Treadstone 71 était une véritable forteresse.

La porte s'ouvrit et le commandant ne put s'empêcher de sourire en voyant le personnage planté devant lui et qui semblait si peu à sa place. C'était une petite femme élégante et aux cheveux gris, avec des traits aristocratiques et une allure qui vous sentait la riche héritière. Sa voix confirmait cette impression : un accent de l'Est, perfectionné dans les meilleurs pensionnats et à d'innombrables matches de polo.

« Comme c'est aimable à vous de passer, commandant. Jeremy nous a écrit que vous le feriez peut-être. Entrez donc. C'est un tel plaisir de vous revoir.

— Je suis ravi de vous revoir aussi, répondit Webb en pénétrant dans le vestibule et terminant sa phrase tandis que la porte se refermait, mais je ne me rappelle plus où nous nous sommes déjà rencontrés.

— Oh ! dit la femme en riant, nous avons dîné tant de fois ensemble.

— Avec Jeremy ?

— Bien sûr.

— Qui est Jeremy ?

— Un neveu dévoué qui est aussi votre ami dévoué. Un si charmant jeune homme ; c'est dommage qu'il n'existe pas. (Elle le prit par le coude tandis qu'ils s'engageaient dans un long couloir.) Tout ça, c'est pour les voisins qui pourraient passer. Venez maintenant, ils vous attendent. »

Ils franchirent un passage voûté qui donnait accès à un grand salon. Le commandant jeta un coup d'œil. Il y avait un piano à queue près des fenêtres, une harpe à côté ; et partout — sur le piano et sur les tables bien astiquées qui étincelaient sous l'éclairage tamisé des lampes — on voyait des photographies dans des cadres en argent, souvenirs d'un passé plein de richesse et d'élégance. Des yachts, des hommes et des femmes sur des ponts de paquebots, plusieurs portraits de militaires et, oui, deux charmantes photos de quelqu'un en tenue de joueur de polo. C'était une pièce qui convenait à un immeuble de cette rue.

Ils arrivèrent au bout du couloir ; il y avait une grande porte en acajou, dont les sculptures et un motif en fer forgé assuraient tout à la fois la décoration et la sécurité. S'il y avait une caméra à infrarouge, Webb ne parvint pas à déceler l'emplacement de l'objectif. La femme aux cheveux gris pressa un bouton de sonnette invisible ; le commandant entendit un léger bourdonnement.

« Messieurs, votre ami est ici. Interrompez votre poker et mettez-vous au travail. Secouez-vous, jésuites.

— Jésuites ? demanda Webb, abasourdi.

— Une vieille plaisanterie, répondit la femme. Ça remonte à l'époque où vous étiez encore à jouer aux billes et à faire la niche aux petites filles. »

La porte s'ouvrit, révélant la silhouette vieillissante mais toujours bien droite de David Abbott. « Heureux de vous voir, commandant, dit l'ancien Moine Silencieux des Opérations Clandestines, en tendant la main.

— Content d'être ici, monsieur », fit Webb en lui serrant la main. Un autre homme d'un certain âge, à l'air imposant, était auprès d'Abbott. « Un ami de Jeremy, sans doute, dit l'homme, sa voix de basse teintée d'humour. Tout à fait navré, mais nous n'avons pas le temps de faire convenablement les présentations, jeune homme. Venez, Margaret. Il y a un superbe feu là-haut. (Il se tourna vers Abbott.) Vous me préviendrez quand vous partirez, David ?

— A l'heure habituelle pour moi, je présume, répondit le Moine. Je montrerai à ces deux-là comment vous appeler. »

Ce fut alors que Webb s'aperçut qu'il y avait un troisième homme dans la pièce ; il était debout dans l'ombre, tout au fond, et le commandant le reconnut aussitôt. C'était Elliot Stevens, le principal assistant du président des Etats-Unis — certains disaient son alter ego. Il avait à peine la quarantaine, était mince, portait des lunettes et avait un air d'autorité sans prétention.

« ...Ce sera parfait. » C'était l'homme plus âgé qui n'avait pas trouvé le temps de se présenter qui venait de parler : Webb ne l'avait pas entendu, son attention concentrée sur l'homme de la Maison Blanche. « J'attendrai.

— A la prochaine fois, poursuivit Abbott en se tournant vers la femme aux cheveux gris. Merci, sœur Meg. Repassez bien votre habit. Et serrez bien vos jupes.

— Toujours l'esprit mal tourné, jésuite. »

Le couple sortit et la porte se referma derrière lui. Webb resta un moment immobile, secouant la tête en souriant. L'homme et la femme du 139 East 71e étaient bien à leur place dans cette pièce au fond du couloir, tout comme ce salon était à sa place dans l'immeuble, tout cela faisant partie de cette rue bordée d'arbres, tranquille et riche. « Vous les connaissez depuis longtemps, n'est-ce pas ?

— Vous pourriez dire : depuis toujours, répondit Abbott. Lui était un yachtsman que nous avons utilisé dans l'Adriatique pour les opérations de Donovan en Yougoslavie. Mikhaïlovitch a dit un jour qu'il naviguait au culot, en pliant à sa volonté le plus mauvais temps qui soit. Et ne vous laissez pas tromper par les façons gracieuses de sœur Meg. C'était une fille des Intrépides, un piranha aux dents très acérées.

— Ça fait toute une histoire à eux deux.

— Elle ne sera jamais racontée, dit Abbott pour clore le sujet. Je vais vous présenter à Elliot Stevens. Je ne crois pas avoir besoin de vous dire qui il est. Webb, Stevens. Stevens, Webb.

— On dirait un nom de cabinet d'avocats, fit Stevens en souriant et traversant la pièce, la main tendue. Enchanté de vous connaître, Webb. Vous avez fait bon voyage ?

— J'aurais préféré un transport militaire. Je déteste ces avions de ligne. J'ai cru qu'un employé des douanes, à Kennedy, allait inspecter la doublure de ma valise.

— Vous avez l'air trop respectable dans cet uniforme, fit le Moine en riant. De toute évidence vous faites de la contrebande.

— Je ne suis pas encore sûr de comprendre l'uniforme, dit le commandant en posant son porte-documents sur une longue table contre le mur et en détachant la cordelette de nylon de sa ceinture.

— Je ne devrais pas avoir besoin de vous dire, répliqua Abbott, que l'on obtient souvent la sécurité la plus rigoureuse en ne semblant faire aucun effort pour se dissimuler. Un officier de renseignement rôdant actuellement en civil dans Zurich pourrait provoquer des inquiétudes.

— Alors je ne comprends pas non plus, dit l'homme de la Maison Blanche en s'approchant de Webb pour regarder le commandant manipuler la cordelette de nylon et la serrure. Est-ce qu'une présence évidente n'inquiéterait pas encore davantage ? Je croyais qu'on se faisait moins remarquer en voyageant en civil.

— Le voyage de Webb à Zurich était une visite de routine au consulat, dont la date était prévue sur les programmes du G-2. Personne n'est dupe de ces voyages : ils sont ce qu'ils sont et rien d'autre. Vérifier de nouvelles sources, régler des informateurs. Les

Soviétiques le font tout le temps ; ils ne prennent même pas la peine de se cacher. Et franchement, nous non plus.

— Mais ça n'était pas du tout le but de ce voyage, dit Stevens, qui commençait à comprendre. Ainsi ce qui saute aux yeux dissimule ce qu'on veut cacher.

— Voilà.

— Je peux vous aider ? fit l'assistant du président qui semblait fasciné par le porte-documents.

— Merci, dit Webb. Il suffit de tirer sur le cordon. »

Stevens obéit. « J'ai toujours cru que c'était attaché par des chaînes autour du poignet, dit-il.

— Il y a eu trop de mains coupées, expliqua le commandant en souriant devant la réaction de l'homme de la Maison Blanche. Un fil d'acier passe dans le nylon. »

Il libéra le porte-documents et l'ouvrit sur la table, regardant autour de lui le cadre élégant du bureau-bibliothèque. Au fond de la pièce, des portes-fenêtres qui semblaient donner sur un jardin, avec un haut mur de pierre qu'on apercevait vaguement à travers les vitres épaisses. « Ainsi, c'est donc Treadstone 71. Je ne me l'imaginais pas du tout comme ça.

— Voulez-vous tirer les rideaux, s'il vous plaît, Elliot ? » dit Abbott.

L'assistant du président se dirigea vers les portes-fenêtres pour le faire. Abbott s'approcha d'une bibliothèque, ouvrit un panneau et plongea le bras à l'intérieur. Il y eut un léger bourdonnement ; toute la bibliothèque sortit du mur et pivota lentement vers la gauche. De l'autre côté, se trouvait une console électronique, une des plus sophistiquées que Gordon Webb eût jamais vues. « C'est plutôt à ça que vous vous attendiez ? demanda le Moine.

— Seigneur. »

Le major émit un sifflement tout en étudiant les cadrans, les boutons, les branchements et les contrôles installés sur le tableau. Les salles de guerre du Pentagone avaient un équipement beaucoup plus élaboré, mais celui-ci était l'équivalent miniaturisé de la plupart des stations de renseignement bien structurées.

« Je sifflerais moi aussi, dit Stevens planté devant l'épais rideau. Mais M. Abbott m'a déjà fait faire le tour du propriétaire. Ça n'est que le début. Vous pressez cinq boutons de plus et cette pièce prend l'air d'une base du Strategic Air Command à Omaha.

— Ces mêmes boutons servent aussi à refaire de cette pièce une élégante bibliothèque de l'East Side. »

Le vieil homme actionna des commandes... en quelques secondes, l'énorme console était remplacée par des rayonnages. Il s'approcha alors du panneau voisin, ouvrit le placard aménagé en bas et une fois de plus plongea la main à l'intérieur. Le bourdonnement se déclencha : les rayons de livres glissèrent et se trouvèrent bientôt remplacés par trois grands classeurs métalliques. Le Moine prit une clef et sortit un tiroir. « Ce n'est pas pour faire de l'esbroufe, Gordon. Quand nous aurons terminé, je veux que vous examiniez ces documents. Je vais vous montrer le commutateur qui remettra tout en place. Si vous avez des problèmes, notre hôte s'occupera de tout.

— Que dois-je rechercher ?

— Nous allons y venir ; pour l'instant, je veux avoir des nouvelles de Zurich. Qu'avez-vous appris ?

— Excusez-moi, monsieur Abbott, l'interrompit Stevens. Si je suis lent, c'est que tout cela est nouveau pour moi. Mais je pensais à quelque chose que vous disiez voilà une minute à propos du voyage du commandant Webb.

— Quoi donc ?

— Vous disiez que le voyage était prévu sur les programmes du G-2.

— C'est exact.

— Pourquoi ? La présence évidente du commandant était destinée à créer une confusion à Zurich, pas à Washington. Ou bien est-ce que je me trompe ?

— Je comprends, dit le Moine en souriant, pourquoi le président vous garde. Nous n'avons jamais douté que Carlos s'était introduit dans un ou deux cercles — ou dix — de Washington. Il trouve les mécontents et leur offre ce qu'ils n'ont pas. Un Carlos ne pourrait pas exister sans ces gens-là. Il faut vous souvenir : il ne se contente pas de vendre la mort, il vend les secrets d'une nation. Bien trop fréquemment aux Soviétiques, ne serait-ce que pour leur prouver combien ils ont eu tort de l'expulser.

— Le Président aimerait savoir cela, fit l'assistant. Cela expliquerait plusieurs choses.

— C'est pourquoi vous êtes ici, n'est-ce pas ? fit Abbott.

— Je crois que oui.

— Et c'est un bon choix que de commencer par Zurich, dit Webb en déposant son porte-documents sur un fauteuil devant les classeurs. (Il s'assit et, déployant les compartiments de son attaché-case, y prit plusieurs feuilles de papier.) Vous ne pouvez avoir aucun doute sur le fait que Carlos soit à Washington, mais moi je peux vous le confirmer.

— Où cela ? A Treadstone ?

— Il n'y a pas de preuves évidentes de cela, mais c'est une possibilité qu'on ne peut écarter. Il a trouvé la fiche. Il l'a modifiée.

— Bonté divine, comment ?

— Comment, je ne peux qu'avancer des hypothèses ; qui, je sais.

— Qui donc ?

— Un nommé Koenig. Jusqu'à il y a trois jours, il était chargé des premières vérifications à la Gemeinschaft Bank.

— Trois jours ? Où est-il maintenant ?

— Mort. Un bizarre accident de voiture sur une route qu'il empruntait tous les jours. Voici le rapport de police ; je l'ai fait traduire. (Abbott prit les papiers et alla s'asseoir dans un fauteuil voisin. Elliot Stevens resta debout ; Webb poursuivit :) Il y a là quelque chose de très intéressant. Ça ne nous dit rien que nous ne sachions déjà, mais il y a une piste que j'aimerais suivre.

— De quoi s'agit-il ? demanda le Moine tout en

continuant sa lecture. Ce rapport décrit l'accident. Le virage, la vitesse du véhicule, un coup de volant, semble-t-il, pour éviter une collision.

— C'est à la fin. Cela fait allusion au meurtre à la Gemeinschaft, le coup qui nous a secoués.

— Vraiment ? fit Abbott en tournant la page.

— Regardez. Les deux dernières phrases. Vous voyez ce que je veux dire ?

— Pas exactement, répondit Abbott en fronçant les sourcils. On dit simplement que Koenig était employé à la Gemeinschaft où récemment un crime a eu lieu... et qu'il avait été témoin des premiers échanges de balles. C'est tout.

— Je ne crois pas que ce soit tout, dit Webb. Je crois qu'il y avait autre chose. Quelqu'un a commencé à poser une question, mais elle est restée en suspens. J'aimerais découvrir qui peut utiliser un crayon rouge sur les rapports de police de Zurich. Il pourrait être l'homme de Carlos ; nous savons qu'il en a un là-bas. »

Le Moine se renversa dans un fauteuil, l'air toujours soucieux. « A supposer que vous ayez raison, pourquoi n'a-t-on pas supprimé la référence tout entière au meurtre ?

— Trop évident. Le meurtre a bien eu lieu ; Koenig était témoin ; le policier qui a rédigé le rapport serait en droit de demander pourquoi on supprime tout cela.

— Mais s'il avait soupçonné un rapport entre ces deux faits, ne serait-il pas tout aussi troublé qu'on ait supprimé cette hypothèse ?

— Pas nécessairement. Nous parlons d'une banque suisse. Certains domaines sont officiellement inviolables à moins qu'il n'y ait preuves.

— Pas toujours. J'ai cru comprendre que vous aviez très bien réussi avec les journaux.

— A titre officieux. J'ai fait appel au goût du sensationnel des journaux et — bien que ça ait failli le tuer — j'ai obtenu de Walter Apfel une demi-confirmation.

— Je vous interromps, dit Elliot Stevens. Je crois que c'est ici que la Maison Blanche doit intervenir. D'après les journaux, je suppose que vous faites allusion à la femme canadienne.

— Pas vraiment. Cette histoire était déjà publiée ; nous ne pouvions plus l'arrêter. Carlos a des antennes dans la police de Zurich ; ce sont eux qui ont publié ce rapport. Nous nous sommes contentés de le développer et d'associer son nom à une histoire tout aussi fausse concernant des millions de francs suisses qui auraient été volés à la Gemeinschaft. (Webb marqua un temps et regarda Abbott.) C'est une chose dont il va falloir parler ; cette histoire n'est peut-être pas fausse, après tout.

— Je ne peux pas le croire, dit le Moine.

— Je ne veux pas le croire, répliqua le commandant

— Ça vous ennuierait de revenir un peu en arrière ? demanda l'assistant du président, assis en face de l'officier. Il faut que ce soit très clair pour moi.

— Laissez-moi vous expliquer, intervint Abbott en voyant la stupéfaction se lire sur le visage de Webb. Elliot se trouve ici sur l'ordre du président. Il s'agit du meurtre à l'aéroport d'Ottawa.

— C'est un horrible gâchis, déclara Stevens. Le Premier ministre a failli dire au président de retirer nos stations de Nova Scotia. Il est furieux.

— Comment ça s'est passé ? demanda Webb.

— Très mal. Tout ce qu'on sait, c'est qu'un économiste connu appartenant au Conseil du Revenu National au Trésor s'est livré à de discrètes enquêtes à propos d'une société américaine dont il ne trouvait trace nulle part et que cela lui a valu de se faire tuer. Pour aggraver encore les choses, les services de renseignement canadiens ont été priés de ne pas s'en mêler ; il s'agissait d'une opération américaine extrêmement délicate.

— Qui diable a fait ça ?

— Je crois avoir entendu mentionner ici et là le nom de Cul de Fer, dit le Moine.

— Le général Crawford ? Quel imbécile !

— Vous vous rendez compte ? lança Stevens. Leur agent se fait tuer et *nous* avons le culot de leur dire de ne pas s'en mêler.

— Bien sûr, reprit Abbott, il avait raison. Ce devait être fait sans tarder, sans laisser de place à aucun malentendu. Il fallait tout de suite étouffer ça, et que le choc soit assez scandaleux pour tout arrêter. Ça m'a donné le temps de contacter MacKenzie Hawkins ; Mac et moi avons travaillé ensemble en Birmanie ; il est à la retraite, mais on l'écoute. Ils coopèrent maintenant, et c'est ça qui compte, n'est-ce pas ?

— Monsieur Abbott, protesta Stevens, il y a d'autres considérations.

— Elles sont à d'autres niveaux, Elliot. Elles ne nous concernent pas ; nous n'avons pas à perdre du temps à prendre des attitudes diplomatiques. Je vous accorde volontiers que ces attitudes soient nécessaires, mais elles ne sont pas de notre ressort.

— Elles sont du ressort du président, monsieur. Elles font partie de son travail quotidien. Et c'est pourquoi je dois revenir avec un tableau très clair de la situation. (Stevens marqua un temps et se tourna vers Webb.) Alors, je vous en prie, recommencez pour moi. Qu'avez-vous fait exactement et pourquoi ? Quel rôle avons-nous joué vis-à-vis de cette Canadienne ?

— Au départ, rien du tout : c'est Carlos qui a bougé. Quelqu'un de très haut placé dans la police de Zurich est à la solde de Carlos. C'est la police de Zurich qui a inventé la prétendue preuve associant cette femme aux trois meurtres. Mais c'est ridicule ; ce n'est pas une tueuse.

— Bon, bon, fit l'assistant du président. C'était Carlos. Pourquoi a-t-il fait cela ?

— Pour débusquer Bourne. Cette Marie Saint-Jacques et Bourne sont ensemble.

— Bourne étant cet assassin qui s'appelle Caïn, exact ?

— Oui, dit Webb. Carlos a juré de le tuer. Caïn a marché dans les plates-bandes de Carlos dans toute l'Europe et le Moyen-Orient, mais il n'existe aucune photographie de Caïn, personne ne sait vraiment de quoi il a l'air. Alors, en faisant circuler une photo de la femme — et laissez-moi vous dire que là-bas elle est dans tous les journaux — quelqu'un la repérera peut-être. Si on la découvre, il y a des chances pour qu'on trouve aussi Caïn, c'est-à-dire Bourne. Carlos les tuera tous les deux.

— Bon. Une fois de plus, c'est Carlos. Mais vous, qu'est-ce que vous avez fait ?

— Juste ce que j'ai dit. J'ai contacté la Gemeinschaft et j'ai persuadé la banque de confirmer le fait que la femme pourrait — simple possibilité — être complice d'un vol considérable. Ça n'a pas été facile, mais c'était leur employé, Koenig, qui s'était fait acheter, par un de nos gens. C'est une affaire interne ; ils voulaient faire le silence là-dessus. Ensuite, j'ai convoqué les journalistes et je les ai renvoyés à Walther Apfel. Une femme mystérieuse, un meurtre, des millions volés ; la presse a sauté là-dessus.

— Au nom du Ciel, pourquoi ? cria Stevens. Vous vous êtes servi d'un citoyen d'un autre pays pour la stratégie du renseignement américain ! D'un fonctionnaire d'un gouvernement qui est un de nos proches alliés.

— Vous avez perdu la tête ? Vous n'avez fait qu'exacerber la situation, vous l'avez sacrifiée !

— Vous vous trompez, dit Webb. Nous essayons de lui sauver la vie. Nous avons retourné l'arme de Carlos contre lui.

— Comment ça ? »

Le Moine leva la main. « Avant de répondre, il nous faut revenir à une autre question, dit-il. Car la réponse qu'on lui donne vous montrera peut-être à quel point cette information doit demeurer confidentielle. Voilà quelque temps, j'ai demandé au commandant comment l'homme de Carlos avait pu retrouver Bourne — retrouver la fiche qui identifiait Bourne comme Caïn. Je crois que je le sais, mais je veux que ce soit lui qui vous le dise. »

Webb se pencha en avant. « Les archives de Méduse, dit-il doucement, comme à regret.

— Méduse... ? » L'expression de Stevens donnait à penser que l'opération Méduse avait été l'objet de précédentes réunions confidentielles à la Maison Blanche. « Elles sont enterrées, dit-il.

— Rectification, intervint Abbott. Il existe un original et deux copies, et le tout est réparti dans les coffres du Pentagone, de la C.I.A. et du Conseil national de Sécurité. Leur accès est limité à un groupe trié sur le volet, dont chacun compte parmi les membres les plus hauts dans la hiérarchie de son unité. Bourne vient de Méduse. Une vérification de ces noms avec les dossiers de la banque ferait apparaître son nom. Quelqu'un les a fournis à Carlos. »

Stevens contempla le Moine. « Vous êtes en train de dire que Carlos est... branché... sur des hommes comme ça ? C'est une accusation extraordinaire.

— C'est la seule explication, dit Webb.

— Mais pourquoi Bourne utiliserait-il son propre nom ?

— C'était nécessaire, répondit Abbott. C'était un élément essentiel du portrait. Il devait être authentique ; tout devait être authentique. Tout.

— Authentique ?

— Vous allez peut-être comprendre maintenant, poursuivit le commandant. En associant la Saint-Jacques aux millions prétendument volés à la Gemeinschaft Bank, nous disons à Bourne de faire surface. Il sait que l'histoire est fausse.

— A Bourne de faire surface ?

— L'homme appelé Jason Bourne, dit Abbott en se levant et en s'approchant à pas lents des rideaux tirés, est un officier de renseignement américain. Il n'existe pas de Caïn, pas celui que croit Carlos. C'est un piège, pour prendre Carlos ; voilà ce qu'il est. Ou ce qu'il était. »

Le silence fut de courte durée, et ce fut l'homme de la Maison-Blanche qui le rompit. « Je crois que vous feriez mieux d'expliquer. Il faut que le président sache.

— Je le pense aussi, murmura Abbott en écartant les rideaux pour regarder dehors d'un air absent. En réalité, c'est un dilemme insoluble. Les présidents changent, des hommes différents avec des tempéraments et des appétits différents s'installent dans le Bureau ovale. Toutefois, une stratégie de renseignement à long terme ne change pas, pas une stratégie comme celle-ci. Pourtant, une remarque lancée par-dessus un verre de whisky au cours d'une conversation alors que l'on n'est plus à la présidence, ou une phrase égoïste dans des mémoires, peut suffire à flanquer en l'air cette même stratégie. Il n'y a pas un jour où nous ne nous inquiétions pas de ces hommes qui ont survécu à la Maison Blanche.

— Permettez-moi, interrompit Stevens. Je vous prie de ne pas oublier que je suis ici sur les ordres de l'actuel président. Que vous approuviez ou que vous désapprouviez importe peu. D'après la loi, il a le droit de savoir ; et en son nom j'insiste sur ce droit.

— Très bien, dit Abbott, regardant toujours dehors. Voilà trois ans, nous avons emprunté une idée aux Anglais. Nous avons créé un homme qui n'a jamais existé. Si vous vous souvenez, avant le débarquement de Normandie, les services de renseignement britanniques ont fait échouer un cadavre sur la côte du Portugal, sachant que tous les documents dissimulés dans ses poches finiraient par parvenir à l'ambassade d'Allemagne à Lisbonne. Une vie fut créée pour ce mort ; un nom, un grade d'officier de marine ; des écoles, une formation, des ordres de mission, un permis de conduire, des cartes de membre de clubs londoniens très fermés et une demi-douzaine de lettres personnelles. On y trouvait des allusions voilées et quelques précisions chronologiques et géographiques très directes. Tout cela indiquait un débarquement ayant lieu à près de deux cents kilomètres des plages de Normandie, et à une date fixée six semaines plus tard. Après des vérifications affolées effectuées par des agents allemands dans toute l'Angleterre — et, soit dit en passant, contrôlées et surveillées par le MI 5 — à Berlin, le haut commandement crut à l'histoire et déplaça une grande partie de ses défenses. Malgré toutes les pertes, des milliers et des milliers de vies furent sauvées par cet homme qui n'avait jamais existé. »

Abbott laissa le rideau retomber et revint d'un pas lent jusqu'à son fauteuil.

« J'ai entendu l'histoire, dit l'assistant du président. Et alors ?

— La nôtre était une variante, dit le Moine en s'asseyant d'un air las. Créer un homme vivant, qui devient vite légendaire, doué apparemment d'ubiquité, parcourant tout le Sud-Est asiatique, l'emportant partout sur Carlos, surtout sur le seul plan des chiffres. Chaque fois qu'il y avait un meurtre, une mort inexpliquée ou un personnage connu qui périssait dans un accident mortel, il y avait Caïn. Nous fournissions ces noms à des sources généralement bien informées — des informateurs à notre solde connus pour la qualité de leurs renseignements ; on ne cessait de fournir aux ambassades, aux postes d'écoute, à des réseaux entiers des rapports qui se concentraient sur les activités en rapide croissance de Caïn. Le nombre de ses "coups" augmentait chaque mois, parfois chaque semaine, semblait-il. Il était partout... et il existait. A tous égards.

— Vous voulez dire que ce Bourne existait ?

— Oui. Il a passé des mois à apprendre tout ce qu'il y avait à apprendre sur Carlos, à étudier tous les dossiers que nous possédions, tous les assassinats dans lesquels on savait, ou on soupçonnait, que Carlos était impliqué. Il s'est penché sur la tactique de Carlos, ses méthodes d'opérations, tout. Une grande partie de ce matériel-là n'a jamais été révélée et elle ne le sera sans doute jamais. Il est explosif : des gouvernements et des organismes internationaux se prendraient à la gorge. Bourne n'ignorait pratiquement rien de ce qu'on pouvait savoir de Carlos. Et puis il se montrait toujours sous un aspect différent, parlant plusieurs langues, abordant avec des cercles choisis de criminels endurcis des sujets dont seul discuterait un tueur professionnel. Puis il disparaissait, laissant derrière lui des hommes et des femmes ahuris et souvent effrayés. Ils avaient vu Caïn ; il existait et il était impitoyable. C'était l'image que donnait Bourne.

— Il a été comme ça dans la clandestinité pendant *trois ans ?* demanda Stevens.

— Oui. Il est arrivé en Europe, l'assassin de race blanche le plus accompli de l'Asie, diplômé de l'opération Méduse de triste mémoire, défiant Carlos sur son propre terrain. Et, chemin faisant, il sauva quatre hommes condamnés par Carlos, s'attribua le mérite du meurtre de quelques autres exécutés par Carlos, se moqua de lui à chaque occasion... essayant toujours de le forcer à se découvrir. Il a passé près de trois ans à vivre le plus dangereux mensonge qu'un homme puisse vivre, le genre d'existence que peu d'hommes connaissent. La plupart auraient craqué ; et c'est une possibilité qu'on ne peut jamais écarter.

— Quel genre d'homme est-il ?

— Un professionnel, répondit Gordon Webb. Quelqu'un qui avait l'entraînement et le talent, qui comprenait qu'il fallait découvrir Carlos et l'arrêter.

— Mais trois ans ?...

— Si ça paraît incroyable, dit Abbott, il faut que vous sachiez qu'il a subi une opération de chirurgie esthétique. C'était comme une ultime rupture avec le passé, avec l'homme qu'il était pour devenir un homme qu'il n'était pas. Je ne crois pas qu'une nation puisse payer un homme comme Bourne pour ce qu'il a fait. Peut-être la seule façon est-elle de lui donner l'occasion de réussir... et je vous jure bien que telle est mon intention. (Le Moine s'arrêta pendant tout juste deux secondes, puis ajouta :) Si c'est bien Bourne. »

On aurait cru qu'Elliot Stevens avait été frappé par un marteau invisible. « Qu'avez-vous dit ? demanda-t-il.

— J'ai malheureusement gardé ça pour la fin. Je

voulais vous faire comprendre toute l'affaire avant d'évoquer cette lacune. Ce n'en est peut-être pas une... nous ne savons pas. Trop de choses se sont passées que nous ne comprenons pas, mais nous ne sommes pas sûrs. C'est la raison pour laquelle il ne saurait y avoir absolument aucune intervention venant d'autres niveaux, pas de pilule diplomatique qui risquerait de mettre au jour notre stratégie. Nous pourrions condamner un homme à mort, un homme qui a donné plus qu'aucun de nous. S'il réussit, il pourra retourner à sa vie normale, mais seulement à titre anonyme, et sans que jamais on révèle son identité.

— Il va falloir que vous m'expliquiez cela, dit l'assistant du président, abasourdi.

— Question de loyauté, Elliot. Ça ne se limite pas à ce qu'on appelle communément "les bons". Carlos a mis sur pied une armée d'hommes et de femmes qui lui sont dévoués. Ils ne le connaissent peut-être pas mais ils le vénèrent. Toutefois, s'il peut prendre Carlos — ou le faire tomber dans un piège qui nous permette de le prendre — et puis disparaître, il est libre.

— Mais vous dites que ce n'est peut-être pas Bourne !

— J'ai dit que nous ne savions pas. C'était bien Bourne à la banque, les signatures étaient authentiques. Mais est-ce Bourne maintenant ? Les quelques jours à venir nous le diront.

— S'il fait surface, ajouta Webb.

— C'est délicat, poursuivit le vieil homme. Il y a tant de variables.

— Si ça n'est pas Bourne — ou s'il a été retourné — ça pourrait expliquer le coup de fil à Ottawa, le meurtre à l'aéroport. D'après ce que nous pouvons supposer, on a bien utilisé des connaissances de la femme pour retirer l'argent à Paris. Il a suffi à Carlos de faire une petite enquête auprès du Conseil du Trésor canadien. Pour lui, le reste serait un jeu d'enfant. Tuer le contact de la femme, l'affoler, la couper de ses bases et l'utiliser pour freiner Bourne.

— Avez-vous pu la joindre ? demanda le commandant.

— J'ai essayé, mais sans résultat. J'avais chargé Mac Hawkins d'appeler un homme qui lui aussi travaillait avec la nommée Saint-Jacques, un Alan je ne sais plus quoi. Il lui a ordonné de regagner aussitôt le Canada. Elle a raccroché.

— Bon sang ! fit Webb.

— Justement. Si nous avions pu la faire revenir, nous aurions peut-être appris pas mal de choses. Elle est la clef. Pourquoi est-elle avec lui ? Pourquoi lui avec elle ? Rien ne se tient.

— Encore moins pour moi ! fit Stevens, sa stupéfaction cédant la place à la colère. Si vous voulez le concours du président — et je ne vous promets rien — vous feriez mieux d'être plus clairs. »

Abbott se tourna vers lui. « Voilà environ six mois, Bourne a disparu, dit-il. Il est arrivé quelque chose ; nous ne savons pas très bien quoi, mais nous pouvons envisager une probabilité. Il a fait savoir à Zurich qu'il se rendait à Marseille. Plus tard — trop tard — nous avons compris. Il avait appris que Carlos avait accepté un contrat sur Howard Leland, et Bourne essayait de l'en empêcher. Et puis rien ; il a disparu. Avait-il été tué ? Avait-il craqué ? Avait-il... renoncé ?

— Je ne peux pas accepter ça, interrompit Webb, furieux. Je ne veux pas l'accepter !

— Je sais bien, dit le Moine. C'est pourquoi je veux que vous examiniez ce dossier. Vous connaissez ses codes ; ils sont tous là. Voyez si vous pouvez repérer la moindre déviation à Zurich.

— Je vous en prie ! intervint Stevens. Qu'est-ce que vous croyez ? Il faut que vous trouviez quelque chose de concret, quelque chose sur quoi fonder un jugement. C'est de ça que j'ai besoin, monsieur Abbott. Le président a besoin de ça.

— Je voudrais bien l'avoir, répliqua le Moine. Qu'avons-nous trouvé ? Tout et rien. Près de trois ans de la supercherie la plus soigneusement élaborée de nos archives. Chaque action inventée authentifiée par des documents, chaque geste défini et justifié ; chaque homme et chaque femme — informateurs, contacts, sources — avec des visages, des voix, des histoires à raconter. Et chaque mois, chaque semaine, un tout petit peu plus près de Carlos. Et puis rien. Le silence. Six mois de vide.

— Plus maintenant, fit l'assistant du président. Ce silence a été rompu. Par qui ?

— C'est la question fondamentale, n'est-ce pas ? dit le vieil homme d'une voix lasse. Des mois de silence puis, soudain, une explosion d'activité incompréhensible et non autorisée. Le compte pénétré, la fiche modifiée, des millions transférés et selon toute apparence volés. Et surtout des hommes tués et des pièges tendus pour d'autres. Mais pour qui, par qui ? (Le Moine secoua la tête d'un air las.) Qui est cet homme ? »

20

La limousine était garée entre deux lampadaires, presque en face des portes lourdement ornées de l'immeuble. A l'avant, un chauffeur en uniforme ; ce genre de personnage au volant de ce genre de véhicule n'avait rien d'extraordinaire dans la rue bordée d'arbres. Ce qui était plus insolite toutefois, c'était le fait que deux autres hommes restaient dans l'ombre de la profonde banquette arrière, aucun d'eux ne faisant mine de descendre. Au lieu de cela, ils surveillaient l'entrée de l'immeuble, sachant qu'ils ne pourraient pas être repérés par le rayon infrarouge de la caméra qui balayait ce secteur de la rue. Un homme ajusta ses lunettes, révélant des yeux de chouette derrière les verres épais, des yeux se méfiant de presque tout ce qu'ils examinaient. Alfred Gillette, directeur du Contrôle du Personnel pour le Conseil National de Sécurité, parla. « Comme ça fait plaisir d'être là quand l'arrogance s'effondre. Et à plus forte raison quand on en est l'instrument.

— Vous le détestez vraiment, n'est-ce pas ? dit le compagnon de Gillette, un homme aux puissantes épaules, vêtu d'un imperméable noir et dont l'accent révélait une appartenance slave, quelque part en Europe.

— Je l'exècre. Il représente tout ce que j'ai en horreur à Washington. Les bons collèges, les maisons à Georgetown, les fermes de Virginie, les rencontres discrètes dans leurs clubs. Ils ont leur petit monde fermé et on n'y entre pas : ils dirigent tout. Les salauds. Le gratin de Washington. Ils utilisent les intelligences d'autres hommes, le travail d'autres hommes, en déformant tout cela pour prendre des décisions qui portent leur imprimatur. Et si vous êtes à l'extérieur, vous appartenez à cette entité amorphe qu'on appelle "une excellente équipe".

— Vous exagérez, dit l'Européen, les yeux fixés sur l'immeuble. Vous ne vous en êtes pas mal tiré là-bas. Sinon, nous ne vous aurions jamais contacté. »

Gillette ricana. « Si je n'ai pas mal réussi, c'est parce que je suis devenu indispensable à d'autres hommes comme David Abbott. J'ai en tête un millier de faits que ces gens n'arriveraient pas à se rappeler. Pour eux, c'est simplement plus facile de faire appel à moi quand des questions se posent, quand des problèmes exigent des solutions. Directeur du Contrôle du personnel ! Ils ont créé ce titre, ce poste pour moi. Savez-vous pourquoi ?

— Non, Alfred, répondit l'Européen en jetant un coup d'œil à sa montre. Je ne sais pas pourquoi.

— Parce qu'ils n'ont pas la patience de passer des heures à se pencher sur des milliers de curriculum vitae et de dossiers. Ils préfèrent dîner dans les bons restaurants ou parader devant les commissions sénatoriales à lire des textes préparés par d'autres — par ces membres invisibles et anonymes des "excellentes équipes".

— Vous êtes un homme amer, observa l'Européen.

— Plus que vous ne vous en doutez. Toute une vie passée à faire le travail que ces salauds auraient dû faire eux-mêmes. Et pour quoi ? Pour un titre et de temps en temps un déjeuner où on me cuisine entre la poire et le fromage ! Des hommes d'une aussi suprême arrogance que David Abbott ; des hommes qui ne sont rien sans des gens comme moi.

— Ne sous-estimez pas le Moine. Carlos ne fait pas cette erreur.

— Comment pourrait-il ? Ce n'est pas un spécialiste du contrôle du personnel. Tout ce que fait Abbott est enveloppé de mystère ; personne ne sait combien d'erreurs il a commises. Et si l'une d'elles apparaît, c'est à des hommes comme moi qu'on les reproche. »

L'Européen tourna les yeux vers Gillette. « Vous êtes très émotif, Alfred, dit-il d'un ton glacé. Il faut faire attention. »

Le bureaucrate sourit. « Ça n'intervient jamais dans mon travail : je crois que mes efforts à propos de Carlos en sont témoins. Disons que je me prépare à une confrontation que je ne voudrais éviter pour rien au monde.

— Voilà une déclaration sincère, dit son compagnon.

— Et vous ? C'est vous qui m'avez trouvé.

— Je savais quoi chercher, fit l'Européen en regardant de nouveau dehors.

— Je veux dire *vous*. Le travail que vous faites. Pour Carlos.

— Je n'ai pas de raisonnement aussi compliqué. Je viens d'un pays où les hommes instruits sont promus suivant le caprice d'abrutis qui récitent par cœur la litanie marxiste. Carlos aussi savait quoi chercher. »

Gillette se mit à rire, ses yeux brillant presque. « Nous ne sommes pas si différents après tout. Il y a bien des analogies.

— Peut-être, fit l'Européen en consultant de nouveau sa montre. Ça ne devrait pas être long maintenant. Abbott prend toujours la navette de minuit.

— Vous êtes sûr qu'il va sortir seul ?

— Il le fait toujours et il ne voudrait sûrement pas être vu avec Elliot Stevens. Webb et Stevens partiront séparément eux aussi ; des intervalles de vingt minutes, c'est l'usage pour les visiteurs.

— Comment avez-vous découvert Treadstone ?

— Ça n'a pas été tellement difficile. Vous avez apporté votre contribution, Alfred. Vous apparteniez à une excellente équipe. (L'homme se mit à rire, les yeux toujours fixés sur l'immeuble.) Caïn sortait de Méduse, vous nous avez dit cela, et si les soupçons de Carlos sont justifiés, cela voulait dire le Moine, ça, nous le savions ; ça le rattachait à Bourne. Carlos nous a donné pour instructions de surveiller Abbott vingt-quatre heures sur vingt-quatre ; quelque chose avait mal tourné. Lorsque les échos de la fusillade de Zurich sont arrivés à Washington, Abbott a été imprudent. Nous l'avons suivi ici. Simple question d'obstination.

— Ça vous a menés au Canada ? A l'homme d'Ottawa ?

— L'homme d'Ottawa s'est révélé en cherchant Treadstone. Quand nous avons appris qui était la fille, nous avons fait surveiller le Conseil du Trésor et le Département auquel elle appartenait. Un coup de fil est venu de Paris ; c'était elle, demandant à son collègue de commencer une enquête. Nous ne savons pas pourquoi, mais nous nous disons que Bourne essaye peut-être de faire sauter Treadstone. Si on l'a retourné, c'est la seule façon de filer en gardant l'argent. Peu importe. Tout d'un coup, voilà que ce directeur de Département, dont personne n'avait jamais entendu parler en dehors du gouvernement canadien, devenait un problème, la plus haute priorité. Des communiqués des services de renseignement encombraient les ondes. Ça signifiait que Carlos avait raison ; que vous aviez raison, Alfred. Caïn n'existe pas. C'est une invention, un piège.

— Depuis le début, insista Gillette. Je vous l'ai dit.

Trois ans de faux rapports, de sources non vérifiées. C'était évident.

— Depuis le début, murmura l'Européen. A n'en pas douter, la plus belle création du Moine... jusqu'au moment où il est arrivé quelque chose et où la création s'est retournée. Tout se retourne ; tout craque aux coutures.

— La présence ici de Stevens le confirme. Le président tient à savoir.

— Il est bien obligé. A Ottawa, on se demande si un directeur de département au Trésor n'a pas été tué par le contre-espionnage américain. (L'Européen tourna la tête pour regarder le fonctionnaire.) Rappelez-vous, Alfred, nous voulons simplement savoir ce qui s'est passé. Je vous ai donné les faits tels que nous les avons découverts ; ils sont irréfutables et Abbott ne peut pas les nier. Mais il faut les présenter comme ayant été obtenus de façon indépendante par vos propres sources. Vous êtes consterné. Vous exigez des comptes ; toute la communauté du renseignement a été dupée.

— Mais c'est vrai ! s'exclama Gillette. Dupée et utilisée. A Washington, personne ne connaît l'existence de Bourne, de Treadstone. Ils ont exclu tout le monde ; c'est vraiment consternant. Je n'ai pas besoin de faire semblant. Quelle arrogance chez ces salauds !

— Alfred, fit l'Européen en levant sa main dans l'ombre, n'oubliez pas pour qui vous travaillez. La menace ne saurait se fonder sur l'émotion, mais sur la réaction glacée du professionnel. Il vous soupçonnera tout de suite, vous devez très rapidement dissiper tous ces soupçons. C'est vous l'accusateur, pas lui.

— Je n'oublierai pas.

— Bon. (Le faisceau de phares de voiture apparut derrière la vitre.) C'est le taxi d'Abbott qui arrive. Je vais m'occuper du chauffeur. (L'Européen tendit la main vers la droite et abaissa un commutateur sous l'accoudoir.) Je serai dans la voiture de l'autre côté de la rue à écouter. (Il dit au chauffeur :) Abbott va sortir d'un instant à l'autre. Vous savez ce que vous devez faire. »

Le chauffeur acquiesça. Les deux hommes descendirent de la limousine en même temps. Le chauffeur passa devant le capot comme pour faire traverser un riche employeur. Gillette surveillait par la lunette arrière ; les deux hommes restèrent ensemble quelques secondes, puis se séparèrent, l'Européen se dirigeant vers le taxi qui approchait, la main levée, un billet entre ses doigts. On allait renvoyer le taxi ; il y avait un changement de programme. Le chauffeur avait retraversé la rue et était maintenant dissimulé dans l'ombre d'un escalier à deux portes de Treadstone 71.

Trente secondes plus tard, le regard de Gillette fut attiré vers la porte de l'immeuble. Une flaque de lumière envahit le perron tandis que David Abbott, impatient, sortait, inspectant la rue, consultant sa montre, visiblement agacé. Le taxi était en retard et il avait un avion à prendre ; il devait suivre des horaires précis. Abbott descendit les marches, tournant à gauche sur le trottoir, cherchant des yeux le taxi qu'il attendait. Dans quelques secondes il allait passer devant le chauffeur. Il y arriva, les deux hommes loin du champ de la caméra qui protégeait l'entrée de l'immeuble.

L'interception fut immédiate, la discussion rapide. Quelques instants plus tard, un David Abbott abasourdi montait dans la limousine et le chauffeur s'éloignait dans l'ombre.

« Vous ! fit le Moine, sa voix vibrant de colère et de dégoût. Ça alors, vous.

— Je ne crois pas que vous puissiez vous permettre d'être méprisant... encore moins arrogant.

— Qu'avez-vous fait ! Comment osez-vous ? Zurich. Les archives Méduse. C'était vous !

— Les archives Méduse, oui. Zurich, oui. Mais la question n'est pas de savoir ce que moi j'ai fait ; mais ce que vous avez fait. Nous avons envoyé nos hommes à Zurich en leur disant ce qu'il fallait chercher. Nous l'avons trouvé. Il s'appelle Bourne, n'est-ce pas ? C'est l'homme que vous appelez Caïn. L'homme que vous avez inventé. »

Abbott se maîtrisa. « Comment avez-vous découvert cette maison ?

— La patience. Je vous avais fait suivre.

— Vous m'avez fait suivre ? Mais qu'est-ce que vous croyez que vous faites ?

— J'essaie d'arranger les choses. Des choses que vous avez déformées, à propos desquelles vous avez menti en nous dissimulant la vérité. Qu'est-ce que vous vous imaginiez que vous vous faisiez ?

— Oh ! mon Dieu, espèce d'idiot ! fit Abbott en prenant une profonde inspiration. Pourquoi avez-vous fait ça ? Pourquoi n'êtes-vous pas venu me trouver ?

— Parce que vous n'auriez rien fait. Vous avez manipulé toute la communauté du Renseignement. Des millions de dollars, des milliers d'heures de travail, des ambassades et des antennes nourries de mensonges et de faits déformés à propos d'un tueur qui n'a jamais existé. Oh ! je me rappelle vos paroles : quel défi pour Carlos ! Quel irrésistible piège c'était ! Seulement nous étions vos pions aussi et, en tant que membre responsable du Conseil national de Sécurité, je vous en veux profondément. Vous êtes tous les mêmes. Qui vous a élu Dieu pour que vous puissiez enfreindre les règles — non, pas simplement les règles, les lois — et nous faire passer pour des imbéciles ?

— Il n'y avait pas d'autre façon, dit le vieil homme d'un ton las. Combien savent ? Dites-moi la vérité.

— Je n'ai parlé à personne. Je vous ai laissé cela.

— Ça n'est peut-être pas suffisant. Oh ! Seigneur.

— Ça ne va peut-être pas durer, un point c'est tout, dit le bureaucrate. Je veux savoir ce qui est arrivé.

— Ce qui est arrivé ?

— A votre grandiose stratégie. Elle m'a l'air de... craquer aux entournures.

— Pourquoi dites-vous ça ?

380

— C'est très évident. Vous avez perdu Bourne ; vous êtes incapable de le retrouver. Votre Caïn a disparu avec une fortune mise en banque pour lui à Zurich. »

Abbott resta un moment silencieux. «Attendez une minute. Qui vous a mis au courant ?

— Vous, s'empressa de répondre Gillette, réagissant avec prudence à la question piège. Je dois dire que j'ai admiré votre contrôle quand ce crétin du Pentagone parlait d'un air entendu de l'opération Méduse... alors qu'il était assis juste en face de l'homme qui l'avait créée.

— C'est de l'histoire. (La voix du vieil homme était forte maintenant.) Ça ne vous aurait rien dit.

— Disons que c'était assez inhabituel pour vous de ne pas ouvrir la bouche. Je veux dire, qui à cette table en savait plus sur Méduse que vous ? Mais vous n'avez pas soufflé mot et ça a commencé à me faire réfléchir. Alors j'ai protesté avec vigueur contre l'attention qu'on accordait à cet assassin, Caïn. Vous n'avez pas pu résister, David. Vous deviez donner une raison très plausible de continuer les recherches pour retrouver Caïn. Vous avez lancé Carlos dans la chasse.

— C'était vrai, l'interrompit Abbott.

— Assurément ; vous saviez quand l'utiliser et je savais quand la repérer. Ingénieux. Un serpent arraché à la tête de Méduse, prêt à assurer un titre mythique. Le prétendant saute dans l'arène pour faire sortir le champion de son coin.

— C'était une méthode sûre, sûre depuis le début.

— Pourquoi pas ? Comme je vous le dis, c'était ingénieux, jusque dans les moindres détails des mesures prises par les gens de son propre camp contre Caïn. Qui était mieux placé pour relayer la nouvelle de ces mouvements à Caïn sinon l'homme du Comité des Quarante à qui l'on remet des rapports sur toutes les opérations clandestines ? Vous vous êtes servi de nous tous ! »

Le Moine hocha la tête. « Très bien. Dans une certaine mesure, vous avez raison, il y a eu certains abus — à mon avis, totalement justifiés — mais ce n'est pas ce que vous pensez. Il y a des contrôles et des bilans ; il y en a toujours, je ne voudrais pas qu'on agisse autrement. Treadstone se compose d'un petit groupe d'hommes parmi les plus dignes de confiance du gouvernement. Ils vont du deuxième bureau de l'armée jusqu'au Sénat, de la C.I.A. aux services de renseignement de la marine et maintenant, je vous l'avoue, jusqu'à la Maison Blanche. S'il y avait vraiment abus, pas un d'entre eux n'hésiterait à arrêter l'opération. Aucun d'eux n'a jugé bon de le faire, et je vous prierai de ne pas le faire non plus.

— Est-ce que je ferais partie de Treadstone ?

— Vous en faites partie maintenant.

— Je vois. Que s'est-il passé ? Où est Bourne ?

— Dieu seul le sait. Nous ne sommes même pas sûrs que ce soit Bourne.

— Vous n'êtes même pas sûrs de *quoi* ? »

« *Je vois. Que s'est-il passé ? Où est Bourne ?*

— *Dieu seul le sait. Nous ne sommes même pas sûrs que ce soit Bourne.*

— *Vous n'êtes même pas sûrs de quoi ?* »

L'Européen tourna le commutateur sur le tableau de bord. « Voilà, dit-il. C'est ce qu'il fallait savoir. (Il se tourna vers le chauffeur auprès de lui.) Vite maintenant. Poste-toi près de l'escalier. N'oublie pas, si l'un d'eux sort, tu as précisément trois secondes avant que la porte se referme. Fais vite. »

Ce fut l'homme en uniforme qui sortit le premier ; il remonta la rue vers Treadstone 71. D'un des immeubles voisins, un couple d'un certain âge faisait de bruyants adieux à leurs invités. Le chauffeur ralentit, fouilla dans sa poche pour chercher une cigarette et s'arrêta pour l'allumer. C'était maintenant un chauffeur ennuyé, qui tuait le temps et qui s'ennuyait à attendre. L'Européen guettait, puis il déboutonna son imperméable et en tira un revolver long et étroit, au canon prolongé par un silencieux. Il abaissa le cran de sûreté, remit l'arme dans son étui, descendit de voiture et traversa la rue en direction de la limousine. On avait bien calculé l'angle des rétroviseurs ; en restant dans l'angle mort, à l'intérieur, aucun des deux hommes ne pouvait le voir approcher. L'Européen s'arrêta un instant à l'abri du coffre, puis d'un geste vif, la main tendue, il se précipita vers la portière avant droite, l'ouvrit et déboula à l'intérieur, son arme braquée par-dessus le dossier de la banquette avant.

Alfred Gillette sursauta, sa main gauche plongeant vers la poignée de la portière ; l'Européen actionna le verrou qui bloquait les quatre serrures. David Abbott demeura immobile, dévisageant l'intrus.

« Bonsoir, Moine, dit l'Européen. Un autre, dont on m'a dit qu'il prend souvent un habit religieux, vous envoie ses félicitations. Non seulement pour Caïn, mais pour le personnel que vous employez à Treadstone. Le Yachtsman, par exemple. Autrefois, un remarquable agent. »

Gillette retrouva sa voix ; c'était tout à la fois un cri et un murmure. « Qu'est-ce que c'est ? Qui êtes-vous ? cria-t-il, feignant l'ignorance.

— Oh ! allons mon vieux. Ça n'est pas nécessaire, dit l'homme au pistolet. Je vois à l'expression du visage de M. Abbott qu'il se rend compte que les doutes qu'il nourrissait sur vous au début étaient justifiés. On devrait toujours suivre son premier instinct, n'est-ce pas, Moine ? Vous aviez raison, bien sûr. Nous avons trouvé un autre mécontent ; votre système les fournit avec une alarmante rapidité. Au fait, c'est lui qui nous a donné les dossiers Méduse et ce sont eux qui nous ont menés à Bourne.

— Qu'est-ce que vous faites ? hurla Gillette. Qu'est-ce que vous dites !

— Alfred, vous êtes assommant. Mais vous avez toujours fait partie d'une excellente équipe. C'est dommage que vous n'ayez pas su avec quelle équipe rester ; les gens de votre espèce ne le savent jamais.

— Vous !... » Gillette fit mine de se lever de son siège, le visage crispé par la colère.

L'Européen fit feu, la détonation étouffée retentissant brièvement dans l'intérieur capitonné de la limousine. Le fonctionnaire s'effondra, son corps s'écroulant contre la portière, ses yeux de chouette grands ouverts dans la mort.

« Je ne pense pas que vous le pleuriez, dit l'Européen.

— Pas du tout, dit le Moine.

— C'est bien Bourne qui est là-bas, vous savez. On a retourné Caïn ; il a craqué. La longue période de silence est terminée. Le serpent issu de la tête de Méduse a décidé de frapper tout seul. Ou peut-être a-t-il été acheté. C'est possible aussi, n'est-ce pas ? Carlos achète bien des hommes, par exemple, celui qui est maintenant à vos pieds.

— Vous n'apprendrez rien de moi. N'essayez pas.

— Il n'y a rien à apprendre. Nous savons tout. Delta, Charlie... Caïn. Mais les noms n'ont plus d'importance ; à vrai dire, il n'en ont jamais eu. Tout ce qu'il reste, c'est l'isolement final... la liquidation de l'homme-Moine qui prend les décisions. Vous. Bourne est pris au piège. Il est fini.

— Il y en a d'autres qui prennent des décisions. Il les contactera.

— S'il le fait, ils l'abattront sur-le-champ. Il n'y a rien de plus méprisable qu'un homme qui s'est laissé retourner, mais pour qu'un homme soit retourné, il doit exister une preuve irréfutable qu'il a d'abord été des vôtres. Carlos a cette preuve ; c'était un des vôtres, son passé est aussi explosif que tout ce qui se trouve dans les dossiers Méduse. »

Le vieil homme fronça les sourcils ; il avait peur, pas pour sa vie, mais pour quelque chose d'infiniment plus indispensable. « Vous perdez la tête, dit-il. Il n'y a pas de preuves.

— C'était l'erreur, *votre* erreur. Carlos ne laisse rien au hasard ; ses tentacules s'étendent jusqu'à toutes sortes de cachettes. Vous aviez besoin d'un homme venant de Méduse, de quelqu'un qui avait vécu et disparu. Vous avez choisi un nommé Bourne parce que les circonstances de sa disparition avaient été effacées, éliminées de toutes les archives existantes — c'est du moins ce que vous croyiez. Mais vous n'avez pas tenu compte des agents sur le terrain de Hanoi qui avaient infiltré Méduse ; ces archives-là existent. Le 25 mars 1968, Jason Bourne a été exécuté par un officier de renseignement américain dans les jungles de Tam Quan. »

Le Moine plongea en avant, dans un ultime geste de défi. L'Européen tira.

La porte de l'immeuble s'ouvrit. Sous l'escalier, dans l'ombre, le chauffeur sourit. L'assistant de la Maison Blanche était raccompagné par le vieil homme qui habitait Treadstone, celui qu'on appelait le Yachtsman ; le tueur savait que cela signifiait que les premiers signaux d'alarme étaient coupés. Il n'y avait plus le répit de trois secondes.

« C'était si aimable à vous d'être passé, dit le Yachtsman en lui serrant la main.

— Merci beaucoup de votre hospitalité, monsieur. »

Ce furent les derniers mots de leur dialogue. Le chauffeur visa par-dessus la rampe, pressant la détente à deux reprises, les détonations étouffées se perdant dans la multitude des bruits de la ville. Le Yachtsman bascula en arrière ; l'assistant du président porta les mains à sa poitrine, trébuchant dans l'encadrement de la porte. Le chauffeur contourna la rampe et se précipita sur les marches, attrapant le corps de Stevens au moment où il allait plonger du haut du perron. Avec une force de taureau, le tueur souleva l'homme de la Maison Blanche, le jetant par-dessus le seuil, dans le vestibule, auprès du Yachtsman. Puis il se tourna vers la bordure intérieure de la lourde porte blindée. Il savait ce qu'il devait chercher ; il le trouva. Le long de la moulure supérieure, disparaissant dans le mur, il y avait un câble épais teint de la couleur du chambranle. Il referma en partie la porte, leva son pistolet et tira dans le câble. Le crachement de l'arme fut suivi d'un crépitement de parasites et d'étincelles ; les caméras de sécurité avaient sauté, partout, maintenant, les écrans étaient obscurs.

Il ouvrit la porte pour donner le signal ; ce n'était pas nécessaire. L'Européen traversait rapidement la rue déserte. En quelques secondes, il avait gravi les marches et il était à l'intérieur, inspectant d'un coup d'œil le vestibule et le couloir... et la porte au bout du couloir. Les deux hommes soulevèrent un tapis du vestibule, l'Européen refermant la porte en la bloquant avec le tapis si bien qu'il restait un espace de quelques centimètres, les verrous de sécurité toujours en place. Aucune alarme secondaire ne pouvait se déclencher.

Ils restèrent plantés là en silence ; tous deux savaient que si on devait les découvrir, ça n'allait pas tarder. Au premier étage, il y eut le bruit d'une porte qui s'ouvrait, suivi de pas et de paroles qui retentissaient dans l'escalier, une voix de femme cultivée. « Chéri ! Je viens de remarquer que la caméra ne marche plus. Voudrais-tu vérifier, je te prie ? (Il y eut un silence ; puis la femme reprit :) A la réflexion, pourquoi ne pas prévenir David ? (Nouveau silence, soigneusement calculé.) Oh ! chéri, ne dérange pas le jésuite. Préviens David ! »

Deux pas. Le silence. Un froissement d'étoffe. L'Européen examinait la cage d'escalier. Une lumière s'éteignit. David. Le jésuite... le Moine !

« Tue-la ! » rugit-il à l'adresse du chauffeur, pivotant sur ses pieds, son arme braquée sur la porte au fond du couloir.

L'homme en uniforme se précipita dans l'escalier ; il y eut un coup de feu ; ça provenait d'une arme de gros calibre... une détonation que n'assourdissait aucun silencieux. L'Européen leva les yeux ; le chauffeur se tenait l'épaule, son manteau trempé de sang, le pistolet brandi et crachant des balles dans la cage de l'escalier.

La porte au fond du couloir s'ouvrit toute grande, le commandant s'arrêta stupéfait, un dossier à la main. L'Européen fit feu à deux reprises ; Gordon Webb bascula en arrière, la gorge ouverte, les documents du dossier s'éparpillant derrière lui. L'homme en imperméable se précipita dans l'escalier vers le chauffeur ; en haut, penchée par-dessus la balustrade, la femme aux cheveux gris, morte, le sang ruisselant de sa tête et de son cou. « Ça va ? Tu peux bouger ? » demanda l'Européen.

Le chauffeur acquiesça. « La salope m'a fait sauter la moitié de l'épaule, mais je peux marcher.

— Il le faut ! lui ordonna son supérieur en se débarrassant de son imperméable. Mets ça. Je veux le Moine ici ! Vite !

— Seigneur !...

— Carlos veut le Moine ici ! »

Avec des gestes maladroits, le blessé enfila l'imperméable noir et descendit l'escalier en contournant les corps du Yachtsman et de l'assistant de la Maison Blanche. Avec des gestes prudents, souffrant visiblement, il franchit la porte et descendit le perron.

L'Européen le suivit des yeux, tenant la porte, s'assurant que l'homme était assez valide pour la tâche à accomplir. Tout à fait ; c'était un taureau dont Carlos satisfaisait tous les appétits. Le chauffeur allait rapporter le corps de David Abbott dans l'immeuble, offrant aux passants susceptibles de le voir le spectacle d'un homme aidant un vieillard un peu ivre ; et puis il parviendrait d'une façon ou d'une autre à arrêter son hémorragie assez longtemps pour transporter le corps d'Alfred Gillette de l'autre côté du fleuve et l'enterrer dans un marécage. Les hommes de Carlos étaient capables de ce genre d'exploit ; c'étaient tous des taureaux. Prêts à tout pour leur chef.

L'Européen tourna les talons et repartit dans le

couloir ; il y avait du travail à faire. Couper définitivement de ses bases un nommé Jason Bourne.

C'était plus qu'il ne pouvait en espérer ; les dossiers se révélèrent un cadeau sans prix. Il y avait là des chemises contenant tous les codes et toutes les méthodes de communication jamais utilisés par le mythique Caïn. Pas si mythique maintenant, songea l'Européen tout en rassemblant les documents. Le décor était dressé, les quatre cadavres en position dans la bibliothèque élégante et paisible. David Abbott était affalé dans un fauteuil, ses yeux morts reflétant encore le choc, Elliot Stevens à ses pieds ; le Yachtsman était effondré sur la table, une bouteille de whisky renversée à la main, alors que Gordon Webb était répandu par terre, la main crispée sur son porte-documents. Quand la violence s'était déchaînée, le décor indiquait qu'elle était inattendue ; les conversations avaient été interrompues par une soudaine fusillade.

L'Européen circulait les mains gantées, content de son sens artistique, et c'était bien du sens artistique. Il avait congédié le chauffeur, essuyé chaque bouton, chaque poignée de porte, chaque surface de bois. Le moment était venu d'apporter la touche finale. Il s'approcha d'une table où des verres à liqueur étaient posés sur un plateau d'argent, en prit un et l'inspecta à la lumière ; comme il s'y attendait, le verre était immaculé. Il le reposa et prit dans sa poche un petit étui en matière plastique. Il l'ouvrit et en retira une bande de ruban adhésif transparent qu'il inspecta également à la lumière. Elles étaient bien là, aussi nettes que des portraits : car c'étaient des portraits, aussi indiscutables qu'une photographie.

Elles avaient été prélevées sur un verre de Perrier, dans un bureau de la Gemeinschaft Bank de Zurich. C'étaient des empreintes de la main droite de Jason Bourne.

L'Européen prit le verre à liqueur et, avec la patience de l'artiste qu'il était, pressa le ruban adhésif contre le bas du verre, puis le retira avec douceur. Il inspecta de nouveau le verre à la lumière ; on voyait les empreintes se détacher, parfaitement lisibles. Il emporta le verre jusque dans un coin de la pièce et le laissa tomber sur le parquet. Il s'agenouilla, examina les fragments, en préleva quelques-uns et balaya le reste sous le rideau.

C'était suffisant.

21

« Plus tard, dit Bourne, en jetant leurs valises sur le lit. Il faut partir d'ici. »

Marie était assise dans le fauteuil. Elle avait relu l'article, choisissant les phrases, les répétant. Sa concentration était totale ; elle était de plus en plus sûre de son analyse.

« J'ai raison, Jason. Quelqu'un nous envoie bien un message.

— Nous en discuterons plus tard ; nous sommes déjà restés ici trop longtemps. Dans une heure, ce journal sera dans tout l'hôtel et les quotidiens du matin risquent d'être encore pires. L'heure n'est pas à la modestie ; dans un hall d'hôtel, on te remarque, et trop de gens t'ont vue dans celui-ci. Prépare tes affaires. »

Marie se leva, mais resta plantée là, l'obligeant à la regarder. « Nous parlerons de plusieurs choses plus tard, dit-elle d'un ton ferme. Tu allais me quitter, Jason, et je veux savoir pourquoi.

— Je t'ai dit que je te l'expliquerais, répondit-il, sans éluder sa question, car il faut que tu saches et je le pense vraiment. Mais pour l'instant je veux partir d'ici. Bon sang, prépare tes affaires ! »

Elle tressaillit frappée par ce brusque accès de colère. « Oui, bien sûr », murmura-t-elle.

Ils prirent l'ascenseur pour descendre dans le hall. Le sol aux dalles de marbre usées apparut et Bourne eut soudain l'impression qu'ils étaient dans une cage, exposés et vulnérables ; si la machine s'arrêtait, on allait les prendre. Puis il comprit pourquoi cette sensation était si forte. En bas, sur la gauche, se trouvait le bureau de la réception, le concierge assis derrière le comptoir sur lequel s'entassaient une pile de journaux à portée de sa main droite. C'étaient des exemplaires du même quotidien que Jason avait fourré dans le porte-documents que Marie portait maintenant. Le concierge en avait pris un ; il le lisait avec avidité, mordillant un cure-dent, oubliant tout, sauf le plus récent scandale.

« Continue tout droit, dit Jason. Ne t'arrête pas, va jusqu'à la porte. Je te retrouverai dehors.

— Oh ! mon Dieu, murmura-t-elle en apercevant le concierge.

— Je vais le payer aussi vite que je peux. »

Le bruit des talons de Marie sur le sol dallé était une distraction que Bourne voulait éviter. Le concierge leva les yeux au moment où Jason se plantait devant lui, lui bloquant la vue sur le hall. « J'ai été ravi de mon séjour, dit-il en français, mais je suis très pressé. Il faut que j'arrive à Lyon ce soir. Faites-moi un compte rond en ajoutant une centaine de francs : je n'ai pas eu le temps de laisser de pourboire. »

L'annonce de cette manne eut l'effet désiré. Le concierge eut tôt fait de terminer ses totaux ; il présenta la note. Jason la régla et se pencha pour prendre les valises, levant les yeux en entendant le cri de surprise qui jaillissait de la bouche béante du concierge. L'homme contemplait la pile de journaux, les yeux fixés sur la photographie de Marie Saint-Jacques. Puis son regard se dirigea vers les portes vitrées de l'entrée ; Marie attendait sur le trottoir. Son regard stupéfait revint à Bourne ; le lien était fait, l'homme était soudain paralysé par la peur.

Jason se dirigea d'un pas rapide vers les portes battantes, les ouvrant de l'épaule et se retournant pour jeter un coup d'œil à la réception. Le concierge était en train de décrocher un téléphone. « Filons ! cria-t-il à Marie. Cherche un taxi ! »

Ils en trouvèrent un rue Lecourbe, à cinq blocs de l'hôtel. Bourne jouait le rôle d'un touriste américain un peu perdu, employant le français incertain qui lui avait si bien servi à la banque de Valois. Il expliqua au chauffeur que sa petite amie et lui voulaient quitter le centre de Paris pour un jour ou deux, trouver un endroit où ils pourraient être seuls. Peut-être le chauffeur pourrait-il leur conseiller quelques adresses et ils en choisiraient une.

Le chauffeur pouvait en effet et il le fit. « Il y a une petite auberge à côté d'Issy-les-Moulineaux, qui s'appelle la Maison Carrée, dit-il. Une autre à Ivry-sur-Seine. C'est très calme, monsieur. Ou peut-être l'Auberge du Coin à Montrouge : c'est très discret.

— Allons à la première, dit Jason. C'est le premier nom qui vous est venu à l'esprit. Combien faut-il de temps pour y aller ?

— Pas plus de quinze ou vingt minutes, monsieur.

— Bon. (Bourne se tourna vers Marie et lui souffla à l'oreille :) Change ta coiffure.

— Quoi ?

— Change ta coiffure. Tire-toi les cheveux ou gonfle-les, ça m'est égal, mais change. Ne reste pas dans le champ de son rétroviseur. Fais vite ! »

Quelques instant plus tard, les longs cheveux châtains de Marie étaient tirés en un chignon sévère, dégageant le visage et le cou. Jason la regarda dans la pénombre.

« Enlève ton rouge à lèvres. Essuie tout. »

Elle prit un Kleenex et obéit. « Ça va ?

— Oui. Tu as un crayon à maquillage ?

— Bien sûr.

— Epaissis tes sourcils, juste un peu. Prolonge-les d'un demi-centimètre ; recourbe à peine les extrémités. »

Elle suivit de nouveau ses instructions. « Et maintenant ? demanda-t-elle.

— C'est mieux », répondit-il en l'examinant.

Les changements étaient mineurs mais l'effet impressionnant. Elle avait subi une subtile transformation qui l'avait fait passer d'une élégance discrète à l'image d'une femme au physique plus dur et plus frappant. En tout cas on ne reconnaissait pas au premier abord la forme dont la photo s'étalait sur le journal, et c'était tout ce qui comptait.

« Quand nous arriverons à Issy, chuchota-t-il, sors rapidement et attends-moi sur le trottoir. Evite que le chauffeur ne te voie.

— Il est un peu tard pour ça, non ?

— Fais ce que je te dis. »

Ecoute-moi. Je suis un caméléon du nom de Caïn et je peux t'enseigner bien des choses que je n'ai pas envie de t'apprendre, mais pour l'instant il le faut. Je peux changer de couleur pour me fondre avec n'importe quel décor de la forêt, je peux tourner avec le vent rien qu'en le sentant. Je peux me retrouver dans les jungles de la nature et celles créées par l'homme. Alpha, Bravo, Charlie, Delta... Delta est pour Charlie et Charlie est pour Caïn. Je suis Caïn. Je suis la mort. Et je dois te dire qui je suis et te perdre.

« Mon chéri, qu'y a-t-il ?

— Comment ?

— Tu me regardes ; tu ne respires pas. Ça va ?

— Pardon, dit-il en détournant les yeux. J'essaie d'échafauder des plans. Je saurai mieux quoi faire quand nous serons là-bas. »

Ils arrivèrent à l'auberge. Il y avait un parc de stationnement sur la droite bordé par une clôture ; quelques dîneurs attardés sortirent de l'entrée en forme de pergola. Bourne se pencha vers le chauffeur.

« Déposez-nous dans le parking si ça ne vous ennuie pas, ordonna-t-il sans expliquer cette étrange requête.

— Certainement, monsieur », dit le chauffeur en hochant la tête, puis en haussant les épaules, son attitude montrant qu'à son avis ses passagers étaient un couple bien prudent. La pluie s'était calmée pour céder la place à une légère bruine. Le taxi repartit. Bourne et Marie attendirent auprès de l'auberge, dans l'ombre des feuillages, qu'il eût disparu. Jason déposa les valises sur le sol humide. « Attends ici, dit-il.

— Où vas-tu ?

— Téléphoner pour appeler un taxi. »

Le second taxi les emmena à Montrouge. Le chauffeur, cette fois, ne semblait guère impressionné par ce couple à l'air sévère, de toute évidence des provinciaux, qui cherchaient sans doute un hôtel pas cher. Quand et s'il prenait un journal et voyait une photographie de la Canadienne impliquée dans le meurtre et le vol de Zurich, ce ne serait pas l'image de la femme assise maintenant dans son taxi qui lui viendrait à l'esprit.

L'Auberge du Coin ne méritait pas son nom. Ce n'était pas une pittoresque auberge de village blottie à l'écart dans un paysage campagnard. C'était un grand bâtiment à deux étages qui se dressait à quatre cents mètres de la nationale. Cela rappelait plutôt les motels qui, dans le monde entier, défiguraient les banlieues ; le caractère commercial de l'établissement garantissait l'anonymat de la clientèle. Il n'était pas difficile d'imaginer que des couples pouvaient se retrouver là sous des noms de fantaisie.

Ils s'inscrivirent donc sous des noms inventés et on leur donna la clef d'une chambre où dominait la matière plastique et où tout accessoire valant plus de vingt francs était scellé au plancher ou fixé par des vis sans tête à du formica laqué. Toutefois, il y avait un élément positif dans tout cela : un distributeur de glace dans le couloir. Ils savaient qu'il fonctionnait parce qu'ils pouvaient l'entendre. Avec la porte fermée.

« Bon, voyons. Qui voudrait nous envoyer un message ? demanda Bourne, debout, un verre de whisky à la main.

— Si je le savais, je prendrais contact avec lui ou avec eux, dit-elle, assise au petit bureau, les jambes croisées et ne le quittant pas des yeux. Ça pourrait avoir un rapport avec les raisons pour lesquelles tu fuyais.

— Dans ce cas-là, c'était un piège.

— Ça n'était pas un piège. Un homme comme Walther Apfel n'a pas fait ce qu'il a fait pour tendre un piège.

— Je n'en suis pas si sûr. (Bourne se dirigea vers l'unique fauteuil tendu de plastique et s'assit.) Koenig l'a bien fait ; il m'a repéré dès que j'ai mis les pieds dans la salle d'attente.

— Koenig faisait partie de la piétaille corrompue, ce n'était pas un des responsables de la banque. Il agissait seul. Ça n'était pas possible pour Apfel. »

Jason leva les yeux. « Que veux-tu dire ?

— L'ordre de virement d'Apfel devait être approuvé par ses supérieurs. Il était fait au nom de la banque.

— Si tu es tellement sûre, appelons Zurich.

— Ils ne veulent pas de ce procédé. Ou bien ils n'ont pas la réponse ou bien ils ne peuvent pas la donner. Les derniers mots d'Apfel ont été pour préciser que ton nom ne serait pas mentionné. A personne. Ça aussi faisait partie du message. Nous devons contacter quelqu'un d'autre. »

Bourne but une gorgée ; il avait besoin d'alcool, car venait l'instant où il allait commencer l'histoire d'un tueur au nom de Caïn. « Alors, dit-il, où nous retrouvons-nous ? Devant un nouveau piège ?

— Tu crois savoir qui c'est, n'est-ce pas ? fit Marie en prenant ses cigarettes sur le bureau. C'est pour ça que tu fuyais, hein ?

— La réponse aux deux questions est oui. » *Le moment était venu. Le message a été envoyé par Carlos. Je suis Caïn et tu dois me quitter. Il faut que je te perde. Mais d'abord il y a Zurich et tu dois comprendre.* « Cet article a été publié pour qu'on me retrouve.

— Je ne discuterai pas ce point, fit-elle, le surprenant par son interruption. J'ai eu le temps de réfléchir ; ils savent que les preuves sont fausses... fausses de façon si flagrante que c'en est ridicule. La police de Zurich s'attend à ce que je prenne maintenant contact avec l'ambassade du Canada... (Marie s'arrêta, tenant à la main la cigarette qu'elle n'avait pas encore allumée.) Mon Dieu, Jason, voilà ce qu'ils veulent que nous fassions !

— Qui donc ?

— Ceux qui nous envoient le message. Ils savent que je n'ai pas d'autre choix que d'appeler l'ambassade, de demander la protection du gouvernement canadien. Je n'y ai pas pensé parce que j'ai déjà parlé à l'ambassade, à... comment s'appelle-t-il... Dennis Corbelier... et qu'il n'avait absolument rien à me dire. Il n'a fait que ce que je lui ai demandé de faire : rien d'autre. Mais c'était hier, pas aujourd'hui, pas ce soir. » Marie se dirigea vers le téléphone posé sur la table de chevet. Bourne se leva aussitôt de son fauteuil et l'arrêta en lui saisissant le bras. «Non, dit-il d'un ton ferme.

— Pourquoi donc ?

— Parce que tu te trompes.

— J'ai raison, Jason ! Laisse-moi te le prouver. »

Bourne se plaça devant elle. « Je crois que tu ferais mieux d'écouter ce que j'ai à dire.

— Non ! cria-t-elle. Je ne veux pas l'entendre. Pas maintenant !

— Voilà une heure, à Paris, c'était la seule chose que tu voulais entendre. Ecoute !

— Non ! Il y a une heure, je mourais. Tu avais décidé de partir. Sans moi. Et je sais maintenant que ça recommencera maintes et maintes fois jusqu'à ce que tout ça soit terminé. Tu entends des mots, tu vois des images et des fragments de souvenirs te reviennent que tu n'arrives pas à comprendre, mais parce qu'ils existent, tu te condamnes. Tu te condamneras toujours jusqu'au jour où quelqu'un te prouvera que quoi que tu aies été... Il y a des gens qui se servent de toi, qui sont prêts à te sacrifier. Mais là-bas il y a aussi quelqu'un d'autre qui veut t'aider, nous aider. C'est ça, le message ! Je sais que j'ai raison. Je veux te le prouver. Laisse-moi ! »

Bourne lui tendait les bras sans rien dire, regardant son visage, son ravissant visage tout empreint de souffrance et d'espoir inutile, avec son regard suppliant. Partout en lui il sentait cette douleur terrible. C'était peut-être mieux ainsi ; elle jugerait par elle-même et sa peur la ferait écouter, comprendre. Il n'y avait plus rien pour eux. *Je suis Caïn...* « Très bien, téléphone si tu veux, mais il faut le faire comme je l'entends. (Il la lâcha et s'approcha du téléphone ; il appela la réception.) Ici la chambre 341. Je viens d'avoir des nouvelles d'amis de Paris ; ils viennent nous rejoindre dans un moment. Avez-vous une chambre pour eux à notre étage ? Parfait. Ils s'appellent Briggs, c'est un couple d'Américains. Je vais descendre vous régler d'avance et vous pourrez me donner la clef. Magnifique. Je vous remercie.

— Qu'est-ce que tu fais ?

— Je te trouve quelque chose, dit-il. Passe-moi une robe, poursuivit-il. La plus longue que tu aies.

— Quoi ?

— Si tu veux donner ton coup de fil, tu vas faire ce que je te dis.

— Tu es fou.

— Je l'ai déjà avoué, dit-il, prenant un pantalon et une chemise dans sa valise. La robe, s'il te plaît. »

Un quart d'heure plus tard, la chambre de M. et Mme Briggs, à six portes de là, de l'autre côté du couloir par rapport au 341, était prête. Les vêtements avaient été accrochés comme il convenait, on avait laissé allumées quelques lumières bien choisies, les autres ne fonctionnant pas parce qu'on avait enlevé les ampoules.

Jason regagna leur chambre ; Marie était debout près du téléphone. « Nous sommes parés.

— Qu'as-tu fait ?

— Ce que je voulais faire ; ce que je devais faire. Tu peux appeler maintenant.

— Il est très tard. Imagine qu'il ne soit pas là ?

— Je pense qu'il y sera. Sinon, on te donnera son numéro personnel. Son nom figurait sur les carnets de téléphone d'Ottawa ; il devait y être.

— Je pense que oui.

— Alors il aura été contacté. Tu te rappelles bien ce que je t'ai demandé de dire ?

— Oui, mais peu importe ; ça ne sert à rien. Je sais que je ne me trompe pas.

— Nous verrons bien. Contente-toi de dire les phrases que je t'ai indiquées. Je serai auprès de toi à écouter. Vas-y. »

Elle décrocha l'appareil et composa le numéro. Sept secondes après qu'elle eut obtenu le standard de l'ambassade, Dennis Corbelier était en ligne. Il était une heure et quart du matin.

« Bonté divine, où êtes-vous ?

— Vous attendiez mon coup de fil, alors ?

— J'espérais bien que vous alliez le faire ! Toute l'ambassade est en révolution. J'attends ici depuis cinq heures de l'après-midi.

— Tout comme Alan. A Ottawa.

— Alan qui ? De quoi parlez-vous ? Où diable êtes-vous donc ?

— Je veux d'abord savoir ce que vous avez à me dire.

— A vous dire ?

— Vous avez un message pour moi, Dennis. Qu'est-ce que c'est ?

— Comment ça ? Quel message ? »

Marie devint toute pâle. « Je n'ai tué personne à Zurich. Je ne voudrais pas...

— Alors, au nom du Ciel, fit l'attaché d'ambassade, venez ici ! Nous vous donnerons toute la protection possible. Personne ne peut vous toucher ici !

— Dennis, écoutez-moi ! Vous attendiez mon coup de téléphone, n'est-ce pas ?

— Oui, bien sûr.

— Quelqu'un vous a dit d'attendre, c'est bien cela ? »

Il y eut un silence. Quand Corbelier reprit la parole,

ce fut d'un ton bien plus calme. « Oui, il me l'a demandé. Ils m'ont demandé.

— Que vous ont-ils dit ?

— Que vous avez besoin de notre aide. Grand besoin. »

Marie reprit son souffle. « Et ils veulent nous aider ?

— Par "nous", reprit Corbelier, vous voulez dire qu'il est avec vous, alors ? »

Bourne avait le visage tout près de celui de Marie, la tête penchée de côté pour entendre Corbelier. Il acquiesça.

« Oui, répondit-elle. Nous sommes ensemble, mais il est sorti pour quelques minutes. Tout ça n'est que des mensonges ; ils vous l'ont dit, n'est-ce pas ?

— Tout ce qu'on m'a dit c'était qu'il fallait vous trouver, vous protéger. Ils tiennent à vous aider : ils veulent envoyer une voiture vous chercher. Une des nôtres. Avec des plaques diplomatiques.

— Qui sont-ils ?

— Je ne les connais pas de nom ; ça n'est pas nécessaire. Je connais leur rang.

— Leur rang ?

— Ce sont des spécialistes, FS-5. Il n'y a pas beaucoup plus haut que ça.

— Vous leur faites confiance ?

— Mon Dieu, quelle question ! Ils m'ont contacté par Ottawa. Leurs ordres venaient d'Ottawa.

— Ils sont à l'ambassade en ce moment ?

— Non, ils sont en poste à l'extérieur. (Corbelier s'interrompit, manifestement exaspéré.) Bon sang, Marie... mais où êtes-vous ? »

Bourne hocha de nouveau la tête, et elle répondit.

« Nous sommes à l'Auberge du Coin à Montrouge. Sous le nom de Briggs.

— Je vais vous envoyer cette voiture tout de suite.

— Non, Dennis ! protesta Marie, en regardant Jason, qui du regard lui disait de suivre les instructions. Envoyez-en une demain matin. Dès demain matin... dans quatre heures, si vous voulez.

— Je ne peux pas faire ça ! Dans votre propre intérêt.

— Il le faut bien ; vous ne comprenez pas. Il a été piégé pour faire quelque chose et il a peur ; il veut s'enfuir. S'il savait que je vous ai appelé, il serait déjà parti. Laissez-moi le temps. Je peux le convaincre de se rendre. Juste quelques heures. Il est désemparé, mais au fond il sait que j'ai raison. » Marie dit cela en regardant Bourne.

« Quel genre de salaud est-il ?

— Il est terrifié, répondit-elle. Manipulé. J'ai besoin de temps. Laissez-le-moi.

— Marie... ? (Corbelier s'interrompit.) D'accord, dès demain matin. Disons... à six heures. Et n'oubliez pas, Marie, ils veulent vous aider. Ils peuvent vous aider.

— Je sais. Bonsoir.

— Bonsoir. »

Marie raccrocha.

« Maintenant, nous allons attendre, fit Bourne.

— Je ne sais pas ce que tu cherches à prouver. Bien sûr qu'il va appeler les FS-5, et bien sûr qu'ils vont arriver ici. Qu'est-ce que tu crois ? Il a pratiquement reconnu ce qu'il allait faire, ce qu'il croit qu'il doit faire.

— Et ces FS-5 de l'ambassade, ce sont eux qui nous envoient le message ?

— A mon avis, ils vont nous conduire auprès de celui qui l'a envoyé. Ou bien si c'est trop loin, ils nous mettront en contact avec lui, avec eux. Je n'ai jamais été plus sûre de quelque chose dans ma vie professionnelle. »

Bourne la regarda. « J'espère que tu as raison, parce que c'est ta vie qui me préoccupe. Si les preuves contre toi à Zurich ne font partie d'aucun message, si elles ont été mises là par des experts pour me retrouver — si la police de Zurich le croit — alors je suis cet homme terrifié dont tu as parlé à Corbelier. Personne plus que moi n'a envie que tu aies raison. Mais je ne crois pas que ce soit le cas. »

A deux heures trois minutes, les lumières du couloir du motel clignotèrent et s'éteignirent, laissant le long passage dans une obscurité relative, la seule source lumineuse étant la cage d'escalier. Bourne était posté près de la porte de leur chambre, pistolet au poing, les lumières éteintes, surveillant le couloir par la porte entrebâillée. Marie était derrière lui, regardant par-dessus son épaule ; tous deux se taisaient.

Les pas étaient étouffés, mais réels. Distincts, prudents, deux paires de chaussures qui grimpaient discrètement l'escalier. Quelques secondes plus tard, ils purent voir les silhouettes de deux hommes déboucher sur le palier. Marie eut un sursaut ; Jason lui plaqua sans douceur une main sur la bouche. Il comprenait : elle avait reconnu un des deux hommes, un homme qu'elle n'avait vu qu'une fois dans sa vie. Dans la Steppdeckstrasse à Zurich, quelques minutes avant qu'un autre ordonnât son exécution. C'était l'homme blond qu'on avait envoyé jusqu'à la chambre de Bourne, l'éclaireur qu'on pouvait sacrifier envoyé maintenant à Paris pour repérer la victime qu'il avait manquée. Il tenait dans sa main gauche une petite torche électrique, dans sa droite un pistolet au canon muni d'un silencieux. Son compagnon était plus petit, plus trapu, sa démarche rappelait l'avance d'un animal, les épaules et la taille suivant sans heurt les mouvements des jambes. Le col de son manteau était relevé, il avait la tête dissimulée par un chapeau au bord étroit qui masquait aussi son visage. Bourne le regarda longuement ; il y avait quelque chose de familier chez lui, dans la silhouette, la démarche, le port de tête. Qu'était-ce donc ? Qu'est-ce que c'était ? Il le connaissait.

Mais il n'eut pas le temps de réfléchir ; les deux hommes approchaient de la porte de la chambre réservée au nom de M. et Mme Briggs. Le blond braqua le faisceau de sa lampe sur le numéro, puis éclaira le bouton de la porte et la serrure.

Ce qui suivit fut fascinant tant ce fut rapide.

L'homme trapu avait un trousseau de clefs dans la main droite, qu'il plaça dans le faisceau de la lampe, ses doigts choisissant une clef parmi les autres. Dans sa main gauche, il serrait une arme, dont la forme éclairée par le peu de lumière qui filtrait de l'escalier révélait un énorme silencieux monté sur un automatique de gros calibre, rappelant un peu le puissant Luger Sternlicht, l'arme favorite de la Gestapo lors de la dernière guerre. Il pouvait percer du béton armé sans faire plus de bruit qu'un toussotement, c'était l'arme idéale pour emmener de nuit les ennemis de l'Etat dans les quartiers tranquilles, les voisins n'entendant aucun bruit et ne s'apercevant qu'au matin de la disparition. L'homme introduisit la clef dans la serrure, la tourna en silence, puis braqua le canon de son arme sur le pêne. Trois petites toux rapides accompagnèrent trois éclairs lumineux ; le bois entourant le verrou vola en éclats. La porte s'ouvrit ; les deux tueurs se précipitèrent à l'intérieur.

Il y eut un instant de silence, puis un déchaînement de fusillade étouffée, de crachotements et d'éclairs blancs jaillissant dans les ténèbres. On claqua la porte ; elle refusa de se fermer, tandis que des bruits plus violents venaient de la chambre. On finit par trouver une lumière ; on l'alluma brièvement, puis on l'éteignit avec fureur, une lampe se fracassa sur le seuil dans une pluie d'éclats de verre. Un cri de rage retentit.

Les deux tueurs se précipitèrent dans le couloir, l'arme au poing, s'attendant à un piège et stupéfaits de n'en trouver aucun. Ils arrivèrent à l'escalier et descendirent précipitamment les marches tandis qu'une porte s'ouvrait à la droite de la chambre qu'ils venaient d'envahir. Un client aux yeux ensommeillés inspecta le couloir, puis haussa les épaules et rentra dans sa chambre. Le silence retomba dans le couloir obscur.

Bourne ne bougeait pas, son bras soutenant Marie Saint-Jacques. Elle tremblait, la tête blottie contre sa poitrine, secouée de petits sanglots. Il ne pouvait attendre davantage, elle devait juger par elle-même. Juger tout, que l'impression en reste indélébile ; elle devait enfin comprendre. *Je suis Caïn. Je suis la mort.*

« Viens », souffla-t-il.

Il l'entraîna dans le couloir, la guidant d'une main ferme vers la chambre où se trouvait maintenant l'ultime preuve. Il poussa la porte brisée et ils pénétrèrent à l'intérieur.

Elle s'arrêta, pétrifiée, tout à la fois repoussée et fascinée par ce qu'elle voyait. Dans l'encadrement d'une porte ouverte sur la droite, on apercevait la vague silhouette d'un personnage ; la lumière, derrière, si tamisée qu'on n'en distinguait que les contours, et encore seulement une fois que les yeux s'étaient habitués à cet étrange mélange d'obscurité et de lumière. C'était la silhouette d'une femme en robe longue, dont le tissu flottait doucement dans la brise d'une fenêtre ouverte.

Une fenêtre. Juste devant se trouvait une seconde silhouette, à peine visible, comme une tache obscure tout juste éclairée par les lumières lointaines de la route. Elle aussi semblait s'agiter, remuer les bras.

« Oh ! mon Dieu, dit Marie, horrifiée. Allume, Jason.

— Le plafonnier ne marche pas, répondit-il. Il n'y a que les deux lampes de chevet ; ils en ont trouvé une. »

Il traversa la chambre avec prudence et trouva la lampe qu'il cherchait ; elle était posée par terre contre le mur. Il s'agenouilla et l'alluma ; Marie frissonna. Pendue en travers de la porte de la salle de bain, maintenue en place par des bouts de tissu arrachés sur un rideau, se trouvait sa robe longue, agitée par la brise. Elle était criblée de trous.

La chemise et le pantalon de Bourne étaient punaisés à l'encadrement de l'autre fenêtre, les carreaux derrière les deux manches étaient fracassés et la brise, en entrant, agitait le tissu. La toile blanche de la chemise était perforée en une demi-douzaine d'endroits, les balles traçant une diagonale en travers de la poitrine.

« Voilà ton message, dit Jason. Maintenant tu sais ce que c'est. Et je crois que tu ferais mieux d'écouter ce que j'ai à dire. »

Marie ne lui répondit pas. Elle se dirigea à pas lents vers la commode, l'examinant comme si elle n'en croyait pas ses yeux. Puis brusquement, elle pivota sur ses talons, les yeux flamboyants, retenant ses larmes. « Non ! Ça ne va pas ! Il y a quelque chose qui cloche ! Appelle l'ambassade.

— Comment ?

— Fais ce que je te dis. Tout de suite !

— Arrête, Marie. Il faut comprendre.

— Non ! C'est à toi de comprendre ! Ça ne devrait pas se passer comme ça. Ça ne pourrait pas.

— C'est pourtant le cas.

— Appelle l'ambassade ! Sers-toi de ce téléphone là-bas et appelle tout de suite ! Demande Corbelier. Vite, bon sang ! Si je représente quelque chose pour toi, fais ce que je te demande ! »

Bourne ne pouvait pas lui refuser. « Qu'est-ce que je lui dis ? demanda-t-il en se dirigeant vers le téléphone.

— Obtiens-le tout d'abord ! C'est de ça que j'ai peur... Oh ! Dieu, que j'ai peur !

— Quel est le numéro ? »

Elle le lui donna ; il composa les chiffres sur le cadran, attendant interminablement que le standard réponde. Quand il finit par obtenir sa communication, la standardiste était affolée, sa voix montait et se brisait, par moments on ne comprenait rien de ce qu'elle disait. En arrière-fond, il entendait des cris, des ordres lancés rapidement en anglais et en français. Au bout de quelques secondes il apprit pourquoi.

Dennis Corbelier, attaché à l'ambassade du Canada, avait descendu les marches de l'ambassade à une heure dix du matin et avait été abattu d'une balle dans la gorge. Il était mort.

« Voilà l'autre partie du message, Jason, murmura Marie, effondrée, en le regardant. Maintenant je veux

403

bien écouter tout ce que tu as à me dire. Parce qu'il y a bien quelqu'un là-bas qui essaie de te joindre, qui essaie de t'aider. C'est vrai qu'un message a été envoyé, mais pas à nous, pas à moi. Rien qu'à toi, et toi seul devais le comprendre. »

22

L'un après l'autre, les quatre hommes arrivèrent dans la cohue de l'hôtel Hilton sur la 16ᵉ Rue à Washington. Chacun prit un ascenseur différent, s'arrêtant à deux ou trois étages au-dessus ou au-dessous de sa destination, faisant à pied le reste du trajet. Ils n'avaient pas le temps de se retrouver en dehors des limites du District de Columbia ; la crise était sans précédent. C'étaient les hommes de Treadstone 71 — les survivants. Les autres étaient morts, tués au cours d'un véritable massacre, dans une rue tranquille et bordée d'arbres de New York.

Deux des visages étaient familiers du public, l'un plus que l'autre. Le premier appartenait au sénateur vieillissant du Colorado, le second était celui du général de brigade Calvin Francis Crawford — dont les initiales C F étaient librement traduites en Cul de Fer —, le porte-parole des services de renseignement de l'armée et le défenseur des banques de données du G-2. Les deux autres hommes étaient pratiquement inconnus sauf dans les couloirs de leurs propres bureaux. L'un était un officier de marine d'un certain âge, attaché au Contrôle de l'Information, 5ᵉ district naval. Le quatrième et dernier était un vétéran de la Central Intelligency Agency, un homme sec et nerveux qui marchait avec une canne. Il avait eu le pied emporté par une grenade dans le Sud-Est asiatique ; il avait été agent clandestin à l'époque de l'opération Méduse. Il s'appelait Alexander Conklin. Pas de table de conférence dans la chambre ; une simple chambre ordinaire avec les deux lits jumeaux, un canapé, deux fauteuils et une table basse. C'était un endroit insolite pour tenir une réunion d'une telle importance ; pas d'ordinateur dont les bobines tournaient pour faire jaillir des lettres vertes sur des écrans, pas de matériel électronique relié à des consoles à Londres, à Paris ou à Istanbul. C'était une simple chambre d'hôtel, où l'on ne trouvait que les quatre cerveaux qui détenaient les secrets de Treadstone 71.

Le sénateur s'assit à un bout du canapé, l'officier de marine à l'autre. Conklin s'installa dans un fauteuil, allongeant sa jambe immobile devant lui, la canne entre ses jambes, tandis que le général Crawford restait debout, le visage congestionné, les muscles de sa mâchoire crispés par la colère.

« J'ai contacté le président, annonça le sénateur en se frottant le front, tout dans son attitude trahissant le manque de sommeil. Il le fallait ; nous nous retrouvons ce soir. Dites-moi tout ce que vous pouvez, chacun de vous. Commencez, général. Au nom du Ciel que s'est-il passé ?

— Le commandant Webb devait retrouver sa voiture à vingt-trois heures au coin de Lexington et de la 72e Rue. Il n'était pas au rendez-vous. A vingt-trois heures trente, le chauffeur s'est inquiété étant donné la distance jusqu'au terrain d'aviation du New Jersey. Le sergent s'est rappelé l'adresse — essentiellement parce qu'on lui avait dit de l'oublier — il a fait le tour du pâté de maisons et s'est approché de la porte. Les verrous de sécurité avaient été forcés et la porte était ouverte ; on avait court-circuité tous les systèmes d'alarme. Il y avait du sang sur le carrelage de l'entrée, le cadavre de la femme était dans l'escalier. Il a traversé le vestibule jusqu'à la salle des opérations et découvert les corps.

— Cet homme mérite une très discrète promotion, observa l'officier de marine.

— Pourquoi dites-vous cela ? demanda le sénateur.

— Il a eu la présence d'esprit d'appeler le Pentagone et d'insister pour parler au responsable des transmissions clandestines, service intérieur, répondit Crawford. Il a précisé la fréquence de brouillage, l'heure et le lieu de réception, et a dit qu'il devait parler à celui qui le recevait. Il n'a pas dit un mot à personne avant de m'avoir au bout du fil.

— Mettez-le à l'Ecole de guerre, Calvin, dit Conklin. Il est plus astucieux que la plupart des clowns que vous avez là-bas.

— Voilà une remarque qui est non seulement inutile, Conklin, lui reprocha le sénateur, mais délibérément vexante. Continuez, je vous prie, général. »

Crawford échangea un regard avec l'homme de la C.I.A. « J'ai pris contact avec le colonel Paul McClaren à New York, je lui ai ordonné d'aller là-bas et lui ai spécifié de ne faire absolument rien avant mon arrivée. Puis j'ai téléphoné à Conklin et à George ici présents et nous avons pris l'avion ensemble.

— J'ai appelé une équipe de l'Identité à Manhattan, ajouta Conklin. Des gens que nous avons déjà utilisés et auxquels nous pouvons faire confiance. Je ne leur ai pas dit ce que nous cherchions, mais je leur ai demandé de passer l'immeuble au peigne fin et de ne donner qu'à moi ce qu'ils découvriraient. (L'homme de la C.I.A. s'arrêta, levant sa canne dans la direction de l'officier de marine.) George leur a donné ensuite les trente-sept noms, tous les hommes dont nous savions que les empreintes étaient dans les archives du F.B.I. Ils sont arrivés avec l'unique jeu d'empreintes auxquelles nous ne nous attendions pas, que nous ne voulions pas... auxquelles nous ne croyions pas.

— Les empreintes de Delta, fit le sénateur.

— Oui, renchérit l'officier de marine. J'ai donné les noms de tous ceux qui — aussi indirectement que ce soit — auraient pu connaître l'adresse de Treadstone, y compris, au fait, nous tous. La pièce avait été essuyée avec soin : chaque surface, chaque bouton de porte, chaque verre... à l'exception d'un seul. C'était un verre à liqueur cassé, il n'y en avait que quelques fragments dans un coin sous un rideau, mais c'était assez. Les empreintes étaient là : le médius et l'index de la main droite.

— Vous êtes absolument certain ? demanda lentement le sénateur.

— Les empreintes ne peuvent pas mentir, monsieur, dit l'officier. Elles étaient là, avec des traces de cognac encore sur les fragments. En dehors de ceux qui sont dans cette pièce, Delta est le seul à connaître la maison de la 71e Rue.

— Pouvons-nous en être sûrs ? Les autres ont pu dire quelque chose.

— Impossible, lança le général. Abbott ne l'aurait jamais révélé et Eliott Stevens n'a connu l'adresse qu'un quart d'heure avant d'aller là-bas, lorsqu'il a téléphoné d'une cabine téléphonique. En outre, en supposant le pire, il ne serait quand même pas allé demander sa propre exécution.

— Et le commandant Webb ? insista le sénateur.

— Le commandant, répondit Crawford, a reçu de moi par radio l'adresse après s'être posé à Kennedy Airport. Comme vous le savez, c'était une fréquence du G-2 et brouillée. Je vous le rappelle, lui aussi a perdu la vie.

— Oui, bien sûr. (Le vieux sénateur secoua la tête.) C'est incroyable. Pourquoi ?

— J'aimerais aborder un sujet pénible, dit le général Crawford. Au début, je n'étais pas enthousiaste à propos du candidat. Je comprenais le raisonnement de David et je convenais que l'homme était qualifié mais, si vous vous rappelez, ce n'était pas mon choix.

— Je ne savais pas que nous avions tant de choix, dit le sénateur. Nous avions un homme — un homme qualifié, comme vous venez d'en convenir — qui était disposé à entrer dans la clandestinité pour une période indéterminée, à risquer sa vie chaque jour, à rompre tous les liens avec son passé. Combien existe-t-il de tels hommes ?

— Nous aurions pu en trouver un plus équilibré, répliqua le général. Je l'ai fait remarquer à l'époque.

— Vous avez fait remarquer, le reprit Conklin,

quelle était votre définition, à vous, d'un homme équilibré dont j'ai, moi, fait remarquer à l'époque que c'était celle d'un homme fini.

— Nous avons tous les deux participé à Méduse, Conklin, dit Crawford avec agacement. Vous n'avez pas d'intuition exclusive. Sur le terrain, le comportement de Delta était continuellement et ouvertement hostile au commandement. J'étais en mesure d'observer cela un peu plus clairement que vous.

— La plupart du temps, il avait toutes les raisons d'être ainsi. Si vous aviez passé plus de temps sur le terrain et moins à Saigon, vous auriez compris cela. Moi, je l'ai compris.

— Cela vous surprendra peut-être, dit le général, en levant la main dans un geste d'apaisement, mais je ne défends pas les stupidités grossières que l'on commettait souvent à Saigon, personne ne le pourrait. J'essaie de décrire un schéma de comportement qui pourrait aboutir à la nuit d'avant-hier dans la 71ᵉ Rue. »

Les yeux de l'homme de la C.I.A. restèrent fixés sur Crawford ; son hostilité disparut tandis qu'il hochait la tête. « Je sais bien. Pardonnez-moi. Ça n'est pas facile pour moi ; j'ai travaillé avec Delta dans une demi-douzaine de secteurs, j'étais en poste avec lui à Pnom Penh avant que Méduse ne soit même un reflet dans l'œil du Moine. Il n'a jamais été le même après Pnom Penh ; c'est pourquoi il est entré dans l'opération Méduse, pourquoi il était disposé à devenir Caïn. (Le sénateur se pencha en avant.) Je l'ai déjà entendu dire, mais répétez-moi ça. Il faut que le président sache tout.

— Sa femme et ses deux enfants ont été tués sur un quai du Mékong, bombardé et mitraillé par un avion isolé — personne n'a jamais su de quelle nationalité, on ne l'a jamais retrouvé. Il détestait cette guerre, avait en horreur tous ceux qui y participaient. Il a craqué. (Conklin marqua un temps, en regardant le général.) Et je crois que vous avez raison, général. Il a de nouveau craqué. C'était en lui.

— Quoi donc ? demanda sèchement le sénateur.

— L'explosion, à mon avis, fit Conklin. Le barrage a cédé. Il était allé au-delà de ses limites et la haine a pris le dessus. Ça n'est pas difficile ; il faut être très prudent. Il a tué ces hommes, cette femme, comme un dément déchaîné. Aucun d'eux ne s'y attendait, sauf peut-être la femme qui se trouvait en haut et qui a sans doute entendu les cris. Il n'est plus Delta. Nous avons créé un mythe du nom de Caïn, seulement ce n'est plus un mythe. C'est vraiment lui.

— Après tant de mois... murmura le sénateur. Pourquoi est-il revenu ? D'où ?

— De Zurich, répondit Crawford. Webb était à Zurich et je crois que c'est le seul qui aurait pu le faire rentrer. Nous ne connaîtrons peut-être jamais le "pourquoi" sinon qu'il s'attendait sans doute à nous prendre tous là-bas.

— Il ne sait pas qui nous sommes, protesta le sénateur. Ses seuls contacts étaient le Yachtsman, sa femme et David Abbott.

— Et Webb, bien sûr, ajouta le général.

— Bien sûr, reconnut le sénateur. Mais pas à Treadstone.

— Ça ne fait rien, dit Conklin en frappant le tapis avec sa canne. Il sait qu'il y a un conseil ; Webb aurait pu lui dire que nous serions tous là, s'attendant raisonnablement à ce que ce soit le cas. Nous avons pas mal de questions à poser : six mois de travail et maintenant plusieurs millions de dollars. Delta considérerait cela comme la solution parfaite. Il pourrait nous prendre au piège et disparaître. Pas de trace.

— Pourquoi en êtes-vous si certain ?

— Parce que, un, il était là-bas, répondit l'homme de la C.I.A. en élevant la voix. Nous avons ses empreintes sur un verre de cognac même pas terminé. Et, deux, c'est un piège classique avec deux cents variantes.

— Voudriez-vous expliquer cela ?

— Vous gardez le silence, interrompit le général en

observant Conklin, jusqu'au moment où votre ennemi ne peut le supporter davantage et se dévoile.

— Et nous sommes devenus l'ennemi ? *Son* ennemi ?

— Il n'y a aucun doute là-dessus maintenant, dit l'officier de marine. Pour des raisons que nous ignorons, Delta est retourné. C'est déjà arrivé — Dieu merci pas très souvent. Nous savons quoi faire. »

Le sénateur se pencha de nouveau en avant. « Qu'allez-vous faire ?

— On n'a jamais fait circuler sa photo, expliqua Crawford. Nous allons le faire maintenant. A toutes les antennes, tous les postes d'écoute, toutes les sources et tous les informateurs que nous avons. Il sera bien forcé d'aller quelque part et il commencera par un endroit qu'il connaît, ne serait-ce que pour se procurer une nouvelle identité. Il va dépenser de l'argent ; on le retrouvera. A ce moment-là, les ordres seront clairs.

— Vous le ramènerez aussitôt ?

— Nous l'abattrons, fit Conklin avec simplicité. On ne ramène pas un homme comme Delta et on ne prend pas le risque qu'un autre gouvernement s'en charge. Pas avec ce qu'il sait.

— Je ne peux pas dire ça au président. Il y a des lois.

— Pas pour Delta, fit l'agent. Il est au-delà des lois. Il est au-delà de toute récupération.

— Au-delà...

— Parfaitement, sénateur, l'interrompit le général. Au-delà de toute récupération. Je pense que vous connaissez le sens de cette phrase. A vous de décider si vous en donnez ou non la définition au président. Peut-être vaudrait-il mieux...

— Il faut explorer toutes les possibilités, dit le sénateur en coupant la parole au général. J'ai parlé à Abbott la semaine dernière. Il m'avait expliqué une stratégie en cours d'application pour contacter Delta. Zurich, la banque, la mention de Treadstone ; tout cela en fait partie, n'est-ce pas ?

— En effet, et c'est terminé, dit Crawford. Si les preuves trouvées dans la 71e Rue ne suffisent pas, c'est dommage. Delta a reçu un message sans équivoque lui demandant de venir. Il n'a pas obéi. Que voulez-vous de plus ?

— Je tiens à être absolument certain.

— Je tiens à le voir mort. »

Les paroles de Conklin, bien qu'énoncées d'un ton uni, eurent l'effet d'un brusque coup de vent glacé. « Non seulement il a enfreint toutes les règles que nous avions édictées à notre intention, mais il a sombré dans le gouffre. C'est une bête puante ; il est bel et bien Caïn. Nous avons tant utilisé le nom de Delta — même pas Bourne mais Delta — que je crois que nous avons oublié. Gordon Webb était son frère. Trouvez-le. Tuez-le. »

LIVRE III

23

Il était trois heures moins dix du matin quand Bourne s'approcha de la réception de l'Auberge du Coin, tandis que Marie continuait jusqu'à la porte. Jason constata avec soulagement qu'il n'y avait pas de journaux sur le comptoir ; quant au veilleur de nuit, il sortait du même moule que son collègue à l'hôtel de Montparnasse. C'était un homme corpulent et presque chauve aux yeux mi-clos, renversé en arrière dans un fauteuil, les bras croisés devant lui, la déprimante perspective de son interminable nuit pesant sur lui. Mais cette nuit-là, se dit Bourne, il s'en souviendrait longtemps — et pas seulement pour les dégâts dans une chambre du premier étage qu'on ne découvrirait qu'au matin.

« Je viens d'appeler Rouen, dit Jason, les mains posées sur le comptoir, dans l'attitude d'un homme en colère, furieux contre les événements incontrôlables venus bouleverser ses projets. Il faut que je parte tout de suite et j'ai besoin de louer une voiture.

— Pourquoi pas ? ricana l'employé en se levant de son fauteuil. Qu'est-ce que vous préféreriez, monsieur ? Un chariot en or ou un tapis volant ?

— Je vous demande pardon ?

— Nous louons des chambres, pas des automobiles.

— Il faut que je sois à Rouen avant le matin.

— Impossible. A moins que vous ne trouviez un taxi assez fou à cette heure pour vous conduire.

— Je ne crois pas que vous compreniez. Je risque des pertes considérables et bien des tracas si je ne suis pas à mon bureau à huit heures. Je suis disposé à payer généreusement.

— Vous avez là un problème, monsieur.

— Il y a sûrement quelqu'un ici qui serait disposé à me prêter sa voiture moyennant, disons... mille ou quinze cents francs.

— Mille... *quinze cents*, monsieur ? (Les yeux mi-clos du veilleur de nuit s'écarquillèrent.) En liquide, monsieur ?

— Bien entendu. Mon amie la rendrait demain soir.

— Rien ne presse, monsieur.

— Je vous demande pardon ? Bien sûr, il n'y a aucune raison pour que je ne puisse pas trouver un taxi.

— Je ne saurais même pas où en contacter un, fit l'employé précipitamment. En revanche, ma Renault n'est pas si neuve, peut-être, et ça n'est peut-être pas la machine la plus rapide sur route, mais c'est une voiture commode, fiable. »

Le caméléon avait une fois de plus changé de couleur, on venait une fois encore de l'accepter pour quelqu'un qu'il n'était pas. Mais il savait maintenant qui il était et il comprenait.

Le lever du jour. Mais ce n'était pas dans la chambre douillette d'une auberge de campagne, ce n'était pas le papier peint sur lequel les premières lueurs de l'aube projetaient des flaques de lumière, filtrant par une fenêtre entre les feuilles agitées par la brise. Les premiers rayons du soleil jaillissaient à l'est, baignant la campagne française, cernant les contours des champs et des collines de Germain-en-Laye. Ils étaient assis dans la voiture garée sur l'accotement d'une petite route déserte, la fumée de leurs cigarettes sortant en volutes par les vitres entrouvertes.

Il avait débuté ce premier récit en Suisse en disant *ma vie a commencé voilà six mois sur une petite île de la Méditerranée, l'île de Port-Noir...*

Il avait poursuivi cette fois par une tranquille affirmation : *je suis connu sous le nom de Caïn.*

Il lui avait tout raconté, n'omettant rien de ce qu'il pouvait se rappeler, y compris les images terribles qui avaient explosé dans son esprit lorsqu'il avait entendu les mots prononcés par Jacqueline Lavier dans le restaurant d'Argenteuil. Les noms, les incidents, les villes... les assassinats.

« Tout concordait. Il n'y avait rien que je ne sache pas, rien qui n'était pas quelque part au fond de ma tête, à essayer d'en sortir. C'était la vérité.

— C'était la vérité », répéta Marie.

Il la regarda attentivement. « Nous nous étions trompés, tu comprends ?

— Peut-être. Mais nous avions aussi raison. Tu avais raison, et j'avais raison.

— A propos de quoi ?

— De toi. Il faut que je te le répète avec calme. Tu as offert ta vie pour la mienne avant de me connaître, ce n'est pas la décision de l'homme que tu as décrit. Si cet homme a existé, ce n'est plus le cas maintenant. (Les yeux de Marie suppliaient, même si sa voix restait douce.) Tu l'as dit toi-même, Jason : "Ce qu'un homme ne peut pas se rappeler n'existe pas. Pour lui." C'est peut-être ça ton problème. Peux-tu t'en éloigner ? »

Bourne hocha la tête ; le moment terrible était venu. « Oui, dit-il. Mais seul. Pas avec toi. »

Marie tira sur sa cigarette, sans le quitter des yeux, sa main tremblant. « Je vois. Alors c'est ta décision ?

— Il le faut bien.

— Tu vas disparaître héroïquement pour que je ne sois pas souillée.

— Je dois le faire.

— Merci beaucoup, et qui diable crois-tu que tu sois ?

— Comment ?

— Qui diable crois-tu que tu sois ?

— Je suis un homme qu'on appelle Caïn. Je suis recherché par des gouvernements, par la police d'Asie jusqu'en Europe. A Washington, des hommes veulent me tuer à cause de ce qu'ils croient que je sais sur cette opération Méduse ; un assassin du nom de Carlos veut me tirer une balle dans la gorge à cause de ce que je lui ai fait. Réfléchis un moment à tout cela. Combien de temps crois-tu que je puisse continuer à fuir avant que quelqu'un appartenant à l'une de ces armées qui me recherchent ne me prenne au piège et me tue ? C'est comme ça que tu veux que ta vie finisse ?

— Seigneur, non ! cria Marie. J'ai l'intention de pourrir pendant cinquante ans dans une prison suisse ou d'être pendue pour des choses que je n'ai jamais faites à Zurich !

— Il y a un moyen de régler le problème de Zurich. J'y ai réfléchi ; je peux le faire.

— Comment cela ? fit-elle en écrasant sa cigarette dans le cendrier.

— Au nom du Ciel, qu'est-ce que ça change ? Des aveux. Je me rends, je ne sais pas encore, mais je peux le faire ! Je peux remettre de l'ordre dans ta vie. Il le faut !

— Pas comme ça.

— Pourquoi non ? »

Marie tendit la main vers le visage de Jason, sa voix de nouveau se fit douce. « Parce que, une fois de plus, je viens de prouver que j'ai raison. Même le condamné — si sûr de sa culpabilité — devrait le comprendre. Le nommé Caïn ne ferait jamais ce que tu viens de proposer de faire. Pour personne.

— Mais je suis Caïn !

— Même si j'étais forcée de l'admettre, tu ne l'es plus maintenant.

— L'ultime réhabilitation ? Une lobotomie faite soi-même ? Une totale amnésie ? Cela se trouve être la vérité, mais ça ne retiendra aucun de ceux qui me recherchent. Ça ne les empêchera pas de presser la détente.

— C'est la pire solution et je ne suis pas prête à l'accepter.

— Alors, tu ne regardes pas les faits en face.

— Je regarde deux faits que tu sembles avoir négligés. Moi, je ne veux pas. Il faut que je vive avec eux jusqu'à la fin de mes jours parce que j'en suis responsable. Deux hommes ont été tués avec la même brutalité parce qu'ils se dressaient entre toi et un message que quelqu'un essayait de t'adresser. Par mon intermédiaire.

— Tu as vu le message de Corbelier. Combien y avait-il d'impacts de balles ? Dix, quinze ?

— On s'est servi de lui ! Tu l'as entendu au téléphone et moi aussi. Il ne mentait pas ; il essayait de nous aider. Sinon toi, assurément moi.

— C'est... possible.

— Tout est possible. Je n'ai pas de réponse, Jason, mais seulement des contradictions, des choses qui ne peuvent pas s'expliquer mais qui *devraient* s'expliquer. Pas une fois, jamais, tu n'as manifesté le besoin ni l'envie de retrouver ce que selon toi tu aurais pu être. Et sans tout cela, un homme comme ça ne pourrait exister. Ou bien tu ne pourrais pas être lui.

— Mais je suis lui.

— Ecoute-moi. Tu m'es très cher, mon chéri, et ça pourrait m'aveugler, je le sais. Mais je sais aussi quelque chose sur moi. Je ne suis pas une enfant qui marche dans la vie en ouvrant de grands yeux ; j'ai vu pas mal de choses en ce monde et je regarde de près et sans concession ce qui m'attire. Peut-être pour confirmer ce que je me plais à considérer comme mes valeurs à moi et ce sont bien des valeurs. Les miennes, celles de personne d'autre. (Elle s'arrêta un moment et s'écarta.) J'ai vu un homme être torturé — par lui-même et par autrui — sans qu'il veuille crier.

Peut-être cries-tu en silence, mais tu ne veux pas que ce soit le fardeau de personne d'autre que toi-même. Tu cherches, tu creuses et tu essaies de comprendre. Et ça, mon ami, n'est pas le fait d'un tueur de sang-froid, pas plus que ce que tu as fait et que ce que tu veux faire pour moi. Je ne sais pas ce que tu étais autrefois, ni de quels crimes tu es coupable, mais ce n'est pas ce que tu crois — ce que les autres veulent que tu croies. Ce qui me ramène à ces valeurs dont je parlais. Je me connais. Je ne pourrais pas aimer l'homme que tu prétends être. J'aime l'homme que je sais que tu es. Tu viens de le confirmer encore une fois. Aucun tueur ne ferait la proposition que tu viens de me faire. Et cette offre, monsieur, je la rejette respectueusement.

— Tu es idiote ! explosa Jason. Je peux t'aider ; toi, tu ne peux pas ! Laisse-moi quelque chose, bon sang !

— Je ne veux pas ! Pas comme ça... (Marie, soudain, s'interrompit, ses lèvres s'entrouvrirent.) Je crois que je viens de trouver, dit-elle dans un souffle.

— De trouver quoi ? demanda Bourne avec colère.

— Quelque chose à nous donner à tous les deux. (Elle se tourna vers lui.) Je viens de le dire, mais c'est là depuis longtemps. Ce que les autres veulent que tu croies...

— De quoi diable parles-tu ?

— De tes crimes... de ce que d'autres veulent que tu croies être tes crimes.

— Ils existent. Ce sont les miens.

— Attends un peu. Imagine qu'ils existent mais que tu n'en sois pas responsable ? Imagine qu'on ait laissé des indices — aussi habilement que contre moi à Zurich — mais qu'il s'agisse de crimes commis par quelqu'un d'autre. Jason... tu ne sais pas quand tu as perdu la mémoire.

— A Port-Noir.

— Ça, c'est quand tu as commencé à t'en bâtir une, pas quand tu l'as perdue. *Avant* Port-Noir ; ça pourrait expliquer tant de choses. Ça pourrait expliquer *toi*, la contradiction qu'il y a entre toi et l'homme que les gens croient que tu es.

— Tu te trompes. Personne ne pourrait expliquer les souvenirs... les images qui me reviennent.

— Peut-être te souviens-tu seulement de ce qu'on t'a dit, poursuivit Marie. De ce qu'on t'a répété et répété. Jusqu'à ce qu'il n'y ait rien d'autre. Avec des photographies, des enregistrements, des stimuli visuels et auditifs.

— Tu es en train de décrire un légume qui marche et qui fonctionne mais dont on a lavé le cerveau. Ça n'est pas moi. »

Elle le regarda et reprit avec douceur : « Je décris un homme intelligent, très malade, dont le passé se conformait à ce que cherchaient d'autres hommes. Sais-tu avec quelle facilité on pourrait trouver un pareil personnage ? Il y en a partout dans les hospices, dans les cliniques, dans les hôpitaux militaires. (Elle s'arrêta puis reprit très vite :) Cet article de journal disait une autre vérité. Je connais assez bien les ordinateurs ; dans mon métier, c'est normal. Si je cherchais un exemple de courbe incorporant des facteurs séparés, je saurais comment m'y prendre. Inversement, quelqu'un recherchant un homme hospitalisé pour amnésie et dont les antécédents comprendraient des talents précis, ou connaissant des langues, certaines caractéristiques raciales, les banques de données médicales pourraient fournir des candidats. Peut-être pas beaucoup dans ton cas ; peut-être juste quelques-uns, peut-être un seul. Mais un homme était tout ce qu'ils cherchaient, tout ce dont ils avaient besoin. »

Bourne jeta un coup d'œil à la campagne, s'efforçant de franchir les portes d'acier de son esprit, de découvrir un peu de l'espoir qu'elle éprouvait. « Ce que tu es en train de dire, c'est que je suis une illusion reproduite, fit-il d'un ton neutre.

— C'est le résultat final, mais ça n'est pas ce que je dis. Je dis qu'il est possible que tu aies été manipulé, utilisé. Ça expliquerait tant de choses. (Elle lui prit la main.) Tu me dis qu'il y a des moments où tu as l'impression que des choses veulent jaillir de toi... te faire éclater la tête.

— Il y a des mots... des endroits, des noms... qui déclenchent quelque chose.

— Jason, n'est-il pas possible qu'ils déclenchent des choses fausses ? Des choses qu'on t'a répétées et répétées, mais que tu n'arrives pas à revivre. Tu ne peux pas les voir clairement parce qu'elles ne sont pas toi.

— J'en doute. J'ai vu ce que je peux faire. J'ai déjà fait des choses comme ça.

— Tu aurais pu les faire pour d'autres raisons !... Bon sang, je me bats pour ma vie ! Pour notre vie à tous les deux !... D'accord ! Tu peux penser, tu peux sentir. Alors pense maintenant, sens maintenant ! Regarde-moi et dis-moi que tu as regardé en toi-même, dans tes pensées et dans tes sentiments et que tu sais sans l'ombre d'un doute que tu es un assassin du nom de Caïn ! Si tu peux faire ça, le faire vraiment, alors ramène-moi à Zurich, endosse la responsabilité de tout et disparais de ma vie ! Mais si tu n'en es pas capable, reste avec moi et laisse-moi t'aider. Et aime-moi, au nom du Ciel. Aime-moi, Jason. »

Jason lui prit la main, la serrant avec force, comme on pourrait le faire de la main furieuse et tremblante d'un enfant. « Ça n'est pas une question de sentiments ni de réflexion. J'ai vu le compte à la Gemeinschaft ; les versements remontent à longtemps. Ils correspondent à tout ce que j'ai appris.

— Mais ce compte, ces versements auraient pu être créés hier, ou la semaine dernière, ou il y a six mois. Tout ce que tu as entendu et lu sur toi pourrait faire partie d'un plan conçu par ceux qui veulent que tu prennes la place de Caïn. Tu n'es pas Caïn, mais ils veulent que tu croies que tu l'es, ils veulent que d'autres le croient. Pourtant, il y a quelqu'un, quelque part, qui sait que tu n'es pas Caïn et qui essaie de te le dire. J'ai ma preuve moi aussi. Mon amant est vivant, mes deux amis sont morts parce qu'ils se sont interposés entre toi et celui qui t'envoie le message, qui essaie de te sauver la vie. Ils ont été tués par les mêmes gens qui veulent que tu te sacrifies à Carlos au lieu de Caïn. Tu as dit tout à l'heure que tout concordait. Pas du tout, Jason, mais ça, ça concorde ! Ça t'explique *toi*.

— Une coquille creuse qui ne possède même pas les souvenirs qu'il croit avoir ? Hanté de démons qui donnent des coups de pied dans tous les murs ? Ça n'est pas une agréable perspective.

— Ce ne sont pas des démons, mon chéri. Ce sont des parties de toi... furieuses, folles de rage et qui hurlent pour sortir parce qu'elles n'appartiennent pas à la coquille que tu leur as donnée.

— Et si je fais sauter cette coquille, qu'est-ce que je vais trouver ?

— Bien des choses. Les unes bonnes, les autres mauvaises, mais Caïn ne sera pas là, je te le promets. Je crois en toi, mon chéri. Je t'en prie, ne renonce pas. »

Il gardait ses distances, un mur de verre entre eux. « Et si nous nous trompons ? Si en fin de compte nous nous trompons ? Alors ?

— Quitte-moi vite. Ou tue-moi. Ça m'est égal.

— Je t'aime.

— Je sais. C'est pourquoi je n'ai pas peur.

— J'ai trouvé deux numéros de téléphone dans le bureau de Jacqueline Lavier. Le premier était un numéro de Zurich, l'autre ici à Paris. Avec un peu de chance, ils peuvent me conduire au seul numéro dont j'aie besoin.

— A New York ? Treadstone ?

— Oui. La réponse est là-bas. Si je ne suis pas Caïn, quelqu'un, à ce numéro, sait qui je suis. »

Ils rentrèrent à Paris, en se disant qu'ils seraient bien moins visibles dans la foule de la ville que dans une auberge de campagne isolée. Un homme aux cheveux blonds portant des lunettes à monture d'écaille et une femme d'une beauté frappante mais sévère, sans maquillage, et les cheveux tirés en arrière comme une étudiante sérieuse, n'étaient pas déplacés à Montmartre. Ils prirent une chambre à l'hôtel de La Terrasse, rue de Maistre, s'inscrivant comme un couple marié venant de Bruxelles.

Dans la chambre, ils restèrent un moment debout, immobiles, sans parler car il n'y avait pas besoin de mots pour ce que chacun sentait et voyait. Ils se rapprochèrent, se touchèrent, s'étreignirent, chassant ce monde qui leur refusait la paix, qui les obligeait à faire de la corde raide sur un fil après l'autre, au-dessus d'un gouffre sombre ; si l'un des deux tombait, c'était la fin pour tous les deux.

Dans l'immédiat, Bourne ne pouvait pas changer de couleur comme le caméléon qu'il était. Ce serait faux et il n'y avait plus de place pour l'artifice. « Nous avons besoin de repos, dit-il. Il faut dormir un peu. Ça va être une longue journée. »

Ils firent l'amour. Doucement, totalement, chacun uni à l'autre dans le confort douillet et rythmé du lit.

Puis, épuisés, ils s'endormirent en se tenant par la main.

Bourne s'éveilla le premier, prenant conscience de la rumeur de la circulation en bas, dans la rue. Il regarda sa montre, il était une heure dix de l'après-midi. Ils avaient dormi près de cinq heures, sans doute moins qu'il ne leur en fallait, mais c'était assez. Ç'allait être, en effet, une longue journée. Occupée à quoi, il n'en était pas sûr ; il savait seulement qu'il y avait deux numéros de téléphone qui devaient le conduire à un troisième. A New York.

Il se tourna vers Marie dont il entendait auprès de lui le souffle régulier, avec son visage — son ravissant visage — enfoncé contre le bord de l'oreiller, les lèvres entrouvertes, à quelques centimètres des siennes. Il l'embrassa et elle tendit les bras vers lui, les yeux toujours fermés.

« Tu es une grenouille et je vais faire de toi un prince, dit-elle d'une voix ensommeillée. Ou bien est-ce le contraire ?

— Comme tu voudras.

— Alors tu vas rester grenouille. Saute un peu, petite grenouille. Montre-moi ce que tu sais faire.

— Ne me tente pas. Je ne saute que quand on me nourrit de mouches.

— Les grenouilles mangent des mouches ? Peut-être bien. Pouah ! quelle horreur !

— Allons, ouvre les yeux. Il faut nous mettre à sauter tous les deux. Il faut partir en chasse. »

Elle cligna des yeux et le regarda. « Pour chasser quoi ?

— Moi», dit-il.

D'une cabine téléphonique de la rue La Fayette, un appel en P.C.V. fut adressé à un numéro de Zurich par un M. Briggs. Bourne s'était dit que Jacqueline Lavier n'aurait pas perdu de temps à donner l'alarme ; notamment à Zurich.

Lorsqu'il entendit le numéro sonner en Suisse, Jason passa l'appareil à Marie. Elle savait quoi dire.

Elle n'en eut pas l'occasion. La standardiste de l'inter à Zurich vint en ligne.

« Nous regrettons, mais le numéro que vous avez appelé n'est plus en service.

— Il l'était l'autre jour, fit Marie. C'est une urgence, mademoiselle. Avez-vous un autre numéro ?

— Cette ligne n'est plus en service, madame. L'abonné n'a pas laissé d'autre numéro.

— Peut-être m'a-t-on donné le mauvais numéro. C'est très urgent. Pourriez-vous me donner le nom de l'abonné qui avait ce numéro ?

— C'est malheureusement impossible.

— Je vous l'ai dit ; c'est une urgence ! Puis-je parler à votre chef, je vous prie ?

— Il ne pourrait pas vous aider. Ce numéro est sur la liste rouge. Au revoir, madame. »

La communication fut coupée. « On a raccroché, dit-elle.

— Ça a pris fichtrement trop longtemps, répondit Bourne en inspectant la rue. Filons.

— Tu crois qu'ils ont pu trouver d'où venait l'appel ? A Paris ? Dans une cabine publique ?

— En trois minutes, on peut trouver le central, repérer le quartier. Quatre minutes, ça se limite à une demi-douzaine de pâtés de maisons.

— Comment le sais-tu ?

— Je voudrais pouvoir te le dire. Partons.

— Jason. Pourquoi ne pas attendre à un endroit d'où on ne pourrait pas nous voir ? Et guetter ?

— Parce que je ne sais pas quoi guetter et que, eux, le savent. Ils ont une photo maintenant ; ils pourraient poster des hommes dans tout le secteur.

— Je ne ressemble en rien à la photo des journaux.

— Pas toi. Moi. Partons ! »

Ils s'éloignèrent d'un pas rapide dans le flot de la foule jusqu'au moment où ils arrivèrent boulevard Malesherbes ; ils entrèrent dans une autre cabine téléphonique, correspondant cette fois à un central différent. Pas de standardiste pour ce numéro : c'était à Paris. Marie entra dans la cabine, introduisit sa pièce et composa le numéro ; elle était prête.

Mais les paroles qui l'accueillirent la stupéfièrent : « *Ici la résidence du général Villiers. Bonjour... Allô ? Allô ?* » Un moment Marie fut incapable de parler. Elle regardait le téléphone. «*Excusez-moi, murmura-t-elle. C'est une erreur.* » Elle raccrocha. « Qu'y a-t-il ? demanda Bourne ouvrant la porte vitrée. Que s'est-il passé ? Qui était-ce ?

— C'est insensé, dit-elle. Je viens de tomber au domicile d'un des hommes les plus respectés et les plus puissants de France. »

24

« André François Villiers », répéta Marie en allumant une cigarette. Ils avaient regagné leur chambre à La Terrasse pour examiner la situation, pour absorber la stupéfiante information. « Sorti de Saint-Cyr, héros de la Seconde Guerre mondiale, une légende dans la résistance et, jusqu'à sa rupture à propos de l'Algérie, le dauphin désigné de De Gaulle. Jason, le rapprochement d'un tel homme avec Carlos est tout simplement incroyable.

— Le rapport est là. Il faut bien le croire.

— C'est presque impossible. Villiers est dans la vieille tradition honneur de la France, une famille qui remonte au XVIIᵉ siècle. Aujourd'hui, c'est un des députés importants de l'Assemblée nationale — politiquement, bien sûr, il est à la droite de Charlemagne — mais c'est un militaire qui est tout à fait pour la loi et l'ordre. C'est comme si on disait qu'il existe des liens entre Douglas McArthur et un tueur de la mafia. Ça n'a pas de sens.

— Alors cherchons-en. Comment a-t-il rompu avec De Gaulle ?

— A cause de l'Algérie. Au début des années 60, Villiers appartenait à l'O.A.S. C'était un des colonels d'Algérie opposés aux accords d'Evian qui ont octroyé l'indépendance à l'Algérie, alors que selon eux elle appartenait de droit à la France. »

« Ces fous de colonels d'Alger », dit Bourne comme cela lui arrivait avec tant de mots et de formules ne sachant pas d'où ils venaient ni pourquoi il les prononçait.

« Ça te dit quelque chose ?

— Ça doit, mais je ne sais pas quoi.

— Réfléchis, dit Marie. (Pourquoi ces « fous de colonels » éveilleraient-ils un écho chez lui ?) Quelle est la première idée qui te vient à l'esprit ? Vite ! »

Jason la regarda d'un air désemparé, puis les mots

vinrent. « Les bombes... des infiltrations. Des provocateurs. On les étudie ; on étudie les mécanismes.

— Pourquoi ?

— Je ne sais pas.

— Il y a des décisions fondées sur ce que tu apprends.

— Je crois.

— Quel genre de décisions ? Tu décides quoi ?

— Des opérations de déstabilisation.

— Qu'est-ce que ça représente pour toi ? Déstabilisation.

— Je ne sais pas ! Je n'arrive pas à réfléchir !

— Bon... bon. Nous y reviendrons une autre fois.

— On n'a pas le temps. Revenons à Villiers. Après l'Algérie, quoi ?

— Il y a eu une sorte de réconciliation avec De Gaulle ; Villiers n'a jamais été directement impliqué dans des actes de terrorisme et son passé de soldat l'exigeait. Il est rentré en France — en fait, il a été bien accueilli — comme le combattant d'une cause perdue mais respectée. Il a repris son commandement et est parvenu au rang de général avant de se lancer dans la politique.

— Alors, il fait de la politique ?

— C'est plutôt un porte-parole. C'est toujours un militariste à tout crin, qui continue à pester sur le fait que la France n'a plus son importance militaire d'antan.

— Howard Leland, dit Jason. Voilà ton rapport avec Carlos.

— Comment ? Pourquoi ?

— Leland a été assassiné parce qu'il gênait les ventes et les exportations d'armes du quai d'Orsay. Il ne nous en faut pas plus.

— Ça semble incroyable, un homme comme ça... (Marie se tut, un souvenir venait de la frapper.) Son fils a été tué. Un attentat politique, il y a cinq ou six ans.

— Raconte-moi.

— Sa voiture a sauté rue du Bac. C'était dans tous

les journaux. Lui était un politicien actif, conservateur comme son père, toujours opposé aux socialistes et aux communistes. C'était un jeune parlementaire qui faisait de l'obstruction chaque fois qu'il s'agissait de discuter le budget, mais en fait il était très populaire. Un charmant aristocrate.

— Qui l'a tué ?

— On a supposé que c'étaient des fanatiques communistes. Il avait réussi à bloquer je ne sais quel projet de loi favorable à l'extrême-gauche. Après son assassinat, l'opposition s'est émiettée et la loi a été votée. Bien des gens pensent que c'est pourquoi Villiers a quitté l'armée pour entrer à l'Assemblée nationale. C'est ce qui est si extraordinaire, si contradictoire. Après tout, son fils a été assassiné ; on pourrait croire que la dernière personne au monde à qui il voudrait avoir affaire, ce serait un assassin professionnel.

— Il y a autre chose. Tu as dit qu'il avait été bien accueilli à Paris parce qu'il n'avait jamais été impliqué *directement* dans des actes de terrorisme.

— En tout cas, l'interrompit Marie, ça a été enterré. En France, on tolère mieux les affaires passionnelles quand il s'agit de la patrie ou du lit. Et c'était un authentique héros, ne l'oublie pas.

— Mais qui a été terroriste le restera, n'oublie pas ça non plus.

— Je ne suis pas d'accord. Les gens évoluent.

— Pas pour certaines choses. Un terroriste se souvient toujours du pouvoir qu'il a détenu ; il vit dessus.

— Comment le sais-tu ?

— Je ne sais pas si j'ai envie de me poser la question maintenant.

— Alors ne le fais pas.

— Mais je ne suis pas sûr pour Villiers. Je vais le contacter. (Bourne s'approcha de la table de chevet et prit l'annuaire.) Voyons s'il figure dans l'annuaire ou s'il est sur la liste rouge. Il va me falloir son adresse.

— Tu ne l'approcheras pas. S'il est le contact de

Carlos, il sera gardé. Ils t'abattront à vue ; ils ont ta photo, tu te souviens ?

— Ça ne les aidera pas. Je ne serai pas ce qu'ils cherchent. Tiens, voilà. Villiers, A. F., avenue du parc Monceau.

— Je n'arrive toujours pas à y croire. Le simple fait de savoir qui elle appelait a dû pétrifier Jacqueline Lavier.

— Ou l'affoler au point qu'elle ferait n'importe quoi.

— Tu ne trouves pas bizarre qu'on lui ait donné ce numéro ?

— Pas étant donné les circonstances. Carlos veut que ses soldats de plomb sachent qu'il ne plaisante pas. Il veut Caïn.

— Jason ? fit Marie en se levant. Qu'est-ce qu'un "soldat de plomb" ?

— Je ne sais pas... fit Bourne en la regardant. Quelqu'un qui travaille aveuglément pour un autre.

— Aveuglément ? Sans voir ?

— Sans savoir. En croyant qu'il fait une chose alors qu'en fait il fait autre chose.

— Je ne comprends pas.

— Supposons que je te dise de guetter à un certain coin de rue l'arrivée d'une voiture. La voiture n'arrive jamais, mais le fait que tu sois là dit à quelqu'un d'autre qui t'observe que quelque chose d'autre s'est passé.

— Un message qui ne peut pas être écrit.

— Oui, je crois.

— C'est ce qui s'est passé à Zurich. Walther Apfel était un soldat de plomb. Il a raconté cette histoire de vol sans savoir ce qu'il disait vraiment.

— C'est-à-dire ?

— A mon avis, qu'on te disait de contacter quelqu'un que tu connais très bien.

— Treadstone 71, murmura Jason. Nous voilà ramenés à Villiers. Carlos m'a trouvé à Zurich par la Gemeinschaft. Ça veut dire qu'il connaissait l'existence de Treadstone ; il y a de bonnes chances pour que Villiers la connaisse aussi. Sinon, il peut y avoir un moyen de l'amener à trouver pour nous.

— Comment ?

— Son nom. S'il est vraiment tout ce que tu dis, il doit avoir une assez haute opinion de lui-même. L'honneur de la France associé à un salaud comme Carlos, ça pourrait faire de l'effet. Je vais le menacer d'aller trouver la police, les journaux.

— Il se contenterait de nier. Il dirait que c'est un mensonge éhonté.

— Qu'il nie donc. Ça n'a rien d'un mensonge. C'était bien son numéro qui se trouvait dans le bureau de Jacqueline Lavier. D'ailleurs, toute rétractation de sa part se trouvera sur la même page que son faire-part de décès.

— Faut-il encore que tu parviennes jusqu'à lui.

— J'y arriverai. Je suis un peu caméléon, tu te souviens ? »

L'avenue bordée d'arbres à proximité du parc Monceau avait quelque chose de familier, mais Bourne n'avait quand même pas l'impression d'y être déjà venu. C'était plutôt l'atmosphère. Deux rangées de maisons bien entretenues, aux portes et aux fenêtres étincelantes, avec des escaliers impeccables ; les pièces éclairées derrière les carreaux pleines de plantes vertes. C'était une rue qui sentait l'argent dans un quartier riche de la ville, et il savait qu'il en avait fréquenté une du même genre et que cela représentait quelque chose de précis. Il était sept heures trente-cinq du soir, l'air de mars était froid, le ciel clair et le caméléon vêtu pour l'occasion. Les cheveux blonds de Bourne étaient masqués par une casquette, son cou dissimulé par le col d'une veste portant dans le dos le nom d'un service de coursier. Il portait en bandoulière une sacoche presque vide : c'était la fin de sa journée de travail. Il avait encore deux ou trois arrêts à faire, peut-être quatre ou cinq, s'il les jugeait nécessaires ; il le saurait bientôt. Les enveloppes n'étaient pas vraiment des enveloppes, mais des prospectus vantant les plaisirs des bateaux-mouches et qu'il avait pris dans un hall d'hôtel. Il choisirait au hasard quelques maisons proches de la résidence du général Villiers et déposerait les brochures dans les boîtes à lettres. Ses yeux enregistraient tout ce qu'il voyait, en cherchant une chose bien précise : quelles étaient les mesures de sécurité prises par Villiers ? Qui gardait le général et combien étaient-ils ?

Et comme il était persuadé qu'il allait trouver beaucoup d'hommes dans des voitures ou bien arpentant le trottoir, il fut fort étonné de constater qu'il n'y en avait aucun. André François Villiers, militariste à tout crin, porte-parole de sa cause et relais de Carlos, n'avait pas le moindre système de sécurité extérieur. S'il était protégé, c'était uniquement à l'intérieur de la maison. Compte tenu de l'énormité de ce qu'il faisait, Villiers était ou bien d'une arrogance qui frisait l'insouciance ou bien un fieffé imbécile.

Jason monta le perron d'une résidence voisine, à moins de dix mètres de la porte du général. Il glissa la brochure dans la boîte à lettres, levant les yeux vers les fenêtres de la maison de Villiers, cherchant un visage, une silhouette. Rien.

La porte de chez Villiers s'ouvrit soudain. Bourne s'accroupit, plongeant la main sous sa veste pour saisir son pistolet, se disant que c'était lui le fieffé imbécile ; quelqu'un de plus observateur que lui l'avait repéré. Mais les paroles qu'il entendit lui apprirent qu'il n'en était rien. Un couple d'un certain âge — une femme de chambre avec un tablier blanc et un homme en veste noire — bavardait sur le seuil.

« Veille à ce que les cendriers soient propres, dit la femme. Tu sais comme il a horreur des cendriers pleins.

— Il a pris la voiture cet après-midi, répondit l'homme. Ça veut dire qu'ils sont pleins maintenant.

— Nettoie-les dans le garage ; tu as le temps. Il ne descendra pas avant dix minutes. Il ne doit être à Nanterre qu'à huit heures et demie. »

L'homme acquiesça, tirant sur les revers de sa veste

tout en descendant les marches. « Dix minutes »,
lança-t-il.

La porte se referma et le silence retomba sur la rue
déserte. Jason se redressa, la main sur la balustrade,
regardant l'homme s'éloigner à grands pas. Il ne
savait pas très bien où était Nanterre, mais seulement
que c'était dans la banlieue de Paris. Et si Villiers se
rendait là-bas et s'il était seul, à quoi bon remettre à
plus tard la confrontation.

Bourne rajusta la bandoulière sur son épaule et
descendit rapidement les marches, tournant à gauche
sur le trottoir. Dix minutes.

Jason regarda par le pare-brise la porte s'ouvrir et le
général André Villiers apparaître. C'était un homme
de taille moyenne, assez corpulent, d'une soixantaine
d'années, peut-être même soixante-dix. Il était tête
nue, portait des cheveux gris en brosse et une petite
barbe blanche taillée avec soin. Il avait une allure
résolument militaire, il imposait sa présence au
décor, il y pénétrait en le bousculant, faisant s'effon-
drer sur son passage des murs invisibles.

Bourne le dévisageait, fasciné, se demandant
quelle démence avait pu pousser un tel homme dans
le monde horrible de Carlos. Quelles qu'en fussent les
raisons, elles devaient être puissantes, car c'était un
homme puissant. Et c'était cela qui le rendait dangereux, car il était respecté et avait l'oreille du gouvernement.

Villiers se retourna pour parler à la femme de
chambre et jeta un coup d'œil à sa montre-bracelet.
La femme acquiesça, refermant la porte, tandis que le
général descendait les marches d'un pas vif et
contournait le capot d'une grosse conduite intérieure,
pour s'installer à la place du chauffeur. Il mit le
moteur en marche et roula lentement jusqu'au milieu
de la rue. Jason attendit que la voiture eût atteint le
coin et pris à droite ; il démarra à son tour avec la
Renault et parvint au croisement juste à temps pour
voir Villiers prendre de nouveau à droite.

Il y avait une certaine ironie dans cette coïncidence, un présage si l'on croyait à ce genre de choses. L'itinéraire que le général Villiers choisit pour se rendre à Nanterre comprenait un bout de petite route campagnarde presque identique à celle de Saint-Germain-en-Laye où, douze heures auparavant, Marie avait supplié Jason de ne pas renoncer, de ne pas sacrifier sa vie à lui ni la sienne. Il y avait des pâturages, des champs qui suivaient les pentes douces des collines, mais au lieu d'être couronnées par les lueurs du jour naissant, elles étaient baignées dans les rayons froids et blancs de la lune. Bourne se dit soudain que cette section de route isolée ne serait pas un mauvais endroit pour intercepter le général au retour.

Jason n'avait aucun mal à suivre à quelque quatre cents mètres en arrière, aussi fut-il surpris de s'apercevoir qu'il avait pratiquement rattrapé le vieux soldat. Villiers avait soudain ralenti et s'engageait dans une allée de gravier qui s'enfonçait dans les bois vers un parc de stationnement éclairé par des projecteurs. Un panneau accroché à deux chaînes en haut d'un poteau était éclairé aussi : L'ARBALÈTE. Le général avait rendez-vous avec quelqu'un pour dîner dans un restaurant à l'écart, pas à Nanterre même, mais à proximité. Dans la campagne.

Bourne dépassa l'entrée et s'arrêta sur le bas-côté, la partie droite de sa voiture dissimulée par le feuillage. Il fallait réfléchir. Il fallait se dominer. Il avait comme un feu dans l'esprit : un feu qui prenait de l'ampleur, qui se répandait. Il se sentait soudain envahi par une extraordinaire possibilité.

Compte tenu des récents événements, du grand embarras dans lequel avait dû se trouver Carlos la nuit précédente au motel de Montrouge, il était plus que probable qu'André Villiers avait été convoqué dans un restaurant discret pour une réunion d'urgence. Peut-être même avec Carlos en personne. Si c'était le cas, les lieux seraient gardés et un homme dont la photographie avait été distribuée aux gardes serait abattu dès l'instant où on le reconnaîtrait. D'un autre côté, la chance d'observer une cellule de l'organisation de Carlos — sinon Carlos lui-même — était une occasion qui pourrait bien ne jamais se représenter. Il fallait entrer dans l'Arbalète. Quelque chose en lui le poussait à prendre le risque. N'importe quel risque. C'était fou ! Mais c'était vrai qu'il n'était pas normal. Pas plus normal que ne pouvait l'être un homme sans mémoire. *Carlos ! Trouver Carlos ! Au nom du Ciel, pourquoi ?*

Il tâta le pistolet à sa ceinture ; il était bien en place. Jason sortit de la voiture et enfila son manteau, dissimulant son blouson trop voyant. Il prit sur la banquette un feutre mou dont il rabattit le bord ; cela couvrirait ses cheveux. Puis il essaya de se rappeler s'il portait les lunettes à monture d'écaille lorsqu'on avait pris la photo à Argenteuil. Non, il les avait retirées à table, lorsque des élancements douloureux lui avaient traversé le crâne, provoqués par des mots qui lui rappelaient un passé trop familier, trop effrayant à regarder en face. Il palpa sa poche de chemise ; les lunettes étaient là s'il en avait besoin. Il referma la portière et se dirigea vers les bois.

L'éclat des projecteurs filtrait à travers les arbres, de plus en plus fort à mesure qu'il y avait moins de feuillage pour le tamiser. Bourne parvint à la lisière du petit bois, le parc de stationnement s'étendait devant lui. Il se trouvait sur le côté du restaurant, une rangée de petites fenêtres courait sur toute la longueur du bâtiment, les flammes des bougies, derrière les vitres, éclairant les silhouettes des dîneurs. Puis ses yeux furent attirés par le premier étage, qui ne s'étendait pas sur toute la longueur du restaurant, mais seulement la moitié, l'autre moitié formant terrasse. Toutefois, la partie couverte était semblable au rez-de-chaussée. Une ligne de fenêtres, un peu plus grandes peut-être, derrière lesquelles brillaient aussi des bougies. Des silhouettes circulaient, mais différentes de celles des dîneurs du rez-de-chaussée.

C'étaient tous des hommes. Debout, et non assis ;

évoluant à pas nonchalants, un verre à la main, des volutes de fumée de cigarettes montant en spirales au-dessus de leur tête. Impossible de dire combien ils étaient : plus de dix, moins de vingt peut-être.

Et *il* était là, passant d'un groupe à l'autre, sa petite barbe blanche apparaissant et disparaissant comme une balise selon qu'elle était ou non masquée par des gens plus près des fenêtres. Le général Villiers s'était bien rendu à Nanterre pour une réunion et il y avait de fortes chances pour qu'il s'agît d'une conférence à propos des échecs des dernières quarante-huit heures, cette série d'échecs qui avaient permis à un nommé Caïn de rester en vie.

C'était le moment de calculer les chances. Quelles étaient-elles ? Où étaient les gardes ? Combien étaient- ils et où étaient-ils postés ? Restant à la lisière des bois, Bourne contourna le bâtiment jusqu'à l'entrée du restaurant ployant sans bruit les branches, ses pieds foulant les broussailles avec prudence. Il s'immobilisa, cherchant du regard des hommes pouvant être dissimulés dans les taillis ou dans les ombres du bâtiment. Il n'en vit aucun et revint sur ses pas, se dirigeant vers l'arrière du restaurant.

Une porte s'ouvrit, une flaque de lumière s'étala et un homme en veste blanche apparut. Il s'arrêta un instant, les mains devant son visage pour allumer une cigarette. Bourne regarda vers la gauche, vers la droite, leva les yeux vers la terrasse, personne n'apparut. Un garde en faction dans le secteur aurait été alarmé par cette lumière qui jaillissait à trois mètres au-dessous du lieu où se tenait la conférence. Il n'y avait donc pas de garde dehors. Comme à la maison de Villiers au parc Monceau, c'était l'intérieur qu'on protégeait.

Un autre homme apparut sur le seuil, lui aussi en veste blanche, mais coiffé en plus d'une toque de cuisinier. Il parlait d'un ton furieux, avec un accent méridional. « Pendant que tu te les roules, nous on en bave ! Le chariot de pâtisseries est à moitié vide. Remplis-le. Tout de suite, flemmard ! »

Le pâtissier se retourna et haussa les épaules ; il écrasa sa cigarette et rentra dans la cuisine en refermant la porte derrière lui. La lumière disparut, il ne restait plus que le clair de lune, mais cela suffisait à illuminer la terrasse. Personne là-haut, aucune garde patrouillant devant les doubles portes qui donnaient accès au salon.

Carlos. Trouver Carlos. Prendre Carlos. Caïn est pour Charlie et Delta est pour Caïn.

Bourne jugea la distance et les obstacles. Il n'était pas à plus d'une douzaine de mètres de l'arrière du bâtiment, à trois ou quatre en dessous de la balustrade qui bordait la terrasse. Il y avait deux ouvertures dans le mur extérieur, de la vapeur qui s'échappait des deux et, tout à côté, un tuyau d'écoulement. S'il pouvait escalader le tuyau et parvenir à prendre pied dans l'ouverture inférieure, il pourrait saisir un barreau de la balustrade et se hisser sur la terrasse. Mais il ne pouvait rien faire de cela avec son manteau. Il l'ôta, le déposa à ses pieds, le feutre par-dessus et couvrit le tout avec des broussailles. Puis il s'avança jusqu'à la limite du petit bois et courut le plus discrètement possible sur le gravier jusqu'au tuyau de la gouttière.

Dans l'ombre, il tira sur le conduit : il était solidement scellé. Il tendit les bras aussi haut qu'il put, puis sauta, empoignant le tuyau, les pieds pressés contre le mur, l'un suivant l'autre jusqu'au moment où son pied gauche se trouva à la hauteur de la première ouverture. Serrant bien le tuyau, il glissa le pied sur le rebord et tendit le bras un peu plus haut le long du conduit. Il était à une cinquantaine de centimètres de la balustrade ; un bond et il pourrait saisir le bas d'un barreau.

Au-dessous de lui la porte s'ouvrit avec fracas, de la lumière se répandant sur le gravier jusqu'au bois. Une silhouette sortit d'un pas trébuchant, suivie du chef en toque blanche qui vociférait. « Espèce de bon à rien ! Tu es soûl, voilà ce que tu as ! Tu es soûl depuis le début de la soirée ! Des pâtisseries plein le parquet de la salle à manger. Quel bordel ! Fous le camp, tu n'auras pas un sou ! » La porte se referma avec le bruit définitif d'un verrou qu'on tirait. Jason se cramponnait au tuyau, les bras et les chevilles douloureux, la sueur commençant à ruisseler sur son front. En bas l'homme trébucha, faisant de la main droite des gestes obscènes à l'intention du chef qui n'était plus là. Son regard vitreux balaya le mur, se fixant sur le visage de Bourne. Jason retint son souffle lorsque leurs regards se croisèrent ; l'homme le dévisagea, puis cligna des yeux et le regarda encore. Il secoua la tête en fermant les paupières, puis les ouvrit toutes grandes, pour bien voir ce qu'il n'était pas tout à fait sûr de voir. Il recula d'un pas de plus en plus incertain puis s'éloigna, ayant manifestement décidé que cette apparition à mi-hauteur du mur était le résultat de ses précédents efforts. Il passa le coin du bâtiment en titubant, comme un homme soulagé d'avoir vaillamment repoussé les visions qui l'assaillaient.

Bourne reprit son souffle, laissant son corps retomber contre le mur avec soulagement. Mais cela ne dura qu'un instant ; la crispation de sa cheville s'étendait jusqu'à son pied et il était au bord de la crampe. Il bondit, empoignant de la main droite la barre de fer qui constituait la base de la balustrade, tandis que sa main gauche lâchait le tuyau pour faire le même mouvement. Prenant appui des genoux contre les aspérités du mur, il se hissa lentement jusqu'au moment où sa tête dépassa le bord de la terrasse. Personne. Il fit passer sa jambe droite par-dessus le rebord, sa main droite saisit la rampe en fer forgé ; il sauta par-dessus.

Il était sur une terrasse utilisée pour les dîners pendant les mois de printemps et d'été, avec un sol carrelé où on pouvait dresser dix à quinze tables. Au milieu du mur séparant la section fermée de la terrasse, il y avait les doubles portes qu'il avait aperçues du bois. A l'intérieur, les silhouettes étaient maintenant immobiles et Jason se demanda un instant si on n'avait pas donné l'alarme, si on ne l'attendait pas. Il resta immobile, la main sur son pistolet, rien ne se passa. Il s'approcha du mur en restant dans l'ombre. Une fois là il se colla le dos à la maçonnerie et se glissa vers la première porte jusqu'au moment où ses doigts touchèrent le cadre. Avec prudence, il avança la tête jusqu'au niveau de la vitre pour regarder à l'intérieur.

Ce qu'il aperçut était à la fois fascinant et quelque peu effrayant. Les hommes étaient en rangs : trois rangs séparés de quatre hommes chacun — en face d'André Villiers, qui s'adressait à eux. Treize hommes en tout, dont douze d'entre eux étaient non seulement debout mais au garde-à-vous. Ils étaient vieux, mais il n'y avait pas que cela : c'étaient de vieux soldats. Aucun ne portait d'uniforme, mais au revers ils portaient des rubans, des couleurs de leur régiment au-dessus de leurs décorations. Et s'il y avait une note dominante dans cette scène, elle aussi était bien reconnaissable. C'étaient des hommes habitués à commander, habitués au pouvoir. Cela se lisait sur leurs visages, dans leurs yeux, dans leur façon d'écouter : avec respect, mais pas aveuglément, en jugeant toujours. Leurs corps étaient vieux, mais il régnait dans cette pièce une impression de force. De force immense. C'était cela qui était effrayant. Si ces hommes appartenaient à Carlos, les ressources de l'assassin étaient non seulement étendues, elles étaient extraordinairement dangereuses. Car ce n'étaient pas des hommes ordinaires ; c'étaient des soldats professionnels aguerris. Ou il se trompait grossièrement, se dit Bourne, ou bien la qualité de l'expérience et l'ampleur de l'influence qu'on sentait dans cette pièce étaient ahurissantes.

Ces fous de colonels d'Alger... que restait-il d'eux ? Des hommes poussés par le souvenir d'une France qui n'existait plus, d'un monde qui n'était plus, remplacé par un autre qu'ils trouvaient faible et sans efficacité. De tels hommes pouvaient faire un pacte avec Carlos, ne serait-ce que pour le pouvoir clandestin que cela leur donnait. Frapper. Attaquer. Liquider. Des décisions sur la vie et la mort qui jadis étaient partie d'eux-mêmes, revenues grâce à une force qui pouvait servir des causes dont ils se refusaient à reconnaître qu'elles n'étaient plus viables. Qui a été terroriste le restera toujours, et l'assassinat était le cœur même de la terreur.

Le général haussait la voix ; Jason essaya d'entendre à travers la vitre.

«... on sentira notre présence, on comprendra notre but. Nous sommes réunis dans notre résolution, cette résolution est immuable, il faudra qu'on nous entende ! En mémoire de tous ceux qui sont tombés, qui ont donné leur vie pour la gloire de la France. Nous forcerons notre pays bien-aimé à se souvenir, et en leur nom, à rester fort, à n'être le laquais de personne ! Ceux qui s'opposent à nous connaîtront notre colère. Là aussi nous sommes unis. Nous prions Dieu Tout-Puissant que ceux qui sont partis avant nous aient trouvé la paix, car nous, nous luttons toujours... messieurs, à Notre-Dame... à notre France ! »

Il y eut un murmure d'approbation, les vieux soldats restant au garde-à-vous. Puis une autre voix se leva, pour chanter seule les premiers mots, mais le reste de l'assemblée s'unit bientôt à elle.

Allons enfants de la patrie,
Le jour de gloire est arrivé.

Bourne se détourna, écœuré par ce qu'il voyait et ce qu'il entendait dans cette salle. Tout ce gâchis au nom de la gloire ; la mort des camarades exige d'autres morts. C'est une obligation ; et si cela veut dire un pacte avec Carlos, ainsi soit-il.

Qu'est-ce qui le troublait tant ? Pourquoi se sentait-il soudain envahi par la colère ? Qu'est-ce donc qui déclenchait la répulsion qu'il éprouvait si intensément ? Et puis il comprit. Il détestait un homme comme André Villiers, il méprisait les hommes qui se trouvaient dans cette salle. C'étaient tous de vieux hommes qui avaient fait la guerre, qui avaient volé la vie aux jeunes... et aux très jeunes.

Pourquoi les brumes se refermaient-elles ? Pourquoi la douleur était-elle si aiguë ? Il n'avait pas le temps de se poser des questions, pas la force de les supporter. Il fallait les repousser et se concentrer sur André François Villiers, combattant et seigneur de la guerre, qui défendait des causes appartenant au passé mais dont le pacte avec un assassin réclamait aujourd'hui la mort.

Il allait prendre au piège le général. Le briser. Apprendre tout ce qu'il savait et sans doute le tuer. Des hommes comme Villiers volaient leur vie aux jeunes et aux très jeunes. Ils ne méritaient pas de vivre. *Me revoici dans mon labyrinthe et les murs sont hérissés d'épines. Oh ! mon Dieu, que ça fait mal.*

Dans l'obscurité, Jason enjamba la balustrade et se baissa jusqu'au tuyau d'écoulement, éprouvant chacun de ses muscles douloureux. La douleur aussi, il fallait l'effacer. Il lui fallait aller jusqu'à un bout de route déserte sous la lune et prendre au piège un marchand de mort.

25

Bourne attendit dans la Renault, à deux cents mètres à droite de l'entrée du restaurant, laissant tourner le moteur, prêt à foncer dès l'instant où il verrait Villiers ressortir en voiture. Plusieurs autres étaient déjà partis, tous dans des véhicules différents. D'ordinaire, les conspirateurs ne font pas étalage de leur association et ces vieux hommes étaient des conspirateurs au sens le plus authentique. Ils avaient échangé les honneurs qu'ils s'étaient acquis pour la redoutable disposition de l'arme et de l'organisation d'un assassin. L'âge et les préjugés leur avaient fait perdre toute raison.

Qu'est-ce que c'était ? Pourquoi cela ne veut-il pas me laisser ? Il y a quelque chose de terrible tout au fond de moi qui essaie de sortir, qui essaie, je crois, de me tuer. La peur et la culpabilité déferlent sur moi... mais la peur de quoi et la culpabilité pour quoi, je ne sais pas. Pourquoi ces vieillards desséchés devraient-ils provoquer chez moi de tels sentiments de peur, de culpabilité... et de dégoût ?

Ils étaient la guerre. Ils étaient la mort. Sur le sol et du haut des cieux. Du haut des cieux... des cieux. Aide-moi, Marie. Au nom du Ciel, aide-moi !

Voilà. Le faisceau des phares balaya l'allée, le long châssis noir reflétant la lumière des projecteurs. Jason garda ses lumières éteintes tout en émergeant de l'ombre. Il accéléra jusqu'au premier virage et, là, il alluma ses phares et écrasa la pédale d'accélérateur. La portion de route isolée en pleine campagne était à environ trois kilomètres ; il fallait y arriver vite.

Il était onze heures dix et, comme trois heures plus tôt, les champs se déroulaient jusqu'aux collines, le paysage baigné par la lumière de la lune de mars, maintenant en plein milieu du ciel. Il atteignit l'endroit qu'il avait repéré : c'était tout à fait faisable. Le bas-côté était large, en bordure d'un pré, ce qui signifiait que les deux voitures pouvaient y trouver place. L'objectif immédiat, toutefois, était d'amener Villiers à s'arrêter. Le général n'était pas jeune, mais il n'était pas débile ; si la manœuvre était suspecte, il mordrait sur l'accotement et filerait. Il s'agissait de bien calculer son coup et de réussir un instant totalement convaincant d'inattendu. Bourne fit faire demi-tour à la Renault, attendit d'apercevoir les phares au loin, puis accéléra soudain, donnant de violents coups de volant d'un côté et d'autre. La voiture se mit à zigzaguer sur la route : un conducteur qui n'était plus maître de son véhicule, incapable de trouver la ligne droite mais qui n'en ralentissait pas pour autant.

Villiers n'avait pas le choix ; il ralentit tandis que Jason fonçait vers lui comme un fou. Puis brusquement, alors que les deux voitures étaient à moins de dix mètres de la collision, Bourne braqua à gauche tout en freinant, et amorça un dérapage dans un hurlement de pneus. Il finit par s'arrêter, la glace baissée et poussa une sorte de cri indéfinissable : ç'aurait pu être l'appel d'un homme blessé ou ivre, mais de toute façon cela n'avait rien de menaçant. Il frappa de la main contre la portière et resta silencieux, recroquevillé sur la banquette, son pistolet sur les genoux.

Il entendit la portière de la Limousine de Villiers s'ouvrir et regarda par-dessous le volant. Visiblement le vieil homme n'était pas armé ; il semblait ne se douter de rien, soulagé seulement qu'un accident eût été évité. Le général s'avança dans la lueur des phares jusqu'à la portière gauche de la Renault tout en criant : « Qu'est-ce que ça veut dire ? Qu'est-ce qui vous prend ? Ça va ? »

Ses mains se posèrent sur la portière.

« Oui, mais pas vous, répondit Bourne en anglais, en braquant sur lui son pistolet.

— Quoi ?... fit le vieil homme en se redressant. Qui êtes-vous et qu'est-ce que c'est ? »

Jason sortit de la Renault, pistolet au poing. « Je suis content que vous parliez couramment anglais. Retournez à votre voiture. Garez-vous sur le bas-côté.

— Et si je refuse ?

— Je vous tuerai tout de suite. Il n'en faudrait pas beaucoup pour me provoquer.

— Ces paroles viennent-elles des Brigades rouges ? Ou de la branche parisienne de la bande Baader-Meinhof ?

— Pourquoi ? Pourriez-vous donner un contrordre si c'était le cas ?

— Je leur crache dessus ! Et sur vous aussi !

— Personne n'a jamais mis en doute votre courage, général. Regagnez votre voiture.

— Ce n'est pas une question de courage ! dit Villiers sans bouger. C'est une question de logique. Vous n'accomplirez rien en me tuant, encore moins en m'enlevant. Mes ordres sont précis, pleinement compris par mes collaborateurs et par ma famille. Les

Israéliens ont parfaitement raison. Il n'y a pas de négociations possibles avec les terroristes. Servez-vous de votre arme, ordure ! Ou bien foutez le camp ! »

Jason examina le vieux soldat, empli soudain d'une profonde incertitude, mais ne voulant pas se laisser duper. Il guettait les yeux furieux fixés sur lui. Un nom baignant dans la fange associé à un autre nom que son pays avait couvert d'honneurs devrait provoquer une autre sorte d'explosion : cela se lirait dans son regard.

« Tout à l'heure, dans ce restaurant, vous avez dit que la France ne devait être le laquais de personne. Mais un général français est devenu le laquais de quelqu'un. Le général André Villiers, messager de Carlos. Contact de Carlos. Soldat de Carlos. Laquais de Carlos. »

Les yeux furieux s'ouvrirent en effet tout grands, mais pas du tout comme Jason s'y attendait. A la fureur vinrent s'ajouter la haine, l'horreur profonde et sans mélange. La main de Villiers se détendit soudain pour venir assener à Bourne un coup sec, précis et douloureux en plein visage qui fut suivi d'une gifle à toute volée, brutale, insultante, et dont la force fit trébucher Jason. Le vieil homme avança, bloqué par le canon du pistolet, mais nullement effrayé, nullement démonté par sa présence, ne songeant qu'à châtier. Les coups se succédaient, assenés par un homme qui semblait possédé.

« Salaud ! hurla Villiers. Abominable, détestable salaud ! Ordure !

— Je vais tirer ! Je vais vous tuer ! Cessez ! »

Mais Bourne ne pouvait pas presser la détente. Il était adossé à la petite voiture, les épaules plaquées contre le toit. Et le vieil homme attaquait toujours, ses mains battant l'air, s'abattant impitoyablement.

« Tuez-moi si vous pouvez... si vous osez ! Saleté ! Vermine ! »

Jason jeta le pistolet à terre, levant les bras pour esquiver les attaques de Villiers. Il lança sa main gauche, saisissant le poignet droit de Villiers, puis son poignet gauche, lui empoignant l'avant-bras gauche qu'il maniait comme un sabre. Il lui tordit les poignets avec violence, ployant Villiers vers lui, obligeant le vieux soldat à rester immobile, leurs visages à quelques centimètres l'un de l'autre, le vieil homme haletant.

« Voulez-vous me dire que vous n'êtes pas l'homme de Carlos ? Vous le niez ? »

Villiers se précipita, essayant d'échapper à l'étreinte de Bourne, fonçant sur Jason. « Je vous exècre ! Monstre !

— Bon sang... oui ou non ? »

Le vieil homme cracha au visage de Bourne ; dans ses yeux le feu était maintenant voilé par les larmes qui s'y amoncelaient. « Carlos a tué mon fils, dit-il dans un souffle. Il a tué mon seul fils rue du Bac. La vie de mon fils a été anéantie rue du Bac par cinq bâtons de dynamite ! »

Progressivement, Jason réduisit la pression de ses doigts. Hors d'haleine lui aussi, il parla aussi calmement qu'il le pouvait.

« Conduisez votre voiture dans le champ et restez là. Il faut que nous parlions, général. Il est arrivé quelque chose dont vous ne savez rien et nous ferions mieux d'apprendre tous les deux ce que c'est. »

« Jamais ! Impossible ! Ça ne pourrait pas arriver !

— C'est arrivé, dit Bourne, assis auprès de Villiers sur la banquette avant de la limousine.

— Une incroyable erreur a été commise ! Vous ne savez pas ce que vous dites !

— Aucune erreur... et je sais fort bien ce que je dis car j'ai trouvé le numéro moi-même. C'est non seulement le bon numéro, c'est une magnifique couverture. Personne, dans son bon sens, ne vous associerait avec Carlos, surtout compte tenu de la mort de votre fils. Est-ce de notoriété publique qu'il a été descendu par Carlos ?

443

— Je préférerais une autre sorte de langage, monsieur.

— Excusez-moi.

— De notoriété publique ? Pour la Sûreté, absolument. Dans les services de renseignement et à l'Interpol, très certainement. J'ai lu les rapports.

— Que disaient-ils ?

— On a supposé que Carlos avait rendu un service à ses amis du temps où il n'était qu'extrémiste. Jusqu'à les laisser apparaître silencieusement responsables de l'acte. C'était un geste politiquement motivé, vous savez. Mon fils était un sacrifice, un exemple pour les autres qui s'opposaient aux fanatiques.

— Aux fanatiques ?

— Les extrémistes étaient en train de former une fausse coalition avec les socialistes, en faisant des promesses qu'ils n'avaient pas l'intention de tenir. Mon fils l'a compris, l'a dénoncé et a proposé une législation pour empêcher cet alignement. Il a été tué pour cela.

— C'est pourquoi vous avez quitté l'armée et vous vous êtes présenté aux élections ?

— De tout mon cœur. D'habitude, c'est le fils qui poursuit l'œuvre du père... (Le vieil homme marqua un temps, le clair de lune baignant son visage hagard.) En l'occurrence, c'était au père de poursuivre celle du fils. Il n'était pas soldat, pas plus que je ne suis un homme politique, mais j'ai une certaine connaissance des armes et des explosifs. Les causes qu'il défendait, j'en avais été l'artisan ; sa philosophie reflétait la mienne et c'est pour cela qu'il a été tué. Ma décision était claire. J'allais porter nos croyances dans l'arène politique et laisser ses ennemis lutter avec moi. Le soldat était prêt à les affronter.

— Il y avait plus d'un soldat, je présume.

— Que voulez-vous dire ?

— Ces hommes-là-bas, au restaurant. Ils avaient l'air d'avoir commandé la moitié des armées de la France.

— Ils l'ont fait, monsieur. On les appelait jadis les

jeunes commandants en colère de Saint-Cyr. La République était corrompue, les militaires incompétents, la Ligne Maginot une plaisanterie. Si on leur avait prêté attention, la France ne serait pas tombée. Ils devinrent les chefs de la Résistance ; ils combattirent le Boche et Vichy dans toute l'Europe et l'Afrique.

— Que font-ils maintenant ?

— La plupart vivent de pensions, beaucoup sont obsédés par leur passé. Ils prient la Vierge qu'il ne se répète jamais. Dans trop de domaines, toutefois, ils voient les choses recommencer. Les militaires sont réduits à des rôles de fantoches ; à l'Assemblée, les communistes et les socialistes ne cessent d'éroder la force de l'armée. L'appareil de Moscou poursuit son œuvre ; il ne change pas avec les ans. Une société libre est mûre pour l'infiltration et, une fois filtrée, les changements ne cessent que quand cette société a été refaite d'après une autre image. La conspiration est partout ; elle ne peut continuer sans être remarquée.

— On pourrait dire que cela paraît assez extrême en soi.

— Pourquoi donc ? Pour la survie ? Pour la force ? Pour l'honneur ? Ces termes-là sont-ils trop anachroniques pour vous ?

— Je ne pense pas. Mais je peux imaginer beaucoup de mal commis en leur nom.

— Nos philosophies sont différentes et je n'ai pas envie d'en débattre. Vous m'avez interrogé sur mes compagnons et je vous ai répondu. Maintenant, je vous en prie, venons-en à cet incroyable faux renseignement que vous avez. C'est consternant. Vous ne savez pas ce que c'est que de perdre un fils, que d'avoir un enfant tué. »

La douleur me revient et je ne sais pas pourquoi. La douleur et une impression de vide, un vide dans le ciel... venu du ciel. La mort dans et tombant du ciel. Seigneur, ça fait mal. Ça. Qu'est-ce que c'est ?

« Je peux compatir, dit Jason, les mains crispées pour en arrêter le brusque tremblement. Mais ça correspond.

— Pas un instant ! Comme vous l'avez dit, personne sain d'esprit ne m'associerait à Carlos, et surtout pas ce tueur monstrueux lui-même. C'est un risque qu'il ne prendrait pas. C'est inconcevable.

— Exactement. C'est pourquoi on se sert de vous ; c'est en effet impensable. Vous êtes le relais parfait pour les instructions finales.

— Impossible ! Comment ?

— Quelqu'un qui répond à votre téléphone est en contact direct avec Carlos. On utilise des codes, on prononce certains mots pour faire venir cette personne à l'appareil. Sans doute quand vous n'êtes pas là ou peut-être quand vous êtes là. Répondez-vous au téléphone vous-même ? »

Villiers fronça les sourcils. « En fait, non. Pas à ce numéro. Il y a trop de gens à éviter, et j'ai une ligne sur la liste rouge.

— Qui répond alors ?

— En général la gouvernante, ou son mari qui fait office tout à la fois de maître d'hôtel et de chauffeur. Il était mon chauffeur durant mes dernières années dans l'armée. Si ce n'est ni l'un ni l'autre, ma femme, bien sûr. Ou mon aide de camp, qui souvent travaille à mon bureau chez moi ; il a été mon adjoint pendant vingt ans.

— Qui d'autre ?

— Il n'y a personne d'autre.

— Pas de femme de chambre ?

— Aucune en permanence ; si on en a besoin on les engage pour l'occasion. Le nom de Villiers sonne mieux que son compte en banque.

— Pas de femme de ménage ?

— Deux. Elles viennent deux fois par semaine et ce ne sont pas toujours les mêmes.

— Vous feriez mieux de surveiller de plus près votre chauffeur et votre aide de camp.

— C'est ridicule ! Leur loyauté est hors de question.

— Celle de Brutus l'était aussi, et César avait un grade plus élevé que vous.

— Vous ne parlez pas sérieusement.

— Je n'ai jamais été plus sérieux. Et vous feriez mieux de me croire. Tout ce que je vous ai dit est la vérité.

— Mais vous ne m'avez vraiment pas dit grand-chose, n'est-ce pas ? Votre nom, par exemple.

— Ça n'est pas nécessaire. Le savoir ne pourrait que vous nuire.

— Comment cela ?

— Pour la très lointaine possibilité que je me trompe à propos du relais... et c'est une possibilité qui existe à peine. »

Le vieil homme hocha la tête comme le font les gens âgés lorsqu'ils répètent des mots qui les ont laissés incrédules. Dans le clair de lune son visage ridé s'agitait de haut en bas. « Un homme sans nom me tend une embuscade la nuit sur une route, me tient sous la menace d'un pistolet pour me lancer une accusation horrible — si abominable que j'ai envie de le tuer — et il s'attend à me voir accepter sa parole. La parole d'un homme sans nom, sans visage que je reconnaisse et qui n'a pas d'autre preuve à m'offrir que l'affirmation que Carlos le traque. Dites-moi pourquoi je devrais croire cet homme.

— Parce que, répondit Bourne, il n'aurait aucune raison de venir vous trouver si lui ne croyait pas que c'était la vérité. »

Villiers considéra Jason. « Non, il y a une meilleure raison. Il y a un moment, vous m'avez fait cadeau de la vie. Vous avez jeté votre arme, vous n'avez pas fait feu. Vous auriez pu. Facilement. Au lieu de cela, vous avez choisi de me supplier de parler.

— Je ne crois pas avoir supplié.

— C'était dans vos yeux, jeune homme. C'est toujours dans les yeux. Et souvent dans la voix, mais il faut tendre l'oreille. On peut feindre la supplication, pas la colère. Ou bien elle est réelle, ou bien c'est une attitude. Votre colère était réelle... tout comme la mienne. (Le vieil homme désigna la Renault à dix mètres de là dans le champ.) Suivez-moi jusqu'au parc Monceau. Nous poursuivrons notre conversation dans mon bureau. Je jurerais sur ma vie que vous vous trompez à propos des deux hommes, mais après tout, comme vous me l'avez fait remarquer, César s'est laissé aveugler par un faux dévouement. Et c'est vrai qu'il était mon supérieur.

— Si je mets les pieds dans cette maison et que quelqu'un me reconnaît, je suis mort. Vous aussi.

— Mon aide de camp est parti peu après cinq heures cet après-midi et le chauffeur ne monte jamais se coucher plus tard que dix heures pour regarder ses interminables programmes de télévision. Vous attendrez dehors pendant que j'entrerai vérifier. Si tout est normal, je vous appellerai ; si ce n'est pas le cas, je ressortirai et je repartirai. Vous n'aurez qu'à me suivre. Je m'arrêterai quelque part et nous continuerons. »

Jason ne quittait pas Villiers des yeux. « Pourquoi voulez-vous que je revienne parc Monceau ?

— Où voulez-vous aller ? Je crois au choc de la confrontation inattendue. Un de ces hommes est au lit à regarder la télévision dans une chambre du troisième étage. Et puis il y a une autre raison. Je veux que ma femme entende ce que vous avez à dire. C'est l'épouse d'un vieux soldat et elle a des antennes pour des choses qui échappent souvent à l'officier sur le terrain. J'en suis venu à me fier à ses intuitions ; peut-être, en vous entendant, reconnaîtra-t-elle un certain type de comportement.»

Bourne ne put s'empêcher de dire : « Je vous ai pris au piège en prétendant une chose ; vous pouvez en faire autant en m'en prétendant une autre. Comment puis-je savoir que le parc Monceau n'est pas une embuscade ? »

Le vieil homme ne broncha pas. « Vous avez la parole d'un général français, et c'est tout. Si ça ne vous suffit pas, reprenez votre arme et partez.

— Ça me suffit, dit Bourne. Non pas parce que c'est la parole d'un général, mais parce que c'est celle d'un homme dont le fils a été tué rue du Bac. »

Le trajet de retour à Paris parut bien plus long à Jason que l'aller. De nouveau, il luttait contre des images, des images qui faisaient perler la sueur sur son front. Et la douleur revenait, elle naissait à ses tempes, déferlait sur sa poitrine, formait un nœud dans son estomac : des élancements incessants qui lui donnaient envie de hurler.

La mort dans le ciel... venant du ciel. Pas l'obscurité, mais le soleil aveuglant. Plus de vent qui précipite mon corps dans d'autres ténèbres, mais plutôt le silence, la puanteur de la jungle et des berges du fleuve. Le calme suivi par le cri des oiseaux et le hurlement des machines. Les oiseaux... les machines... qui fondent du haut du ciel dans un soleil aveuglant. Des explosions. La mort. Des jeunes et des très jeunes. Assez ! Tiens le volant ! Concentre-toi sur la route et ne pense pas ! Ça fait trop mal de penser et tu ne sais pas pourquoi.

Ils s'engagèrent dans la rue bordée d'arbres du parc Monceau. Villiers était à une trentaine de mètres en avant, confronté à un problème qui quelques heures plus tôt n'existait pas : il y avait beaucoup plus de voitures dans la rue maintenant et se garer posait un problème.

Il y avait toutefois un espace libre sur la gauche, en face de la maison du général, leurs deux voitures pouvaient s'y ranger. Villiers passa la main par la vitre ouverte, faisant signe à Jason de s'installer derrière lui.

Ce fut alors que cela se produisit. Le regard de Jason fut attiré par une lumière sur un seuil, et se fixa soudain sur les silhouettes qui s'y découpaient ; il en reconnut une et ce fut une révélation si stupéfiante, sa présence ici était si déplacée qu'il se surprit à porter la main à son pistolet.

Etait-il tombé dans un piège après tout ? La parole d'un général français ne valait-elle rien ?

Villiers manœuvrait. Bourne se retourna sur son siège, regardant dans toutes les directions ; personne ne venait vers lui, personne n'approchait. Ce n'était pas un piège. C'était autre chose, cela faisait partie de

ce qui se passait et dont le vieux soldat ne savait rien.
Car de l'autre côté de la rue, tout en haut du perron de
la maison de Villiers, une jeune femme, d'une beauté
frappante, se tenait sur le pas de la porte. Elle parlait
vite, avec des petits gestes inquiets, à un homme
debout sur la dernière marche qui ne cessait de
hocher la tête comme s'il recevait des instructions.
Cet homme était le standardiste à l'air distingué et
aux cheveux gris des Classiques. L'homme dont
Jason connaissait si bien le visage, sans pourtant le
connaître. Ce visage qui avait déclenché d'autres images... des images aussi violentes et aussi pénibles que
celles qui l'avaient déchiré au cours de la précédente
demi-heure dans la Renault.

Mais il y avait une différence. Ce visage-là évoquait
les ténèbres et les vents déchaînés du ciel nocturne,
des explosions qui se succédaient, les crépitements
d'une fusillade se répercutant dans les milliers de
tunnels de verdure au milieu de la jungle.

Bourne détourna les yeux et regarda Villiers à travers le pare-brise. Le général avait éteint ses phares et
s'apprêtait à sortir de voiture. Jason passa au point
mort et se laissa rouler en avant jusqu'au moment où
il vint heurter le pare-chocs arrière de la limousine.
Villiers se retourna soudain dans son siège.

Bourne éteignit à son tour ses lumières et alluma le
plafonnier. Il leva la main, la paume vers le bas, puis
la leva deux fois encore, pour faire signe au vieux
soldat de rester où il était. Villiers acquiesça et Jason
éteignit la lumière de l'habitacle.

Son regard revint à la porte. L'homme avait descendu une marche et s'était immobilisé là sur un
dernier ordre venant de la femme. Bourne la voyait
maintenant fort bien. Elle avait dans les trente-cinq
ans, avec des cheveux bruns et courts, une coiffure
moderne encadrant un visage bronzé par le soleil.
C'était une femme de grande taille, presque sculpturale, à la silhouette élancée, le renflement de ses seins
accentué par le tissu d'une longue robe blanche qui la
moulait, soulignant encore son hâle. Si elle faisait

partie de la maison, Villiers ne l'avait pas mentionnée, ce qui ne voulait pas dire qu'elle n'en faisait pas partie. C'était une visiteuse qui savait quand venir chez le vieil homme ; cela correspondait à la stratégie d'un relais à distance et cela voulait dire qu'elle avait un contact dans la maison de Villiers. Le vieil homme devait la connaître, mais la connaissait-il bien ? De toute évidence, la réponse était pas assez bien.

Le standardiste aux cheveux gris eut un dernier hochement de tête, puis descendit les marches et s'éloigna rapidement dans la rue. La porte se referma, la lumière des lampes de l'entrée brillant sur le perron désert et sur la porte noire luisante avec ses cuivres.

Pourquoi ces marches et cette porte signifiaient-elles quelque chose pour lui ? Des images. Une réalité qui n'était pas belle.

Bourne descendit de la Renault, surveillant les fenêtres, quêtant le mouvement d'un rideau : rien. Il se dirigea d'un pas vif vers la voiture de Villiers ; la glace avant était baissée, le général levait vers lui un visage curieux.

« Au nom du Ciel, qu'est-ce que vous faites ? demanda-t-il.

— Là-bas, chez vous, fit Jason accroupi sur le trottoir. Vous avez vu ce que je viens de voir.

— Je crois. Et alors ?

— Qui était cette femme ? La connaissez-vous ?

— Seigneur, je pense bien ! C'est ma femme.

— Votre femme ? fit Bourne, abasourdi. Je croyais que vous aviez dit... je croyais que vous aviez dit que c'était une femme âgée. Que vous vouliez qu'elle m'écoute parce que, au long des années, vous aviez appris à respecter son jugement. C'est ce que vous avez dit.

— Pas tout à fait. J'ai dit que c'était la femme d'un vieux soldat. Et c'est vrai que je respecte son jugement. Mais c'est ma seconde épouse — ma seconde épouse beaucoup plus jeune — mais tout aussi dévouée que la première, qui est morte voilà huit ans.

— Oh ! mon Dieu...

— Ne vous laissez pas arrêter par la disparité de nos âges. Elle est heureuse et fière d'être la seconde Mme Villiers. Elle m'a beaucoup aidé à l'Assemblée.

— Je suis navré, murmura Bourne. Bon Dieu, que je suis navré.

— De quoi donc ? Vous l'avez prise pour quelqu'un d'autre ? Cela arrive souvent : c'est une femme étonnante. Je suis très fier d'elle. (Villiers ouvrit la portière tandis que Jason se redressait.) Attendez ici, dit le général, je vais entrer jeter un coup d'œil ; si tout est normal, j'ouvrirai la porte et je vous ferai signe. Sinon je regagnerai la voiture et nous partirons. »

Bourne restait planté devant Villiers, empêchant le vieil homme d'avancer. « Général, il faut que je vous demande quelque chose. Je ne sais pas très bien comment m'y prendre, mais il le faut. Je vous ai dit que j'avais trouvé votre numéro à un relais utilisé par Carlos. Je ne vous ai pas dit où, mais seulement que cela m'avait été confirmé par quelqu'un qui avait avoué servir d'intermédiaire pour la transmission de messages venant de ou adressés à des contacts de Carlos. (Bourne prit une profonde inspiration, son regard se posant un instant sur la porte de l'autre côté de la rue.) Il faut maintenant que je vous pose une question et, je vous en prie, réfléchissez bien avant de répondre. Votre femme achète-t-elle des robes dans une boutique qui s'appelle Les Classiques ?

— Faubourg Saint-Honoré ?

— Oui.

— Il se trouve que je sais que non.

— Vous êtes sûr ?

— Absolument. Non seulement je n'ai jamais vu une facture de ce fournisseur, mais elle m'a dit combien ses modèles lui déplaisent. Ma femme a des idées très arrêtées en matière de mode.

— Oh ! Seigneur.

— Quoi ?

— Général, je ne peux pas entrer dans cette maison. Quoi que vous trouviez, je ne peux pas y entrer.

— Pourquoi donc ? Que dites-vous ?

— L'homme qui parlait à votre femme sur les marches du perron. Il vient du relais : des Classiques. C'est un contact de Carlos. »

Le sang quitta le visage d'André Villiers. Il se retourna et contempla à travers la largeur de la rue la porte noire, luisante et les barres et plaques de cuivre qui reflétaient la lumière des lampes extérieures.

Le mendiant au visage grêlé gratta sa barbe mal rasée, enleva son béret usé jusqu'à la corde et franchit d'un pas traînant les portes de bronze de la petite église de Neuilly-sur-Seine.

Il descendit toute la travée droite sous le regard désapprobateur de deux prêtres. Les deux ecclésiastiques étaient consternés : c'était une paroisse riche et, toute compassion chrétienne mise à part, la fortune avait quand même ses privilèges. L'un d'eux était d'assurer un certain statut parmi la foule des fidèles — pour le bénéfice des autres ouailles — et ce vieux clochard dépenaillé n'était guère de mise ici.

Le mendiant fit un vague effort pour faire une génuflexion, s'assit sur un banc au second rang, se signa et s'agenouilla, la tête en prière, sa main droite retroussant la manche gauche de son manteau. Il portait à son poignet une montre qui semblait un peu en contradiction avec le reste de sa tenue. C'était un modèle coûteux à lecture bien lisible. C'était un objet dont il ne commettrait jamais la folie de se débarrasser, car c'était un cadeau de Carlos. Un jour, il s'était trouvé en retard de vingt-cinq minutes pour se confesser, ce qui avait fort agacé son bienfaiteur et n'avait pas d'autre excuse que le fait de n'avoir pas de montre exacte. A leur rendez-vous suivant, Carlos avait glissé la montre sous le rideau séparant le pécheur du saint homme.

C'étaient l'heure et la minute. Le mendiant se leva et se dirigea vers le second confessionnal sur la droite. Il écarta le rideau et entra.

« *Angelus domini.*

— *Angelus domini*, enfant de Dieu. (La voix qui

venait de derrière le tissu noir était rude.) Tes jours sont-ils confortables ?

— Ils me sont rendus confortables...

— Très bien, fit la voix. Que m'as-tu apporté ? Ma patience touche à son terme. Je paie des milliers — des centaines de milliers de francs — pour n'avoir qu'incompétence et échecs. Que s'est-il passé à Montrouge ? Qui était responsable des mensonges en provenance de l'ambassade avenue Montaigne ? Qui les a acceptés ?

— L'Auberge du Coin était un piège, mais pas pour un meurtre. Il est difficile de savoir exactement ce que c'était. Si l'attaché d'ambassade nommé Corbelier a répété des mensonges, nos gens sont convaincus qu'il ne s'en rendait pas compte. Il a été dupé par la femme.

— Il a été dupé par Caïn ! Bourne remonte à chaque source, fournissant à chacun de fausses informations, dévoilant ainsi chacun et confirmant qu'il connaît leurs existences. Mais pour quoi ? Pour qui ? Nous savons maintenant ce qu'il est et qui il est, mais il ne transmet rien à Washington. Il refuse de faire surface.

— Pour proposer une réponse, fit le mendiant, il faudrait que je remonte à bien des années, mais il est possible qu'il ne veuille pas d'intervention de ses supérieurs. Les services de renseignement américains ont leur lot d'autocrates vacillants, qui communiquent rarement de façon complète entre eux. Du temps de la guerre froide, on gagnait de l'argent en vendant des renseignements trois ou quatre fois aux mêmes antennes. Peut-être Caïn attend-il le moment où il croira qu'il n'y a plus qu'une solution à adopter, aucune stratégie différente susceptible d'être imposée par ses chefs.

— L'âge n'a pas émoussé ton sens de la manœuvre, vieil ami. C'est pourquoi je t'ai fait venir.

— Ou peut-être, poursuivit le mendiant, est-il vraiment retourné. C'est arrivé.

— Je ne le crois pas, mais peu importe. Washington en est persuadé. Le Moine est mort. Ils sont tous morts à Treadstone. Caïn est considéré comme le tueur.

— Le Moine ? fit le mendiant. Un nom du passé, il était actif à Berlin, à Vienne. Nous le connaissions bien, et nous nous portions mieux de ne le voir que de loin. Voilà votre réponse, Carlos. Cela a toujours été le style du Moine de réduire autant que possible les nombres. Il opérait sur la théorie que ses réseaux étaient infiltrés, compromis. Il a dû obtenir de Caïn qu'il ne fasse ses rapports qu'à lui. Cela expliquerait la confusion de Washington, les mois de silence.

— Cela expliquerait-il notre silence ? Voilà des mois que nous n'avons rien dit, donné aucun signe d'activité.

— Il y a une dizaine de possibilités. La maladie, l'épuisement, le rappel pour un nouvel entraînement. Peut-être même pour semer la confusion chez l'ennemi. Le Moine avait toute une cathédrale de subterfuges.

— Pourtant, avant de mourir, il a dit à un de ses compagnons qu'il ne savait pas ce qu'il s'était passé. qu'il n'était même pas certain que l'homme était bien Caïn.

— Qui était ce compagnon ?

— Un nommé Gillette. C'était un homme à nous, mais Abbott ne pouvait pas le savoir.

— Une autre explication possible. Le Moine a toujours eu un instinct pour ce genre d'hommes. On disait à Vienne que David Abbott ne compterait pas sur le Christ pour assurer la multiplication du pain et qu'il chercherait une boulangerie.

— C'est possible. Tes paroles sont réconfortantes, tu cherches des choses que les autres négligent.

— J'ai beaucoup plus d'expérience, j'ai été jadis un homme important. Malheureusement j'ai gaspillé l'argent.

— Tu continues.

— Un prodigue... que puis-je te dire ?

— De toute évidence autre chose.

— Tu as de l'intuition, Carlos. Nous aurions dû nous connaître autrefois.

— Maintenant, te voilà présomptueux.

— Toujours. J'ai conscience, tu le sais, que tu peux à tout moment de ton choix écraser ma vie comme une mouche, alors je dois avoir une certaine valeur. Et pas seulement à cause des mots qui viennent de l'expérience.

— Qu'as-tu à me dire ?

— Cela n'est peut-être pas d'une grande valeur, mais c'est quelque chose. J'ai mis des vêtements convenables et j'ai passé la journée à l'Auberge du Coin. Il y avait un homme, un obèse — interrogé et relâché par la Sûreté — dont le regard était trop fuyant. Et il transpirait trop. J'ai eu une petite conversation avec lui en lui montrant une carte officielle de l'O.T.A.N. que je m'étais fait faire dans les années 50. Il semble avoir négocié la location d'une automobile à trois heures hier matin. Pour un homme blond en compagnie d'une femme. La description correspond à la photographie prise à Argenteuil.

— Une location ?

— En principe. La voiture devait être rendue dans un jour ou deux par la femme.

— Cela ne se produira jamais.

— Bien sûr que non, mais ça pose une question, n'est-ce pas ? Pourquoi Caïn se donnerait-il le mal de se procurer une voiture de cette façon ?

— Pour s'en aller aussi loin que possible et le plus vite possible.

— Auquel cas l'information n'a pas de valeur, dit le mendiant. Mais il y a bien des façons de voyager plus vite et dans des conditions moins voyantes. Et Bourne ne pouvait guère se fier à un veilleur de nuit rapace ; l'homme pourrait fort bien attendre une récompense de la Sûreté. Ou de quelqu'un d'autre.

— Où veux-tu en venir ?

— A mon avis, Bourne a pu se procurer une voiture dans le seul but de suivre quelqu'un d'ici à Paris. Pas question de flâner dans des lieux publics où on pourrait le repérer, pas de voiture de location dont on pourrait retrouver la trace, pas de recherche frénétique de taxi introuvable. Au lieu de cela, un simple échange de plaque minéralogique et une Renault noire toute banale dans les rues encombrées. Où commencerait-on à chercher ? »

La silhouette se tourna. « La femme Lavier, murmura l'assassin, et tous les autres qu'il soupçonne aux Classiques. C'est le seul point de départ qu'il ait. On va les surveiller, et d'ici à quelques jours — quelques heures peut-être — on repérera une Renault noire banale et on le découvrira. As-tu le signalement de la voiture ?

— Jusqu'à trois éraflures sur l'aile arrière gauche.

— Bon. Répands la nouvelle auprès des vieux. Passe les rues au peigne fin, les garages, les parkings. Celui qui la retrouvera n'aura jamais à rechercher du travail.

— A ce propos... »

Une enveloppe fut glissée sous le rideau. « Si ta théorie se révèle juste, considère ceci comme un premier versement.

— Mais j'ai raison, Carlos.

— Pourquoi es-tu si convaincu ?

— Parce que Caïn fait ce que tu ferais, ce que j'aurais fait... autrefois. Il faut le respecter.

— Il faut le tuer, dit l'assassin. Il y a une certaine symétrie dans la chronologie. Dans quelques jours, ce sera le 25 mars. Le 25 mars 1968, Jason Bourne a été exécuté dans la jungle Tam Quan. Mais voilà qu'aujourd'hui, des années plus tard — presque jour pour jour —, un autre Jason Bourne est traqué, les Américains aussi impatients que nous de le voir tué. Je me demande cette fois lequel de nous pressera la détente.

— Ça a une importance ?

— Moi, je le veux, murmura la silhouette. Il n'a jamais été réel, et c'est le crime que je lui reproche. Dis aux vieux que si l'un d'eux le retrouve, qu'il prévienne le parc Monceau mais qu'il ne fasse rien.

Ne pas le perdre de vue mais ne rien faire ! Je le veux vivant le 25 mars. Le 25 mars, je l'exécuterai moi-même et je remettrai son corps aux Américains.

— L'ordre va en être donné aussitôt.

— *Angelus domini*, enfant de Dieu.

— *Angelus domini* », fit le mendiant.

26

Le vieux soldat marchait en silence auprès de son compagnon dans une allée baignée de lune du Bois de Boulogne. Ni l'un ni l'autre ne parlaient car ils en avaient déjà trop dit : avoué, récusé et réaffirmé. Villiers avait besoin de réfléchir et d'analyser, pour accepter ou pour rejeter avec violence ce qu'il venait d'apprendre. Sa vie serait infiniment plus supportable s'il pouvait riposter avec colère, dénoncer le mensonge et retrouver sa santé d'esprit. Mais il ne pouvait pas faire cela impunément : c'était un soldat et se détourner n'était pas son style.

Il y avait une trop grande sincérité chez son compagnon. Dans ses yeux, dans sa voix, dans chacun de ses gestes. L'homme sans nom ne mentait pas. L'ultime trahison, c'était chez Villiers qu'elle se trouvait. Cela expliquait tant de choses qu'il n'avait pas osé mettre en doute plus tôt. Et maintenant il était un vieil homme qui avait envie de pleurer.

Pour l'homme sans mémoire, il n'y avait pas grand-chose à changer ni à inventer ; pas besoin de faire appel à ses talents de caméléon. Son histoire était convaincante parce que son élément le plus vital s'appuyait sur la vérité. Il devait retrouver Carlos, apprendre ce que savait l'assassin ; il n'y aurait pas de vie pour lui s'il échouait. Au-delà de cela, il ne voulait rien dire. Aucune allusion à Marie Saint-Jacques ni à l'île de Port-Noir, ni à un message adressé par un ou des inconnus, pas davantage à une coquille vide qui était peut-être, ou n'était peut-être pas, quelqu'un qu'il était ou qu'il n'était pas — on ne pouvait même pas être sûr que les fragments de souvenirs qu'il possédait lui appartenaient bien. De tout cela, on ne soufflait mot. En fait, il raconta tout ce qu'il savait sur l'assassin nommé Carlos. Cette masse de connaissances était si énorme que durant son récit Villiers le fixa avec stupéfaction, reconnaissant au passage des renseignements qu'il savait être ultra-confidentiels, bouleversé par des éléments nouveaux et étonnants qui coïncidaient avec une douzaine de théories existantes mais qu'il n'avait jamais entendu exposer avec une telle clarté. A cause de son fils, le général avait eu accès aux dossiers les plus secrets de son pays sur Carlos, et rien dans ces documents ne valait la formidable collection de faits que possédait son compagnon.

« Cette femme avec qui vous avez parlé à Argenteuil, celle qui téléphone chez moi, qui vous a avoué servir de courrier...

— Elle s'appelle Lavier », l'interrompit Bourne.

Le général marqua un temps. « Merci. Elle vous a percé à jour ; elle a fait prendre votre photo ?

— Oui.

— Ils n'avaient pas de photo auparavant ?

— Non.

— Alors, tandis que vous poursuivez Carlos, il vous traque à son tour. Mais vous n'avez pas de photo ; vous ne connaissez que deux courriers, dont l'un était chez moi.

— Oui.

— En train de parler avec ma femme.

— Oui. »

Le vieil homme détourna la tête. La période de silence avait commencé.

Ils arrivèrent au bout de l'allée où se trouvait un lac en miniature. Il était bordé de gravier blanc, avec des bancs tous les quatre ou cinq mètres, entourant l'eau comme une garde d'honneur devant un tombeau de marbre noir. Ils allèrent jusqu'au second banc. Ce fut Villiers qui rompit le silence.

« J'aimerais m'asseoir, dit-il. Avec l'âge, mon énergie diminue. Ça m'embarrasse souvent.

— Il n'y a pas de raison, dit Bourne en s'asseyant auprès de lui.

— En effet, convint le général, mais c'est comme ça. (Il se tut un moment avant d'ajouter doucement :) Fréquemment en compagnie de ma femme.

— Ce n'est pas nécessaire, dit Jason.

— Vous vous méprenez, dit le vieil homme en se tournant vers lui. Je ne parle pas du lit. Il y a simplement des moments où j'éprouve le besoin de restreindre mes activités : de quitter un dîner de bonne heure, de m'absenter pour aller passer un week-end sur la Méditerranée, ou quelques jours sur les pentes de Gstaad.

— Je ne suis pas sûr de bien comprendre.

— Ma femme et moi sommes souvent séparés. A bien des égards, nous menons des vies tout à fait différentes, chacun, bien sûr, prenant plaisir aux occupations de l'autre.

— Je ne comprends toujours pas.

— Faut-il que je sois plus précis ? fit Villiers. Quand un vieil homme découvre une superbe jeune femme qui ne demande qu'à partager sa vie, certaines choses vont de soi, d'autres ne sont pas si évidentes. Il y a, bien sûr, la sécurité financière et, dans mon cas, une certaine mesure de vie publique. Le confort matériel, l'accès aux grandes maisons, l'amitié avec les gens célèbres : tout cela est très compréhensible. En échange, on ramène chez soi une belle compagne, on la montre à ses pairs — c'est un peu comme une forme de constante virilité. Mais il y a toujours des doutes. (Le vieux soldat s'interrompit quelques instants ; ce qu'il avait à dire n'était pas facile.)

» Va-t-elle prendre un amant ? poursuivit-il doucement. A-t-elle envie d'un corps plus jeune, plus ferme, plus en accord avec le sien ? Si c'est oui, on peut l'accepter — même en être soulagé, j'imagine — en priant le ciel qu'elle ait le bon sens d'être discrète. Un politicien cocu perd son siège plus vite qu'un alcoolique épisodique, cela veut dire qu'il a tout à fait perdu la main. Il y a d'autres préoccupations. Fera-t-elle mauvais usage de son nom ? Condamnera-t-elle publiquement un adversaire que l'on est en train d'essayer de convaincre ? Il y a les inclinations de la jeunesse ; on peut s'en accommoder, cela fait partie des risques de l'échange. Mais il y a un doute sous-jacent qui, s'il se révélait justifié, ne saurait être toléré. Et c'est qu'elle fait partie d'un dessein. Depuis le début.

— Vous en avez eu l'impression alors ? demanda Jason.

— Des impressions ne sont pas la réalité ! riposta avec véhémence le vieux soldat. Elles n'ont pas de place pour les observations sur le terrain.

— Alors pourquoi me dites-vous cela ? »

Villiers renversa la tête en arrière, puis se pencha de nouveau, les yeux fixés sur l'eau. « Il pourrait y avoir une explication simple à ce que nous avons vu tous deux ce soir. Je prie que ce soit le cas et je tiens à lui donner toutes les occasions de me le montrer. (Le vieil homme marqua un nouveau temps.) Mais au fond de mon cœur je sais que ce ne sera pas le cas. Je l'ai su dès l'instant où vous m'avez parlé des Classiques. J'ai regardé la rue, la porte de chez moi, et soudain un certain nombre de choses sont douloureusement tombées en place. Depuis deux heures, je joue l'avocat du diable ; inutile de continuer. Il y a eu mon fils avant qu'il y ait cette femme.

— Mais vous disiez que vous aviez confiance en son jugement. Qu'elle vous était d'un grand secours.

— Exact. Vous comprenez, je voulais lui faire confiance, j'y tenais désespérément. La chose la plus facile du monde est de vous convaincre que vous avez raison. C'est encore plus facile en vieillissant.

— Qu'est-ce qui est tombé en place pour vous ?

— L'aide même qu'elle m'a apportée, la confiance

que j'ai placée en elle. (Villiers se retourna pour regarder Jason.) Vous avez une extraordinaire connaissance de Carlos. J'ai étudié ces dossiers aussi attentivement que personne, car je donnerais plus que n'importe qui pour le voir arrêté et exécuté, moi faisant office tout seul de peloton d'exécution. Et si gonflés qu'ils soient, ces dossiers n'approchent pas de ce que vous savez. Pourtant, vous ne vous concentrez que sur ses meurtres, ses méthodes d'assassinat. Vous avez négligé l'autre aspect de Carlos. Non, il ne se contente pas de vendre son arme, il vend les secrets d'un pays.

— Je sais cela, dit Bourne. Ça n'est pas l'aspect...

— Par exemple, poursuivit le général comme s'il n'avait pas entendu Jason, j'ai accès à des documents confidentiels concernant la sécurité militaire et nucléaire de la France. Cinq autres hommes peut-être — tous au-dessus de tout soupçon — y ont accès aussi. Pourtant, avec une exaspérante régularité, nous constatons que Moscou a appris ceci, Washington cela, Pékin quelque chose d'autre.

— Vous avez discuté de cela avec votre femme ? demanda Bourne, surpris.

— Bien sûr que non. Chaque fois que j'apporte chez moi ce genre de documents, ils sont enfermés dans un coffre de mon bureau. Personne ne peut y entrer sauf en ma présence. Il n'y a qu'une seule autre personne à en posséder une clef, une seule autre personne à connaître le fonctionnement du système d'alarme. Ma femme.

— Cela me semblerait aussi dangereux que de discuter le contenu de ces dossiers. On pourrait fort bien lui arracher ces deux secrets.

— J'avais une raison. Je suis à l'âge où l'inattendu est un événement quotidien ; je vous renvoie aux rubriques nécrologiques. S'il m'arrivait quelque chose, elle a mission de téléphoner au conseiller militaire, de descendre dans mon bureau et de rester auprès de ce coffre jusqu'à ce qu'arrive le personnel de la Sécurité.

— Ne pourrait-elle pas simplement rester près de la porte ?

— On a vu des hommes de mon âge être foudroyés à leur bureau, dit Villiers en fermant les yeux. Depuis le début, ça a été elle. La seule maison, le seul endroit qui semblaient impossibles.

— Vous êtes certain ?

— Plus que je n'ose me l'avouer. C'est elle qui a insisté pour le mariage. J'ai sans cesse invoqué la différence d'âges, mais elle ne voulait rien entendre. C'étaient les années passées ensemble qui comptaient, prétendait-elle, pas celles qui séparaient nos dates de naissance. Elle a proposé de signer un document par lequel elle renonçait à toute prétention sur l'héritage Villiers et, bien sûr, je n'ai pas voulu en entendre parler, car c'était la preuve de son engagement envers moi. Le proverbe a bien raison : il n'y a pas plus parfait imbécile que le vieil imbécile. Pourtant il y avait toujours les doutes ; ils venaient avec les voyages, avec les séparations inattendues.

— Inattendues ?

— Elle a de nombreux intérêts qui sans cesse réclament son attention. Un musée franco-suisse à Grenoble, une galerie d'art à Amsterdam, un monument à la résistance à Boulogne-sur-Mer, une stupide conférence sur l'océanographie à Marseille. Nous avons eu une rude discussion à propos de cette séparation-là. J'avais besoin d'elle à Paris ; il y avait des réceptions diplomatiques auxquelles je devais assister et je la voulais avec moi. Elle n'a pas voulu rester. On aurait cru qu'on lui ordonnait de se trouver ici, ou là, à tel moment. »

Grenoble... près de la frontière suisse, à une heure de Zurich. Amsterdam, Boulogne-sur-Mer... sur la Manche, à une heure de Londres. Marseille... Carlos.

« Quand a eu lieu la conférence à Marseille ? demanda Jason.

— En août dernier, je crois. Vers la fin du mois.

— Le 26 août, à cinq heures de l'après-midi,

l'ambassadeur Howard Leland a été assassiné sur les quais de Marseille.

— Oui, je sais, fit Villiers. Vous en avez déjà parlé. Je déplore la disparition de l'homme, pas de ses jugements. (Le vieux soldat s'arrêta ; il leva les yeux vers Bourne.) Mon Dieu, murmura-t-il. Elle devait être avec lui. Carlos la convoquait et elle venait. Elle obéissait.

— Je ne suis jamais allé aussi loin, dit Jason. Je vous jure que je la considérais comme un relais... un relais aveugle. Je ne suis jamais allé aussi loin. »

Soudain, de la gorge du vieil homme monta un cri — un hurlement profond, vibrant d'angoisse et de haine. Il porta les mains à son visage, la tête une fois de plus renversée en arrière dans le clair de lune ; et il éclata en sanglots.

Bourne ne bougea pas ; il ne pouvait rien faire. « Je suis navré », dit-il.

Le général se domina. « Moi aussi, finit-il par répondre. Pardonnez-moi.

— Je vous en prie.

— Mais si. N'en parlons plus. Je vais faire ce qu'il faut faire.

— C'est-à-dire ? »

Le vieux soldat était assis très droit sur le banc, la mâchoire crispée. « Vous pouvez me poser cette question ?

— Il le faut bien.

— Avoir fait ce qu'elle a fait n'est guère différent d'avoir fait tuer mon enfant qu'elle n'a pas porté. Elle prétendait tenir à sa mémoire. Pourtant elle a été et elle est toujours une complice de son meurtre. Et depuis tout ce temps elle a commis une seconde trahison contre la patrie que j'ai servie toute ma vie.

— Vous allez la tuer ?

— Je vais la tuer. Elle me dira la vérité, et puis elle mourra.

— Elle niera tout.

— J'en doute.

— C'est insensé !

— Jeune homme, j'ai passé la moitié d'un siècle à prendre au piège et à combattre les ennemis de la France même quand c'étaient des Français. Nous saurons la vérité.

— Que pensez-vous qu'elle va faire ? Rester assise à vous écouter et avouer calmement qu'elle est coupable ?

— Elle ne fera rien avec calme. Mais elle avouera ; elle le proclamera.

— Pourquoi le ferait-elle ?

— Parce que, quand je l'accuserai, elle aura l'occasion de me tuer. Lorsqu'elle le tentera, j'aurai mon explication, vous ne trouvez pas ?

— Vous prendriez ce risque ?

— Il le faut bien.

— Et si elle ne le tente pas, si elle n'essaie pas de vous tuer ?

— Il y aurait une autre explication, dit Villiers. Dans ce cas peu probable, si j'étais vous, monsieur, je garderais mes flancs. (Il secoua la tête.) Mais ça n'arrivera pas. Nous le savons tous les deux, moi encore plus nettement que vous.

— Ecoutez-moi, insista Jason. Vous dites qu'il y a d'abord eu votre fils. Pensez à lui ! Poursuivez le tueur, pas la complice. Votre femme représente une terrible blessure pour vous, mais lui est une blessure encore plus profonde. Mettez la main sur l'homme qui a tué votre fils ! Au bout du compte, vous aurez les deux. Ne l'affrontez pas ; pas encore. Utilisez ce que vous savez contre Carlos. Chassez-le avec moi. Personne n'a jamais été aussi près.

— Vous demandez plus que je ne peux en donner, dit le vieil homme.

— Pas si vous pensez à votre fils. Si vous pensez à vous-même, oui. Mais pas si vous pensez à la rue du Bac.

— Vous êtes extrêmement cruel, monsieur.

— J'ai raison et vous le savez. »

Un nuage passa dans le ciel nocturne, bloquant un instant la lumière de la lune. L'obscurité était complète ; Jason frissonna. Le vieux soldat reprit d'un ton résigné : « Oui, vous avez raison, dit-il. Vous êtes extrêmement cruel et vous avez entièrement raison. C'est le tueur, pas la putain qu'il faut arrêter. Comment allons-nous travailler ensemble ? Chasser ensemble ? »

Bourne ferma un instant les yeux avec soulagement. « Ne faites rien. Carlos doit me rechercher dans tout Paris. J'ai tué ses hommes, découvert un relais, trouvé un contact. Je suis trop près de lui. A moins que nous ne nous trompions tous les deux, votre téléphone va sonner de plus en plus souvent. Je vais m'en assurer.

— Comment cela ?

— Je vais intercepter une demi-douzaine d'employés des Classiques. Plusieurs vendeuses, Jacqueline Lavier, Bergeron peut-être et certainement le standardiste. Ils parleront. Et moi aussi. Votre téléphone n'aura jamais été aussi occupé.

— Mais et moi ? Qu'est-ce que je fais ?

— Restez chez vous. Dites que vous ne vous sentez pas bien. Et chaque fois que le téléphone sonne, restez près de la personne qui répond quand ça n'est pas vous. Ecoutez la conversation, essayez de découvrir des codes, interrogez les domestiques sur ce qu'on leur a dit. Vous pourriez même écouter. Si vous entendez quelque chose, parfait, mais ça ne sera sans doute pas le cas. Quiconque sera en ligne saura que vous avez décroché. Quand même, ce sera frustrant pour le relais. Et selon la position de votre femme...

— De cette putain, interrompit le vieux soldat.

— ...dans la hiérarchie de Carlos, nous pourrions même le forcer à se découvrir.

— Là encore, comment ?

— Ses lignes de communication vont être perturbées. Le relais sûr, impensable, doit se trouver compromis. Il réclamera un rendez-vous à votre femme.

— Il n'irait quand même pas annoncer la couleur.

— Il est bien obligé de le lui dire à elle. (Bourne s'interrompit, une autre idée lui venait.) Si la perturbation est assez sévère, il y aura ce coup de téléphone, ou bien cette personne que vous ne connaissez pas qui viendra chez vous, et peu après votre femme vous annoncera qu'elle doit se rendre quelque part. Quand cela arrivera, insistez pour qu'elle laisse un numéro où on puisse la contacter. Soyez ferme là-dessus ; vous n'essayez pas de l'empêcher de partir, mais vous *devez* pouvoir la joindre. Racontez-lui n'importe quoi... dites qu'il s'agit d'un problème militaire extrêmement confidentiel dont vous ne pouvez pas parler pour l'instant. Vous voudrez peut-être en discuter avec elle avant de donner un avis. Elle va sans doute sauter là-dessus.

— A quoi cela servira-t-il ?

— Elle vous dira où elle est. Peut-être où est Carlos. Sinon Carlos, assurément d'autres plus proches de lui. Alors contactez-moi. Je vous donnerai une adresse d'hôtel et un numéro de chambre. Le nom sous lequel je serai inscrit est sans importance, ne vous en occupez pas.

— Pourquoi ne me donnez-vous pas votre vrai nom ?

— Parce que si jamais vous le mentionniez — consciemment ou inconsciemment — vous seriez un homme mort.

— Je ne suis pas sénile.

— Non, pas du tout. Mais vous êtes un homme qui a été très durement touché. Aussi durement qu'on peut l'être, je crois. Vous avez le droit de risquer votre vie ; je n'ai pas le droit de vous l'imposer.

— Vous êtes un homme étrange, monsieur.

— Oui. Si je ne suis pas là quand vous appellerez, une femme répondra. Elle saura où je suis. Nous mettrons au point des horaires pour les messages.

— Une femme ? fit le général sur la défensive. Vous n'avez rien dit d'une femme ni de personne d'autre.

— Il n'y a personne d'autre. Sans elle, je ne serais pas en vie. Carlos nous poursuit tous les deux ; il a essayé de nous tuer tous les deux.

— Est-elle au courant pour moi ?

— Oui. C'est elle qui a dit que ça ne pouvait pas être vrai. Que vous ne pouviez pas être allié avec Carlos. Moi, je croyais que vous l'étiez.

— Peut-être que je la rencontrerai.

— C'est peu probable. Tant que Carlos n'a pas été pris — s'il *peut* être pris — pas question qu'on nous voie avec vous. Surtout pas avec vous. Ensuite — s'il y a un ensuite — vous n'aurez peut-être pas envie qu'on vous voie avec nous. Avec moi. Je suis franc avec vous.

— Je comprends cela, et je le respecte. En tous les cas, remerciez cette femme pour moi. Remerciez-la de croire que je ne saurais avoir de contacts avec Carlos. »

Bourne acquiesça de la tête. « Pouvez-vous être sûr que votre ligne personnelle n'est pas sur écoute ?

— Tout à fait. Et elle est examinée régulièrement ; tous les numéros de l'entourage du conseiller le sont.

— Chaque fois que vous attendrez un coup de fil de moi, répondez à l'appareil et éclaircissez-vous deux fois la gorge. Je saurai que c'est vous. Si pour une raison quelconque vous ne pouvez pas parler, dites-moi d'appeler votre secrétaire dans la matinée. Je rappellerai dix minutes plus tard. Quel est le numéro ? »

Villiers le lui donna. « Votre hôtel ? demanda le général.

— La Terrasse. Rue de Maistre, Montmartre. Chambre 420.

— A partir de quand y serez-vous ?

— Le plus tôt possible. Midi aujourd'hui.

— Soyez comme un loup dans une meute, dit le vieux soldat en se penchant, le commandant donnant ses ordres à son corps d'officiers. Frappez vite. »

27

« Elle a été *si* charmante, qu'il faut *absolument* que je fasse quelque chose pour elle, criait Marie au téléphone dans son français tempétueux. Et aussi pour cet exquis jeune homme ; il a été d'un si grand secours. Je vous assure, la robe a eu un succès fou ! Je leur en suis *si* reconnaissante.

— D'après vos descriptions, madame, répondit la voix masculine et cultivée du standardiste des Classiques, je suis certain que vous voulez parler de Janine et de Claude.

— Oui, bien sûr, Janine et Claude, je me souviens maintenant. Je vais leur mettre un mot à chacun avec un témoignage de mes remerciements. Connaîtriez-vous par hasard leurs noms de famille ? Vous comprenez, ça me semble si grossier d'adresser simplement des enveloppes à "Janine" et "Claude". Ça donne un peu l'impression d'écrire à des domestiques, vous ne trouvez pas ? Pourriez-vous demander à Jacqueline ?

— Ce n'est pas nécessaire, madame. Je les connais. Et puis-je me permettre d'ajouter que Madame est aussi sensible qu'elle est généreuse. Janine Dolbert et Claude Oreale.

— Janine Dolbert et Claude Oreale, répéta Marie, en regardant Jason. Janine est mariée à cet amour de pianiste, n'est-ce pas ?

— Je ne crois pas que Mlle Dolbert soit mariée.

— Bien sûr. Je confonds avec quelqu'un d'autre.

— Si je puis, madame, je n'ai pas compris votre nom à vous.

— Que c'est stupide de ma part ! (Marie éloigna le combiné et haussa la voix.) Chéri, te voilà rentré, tu es en avance ! C'est merveilleux. Je suis en train de parler à ces gens adorables des Classiques... mais oui, tout de suite, mon cher. (Elle approcha le téléphone de ses lèvres.) Merci encore infiniment. Vous avez été *extrêmement* aimable. (Elle raccrocha.) Comment est-ce que je m'en suis tirée ?

— Si jamais tu décides de renoncer à l'économie, dit Jason en consultant l'annuaire du téléphone de Paris, lance-toi dans les soldes. J'ai cru chaque mot que tu as dit.

— Les descriptions étaient-elles exactes ?

— Tu as été parfaite. Très joli détail, le coup du pianiste.

— L'idée m'est venue tout d'un coup que si elle était mariée, le téléphone serait au nom de son mari.

— Il ne l'est pas, l'interrompit Bourne. Voici. Dolbert, Janine, rue Raymond-Losserand. (Jason nota l'adresse.) Oreale, c'est avec un O majuscule, n'est-ce pas ? Pas Au.

— Je crois, fit Marie en allumant une cigarette. Tu vas vraiment aller chez eux ? »

Bourne acquiesça. « Si je passais faubourg Saint-Honoré, Carlos fait sûrement surveiller les lieux.

— Et les autres ? Lavier, Bergeron, le type qui est au standard.

— Demain. Aujourd'hui, c'est pour la lame de fond.

— Comment ça ?

— Pour les faire tous parler. Traîner en disant des choses qui ne devraient pas être dites. D'ici à l'heure de la fermeture, dans tout le magasin on parlera de Dolbert et d'Oreale. Je contacterai les deux autres ce soir ; ils appelleront Jacqueline Lavier et le standardiste. Nous aurons la première onde de choc, et puis la seconde. Cet après-midi, le téléphone du général va commencer à sonner. Demain matin, la panique devrait être totale.

— Deux questions, dit Marie, en se levant du bord du lit et en s'approchant de lui. Comment vas-tu éloigner deux employés des Classiques pendant les heures d'ouverture de la boutique ? Et quels gens vas-tu contacter ce soir ?

— Personne ne vit en vase clos, répondit Bourne, en regardant sa montre. Surtout dans la haute couture. Il est maintenant onze heures et quart ; à midi je serai à l'appartement de Dolbert et je la ferai contacter à son travail par le concierge. Il lui dira de rentrer tout de suite chez elle. Qu'il y a un problème urgent et très personnel qu'elle doit absolument régler.

— Quel problème ?

— Je ne sais pas, mais qui n'en a pas ?

— Tu feras la même chose avec Oreale ?

— Ce sera probablement encore plus efficace.

— Jason, tu es terrible.

— Je suis terriblement sérieux, dit Bourne, son doigt suivant une fois de plus une colonne de noms. Le voilà. Oreale, Claude, Giselle. Pas de commentaires. Rue Racine. Je le contacterai vers trois heures ; quand j'aurai fini, il rentrera droit faubourg Saint-Honoré et se mettra à hurler.

— Et les deux autres ? Qui sont-ils ?

— J'aurai leurs noms soit par Oreale, soit par Dolbert, soit par les deux. Ils ne le sauront pas, mais je compte sur eux pour ma seconde onde de choc.

Jason attendait dans l'ombre du porche, rue Raymond-Losserand. Il était à cinq mètres de l'entrée du petit immeuble de Janine Dolbert où, quelques instants plus tôt, un concierge abasourdi et brusquement enrichi avait rendu à un étranger qui s'exprimait bien le service de téléphoner à Mlle Dolbert à son travail pour lui annoncer qu'un monsieur dans une voiture avec chauffeur était passé deux fois la demander. Il revenait une nouvelle fois ; que devait faire le concierge ?

Un petit taxi noir s'arrêta au bord du trottoir et une Janine Dolbert au comble de l'agitation en jaillit littéralement. Jason se précipita, l'interceptant à quelques mètres seulement de l'entrée. « Vous avez été rapide, dit-il, en lui touchant le coude. Enchanté de vous revoir. Vous m'avez beaucoup aidé l'autre jour. »

Janine Dolbert le dévisage, bouche bée. «C'est vous.

L'Américain, dit-elle en anglais. Monsieur Briggs, n'est-ce pas ? Ça n'est pas vous qui...

— J'ai dit à mon chauffeur de prendre une heure. Je voulais vous voir en tête à tête.

— Moi ? Pourquoi donc aviez-vous envie de me voir ?

— Vous ne savez pas ? Alors pourquoi êtes-vous rentrée ici en courant ? »

Les grands yeux, sous les cheveux courts coiffés en frange, étaient fixés sur les siens, son visage pâle plus pâle encore dans le soleil. « Vous êtes de la maison d'Azur alors ? demanda-t-elle d'un ton incertain.

— Cela se pourrait, fit Bourne en lui serrant un peu plus le coude. Et alors ?

— J'ai remis ce que j'avais promis. Il n'y aura rien de plus, nous étions d'accord là-dessus.

— Vous êtes sûre ?

— Ne soyez pas idiot ! Vous ne connaissez pas la couture à Paris. Quelqu'un sera furieux contre quelqu'un d'autre et fera des commentaires désagréables dans votre propre atelier. Et quand les collections d'automne sortiront et que vous exhiberez la moitié des modèles de Bergeron avant lui, combien de temps croyez-vous que je pourrai rester aux Classiques ? Je suis seconde de Mme Lavier, je suis une des rares à avoir accès à son bureau. Vous feriez mieux de vous occuper de moi comme promis. Dans une de vos boutiques de Los Angeles.

— Marchons un peu, fit Jason en l'entraînant avec douceur. Vous vous êtes trompée d'homme, Janine. Je n'ai jamais entendu parler de la maison d'Azur et je ne m'intéresse pas le moins du monde aux modèles volés... sauf quand ce détail peut être utile.

— Oh ! mon Dieu...

— Continuez à marcher, fit Bourne sans lui lâcher le bras. J'ai dit que je voulais vous parler.

— De quoi ? Que voulez-vous de moi ? Comment vous êtes-vous procuré mon nom ? (Les mots venaient rapidement maintenant, les phrases se chevauchaient.) Je suis partie déjeuner de bonne heure et il faut que je rentre tout de suite ; nous avons beaucoup de travail aujourd'hui. Je vous en prie... vous me faites mal au bras.

— Pardon.

— Ce que j'ai dit, c'était stupide. Un mensonge. Dans la boutique, nous avons entendu des rumeurs ; je vous mettais à l'épreuve. C'est ça que je faisais, je vous mettais à l'épreuve !

— Vous êtes très convaincante. Je veux bien accepter votre explication.

— Je suis loyale aux Classiques. J'ai toujours été loyale.

— C'est une belle qualité, Janine. J'admire la loyauté. Je le disais l'autre jour à... comment s'appelle-t-il ?... Un type charmant qui est au standard. Comment s'appelle-t-il déjà ? J'ai oublié.

— Philippe, dit la vendeuse, prévenante et effrayée. Philippe Danjou.

— C'est ça. Merci. (Ils parvinrent à une ruelle étroite entre deux immeubles. Jason l'y entraîna.) Faisons là quelques pas, quittons un peu la rue. Ne vous inquiétez pas, vous ne serez pas en retard. Je ne vais prendre que quelques minutes de votre temps. (Ils firent une dizaine de pas à l'entrée de la ruelle. Bourne s'arrêta ; Janine Dolbert s'adossa au mur de brique.) Cigarette ? proposa-t-il en prenant un paquet dans sa poche.

— Oui, merci. »

Il la lui alluma, remarquant qu'elle avait la main qui tremblait. « Vous êtes détendue maintenant ?

— Oui. Non, pas vraiment. Que voulez-vous, monsieur Briggs ?

— Pour commencer, je ne m'appelle pas Briggs, mais je pense que vous devez le savoir.

— Je ne le sais pas. Pourquoi le saurais-je ?

— J'étais sûr que la première de Jacqueline Lavier vous l'aurait dit.

— Monique ?

— Utilisez les noms de famille, je vous prie. L'exactitude est importante.

— Alors Brielle, fit Janine en fronçant les sourcils d'un air curieux. Elle vous connaît ?

— Pourquoi ne pas le lui demander ?

— Comme vous voulez. De quoi s'agit-il, monsieur ? »

Jason secoua la tête. « Vous ne savez vraiment pas, alors ? Les trois quarts des employés des Classiques travaillent avec nous et l'une des plus brillantes n'a même pas été contactée. Bien sûr, il a été possible que quelqu'un ait pensé que vous présentiez un risque ; ça arrive.

— Qu'est-ce qui arrive ? Quel risque ? Qui êtes-vous donc ?

— Nous n'avons pas le temps maintenant. Les autres pourront vous renseigner. Je suis ici parce que nous n'avons jamais reçu de rapports de vous, et pourtant vous êtes toute la journée en contact avec la clientèle de choix.

— Il faut être plus clair, monsieur.

— Disons que je suis le porte-parole d'un groupe de gens — Américains, Français, Anglais, Hollandais — qui traquent un tueur, lequel a assassiné des chefs politiques et militaires dans chacun de nos pays.

— Assassiné ? Des chefs politiques, militaires... (Janine ouvrit toute grande la bouche, la cendre de sa cigarette se brisant pour se répandre sur sa main droite.) Qu'est-ce que c'est ? De quoi parlez-vous ? Je n'ai rien entendu de tout cela !

— Je ne peux que vous faire mes excuses, murmura Bourne d'un ton sincère. Vous auriez dû être contactée voilà plusieurs semaines. C'était une erreur de la part de mon prédécesseur. Je suis navré ; ce doit être un choc pour vous.

— C'est un choc, en effet, monsieur, murmura la vendeuse, son corps tendu comme un roseau contre la brique du mur. Vous parlez de choses qui dépassent ma compréhension.

— Mais maintenant, moi, je comprends, l'interrompit Jason. Pas un mot de vous sur qui que ce soit. Tout est clair maintenant.

— Pas pour moi.

— Nous traquons Carlos. L'assassin connu sous le nom de Carlos.

— *Carlos ?* » La cigarette tomba de la main de Janine Dolbert, le choc était total.

« C'est un de vos plus fréquents clients, tout le démontre. Nous avons ramené les probabilités à huit hommes. Le piège est tendu pour un de ces prochains jours, et nous prenons toutes les précautions possibles.

— Des précautions ?...

— Il y a toujours le danger des otages, nous le savons. Nous nous attendons à une fusillade, mais elle sera réduite à un minimum. Le problème fondamental sera Carlos lui-même. Il a juré de ne jamais se laisser prendre vivant ; il arpente les rues, les poches bourrées d'explosifs dont la puissance totale doit dépasser celle d'une bombe de cinq cents kilos. Mais nous pouvons faire face à cela. Nos tireurs d'élite seront sur place ; une seule balle dans la tête et tout sera fini.

— *Une seule balle !...* »

Bourne jeta soudain un coup d'œil à sa montre. « J'ai pris assez de votre temps. Il faut que vous retourniez au magasin et moi à mon poste. Rappelez-vous, si vous me voyez dehors, vous ne me connaissez pas. Si je viens aux Classiques, traitez-moi comme n'importe quel riche client. *Sauf* si vous avez repéré un client dont vous pensez qu'il puisse être notre homme ; alors ne perdez pas de temps à me le dire. Une fois encore, je suis navré de tout cela. Il s'agit d'une simple rupture dans les communications, voilà tout. Ça arrive.

— Une rupture ?... »

Jason hocha la tête, fit demi-tour et regagna d'un pas rapide l'entrée de la ruelle. Il s'arrêta et jeta un dernier coup d'œil à Janine Dolbert. Elle était adossée au mur, dans un état quasi comateux ; pour elle, le monde élégant de la haute couture était en train de tourbillonner follement, hors de son orbite.

Philippe Danjou. Le nom ne lui disait rien, mais Bourne ne pouvait pas s'en empêcher. Il ne cessait de le répéter dans sa tête en essayant d'évoquer une image... tout comme le visage du standardiste aux cheveux gris donnait naissance à de si violentes images de ténèbres et d'éclairs lumineux. *Philippe Danjou.* Rien. Rien du tout. Pourtant, il y avait eu quelque chose qui avait fait se nouer l'estomac de Jason, ses muscles s'étaient tendus, il avait eu l'impression de se heurter... à des ténèbres.

Il était assis derrière la vitre et près de la porte d'un café de la rue Racine, prêt à se lever et à partir dès l'instant où il verrait la silhouette de Claude Oreale se présenter sur le seuil du vieil immeuble, de l'autre côté de la rue. Il habitait au cinquième étage un appartement qu'il partageait avec deux autres hommes et où l'on n'accédait qu'en grimpant à pied un escalier usé. Lorsqu'il arriverait, Bourne était certain que ce serait en courant.

Car Claude Oreale, qui s'était montré si expansif avec Jacqueline Lavier dans un autre escalier faubourg Saint-Honoré, s'était entendu dire au téléphone, par une propriétaire édentée, de rappliquer sa sale gueule rue Racine et de mettre un terme aux hurlements et au tohu-bohu de meubles dont son appartement du cinquième était le théâtre. Ou bien il faisait cesser ce vacarme, ou bien on appelait la police ; il avait vingt minutes pour se montrer.

Il mit un quart d'heure. Sa frêle silhouette, enfermée dans un costume de Pierre Cardin — le pan de la veste battant au vent —, remontait le trottoir en courant. Il évitait les collisions avec l'agilité d'un coureur de cross en perte de forme et entraîné par les ballets russes. Son cou mince était tendu en avant, ses longs cheveux bruns étaient comme une crinière qui flottait parallèle au trottoir. Il arriva à l'entrée et empoigna la rampe, enjambant les marches et plongeant dans l'obscurité du vestibule.

Jason quitta rapidement le café et traversa la rue. Il se précipita jusqu'au vieil escalier puis s'attaqua aux marches craquelées. Du palier du quatrième, il entendit des coups frappés sur la porte à l'étage au-dessus.

« *Ouvrez ! Ouvrez ! Vite, nom de Dieu !* » Oreale s'arrêta, le silence qui régnait à l'intérieur peut-être plus effrayant que tout le reste. Bourne escalada les marches jusqu'au moment où il aperçut Oreale entre les barreaux de la rampe et le plancher. Le corps frêle de l'employé était plaqué contre la porte, les mains à plat de chaque côté, les doigts écartés, l'oreille collée au bois, le visage congestionné. Tout en jaillissant sur le palier, Jason cria dans un français guttural de bureaucrate : « Sûreté ! Restez exactement où vous êtes, jeune homme. Pas de bêtises. Ça fait un moment que nous vous observons, vos amis et vous. Nous sommes au courant pour la chambre noire.

— Non ! hurla Oreale. Je n'y suis pour rien, je le jure ! »

La chambre noire ?

Bourne leva la main. « Taisez-vous. Ne criez pas comme ça ! » Aussitôt il se pencha par-dessus la rampe pour regarder en bas.

« Vous ne pouvez pas m'impliquer ! poursuivit le vendeur. Je n'y suis pour rien ! Je leur ai dit je ne sais pas combien de fois de se débarrasser de tout ça ! Un jour ils se tueront. La drogue c'est pour les idiots ! Mon Dieu, que c'est calme. Je crois qu'ils sont tous morts ! »

Jason se redressa et s'approcha d'Oreale, les paumes levées. « Je vous ai dit de la boucler, souffla-t-il d'une voix rauque. Entrez là-dedans et taisez-vous ! Tout ça, c'était pour cette vieille garce en bas. »

Le vendeur était pétrifié. « Quoi ?

— Vous avez une clef, dit Bourne. Ouvrez la porte et entrez.

— Le verrou est mis, répondit Oreale. Il est toujours mis dans ces moments-là.

— Espèce d'idiot, il fallait vous faire venir ici sans que personne sache pourquoi. Ouvrez cette porte. Vite ! »

Terrifié, Claude Oreale fouilla dans sa poche et

trouva la clef. Il ouvrit la serrure et poussa la porte comme un homme qui pénétrerait dans une chambre froide emplie de corps mutilés. Bourne lui fit franchir le seuil, entra à son tour et referma la porte.

Ce qu'on apercevait de l'appartement n'allait guère avec le reste de l'immeuble. La salle de séjour de bonne taille était encombrée de meubles élégants et coûteux, avec des douzaines de coussins de velours rouges et jaunes répandus sur les divans, les fauteuils et le plancher. C'était une pièce érotique, un luxueux sanctuaire au milieu de ruines.

« Je n'ai que quelques minutes, dit Jason. Je n'ai le temps pour rien d'autre que pour les affaires.

— Les affaires ? demanda Oreale, l'air pétrifié. Cette... cette chambre noire ! Quelle chambre noire ?

— N'y pensez plus.

— De quelles affaires parlez-vous ?

— Nous avons reçu des instructions de Zurich et nous voulons que vous les transmettiez à votre amie Jacqueline Lavier.

— Mme Jacqueline ? Mon *amie* ?

— Nous ne pouvons pas nous fier aux téléphones.

— Quels téléphones ? Vous parlez d'instructions, lesquelles ?

— Carlos a raison.

— Carlos ? Carlos qui ?

— L'assassin. »

Claude Oreale poussa un hurlement. Il porta la main à sa bouche, se mordit la jointure de l'index et cria : « Qu'est-ce que vous dites ?

— Taisez-vous !

— Qu'est-ce que vous me racontez ?

— Vous êtes le numéro cinq. Nous comptons sur vous.

— Cinq quoi ? Vous comptez sur moi pour faire quoi ?

— Pour aider Carlos à échapper au filet. Il se resserre. Demain, après-demain, peut-être le jour d'après. Il ne doit pas se montrer ; il ne doit *absolument* pas se montrer. Ils vont cerner la boutique, des tireurs d'élite tous les trois mètres. La fusillade sera meurtrière ; s'il est là, ce pourrait être un massacre. Tous autant que vous êtes. Morts. »

Oreale poussa un nouveau cri. « Voulez-vous arrêter ça ! Je ne sais pas de quoi vous parlez ! Vous êtes fou et je ne veux plus entendre un mot... Je n'ai rien entendu. Carlos, une fusillade... des massacres ! Mon Dieu, je suffoque... j'ai besoin d'air !

— Vous aurez de l'argent. Beaucoup, j'imagine. Jacqueline Lavier vous remerciera. Ainsi que Danjou.

— Danjou ! Il me déteste ! Il me traite de paon, il m'insulte à la moindre occasion.

— Bien sûr, c'est sa couverture. En fait, il a beaucoup d'affection pour vous... Peut-être plus que vous ne vous en doutez. Il est le numéro six.

— Qu'est-ce que c'est, ces numéros ? Cessez de parler en chiffres !

— Comment voulez-vous que nous vous distinguions entre vous, que nous répartissions les missions ? Nous ne pouvons pas utiliser de noms.

— Qui ça nous ?

— Tous ceux d'entre nous qui travaillent pour Carlos. »

Le hurlement qu'il poussa était à vous déchirer les oreilles et il se mordit les doigts jusqu'au sang. « Je ne veux pas écouter ! Je suis un couturier, un artiste !

— Vous êtes le numéro cinq. Vous ferez exactement ce qu'on va vous dire ou bien vous ne reverrez jamais votre petit nid d'amour.

— *Aunghunn !*

— Cessez de crier ! Nous comprenons votre situation ; nous savons que vous êtes tous très tendus. A propos, nous n'avons pas confiance dans le comptable.

— Trignon ?

— Rien que des prénoms. L'obscurité est importante.

— Pierre, alors. Il est odieux. Il déduit le montant des communications de notre salaire.

— Nous pensons qu'il travaille pour Interpol.

— Interpol ?

— Si c'est le cas, vous pourriez tous passer dix ans en prison. Vous, Claude, vous seriez dévoré vivant.

— *Aunghunn !*

— Taisez-vous ! Faites simplement savoir à Bergeron ce que nous croyons. Ayez l'œil sur Trignon, surtout au cours des deux prochains jours. S'il quitte la boutique pour une raison quelconque, surveillez-le. Ça pourrait vouloir dire que le piège se referme. (Bourne se dirigea vers la porte, la main dans sa poche.) Il faut que je rentre, et vous aussi. Dites aux numéros de un à six tout ce que je vous ai dit. Il est essentiel que l'alerte soit donnée. »

Oreale se remit à crier, comme un hystérique. « Des chiffres ! Toujours des chiffres ! Qu'est-ce que ça veut dire ? Je suis un artiste, pas un numéro !

— Vous aurez une drôle de tête pour un artiste si vous ne retournez pas là-bas aussi vite que vous êtes venu ici. Contactez Mme Lavier, Danjou, Bergeron. Le plus vite possible. Et puis les autres.

— Quels autres ?

— Demandez au numéro deux.

— Le deux ?

— Dolbert. Janine Dolbert.

— *Janine.* Elle aussi ?

— Parfaitement. Elle est le numéro deux. »

Le vendeur agita les bras dans un geste de protestation désespérée. « Mais c'est fou, tout ça ! Ça ne rime à rien !

— Votre vie rime à quelque chose, Claude, dit Jason d'un ton grave. Pensez-y. J'attendrai sur le trottoir d'en face. Partez d'ici dans trois minutes exactement. Et n'utilisez pas le téléphone ; partez et rentrez aux Classiques. Si vous n'êtes pas sorti dans trois minutes, il faudra que je revienne. » Il tira la main de sa poche : elle tenait son pistolet.

Oreale poussa un profond soupir, le visage blême, les yeux fixés sur l'arme.

Bourne sortit et referma la porte derrière lui.

Le téléphone sonna sur la table de chevet. Marie regarda sa montre : huit heures et quart, et un moment elle eut peur. Jason avait dit qu'il appellerait à neuf heures. Il avait quitté La Terrasse après la tombée de la nuit vers sept heures, pour intercepter une vendeuse du nom de Monique Brielle. Son programme était précis et ne devait être interrompu qu'en cas d'urgence. Etait-il arrivé quelque chose ? « C'est bien la chambre 420 ? » demanda la voix masculine au bout du fil.

Marie sentit le soulagement l'envahir : c'était André Villiers. Le général avait appelé en fin d'après-midi pour annoncer à Jason que la panique était répandue aux Classiques ; sa femme avait été appelée au téléphone pas moins de six fois en une demi-heure. Pas une fois, pourtant, il n'avait pu entendre quoi que ce fût d'important, chaque fois qu'il avait décroché l'appareil, toute conversation sérieuse avait cédé la place à d'innocents bavardages.

« Oui, fit Marie. C'est le 420.

— Pardonnez-moi, nous ne nous sommes jamais parlé.

— Je sais qui vous êtes.

— Je connais votre existence aussi. Puis-je me permettre de vous dire merci.

— Je comprends. Je vous en prie.

— Venons-en au fait. Je téléphone de mon bureau et, bien sûr, il n'y a pas d'autre poste sur cette ligne. Dites à notre ami commun que la crise s'est précipitée. Ma femme s'est retirée dans sa chambre, se prétendant prise de nausées, mais de toute évidence elle n'est pas trop malade pour téléphoner. A diverses reprises, comme précédemment, j'ai décroché uniquement pour m'apercevoir qu'on guettait la moindre interférence. Chaque fois je me suis excusé de façon plutôt bourrue en disant que j'attendais un appel. Franchement, je ne suis pas tout à fait sûr que ma femme était convaincue, mais bien évidemment, elle n'est pas en mesure de m'interroger. Je vais vous dire les choses carrément, mademoiselle. Il y a entre nous une certaine tension qui s'accumule et sous la surface, c'est assez violent. Que Dieu me donne la force.

— Je ne peux que vous demander de vous souvenir de l'objectif, intervint Marie. N'oubliez pas votre fils.

— Oui, murmura le vieil homme. Mon fils. Et la putain qui prétend vénérer sa mémoire. Pardonnez-moi.

— Je vous en prie. Je transmettrai votre message à notre ami. Il doit m'appeler dans l'heure qui suit.

— Attendez, l'interrompit Villiers. Ce n'est pas tout. C'est la raison pour laquelle il fallait que je vous joigne. A deux reprises, alors que ma femme était au téléphone, les voix m'étaient familières. La seconde, je l'ai reconnue : un visage m'est aussitôt venu à l'esprit. C'est l'homme qui est au standard faubourg Saint-Honoré.

— Nous connaissons son nom. Et le premier ?

— C'était étrange. Une voix que je ne connaissais pas, une voix qui n'évoquait aucun visage, mais j'ai compris pourquoi elle était là. C'était une voix bizarre, moitié murmure, moitié commandement, comme un écho. C'est le commandement qui m'a frappé le plus. Vous comprenez, cette voix n'entretenait pas une conversation avec ma femme : elle venait de donner un ordre. Elle a changé, bien sûr, dès l'instant où je suis arrivé en ligne : un signal convenu pour des adieux rapides, mais il restait quelque chose. Ce quelque chose, même le ton, n'importe quel soldat connaît cela : c'est la façon d'insister. Est-ce que je me fais bien comprendre ?

— Je crois que oui, fit Marie avec douceur, se rendant compte que si le vieil homme insinuait ce qu'elle croyait, pour lui la tension devait être intolérable.

— Soyez-en assurée, mademoiselle, dit le général, c'était ce monstre, ce tueur. (Villiers s'arrêta, le souffle rauque, c'était un homme fort au bord des larmes.) Il était en train... *de donner des instructions... à ma femme.* (La voix du vieux soldat se brisa.) Pardonnez-moi. Je n'ai pas le droit de vous accabler avec ça.

— Vous avez tous les droits, fit Marie, soudain inquiète. Ce qui se passe doit être terriblement pénible pour vous, et c'est encore pire parce que vous n'avez personne à qui parler.

— Je vous parle, mademoiselle. Je ne devrais pas, mais je le fais.

— Je regrette que nous ne puissions pas continuer à parler. Je regrette qu'un de nous ne puisse pas être avec vous. Mais ça n'est pas possible et je sais que vous le comprenez. Je vous en prie, essayez de tenir. C'est terriblement important qu'aucun rapprochement ne soit fait entre vous et notre ami. Ça pourrait vous coûter la vie.

— Je me demande si je ne l'ai pas déjà perdue.

— *Ça, c'est absurde,* dit Marie sèchement, comme une gifle délibérée à l'adresse du vieux soldat. *Vous êtes un soldat. Arrêtez immédiatement !*

— *C'est l'institutrice qui corrige le mauvais élève. Vous avez bien raison.*

— *On dit que vous êtes un géant. Je le crois.* »

Il y eut le silence sur la ligne ; Marie retint son souffle. Quand Villiers reprit la parole, elle se remit à respirer.

« Notre ami commun a beaucoup de chance. Vous êtes une femme remarquable.

— Pas du tout. Je veux juste que mon ami me revienne. Il n'y a rien de remarquable là-dedans.

— Peut-être pas. Mais j'aimerais être aussi votre ami. Vous venez de rappeler à un très vieil homme qui il est et ce qu'il est. Ou plutôt qui il était et ce qu'il était, et qu'il doit essayer d'être de nouveau. Je vous remercie encore une fois.

— Je vous en prie... mon ami.»

Marie raccrocha, profondément émue et fort troublée. Elle n'était pas convaincue que Villiers pourrait affronter les vingt-quatre heures à venir et, s'il n'en était pas capable, l'assassin saurait combien son appareil avait été profondément pénétré. Il donnerait l'ordre à tous ses contacts aux Classiques de fuir Paris et de disparaître. Ou alors il y aurait un bain de sang faubourg Saint-Honoré, avec les mêmes résultats.

Dans un cas comme dans l'autre, il n'y aurait pas de réponse, pas d'adresse à New York, pas de message déchiffré, pas d'expéditeur qu'on découvrirait. L'homme qu'elle aimait replongerait dans son labyrinthe. Et il la quitterait.

28

Bourne la vit au coin, marchant dans la flaque de lumière qui tombait du lampadaire vers le petit hôtel où elle habitait. Monique Brielle, la première de Jacqueline Lavier, était une version plus dure, plus noueuse de Janine Dolbert ; il se souvenait l'avoir vue à la boutique. Il y avait chez elle une certaine assurance ; elle avait la démarche d'une femme qui avait confiance en elle, sûre de la qualité de ses connaissances. Pas facile à démonter. Jason comprenait pourquoi elle était la première de Jacqueline Lavier. Leur confrontation serait brève, l'impact du message devait être violent, la menace sous-jacente. Il était temps de déclencher la seconde onde de choc. Il demeura immobile et la laissa passer, ses talons frappant le trottoir d'un cliquetis martial. Il n'y avait pas beaucoup de monde, mais la rue n'était pas déserte : il y avait peut-être une demi-douzaine de passants. Il allait falloir l'isoler, puis l'éloigner à l'écart de quiconque risquerait de surprendre leur conversation, car c'étaient là des mots qu'aucun messager ne voudrait risquer de voir tomber dans une autre oreille. Il la rattrapa à moins de dix mètres de l'entrée du petit hôtel ; il ralentit le pas pour le régler sur le sien, en restant à sa hauteur. « Prenez contact tout de suite avec Mme Lavier, dit-il en français, tout en regardant devant lui.

— Pardon ? Qu'avez-vous dit ? Qui êtes-vous, monsieur ?

— Ne vous arrêtez pas ! Continuez à marcher, dépassez votre hôtel.

— Vous savez où j'habite ?

— Il y a très peu de choses que nous ne sachions pas.

— Et si j'entre dans l'hôtel ? Il y a un portier...

— Et il y a aussi Jacqueline Lavier, l'interrompit Bourne. Vous perdrez votre place et vous ne pourrez pas en retrouver une autre faubourg Saint-Honoré. Et je crains fort que ce ne soit le moindre de vos problèmes.

— Qui êtes-vous donc ?

— Pas votre ennemi, fit Jason en la regardant. Ne faites pas de moi votre ennemi.

— C'est *vous*. L'Américain ! Janine... Claude Oreale !

— Carlos, compléta Bourne.

— Carlos ? Qu'est-ce que c'est, cette folie ? Tout l'après-midi il n'a été question que de Carlos ! Et de chiffres ! Chacun a un chiffre dont personne n'a entendu parler ! Et on parle aussi de piège et d'hommes avec des fusils ! C'est dément !

— C'est pourtant ce qui se passe. Continuez à marcher. Je vous en prie. Dans votre intérêt. »

Elle obéit, son pas moins sûr, son corps crispé, comme une marionnette incertaine au bout de ses fils. « Jacqueline nous a réunis, dit-elle d'une voix vibrante. Elle nous a dit que tout ça était insensé, que c'était vous qui vouliez la ruine des Classiques. Qu'une des maisons concurrentes avait dû vous payer pour nous perdre.

— Qu'est-ce que vous vouliez qu'elle dise ?

— Vous êtes un provocateur. C'est elle qui nous a dit la vérité.

— Vous a-t-elle dit aussi de la boucler ? De ne souffler mot de tout ceci à personne ?

— Bien sûr.

— Et surtout, poursuivit Jason comme s'il ne l'avait pas entendue, de ne pas contacter la police, ce qui, étant donné les circonstances, serait la chose la plus logique du monde. A certains égards, la *seule* chose à faire.

— Oui, naturellement...

— Pas naturellement, riposta Bourne. Ecoutez, je ne suis qu'un relais, probablement pas plus haut que vous dans la hiérarchie. Je ne suis pas ici pour convaincre, mais pour vous transmettre un message. Nous avons fait un essai avec Dolbert, nous lui avons fourni de faux renseignements.

— Janine ? (La perplexité de Monique Brielle se teintait maintenant d'une confusion grandissante.) Les choses qu'elle nous a dites étaient incroyables ! Aussi incroyables que les vociférations de Claude... ce qu'il a pu dire. Mais ce qu'elle a dit était le contraire de ce que lui racontait.

— Nous savons : c'était voulu. Elle a parlé à Azur.

— La maion d'Azur ?

— Vérifiez demain. Confrontez-la.

— La confronter ?

— Faites ça. Ça pourrait bien être lié.

— Lié à quoi ? A Interpol ? A un piège ? C'est la même folie ! Personne ne sait de quoi vous parlez !

— Jacqueline Lavier le sait, elle. Prenez contact avec elle tout de suite. (Ils arrivaient au bout du pâté de maisons ; Jason lui toucha le bras.) Je vais vous laisser au coin. Rentrez à votre hôtel et appelez Jacqueline. Dites-lui que c'est bien plus sérieux que nous ne le pensions. Tout s'écroule. Ce qui est pire, quelqu'un a été retourné. Pas Dolbert, pas une des vendeuses, mais quelqu'un de plus haut placé. Quelqu'un qui sait tout.

— Retourné ? Qu'est-ce que ça veut dire ?

— Il y a un traître aux Classiques. Dites-lui d'être prudente. De se méfier de tout le monde. Sinon, ce pourrait être la fin pour nous tous. »

Bourne lui lâcha le bras, puis descendit du trottoir

et traversa la chaussée. De l'autre côté de la rue, il repéra une porte cochère et s'y engouffra.

Il glissa son visage jusqu'au bord pour inspecter la rue. Monique Brielle se précipitait vers l'entrée de son hôtel. La première panique de la seconde vague de choc avait commencé. Il était temps d'appeler Marie.

« Je suis inquiète, Jason. Cette histoire le met dans tous ses états. Il a failli craquer au téléphone. Que se passe-t-il quand il la regarde ? Que doit-il éprouver, penser ?

— Il s'en tirera, dit Bourne, en surveillant la circulation sur les Champs-Elysées de l'intérieur de la cabine téléphonique vitrée, en regrettant de ne pas se sentir plus confiant à propos d'André Villiers. Sinon, je l'ai tué. Je ne veux pas en avoir la responsabilité, mais c'est ce que j'aurai fait. J'aurais dû fermer ma grande gueule et me charger d'elle moi-même.

— Tu n'aurais pas pu le faire. Tu as vu Danjou sur le perron ; tu n'aurais pas pu entrer.

— J'aurais pu penser à quelque chose. Comme nous en sommes convenus, j'ai de la ressource... plus que je n'aime à le croire.

— Mais tu fais quelque chose ! Tu crées la panique, tu forces ceux qui exécutent les ordres de Carlos à se montrer. Il faut bien que quelqu'un stoppe cette panique, et même toi tu as dit que tu ne croyais pas que Jacqueline Lavier était assez haut placée dans la hiérarchie. Jason, tu vas voir quelqu'un et tu le sauras. Tu l'auras ! Je t'assure !

— Je l'espère. Seigneur, je l'espère ! Je sais exactement ce que je fais, mais de temps en temps... (Bourne s'arrêta. Il n'aimait pas le dire, mais il le devait... il devait le lui dire, à elle.) Je me sens désemparé. J'ai l'impression d'être coupé en deux, une partie de moi disant "sauve ta peau", l'autre partie... Dieu me pardonne... me disant "prends Carlos".

— C'est ce que tu fais depuis le début, non ? fit doucement Marie.

— Mais je me fous de Carlos ! cria Jason, essuyant

la sueur qui perlait sur son front, tout en se rendant compte qu'en même temps il avait froid. Ça me rend fou, ajouta-t-il, sans savoir très bien s'il avait dit ces mots tout haut ou s'il les avait pensés.

— Chéri, reviens.

— Quoi ? »

Bourne regarda le téléphone, se demandant une fois de plus s'il avait entendu des mots, ou s'il avait voulu les entendre. *Ça recommençait. Des choses étaient et elles n'étaient pas. Le ciel était noir dehors, à l'extérieur d'une cabine téléphonique des Champs-Elysées. Ça avait été si brillant à un moment, si brillant, si aveuglant. Et brûlant, pas froid. Avec des oiseaux qui piaillaient et des bouts de métal qui sifflaient...*

« Jason !

— Quoi ?

— Reviens. Chéri, *je t'en prie,* reviens.

— Pourquoi ?

— Tu es fatigué. Tu as besoin de repos.

— Il faut que je contacte Trignon. Pierre Trignon. C'est le comptable.

— Fais-le demain. Ça peut attendre demain.

— Non. Demain, c'est pour les capitaines. »

Que disaient-ils ? Les capitaines. Les troupes. Des silhouettes se heurtant dans l'affolement. Mais c'était la seule façon, la seule façon. Le caméléon était un... provocateur.

« Ecoute-moi, dit Marie, d'un ton insistant. Il est en train de t'arriver quelque chose. Ça s'est déjà produit ; nous le savons tous les deux, mon chéri. Et quand ça arrive, il faut que tu t'arrêtes, nous savons ça aussi. Rentre à l'hôtel. Je t'en prie. »

Bourne ferma les yeux, la sueur séchait sur sa peau et les rumeurs de la circulation remplaçaient les cris qui retentissaient à ses oreilles. Il voyait les étoiles dans le ciel froid de la nuit, il ne voyait plus un soleil aveuglant, il ne sentait plus de chaleur intolérable. Quoi que ç'ait été, ça avait passé.

« Ça va très bien. Je t'assure, ça va maintenant. J'ai eu un ou deux mauvais moments, voilà tout.

— Jason ? fit Marie d'un ton qui le forçait à l'écouter. Qu'est-ce qui les a provoqués ?

— Je ne sais pas.

— Tu viens de voir la nommée Brielle. Est-ce qu'elle t'a dit quelque chose ? Quelque chose qui t'a fait penser à autre chose ?

— Je ne sais pas. J'étais trop occupé à réfléchir à ce que je devais lui dire.

— Fais un effort, chéri ! »

Bourne ferma les yeux, essayant de se souvenir. Y avait-il eu quelque chose ? Un propos lâché au hasard aussi vite qu'il s'était aussitôt perdu ? « Elle m'a traité de *provocateur,* dit Jason, sans comprendre pourquoi ce mot lui revenait. Mais au fond, c'est ce que je suis, non ? C'est ce que je suis en train de faire.

— Oui, reconnut Marie.

— Il faut que j'y aille, reprit Bourne. Trignon n'habite qu'à deux blocs d'ici. Je veux le joindre avant dix heures.

— Sois prudent, fit Marie comme si ses pensées étaient ailleurs.

— Je serai prudent. Je t'aime.

— Je crois en toi », dit Marie Saint-Jacques.

La rue était calme, le pâté de maisons était un étrange mélange de magasins et d'appartements comme on en rencontre dans le centre de Paris, bourdonnant d'activités dans la journée, désert le soir.

Jason parvint au petit immeuble qui correspondait à l'adresse de Pierre Trignon dans l'annuaire du téléphone. Il monta les marches d'un perron et entra dans le vestibule net et peu éclairé. A droite, une rangée de boîtes à lettres avec leurs plaques de cuivre, chacune surmontant un petit cercle perforé devant lequel le visiteur devait élever suffisamment la voix pour se faire reconnaître. Jason passa le doigt sur les noms gravés sur les plaques : MONSIEUR PIERRE TRIGNON 42. Il pressa à deux reprises le petit bouton noir ; dix secondes plus tard, il y eut un crépitement de parasites.

« Oui ?

— Monsieur Trignon, s'il vous plaît ?

— C'est ici.

— Un télégramme, monsieur. Je ne peux pas laisser ma bicyclette.

— Un télégramme ? Pour moi ? »

Pierre Trignon n'était pas un homme qui recevait souvent des télégrammes : cela se sentait à son ton stupéfait. Le reste de ses propos était à peine distinct, mais à l'arrière-plan, une voix de femme semblait bouleversée, un télégramme représentant pour elle toutes sortes d'horribles catastrophes.

Bourne attendit derrière la porte en verre dépoli qui donnait accès à l'immeuble. Au bout de quelques secondes, il entendit un bruit de pas rapides qui se rapprochait tandis que quelqu'un — de toute évidence Trignon — dévalait l'escalier. La porte s'ouvrit, dissimulant Jason ; un homme corpulent et chauve, des bretelles inutiles faisant naître des bourrelets de chair sous une chemise blanche boudinée, se dirigea vers la rangée des boîtes à lettres, s'arrêtant devant le numéro 42.

« Monsieur Trignon ? »

Le gros homme pivota sur ses talons, son visage poupin exprimant le plus grand désarroi. « Un télégramme. Il y a un télégramme pour moi ! cria-t-il. Vous m'avez apporté un télégramme ?

— Excusez-moi de cette ruse, Trignon, mais c'était dans votre propre intérêt. Je ne pensais pas que vous voudriez être interrogé devant votre femme et votre famille.

— *Interrogé* ! s'exclama le comptable, ses grosses lèvres se retroussant, son regard affolé. *Moi ?* A propos de quoi ? Qu'est-ce qu'il y a ? Pourquoi êtes-vous ici, chez moi ? Je suis un citoyen honorable !

— Vous travaillez faubourg Saint-Honoré ? Dans un magasin qui s'appelle Les Classiques ?

— En effet. Qui êtes-vous ? »

— Si vous préférez, nous pouvons aller jusqu'à mon bureau, proposa Bourne.

— Mais qui êtes-vous ?

— Je suis enquêteur pour le Bureau de l'Imposition et des Archives, Service des Fraudes et des Complots. Venez... ma voiture officielle est dehors.

— Dehors ? Que je vienne ? Mais je n'ai pas de veste, pas de manteau ! Et ma femme ! Elle est là-haut, elle attend que je rapporte un télégramme. Un télégramme !

— Vous pourrez lui en envoyer un si vous voulez. Allons, venez. Ça fait toute la journée que je suis là-dessus, et j'ai envie d'en finir.

— Je vous en prie, monsieur, protesta Trignon. J'insiste pour aller nulle part ! Vous avez dit que vous aviez des questions à me poser. Posez-moi vos questions et laissez-moi remonter. Je n'ai aucune envie d'aller à votre bureau.

— Ça pourrait prendre quelques minutes, dit Jason.

— Je vais appeler ma femme pour lui dire que c'est une erreur. Que le télégramme est pour le vieux Gravet ; il habite au rez-de-chaussée et il peut à peine lire. Elle comprendra. »

Mme Trignon ne comprit pas, mais ses violentes protestations furent étouffées par un M. Trignon encore plus violent. « Là, vous voyez, dit le comptable en revenant, ses rares mèches de cheveux toutes collées de sueur sur son crâne. Il n'y a aucune raison d'aller nulle part. Qu'est-ce que quelques minutes dans la vie d'un homme ? Le programme de télévision sera répété dans un mois ou deux. Alors, au nom du Ciel, monsieur, de quoi s'agit-il ? Mes livres sont impeccables, absolument impeccables ! Bien sûr, je ne peux pas être responsable du travail du caissier. C'est tout à fait séparé. Franchement, il ne m'a jamais plu ; il jure beaucoup, si vous voyez ce que je veux dire. Mais qui suis-je donc pour dire ça ? »

Trignon levait les mains, paumes ouvertes, le visage crispé par un sourire obséquieux. « Tout d'abord, dit

Bourne en repoussant ses protestations, ne quittez pas Paris. Si pour une raison quelconque, personnelle ou professionnelle, vous êtes amené à le faire, prévenez-nous. Pour vous parler franc, vous n'en n'aurez pas l'autorisation.

— Vous devez plaisanter, monsieur !

— Absolument pas.

— Je n'ai aucune raison de quitter Paris — ni l'argent pour le faire — mais c'est incroyable de m'entendre dire une chose pareille. Qu'est-ce que j'ai fait ?

— Le Bureau va mettre les scellés sur vos livres demain matin. Soyez prêt.

— Les scellés ? Pour quelle raison ? Prêt à quoi ?

— Les paiements à de prétendus fournisseurs dont les factures sont fausses. La marchandise n'a jamais été reçue — elle ne devait d'ailleurs jamais l'être — mais les paiements, en revanche, ont été effectués à une banque de Zurich.

— Zurich ? Je ne sais pas de quoi vous parlez ! Je n'ai préparé aucun chèque pour Zurich.

— Pas directement, nous le savons. Mais c'était facile pour vous de les préparer pour des firmes imaginaires, de faire verser l'argent, puis de le faire virer à Zurich.

— Chaque facture est visée par Mme Lavier ! Je ne paie *rien* tout seul ! »

Jason marqua un temps, fronçant les sourcils. « Maintenant c'est vous qui plaisantez, dit-il.

— Ma parole ! C'est la politique de la maison. Demandez à qui vous voulez ! Les Classiques ne versent pas un sou sans l'autorisation de Madame.

— Ce qui signifie que vous prenez directement vos ordres d'elle, alors ?

— Mais bien sûr !

— De qui reçoit-elle ses ordres ?

— On nous dit que c'est de Dieu, dit Trignon en souriant, quand ce n'est pas le contraire. Bien entendu, c'est une plaisanterie, monsieur.

— J'espère que vous pouvez être plus sérieux. Qui sont les propriétaires des Classiques ?

— C'est une association, monsieur. Mme Lavier a de nombreux amis riches ; ils ont investi sur ses talents. Et, bien sûr, sur les talents de René Bergeron.

— Est-ce que ces investisseurs se rencontrent fréquemment ? Suggèrent-ils une politique ? Peut-être conseillent-ils certaines firmes avec lesquelles traiter ?

— Je ne sais pas, monsieur. Naturellement, chacun a ses amis.

— Nous nous sommes peut-être concentrés sur les gens qu'il ne fallait pas, l'interrompit Bourne. Il est fort possible que vous et Mme Lavier — qui êtes les deux personnes directement chargées des finances au jour le jour — soyez simplement utilisés.

— Utilisés pour quoi ?

— Pour acheminer de l'argent à Zurich. Au compte d'un des plus redoutables tueurs d'Europe. »

Trignon eut un sursaut, son gros ventre tremblant tandis qu'il prenait appui au mur. « Au nom du Ciel, qu'est-ce que vous dites ?

— Soyez prêt. Surtout vous. C'est vous qui rédigez les chèques, personne d'autre.

— Seulement après approbation !

— Avez-vous jamais vérifié la marchandise en regard des factures ?

— Ça n'est pas mon travail !

— Alors, en fait, vous avez fait des paiements pour des fournitures que vous n'avez jamais vues.

— Je ne vois jamais rien ! Il n'y a que les factures qui doivent être visées. Je ne paie que là-dessus !

— Vous feriez bien de les revoir toutes. Vous et Mme Lavier devriez vous mettre à fouiller dans vos archives. Parce que tous les deux — surtout vous — vous allez payer les pots cassés.

— Les pots cassés ? Comment ça ?

— Faute d'un acte d'accusation précis, disons complicité d'homicides multiples.

— Homicides...

— Assassinats. Le compte de Zurich appartient à l'assassin connu sous le nom de Carlos. Vous, Pierre Trignon, et votre actuel employeur, Mme Jacqueline Lavier, êtes directement impliqués dans le financement du tueur le plus recherché d'Europe. Ilich Ramirez Sanchez. Alias Carlos.

— Ahhh !... » (Trignon s'effondra sur le dallage du vestibule, le regard vitreux, les traits déformés par l'horreur.) « Tout l'après-midi... murmura-t-il. Des gens couraient dans tous les sens, des réunions furtives dans les couloirs, on me regardait bizarrement. Oh ! mon Dieu !

— Si j'étais vous, je ne perdrais pas un instant. Le matin sera bientôt là et ce sera sans doute le jour le plus difficile de votre existence. (Jason se dirigea vers la porte de la rue et s'arrêta, la main sur la poignée.) Ce n'est pas à moi de vous donner des conseils, mais si j'étais vous, je contacterais Mme Lavier sans tarder. Commencez à préparer votre défense conjointe : c'est peut-être tout ce que vous pouvez. Une exécution publique n'est pas exclue. »

Le caméléon ouvrit la porte et sortit dans la rue, l'air froid de la nuit lui fouettant le visage.

Prendre Carlos. Piéger Carlos. Caïn est pour Charlie et Delta est pour Caïn.

Faux !

Trouver un numéro à New York. Trouver Treadstone. Trouver la signification d'un message. Trouver l'expéditeur.

Trouver Jason Bourne.

Le soleil entrait à flots par les vitraux lorsque le vieil homme bien rasé et vêtu de façon quelque peu démodée descendit à grands pas la travée de l'église de Neuilly-sur-Seine. Le prêtre de haute taille, debout auprès du râtelier où s'alignaient les cierges de neuvaines, le regarda passer, frappé par une impression de déjà vu. Un moment l'ecclésiastique se dit qu'il avait déjà aperçu cet homme, mais il n'arrivait pas à le situer. La veille il y avait eu un mendiant dépenaillé, qui avait à peu près la même taille, la même... mais non, les chaussures de ce vieillard étaient bien cirées, ses cheveux blancs peignés avec soin et ses vêtements, même s'ils avaient dix ans d'âge, étaient de bonne qualité.

« *Angelus domini*, dit le vieil homme, en écartant les rideaux du confessionnal.

— Assez ! souffla la silhouette qu'on distinguait derrière la toile. Qu'as-tu appris à Saint-Honoré ?

— Rien d'essentiel, mais le respect de ses méthodes.

— Il y en a une ?

— Ça semblerait se faire au hasard. Il choisit des gens qui ne savent absolument rien et par eux provoque le chaos. Je conseillerais de cesser toute activité aux Classiques.

— Naturellement, fit la silhouette. Mais quel est son but ?

— Au-delà du chaos ? demanda le vieil homme. Je dirais que c'est de semer la méfiance parmi ceux qui savent vraiment quelque chose. La femme Brielle a utilisé des mots de ce genre. Elle a raconté que l'Américain lui avait demandé de dire à Jacqueline Lavier qu'il y avait un "traître" à l'intérieur, ce qui est une information notoirement fausse. Lequel d'entre eux oserait ? Comme vous le savez, hier soir c'était fou. Trignon, le comptable, a perdu la tête. Il a attendu jusqu'à deux heures du matin devant la maison de Jacqueline Lavier, et lui a littéralement sauté dessus lorsqu'elle est rentrée de l'hôtel de Brielle, criant et pleurant dans la rue.

— Pour sa part, Jacqueline Lavier ne s'est guère mieux conduite. C'est à peine si elle se maîtrisait lorsqu'elle a appelé le parc Monceau ; on lui a dit de ne pas rappeler. Personne ne doit téléphoner là-bas... plus jamais. Jamais.

— Nous avons reçu la consigne. Les rares d'entre nous qui connaissent le numéro l'ont oublié.

— Sois-en bien sûr. (La silhouette bougea soudain derrière le rideau.) Bien entendu, semer la méfiance !

Il s'ensuit le chaos. C'est clair maintenant. Il va choisir les contacts et essayer de leur arracher des informations et quand l'un d'eux craquera, le jettera aux Américains et passera au suivant. Mais il fera les manœuvres d'approche seul ; ça fait partie de son personnage. C'est bien un fou. Et un obsédé.

— Peut-être est-il les deux, répliqua le vieil homme, mais c'est aussi un professionnel. Il veillera à ce que les noms soient transmis à ses supérieurs, au cas où il échouerait. Ainsi, que vous le preniez ou non, eux seront pris.

— Ils seront morts, dit l'assassin. Mais pas Bergeron, il est bien trop précieux. Dis-lui de partir pour Athènes : il saura où.

— Dois-je supposer que je remplace le parc Monceau ?

— Ce serait impossible. Mais pour le moment, tu relaieras mes dernières décisions à qui cela concerne.

— Et la première personne que je contacte est Bergeron à Athènes.

— Oui.

— Donc Jacqueline Lavier et le colonial Danjou sont marqués, n'est-ce pas ?

— Ils sont marqués. Les appâts survivent rarement, et ce ne sera pas leur cas. Tu peux aussi transmettre un autre message, aux deux équipes qui couvrent Lavier et Danjou. Dis-leur que je les surveillerai... sans cesse. Pas question qu'il y ait une erreur. »

Ce fut au vieil homme de marquer un temps, de réclamer l'attention par son silence. « J'ai gardé le mieux pour la fin, Carlos. On a retrouvé la Renault voilà une heure et demie dans un garage de Montmartre. Elle a été amenée là la nuit dernière. »

Dans le silence, le vieil homme entendait le souffle lent et régulier du personnage derrière le rideau de toile. « Je présume que tu as pris des mesures pour la faire surveiller — même maintenant — et suivre — même maintenant ? »

L'ancien mendiant eut un rire étouffé. « Suivant vos

dernières instructions, j'ai pris la liberté d'engager un ami, un ami qui possède une bonne automobile. Il a à son tour recruté trois de ses relations et ensemble ils montent des gardes de six heures dans la rue devant le garage. Ils ne savent rien, bien sûr, sauf qu'ils doivent suivre la Renault à toute heure du jour ou de la nuit.

— Tu ne me déçois pas.

— Je ne peux pas me le permettre. Et puisque le parc Monceau a été éliminé, je n'avais pas de numéro de téléphone à leur donner, que le mien qui, comme vous le savez, est un petit bistrot du Quartier Latin. Le patron et moi étions amis autrefois, au bon vieux temps. Je pourrais le contacter toutes les cinq minutes pour savoir si j'ai des messages et jamais il ne protesterait. Je sais où il a trouvé l'argent pour payer son fonds de commerce, et qui il a dû tuer pour se le procurer.

— Tu t'es bien conduit, tu es précieux.

— J'ai aussi un problème, Carlos. Puisque aucun de nous ne doit appeler le parc Monceau, comment puis-je te joindre ? Au cas où je le devrais. Par exemple, à propos de la Renault.

— Oui, j'ai conscience du problème. Te rends-tu compte de l'écrasante responsabilité que tu réclames ?

— Je préférerais de beaucoup ne pas en être accablé. Mon seul espoir est que quand ce sera fini et que Caïn sera mort, vous vous souviendrez de ma contribution et, plutôt que de me tuer, vous changerez le numéro.

— Tu vois loin.

— Autrefois, c'était ma façon de survivre. »

L'assassin chuchota sept chiffres. « Tu es le seul homme au monde à connaître ce numéro. Naturellement, il ne peut être écrit.

— Evidemment. Qui s'attendrait à ce qu'un vieux mendiant le connaisse ?

— Chaque heure t'approche davantage d'une vie plus confortable. Le filet se resserre ; chaque heure le rapproche d'un des pièges qui sont tendus pour lui.

Caïn va être pris et le corps d'un imposteur sera jeté au pied des stratèges abasourdis qui l'ont créé. Ils comptaient sur une personnalité monstrueuse et il le leur a fait croire. Au bout du compte, ce n'était qu'une marionnette, une marionnette qu'on peut sacrifier. Tout le monde le savait, sauf lui. »

Bourne décrocha l'appareil. « Oui ?
— Chambre 420 ?
— Allez-y, général.
— Les coups de fil ont cessé. On ne la contacte plus... du moins par téléphone. Notre couple était sorti et le téléphone a sonné deux fois. Les deux fois elle m'a demandé de répondre. Elle n'avait vraiment pas envie de parler.
— Qui appelait ?
— Le pharmacien à propos d'une ordonnance et un journaliste demandant une interview. Elle ne pouvait le savoir ni dans un cas ni dans l'autre.
— Avez-vous eu l'impression qu'elle essayait de brouiller les pistes en vous laissant prendre les communications ? »
Villiers marqua un temps, la colère perçait dans sa réponse. « Elle m'a précisé qu'elle allait peut-être déjeuner dehors. Elle m'a dit qu'elle avait une table réservée au George-V et que je pourrais la joindre là si elle décidait d'y aller.
— Dans ce cas, je veux y être avant elle.
— Je vous préviendrai.
— Vous avez dit qu'on ne la contactait pas par téléphone. Je crois que vous avez dit "du moins pas par téléphone". Vouliez-vous dire quelque chose de précis par là ?
— Oui. Il y a une demi-heure, une femme est venue à la maison. Mon épouse ne voulait pas la voir mais elle l'a quand même reçue. Je n'ai vu que son visage un moment dans le salon, mais cela m'a suffi. Cette femme était affolée.
— Décrivez-la. »
Villiers obéit.

« Jacqueline Lavier, fit Jason.

— Je pensais que ce pouvait être elle. A la voir, c'est l'affolement dans la meute : de toute évidence elle n'avait pas dormi. Avant de la faire entrer dans la bibliothèque, ma femme m'a dit que c'était une vieille amie dont le mariage traversait une crise. Un mensonge stupide : à son âge, il ne reste plus de crise dans le mariage, rien que l'acceptation ou la rupture.

— Je n'arrive pas à comprendre qu'elle soit venue chez vous. C'est un trop grand risque. Ça ne rime à rien. A moins qu'elle ne l'ait fait de sa propre initiative, sachant qu'il ne fallait plus téléphoner.

— J'y ai pensé aussi, dit le vieux soldat. J'ai éprouvé le besoin de prendre un peu l'air, de faire une promenade autour du pâté de maisons. Mon aide de camp m'a accompagné : un vieil homme dodelinant faisant quelques pas sous l'œil vigilant d'une escorte. Mais moi aussi, j'avais l'œil. Jacqueline Lavier était suivie. Deux hommes étaient assis dans une voiture à quatre maisons de là, une automobile équipée d'un radiotéléphone. Ces hommes n'étaient pas de la rue. Cela se voyait à leurs visages, à la façon dont ils surveillaient ma maison..

— Comment savez-vous qu'elle n'était pas venue avec eux ?

— Nous habitons une rue tranquille. Quand elle est arrivée, j'étais dans le petit salon à prendre le café, et je l'ai entendue monter le perron en courant. Je suis allé à la fenêtre juste à temps pour voir un taxi s'éloigner. Elle est arrivée en taxi ; elle était suivie.

— Quand est-elle partie ?

— Elle n'est pas partie. Et les hommes sont toujours dehors.

— Dans quel genre de voiture sont-ils ?

— Une Citroën. Grise. Les trois premières lettres de la plaque minéralogique sont BHR.

— Ce sont des oiseaux en l'air qui suivent un contact. D'où viennent les oiseaux ?

— Je vous demande pardon. Qu'avez-vous dit ? »

Jason secoua la tête. « Je ne suis pas sûr. Peu

importe. Je vais essayer d'aller là-bas avant le départ de Jacqueline Lavier. Faites ce que vous pouvez pour m'aider. Interrompez votre femme, dites que vous devez lui parler quelques minutes. Insistez pour que sa "vieille amie" reste ; dites n'importe quoi, assurez-vous seulement qu'elle ne part pas.

— Je ferai de mon mieux. »

Bourne raccrocha et regarda Marie, plantée près de la fenêtre au bout de la chambre. « Ça marche. Ils commencent à se méfier les uns des autres. Jacqueline Lavier est allée au parc Monceau et on l'a suivie. Ils commencent à suspecter les leurs.

— "Des oiseaux en l'air", dit Marie. Que voulais- tu dire ?

— Je ne sais pas ; c'est sans importance. Nous n'avons pas le temps.

— Je crois que c'est important, Jason.

— Pas maintenant. »

Bourne s'approcha du fauteuil où il avait déposé son manteau et son chapeau. Il les passa rapidement et se dirigea vers la commode, ouvrit le tiroir et prit le pistolet. Il le regarda un moment, évoquant des souvenirs. Les images étaient là, le passé qui était le sien et pourtant pas tout le sien. Zurich. La Bahnhof-strasse et le Carillon du Lac ; le Drei Alpenhäuser et la Löwenstrasse ; une pension crasseuse de la Stepp-deckstrasse. Le pistolet symbolisait tout cela, car il avait bien failli lui prendre la vie à Zurich.

Mais on était à Paris. Et tout ce qui avait commencé à Zurich était en mouvement.

Trouver Carlos. Prendre Carlos. Caïn est pour Charlie et Delta est pour Caïn.

Faux ! Bon sang, faux !

Trouver Treadstone. Trouver un message. Trouver un homme.

29

Jason resta tapi dans le coin de la banquette arrière lorsque le taxi pénétra dans la petite avenue où se trouvait la maison de Villiers. Il examina les voitures garées le long du trottoir ; pas de Citroën grise, pas de plaque commençant par BHR.

Mais Villiers était là. Le vieux soldat était planté tout seul sur le trottoir, à quatre portes de sa maison.

Deux hommes... dans une voiture à quatre maisons de chez moi.

Villiers était posté maintenant là où se trouvait cette voiture : c'était un signal.

« Arrêtez-vous, s'il vous plaît, dit Bourne au chauffeur. Le vieux là-bas. Je veux lui parler. (Il abaissa la vitre et se pencha en avant.) Monsieur ? continua-t-il en français.

— En anglais, répondit Villiers en s'approchant du taxi, comme un vieil homme hélé par un inconnu.

— Que s'est-il passé ? demanda Jason.

— Je n'ai pas pu les retenir.

— Les ?

— Ma femme est partie avec la Lavier. Mais j'ai insisté. Je lui ai dit dit d'attendre mon coup de fil au George-V. Il s'agissait d'une question de la plus haute importance et j'avais besoin de son avis.

— Qu'a-t-elle dit ?

— Qu'elle n'était pas sûre d'être au George-V. Que son amie insistait pour voir un prêtre à Neuilly-sur-Seine, à l'église du Saint-Sacrement. Elle a dit qu'elle se sentait obligée de l'accompagner.

— Vous avez protesté ?

— Vigoureusement. Et pour la première fois depuis que nous vivons ensemble, elle a énoncé les pensées que j'avais à l'esprit. Elle a dit : "Si tu désires vérifier mon emploi du temps, André, pourquoi n'appelles-tu pas la paroisse ? Je suis sûre que quelqu'un pourrait me reconnaître et venir me chercher." Est-ce qu'elle me mettait à l'épreuve ? »

Bourne essaya de réfléchir. « Peut-être. Quelqu'un la verrait là-bas, elle s'en assurerait. Mais la conduire jusqu'à un téléphone pourrait être un autre problème. Quand sont-elles parties ?

— Il y a moins de cinq minutes. Les deux hommes dans la Citroën les ont suivies.

— Elles ont pris votre voiture ?

— Non. Ma femme a appelé un taxi.

— Je vais là-bas, dit Jason.

— Je pensais que vous iriez, dit Villiers. J'ai regardé l'adresse de l'église. »

Bourne fit passer un billet de cinquante francs par-dessus le dossier de la banquette avant. Le chauffeur de taxi s'en empara. « Il est essentiel pour moi que j'arrive à Neuilly-sur-Seine le plus vite possible. A l'église du Saint-Sacrement. Savez-vous où c'est ?

— Mais bien sûr, monsieur. C'est la plus belle paroisse du quartier.

— Allez-y vite et il y aura encore cinquante francs pour vous.

— Nous allons voler sur les ailes des cinq anges, monsieur ! »

Ils volèrent en effet, laissant sur leur passage des automobilistes pétrifiés.

« Voilà les clochers du Saint-Sacrement, monsieur, dit le chauffeur victorieux douze minutes plus tard, en désignant à travers le pare-brise trois tours de pierre qui pointaient vers le ciel. Encore une minute, peut-être deux si les idiots à qui on devrait interdire de circuler le permettent...

— Ralentissez », lança Bourne, son attention attirée non pas par les clochers de l'église, mais par une automobile séparée d'eux par plusieurs voitures. Elle venait de tourner un coin de rue et il l'avait vue dans le virage. C'était une Citroën grise avec deux hommes à l'avant.

Ils arrivèrent à un feu rouge ; les voitures s'arrêtè-rent. Jason laissa tomber auprès du chauffeur le second billet de cinquante francs et ouvrit la portière.

« Je reviens tout de suite. Si le feu passe au vert, avancez lentement et je monterai en marche. »

Bourne descendit, penché en avant, et se précipita entre les voitures jusqu'au moment où il aperçut la plaque. BHR : les numéros suivants étaient 768, mais pour l'instant ils étaient sans intérêt. Le chauffeur de taxi avait bien gagné son argent.

Le feu passa au vert et la rangée de voitures bondit en avant comme un insecte allongé rassemblant les diverses parties de sa carapace. Le taxi arriva ; Jason ouvrit la portière et remonta. « Vous faites du bon travail, dit-il au chauffeur.

— Je ne suis pas sûr de savoir quel travail je fais.

— Une affaire de cœur. Il faut surprendre la trahison en flagrant délit.

— A l'église, monsieur ? Le monde va trop vite pour moi.

— Pas dans la circulation », dit Bourne.

Ils abordaient le dernier carrefour avant l'église du Saint-Sacrement. La Citroën fit le tour, une seule voiture la séparant d'un taxi, les passagers impossibles à distinguer. Quelque chose tracassait Jason. La surveillance de la part des deux hommes était trop voyante, bien trop évidente. On aurait dit que les soldats de Carlos voulaient faire savoir à quelqu'un dans ce taxi qu'ils étaient là.

Bien sûr ! La femme de Villiers était dans ce taxi. Avec Jacqueline Lavier. Et les deux hommes dans la Citroën tenaient à faire comprendre à la femme de Villiers qu'ils étaient derrière elle.

« Voici l'église du Saint-Sacrement, dit le chauffeur en s'engageant dans la rue où l'église dressait sa silhouette vaguement médiévale au milieu d'une pelouse impeccable, traversée par des sentiers de pierre et parsemée de statues. Qu'est-ce qu'il faut que je fasse, monsieur ?

— Garez-vous là », ordonna Jason en désignant une brèche dans l'alignement des voitures en stationnement.

Le taxi transportant la femme de Villiers et Jacqueline Lavier s'arrêta devant une allée gardée par un saint de ciment. La femme de Villiers sortit la première, tendant la main à Jacqueline Lavier qui descendit, le visage d'une pâleur de cendre, sur le trottoir. Elle portait de grandes lunettes de soleil à monture orange et elle avait un sac à main blanc, mais plus aucune prétention à l'élégance. Sa couronne de cheveux striée de fils d'argent tombait en mèches désordonnées de chaque côté de son visage blanc comme un masque de mort, et ses bas étaient déchirés. Elle était à cent mètres au moins, mais Bourne avait l'impression de pouvoir entendre le souffle haletant qui accompagnait les mouvements hésitants de la silhouette jadis royale qui avançait dans le soleil.

La Citroën avait dépassé le taxi et se garait maintenant le long du trottoir. Aucun des deux hommes ne sortit, mais une mince tige métallique reflétant l'éclat du soleil se mit à sortir du coffre. C'était l'antenne de radio, on envoyait des messages sur une fréquence bien protégée. Jason était fasciné, non par ce spectacle et par la découverte de ce qui était en train de se faire, mais par autre chose. Des mots lui venaient, il ne savait pas d'où, mais ils étaient là.

Delta à Almanach, Delta à Almanach. Nous ne répondrons pas. Je répète, négatif, mon vieux.

Almanach à Delta. Vous répondrez comme on vous l'a ordonné. Abandonnez, abandonnez. C'est définitif.

Delta à Almanach. Vous êtes fini, mon vieux. Allez vous faire foutre. Delta terminé, équipement endommagé.

Soudain, les ténèbres l'entouraient, le soleil avait disparu. Disparues aussi les tours d'une église pointant vers le ciel ; au lieu de cela il y avait des formes noires d'un feuillage irrégulier frissonnant sous la lumière de nuages iridescents. Tout bougeait, tout bougeait ; il fallait suivre le mouvement. Rester immobile, c'était mourir. *Bouge !* Bon sang, *bouge !*

Et emmène-les. Un par un. Rampe ; surmonte la peur — la terrible peur — et réduis les nombres. Il n'y avait que ça à faire. Réduire les nombres. Le Moine l'avait bien expliqué. Le couteau, le fil, le genou, le pouce, tu connais les points vulnérables. Les points de mort.

La mort est une donnée statistique pour les ordinateurs. Pour toi, c'est la survie.

Le Moine.

— Le *Moine* ?

Le soleil revint, l'aveuglant un moment, il était debout sur le trottoir, le regard posé sur la Citroën grise à une centaine de mètres de là. Mais il avait du mal à voir ; pourquoi donc ? De la brume, du brouillard... Non pas des ténèbres maintenant, mais une brume impénétrable. Il avait chaud ; non, il avait froid. Froid ! Il releva la tête, prenant soudain conscience de l'endroit où il était et de ce qu'il était en train de faire. Il avait le visage pressé contre la vitre ; son souffle avait embué le verre.

« Je sors quelques minutes, dit Bourne. Restez ici.

— Toute la journée si vous voulez, monsieur. »

Jason remonta le col de son manteau, poussa son chapeau en avant et chaussa les lunettes à monture d'écaille. Il marcha sur le trottoir, du même pas qu'un couple, vers un étalage d'objets religieux, et prit la file d'attente au comptoir derrière une mère et son enfant. Il voyait fort bien la Citroën, mais le taxi appelé au parc Monceau n'était plus là, renvoyé sans doute par la femme de Villiers. C'était une curieuse décision de sa part, songea Bourne. Dans ce quartier, on ne devait pas trouver si facilement de taxi.

Trois minutes plus tard, la raison était claire... et troublante. La femme de Villiers sortit à grands pas de l'église, marchant rapidement, sa haute silhouette sculpturale attirant les regards admiratifs des passants. Elle se dirigea vers la Citroën, dit quelques mots aux hommes assis en avant, puis ouvrit la portière arrière.

Le sac. Un sac *blanc* ! La femme portait le sac que, quelques minutes plus tôt, Jacqueline Lavier serrait dans ses mains. Elle prit place sur la banquette arrière de la Citroën et referma la portière. Le conducteur mit le contact et emballa le moteur, prélude à un départ rapide et soudain. Tandis que la voiture s'éloignait, la tige métallique de l'antenne télescopique du véhicule raccourcissait, rentrant dans son logement.

Où était Jacqueline Lavier ? Pourquoi avait-elle donné son sac à la femme de Villiers ? Bourne s'avança, puis s'arrêta, son instinct le mettant en garde. Un piège ? Si Jacqueline Lavier était suivie, ceux qui la suivaient étaient peut-être filés aussi... et pas par lui.

Il arpenta la rue du regard, examinant les piétons, puis chaque voiture, chaque conducteur et chaque passager, guettant un visage qui ne serait pas à sa place, tout comme Villiers avait dit des deux hommes de la Citroën qu'ils n'étaient pas à leur place au parc Monceau.

Pas de rupture dans le défilé, pas de regards furtifs, ni de mains enfoncées dans des poches trop gonflées. Il se montrait exagérément prudent ; Neuilly n'était pas un piège pour lui. Il s'éloigna du comptoir et s'approcha de l'église.

Il s'arrêta, les pieds soudain rivés à l'asphalte. Un prêtre sortait de l'église, un prêtre en costume noir, avec un col blanc empesé et un chapeau noir qui lui dissimulait le visage en partie. Il l'avait déjà vu. Il n'y avait pas longtemps, pas dans un passé oublié, mais récemment. Très récemment. Il y avait quelques semaines, quelques jours... quelques heures peut-être. Où était-ce ? *Où* ? Il le connaissait. Il reconnaissait cette démarche, ce port de tête, ces larges épaules qui semblaient glisser au-dessus des mouvements fluides du corps. Cet homme était armé ! Où l'avait-il vu ?

A Zurich ? Au Carillon du Lac ? Deux hommes fendant la foule, convergeant sur lui, semant la mort. L'un portait des lunettes à monture dorée : ce n'était pas lui. Cet homme-là était mort. Etait-ce cet autre homme au Carillon du Lac ? Ou sur le quai Guisan ? Une bête, grommelante, l'œil fou, prête à violer.

Etait-ce lui ? Ou quelqu'un d'autre. Un homme en manteau sombre dans le couloir de l'Auberge du Coin où l'on avait éteint les lumières, où l'éclairage de l'escalier illuminait le piège. Un piège à l'envers où cet homme avait déchargé son arme dans l'obscurité contre des formes qu'il croyait humaines. Etait-ce cet homme-là ?

Bourne ne savait pas ; il savait seulement qu'il avait déjà vu le prêtre, mais pas en tant que prêtre. En tant qu'homme armé. Le tueur en tenue ecclésiastique arriva au bout de l'allée et tourna à droite au pied du saint de ciment, son visage un instant baigné par le soleil. Jason resta pétrifié : *la peau*. La peau du tueur était foncée, pas hâlée par le soleil, mais de naissance. Une peau de Latin, qui avait gardé le teint d'ancêtres vivant sur les bords de la Méditerranée. D'ancêtres qui avaient émigré à l'autre bout du globe... au-delà des mers.

Bourne resta paralysé par le choc de sa certitude. Il était en train de regarder Ilich Ramirez Sanchez.

Prendre Carlos. Prendre Carlos au piège. Caïn est pour Charlie et Delta est pour Caïn.

Jason plongea la main dans son manteau, sa main droite étreignant la crosse du pistolet passé à sa ceinture. Il se mit à courir, heurtant les dos et les poitrines des passants, évitant un camelot, esquivant de peu un mendiant en train de fouiller dans une corbeille à détritus... le *mendiant* ! La main du mendiant plongea dans sa poche ; Bourne pivota juste à temps pour voir le canon d'un automatique émerger du manteau élimé, les rayons du soleil se reflétant sur le métal. Le mendiant avait une arme ! Sa main décharnée la braqua sur lui, ni l'arme ni le regard ne tremblaient. Jason se précipita dans la rue, plongeant à l'abri d'une petite voiture. Il entendit les balles siffler au-dessus et autour de lui, des hurlements, des cris de douleur jaillirent des gens qu'il ne voyait pas, sur le trottoir. Bourne se glissa entre deux voitures et traversa au milieu de la circulation jusqu'au trottoir d'en face. Le mendiant s'enfuyait ; un vieil homme aux yeux d'acier se perdait dans la foule, dans l'oubli.

Prendre Carlos. Prendre Carlos au piège. Caïn est... !

Jason se retourna encore et se précipita, se jetant en avant, renversant tout sur son passage, courant en direction de l'assassin. Il s'arrêta, hors d'haleine, le désarroi et la colère battant dans sa poitrine, des élancements douloureux lui traversant les tempes. Où était-il ? Où était *Carlos !* Et puis il le vit ; le tueur s'était installé au volant d'une grande limousine noire. Bourne replongea dans le flot de la circulation, heurtant des capots et des coffres tout en frayant son chemin comme un dément, vers l'assassin. Il fut soudain bloqué par deux voitures qui étaient entrées en collision. Il posa les mains sur une calandre aux chromes étincelants et sauta par-dessus les pare-chocs entremêlés. Il s'arrêta de nouveau, les yeux brûlants de douleur devant ce qu'il voyait, sachant qu'il était inutile de continuer. C'était trop tard. La grosse limousine noire avait trouvé une brèche dans la circulation et Ilich Ramirez Sanchez avait filé.

Jason regagna l'autre trottoir tandis que les sifflets des agents de police faisaient partout retourner les têtes. Des passants avaient été éraflés, blessés ou tués : un mendiant avec un pistolet avait tiré sur eux.

Jacqueline Lavier ! Bourne se remit à courir, cette fois vers l'église du Saint-Sacrement. Arrivé à l'allée de pierre, sous le regard du saint de ciment, il tourna à gauche, fonçant vers les portes sculptées et les marches de marbre. Il les monta en courant et s'engouffra dans l'église, passant devant des rangées de cierges vacillants, traversant des flaques de lumière colorée tombant des vitraux haut perchés sur les murs de pierre sombre. Il descendit la travée centrale, dévisageant les fidèles, cherchant des cheveux striés d'argent et un masque blême.

Pas trace de Jacqueline Lavier, et pourtant elle n'était pas partie ; elle était quelque part dans l'église. Jason se retourna, inspectant la travée ; un prêtre de grande taille passait d'un pas nonchalant devant les

rangées de cierges. Bourne se glissa entre deux rangées de chaises, déboucha sur la travée de droite et
l'intercepta.

« Pardonnez-moi, mon père, dit-il. Je crois que j'ai
perdu quelqu'un.

— Personne ne se perd dans la maison de Dieu,
mon fils, répondit le prêtre en souriant.

— Elle n'est peut-être pas perdue en esprit, mais si
je ne trouve pas son enveloppe charnelle, elle va être
très ennuyée. Il y a une urgence à son bureau. Etes-
vous ici depuis longtemps, mon père ?

— J'accueille ceux de nos ouailles qui cherchent
assistance, oui. Je suis ici depuis plus d'une heure.

— Deux femmes sont entrées ici voilà quelques
minutes. L'une était de très haute taille, d'une beauté
frappante, elle portait un manteau de couleur claire
et, je crois, un foulard sombre sur les cheveux. L'autre
était une femme plus âgée, pas aussi grande et de
toute évidence pas en très bonne santé. Les auriez-
vous vues par hasard ?

— Oui, fit le prêtre en hochant la tête. On lisait
l'affliction sur le visage de la femme plus âgée ; elle
était pâle et semblait souffrir.

— Savez-vous où elle est allée ? Je crois que sa
jeune amie est partie.

— Une amie bien dévouée, je me permets de le
dire : elle a escorté la pauvre chère jusqu'au confessionnal et l'a aidée à s'installer. La purification de
l'âme nous donne à tous de la force dans les moments
de désespoir.

— Le confessionnal ?

— Oui, le second en partant de la droite. Je me
permettrai d'ajouter qu'elle a un confesseur bien
compatissant. Un prêtre en visite de l'archidiocèse de
Barcelone. Un homme remarquable ; je regrette de
dire que c'est son dernier jour. Il regagne l'Espagne...
(Le prêtre fronça les sourcils.) N'est-ce pas curieux ?
Voilà quelques instants, j'ai cru voir le père Manuel
s'en aller. J'imagine qu'il a été remplacé un moment.

Peu importe, la chère dame est entre de bonnes mains.

— Je n'en doute pas, dit Bourne. Merci, mon père. Je vais l'attendre. »

Jason descendit la travée vers la rangée des confessionnaux, son regard fixé sur le second édicule, où une petite bande de tissu blanc annonçait qu'il était occupé : une âme était en train de se faire purifier. Il s'assit sur une chaise, puis s'agenouilla sur un prie-Dieu, penchant lentement la tête pour pouvoir apercevoir le fond de l'église. Le prêtre auquel il avait parlé était près de l'entrée, son attention retenue par ce qui se passait dans la rue. Dehors, on entendait des sirènes hurler au loin, en se rapprochant. Bourne se leva et s'approcha du second confessionnal. Il écarta le rideau et regarda à l'intérieur, où il vit ce qu'il s'attendait à voir. Il n'y avait que la méthode dont il n'était pas sûr.

Jacqueline Lavier était morte, son corps effondré en avant, un peu sur le côté, soutenu par la cloison du confessionnal, le visage renversé en arrière, les yeux grands ouverts fixant le plafond dans la mort. Son manteau était ouvert, le tissu de sa robe trempé de sang. L'arme était un long coupe-papier effilé, qu'on lui avait plongé au-dessus du sein gauche. Elle avait les doigts crispés sur le manche, ses ongles soignés de la couleur de son sang.

A ses pieds se trouvait un sac : pas le sac blanc qu'elle serrait dans ses mains dix minutes plus tôt, mais un élégant modèle de chez Yves Saint-Laurent, aux initiales marquées dans le tissu. La raison en était claire pour Jason. Dedans se trouvaient des papiers permettant d'identifier la suicidée, cette femme si accablée, si écrasée de chagrin qu'elle avait mis fin à ses jours tout en demandant l'absolution aux yeux de Dieu. Carlos était méticuleux, remarquablement méticuleux.

Bourne referma le rideau et s'éloigna. Quelque part en haut d'un clocher, les cloches appelaient à l'Angelus du matin.

Le taxi rôdait sans but dans les rues de Neuilly, Jason sur la banquette arrière, les pensées se précipitant dans sa tête.

Il était inutile d'attendre, peut-être dangereux. Les stratégies changeaient avec les circonstances, et elles avaient pris un bien vilain tournant. Jacqueline Lavier avait été suivie, sa mort était inévitable, mais elle était survenue à un moment inopportun. Trop tôt ; elle était encore précieuse. Et puis Bourne comprit. Elle n'avait pas été exécutée parce qu'elle avait été déloyale envers Carlos, mais plutôt parce qu'elle lui avait désobéi. Elle s'était rendue au parc Monceau : c'était là sa faute impardonnable.

Il y avait encore un autre relais aux Classiques, un standardiste aux cheveux gris du nom de Philippe Danjou, dont le visage évoquait des images de violence et de ténèbres, des éclairs aveuglants de lumière et des explosions assourdissantes. Il avait fait partie du passé de Bourne, de cela Jason était certain et pour cette raison le gibier devait se montrer prudent, il ne pouvait pas savoir ce que cet homme signifiait pour lui. Mais c'était un relais et lui aussi allait être observé ; tout comme l'avait été Jacqueline Lavier, c'était un nouvel appât pour un autre piège, prêt à être sacrifié quand la trappe se refermerait. N'y avait-il que ces deux-là ? Y en avait-il d'autres ? Un employé obscur et sans visage qui n'était peut-être pas du tout un employé mais quelqu'un d'autre ? Un fournisseur qui passait des heures faubourg Saint-Honoré à défendre en apparence la cause de la haute couture, mais qui travaillait pour une autre cause bien plus vitale à ses yeux. Ou bien était-ce René Bergeron, le modéliste aux airs sportifs, dont les mouvements étaient si vifs et si souples ?

Bourne soudain se crispa, sa nuque s'enfonçant contre le tissu de la banquette, tandis qu'un souvenir récent jaillissait à sa mémoire. *Bergeron.* La peau hâlée, les larges épaules soulignées par les manches retroussées... des épaules qui flottaient au-dessus d'une taille étroite, sous laquelle des jambes robustes évoluaient sans heurt, comme les pattes d'un animal, d'un félin.

Etait-ce possible ? Les autres conjectures n'étaient-elles que des fantômes, des fragments composés d'images familières dont il s'était convaincu qu'elles pouvaient être Carlos ? L'assassin — inconnu de ses relais — était-il bien installé dans son propre appareil, contrôlant et dirigeant chaque mouvement ? Etait-ce *Bergeron* ?

Il fallait téléphoner tout de suite. Chaque minute perdue était une minute qui l'éloignait de la solution et trop de minutes perdues signifierait qu'il n'y aurait jamais de réponse. Mais il ne pouvait pas appeler lui-même ; la succession des événements avait été trop rapide, il devait se reprendre, digérer ses renseignements.

« La première cabine téléphonique que vous verrez, arrêtez-vous, dit-il au chauffeur, encore secoué par la scène de violence dont il avait été témoin à l'église du Saint-Sacrement.

— Comme vous voudrez, monsieur. Mais si monsieur veut bien essayer de comprendre, il est plus tard que l'heure à laquelle je dois rentrer au garage. Bien plus tard.

— Je comprends.

— Voilà un téléphone.

— Bon. Arrêtez-vous. »

La cabine téléphonique, avec ses panneaux vitrés étincelant au soleil, ressemblait du dehors à une grande maison de poupée et sentait l'urine à l'intérieur. Bourne appela La Terrasse, introduisit les pièces dans l'appareil et demanda la chambre 420. Marie répondit.

« Qu'est-ce qui s'est passé ?

— Je n'ai pas le temps de t'expliquer. Je veux que tu appelles Les Classiques et que tu demandes René Bergeron. Danjou sera sans doute au standard ; invente un nom et dis-lui que tu essaies de joindre Bergeron sur la ligne directe de Jacqueline Lavier depuis plus d'une heure. Dis que c'est urgent, qu'il faut que tu lui parles.

— Quand il sera en ligne, qu'est-ce que je lui dis ?

— Je ne pense pas que tu l'aies au bout du fil, mais si c'est le cas, tu n'as qu'à raccrocher. Et si Danjou revient en ligne, demande-lui quand on attend Bergeron. Je te rappellerai dans trois minutes.

— Chéri, tu vas bien ?

— J'ai eu une profonde expérience religieuse. Je t'en parlerai plus tard. »

Jason gardait les yeux fixés sur sa montre, les bonds infinitésimaux de la petite aiguille des secondes lui semblant d'une torturante lenteur. Dix secondes avant l'heure, il commença à composer le numéro, introduisit les pièces à cinq secondes et à moins deux secondes il parlait au standard de La Terrasse. Marie décrocha le téléphone aussitôt.

« Que s'est-il passé ? demanda-t-il. Je me disais que tu parlais peut-être encore.

— Ça a été une conversation très brève. Je crois que Danjou était inquiet. Il a peut-être une liste des noms de ceux à qui l'on a donné le numéro de la ligne directe : je ne sais pas. Mais il semblait lointain, hésitant.

— Qu'est-ce qu'il a dit ?

— M. Bergeron est parti chercher du tissu en Méditerranée. Il est parti ce matin et on ne l'attend pas avant plusieurs semaines.

— Il se pourrait que je l'aie aperçu à quelques centaines de kilomètres de la Méditerranée.

— Où cela ?

— Dans une église. Si c'était bien Bergeron, il donnait l'absolution avec un instrument bien aiguisé.

— Qu'est-ce que tu racontes ?

— Jacqueline Lavier est morte.

— Oh ! mon Dieu ! Qu'est-ce que tu vas faire ?

— Parler à un homme que je crois avoir connu. S'il a pour deux sous de cervelle, il écoutera. Il est sacrifié. »

30

« Danjou.

— Delta ? Je me demandais quand... je crois que je reconnaîtrais votre voix n'importe où. »

Il l'avait dit ! Le nom avait été prononcé. Le nom qui ne signifiait rien pour lui, et pourtant quelque chose quand même. Danjou savait. Philippe Danjou faisait partie du passé oublié. Delta. Caïn est pour Charlie et Delta est pour Caïn. Delta. Delta. Delta ! Il avait connu cet homme et cet homme avait la réponse ! Alpha, Bravo, Caïn, Delta, Echo, Foxtrot...

Méduse.

« Méduse, murmura-t-il, répétant le nom qui était comme un cri silencieux à ses oreilles.

— Paris n'est pas Tam Quan, Delta. Il n'y a plus de dette entre nous. Ne cherchez pas à vous faire payer. Nous travaillons pour des employeurs différents maintenant.

— Jacqueline Lavier est morte. Carlos l'a tué à Neuilly voilà moins de trente minutes.

— N'essayez pas. Voilà deux heures, Jacqueline s'apprêtait à quitter la France. Elle m'a téléphoné elle-même de l'aéroport d'Orly. Elle va rejoindre Bergeron...

— Pour chercher du tissu en Méditerranée ? » l'interrompit Jason.

Danjou marqua un temps. « La femme au téléphone qui demandait René. C'est bien ce que je pensais. Ça ne change rien. Je lui ai parlé : elle appelait d'Orly.

— C'est ce qu'on lui a ordonné de vous dire. Avait-elle l'air maîtresse d'elle-même ?

— Elle était énervée, et personne ne sait mieux pourquoi que vous. Vous avez fait un travail remarquable ici, Delta. Ou Caïn. Ou quel que soit le nom dont on vous appelle aujourd'hui. Bien sûr, elle n'était pas elle-même. C'est pourquoi elle part pour quelque temps.

— C'est pourquoi elle est morte. Vous êtes le prochain.

— Les dernières vingt-quatre heures étaient dignes de vous. Ceci ne l'est plus.

— Elle était suivie ; vous êtes suivi. Surveillé à chaque instant.

— Si je le suis, c'est pour ma protection.

— Alors pourquoi Jacqueline Lavier est-elle morte ?

— Je ne le crois pas.

— Se suiciderait-elle ?

— Jamais.

— Appelez le presbytère de l'église du Saint-Sacrement à Neuilly. Demandez des nouvelles de la femme qui s'est tuée en se confessant. Qu'avez-vous à perdre ? Je vous rappellerai. »

Bourne raccrocha et quitta la cabine. Il descendit sur la chaussée, guettant un taxi. Le prochain coup de téléphone à Philippe Danjou, il le donnerait à au moins dix blocs de là. L'homme de Méduse ne serait pas facile à convaincre, et tant qu'il ne le serait pas, Jason ne prendrait pas le risque de voir un dispositif électronique repérer le secteur d'où venait l'appel.

Delta ? Je crois que je reconnaîtrais votre voix n'importe où... Paris n'est pas Tam Quan. Tam Quan... Tam Quan, Tam Quan ! Caïn est pour Charlie et Delta est pour Caïn. Méduse !

Assez ! Ne pense pas à des choses auxquelles... tu ne peux pas penser. Concentre-toi sur ce qui *est*. Maintenant. Sur *toi*. Ne t'occupe pas de ce que les autres disent que tu es... pas même de ce que tu crois être. Ne t'occupe que de maintenant. Et maintenant, c'est un homme qui peut te donner les solutions.

Nous travaillons pour des employeurs différents...

C'était la clef.

Dites-moi ! Au nom du Ciel, dites-moi ! Qui est-ce ? Qui est mon employeur, Danjou ?

Un taxi vint s'arrêter dangereusement près de ses genoux. Jason ouvrit la portière et monta. « Place Vendôme », dit-il, sachant que là il serait près du faubourg Saint-Honoré. Il était indispensable d'être le plus près possible pour mettre en mouvement la stratégie qui se dessinait rapidement dans sa tête. Il avait l'avantage : il fallait l'utiliser à une double fin. Il fallait convaincre Danjou que ceux qui le suivaient voulaient l'exécuter. Mais ce que ces hommes ne pouvaient pas savoir, c'était qu'un autre les suivait, *eux*.

La place Vendôme était encombrée comme d'habitude, la circulation aussi désordonnée que d'habitude. Bourne aperçut une cabine téléphonique au coin et descendit du taxi. Il entra dans la cabine et appela Les Classiques ; cela faisait quatorze minutes qu'il avait téléphoné de Neuilly.

« Danjou ?

— Une femme a mis fin à ses jours en se confessant, c'est tout ce que je sais.

— Allons, vous ne vous contenteriez pas de cela. Méduse ne se contenterait pas de ça.

— Donnez-moi un instant pour mettre les appels en attente. (La communication fut interrompue environ quatre secondes, puis Danjou revint en ligne.) Une femme d'un certain âge aux cheveux blanc et argent, élégamment vêtue, avec un sac Saint-Laurent. Je viens de décrire dix mille femmes à Paris. Comment puis-je être sûr que vous n'en avez pas pris une, que vous ne l'avez pas tuée pour donner une base à ce coup de fil ?

— Oh ! bien sûr. Je l'ai transportée dans l'église comme dans une pieta, le sang ruisselant sur les dalles de ses stigmates béants. Soyez raisonnable, Danjou. Commençons par l'évidence. Le sac n'était pas à elle ; elle avait un sac de cuir blanc. Ce ne serait pas son genre de faire de la publicité pour un concurrent.

— Si j'en crois ce que je sens, ce n'était *pas* Jacqueline Lavier.

— Croyez-moi donc plutôt. Les papiers qu'il y avait dans ce sac l'identifiaient comme quelqu'un d'autre.

516

On ne va pas tarder à réclamer le corps ; personne ne touche aux Classiques.

— Parce que vous le dites ?

— Non. Parce que c'est la méthode utilisée par Carlos dans cinq meurtres que je peux citer. *(Il le pouvait. C'était ce qu'il y avait d'effrayant.)* Un homme est liquidé, la police est persuadée que c'est telle personne, dont la mort est une énigme ; on ne connaît pas les tueurs. Et puis on découvre qu'il s'agit de quelqu'un d'autre, et à ce moment-là Carlos est dans un autre pays, en train de s'occuper d'un autre contrat. Jacqueline Lavier était une variation de cette méthode, voilà tout.

— Des mots, Delta. Vous n'avez jamais dit grand-chose, mais quand vous avez parlé, c'étaient toujours des mots.

— Et si vous étiez faubourg Saint-Honoré dans trois ou quatre semaines d'ici — ce qui ne sera pas le cas — vous verriez comment ça se termine. Un accident d'avion ou un bateau qui se perd en Méditerranée. Des corps carbonisés au point d'être méconnaissables ou simplement disparus. L'identité des morts, toutefois, est clairement établie. Jacqueline Lavier et Bergeron. Mais il n'y a qu'un vrai cadavre : Mme Lavier. M. Bergeron est privilégié — plus que vous ne vous en êtes jamais douté. Bergeron a repris son travail. Quant à vous, vous êtes un chiffre dans les statistiques de la morgue de Paris.

— Et vous ?

— D'après le plan, je suis mort aussi. Ils comptent me prendre à travers vous.

— Logique. Nous sommes tous les deux de Méduse, ils le savent : Carlos le sait. On pouvait supposer que vous me reconnaîtriez.

— Et vous aussi ? »

Danjou marqua un temps. « Oui, dit-il. Comme je vous l'ai expliqué, nous travaillons maintenant pour des employeurs différents.

— C'est de quoi je veux parler.

— Il ne s'agit pas de parler, Delta. Mais en souvenir

du bon vieux temps — de ce que vous avez fait pour nous tous à Tam Quan — suivre le conseil d'un ancien de Méduse. Quittez Paris ou bien c'est vous ce mort dont vous venez de parler.

— Je ne peux pas.

— Vous devriez. Si j'en ai l'occasion, je presserai la détente moi-même et je serai bien payé pour ça.

— Alors je vous donnerai cette occasion.

— Pardonnez-moi si je trouve cette proposition ridicule.

— Vous ne savez pas ce que je veux ni ce que je suis prêt à risquer pour l'obtenir.

— Quoi que vous vouliez, vous prendrez des risques pour l'obtenir. Mais le vrai danger viendra de vos ennemis. Je vous connais, Delta. Allons, il faut que je retourne au standard. Je vous souhaiterais bien bonne chasse, mais... »

C'était le moment d'utiliser la seule arme qui lui restait, la seule menace qui maintiendrait peut-être Danjou ou pas. « Qui contactez-vous pour avoir les instructions maintenant qu'il n'est plus question du parc Monceau ? »

La tension se trouva soulignée par le silence de Danjou. Lorsqu'il répondit, sa voix n'était qu'un murmure : « *Qu'est-ce que vous avez dit ?*

— C'est pour ça qu'elle a été tuée, vous savez. C'est pour ça que vous serez tué aussi. Elle est allée au parc Monceau et elle en est morte. Vous êtes allé au parc Monceau et vous en mourrez aussi. Carlos n'a plus les moyens de vous garder ; vous en savez tout simplement trop. Pourquoi compromettrait-il un pareil arrangement ? Il va vous utiliser pour me tendre un piège, puis vous tuer et monter une autre organisation comme Les Classiques. Entre anciens de Méduse, pouvez-vous en douter ? »

Le silence était plus long maintenant, plus intense qu'avant. De toute évidence, l'homme de Méduse se posait des questions difficiles. « Que voulez-vous de moi ? A part moi. Vous devriez savoir que les otages ne signifient rien. Pourtant vous me provoquez, vous me surprenez par ce que vous avez appris. Je ne vaux rien pour vous mort ou vif, alors qu'est-ce que vous voulez ?

— Des renseignements. Si vous les avez, je quitterai Paris ce soir et ni Carlos ni vous n'entendrez plus jamais parler de moi.

— Quels renseignements ?

— Vous mentirez si je vous le demande maintenant. Je le ferais à votre place. Mais quand je vous verrai, vous me direz la vérité.

— Avec un fil de cuivre autour de la gorge ?

— Au milieu d'une foule ?

— D'une foule ? En plein jour ?

— Dans une heure. Devant le Louvre. Près des marches. A la station de taxi.

— Au Louvre ? Une foule ? Des renseignements que vous pensez que je possède vous feront partir ? Vous ne pouvez pas raisonnablement vous attendre à ce que je discute de mon employeur.

— Pas du vôtre. Du mien.

— Treadstone ? »

Il savait. Philippe Danjou avait la réponse. Reste calme. Ne montre pas ton angoisse.

« 71, compléta Jason. Une simple question et je disparais. Et quand vous me donnerez la réponse — la vraie réponse — je vous donnerai quelque chose en échange.

— Qu'est-ce que je pourrais bien vouloir de vous ? Sauf vous.

— Des renseignements qui vous permettront peut-être de vivre. Ça n'est pas une garantie, mais croyez-moi, quand je vous le dirai, vous ne vivrez pas sans. *Parc Monceau*, Danjou. »

De nouveau le silence. Bourne se représentait l'ancien de Méduse aux cheveux gris, fixant son standard, le nom de cet élégant quartier de Paris retentissant de plus en plus fort dans sa tête. La mort venait du parc Monceau et Danjou le savait aussi sûrement que la morte de Neuilly était Jacqueline Lavier.

« Quel pourrait être ce renseignement ? demanda Danjou.

— L'identité de votre employeur. Un nom et une preuve suffisante pour la garder scellée dans une enveloppe et pour la remettre à un avocat qui la conservera jusqu'au jour où vous mourrez de mort naturelle. Mais si votre vie devait prendre fin dans des conditions anormales, même accidentelles, il aurait pour instruction d'ouvrir l'enveloppe et d'en révéler le contenu. C'est votre protection, Danjou.

— Je vois, murmura l'ancien de Méduse. Mais vous dites que des hommes me surveillent, me suivent.

— Couvrez-vous, dit Jason. Dites-leur la vérité. Vous avez un numéro à appeler, n'est-ce pas ?

— Oui, il y a un numéro, un homme. » La voix prit un accent un peu surpris.

« Contactez-le, dites-lui exactement ce que j'ai dit... sans parler de l'échange, bien sûr. Dites que je vous ai appelé, que je veux un rendez-vous avec vous. Que ce doit être devant le Louvre dans une heure. La vérité.

— Vous êtes fou.

— Je sais ce que je fais.

— Vous le saviez en général. Mais vous êtes en train de vous tendre un piège à vous-même, d'organiser votre propre exécution.

— Auquel cas vous toucherez peut-être une somptueuse récompense.

— Ou je déclencherai ma propre exécution, si ce que vous dites est vrai.

— Découvrons-le. Je prendrai contact avec vous d'une façon ou d'une autre, vous pouvez me croire. Ils ont ma photographie ; ils le sauront quand je le ferai. Mieux vaut une situation contrôlée qu'une dans laquelle il n'y a aucun contrôle.

— Maintenant c'est bien Delta que j'entends, fit Danjou. Il ne se tend pas un piège à lui-même ; il ne s'avance pas devant un peloton d'exécution en demandant un bandeau.

— Oh ! non, reconnut Bourne. Vous n'avez pas le choix, Danjou. Dans une heure. Devant le Louvre. »

L'efficacité d'un piège dans sa simplicité fondamen-
tale. Le piège inversé en raison de son unique compli-
cation doit être rapide et encore plus simple.

Les mots lui vinrent tandis qu'il attendait dans le
taxi, faubourg Saint-Honoré, à quelques mètres des
Classiques. Il avait demandé au chauffeur de lui faire
faire deux fois le tour du pâté de maisons, comme un
touriste américain dont la femme faisait des courses
dans le quartier de la haute couture. Tôt ou tard, elle
allait sortir d'une de ces boutiques et il la trouverait.

Ce qu'il trouva, ce fut la surveillance de Carlos.
L'antenne qui sortait de la limousine noire était tout à
la fois la preuve et le signal du danger. Il se sentirait
plus en sûreté si cet émetteur radio était hors d'état de
fonctionner, mais il n'y avait aucun moyen d'y parvenir. L'alternative, c'était une fausse information. Au
cours des quarante-cinq minutes à venir, Jason allait
faire de son mieux pour s'assurer qu'on enverrait par
cet émetteur un message erroné. De l'endroit où il
était dissimulé, au fond du taxi, il examina les deux
hommes dans la voiture de l'autre côté de la rue. Si
quelque chose les différenciait d'une centaine
d'autres hommes comme eux dans le faubourg Saint-
Honoré, c'était le fait qu'ils ne parlaient pas.

Philippe Danjou déboucha sur le trottoir, un feutre
gris coiffant ses cheveux gris. Son regard balaya la
rue, Bourne put constater que l'ancien de Méduse
savait encore se couvrir. Il avait appelé un numéro ; il
avait transmis la stupéfiante information qu'il venait
d'apprendre ; il savait qu'il y avait des hommes dans
une voiture, prêts à le suivre.

Un taxi, sans doute appelé par téléphone, vint
s'arrêter le long du trottoir. Danjou dit quelques mots
au chauffeur et monta. De l'autre côté de la rue, une
antenne se déploya, menaçante : la chasse commençait.

La limousine démarra après le taxi de Danjou ;
c'était la confirmation dont Jason avait besoin. Il se
pencha en avant et dit au chauffeur : « J'ai oublié. Elle
a dit que ce matin elle allait au Louvre, et qu'elle

faisait des courses cet après-midi. Bon sang, j'ai une demi-heure de retard ! Voulez-vous me conduire au Louvre ?

— Mais oui, monsieur, au Louvre. »

A deux reprises durant le court trajet, le taxi de Jason dépassa la limousine noire, qui peu après revint le doubler. La proximité donna à Bourne l'occasion de voir exactement ce qu'il lui fallait voir. L'homme assis à côté du chauffeur ne cessait de parler dans le micro du radiotéléphone. Carlos s'assurait que le piège était sans faille ; d'autres allaient se rendre eux aussi sur les lieux de l'exécution. Ils arrivèrent devant l'entrée monumentale du Louvre. « Garez-vous derrière ces autres taxis, dit Jason.

— Mais ils attendent des clients, monsieur. Moi j'en ai un : c'est vous mon client. Je vais vous conduire à...

— Faites ce que je vous dis », fit Bourne en déposant un billet de cinquante francs par-dessus le dossier.

Le chauffeur s'installa dans la file. La limousine noire était à vingt mètres de là sur la droite ; l'homme au micro s'était retourné et regardait dehors par la vitre arrière gauche. Jason suivit son regard et vit ce qu'il s'attendait à voir. A deux ou trois cents mètres, sur la gauche, sur le vaste terre-plein, se trouvait une automobile grise, la voiture qui avait suivi Jacqueline Lavier et la femme de Villiers jusqu'à l'église du Saint-Sacrement et qui avait ramené cette dernière de Neuilly après qu'elle eut escorté Jacqueline Lavier jusqu'à sa dernière confession. On pouvait voir son antenne se replier dans son logement. A droite, le soldat de Carlos ne tenait plus le micro. L'antenne de la limousine noire rentrait aussi ; le contact avait été établi, le repérage visuel confirmé. Quatre hommes. C'étaient les exécuteurs de Carlos.

Bourne se concentra sur la foule massée devant l'entrée du Louvre, et aussitôt il repéra Danjou, avec son élégante toilette. Il marchait à pas lents et prudents, de long en large, devant la grande colonne de granit blanc qui flanquait le perron sur la gauche.

Maintenant. C'était le moment d'envoyer le faux renseignement.

« Sortez du rang, ordonna Jason.

— Quoi, monsieur ?

— Deux cents francs pour vous si vous faites exactement ce que je vous dis. Sortez du rang, allez jusqu'au bout, puis faites deux virages à gauche en revenant vers l'aile suivante.

— Je ne comprends pas, monsieur !

— Vous n'en avez pas besoin. Trois cents francs pour vous. »

Le chauffeur donna un coup de volant et se dirigea vers la tête de la file, là il tourna, dirigeant le taxi vers la gauche, du côté des voitures garées. Bourne prit l'automatique dans sa ceinture et le coinça entre ses genoux. Il vérifia le silencieux, serrant bien le cylindre.

« Où désirez-vous aller, monsieur ? demanda le chauffeur, abasourdi, tandis qu'ils se dirigeaient de nouveau vers l'entrée du Louvre.

— Ralentissez, dit Jason. Cette grosse voiture grise là-bas, celle qui est tournée vers la Seine. Vous la voyez ?

— Bien sûr.

— Contournez-la lentement, par la droite. »

Bourne se glissa sur la gauche de la banquette et abaissa la vitre, dissimulant sa tête et le pistolet. Dans quelques secondes il allait montrer les deux. Le taxi approcha du coffre de la voiture, le chauffeur donna un nouveau coup de volant, qui mit les voitures parallèles l'une à l'autre. Jason montra sa tête et son arme. Il visa la vitre arrière droite de la voiture grise et fit feu, cinq détonations se succédèrent, cinq balles fracassant la vitre, à la grande surprise des deux hommes qui s'interpellèrent en se plaquant sur le plancher de la voiture. Mais ils l'avaient vu. C'était ça, le faux renseignement.

« Fichez le camp d'ici ! » hurla Bourne au chauffeur terrifié, tout en lançant trois cents francs par-dessus le dossier et en coinçant son feutre contre la lunette arrière. Le taxi fonça vers les guichets du Louvre.

Maintenant.

Jason glissa à travers la banquette, ouvrit la portière et se laissa rouler sur le pavé, en criant ses dernières instructions au chauffeur : « Si vous voulez rester vivant, filez ! »

Le taxi bondit en avant, son moteur rugissant, le chauffeur poussant des cris. Bourne plongea entre deux voitures en stationnement, dissimulé maintenant aux yeux de ceux qui se trouvaient dans la voiture grise et se redressa lentement, regardant entre les deux vitres. Les hommes de Carlos étaient rapides, c'étaient des professionnels qui ne perdaient pas un instant. Ils avaient aperçu le taxi, qui n'était pas de taille à lutter contre la puissante limousine, et dans ce taxi se trouvait la cible. L'homme qui était au volant embraya et fonça tandis que son compagnon s'emparait du micro, l'antenne émergeant de son logement. On criait des ordres à une voiture garée plus près du grand perron. Le taxi déboucha sur le quai, la grosse voiture grise juste derrière lui. Lorsqu'ils passèrent à quelques mètres de Jason, l'expression qu'on pouvait lire sur le visage des deux hommes était éloquente. Ils avaient Caïn en ligne de mire, le piège s'était refermé et dans quelques minutes ils allaient gagner leurs salaires.

Le piège inversé en raison de son unique complication doit être rapide et plus simple encore...

Dans quelques minutes... il n'avait que quelques instants si tout était comme il le croyait. Danjou ! Le contact avait joué son rôle — son rôle mineur — et on pouvait le sacrifier — tout comme on avait sacrifié Jacqueline Lavier.

Bourne jaillit d'entre les deux voitures, se dirigeant vers la limousine noire qui n'était pas à plus de cinquante mètres. Il apercevait les deux hommes ; ils convergeaient vers Philippe Danjou qui arpentait toujours le trottoir devant le perron. Une balle bien placée de l'un ou de l'autre homme et Danjou serait mort ; Treadstone 71 parti avec lui. Jason hâta le pas, la main à l'intérieur de son manteau étreignant le gros automatique.

Les soldats de Carlos n'étaient qu'à quelques mètres, ils se dépêchaient maintenant ; l'exécution devait être rapide, le condamné abattu avant d'avoir compris ce qui lui arrivait.

« *Méduse !* rugit Bourne, sans savoir pourquoi il criait ce nom plutôt que celui de Danjou. Méduse... *Méduse !* »

Danjou tourna soudain la tête, l'air stupéfait. Le chauffeur de la limousine noire s'était retourné, son arme braquée sur Jason, tandis que son compagnon s'avançait vers Danjou, son pistolet braqué sur l'ancien membre des commandos Méduse. Bourne plongea sur la droite, tendant le pistolet en avant en prenant appui sur sa main gauche. Il avait bien visé : l'homme qui s'approchait de Danjou bascula en arrière tandis que ses jambes se trouvaient paralysées ; il s'effondra sur le pavé. Deux balles sifflèrent au-dessus de la tête de Jason, allant frapper une plaque métallique derrière lui. Il roula sur sa gauche, tenant de nouveau son pistolet d'une main ferme, braqué sur le second homme. Il pressa deux fois la détente ; le chauffeur poussa un hurlement, un flot de sang se répandit sur son visage et il s'écroula.

Dans la foule, c'était l'affolement. Des hommes et des femmes hurlaient, des parents se jetaient sur leurs enfants, d'autres montaient le perron en courant pour s'engouffrer dans les grandes portes du Louvre, tandis que des gardes essayaient de sortir. Bourne se redressa, cherchant Danjou. L'homme avait plongé derrière le bloc de granit blanc, sa silhouette émaciée sortait peu à peu de son abri, la terreur sur son visage. Jason se précipita au milieu de la foule, remettant le pistolet dans sa ceinture, écartant les gens affolés qui faisaient obstacle entre lui et l'homme qui pourrait lui donner les réponses. Tread-stone. *Treadstone !*

Il arriva devant l'homme de Méduse. « Debout ! ordonna-t-il. Filons !

— Delta !... C'était l'homme de Carlos ! Je le connais, je l'ai utilisé ! Il allait me tuer !

— Je sais. Venez ! Vite ! D'autres vont revenir ; ils vont nous chercher. Venez ! »

Du coin de l'œil, Bourne aperçut une tache noire. Il pivota sur ses talons, poussant d'instinct Danjou par terre tandis que quatre coups de feu étaient tirés rapidement, venant d'un pistolet tenu par une sil-houette sombre plantée auprès de la file des taxis. Des éclats de granit et de marbre jaillirent tout autour d'eux. C'était *lui !* Les larges épaules robustes, la taille fine soulignée par un costume noir très ajusté... le visage à la peau sombre entre une écharpe de soie blanche et le chapeau noir à bord étroit. Carlos !

Prendre Carlos ! Prendre Carlos au piège ! Caïn est pour Charlie et Delta est pour Caïn !

Faux !

Trouver Treadstone ! Trouver un message ; pour un homme ! Trouver Jason Bourne !

Il devenait fou ! Des images confuses du passé venaient se mêler à la terrible réalité du présent, lui faisant perdre la raison. Les portes de son esprit s'ouvraient et se fermaient avec une égale violence ; un moment, la lumière déferlait à flots, un instant plus tard, c'était l'obscurité. La douleur revenait à ses tempes, ponctuée des échos d'un tonnerre assourdis-sant. Il se lança à la poursuite de l'homme en costume noir, portant l'écharpe de soie blanche enroulée autour de son visage. Puis il aperçut les yeux et la gueule du pistolet, trois cercles sombres braqués sur lui comme les rayons d'un laser noir. Bergeron ?... Etait-ce Bergeron ? Etait-ce lui ? Ou bien Zurich... ou... pas le temps !

Il feinta vers la gauche, puis plongea vers la droite, pour sortir de la ligne de feu. Des balles heurtèrent la pierre, le *pang* des ricochets suivant chaque explo-

sion. Jason se jeta sous une voiture en stationnement ; entre les roues il aperçut la silhouette en noir
qui s'enfuyait. La douleur était toujours là mais le
tonnerre avait cessé. Il rampa jusqu'au trottoir, se
remit debout et revint en courant vers le perron du
Louvre.

Qu'avait-il fait ? Danjou avait disparu ! Comment
cela s'était-il passé ? Le piège inversé n'était pas un
piège. On avait utilisé contre lui sa propre stratégie,
ce qui avait permis au seul homme capable de lui
donner les solutions de s'échapper. Il avait suivi les
soldats de Carlos, mais Carlos l'avait suivi, *lui* !
Depuis le faubourg Saint-Honoré. Tout cela était
pour rien ; un écœurant sentiment de vide l'envahit.

Puis il entendit des phrases qui venaient de derrière
une voiture garée non loin de là. Philippe Danjou
apparut prudemment.

« Tam Quan n'est jamais bien loin, on dirait. Où
va-t-on, Delta ? On ne peut pas rester ici. »

Ils s'installèrent dans la niche d'un café encombré
de la rue Germain-Pilon, une petite ruelle de la Butte
Montmartre. Danjou buvait son double cognac à
petites gorgées, il parlait d'un ton sourd, pensif. « Il va
falloir que je retourne en Asie, dit-il. A Singapour ou
à Hong Kong ou même aux Seychelles, peut-être. La
France ne m'a jamais très bien réussi ; maintenant,
c'est devenu malsain.

— Vous n'y serez peut-être pas obligé, dit Bourne
en avalant son whisky, l'alcool amenant chez lui un
bref répit. C'était sérieux, ce que je disais. Vous me
dites ce que je veux savoir. Je vous donnerai... (Il
s'arrêta, les doutes déferlant sur lui ; non, il allait le
dire.) Je vous donnerai l'identité de Carlos.

— Ça ne m'intéresse pas le moins du monde,
répondit l'ancien de Méduse, sans quitter Jason des
yeux. Je vais vous dire tout ce que je peux. Pourquoi
retiendrais-je quelque chose ? De toute évidence, je
ne vais pas aller trouver les autorités, mais si j'ai des
renseignements qui puissent vous aider à prendre
Carlos, le monde serait pour moi un lieu plus sûr,

n'est-ce pas ? Mais pour ma part, je ne souhaite pas m'en mêler.

— Vous n'êtes même pas curieux ?

— Une curiosité intellectuelle, peut-être, car votre expression me dit que je serai surpris. Alors, posez vos questions et puis étonnez-moi.

— Ça va être un choc. »

Sans crier gare, Danjou prononça tranquillement le nom. « Bergeron ? » Jason ne broncha pas ; muet, il contemplait son compagnon. Danjou poursuivit.

« J'y ai réfléchi bien des fois. Chaque fois que nous bavardons, je le regarde et je me pose la question. Chaque fois, pourtant, je rejette l'idée.

— Pourquoi ? l'interrompit Bourne, se refusant à reconnaître que l'ancien de Méduse avait raison.

— Oh ! attention, je ne suis pas sûr... j'ai seulement le sentiment que ça n'est pas ça. Peut-être parce que j'en ai appris plus sur Carlos de René Bergeron que de n'importe qui. Il est obsédé par Carlos ; il travaille pour lui depuis des années, il est extrêmement fier d'avoir sa confiance. Mon problème est qu'il parle trop de lui.

— C'est son moi qui parle à travers un autre personnage inventé ?

— C'est sans doute possible, mais ça ne concorde pas avec les précautions extraordinaires que prend Carlos, le mur de secret littéralement impénétrable qu'il a bâti autour de lui. Je n'en suis pas certain, bien sûr, mais je doute que ce soit Bergeron.

— C'est vous qui avez prononcé ce nom. Pas moi. »

Danjou sourit. « Vous n'avez pas à vous inquiéter, Delta. Posez vos questions.

— Je croyais que c'était Bergeron. Je suis désolé.

— Ne le soyez pas, car c'est peut-être lui. Je vous l'ai dit, ça m'est égal. Dans quelques jours je serai de retour en Asie, à suivre le franc, le dollar ou le yen. Nous autres, anciens de Méduse, nous avons toujours de la ressource, n'est-ce pas ? »

Jason ne savait pas bien pourquoi, mais le visage hagard d'André Villiers lui vint en mémoire. Il s'était promis d'apprendre ce qu'il pourrait pour le vieux soldat. C'était une occasion qui ne se représenterait pas.

« Quel est, dans tout cela, la place de la femme de Villiers ? »

Danjou haussa les sourcils. « Angélique ? Mais voyons... vous avez dit le parc Monceau, n'est-ce pas ? Comment...

— Les détails sont sans importance maintenant.

— Sûrement pas pour moi.

— Alors, et elle ? insista Bourne.

— Vous l'avez regardée de près ? La peau ?

— Je me suis trouvé assez près. Elle est bronzée. Très grande et très bronzée.

— Elle garde sa peau comme ça. La Côte d'Azur, les îles grecques, la Costa del Sol, Gstaad ; elle est toujours au soleil.

— Ça lui va très bien.

— C'est aussi un truc qui réussit. Ça masque ce qu'elle est. Pour elle il n'y a pas de pâleur de l'automne ou de l'hiver, pas de manque de couleur sur son visage, sur ses bras ni sur ses très longues jambes. La séduisante couleur de sa peau est toujours là, parce qu'elle y serait dans tous les cas. Avec ou sans Saint-Tropez, la Costa Brava ou les Alpes.

— De quoi parlez-vous ?

— Bien que la belle Angélique Villiers soit censée être parisienne, elle ne l'est pas. Elle est de race hispanique. Vénézuélienne, pour être précis.

— Sanchez, murmura Bourne. Ilich Ramirez Sanchez.

— Oui. Parmi les très rares à parler de ce genre de choses, on dit qu'elle est la cousine germaine de Carlos, sa maîtresse depuis l'âge de quatorze ans. On raconte — parmi ces quelques rares personnes — qu'à part lui-même, elle est la seule personne au monde dont le sort le préoccupe.

— Et Villiers est le faux bourdon qui s'ignore ?

— Du vocabulaire de Méduse, Delta ? fit Danjou en hochant la tête. Oui, Villiers est le faux bourdon.

L'accès brillamment conçu par Carlos à nombre de services les plus fermés du gouvernement français, y compris à ceux qui possèdent les deux dossiers sur Carlos lui-même.

— Brillamment conçu, dit Jason qui se souvenait. Parce que c'est impensable.

— Totalement. »

Bourne se pencha en avant, l'interrompant brutalement. « Treadstone, dit-il, empoignant à deux mains le verre devant lui. Parlez-moi de Treadstone 71.

— Qu'est-ce que *moi* je peux vous dire à *vous* ?

— Tout ce qu'ils savent. Tout ce que Carlos sait.

— Je ne crois pas être capable de ça. J'entends des choses, je les rapproche, mais sauf en ce qui concerne Méduse, je ne suis guère un conseiller, encore moins un confident. »

Jason devait concentrer tous ses efforts pour se dominer, pour s'empêcher de poser des questions sur Méduse, sur Delta et sur Tam Quan ; sur les vents dans le ciel de la nuit, sur l'obscurité et les explosions de lumière qui l'aveuglaient chaque fois qu'il entendait ces mots. Il ne pouvait pas ; certaines choses, on devait les assumer, passer sous silence ce qu'il avait perdu, ne donner aucune indication. Les priorités. Treadstone. Treadstone 71...

« Qu'avez-vous entendu ? Qu'avez-vous rassemblé ?

— Ce que j'ai entendu et ce que j'ai rassemblé n'étaient pas toujours compatibles. Toutefois, des faits évidents me sont apparus.

— Par exemple ?

— Quand j'ai vu que c'était vous, j'ai su. Delta avait passé un accord lucratif avec les Américains. Un nouvel accord lucratif, peut-être d'un genre différent qu'autrefois.

— Expliquez-vous, voulez-vous ?

— Voilà onze ans, on racontait à Saigon que le glacial Delta était l'homme le plus payé de tous ceux de l'opération Méduse. Assurément, vous étiez le plus capable que, moi, j'aie connu ; j'ai donc supposé que vous aviez négocié serré. Vous avez dû obtenir des conditions bien plus dures pour faire ce que vous faites maintenant.

— Ce qui est, d'après ce que vous avez entendu ?

— Ce que nous savons. Ça a été confirmé à New York. Le Moine l'a confirmé avant de mourir, voilà ce qu'on m'a dit. Depuis le début, cela coïncidait avec tout le reste. »

Bourne tenait toujours le verre, évitant le regard de Danjou. Le Moine. *Le Moine. Ne pose pas de questions. Le Moine est mort, quel et quoi qu'il ait été. Il n'importe plus maintenant.* « Je répète, dit Jason, qu'est-ce donc qu'ils croient savoir que je fais ?

— Allons, Delta, c'est moi qui m'en vais. Ça ne rime à rien de...

— Je vous en prie, l'interrompit Bourne.

— Très bien. Vous avez accepté de devenir Caïn. Le tueur mythique avec une interminable liste de contrats qui n'ont jamais existé, chacun créé de toutes pièces, étoffés par toutes sortes de sources bien informées. Le but : lancer un défi à Carlos — "éroder sa nature à chaque détour du chemin", voilà comment disait Bergeron — saper ses prix, faire courir le bruit de ses échecs, vanter votre supériorité. En bref, débusquer Carlos et le prendre. C'était votre accord avec les Américains. »

Des rayons de son soleil intérieur pénétrèrent jusque dans les coins sombres de l'esprit de Jason. Au loin, des portes s'ouvraient, mais elles étaient encore trop lointaines et à peine entrouvertes. Mais il y avait de la lumière là où jadis il n'y avait que ténèbres.

« Alos les Américains sont... » Bourne ne termina pas la phrase, espérant que Danjou allait le faire pour lui.

« Oui, dit l'homme de Méduse. Treadstone 71. L'unité des services de renseignement américains la plus contrôlée depuis les Opérations Consulaires du Département d'Etat. Créée par le même homme qui a bâti Méduse. David Abbott.

— Le Moine, murmura Jason d'instinct, une autre porte s'entrebâillant.

— Bien sûr. Qui d'autre approcherait-il pour jouer le rôle de Caïn, sinon l'homme de Méduse connu sous le nom de Delta ? Je viens de vous le dire, dès l'instant où je vous ai vu, j'ai compris.

— Un rôle... » Bourne s'arrêta, le soleil brillait plus clair, le baignant de sa chaleur sans l'aveugler.

Danjou se pencha en avant. « Voici, bien sûr, où ce que j'ai entendu et ce que j'ai rassemblé étaient incompatibles. On disait que Jason Bourne avait accepté la mission pour des raisons dont je savais qu'elles n'étaient pas vraies. J'étais là-bas, pas eux ; ils ne pouvaient pas savoir.

— Qu'est-ce qu'ils ont dit ? Qu'est-ce que vous avez entendu ?

— Que vous étiez un officier du renseignement américain, peut-être un militaire de carrière. Vous vous rendez compte ? *Vous*. Delta ! L'homme plein de mépris pour presque tout et principalement pour ce qui était américain. J'ai dit à Bergeron que c'était impossible, mais je ne suis pas sûr qu'il m'ait cru.

— Que lui avez-vous dit ?

— Ce que je croyais. Ce que je crois encore. Que ce n'était pas l'argent... Aucune somme d'argent n'aurait pu vous pousser à le faire... ce devait être autre chose. Je crois que vous l'avez fait pour la même raison qui en a conduit tant d'autres à accepter Méduse voilà onze ans. Pour passer l'éponge sur un coin du passé, pour pouvoir retourner à quelque chose qu'on avait autrefois et dont l'accès vous était interdit. Je ne sais pas, bien sûr, et je ne m'attends pas à ce que vous me le confirmiez, mais voilà ce que je crois.

— Il est possible que vous ayez raison », dit Jason, retenant son souffle, la fraîche brise du soulagement venant dissiper les brumes. *Ça se tenait. On envoyait un message. C'était peut-être ça. Trouver le message. Trouver l'expéditeur. Treadstone !*

« Ce qui nous ramène, poursuivit Danjou, aux histoires sur Delta. Qui était-il ? Qu'était-il ? Cet homme instruit, étrangement silencieux, qui dans la jungle pouvait se transformer en une arme mortelle. Qui se dépassait et qui amenait les autres à se dépasser au-delà du supportable sans cause aucune. Nous n'avons jamais compris.

— Ça n'a jamais été nécessaire. Y a-t-il autre chose que vous puissiez me dire ? Connaissez-vous l'emplacement exact de Treadstone ?

— Certainement. Je l'ai appris de Bergeron. Un hôtel particulier de New York, sur la 71e Rue est. Numéro 139. Ça n'est pas exact ?

— Peut-être... Rien d'autre ?

— Seulement ce que vous savez de toute évidence, et dont la stratégie, j'en conviens, m'échappe.

— Et c'est ?

— Que les Américains croient qu'on vous a retourné. Pour être plus précis, ils veulent que Carlos pense qu'ils croient qu'on vous a retourné.

— Pourquoi ? » *Il était plus près. C'était là.*

« L'histoire est une longue période de silence coïncidant avec l'inaction de Caïn. Plus une histoire de fonds volés, mais surtout le silence. »

C'était ça. Le message. Le silence. Les mois à Port-Noir. La folie à Zurich, la démence à Paris. Personne ne pouvait savoir ce qui s'était passé. On lui disait de venir. De faire surface. Tu avais raison, Marie, mon amour, mon très cher amour. Tu avais raison depuis le début.

« Rien d'autre, alors ? demanda Bourne, s'efforçant de maîtriser l'impatience dans sa voix, alors qu'il brûlait maintenant, comme jamais cela ne lui était arrivé, de retourner auprès de Marie.

— C'est tout ce que je sais... mais comprenez, je vous en prie, on ne m'en a jamais dit plus. On m'a fait venir à cause de ce que je sais de Méduse et il a été établi que Caïn avait appartenu à Méduse mais je n'ai jamais fait partie des intimes de Carlos.

— Vous étiez assez près. Je vous remercie. »

Jason posa quelques billets sur la table et se mit à les faire glisser vers son interlocuteur. « Il y a une chose, ajouta Danjou. Je ne suis pas sûr que ça ait de l'importance au point où nous en sommes, mais ils savent que votre nom n'est pas Jason Bourne.

— Quoi ?

— 25 mars. Vous ne vous souvenez pas, Delta ? C'est dans deux jours, et la date est très importante pour Carlos. La nouvelle s'est répandue. Il veut votre cadavre le 25. Il veut le livrer aux Américains ce jour-là.

— Qu'est-ce que vous cherchez à dire ?

— Le 25 mars 1968, Jason Bourne a été exécuté à Tam Quan. C'est vous qui l'avez exécuté. »

31

Elle ouvrit la porte et un moment il resta planté là à la regarder, à regarder les grands yeux bruns qui scrutaient son visage, des yeux apeurés mais curieux. Elle savait. Pas la réponse, mais qu'il y avait bien une réponse, et qu'il était revenu lui dire ce que c'était. Il entra dans la chambre ; elle referma la porte.

« C'est arrivé, dit-elle.

— C'est arrivé. (Bourne se retourna et lui tendit les bras. Elle vint se blottir contre lui et ils s'étreignirent, leur silence en disant plus que tous les mots.) Tu avais raison, finit-il par murmurer, les lèvres contre la douceur de ses cheveux. Il y a beaucoup de choses que je ne sais pas — que je ne saurai peut-être jamais — mais tu avais raison. Je ne suis pas Caïn, parce qu'il n'y a pas de Caïn, et il n'y en a jamais eu. Pas le Caïn dont ils parlent. Il n'a jamais existé. C'est un mythe inventé pour débusquer Carlos. Je suis cette création. Un homme de l'opération Méduse appelé Delta a accepté de devenir un mensonge du nom de Caïn. Et je suis cet homme-là. »

Elle recula un peu, mais sans le lâcher. « Caïn est pour Charlie... fit-elle doucement.

— Et Delta est pour Caïn, compléta Jason. Tu m'as entendu le dire ? »

Marie acquiesça. « Oui. Une nuit, dans la chambre en Suisse, tu as crié dans ton sommeil. Tu n'as jamais parlé de Carlos ; rien que de Caïn... De Delta. Je t'ai dit quelque chose à ce propos le lendemain matin, mais tu ne m'as pas répondu. Tu t'es contenté de regarder par la fenêtre.

— Parce que je ne comprenais pas. Je ne comprends toujours pas, mais je l'accepte. Ça explique tant de choses. »

De nouveau, elle hocha la tête. « Le provocateur. Les mots de code que tu utilises, les phrases bizarres, les impressions. Mais pourquoi ? Pourquoi toi ?

— Pour éponger quelque chose dans le passé. C'est ce qu'il a dit.

— Qui a dit cela ?

— Danjou.

— L'homme qui était sur le perron du parc Monceau ? Le standardiste ?

— L'homme de Méduse. Je l'ai connu à Méduse.

— Qu'est-ce qu'il a dit ? »

Bourne lui raconta. Et tandis qu'il parlait, il retrouvait chez elle le soulagement qu'il avait éprouvé lui-même. Il y avait une lumière dans ses yeux, une palpitation dans son cou, comme si la joie pure montait de sa gorge. On aurait dit qu'elle pouvait à peine attendre qu'il eût terminé pour pouvoir le reprendre dans ses bras.

« Jason ! cria-t-elle en lui prenant le visage à deux mains. Chéri, mon chéri ! Mon ami m'est revenu ! C'est tout ce que nous savions, tout ce que nous sentions !

— Pas tout à fait, dit-il en lui caressant la joue. Pour toi je suis Jason, pour moi Bourne, parce que c'est le nom qu'on m'a donné et qu'il faut bien que je l'utilise puisque je n'en ai pas d'autre. Mais ça n'est pas le mien.

— C'est une invention ?

— Non, il a bien existé. Il paraît que je l'ai tué dans un endroit qui s'appelle Tam Quan. »

Elle lui lâcha le visage, ses mains glissant jusqu'à ses épaules, refusant de le laisser partir. « Il devait bien y avoir une raison.

— Je l'espère. Je n'en sais rien ? C'est peut-être ça, ce que j'essaie d'éponger.

— Peu importe, dit-elle en le lâchant. C'est du passé, ça remonte à plus de dix ans. Tout ce qui compte maintenant, c'est que tu contactes l'homme de Treadstone, parce que, eux, essaient de te joindre.

— Danjou a dit que le bruit courait que les Américains croient qu'on m'a retourné. Pas de nouvelles de moi depuis plus de six mois, des millions retirés à Zurich. Ils doivent penser que je suis l'erreur la plus coûteuse qu'ils aient jamais commise.

— Tu peux expliquer ce qui c'est passé. Tu n'as pas délibérément rompu ton contrat ; d'un autre côté tu ne peux pas continuer. C'est impossible. Tout l'entraînement que tu as reçu ne signifie rien pour toi. Ça n'est là que par fragments : des images et des phrases que tu ne peux rattacher à rien. Les gens que tu es censé connaître, tu ne les connais pas. Ce sont des visages sans nom, sans raison d'être là où ils se trouvent ni ce qu'ils sont. »

Bourne ôta son manteau et retira le pistolet passé à sa ceinture. Il examina le cylindre du silencieux : la vilaine extension perforée du canon qui réduisait le nombre des décibels à un crachement étouffé. Ça l'écœurait. Il s'approcha de la commode, mit l'arme dans un tiroir et le referma. Il se cramponna un moment aux poignées, son regard se tournant vers la glace, vers le visage, dans le miroir, qui n'avait pas de nom.

« Qu'est-ce que je vais leur dire ? demanda-t-il. Ici Jason Bourne. Bien sûr, je sais que ça n'est pas mon nom parce que j'ai tué un homme qui s'appelle Jason Bourne, mais c'est celui que vous m'avez donné... je suis navré, messieurs, mais il m'est arrivé quelque chose sur le chemin de Marseille. J'ai perdu quelque chose — rien sur quoi vous puissiez mettre un prix — juste ma mémoire. Il me semble bien que nous avons conclu un accord, mais je ne me souviens pas de ce que c'est, à part des phrases idiotes comme "prendre Carlos !" et "piéger Carlos !". Et je ne sais quoi à propos de Delta qui est Caïn et Caïn qui est censé remplacer Charlie et Charlie qui est vraiment Carlos. Des choses comme ça, qui peuvent vous amener à penser que je n'ai pas perdu la mémoire. Vous pourriez même vous dire : En voilà un salopard. Mettons-le pour une vingtaine d'années dans un cul-de-basse-fosse. Non seulement il nous a roulés mais, ce qui est pire, il pourrait se révéler fichtrement embarrassant. (Bourne se détourna du miroir pour regarder Marie.) Je ne plaisante pas. Qu'est-ce que je vais dire ?

— La vérité, répondit-elle. Ils l'accepteront. Ils t'ont envoyé un message ; ils essaient de te contacter. En ce qui concerne ton silence de six mois, câble à Washburn à Port-Noir. Il a conservé des notes — des notes abondantes et détaillées.

— Il ne répondra peut-être pas. Nous avions fait un marché. Pour m'avoir remis sur pied, il devait recevoir un cinquième de l'argent de Zurich, sans qu'on puisse en suivre la trace jusqu'à lui. Je lui ai envoyé un million de dollars.

— Tu crois que ça l'empêcherait de t'aider ? »

Jason resta silencieux. « Peut-être n'est-il pas capable de s'aider lui-même. Il a un problème : c'est un ivrogne. Pas un buveur. Un ivrogne. De la pire espèce : il le sait et il aime ça. Combien de temps peut-il vivre avec un million de dollars ? Mieux : combien de temps crois-tu que ces pirates des quais le laisseront vivre dès l'instant où ils sauront ?

— Tu peux toujours prouver que tu étais là-bas. Que tu étais malade, isolé. Que tu n'étais en contact avec personne.

— Comment les hommes de Treadstone peuvent-ils en être sûrs ? A leurs yeux, je suis une encyclopédie ambulante de secrets d'Etat. Il le fallait bien pour faire ce que j'ai fait. Comment peuvent-ils être certains que je n'ai pas parlé aux gens que je ne devais pas approcher ?

— Dis-leur d'envoyer une équipe à Port-Noir.

— Elle sera accueillie par le silence et les regards vides. J'ai quitté cette île au milieu de la nuit avec la moitié des gens des docks me poursuivant avec des crochets. Si jamais quelqu'un, là-bas, a tiré de l'argent de Washburn, il fera le rapprochement et tournera les talons.

— Jason, je ne sais pas où tu veux en venir. Tu as ta réponse, la solution que tu cherchais depuis que tu as repris connaissance ce matin-là à Port-Noir. Que veux-tu de plus ?

— Je veux être prudent, voilà tout, dit Jason d'un ton sec. J'ai envie de regarder avant de sauter et d'être bien sûr de mes arrières : je n'ai pas envie de jouer les dix petits nègres à moi tout seul. Qu'est- ce que tu dis de ça comme mémoire ? »

Il criait ; il s'arrêta. Marie traversa la chambre pour venir se planter devant lui. « C'est très bien. Mais ça n'est pas ça, n'est-ce pas ? Je veux dire : être prudent.

— Non, ça n'est pas ça, fit Jason en secouant la tête. A chaque pas j'ai eu peur, peur de ce que j'avais appris. Maintenant je suis au bout, j'ai plus peur que jamais. Si je ne suis pas Jason Bourne, qui suis-je vraiment ? Qu'est-ce que j'ai laissé là-bas ? Est-ce que tu y as pensé ?

— Dans toutes ses ramifications, mon chéri. Dans une certaine mesure, j'ai bien plus peur que toi. Mais je ne pense pas que ça puisse nous arrêter. Je le voudrais bien, mais je sais que ça n'est pas possible. »

A l'ambassade des Etats-Unis, avenue Gabriel, l'attaché entra dans le bureau du premier secrétaire et referma la porte. L'homme assis derrière la table de travail leva les yeux.

« Vous êtes sûr que c'est lui ?

— Je suis seulement sûr qu'il a utilisé les mots

clefs, dit l'attaché en s'approchant du bureau, une fiche bordée de rouge à la main. Voici le message, reprit-il en tendant la carte au premier secrétaire. J'ai vérifié les mots qu'il a utilisés, et si ce message est exact, je dirais que c'est bien lui. »

L'homme inspecta la fiche. « Quand a-t-il utilisé le nom de Treadstone ?

— Seulement après que je l'eus convaincu qu'il n'allait parler avec personne des services de renseignement américains avant de me donner une fichtrement bonne raison. A mon avis, il croyait que j'allais sauter au plafond lorsqu'il a dit qu'il était Jason Bourne. Quand je lui ai simplement demandé ce que je pouvais faire pour lui, il a paru paralysé, presque sur le point de me raccrocher au nez.

— Il n'a pas dit qu'il était recherché ?

— J'attendais ça, mais il n'en a jamais parlé. Le message est pourtant clair : "Officier grande expérience terrain. Peut-être transfuge ou détenu par ennemi." Il n'a rien dit.

— Alors peut-être que ça n'est pas lui.

— Pourtant, le reste concorde. Il a bien dit que Washington le recherchait depuis plus de six mois. C'est alors qu'il a utilisé le nom de Treadstone. Il m'a dit qu'il était de Treadstone : c'est censé être le détonateur. Il m'a dit aussi de relayer les mots de code Delta, Caïn et Méduse. Les deux premiers sont sur l'avis de recherche, je les ai vérifiés. Méduse, je ne sais pas ce que ça veut dire.

— Je ne sais rien de tout ce que ça veut dire, dit le premier secrétaire. Sauf que mes instructions sont de me précipiter aux transmissions, d'obtenir en priorité une ligne avec brouillage électronique pour Langley, et de contacter directement un type de là-bas du nom de Conklin, Lui, j'en ai entendu parler : une espèce d'enfant de salaud qui s'est fait péter le pied sur une mine il y a dix ou douze ans au Viêtnam. Il manipule toutes sortes de commandes à la Compagnie. Et puis il a survécu aux purges, ce qui me donne à penser que c'est un homme qu'on ne veut pas voir traîner dans les rues à la recherche d'une situation. Ou d'un éditeur.

— Qui croyez-vous que soit ce Bourne ? demanda l'attaché. Durant mes huit années hors des Etats-Unis, je n'ai jamais vu une chasse aussi concentrée mais aussi désorganisée pour récupérer quelqu'un.

— C'est un type qu'ils tiennent beaucoup à retrouver. (Le premier secrétaire se leva.) Merci. Je vais dire à Washington comme vous avez bien mené ça. Quel est le programme maintenant ? Je ne pense pas qu'il vous ait donné un numéro de téléphone.

— Pas question. Il voulait rappeler dans un quart d'heure, mais j'ai joué le bureaucrate harassé. Je lui ai dit de me rappeler dans environ une heure. Ça fait après cinq heures, comme ça nous pourrions gagner encore une heure ou deux en faisant répondre que je suis sorti dîner.

— Je n'en suis pas sûr. Nous ne pouvons pas prendre le risque de le perdre. Je vais laisser Conklin dresser le plan de chasse. C'est lui l'officier traitant dans cette affaire. Personne ne fait un geste à propos de Bourne sans son autorisation. »

Alexander Conklin était assis à sa table dans son bureau aux murs blancs de Langley, en Virginie, et il écoutait l'homme de l'ambassade à Paris. Il était convaincu : c'était bien Delta. La référence à Méduse en était la preuve, car c'était un nom que personne ne connaîtrait *sauf* Delta. Le salaud ! Il jouait l'agent égaré, ses officiers traitants au téléphone de Treadstone et ne réagissant pas aux mots de code appropriés — quels qu'ils fussent — parce que les morts ne pouvaient pas parler. Il utilisait l'omission pour se dédouaner ! Le culot de ce salaud était incroyable. Le salaud, le salaud !

Tuer les officiers traitants et se servir des meurtres pour faire cesser la poursuite. Toutes les poursuites. Combien d'hommes l'avaient fait avant, songea Alexander Conklin. Lui l'avait fait. Il y avait jadis un officier traitant dans les collines de Houng Khe, un dément qui donnait des ordres déments, vouant à une mort certaine une douzaine d'équipes d'hommes de Méduse dans une poursuite insensée. Un jeune officier de renseignement du nom de Conklin s'était glissé jusqu'au camp de base de Kilo avec un fusil nord-vietnamien, de fabrication russe, et il avait tiré deux balles dans la tête du dément. Il y avait eu quelques lamentations et des mesures de sécurité plus sévères, mais on avait arrêté la poursuite.

Seulement on n'avait pas trouvé de fragments de verre dans les sentiers de la jungle du camp de base de Kilo. Des fragments avec des empreintes qui identifiaient de façon irréfutable le tireur comme une recrue européenne de l'opération Méduse elle-même. Alors qu'on avait trouvé de tels fragments dans la maison de la 71e Rue, le tueur ne le savait pas : Delta ne le savait pas.

« A un moment, nous nous sommes sérieusement demandé si c'était bien lui, dit le premier secrétaire d'ambassade, qui parlait beaucoup, comme pour meubler le brusque silence du côté de Washington. Un officier ayant une grande expérience du terrain aurait dit à l'attaché de vérifier qu'il y avait un avis de recherche, mais l'homme n'en a rien fait.

— Une négligence, répondit Conklin, ses pensées revenant à la brutale énigme de Delta-Caïn. Quels sont les arrangements ?

— Bourne a tout d'abord insisté pour rappeler dans un quart d'heure, mais j'ai donné des instructions à mes subalternes de le faire traîner. Par exemple, nous pourrions utiliser l'heure du dîner... »

L'homme de l'ambassade s'assurait qu'un des chefs de la Compagnie à Washington avait bien conscience de l'habileté de ses manœuvres. Cela se prolongea une bonne minute ; Conklin connaissait ce refrain-là par cœur.

Delta. Pourquoi s'était-il laissé retourner ? La folie avait dû lui ronger la tête, ne laissant que les instincts de survie. Il avait traîné ses guêtres trop longtemps ; il savait que tôt ou tard on le retrouverait, on l'abattrait.

Il n'y avait jamais d'alternative : il avait compris cela dès l'instant où il avait changé de camp — où il avait craqué — Dieu sait ce qui lui était arrivé. Il n'avait nulle part où se cacher ; on le traquait dans le monde entier. Il ne pouvait jamais savoir qui risquait de jaillir de l'ombre pour mettre fin à ses jours. C'était une chose avec laquelle ils vivaient tous, l'argument le plus fort contre le retournement. Alors il fallait trouver une autre solution : survivre. Le Caïn de la Bible avait été le premier à commettre le fratricide. Le nom mythique avait-il déclenché cette absurde décision, toute cette stratégie ? Etait-ce aussi simple que ça ? Dieu sait que c'était la parfaite solution. Les tuer tous, tuer son frère.

Webb disparu, le Moine disparu, le Yachtsman et sa femme... qui pourrait nier les instructions reçues par Delta, puisque ces quatre-là étaient les seuls à lui en transmettre ? Il avait manipulé des millions et les avait distribués selon les ordres. A des destinataires aveugles dont il avait supposé qu'ils étaient essentiels à la stratégie du Moine. Qui était Delta pour mettre en doute les décisions du Moine ? Le créateur de Méduse, le génie qui l'avait recruté et créé. Caïn.

La solution parfaite. Pour être tout à fait convaincante, tout ce qu'il fallait, c'était la mort d'un frère, suivie des manifestations de chagrin appropriées. Le jugement officiel tomberait alors. Carlos avait infiltré et brisé Treadstone. L'assassin avait gagné, Treadstone était fini. Le *salaud* !

« ... il m'a donc semblé que le plan de chasse devait venir de vous. »

Le premier secrétaire à Paris en avait terminé. C'était un con, mais Conklin avait besoin de lui ; il fallait qu'on entende un air pendant qu'on en jouait un autre.

« Vous avez bien fait, dit l'homme de Langley. Je vais dire à nos gens ici combien vous avez bien manœuvré. Vous avez eu tout à fait raison ; il nous faut du temps, mais Bourne ne s'en rend pas compte. Nous ne pouvons pas le lui dire non plus, ce qui complique encore les choses. Cette conversation n'est pas enregistrée, je peux donc parler en conséquence ?

— Bien sûr.

— Bourne est sous pression. Il a été... détenu... pour une longue période. Est-ce que je me fais bien comprendre ?

— Les Soviétiques ?

— La Lubyanka. Son trajet a été tracé grâce à une comptabilité en partie double. Vous connaissez l'expression ?

— Oui, parfaitement. Moscou croit qu'il travaille maintenant pour eux.

— C'est ce qu'ils croient. (Conklin marqua un temps.) Et nous ne sommes pas sûrs. Il se passe de drôles de choses à la Lubyanka. »

Le premier secrétaire émit un petit sifflement. « Fichtre. Comment allez-vous prendre une décision ?

— Avec votre aide. Mais la priorité d'ultra-secret est si élevée que ça dépasse l'ambassade, même le niveau de l'ambassadeur. Vous êtes sur place ; vous avez été contacté. Vous pouvez accepter cette situation ou non, ça dépend de vous. Si c'est oui, je pense que des félicitations pourraient venir directement du Bureau ovale. »

Conklin entendit son interlocuteur à Paris reprendre son souffle. « Bien sûr, je ferai tout ce que je peux. Vous n'avez qu'à parler.

— Vous l'avez déjà fait. Nous voulons le faire traîner. Lorsqu'il rappellera, parlez-lui vous-même.

— Naturellement, fit l'homme de l'ambassade.

— Dites-lui que vous avez relayé les codes. Dites-lui que Washington envoie par avion militaire un officier traitant de Treadstone. Dites qu'on tient à ce qu'il ne se montre pas et surtout pas à l'ambassade ; que tous les itinéraires sont surveillés. Demandez-lui s'il veut une protection et si oui, tâchez de savoir où il veut que ça commence. Mais n'envoyez personne ; quand vous me reparlerez, j'aurai été en contact avec quelqu'un là-bas. Je vous donnerai un nom et puis un repère que vous pourrez lui donner.

— Un repère ?

— Une identification visuelle. Quelque chose ou quelqu'un qu'il puisse reconnaître.

— Un de vos hommes ?

— Oui, nous estimons que c'est mieux ainsi. A part vous, inutile de mêler l'ambassade à cette affaire. En fait, il est indispensable de ne pas le faire, aussi toutes les conversations que vous aurez ne doivent figurer dans aucun registre.

— Je peux veiller à cela, dit le premier secrétaire. Mais comment l'unique conversation que je vais avoir avec lui va-t-elle vous aider à décider s'il a été retourné ou non ?

— Parce qu'il n'y en aura pas qu'une ; ce sera plus près de dix.

— Dix ?

— Exactement. Vos instructions pour Bourne — venant de nous par votre truchement — sont qu'il doit vous téléphoner toutes les heures pour confirmer qu'il est en sûreté. Jusqu'à la dernière fois où vous lui direz que l'officier de Treadstone est arrivé à Paris et va le rencontrer.

— Ça servira à quoi ? demanda l'homme de l'ambassade.

— Il n'arrêtera pas de se déplacer... s'il n'est pas des nôtres. Il y a une demi-douzaine d'agents soviétiques bien infiltrés et connus à Paris, tous avec des téléphones sur table d'écoute. S'il travaille pour Moscou, il y a des chances pour qu'il utilise au moins un de ces numéros. Nous serons aux aguets. Et si c'est ainsi que tournent les choses, je crois que jusqu'à la fin de vos jours vous vous souviendrez de la fois où vous avez passé toute la nuit à l'ambassade. Les félicitations présidentielles ont le chic pour faciliter la carrière d'un homme. Bien sûr, vous n'avez pas beaucoup plus haut à aller...

— Il y a plus haut, monsieur Conklin », lança le premier secrétaire.

La conversation était terminée ; l'homme de l'ambassade rappellerait après avoir eu des nouvelles de Bourne. Conklin se leva de son fauteuil et boitilla jusqu'à un classeur métallique gris posé contre le mur. Il ouvrit le compartiment du haut. A l'intérieur se trouvait un dossier contenant une enveloppe scellée renfermant les noms et les adresses d'hommes qu'on pouvait appeler en cas d'urgence. Ils avaient jadis été de bons et loyaux serviteurs qui, pour une raison ou pour une autre, ne pouvaient plus émarger officiellement à un budget de Washington. Dans tous les cas il avait fallu les retirer de la scène officielle, leur donner de nouvelles identités : pour ceux qui pratiquaient couramment d'autres langues, on leur avait fréquemment fait donner une autre nationalité par des gouvernements étrangers compréhensifs. Ils avaient simplement disparu.

C'étaient les proscrits, des hommes qui étaient allés au-delà des lois au service de leurs pays, qui avaient souvent tué dans l'intérêt de leur pays. Mais leur patrie ne pouvait tolérer leur existence officielle ; leurs couvertures avaient été dévoilées, leurs actions étalées au grand jour. Pourtant, on pouvait compter sur eux. Des fonds étaient sans cesse acheminés vers des comptes échappant à toute surveillance officielle, les versements se faisant suivant certaines conditions.

Conklin rapporta l'enveloppe jusqu'à son bureau et rompit le cachet qui fermait l'enveloppe ; elle serait rescellée. Il y avait un homme à Paris, un homme dévoué qui avait gravi les échelons du corps des officiers de renseignement, qui s'était retrouvé lieutenant-colonel à trente-cinq ans. On pouvait compter sur lui ; il comprenait les priorités nationales. Voilà douze ans, il avait tué un opérateur d'actualités gauchiste dans un village des environs de Hué.

Trois minutes plus tard, il avait l'homme au téléphone, sans que l'appel eût été enregistré, sans qu'il laissât la moindre trace. On donna à l'ancien officier un nom et un bref résumé d'une carrière de transfuge, y compris un voyage clandestin aux Etats-Unis au cours duquel l'homme en question en mission spéciale avait éliminé ses officiers traitants.

« Un retournement ? demanda l'homme de Paris. Moscou ?

— Non, ce ne sont pas les Soviétiques, répondit Conklin qui savait que si Delta réclamait protection, il y aurait des conversations entre les deux hommes.

— C'était une infiltration à long terme pour prendre Carlos au piège.

— L'assassin ?

— C'est exact.

— Vous pouvez toujours dire que ça n'est pas Moscou, mais vous ne me convaincrez pas. Carlos a été entraîné à Novgorod et, pour moi, il est toujours un tueur à gages à la solde du K.G.B.

— Peut-être. Nous n'avons pas beaucoup de détails, mais qu'il suffise de dire que nous sommes convaincus que notre homme a été achevé ; il a empoché quelques millions et il veut un passeport libre de toute attache.

— Alors, il a liquidé les officiers traitants et les indices désignent Carlos, ce qui ne veut rien dire du tout, sinon que ça lui donne l'occasion de liquider quelqu'un de plus.

— Voilà. Nous voulons jouer cette carte, le laisser croire qu'il a les coudées franches. Mieux, nous aimerions un aveu, le moindre renseignement que nous puissions recueillir, c'est la raison pour laquelle je vais là-bas. Mais la priorité absolue, c'est de le retirer de la circulation. Trop de gens, dans trop d'endroits, ont été compromis pour le mettre là où il est. Pouvez-vous nous aider ? Il y aura une prime.

— Avec plaisir. Et gardez la prime, j'ai horreur des salauds dans son genre. Ils grillent des réseaux entiers.

— Il faut que vous montiez votre coup avec soin : il est très fort. Je vous conseillerais du soutien, au moins un homme.

— J'en ai un à Saint-Gervais qui en vaut cinq. Il est libre.

— Engagez-le. Voici les détails. L'officier traitant à Paris est un aveugle à l'ambassade. Il ne sait rien mais il est en communication avec Bourne et peut réclamer protection pour lui.

— Je jouerai le jeu, dit l'ancien officier de renseignement. Allez-y.

— Il n'y a pas grand-chose d'autre pour l'instant. Je vais prendre un Jet à Andrews. Je pense arriver à Paris entre onze heures et minuit heure locale. Je veux voir Bourne dans l'heure qui suit et être de retour ici à Washington pour demain. C'est serré, mais il faut que ce soit comme ça.

— Alors, ce sera comme ça.

— L'aveugle à l'ambassade est le premier secrétaire. Il s'appelle... »

Conklin lui donna les autres précisions et les deux hommes mirent au point des chiffres de base pour leur premier contact à Paris. Des mots de code qui diraient à l'homme de la Central Intelligence Agency s'il y avait ou non problème lorsqu'ils parleraient. Conklin raccrocha. Tout était en mouvement exactement comme Delta devait s'y attendre. Les héritiers de Treadstone suivaient leur bible et leur bible était précise quand il s'agissait de stratégies et de stratèges liquidés. Il fallait tout dissoudre, tout couper, ne permettre aucun lien officiel, aucune reconnaissance. Les stratégies et les stratèges qui avaient échoué étaient une gêne pour Washington. Et depuis ces premières manipulations, Treadstone 71 avait usé et abusé des principales unités de la communauté du renseignement aux Etats-Unis sans parler de quelques gouvernements étrangers. Pour toucher aux survivants, il faudrait de très longues pincettes.

Delta savait tout cela, et parce qu'il avait lui-même anéanti Treadstone, il calculerait les précautions, les prévoirait, il serait inquiet s'il ne les décelait pas. Et lorsqu'il serait confronté avec les faits, il réagirait avec une feinte fureur et une angoisse simulée à la violence qui s'était déchaînée dans la 71ᵉ Rue. Alexander Conklin écouterait avec toute sa puissance de concentration, s'efforçant de percevoir un accent de sincérité, ou même l'esquisse d'une explication raisonnable, mais il savait qu'il n'entendait rien de cela. Des morceaux de verre cassé ne pouvaient pas traverser tout seuls l'Atlantique juste pour être dissimulés sous une lourde tenture dans un hôtel particulier de Manhattan, et des empreintes digitales étaient une preuve plus exacte de la présence d'un homme sur des lieux que n'importe quelle photographie. Il n'y avait aucun moyen de les falsifier.

Conklin accorderait deux minutes à Delta pour dire tout ce qui viendrait à son esprit agile. Il écouterait, et puis il presserait la détente.

32

« Pourquoi font-ils ça ? » demanda Jason, assis auprès de Marie dans le café encombré. C'était le cinquième coup de téléphone qu'il donnait, cinq heures après avoir contacté l'ambassade. « Ils veulent que je continue à courir. Ils me forcent à courir, et je ne sais pas pourquoi.

— C'est toi qui te forces, dit Marie. Tu aurais pu téléphoner de la chambre.

— Non, je ne pouvais pas. Pour une raison quelconque, ils tiennent à ce que je le sache. Chaque fois que j'appelle, cet enfant de salaud me demande où je suis maintenant, si je suis "en sécurité". Quelle phrase idiote, "en sécurité". Mais il dit autre chose. Il me précise que chaque contact doit être pris d'un endroit différent, si bien que personne à l'extérieur ni à l'intérieur ne puisse retrouver ma trace à un téléphone, à une adresse. Ils ne veulent pas m'avoir en prison, mais ils me veulent en laisse. Ils me veulent, mais ils ont peur de moi ; tout cela ne rime à rien !

— Est-ce que tu ne pourrais pas imaginer tout ça ? Personne ne t'a rien dit qui ressemble de loin à cela.

— Ça n'était pas la peine. C'est dans ce qu'ils n'ont pas dit. Pourquoi ne m'ont-ils pas tout simplement demandé de venir directement à l'ambassade ? Pourquoi ne me l'ont-ils pas ordonné ? Personne ne pourrait me toucher là-bas : c'est territoire américain. Ils ne l'ont pas fait.

— Les Russes ont surveillé. On te l'a dit.

— Tu sais, j'ai accepté ça — aveuglément — jusqu'à il y a environ trente secondes quand l'idée m'est venue : par qui ? *Qui* surveille les rues ?

— De toute évidence, Carlos. Ses hommes.

— Tu le sais et je le sais — en tout cas on peut le supposer — mais eux ne le savent pas. Je peux fort bien ne pas savoir qui diable je suis ni d'où je viens, mais je sais ce qui m'est arrivé depuis vingt-quatre heures. Eux pas.

— Ils pourraient le supposer aussi, non ? Ils auraient pu repérer des hommes bizarres dans des voitures ou plantés trop longtemps au même endroit, de façon trop visible.

— Carlos est plus malin que ça. Et il y a des tas de façons pour un véhicule déterminé de franchir rapidement les grilles d'une ambassade. Dans le monde entier, les contingents de marines sont entraînés à cela.

— Je te crois.

— Mais ils ne l'ont pas fait ; ils ne l'ont même pas proposé. Non, ils me font traîner, ils me mènent en bateau. Bon sang, pourquoi ?

— Tu l'as dit toi-même, Jason. Voilà six mois qu'ils n'ont pas eu de tes nouvelles. Ils sont très prudents.

— Pourquoi de cette façon ? Ils me font franchir ces grilles, et ils peuvent faire tout ce qu'ils veulent. Ils me contrôlent. Ils peuvent m'accueillir à bras ouverts ou me jeter dans une cellule. Au lieu de cela, ils ne veulent pas me toucher, mais ils ne veulent pas me perdre non plus.

— Ils attendent l'homme qui vient de Washington.

— Quel meilleur endroit pour l'attendre que l'ambassade ? (Bourne repoussa sa chaise.) Il y a quelque chose qui cloche. Partons d'ici. »

Il avait fallu exactement six heures et douze minutes à Alexander Conklin, héritier de Treadstone, pour traverser l'Atlantique. Au retour, il prendrait le premier Concorde au départ de Paris le matin, arriverait à Dulles vers sept heures trente, heure de Washington, et serait à Langley à neuf heures. Si quelqu'un essayait de lui téléphoner ou lui demandait où il avait passé la nuit, un commandant complaisant du Pentagone fournirait une fausse réponse. Et un premier secrétaire à l'ambassade à Paris s'entendrait dire que s'il mentionnait jamais avoir eu la moindre conversation avec l'homme de Langley, il se retrouverait au plus bas niveau des attachés d'ambassade et affecté à un nouveau poste en Terre de Feu. C'était garanti.

Conklin se dirigea droit vers une rangée de téléphones publics et appela l'ambassade. Le premier secrétaire avait le sentiment de la mission accomplie.

« Tout se passe conformément au programme, Conklin », dit l'homme de l'ambassade, l'absence du "monsieur" qu'il employait précédemment marquant ainsi qu'il se considérait maintenant comme un égal. L'homme de la Compagnie était à Paris maintenant, et ce n'était pas son terrain. « Bourne est nerveux. Et durant notre dernière communication, il m'a demandé à plusieurs reprises pourquoi on ne lui demandait pas de venir.

— Ah ! oui ? »

Tout d'abord Conklin fut surpris ; puis il comprit. Delta feignait les réactions d'un homme qui ne savait rien des événements de la 71e Rue. Si on lui avait dit de venir à l'ambassade, il aurait filé. Mais il savait à quoi s'en tenir : pas question de liens officiels. Treadstone était l'anathème, une stratégie discréditée, un embarras majeur. « Avez-vous répété que les rues étaient surveillées ?

— Naturellement. Il m'a alors demandé qui les surveillait. Vous vous rendez compte ?

— Très bien. Qu'avez-vous répondu ?

— Qu'il le savait aussi bien que moi et que, tout bien considéré, j'estimais qu'il était improductif de discuter ces questions-là par téléphone.

— Excellent.

— C'est ce qu'il m'a semblé.

— Qu'a-t-il répondu à cela ? Ça lui a suffi ?

— Bizarrement, oui. Il a dit "je vois". C'est tout.

— A-t-il changé d'avis et réclamé protection ?

— Il a continué à la refuser. Même quand j'ai insisté. (Le premier secrétaire s'interrompit un instant.) Il ne veut pas qu'on le surveille, c'est ça ? dit-il d'un ton complice.

— Non, en effet. Quand attendez-vous son prochain appel ?

— Dans un quart d'heure environ.

— Dites-lui que l'officier de Treadstone est arrivé. (Conklin prit la carte dans sa poche : elle était pliée sur la feuille qui l'intéressait, l'itinéraire marqué à l'encre bleue.) Dites-lui que le rendez-vous a été fixé à une heure trente sur la route entre Chevreuse et Rambouillet, à une dizaine de kilomètres au sud de Versailles, au cimetière de la Noblesse.

— Une heure trente, la route entre Chevreuse et Rambouillet... le cimetière. Il saura aller là-bas ?

— Il y est déjà allé. S'il dit qu'il prend un taxi, conseillez-lui de prendre les précautions habituelles et de le renvoyer.

— Ça ne va pas paraître bizarre ? Je veux dire : au chauffeur. C'est une drôle d'heure pour aller sur une tombe.

— Je vous ai dit de le lui conseiller. De toute évidence il ne prendra pas un taxi.

— De toute évidence, s'empressa de dire le premier secrétaire, comme s'il l'avait pensé tout de suite. Puisque je n'ai pas encore appelé votre homme ici, faut-il que je lui téléphone maintenant pour lui annoncer votre arrivée ?

— Je vais m'en occuper. Vous avez toujours son numéro ?

— Oui, bien sûr.

— Brûlez-le, ordonna Conklin. Avant qu'il ne vous brûle. Je vous rappellerai dans vingt minutes. »

Un train passa en grondant au niveau inférieur du métro, les vibrations ébranlant le quai. Bourne raccrocha le combiné du téléphone public fixé au mur émaillé et garda un moment les yeux fixés sur le microphone. Une autre porte venait de s'entrouvrir quelque part dans les lointains de son esprit, la lumière trop éloignée, trop faible pour permettre de voir à l'intérieur. Pourtant, il y avait des images. Sur la route de Rambouillet... derrière une voûte en fer forgé... une colline en pente douce avec des monuments en marbre blanc. Des croix — de grands, de très grands mausolées et des statues partout. Le cimetière de la Noblesse. Un cimetière, mais bien plus qu'un lieu de repos pour les morts. Un lieu de rendez-vous mais plus encore que cela. Un endroit où des conversations se tenaient au milieu des enterrements et des cercueils qu'on descendait dans les caveaux. Deux hommes vêtus de sombre, tout comme la foule qui se pressait là, évoluant entre les membres du cortège jusqu'au moment où ils se rencontraient et échangeaient les mots qu'ils avaient à se dire.

Il y avait un visage, mais il était brouillé, pas net ; il ne voyait que les yeux. Et ce visage flou, ces yeux avaient un nom. David... Abbott. Le Moine. L'homme qu'il connaissait mais sans le connaître. Le créateur de Méduse et de Caïn.

Jason cligna des yeux à plusieurs reprises et secoua la tête comme pour dissiper les brumes qui l'envahissaient. Il jeta un coup d'œil à Marie, qui était à cinq mètres à sa gauche le long du mur, scrutant les voyageurs sur le quai, à l'affût de quelqu'un qui peut-être le surveillait. Mais ce n'était pas ce qu'elle faisait :

elle le regardait, l'air soucieux. Il lui fit un signe de tête pour la rassurer ; ce n'était pas un mauvais moment pour lui. Au contraire, des images lui étaient venues. Il était allé à ce cimetière ; d'une façon quelconque il le saurait. Il s'approcha de Marie ; elle tourna les talons et se mit à marcher auprès de lui tandis qu'ils se dirigeaient vers la sortie.

« Il est ici, fit Bourne. L'homme de Treadstone est arrivé. Je dois le retrouver près de Rambouillet. Dans un cimetière.

— Quelle touche macabre ! Pourquoi un cimetière ?

— C'est censé me rassurer.

— Bonté divine, en quoi ?

— J'y suis déjà allé. J'ai rencontré des gens là-bas... un homme. En me fixant ce rendez-vous — un rendez-vous insolite — l'homme de Treadstone cherche à me dire qu'il dit vrai. »

Elle lui prit le bras tandis qu'ils montaient les marches vers la rue. « Je veux aller avec toi.

— Désolé.

— Tu ne peux pas m'exclure !

— Il le faut, parce que je ne sais pas ce que je vais trouver là-bas. Et si ce n'est pas ce que j'attends, j'aurai besoin de quelqu'un auprès de moi.

— Chéri, ça ne rime à rien ! Je suis traquée par la police. Si on me trouve, on me renverra à Zurich par le prochain avion ; tu l'as dit toi-même. A quoi te servirais-je à Zurich ?

— Pas toi. Villiers. Il a confiance en nous, en toi. Tu peux le contacter si je ne suis pas rentré au lever du jour ou si je n'ai pas téléphoné pour expliquer pourquoi. Il peut faire pas mal de bruit, et Dieu sait qu'il y est prêt. C'est le seul soutien que nous ayons, le seul. Pour être plus précis, c'est sa femme... par son intermédiaire. (Marie acquiesça, acceptant sa logique.) Il est prêt, reconnut-elle. Comment vas-tu aller à Rambouillet ?

— Nous avons une voiture, tu te souviens ? Je vais te raccompagner à l'hôtel, et puis aller au garage. »

Il pénétra dans l'ascenseur du vaste garage de Montmartre et pressa le bouton du quatrième étage. Ses pensées étaient dans un cimetière quelque part entre Chevreuse et Rambouillet, sur une route qu'il avait déjà parcourue, mais dont il ne savait pas quand ni dans quel but. C'était pourquoi il voulait se rendre là-bas maintenant, au lieu d'attendre que son arrivée correspondît plus étroitement à l'heure du rendez-vous. Si les images qui lui venaient à l'esprit n'étaient pas totalement déformées, c'était un énorme cimetière. Où, précisément, au milieu de ces hectares de tombes et de statues se trouvait le lieu de rendez-vous ? Il arriverait là-bas vers une heure, en se laissant une demi-heure pour arpenter les allées en quête de deux phares ou d'un signal. D'autres souvenirs lui reviendraient.

La porte de l'ascenseur s'ouvrit en grinçant. L'étage était aux trois quarts empli de voitures, mais à part cela, désert. Jason essaya de se rappeler où il avait garé la Renault ; c'était dans un coin reculé, il se souvenait de cela, mais était-ce sur la droite ou sur la gauche ? Il partit à tout hasard vers la gauche ; l'ascenseur se trouvait sur sa gauche lorsqu'il avait amené la voiture quelques jours plus tôt. Il s'arrêta, la logique l'orientant brusquement. L'ascenseur se trouvait sur sa gauche lorsqu'il était entré, pas après qu'il eut garé la voiture ; à ce moment, il était en diagonale sur sa droite. Il se retourna d'un mouvement rapide, ses pensées toujours sur une route entre Chevreuse et Rambouillet.

Etait-ce ce changement de direction soudain inattendu ou bien une surveillance inexperte, Bourne ne le savait pas et il ne prit pas le temps d'y réfléchir. En tout cas, ce moment lui sauva la vie, de cela il était certain. La tête d'un homme plongea derrière le capot d'une voiture dans la seconde rangée sur sa droite ; cet homme le surveillait. Quelqu'un de plus expérimenté se serait redressé, brandissant un trousseau de clefs qu'il aurait pu ramasser par terre, ou aurait vérifié un balai d'essuie-glace, puis se serait éloigné.

La seule chose à ne pas faire, c'était ce que cet homme avait fait : risquer d'être vu en plongeant pour échapper aux regards.

Jason ne changea pas son allure, ses pensées préoccupées par ce développement nouveau. Qui était cet homme ? Comment l'avait-on découvert ? Et puis les deux réponses étaient si claires, si évidentes qu'il se sentit idiot. L'employé de la réception à l'Auberge du Coin.

Carlos avait été minutieux — comme il l'était toujours — il avait examiné chaque détail de son échec. Et l'un de ces détails était un employé de service au cours de cet échec. Il fallait parler à cet homme, le questionner ; ce ne serait pas difficile. Il suffirait de montrer un couteau ou un pistolet. Les renseignements se déverseraient des lèvres tremblantes du veilleur de nuit et l'armée de Carlos recevrait l'ordre de se répandre dans la ville, chaque arrondissement divisé en secteurs, à la recherche d'une certaine Renault noire. Une recherche compliquée, mais pas impossible, facilitée par le conducteur qui n'avait pas pris la peine de changer les plaques de police. Depuis combien d'heures le garage était-il surveillé ? Combien d'hommes y avait-il là ? A l'intérieur, à l'extérieur ? Dans combien de temps d'autres arriveraient-ils ? Carlos allait-il venir ?

Les questions étaient secondaires. Il fallait partir. Il pouvait y réussir sans la voiture, peut-être, mais le fait de dépendre alors d'arrangements inconnus pourrait le gêner : il avait besoin d'un moyen de transport et il en avait besoin maintenant. Pas un taxi ne conduirait un inconnu dans un cimetière à la lisière de Rambouillet à une heure du matin, et il n'avait pas le temps de compter sur la possibilité de voler une voiture dans la rue.

Il s'arrêta et prit dans sa poche des cigarettes et une allumette ; puis, craquant une allumette, il rapprocha ses mains et pencha la tête pour en protéger la flamme. Du coin de l'œil, il apercevait une silhouette :

carrée, trapue ; l'homme s'était de nouveau baissé, cette fois derrière le coffre d'une voiture plus proche.

Jason s'accroupit, pivota sur sa gauche et plongea entre deux voitures, amortissant sa chute des paumes de la main, effectuant sa manœuvre dans un silence total. Il rampa autour des roues arrière de la voiture qui était sur sa droite, bras et jambes travaillant rapidement, sans bruit, pour s'engager dans l'étroite allée entre les véhicules, comme une araignée s'affairant à traverser sa toile. Il était derrière l'homme maintenant ; il se glissa vers l'aile et s'agenouilla, collant son visage au métal lisse de la carrosserie et il regarda. L'homme à la forte corpulence était devant lui, bien droit. De toute évidence, il était déconcerté, car il s'approcha d'un pas hésitant de la Renault, le corps de nouveau courbé, clignotant pour regarder par-delà le pare-brise. Ce qu'il vit l'effraya davantage encore : il n'y avait rien, personne. Il eut un sursaut et Jason l'entendit prendre son souffle avant de se mettre à courir. Il s'était fait rouler : il le savait et il n'allait pas en attendre les conséquences — ce qui apprit autre chose à Bourne. On avait donné à l'homme des précisions sur le conducteur de la Renault, on lui avait expliqué le danger. L'homme se mit à courir vers la rampe de sortie.

Maintenant. Jason bondit et traversa en courant l'allée entre les voitures jusqu'à la seconde rangée, rattrapant l'homme qui courait, se jetant sur son dos et le précipitant sur le sol cimenté. D'une clef au cou il l'immobilisa, cognant le crâne épais contre le dallage, les doigts de sa main gauche s'enfonçant dans les orbites de son adversaire.

« Tu as exactement cinq secondes pour me dire qui est dehors », dit-il en français, se rappelant le visage grimaçant d'un autre Français dans un ascenseur de Zurich. Cette fois-là, il y avait des hommes dehors, des hommes qui voulaient le tuer, sur la Bahnhofstrasse. « Dis-moi ! *Maintenant* !

— Un homme, un seul, c'est tout ! »

Bourne assura sa prise tout en enfonçant ses doigts plus profondément dans les yeux. « Où ça ?

— Dans une voiture, cracha l'homme. Garée de l'autre côté de la rue. Mon Dieu, vous m'étouffez ! Vous m'aveuglez !

— Pas encore. Tu t'en apercevras quand je le ferai. Quelle genre de voiture ?

— Etrangère. Je ne sais pas. Italienne, je crois. Ou Américaine. Je n'en sais rien. Je vous en prie ! Mes yeux !

— La couleur !

— Foncée ! Vert, bleu, très foncée. Oh ! mon Dieu !

— Tu es un homme de Carlos, n'est-ce pas ?

— De qui ? »

Jason serra encore, pressa plus fort. « Tu m'as entendu... tu travailles pour Carlos.

— Je ne connais pas de Carlos. Nous appelons un homme ; il y a un numéro de téléphone. C'est tout.

— On l'a appelé ? (L'homme ne répondit pas ; Bourne enfonça ses doigts plus fort.) Réponds !

— Oui. Il le fallait.

— Quand ?

— Il y a quelques minutes. Le téléphone public dans la seconde rampe. Mon Dieu ! Je n'y vois plus.

— Mais si. Debout ! (Jason relâcha l'homme, le tirant sur ses pieds.) Retourne à la voiture. Vite ! (Bourne repoussa l'homme entre les voitures en stationnement jusqu'à l'aile de la Renault. L'homme se retourna en protestant, mais désemparé.) Tu as entendu. Vite ! cria Jason.

— Je ne gagne que quelques francs.

— Eh bien pour ce prix-là tu peux conduire. » Bourne le poussa de nouveau en direction de la Renault.

Quelques instants plus tard, la petite voiture fonçait sur une rampe de sortie vers une cabine vitrée où un unique employé était assis derrière une caisse. Jason était à l'arrière, le canon de son pistolet contre le cou meurtri de l'homme. Bourne tendit par la vitre un billet et son ticket ; l'employé prit les deux.

« Roule ! fit Bourne. Fais exactement ce que je t'ai dit de faire ! »

L'homme appuya sur l'accélérateur et la Renault fonça vers la sortie. Puis il fit demi-tour dans un hurlement de pneus, pour s'arrêter soudain devant une Chevrolet vert foncé. Derrière eux une portière s'ouvrit ; on entendit des pas approcher en courant. Une voix dit en français : « Jules ? Qu'est-ce qui se passe ? C'est toi qui conduis ? » Une silhouette apparut devant la vitre.

Bourne leva son automatique, braquant le canon sur le visage de l'homme. « Fais deux pas en arrière, dit-il en français. Pas plus, juste deux. Et puis ne bouge plus. (Il tapa sur la tête du nommé Jules.) Sors. Lentement.

— Nous devions simplement vous suivre, protesta Jules, en descendant dans la rue. Vous suivre et signaler où vous alliez.

— Tu vas faire mieux que ça, dit Bourne en descendant de la Renault, son plan de Paris à la main. Tu vas me conduire. Pendant un moment. Remontez dans votre voiture, tous les deux ! »

A une dizaine de kilomètres de Paris, sur la route de Chevreuse, les deux hommes reçurent l'ordre de descendre de la voiture. Ils étaient sur une petite route de campagne sombre. Depuis au moins cinq kilomètres, il n'y avait pas de magasins, de bâtiments, de maisons.

« Quel était le numéro qu'on t'a dit d'appeler ? interrogea Jason. Ne mens pas. Ça t'attirerait des ennuis plus graves. »

Jules le lui donna. Bourne acquiesça et s'installa au volant de la Chevrolet.

Le vieil homme au manteau élimé était assis dans un coin obscur auprès du téléphone. Le petit restaurant était fermé, il n'était là que grâce à un ami d'autrefois, de jours meilleurs. Il gardait les yeux fixés sur l'appareil en se demandant quand il allait sonner. Ce n'était qu'une question de temps et, quand la sonnerie retentirait, il donnerait à son tour un coup de téléphone et les jours meilleurs reviendraient de façon permanente. Il serait le seul homme à Paris à assurer la liaison avec Carlos. La rumeur se répandrait parmi les autres vieux et de nouveau on le respecterait.

La sonnerie se mit à tinter, le bruit se répercutant entre les murs du restaurant désert. Le mendiant se glissa derrière la table et se précipita vers le téléphone, le cœur battant. C'était le signal. Caïn était pris au piège ! Les jours de patiente attente n'auraient été qu'une préface à la belle vie. Il décrocha.

« Oui ?

— C'est Jules ! » cria la voix essoufflée.

Le visage du vieil homme devint d'une pâleur de cendre, le martèlement dans sa poitrine était si fort que c'était à peine s'il pouvait entendre les choses terribles qu'on lui disait. Mais il en avait entendu assez.

Il était un homme mort.

Le mendiant s'effondra sur le sol, le cordon tendu, le combiné toujours à la main. Il fixait l'horrible instrument qui lui avait apporté l'horrible nouvelle. Que pouvait-il faire ? Au nom du Ciel, qu'allait-il faire ?

Bourne suivait l'allée entre les tombes, se forçant à laisser son esprit vagabonder librement comme Washburn le lui avait recommandé voilà une éternité à Port-Noir. Si jamais il devait être une éponge, c'était maintenant ; l'homme de Treadstone devait comprendre. Avec toute sa puissance de concentration, il essayait de comprendre ce qu'il avait oublié, de donner un sens aux images qui lui venaient soudain. Il n'avait rompu aucun accord qu'ils pouvaient avoir, il n'avait pas été retourné, il ne s'était pas enfui ; il était infirme : c'était aussi simple que ça.

Il devait trouver l'homme de Treadstone. Où serait-il au milieu de ces hectares silencieux ? Où s'attendait-il à le trouver ? Jason était arrivé au cimetière bien avant une heure, la Chevrolet était une voiture bien plus rapide que la vieille Renault. Il était passé devant les grilles, avait fait quelques centaines de mètres sur la route, puis s'était arrêté sur le bas-côté et avait garé la voiture à un endroit où raisonnablement on ne pouvait guère la voir. Comme il revenait à pied vers l'entrée du cimetière, la pluie s'était mise à tomber. Une pluie froide, une pluie de mars, mais une pluie discrète, qui venait à peine rompre le silence.

Il passa devant un groupe de tombes dans une parcelle entourée d'une petite balustrade en fer, dont la pièce centrale était une croix d'albâtre qui s'élevait à près de deux mètres cinquante du sol. Il resta un moment immobile à la regarder. Etait-il déjà venu ici ? Etait-ce une autre porte qui s'ouvrait pour lui dans le lointain ? Ou bien s'efforçait-il trop désespérément d'en trouver une ? Et puis il se souvint : ce n'était pas ce groupe particulier de tombes, ce n'était pas la grande croix d'albâtre, ni la petite barrière de fer. C'était la pluie. *Une brusque averse. Tout un cortège en noir rassemblé autour d'une tombe ouverte, le claquement des parapluies qui s'ouvrent. Et deux hommes s'approchant, leurs parapluies se touchant, murmurant de brèves et discrètes condoléances, tandis qu'une longue enveloppe brune changeait de main, passait d'une poche à l'autre, à l'insu du reste de l'assistance.* Il y avait autre chose. Une image déclenchée par une image, qu'il avait vue seulement quelques minutes plus tôt. La pluie tombant en cascade sur du marbre blanc ; pas une pluie froide, légère, mais une violente averse, martelant le mur d'une surface blanche et lisse... et des colonnes... des rangées de colonnes de tous les côtés, comme la réplique en miniature d'un trésor antique.

De l'autre côté de la colline. Près des grilles. Un mausolée blanc, une sorte de Parthénon en miniature. Il était passé devant moins de cinq minutes plus tôt, en la regardant mais sans la voir. C'était là où la brusque averse était tombée, où les deux parapluies s'étaient touchés et où une enveloppe avait été remise.

Il jeta un coup d'œil au cadran lumineux de sa montre. Une heure quatorze minutes ; il remonta l'allée en courant. Il était encore tôt : il lui restait le temps de voir les phares d'une voiture, le craquement d'une allumette ou...

Le faisceau d'une torche électrique. C'était là, au pied de la colline, et la lumière s'agitait de haut en bas, le faisceau parfois allant balayer la grille d'entrée, comme si celui qui tenait la lampe attendait de voir quelqu'un apparaître. Bourne fut pris d'une envie presque impossible à maîtriser de se précipiter entre les rangées de tombes et de statues, en criant à pleins poumons : *Je suis ici ! C'est moi. Je comprends votre message. Je suis revenu ! J'ai tant de choses à vous dire... et il y a tant de choses qu'il faut que vous me disiez !*

Mais il ne cria pas, il ne courut pas. Avant tout il fallait se maîtriser, car ce qui s'emparait de lui était si difficile à réprimer. Il devait paraître tout à fait lucide — sain d'esprit dans les limites de sa mémoire. Il se mit à descendre la colline dans la petite pluie froide, regrettant que dans sa hâte il n'ait pas pensé à prendre une torche.

La torche. Il y avait quelque chose de bizarre dans ce faisceau lumineux cent cinquante mètres plus bas. Il s'agitait en brèves saccades verticales, avec insistance... comme si l'homme qui tenait la torche voulait attirer l'attention d'un autre.

C'était bien le cas. Jason s'accroupit, scrutant l'obscurité à travers la pluie, ses yeux percevant un bref reflet de la lumière qui jaillissait chaque fois que le faisceau heurtait un objet devant lui. Il se coula en avant, le corps près du sol, parcourant une trentaine de mètres en quelques secondes, son regard toujours braqué sur le faisceau lumineux et sur cet étrange reflet. Il distinguait mieux maintenant ; il s'arrêta et se concentra. Il y avait deux hommes, l'un tenant la torche, l'autre un fusil à canon court, dont Bourne ne connaissait que trop bien la forme. Jusqu'à une dizaine de mètres, ça pouvait faire sauter un homme à deux mètres en l'air. C'était une arme bien étrange pour un officier envoyé par Washington.

Le faisceau lumineux tomba sur le côté du mausolée blanc ; la silhouette tenant le fusil battit précipitamment en retraite, se glissant derrière une colonne à moins de six mètres de l'homme qui tenait la torche. Jason n'eut pas à réfléchir : il savait ce qu'il devait faire. S'il y avait une explication pour cette arme redoutable, tant mieux, mais on n'allait pas s'en servir contre lui. Agenouillé, il jaugea la distance et repéra des emplacements où il pourrait tout à la fois se cacher et se mettre à l'abri. Il partit, essuyant la pluie sur son visage, sentant dans sa ceinture le pistolet dont il savait qu'il ne pouvait pas faire usage.

Il bondit de pierre tombale en pierre tombale, de statue en statue, se dirigeant vers la droite, puis tournant peu à peu vers la gauche jusqu'au moment où il eut presque terminé son demi-cercle. Il était à moins de cinq mètres du mausolée ; l'homme au fusil était planté près de la colonne du coin gauche, sous le petit portique pour éviter la pluie. Il caressait son arme comme si c'était un objet sexuel, ouvrant la culasse, incapable de résister au plaisir de faire jouer le mécanisme. Il passa la main sur les cartouches d'un geste tendre.

Maintenant. Bourne bondit de derrière la tombe, traversant l'herbe humide jusqu'à se trouver à moins de deux mètres de l'homme. Il sauta, comme une panthère silencieuse et redoutable faisant jaillir un peu de poussière devant elle, une main plongeant vers le canon du fusil, l'autre vers la tête de l'homme. Il trouva les deux, les saisit, serrant le canon d'acier dans les doigts de sa main gauche, empoignant les cheveux de l'homme dans sa main droite. La tête bascula en arrière, la gorge tendue, incapable d'émettre un son. Il cogna la tête contre le marbre blanc avec une telle force que le brusque soupir qui suivit signifiait une sévère commotion. L'homme devint tout mou, Jason le soutenant contre le mur pour laisser le corps inconscient glisser sans bruit jusqu'au sol entre les colonnes. Il le fouilla, retirant un Magnum 357 d'un baudrier de cuir cousu dans sa veste, un couteau à la lame aiguisée comme un rasoir d'un fourreau passé à sa ceinture et un petit revolver 6,35 d'un étui fixé à la cheville. Rien de tout cela n'était du matériel officiel : c'était un tueur à gages, un arsenal ambulant.

Casse-lui les doigts. Les mots revinrent à l'esprit de Bourne : ils avaient été prononcés par un homme aux lunettes à monture dorée dans une grosse limousine qui fonçait dans la Steppdeckstrasse. Il y avait une raison derrière cette violence. Jason saisit la main droite de l'homme et plia les doigts en arrière jusqu'au moment où il entendit craquer les jointures ; il en fit de même avec la main gauche, tout en bloquant la bouche de l'homme, le coude de Bourne enfoncé entre les dents. Aucun bruit ne s'élevait au-dessus du doux crépitement de la pluie et aucune des deux mains ne pouvait plus tenir une arme ni servir d'arme. Jason se redressa et se pencha, le visage plaqué contre la colonne. L'officier de Treadstone braquait maintenant le faisceau de sa lampe juste sur le sol devant lui. C'était le signal stationnaire, le faisceau dans lequel un oiseau perdu devait se précipiter ; ce pouvait être d'autres choses aussi... Les minutes suivantes le diraient. L'homme se tourna vers la grille, faisant un pas hésitant comme s'il avait entendu quelque chose et pour la première fois, Bourne vit la canne, remarqua le boitillement. L'officier de Treadstone 71 était un infirme... comme lui.

Jason revint vers la première tombe, se retourna et regarda par-dessus la dalle de marbre. L'homme de Treadstone surveillait toujours la grille. Bourne jeta un coup d'œil à sa montre : une heure vingt-sept. Il restait du temps. Il s'éloigna de la tombe, courbé jusqu'au moment où il fut hors de vue, puis se redressa et se mit à courir, remontant vers le haut de la colline. Il s'arrêta un moment, laissant son souffle et son pouls reprendre un semblant de rythme normal, puis il chercha dans sa poche une boîte d'allumettes. La protégeant de la pluie, il en prit une et la craqua.

« Treadstone ? dit-il assez fort pour qu'on l'entendît d'en bas.

— Delta ! »

Caïn est pour Charlie et Delta est pour Caïn. Pourquoi l'homme de Treadstone utilisait-il le nom de Delta plutôt que celui de Caïn ? Delta ne faisait pas partie de Treadstone ; il avait disparu avec Méduse. Jason descendit la colline, la pluie froide lui fouettant le visage, sa main tâtant instinctivement sous sa veste, s'assurant que le pistolet était toujours à sa ceinture.

Il s'avança sur la pelouse devant le mausolée blanc. L'homme de Treadstone s'avança à sa rencontre en boitillant, puis s'arrêta, levant sa torche, le faisceau brutal faisant clignoter Bourne et l'obligeant à détourner la tête.

« Ça fait longtemps, dit l'infirme en abaissant la lampe. Je m'appelle Conklin, au cas où vous auriez oublié.

— Merci. J'avais oublié en effet. Entre autres choses.

— Entre quelles autres choses ?

— Que j'ai oubliées.

— Mais vous vous êtes souvenu de cet endroit. C'est ce que je pensais. J'ai lu les journaux de bord d'Abbott ; c'est ici que vous vous êtes rencontrés pour la dernière fois, que pour la dernière fois vous avez fait une livraison. Au cours des funérailles officielles d'un ministre ou d'un autre, n'est-ce pas ?

— Je ne sais pas. C'est de ça dont il faut parler d'abord. Vous n'avez pas eu de nouvelles de moi depuis plus de six mois. Il y a une explication.

— Vraiment ? Je serais heureux de l'entendre.

— La façon la plus simple de résumer tout ça, c'est que j'ai été blessé, par balle, les effets des blessures provoquant de graves... perturbations. Je me suis trouvé... désorienté, je crois que le mot est meilleur.

— Ça sonne bien. Qu'est-ce que ça veut dire ?

— J'ai souffert d'une perte de mémoire. Totale. J'ai passé des mois sur une île en Méditerranée — au sud de Marseille — sans savoir qui j'étais ni d'où je venais. Il y a là un docteur, un Anglais du nom de Washburn, qui a gardé des traces de mon traitement. Il peut confirmer ce que je vous dis.

— Je n'en doute pas, fit Conklin en hochant la tête. Et je parierais qu'il a pris des notes abondantes. Seigneur, vous l'avez assez payé !

— Que voulez-vous dire ?

— Nous avons des traces aussi. Un directeur d'une banque de Zurich qui croyait être mis à l'épreuve par Treadstone a transféré un million et demi de francs suisses à Marseille pour être versés à un destinataire anonyme. Merci de nous donner le nom.

— Ça fait partie de ce qu'il faut que vous compreniez. Je ne savais pas. Il m'avait sauvé la vie, m'avait remis sur pied. J'étais pratiquement un cadavre quand on m'a amené à lui.

— Alors vous avez décidé qu'un million de dollars représentait des honoraires assez convenables, c'est ça ? A la bonne santé du budget de Treadstone.

— Je vous l'ai dit, je ne savais pas. Treadstone n'existait pas pour moi ; à bien des égards il n'existe toujours pas.

— J'oubliais. Vous avez perdu la mémoire. Quel mot avez-vous employé ? Désorienté ?

— Oui, mais ça n'est pas assez fort. Le mot est amnésie.

— Gardons "désorienté". Parce qu'il me semble que vous vous êtes pas mal orienté à Zurich, en allant droit à la Gemeinschaft.

— J'avais un négatif implanté sous la peau près de la hanche.

— Je pense bien : c'est vous qui avez insisté pour ça. Quelques-uns d'entre nous ont compris pourquoi. C'est la meilleure assurance que vous puissiez avoir.

— Je ne sais pas de quoi vous parlez. Vous ne comprenez donc pas ça ?

— Bien sûr. Vous avez trouvé le négatif avec juste

un numéro dessus et tout de suite vous avez pris le nom de Jason Bourne.

— Ça ne s'est pas du tout passé comme ça ! Chaque jour il semblait que j'apprenais quelque chose, un pas à la fois, une révélation à la fois. Un employé d'hôtel m'a appelé Bourne ; je n'ai appris le prénom de Jason que quand je suis allé à la banque.

— Où vous saviez exactement quoi faire, l'interrompit Conklin. Pas une hésitation. Vous êtes entré et sorti, et quatre millions de francs suisses ont disparu.

— C'est Washburn qui m'avait dit quoi faire !

— Là-dessus une femme est arrivée qui se trouvait justement être un petit génie de la finance pour vous expliquer comment empocher le reste. Et avant cela, vous avez emmené Tchernak dans la Löwenstrasse ainsi que trois hommes que *nous* ne connaissions pas mais qui avaient fichtrement l'air de vous connaître. Et ici à Paris, encore une fusillade dans un fourgon de transport de fonds. Un autre complice ? Vous avez couvert toutes vos traces, absolument toutes. Jusqu'au moment où il ne restait qu'une chose à faire. Et vous — espèce de salaud — vous l'avez faite.

— Est-ce que vous voulez m'écouter ? Ces hommes ont essayé de me tuer ; ils me traquent depuis Marseille. A part cela, je ne sais franchement pas de quoi vous parlez. Des souvenirs me reviennent par moments. Des visages, des rues, des bâtiments ; parfois juste des images que je n'arrive pas à situer, mais dont je sais qu'elles veulent dire quelque chose, seulement je n'arrive pas à faire le rapprochement. Et des noms... il y a des noms, mais alors pas de visages. Bon Dieu... je suis *amnésique !* Voilà la vérité !

— Un de ces noms ne serait pas Carlos, par hasard ?

— Si, et vous le savez. Justement, vous en savez bien plus là-dessus que moi. Je peux vous réciter mille faits sur Carlos, mais je ne sais pas *pourquoi*. Un homme qui est maintenant en chemin pour retourner en Asie m'a raconté que j'avais passé un accord avec Treadstone. L'homme travaillait pour Carlos. Il m'a

dit que Carlos était au courant. Que Carlos se rapprochait de moi, que vous aviez fait courir le bruit qu'on
m'avait retourné. Il ne pouvait pas comprendre la
stratégie, et je ne pouvais rien lui dire. Vous pensiez
qu'on m'avait retourné parce que vous n'aviez pas de
nouvelles de moi, et je ne pouvais pas vous joindre
parce que je ne savais pas qui vous étiez. Je ne sais
toujours pas qui vous êtes !

— Ni le Moine, je suppose.

— Oui, oui... Le Moine. Il s'appelait Abbott.

— Très bien. Et le Yachtsman ? Vous vous souvenez du Yachtsman, n'est-ce pas ? Et de sa femme ?

— Des noms. Ils sont là, oui. Mais pas de visages.

— Elliot Stevens ?

— Rien.

— Ou bien... Gordon Webb. » Conklin avait prononcé le nom très doucement.

« Quoi ? » Bourne sentit une secousse dans sa poitrine, puis une douleur brûlante et déchirante qui lui
traversait les tempes jusqu'aux yeux. *Il avait les yeux
en feu ! Le feu ! Des explosions et les ténèbres, des vents
violents et la souffrance... Almanach à Delta ! Abandonnez, abandonnez ! Obéissez aux ordres. Abandonnez !* « Gordon... » Jason entendit sa propre voix, mais
elle était très loin, emportée par un vent invisible. Il
ferma les yeux, ses yeux qui le brûlaient si fort, et
essaya de repousser les brumes. Puis il rouvrit les
yeux et ne fut pas le moins du monde surpris de voir
Conklin lui braquer le canon d'un pistolet sur la tête.

« Je ne sais pas comment vous vous y êtes pris, mais
vous l'avez fait. La seule chose qui restait à faire, et
vous l'avez faite. Vous êtes revenu à New York et vous
les avez tous liquidés. Vous les avez massacrés, espèce
de salaud. Je regrette bien de ne pas pouvoir vous
ramener pour vous voir ligoté sur une chaise électrique, mais je ne peux pas, alors je vais faire la seule
chose qui soit en mon pouvoir. Je vais vous liquider
moi-même.

— Je n'ai pas mis les pieds à New York depuis des
mois. Avant, je ne sais pas... mais pas depuis six mois.

— Menteur ! Pourquoi n'avez-vous pas vraiment bien fait les choses ? Pourquoi n'avez-vous pas calculé votre coup infâme de façon à pouvoir aller aux enterrements ? Celui du Moine, c'était l'autre jour ; vous auriez vu un tas de vieux amis. Des amis *de votre frère* ! Doux Jésus ! Vous auriez pu accompagner sa femme dans la nef de l'église. Vous auriez peut-être pu prononcer l'oraison funèbre, ç'aurait été le bouquet. En tout cas dire quelques mots aimables du frère que vous avez tué.

— Mon frère ?... Assez ! Au nom du Ciel, arrêtez !

— Pourquoi donc ? Caïn vit ! Nous l'avons créé et le voilà qui vit !

— Je ne suis pas Caïn. Il ne l'a jamais été ! Je ne l'ai jamais été !

— Alors vous savez donc ! *Menteur ! Salaud !*

— Rengainez ce pistolet. Je vous le dis, rengainez-le !

— Pas question. Je me suis juré de vous accorder deux minutes parce que j'avais envie d'entendre ce que vous inventeriez. Eh bien, j'ai entendu et ça pue. Qui vous a donné le droit ? Ça nous arrive à tous de perdre des choses ; ça fait partie du métier, et si le métier ne vous plaît pas, vous partez. Si on ne peut vous caser nulle part, vous disparaissez ; c'est ce que Je croyais que vous aviez fait et j'étais prêt à passer l'éponge, pour persuader les autres de vous laisser disparaître ! Mais non, il a fallu que vous reveniez et que vous retourniez votre arme contre nous.

— Non ! Ça n'est pas vrai !

— Racontez ça aux techniciens du labo, qui ont huit fragments de verre avec deux empreintes. L'index et le médius de la main droite. Vous étiez là-bas et vous avez massacré cinq personnes. Vous... l'un d'eux... Vous avez sorti vos pistolets... vos pistolets au pluriel... et vous les avez liquidés. Une mise en scène parfaite. Une stratégie discréditée. Plusieurs douilles, des balles multiples, *l'infiltration*. Treadstone n'existe plus et vous partez les mains dans les poches.

— Non, vous vous trompez ! C'était Carlos. Pas moi, *Carlos*. Si ce que vous dites s'est passé dans la 71ᵉ Rue, c'était lui ! Il sait. Ils savent. Un hôtel particulier de la 71ᵉ Rue. Numéro 139. Ils le connaissent ! »

Conklin hocha la tête, le regard voilé par un mépris qu'on y lisait dans la pénombre, malgré la pluie. « C'est si parfait, dit-il lentement. Le principal agent chargé de mettre en œuvre la stratégie flanque tout par terre en passant un accord avec la cible. Qu'est-ce que ça vous a rapporté à part les quatre millions de francs suisses ? Carlos a promis de ne pas vous persécuter ? Vous faites un couple charmant à vous deux.

— C'est fou !

— Mais exact, termina l'homme de Treadstone. Seulement neuf personnes au monde connaissaient cette adresse avant sept heures et demie vendredi soir de la semaine dernière. Trois d'entre elles ont été tuées et nous sommes les quatre autres. Si Carlos l'a découverte, il n'y a qu'une personne qui aurait pu la lui dire. *Vous*.

— Comment aurais-je pu ? Je ne la connaissais pas. Je ne la connais pas !

— Vous venez de la prononcer. » La main gauche de Conklin étreignit la canne ; avant de faire feu, il assurait l'équilibre de son pied invalide.

« *Non !* » cria Bourne, sachant que la supplication était inutile, tournant sur la gauche tout en criant, son pied droit allant frapper le poignet qui tenait le pistolet. *Che-sah !* c'était le mot inconnu qui retentissait dans sa tête. Conklin tomba en arrière, tirant en l'air, trébuchant sur sa canne. Jason roula sur le sol, du pied gauche frappant l'arme : elle échappa à la main qui la tenait.

Conklin roula lui aussi, les yeux tournés vers les colonnes du mausolée, attendant une explosion du fusil qui allait déchiqueter son agresseur. Mais non ! l'homme de Treadstone roula encore. Vers la droite cette fois, le visage décomposé par la stupeur, son regard affolé fixé sur... il y avait quelqu'un d'autre !

Bourne s'accroupit, plongeant en arrière en diagonale tandis que quatre détonations se succédaient et que trois balles ricochaient sur la pierre auprès de lui. Il roula encore sur lui-même, tirant l'automatique de sa ceinture. Il aperçut l'homme sous la pluie ; une silhouette qui se dressait auprès d'une tombe. Il fit feu à deux reprises ; l'homme s'effondra.

A trois mètres de là, Conklin se débattait dans l'herbe humide, ses deux mains tâtant frénétiquement le sol, cherchant l'acier d'un pistolet. Bourne bondit, il vint s'agenouiller auprès de l'homme de Treadstone, une main empoignant les cheveux trempés, l'autre tenant solidement son pistolet, le canon appuyé contre le crâne de Conklin. Des colonnes du mausolée parvint un long cri, qui prit de l'ampleur, devint un hurlement déchirant, puis cessa.

« Voilà votre tueur à gages, dit Jason en tirant Conklin par les cheveux. Treadstone a recruté de bien étranges employés. Qui était l'autre homme ? De quelle cellule de condamnés à mort l'avez-vous tiré ?

— Il valait mieux que vous n'avez jamais valu, répliqua Conklin, la voix tendue, la pluie luisant sur son visage qu'éclairait le faisceau de la torche tombée par terre à deux mètres de là. Ils valent tous mieux que vous. Ils ont tous perdu autant, mais on ne les a jamais retournés, eux. Nous pouvons compter sur eux !

— Peu importe ce que je dis, vous ne me croirez pas. Vous ne *voulez pas* me croire !

— Parce que je sais ce que vous êtes... ce que vous avez *fait*. Vous venez de tout confirmer. Vous pouvez me tuer, mais ils vous auront. Vous êtes ce qu'il y a de pire. Vous vous croyez quelqu'un à part. Vous l'avez toujours cru. Je vous ai vu après Phnom Penh — tout le monde a perdu là-bas, mais ça ne comptait pas pour vous. Il n'y avait que vous, rien que vous ! Et puis à Méduse ! Pas de règles pour Delta ! La bête voulait simplement tuer. Et ce sont ces gens-là qu'on retourne. Oh ! j'ai perdu aussi, mais on ne m'a jamais retourné. Allez-y ! Tuez-moi ! Ensuite, vous pourrez retourner auprès de Carlos. Mais quand je ne rentrerai pas, ils sauront. Ils se lanceront à vos trousses et ne s'arrêteront que quand ils vous auront. Allez-y ! Tirez donc ! »

Conklin criait, mais c'était à peine si Bourne l'entendait. Au lieu de cela, il avait perçu deux mots et la douleur lui martelait de nouveau les tempes. *Phnom Penh ! Phnom Penh. La mort dans le ciel, venant du ciel. La mort des jeunes et des très jeunes. Des oiseaux qui crient et des machines qui hurlent et la puanteur de mort de la jungle... et un fleuve. Il était aveuglé de nouveau, en feu de nouveau.*

L'homme de Treadstone s'était libéré. Sa silhouette d'infirme s'éloignait affolée, à quatre pattes, ses mains fouillant l'herbe mouillée. Jason tressaillit, essayant de forcer son esprit à se concentrer sur lui. Puis tout de suite il sut qu'il devait braquer l'automatique dans sa direction et tirer. Conklin avait retrouvé son pistolet et le levait vers lui. Mais Bourne ne se décidait pas à presser la détente. Il plongea sur sa droite, roulant sur le sol, vers les colonnes de marbres du mausolée. Conklin tirait au hasard, infirme incapable de prendre appui sur sa jambe pour viser. Puis les coups de feu cessèrent et Jason se releva, le visage contre la pierre lisse et humide. Il regarda, pistolet au poing ; il fallait tuer cet homme, car cet homme le tuerait, tuerait Marie. les rattacherait tous les deux à Carlos.

Conklin boitillait pitoyablement vers la grille, se retournant sans cesse, son pistolet à la main, se dirigeant vers une voiture garée dehors sur la route. Bourne tendit le bras, la silhouette de l'infirme dans sa ligne de mire. Une fraction de seconde et ce serait fini, son ennemi de Treadstone serait mort, l'espoir retrouvé avec cette mort, car il y avait des hommes raisonnables à Washington.

Il ne pouvait pas ; il ne pouvait pas presser la détente. Il abaissa son arme, et resta là, immobile et désemparé, auprès des colonnes de marbre tandis que Conklin remontait dans sa voiture.

La voiture. Il fallait rentrer à Paris. Il y avait un moyen. Il avait toujours été là. *Elle* était là-bas !

Il frappa à la porte, les pensées se bousculant dans son esprit, les faits analysés, absorbés et écartés aussi rapidement qu'ils se présentaient, une stratégie se dessinant. Marie reconnut les coups frappés à la porte et vint ouvrir.

« Mon Dieu, regarde-toi ! Qu'est-ce qui s'est passé ?

— Pas le temps, dit-il en se précipitant vers le téléphone. C'était un piège. Ils sont convaincus qu'on m'a retourné, que je me suis vendu à Carlos.

— *Quoi* ?

— Ils disent que j'ai pris l'avion pour New York la semaine dernière, vendredi dernier. Que j'ai tué cinq personnes... parmi eux un frère. (Jason ferma les yeux un instant.) Il y avait un frère... il y a un frère. Je ne sais pas, je ne peux pas y penser pour l'instant.

— Tu n'as jamais quitté Paris ! Tu peux le prouver !

— Comment ? Huit, dix heures, c'est tout ce qu'il me faudrait. Et huit ou dix heures dont je ne peux pas donner l'emploi du temps, c'est tout ce qu'il leur faut à eux. Qui va venir me défendre ?

— Moi. Tu étais avec moi.

— Ils sont persuadés que tu es dans le coup, dit Bourne en décrochant le téléphone et en composant un numéro. Le vol, le retournement, Port-Noir, toute l'histoire. Ils t'ont liée à moi. Carlos a tout combiné jusqu'à la dernière trace d'empreintes. Seigneur ! Comme il a bien monté ça !

— Qu'est-ce que tu fais ? Qui appelles-tu ?

— Nos réserves, notre soutien, tu te rappelles ? Le seul que nous ayons. Villiers. La femme de Villiers. C'est elle. Nous allons la prendre, la briser, la torturer s'il le faut. Mais ce n'est pas la peine : elle ne se battra pas parce qu'elle ne peut pas gagner... Bon sang, pourquoi ne répond-il pas ?

— La ligne directe est dans son bureau. Il est trois heures du matin. Sans doute qu'il...

— Le voici ! Général ? C'est vous ? » Jason dut

poser la question, la voix à l'autre bout du fil était étrangement calme, mais ce n'était pas le calme d'un sommeil interrompu.

— Oui, c'est moi, mon jeune ami. Pardonnez-moi de vous avoir fait attendre. J'étais en haut avec ma femme.

— C'est à propos d'elle que j'appelle. Il faut agir. *Maintenant.* Alertez le Deuxième Bureau, Interpol et l'ambassade américaine mais dites-leur de ne rien faire avant que je l'aie vue, que je lui aie parlé. Il faut parler.

— Je ne le pense pas, monsieur Bourne... Oui, je connais votre nom, mon ami. Mais pour ce qui est de parler à ma femme, je crains que ce ne soit pas possible. Voyez-vous, je l'ai tuée. »

33

Jason fixait le mur de la chambre d'hôtel, le papier peint aux dessins fanés dont les spirales s'entremêlaient. « Pourquoi ? dit-il doucement dans l'appareil. Je croyais que vous compreniez.

— J'ai essayé, mon ami, dit Villiers d'un ton qui dépassait la colère ou la souffrance. Dieu sait que j'ai essayé, mais je n'ai pas pu me retenir. Je n'arrêtais pas de la regarder... de voir le fils qu'elle ne supportait pas derrière elle tué par ce monstre qui était son mentor. Ma putain était la putain de quelqu'un d'autre... la putain du monstre. Il ne pouvait en être autrement, et comme je l'ai appris, c'était bien le cas. Je crois qu'elle a lu l'horreur dans mon regard, et Dieu sait qu'elle y était. (Le général marqua un temps, il évoquait des souvenirs difficiles.) Elle a vu non seulement l'horreur, mais la vérité. Elle a compris que je savais. Ce qu'elle était, ce qu'elle avait toujours été durant les années que nous avions passées ensemble. A la fin, je lui ai donné la chance que je vous avais promis de lui donner.

— De vous tuer ?

— Oui. Ça n'était pas difficile. Entre nos lits, il y a une table de chevet avec une arme dans le tiroir. Elle était allongée sur le lit, comme la maja de Goya, superbe dans son arrogance, me chassant de ses pensées tout comme j'étais plongé dans les miennes. J'ai ouvert le tiroir pour prendre une pochette d'allumettes et je suis retourné à mon fauteuil et à ma pipe en laissant le tiroir ouvert, la crosse du pistolet bien en évidence.

» C'est mon silence, j'imagine, et le fait que je n'arrivais pas à détacher mes yeux d'elle qui l'ont forcée à reconnaître ma présence, puis à se concentrer sur moi. La tension entre nous en était arrivée au point où il fallait dire très peu de choses pour faire sauter les digues et — Dieu me pardonne — c'est moi qui l'ai dit. Je me suis entendu demander : "Pourquoi as-tu fait ça ?" et puis j'ai précisé mon accusation. Je l'ai traitée de putain, de putain qui a tué mon fils.

» Elle m'a dévisagé quelques instants, ses yeux ne me quittant que pour se poser un instant sur le tiroir ouvert et le pistolet... puis sur le téléphone. Je me suis levé, ma pipe rougeoyant. Elle a sauté à bas du lit, a plongé les deux mains dans ce tiroir ouvert et s'est emparée du pistolet. Je ne l'ai pas arrêtée, non, il fallait que j'entende les mots sortir de ses propres lèvres, que je m'entende accuser comme je l'avais accusée. Ce que j'ai entendu, je l'emporterai dans la tombe, car je veux sauver mon honneur et celui de mon fils. Je ne veux pas nous voir méprisés par ceux qui ont donné moins que nous. Jamais.

— Général... (Bourne secoua la tête, il n'arrivait pas à penser clairement, il savait pourtant qu'il devait mettre de l'ordre dans ses idées.) Général, que s'est-il passé ? Elle vous a donné mon nom. Comment ? Il faut me le dire. Je vous en prie.

— Mais bien sûr. Elle a dit que vous étiez un homme de main insignifiant qui voulait chausser les bottes d'un géant. Que vous étiez un voleur de Zurich, désavoué par les vôtres.

— A-t-elle dit qui étaient les miens ?

— Si elle l'a dit, je n'ai pas entendu. J'étais aveugle, sourd, en proie à une rage folle. Mais vous n'avez rien à craindre de moi. Le chapitre est clos, ma vie va se terminer sur un coup de téléphone.

— *Non !* cria Jason. Ne faites pas ça ! Pas maintenant.

— Il le faut.

— Je vous en prie. Ne vous contentez pas de la putain de Carlos. Ayez Carlos ! Prenez Carlos au piège !

— En couvrant mon nom d'opprobre avec cette putain ? En me laissant manipuler par cette traînée ?

— Bon sang... et votre fils ? Cinq bâtons de dynamite rue du Bac !

— Laissez-le en paix. Laissez-moi en paix. C'est fini.

— Ça n'est *pas* fini ! Ecoutez-moi ! Accordez-moi un moment, c'est tout ce que je demande. »

Dans l'esprit de Jason les images se chevauchaient furieusement, se heurtant, s'effaçant l'une l'autre. Mais ces images avaient un sens. Un but. Il sentait la main de Marie sur son bras, qui le serrait avec force, comme pour ancrer son corps à la réalité. « Quelqu'un a-t-il entendu le coup de feu ?

— Il n'y a pas eu de coup de feu. De nos jours, on fait mauvais usage du coup de grâce. Autrefois il avait un sens : apaiser les souffrances d'un camarade blessé ou d'un ennemi respecté. On ne fait pas ça pour une putain.

— Qu'entendez-vous par là ? Vous dites que vous l'avez tuée.

— Je l'ai étranglée, en forçant ses yeux à regarder les miens tandis qu'elle perdait le souffle.

— Elle avait votre pistolet braqué sur vous...

— Inutile quand on a les yeux qui brûlent des braises soufflées par une pipe. Peu importe maintenant ; elle aurait pu gagner en effet.

— Elle a gagné si vous laissez les choses s'arrêter là ! Vous ne comprenez donc pas ? Carlos l'emporte ! Elle vous a brisé ! Et vous n'avez pas eu l'intelligence de faire autre chose que de l'étrangler ! Vous parlez de mépris ? Vous acceptez tout ça ; il ne reste que le mépris !

— Pourquoi insistez-vous, monsieur Bourne ? demanda Villiers d'un ton las. Je n'attends aucune charité de votre part ni de qui que ce soit. Laissez-moi tranquille. J'accepte ce qui est. Vous n'arriverez à rien.

— J'arriverai si je peux vous amener à m'écouter ! Prenez Carlos, prenez-le au piège ! Combien de fois faut-il que je vous le dise ! C'est lui que vous voulez ! C'est sur lui que vous vous paierez de tout ! Et c'est de lui que j'ai besoin ! Sans lui je suis mort. *Nous* sommes morts. Au nom du ciel, écoutez-moi !

— J'aimerais vous aider, mais je n'en ai aucun moyen. Aucun désir, si vous préférez.

— Mais si. (Les images se précisaient. Il savait où il allait.) Inversez le piège. Allez-vous-en en ne touchant à rien, en laissant tout en place.

— Je ne comprends pas. Comment est-ce possible ?

— Ça n'est pas vous qui avez tué votre femme. C'est *moi* !

— Jason ! hurla Marie en lui étreignant le bras.

— Je sais ce que je fais, dit Bourne. Pour la première fois, je sais vraiment ce que je fais. C'est drôle, mais je crois que je l'ai toujours su. »

Le parc Monceau était silencieux, la rue déserte, quelques lumières brillaient dans la bruine froide, toutes les fenêtres des élégants hôtels particuliers étaient sombres, sauf dans la résidence d'André François Villiers, héros de Saint-Cyr et du débarquement de Normandie, membre de l'Assemblée nationale française... meurtrier de sa femme. Les fenêtres au-dessus et à gauche du porche étaient éclairées. C'était la chambre où le maître de maison avait tué la maîtresse de maison, où un vieux soldat hanté par ses souvenirs avait étranglé la putain d'un assassin.

Villiers n'avait rien accepté ; il était trop sonné pour réagir. Mais Jason avait insisté, avait martelé son message avec une telle force que les mots avaient fini par éveiller un écho. Trouver Carlos ! Ne pas se contenter de la putain du tueur ! Trouver l'homme qui a tué votre fils ! L'homme qui a mis cinq pains de dynamite dans une voiture rue du Bac et fait disparaître le dernier de la lignée des Villiers. C'est lui que vous voulez. Trouvez-le !

Trouver Carlos. Prendre Carlos. Caïn est pour Charlie et Delta est pour Caïn. C'est si clair pour lui. Il n'avait pas d'autre méthode. A la fin, c'était le début... comme le début lui avait été révélé. Pour survivre, il fallait livrer l'assassin ; s'il échouait, il était un homme mort. Et il n'y aurait pas de vie non plus pour Marie Saint-Jacques. Elle serait anéantie, emprisonnée, peut-être tuée pour un acte de foi devenu un acte d'amour. La marque de Caïn était sur elle, tout problème serait évité par sa disparition. Elle était un flacon de nitro-glycérine en équilibre au milieu d'un dépôt de munitions inconnu. Il fallait l'enlever de là. Une balle dans la tête neutralise les explosifs qu'elle a dans l'esprit. Il ne faut pas qu'elle parle !

Il y avait tant de choses que Villiers devait comprendre, et si peu de temps pour les expliquer, les explications d'ailleurs limitées tout à la fois par une mémoire qui n'existait pas et par les dispositions d'esprit actuelles du vieux soldat. Il fallait trouver un délicat équilibre dans le récit, poser les paramètres du temps et de l'apport immédiat du général. Jason comprenait ; il demandait à un homme qui plaçait son honneur au-dessus de tout de mentir au monde. Pour obtenir cela de Villiers, il fallait un objectif extrêmement honorable.

Prendre Carlos !

Il y avait une autre entrée au rez-de-chaussée dans la maison du général, à droite du perron, derrière une grille, l'entrée de service qui donnait accès à la cuisine en bas. Villiers avait accepté de laisser la grille et la porte non verrouillées. Bourne n'avait pas pris la peine de dire au vieux soldat que peu importait ; que de toute façon il entrerait, que quelques dégâts étaient indispensables à sa stratégie. Mais il y avait d'abord le risque que la maison de Villiers fût surveillée, Carlos ayant, de bonnes raisons de le faire et de non moins bonnes raisons de ne pas le faire. Tout bien considéré, l'assassin pourrait décider d'éviter autant que possible Angélique Villiers, de ne pas risquer de voir un de ses hommes arrêté, révélant ainsi ce lien, le lien avec le parc Monceau. D'un autre côté, la défunte Angélique était sa cousine et sa maîtresse... *La seule personne au monde à qui il tienne,* avait dit Philippe Danjou.

Danjou ! Bien sûr qu'il y aurait quelqu'un qui surveillerait... ou bien deux ou dix ! Si Danjou avait quitté la France, Carlos pouvait supposer le pire ; si l'homme de Méduse était toujours là, l'assassin saurait le pire. On allait briser l'ancien colonial, lui échanger chaque mot échangé avec Caïn. Mais où ? Où étaient les hommes de Carlos ? Chose étrange, se dit Jason, si personne n'était posté au parc Monceau cette nuit-là, toute sa stratégie ne servait à rien.

Ce n'était pas le cas ; ils étaient là. Dans une limousine — la même limousine qui douze heures plus tôt avait franchi en trombe les guichets du Louvre, les deux mêmes hommes — des tueurs venus renforcer d'autres tueurs. La voiture était garée à une quinzaine de mètres sur le côté gauche, avec une vue dégagée sur la maison de Villiers. Mais ces deux hommes vautrés sur la banquette, l'œil aux aguets, étaient-ils les seuls à être là ? Bourne n'en savait rien : des voitures étaient garées au bord du trottoir sur les deux côtés de la rue. Il s'accroupit à l'ombre de l'immeuble qui faisait le coin, à la diagonale des deux hommes de la limousine. Il savait ce qu'il fallait faire, mais il ne savait pas très bien comment s'y prendre. Il avait besoin d'une diversion, assez inquiétante pour attirer les soldats de Carlos, assez visible pour débusquer tous les autres qui pourraient être cachés dans la rue ou sur un toit, ou derrière une fenêtre sombre. Des coups de feu. Partis de nulle part. Brusquement, non loin de la maison de Villiers, assez près et assez étonnants pour provoquer l'émoi dans l'avenue tranquille et déserte. Un explosif... des explosions. C'était faisable. Simple question d'équipement.

Bourne revint derrière l'immeuble du coin de la rue et courut sans bruit jusqu'au porche le plus proche où il s'arrêta pour ôter sa veste et son manteau. Puis il retira sa chemise, déchirant le tissu du col à la ceinture ; il remit sa veste et son manteau, remontant le col, boutonnant son manteau, la chemise sous son bras. Sous la fine pluie qui tombait, il inspecta les voitures de la rue. Il lui fallait de l'essence, mais c'était Paris et la plupart des réservoirs étaient fermés à clef. La plupart, mais pas tous ; il devait bien y avoir un bouchon sans serrure parmi la rangée des voitures garées là.

Et puis il vit ce qu'il cherchait juste devant lui, sur le trottoir, enchaîné à une grille. C'était une motocyclette, son réservoir d'essence comme une bulle de métal entre le guidon et la selle. Il était peu probable qu'il y eût un verrou au bouchon du réservoir. Huit litres d'essence, ça n'était pas quarante.

Jason approcha de la moto. Il inspecta la rue : personne, aucun bruit que le doux crépitement de la pluie. Il posa la main sur le bouchon du réservoir et le tourna : il se dévissa sans mal. Mieux encore, l'ouverture était relativement large, le réservoir était presque plein. Il remit le bouchon en place ; il n'était pas encore prêt à tremper sa chemise. Il lui fallait encore autre chose.

Il le trouva au coin de la rue, près d'une bouche d'égout. Un pavé en partie déchaussé, délogé par dix ans de conducteurs qui descendaient du trottoir. Il le dégagea sans mal, le prit avec un autre morceau plus petit et revint vers la motocyclette, le morceau de pierre dans sa poche, le gros pavé à la main. Il soupesa. Ça irait.

Trois minutes plus tard, il tirait lentement du réservoir sa chemise saturée d'essence, dont les vapeurs se mêlaient à la pluie, puis il enroula le tissu autour du pavé, serrant et nouant les manches solidement, tenant son projectile bien en main. Il était prêt.

Il se glissa jusqu'au bord de l'immeuble au coin de la rue où habitait Villiers. Dans la limousine, les deux hommes étaient toujours affalés sur leur banquette, leur attention concentrée sur l'hôtel particulier de Villiers. Derrière la limousine, il y avait trois autres voitures, une petite Mercedes, une conduite intérieur marron foncé et une Bentley. Juste en face de Jason, après la Bentley, se dressait un petit bâtiment de pierre blanche, aux fenêtres encadrées de bois noir. La lumière d'un escalier intérieur filtrait jusqu'au trottoir ; à gauche de l'escalier c'était manifestement une salle à manger : il apercevait des chaises et une longue table. Les fenêtres de cette salle à manger donnant sur cette petite avenue cossue feraient l'affaire.

Bourne prit la pierre dans sa poche ; elle avait à peine le quart de la taille du pavé trempé d'essence, mais cela suffirait. Il s'avança jusqu'au coin de l'immeuble, tendit le bras en arrière et lança la pierre aussi loin qu'il put par-dessus la limousine.

Le fracas retentit dans le silence de la rue. Il fut suivi par une série de bruits brefs tandis que la pierre rebondissait sur le capot d'une voiture et roulait sur le trottoir. Dans la limousine, les deux hommes se redressèrent d'un bond. Le passager ouvrit sa portière, posant le pied sur le trottoir, pistolet au poing. Le chauffeur abaissa sa vitre puis alluma ses phares. Les deux faisceaux jaillirent, projetant un reflet aveuglant sur la carrosserie et les chromes de la voiture garée devant. C'était un geste d'une flagrante stupidité qui ne faisait que montrer la peur des hommes postés au parc Monceau.

Maintenant. Jason traversa la rue en courant, son attention fixée sur les deux hommes qui se protégeaient les yeux de leurs mains, essayant d'y voir à travers l'éblouissement de la lumière des phares. Il arriva derrière la malle de la Bentley, le pavé sous son bras, une pochette d'allumettes dans sa main gauche, quelques allumettes dans sa main droite. Il s'accroupit, craqua les allumettes, posa la brique sur le sol, puis la prit par un bout de manche. Il approcha la flamme du tissu imbibé d'essence qui s'enflamma aussitôt.

Il se redressa, balançant le pavé par la manche et lança son projectile vers les fenêtres de la salle à manger qu'il avait repérée, tout en courant le long de la maison tandis que le choc se produisait. Le bruit de verre cassé vint rompre une nouvelle fois le silence de la rue sur laquelle tombait la pluie. Bourne se précipita vers la gauche en traversant l'avenue, puis revint vers l'hôtel de Villiers où il retrouva l'ombre dont il avait besoin. Le feu s'étendait, attisé par le vent qui s'engouffrait par la fenêtre cassée, les flammes montant le long des rideaux. En trente secondes, la pièce était un brasier, les flammes se reflétant dans le grand miroir au-dessus de la desserte. On entendit des cris, des fenêtres s'allumèrent alentour, puis plus loin dans la rue. Une minute passa et le chaos ne fit que grandir. La porte de la maison en flammes s'ouvrit toute grande et des silhouettes apparurent — un homme d'un certain âge en chemise de nuit, une femme en peignoir chaussée d'une seule pantoufle — tous deux affolés.

D'autres portes s'ouvrirent, d'autres silhouettes apparurent, passant brusquement du sommeil au chaos, certains se précipitant vers la maison en flammes : un voisin avait des problèmes. Jason traversa le carrefour en diagonale, un personnage de plus qui courait dans la foule qui grossissait rapidement. Il s'arrêta là d'où il était parti quelques minutes plus tôt, au pied de l'immeuble du coin et resta immobile, s'efforçant de repérer les soldats de Carlos.

Il ne s'était pas trompé : les deux hommes n'étaient pas les seuls gardes postés au parc Monceau. Il y avait maintenant quatre hommes, groupés autour de la limousine, et qui parlaient vite et à voix basse. Non, cinq. Un autre traversa rapidement le trottoir pour venir les rejoindre.

Il entendit des sirènes. Le bruit s'amplifiait, se rapprochait. Les cinq hommes étaient inquiets. Il fallait prendre des décisions ; ils ne pouvaient pas tous rester là où ils étaient. Peut-être fallait-il songer à des casiers judiciaires plus ou moins chargés.

On se mit d'accord. Un homme allait rester : le cinquième. Il acquiesça et traversa la rue d'un pas rapide pour gagner le trottoir de la maison de Villiers. Les autres s'engouffrèrent dans la limousine tandis qu'une voiture de pompiers débouchait dans l'avenue. La limousine quitta sa place et croisa le monstre rouge qui arrivait dans la direction opposée. Un obstacle restait : le cinquième homme. Jason fit le tour du bâtiment, et le repéra à mi-chemin entre le coin et la maison de Villiers. Il fallait maintenant bien calculer son coup et jouer sur la surprise. Bourne se mit à courir, comme les gens qui se dirigeaient vers l'incendie, la tête tournée vers le coin, courant un peu à reculons, un personnage qui se mêlait à la foule, sauf qu'il n'allait pas dans le même sens que les autres. Il passa devant l'homme ; celui-ci ne l'avait pas remarqué mais il le ferait s'il continuait jusqu'à la porte de service de la maison de Villiers et s'il l'ouvrait. L'homme jetait des coups d'œil de tous côtés, soucieux, inquiet, peut-être effrayé par le fait qu'il était maintenant le seul à patrouiller dans la rue. Il était planté devant une petite barrière ; une autre porte, un autre accès au rez-de-chaussée vers un autre hôtel particulier de l'avenue.

Jason s'arrêta, fit rapidement deux pas de côté vers l'homme, puis pivota, prenant l'équilibre sur son pied gauche, son pied droit frappant l'homme au bas-ventre, le précipitant en arrière contre la balustrade métallique. L'homme poussa un cri en s'effondrant dans l'étroit passage cimenté. Bourne sauta par-dessus la barrière, les doigts de la main droite joints et bien à plat, les deux talons en avant. Il atterrit sur la poitrine de l'homme, le choc brisant les côtes sur lesquelles il arrivait, tandis que sa main frappait l'homme à la gorge. Le soldat de Carlos s'affala. Il ne reprendrait connaissance que longtemps après qu'on l'aurat transporté dans un hôpital. Jason le fouilla : il n'y avait qu'un pistolet passé dans un baudrier. Bourne s'en empara et le fourra dans la poche de son manteau. Il le donnerait à Villiers. La voie était libre.

Il monta l'escalier jusqu'au troisième étage. A mi-chemin il aperçut un rai de lumière au bas de la porte de la chambre ; derrière cette porte se trouvait un vieil homme qui était son seul espoir. Si jamais dans sa vie — celle dont il se souvenait et celle qu'il avait oubliée — il lui fallût être persuasif, c'était maintenant. Et sa conviction était réelle : il n'y avait plus place maintenant pour le caméléon. Tout ce qu'il croyait était fondé sur un fait. Carlos devait se lancer à sa poursuite. C'était la vérité. C'était le piège.

Il arriva sur le palier et tourna à gauche vers la porte de la chambre. Il s'arrêta un moment, essayant de chasser l'écho dans sa poitrine, qui se faisait plus fort, le battement de son cœur plus rapide. *Une partie de la vérité, pas tout.* Pas une invention, une simple omission. Un accord... un contrat... avec un groupe d'hommes — des hommes honorables — qui étaient à la poursuite de Carlos. C'était tout ce que Villiers devait savoir ; c'était ce qu'il devait accepter. On ne pouvait pas lui dire qu'il avait affaire à un amnésique, car en perdant la mémoire peut-être cet homme avait-il oublié on ne sait quel déshonneur. La légende de Saint-Cyr, de l'Algérie et de la Normandie n'accepterait pas cela ; pas maintenant, au terme de sa vie.

Oh ! mon Dieu, que cet équilibre était précaire ! La ligne de démarcation entre la croyance et l'incrédulité était si étroite... tout comme elle l'était pour l'homme-cadavre dont le nom n'était pas Jason Bourne.

Il ouvrit la porte et entra, pénétrant dans l'enfer privé d'un vieil homme. Dehors, derrière les fenêtres aux rideaux tirés, les sirènes hurlaient et la foule criait.

Jason referma la porte et s'immobilisa. La grande pièce était pleine d'ombres, le seul éclairage était une lampe de chevet. Ses yeux tombèrent sur un spectacle qu'il aurait préféré ne pas avoir à contempler. Villiers avait traîné à travers la chambre un fauteuil au dossier droit et il s'y était assis, au pied du lit, regardant la morte affalée sur les couvertures. La tête bronzée d'Angélique Villiers reposait sur l'oreiller, les yeux grands ouverts, un peu exorbités. Elle avait la gorge gonflée, la chair violacée, la meurtrissure lui prenant maintenant tout le cou. Elle avait le corps encore crispé, ce qui contrastait avec la tête bien droite, tordu par une lutte acharnée, ses longues jambes nues allongées, ses hanches tournées, son peignoir déchiré, les seins jaillissant de la soie : sensuelle même dans la mort. On n'avait même pas essayé de cacher la putain.

Le vieux soldat était assis comme un enfant perdu, puni pour une peccadille, pour un crime dont il s'était peut-être à peine rendu compte. Il détourna les yeux de la morte pour regarder Bourne.

« Qu'est-ce qui s'est passé dehors ? demanda-t-il d'une voix sans timbre.

— Des hommes surveillaient votre maison. Des hommes de Carlos, ils étaient cinq. J'ai mis le feu à une maison voisine ; personne n'a été blessé. Ils sont tous partis sauf un homme : je l'ai neutralisé.

— Vous êtes plein de ressource, monsieur Bourne.

— C'est vrai, reconnut Jason. Mais ils vont revenir. L'incendie va être éteint et ils reviendront ; avant même, si Carlos réfléchit un peu, et je pense qu'il le fera. Dans ce cas-là, il enverra quelqu'un ici. Il ne viendra pas lui-même, bien sûr, mais un de ses hommes de main. Quand cet homme vous trouvera... et la trouvera... il vous tuera. Carlos la perd, mais il gagne quand même. Il gagne une seconde fois ; il s'est servi de vous à travers elle et à la fin il vous tue. Il s'en va et vous êtes mort. Les gens peuvent tirer les conclusions qu'ils veulent, mais je ne pense pas qu'elles soient flatteuses.

— Vous êtes très précis. Sûr de votre jugement.

— Je sais de quoi je parle. Je préférerais ne pas dire ce que je vais dire, mais nous n'avons pas le temps de ménager vos sentiments.

— Il ne m'en reste plus. Dites ce que vous voulez.

— Votre femme vous a raconté qu'elle était française, n'est-ce pas ?

— Oui. Du Midi. Sa famille était de Loures-Barouse, près de la frontière espagnole. Elle est venue à Paris voilà des années. Elle vivait avec une tante. Pourquoi ?

— Avez-vous jamais rencontré sa famille ?

— Non.

— Ils ne sont pas venus pour votre mariage ?

— Tout bien considéré, nous avons estimé qu'il vaudrait mieux ne pas les inviter. Notre différence d'âge les aurait inquiétés.

— Et la tante de Paris ?

— Elle est morte avant que je rencontre Angélique. Où voulez-vous en venir ?

— Votre femme n'était pas française. Je doute qu'elle ait même eu une tante à Paris et sa famille ne venait pas de Loures-Barouse, même si le détail de la frontière espagnole n'est pas négligeable. Ça pouvait couvrir pas mal de choses, en expliquer beaucoup.

— Que voulez-vous dire ?

— Elle était vénézuélienne. La cousine germaine de Carlos, sa maîtresse depuis l'âge de quatorze ans. Ils formaient une équipe depuis des années. On m'a dit qu'elle était la seule personne au monde dont il se souciait.

— Une putain.

— L'instrument d'un assassin. Je me demande combien de cibles elle a préparées. Combien d'hommes précieux sont morts à cause d'elle.

— Je ne peux pas la tuer deux fois.

— Vous pouvez vous servir d'elle. Vous servir de sa mort.

— C'est de la folie dont vous parliez ?

— La seule folie, c'est si vous gaspillez votre vie. Carlos gagne sur tous les tableaux : il continue à faire usage de son pistolet... et de bâtons de dynamite... et vous êtes un chiffre de plus dans une statistique. Un autre meurtre s'ajoutant à une longue liste de cadavres distingués. Ça, c'est de la folie.

— Et c'est vous l'homme raisonnable ? Vous assumez la culpabilité d'un crime que vous n'avez pas commis ? Pour la mort d'une putain ? Vous vous laissez traquer pour un meurtre dont vous n'êtes pas coupable ?

— C'est un des éléments. L'élément essentiel, en fait.

— Ne me parlez pas de folie, jeune homme. Je vous en prie, partez. Ce que vous m'avez dit me donne le courage d'affronter Dieu tout-puissant. Si jamais une mort était justifiée, c'était la sienne de ma main. Je suis prêt à en jurer en regardant le Christ en face.

— Alors, vous vous condamnez, dit Jason, remarquant pour la première fois qu'une arme gonflait la poche du veston du vieil homme.

— Je ne me laisserai pas traîner en justice, si c'est ce que vous voulez dire.

— Oh ! voilà qui est parfait, général ! Carlos lui-même n'aurait rien pu trouver de mieux. Pas un geste inutile de sa part : il n'a même pas à utiliser son arme. Mais ce qui compte sera que c'est lui qui a fait le coup : qu'il l'a provoqué.

— Ceux qui comptent ne sauront rien. On parlera d'une affaire de cœur... d'une grave maladie... je ne me soucie pas de ce que racontent les tueurs et les voleurs.

— Et si je disais la vérité ? Si je racontais pourquoi vous l'avez tuée ?

— Qui vous écouterait ? Même si vous viviez pour parler. Je ne suis pas un imbécile, monsieur Bourne. Il n'y a pas que Carlos qui vous traque. Bien des gens vous pourchassent, pas un seul homme. Vous me l'avez pratiquement dit. Vous avez refusé de me dire votre nom... pour ma propre sécurité, prétendiez-vous. Une fois cette affaire terminée, disiez-vous, c'était moi qui pourrais ne pas aimer être vu avec vous. Ce ne sont pas là les paroles d'un homme à qui l'on puisse faire grande confiance.

— Vous m'avez fait confiance.

— Je vous ai dit pourquoi, fit Villiers, détournant les yeux pour regarder sa femme morte. C'était dans votre regard.

— La vérité ?

— La vérité.

— Alors regardez-moi maintenant. La vérité est toujours là. Sur cette route près de Nanterre, vous m'avez dit que vous écouteriez ce que j'avais à dire parce que je vous avais laissé la vie sauve. J'essaie de le faire encore une fois. Vous pouvez vous en aller libre et indemne, continuer à défendre les choses dont vous dites qu'elles sont importantes pour vous, qui étaient importantes pour votre fils. Vous pouvez gagner !... Ne vous méprenez pas, je n'agis pas par noblesse de sentiments. Le fait que vous restiez en vie et que vous fassiez ce que je demande est la seule façon dont je peux rester en vie, la seule façon dont je serai jamais libre. »

Le vieux soldat leva les yeux. « Pourquoi ?

— Je vous ai dit que je voulais Carlos parce qu'on m'avait pris quelque chose de très nécessaire à ma vie, ma santé d'esprit... et qu'il en était responsable. C'est la vérité — je crois que c'est la vérité — mais ce n'est pas toute la vérité. Il y a d'autres gens impliqués, les uns convenables, les autres pas, et mon arrangement avec eux était de prendre Carlos, de le prendre au piège. Ils veulent ce que vous voulez. Mais il est arrivé quelque chose que je ne peux pas vous expliquer — je n'essaierai pas de le faire — et ces gens croient que je les ai trahis. Ils sont persuadés que j'ai conclu un pacte avec Carlos, que je leur ai volé des millions et que j'ai tué d'autres gens qui étaient mes contacts avec eux. Ils ont des hommes partout qui ont ordre de m'abattre à vue. Vous aviez raison : je ne fuis pas que

Carlos. Je suis traqué par des hommes que je ne connais pas et que je ne peux pas voir. Rien que pour de mauvaises raisons. Je n'ai pas fait ce dont ils m'accusent, mais personne ne veut m'écouter. Je n'ai conclu aucun pacte avec Carlos... vous le savez bien.

— Je vous crois. Rien ne m'empêche de donner un coup de fil pour vous. Je vous dois bien cela.

— Comment ? Qu'allez-vous dire ? "L'homme que je connais sous le nom de Jason Bourne n'a conclu aucun pacte avec Carlos. Je le sais parce qu'il m'a révélé qui était la maîtresse de Carlos, et que cette femme était mon épouse, la femme que j'ai étranglée pour ne pas déshonorer mon nom. Je vais appeler la Sûreté et avouer mon crime... Mais, bien sûr, je ne leur dirai pas pourquoi je l'ai tuée. Ni pourquoi je vais me tuer."... C'est ça, général ? C'est ça que vous allez me dire ? »

Le vieil homme considéra Bourne sans un mot, la contradiction fondamentale de sa situation lui apparaissant clairement. « Alors je ne peux pas vous aider.

— Bon. Parfait. Carlos gagne sur tous les tableaux. Elle gagne. Vous perdez. Votre fils perd. Allez-y... appelez la police, et puis enfoncez-vous le canon de votre pistolet dans votre grande gueule et faites-vous sauter la cervelle ! Allez-y ! C'est ce que vous voulez ? Suicidez-vous ! Vous n'êtes plus bon à rien d'autre. Vous êtes un vieillard, un vieillard qui s'apitoie sur lui-même ! Dieu sait que vous n'êtes pas de taille à affronter Carlos. Pas de taille à affronter l'homme qui a placé cinq pains de dynamite rue du Bac et tué votre fils. »

Les mains de Villiers tremblaient ; le tremblement gagna sa tête. « Ne faites pas ça. Je vous le répète, ne faites pas ça.

— Vous me le répétez ? Vous voulez dire que vous me donnez un ordre ? Le petit vieillard avec les gros boutons de cuivre donne un *ordre* ? Vous n'y pensez pas ! Je n'accepte pas d'ordres d'hommes comme vous ! Vous êtes des escrocs ! Vous êtes pires que tous les gens auxquels vous vous attaquez ; eux au moins

ont le culot de faire ce qu'ils disent qu'ils vont faire !
Pas vous. Avec vous, ça n'est que du vent. Des mots et
du vent. Allongez-vous et crevez, vieillard ! Mais ne
me donnez pas d'ordres ! »

Villiers se leva d'un bond, il tremblait maintenant
de tous ses membres.

« Je vous l'ai déjà dit. Assez !

— Je me fous de ce que vous me dites. J'avais
raison la première fois que je vous ai vu. Vous appartenez à Carlos. Vivant, vous étiez son laquais et mort
vous resterez son laquais. »

Le visage du vieux soldat eut une grimace de douleur. Il prit son pistolet dans sa poche, le geste était
pathétique mais la menace réelle. « J'ai tué bien des
hommes dans ma vie. Dans mon métier, c'était inévitable. Je n'ai pas envie de vous tuer maintenant, mais
je le ferai si vous ne respectez pas mes souhaits.
Laissez-moi. Quittez cette maison.

— C'est formidable. Vous devez être relié par télé-
pathie avec Carlos. Vous me tuez, c'est le succès
complet pour lui ! »

Jason fit un pas en avant, se rendant compte que
c'était le premier geste qu'il faisait depuis qu'il était
entré dans la chambre. Il vit les yeux de Villiers
s'agrandir ; le pistolet trembla, son ombre vacillante
se dessinant sur le mur. Une infime pression et le
percuteur basculerait en avant, la balle jaillirait du
canon. Car, malgré la folie de cet instant, la main qui
tenait le pistolet avait passé toute une vie à serrer des
crosses métalliques : elle ne tremblerait pas quand le
moment viendrait. S'il venait. C'était le risque que
Bourne devait prendre. Sans Villiers il n'y avait rien ;
le vieil homme devait comprendre. Jason cria soudain :

« Allez-y ! Tirez. Tuez-moi. Suivez les ordres de
Carlos ! Vous êtes un soldat. Vous avez vos ordres.
Exécutez-les. »

Le tremblement de la main de Villiers s'accentua,
les jointures étaient toutes blanches tandis que le
pistolet se dressait, le canon maintenant braqué sur la

tête de Bourne. Puis Jason entendit le murmure qui sortait de la bouche du vieillard.

« *Vous êtes un soldat... arrêtez... arrêtez.*

— Quoi ?

— Je suis un soldat. Quelqu'un m'a dit cela récemment, quelqu'un qui vous est très cher. (Villiers parlait d'une voix étouffée.) Elle a fait honte à un vieux guerrier en lui rappelant qui il était... qui il avait été. *"On dit que vous êtes un géant. Je le crois."* Elle a eu la grâce, la bonté de me dire ça aussi. On lui avait dit que j'étais un géant et elle le croyait. Elle se trompait — Dieu tout-puissant, elle se trompait — mais je vais essayer. (André Villiers abaissa le pistolet ; il y avait de la dignité dans son geste. La dignité d'un soldat. D'un géant.) Que voudriez-vous que je fasse ? »

Jason reprit son souffle. « Forcez Carlos à se lancer à ma poursuite. Mais pas ici, pas à Paris. Même pas en France.

— Alors où ?

— Pouvez-vous me faire quitter le pays ? Il faut que je vous le dise, je suis recherché. Mon nom et mon signalement se trouvent maintenant dans chaque service d'immigration et à chaque contrôle de frontières en Europe.

— Pour de mauvaises raisons ?

— Pour de mauvaises raisons.

— Je vous crois. Cela peut s'arranger. Le Conseiller militaire a des moyens et fera ce que je lui demanderai.

— Avec une fausse identité ? Sans expliquer pourquoi ?

— Ma parole suffit. Je l'ai bien mérité.

— Une autre question. Cet aide de camp dont vous parliez. Lui faites-vous confiance... vraiment ?

— Je lui confierais ma vie. Plus qu'à quiconque.

— Et la vie d'un autre ? De quelqu'un dont vous avez fort bien dit qu'elle m'était très chère ?

— Bien sûr. Pourquoi ? Vous allez voyager seul ?

— Il le faut. Elle ne me laisserait jamais partir.

— Il va falloir lui dire quelque chose.

— Je le ferai. Que je suis caché ici à Paris, à Bruxelles, ou à Amsterdam. Dans des villes où opère Carlos. Mais il faut qu'elle s'en aille : on a retrouvé notre voiture à Montmartre. Les hommes de Carlos fouillent toutes les rues, tous les appartements, tous les hôtels. Vous travaillez avec moi maintenant ; votre aide de camp va l'emmener à la campagne — elle sera en sûreté là-bas. Je vais le lui dire.

— Il faut que je vous pose la question maintenant. Que se passera-t-il si vous ne revenez pas ? »

Bourne essaya de garder un ton calme. « J'aurai le temps dans l'avion. J'écrirai tout ce qui s'est passé, tout ce dont je... me souviens. Je vous l'enverrai et vous prendrez votre décision. Avec elle. Elle a dit que vous étiez un géant. Prenez les bonnes décisions. Protégez-la.

— *Vous êtes un soldat... arrêtez.* Vous avez ma parole. Il ne lui arrivera rien.

— C'est tout ce que je peux demander. »

Villiers lança le pistolet sur le lit. Il atterrit entre les jambes nues de la morte ; le vieux soldat se mit à tousser, l'air méprisant, il retrouvait son calme. « Passons aux détails pratiques, dit-il, l'autorité lui revenant. Quelle est votre stratégie ?

— Pour commencer, vous êtes au bord de l'effondrement, très choqué. Vous êtes un automate qui tourne en rond dans le noir, en suivant des instructions que vous ne pouvez pas comprendre mais auxquelles vous devez obéir.

— Ça n'est pas très différent de la réalité, vous ne trouvez pas ? l'interrompit Villiers. Avant qu'un jeune homme avec la vérité au fond des yeux m'ait forcé à l'écouter. Mais comment en suis-je arrivé à cet état ? Et pourquoi ?

— Tout ce que vous savez... tout ce que vous vous rappelez... c'est qu'un homme s'est introduit chez vous pendant l'incendie et vous a assommé avec la crosse de son pistolet ; vous vous êtes écroulé, inconscient. Quand vous vous êtes réveillé, vous avez trouvé votre femme morte, étranglée, un mot auprès de son corps. C'est ce qu'il y avait dans ce mot qui vous a fait perdre la tête.

— Et ce serait quoi ? demanda le vieux soldat avec prudence.

— La vérité, dit Jason. La vérité que vous ne pourrez jamais permettre à personne de connaître. Ce qu'elle était pour Carlos, ce qu'il était pour elle. Le tueur qui a rédigé le message a laissé un numéro de téléphone en vous disant que vous pourriez avoir la confirmation de ce qu'il avait écrit. Une fois satisfait, vous pourriez détruire le mot et signaler le meurtre comme bon vous semblerait. Mais pour vous dire la vérité — pour tuer la putain qui avait joué un tel rôle dans la mort de votre fils — il veut que vous transmettiez un message écrit.

— A Carlos ?

— Non. Il enverra un relais.

— Dieu merci. Je ne sais pas si je pourrais le supporter, sachant que c'est lui.

— Le message lui parviendra.

— Quel est-il ?

— Je l'écrirai pour vous ; vous pourrez le donner à l'homme qu'il enverra. Il doit être exact, à la fois dans ce qu'il dit et dans ce qu'il ne dit pas. (Bourne jeta un regard à la morte, à sa gorge gonflée.) Vous avez de l'alcool ?

— Vous voulez un verre ?

— Non. De l'alcool à friction. Du parfum fera l'affaire.

— Je suis sûr qu'il y a de l'alcool dans l'armoire à pharmacie.

— Ça vous ennuierait d'aller me le chercher ? Et puis une serviette, s'il vous plaît ?

— Qu'allez-vous faire ?

— Poser mes mains là où vous avez posé les vôtres. A tout hasard, encore que je ne croie pas que personne mette votre parole en doute. Pendant que je fais cela, appelez qui vous avez à appeler pour me faire quitter la France. Le temps presse. Il faut que je sois parti avant que vous ne contactiez le relais de Carlos, bien avant que vous ne préveniez la police. On ferait surveiller les aéroports.

— J'imagine que je peux attendre le lever du jour. Un vieil homme en état de choc, comme vous disiez. Mais guère plus longtemps. Où voulez-vous aller ?

— A New York. Pouvez-vous arranger ça ? J'ai un passeport au nom de George Washburn. C'est du bon travail.

— Ce qui va beaucoup faciliter le mien. Vous aurez le statut diplomatique. Pas de contrôle d'aucun côté de l'Atlantique.

— En tant qu'Anglais ? Mon passeport est britannique.

— Dans le cadre de l'O.T.A.N. Vous faites partie d'une équipe anglo-américaine qui participe à des négociations militaires. Nous facilitons votre retour rapide aux Etats-Unis où vous allez chercher de nouvelles instructions. Ça n'a rien d'extraordinaire, et ça suffit pour vous faire passer rapidement les deux services d'immigration.

— Bon. J'ai vérifié les horaires. Il y a un vol Air France à sept heures pour Kennedy.

— Vous le prendrez. (Le vieil homme s'arrêta ; il n'avait pas terminé. Il fit un pas vers Jason.) Pourquoi New York ? Qu'est-ce qui vous rend si certain que Carlos vous suivra jusqu'à New York ?

— Deux questions avec deux réponses différentes, dit Bourne. Il faut que je l'amène là où il m'a fait passer pour responsable du meurtre de quatre hommes et d'une femme que je ne connaissais pas... l'un de ces hommes étant quelqu'un qui m'est très proche, je crois.

— Je ne vous comprends pas.

— Je n'en suis pas sûr non plus. Mais nous n'avons pas le temps. Tout cela sera dans ce que je vais coucher sur le papier pour vous dans l'avion. Il faut que je prouve que Carlos savait. Un hôtel particulier de New York. Où tout cela s'est passé ; il faut qu'il comprenne. Il était au courant. Faites-moi confiance.

— Je vous fais confiance. La seconde question, alors. Pourquoi vous suivra-t-il ? »

Jason jeta de nouveau un regard à la morte étendue sur le lit. « L'instinct, peut-être. J'ai tué la seule personne au monde à qui il tienne. Si c'était quelqu'un d'autre et que Carlos l'ait tuée, je le suivrais à l'autre bout du monde jusqu'au jour où je l'aurais trouvé.

— Il a peut-être l'esprit plus pratique. Il me semble que vous en avez parlé.

— Ça n'est pas tout, répondit Jason en détournant les yeux d'Angélique Villiers. Il n'a rien à perdre et tout à gagner. Personne ne sait de quoi il a l'air, mais il me connaît de vue. Malgré cela, il ne connaît pas mon état d'esprit. Il m'a coupé de tout, isolé, transformé en quelqu'un que je n'aurais jamais dû être. Peut-être a-t-il trop bien réussi ; peut-être que je suis fou, que j'ai perdu la raison. Dieu sait que la tuer elle, était de la folie. Mes menaces sont irrationnelles. Un homme irrationnel, un fou, est un homme affolé. On peut le liquider.

— Est-ce que votre menace est irrationnelle ? Est-ce qu'on peut vous liquider ?

— Je n'en suis pas sûr. Je sais seulement que je n'ai pas le choix. »

Il ne l'avait pas. A la fin, c'était comme au début. Prendre Carlos. Prendre Carlos au piège. Caïn est pour Charlie et Delta est pour Caïn. L'homme et le mythe finissaient par ne plus faire qu'un, les images et la réalité confondues. Il n'y avait pas d'autre moyen.

Dix minutes s'étaient écoulées depuis qu'il avait appelé Marie, qu'il avait menti à Marie et qu'il avait entendu la calme résignation dans sa voix, sachant que cela voulait dire qu'elle avait besoin de temps pour réfléchir. Elle ne l'avait pas cru, mais elle croyait en lui ; elle non plus n'avait pas le choix. Et il ne pouvait pas calmer sa douleur ; il n'avait pas eu le temps, il n'avait pas le temps. Tout était en marche maintenant, Villiers était en bas en train d'appeler un numéro confidentiel chez le Conseiller militaire, prenant des dispositions pour qu'un homme avec un faux passeport quitte Paris avec un statut diplomatique. Dans moins de trois heures, un homme franchirait l'Atlantique, approchant l'anniversaire de sa propre exécution. C'était le nœud du problème ; c'était le piège. C'était le dernier acte irrationnel, la folie devant marquer cette date.

Bourne était près du bureau ; il reposa le stylo et étudia les mots qu'il venait d'écrire sur le papier à lettres de la morte. C'étaient les mots qu'un vieil homme brisé, hébété devait répéter au téléphone à un relais inconnu qui réclamerait la lettre pour la remettre à Ilich Ramirez Sanchez.

J'ai tué ta putain et je reviendrai pour toi. Il y a soixante et onze rues dans la jungle. Une jungle aussi épaisse qu'à Tam Quan, mais il y avait un sentier que tu as manqué, un passage dans les caves que tu ne connaissais pas — tout comme tu n'as jamais rien su de moi le jour de mon exécution, voilà onze ans. Un seul autre homme savait et tu l'as tué. Peu importe. Dans ce passage se trouvent des documents qui me libéreront. As-tu cru que j'allais devenir Caïn sans cette ultime protection ? Washington n'osera pas me toucher ! Il me semble juste qu'à la date anniversaire de la mort de Bourne, Caïn reprenne les papiers qui lui garantiront une très longue vie. Tu es marqué Caïn. C'est moi, maintenant, qui te marque. Je reviendrai et tu pourras rejoindre ta putain. Delta.

Jason posa le mot sur le bureau et s'approcha de la morte. L'alcool avait séché, la gorge gonflée était prête. Il se pencha et étala les doigts, posant ses mains là où s'étaient posées celles d'un autre. De la folie.

34

La lumière du petit matin éclairait les clochers de l'église de Levallois-Perret dans la froideur de ce jour de mars, la pluie nocturne maintenant remplacée par du brouillard. Quelques vieilles femmes, regagnant leurs appartements après avoir passé la nuit à nettoyer des bureaux, entraient et sortaient par les portes de bronze, venant faire de brèves dévotions avant de sombrer dans un sommeil réparateur. Avec les vieilles femmes, il y avait aussi des hommes mal habillés — pour la plupart vieux aussi, d'autres pitoyablement jeunes — serrant autour d'eux les pans de leurs manteaux, cherchant la chaleur de l'église, les mains dans leurs poches, crispées sur des bouteilles qui leur permettaient de survivre à un jour encore.

Un vieillard, toutefois, se distinguait des autres. C'était un vieil homme pressé. On lisait une certaine répugnance — peut-être même de la peur — sur son visage blême et creusé, mais il n'y avait aucune hésitation dans sa façon de monter les marches et de franchir les portes, de passer devant les cierges vacillants pour aller tout au fond de l'allée de gauche. C'était une heure étrange pour se confesser ; néanmoins ce vieux mendiant se dirigea tout droit vers le premier confessionnal, écarta le rideau et se glissa à l'intérieur.

« *Angelus domini*...

— Tu l'as apportée ? demanda une voix dans un souffle ; la silhouette du prêtre, tremblant de rage, derrière le rideau.

— Oui. Il m'a fourré la lettre dans la main comme un homme hébété, en larmes, en me disant de sortir. Il a brûlé le billet que lui avait laissé Caïn et il dit qu'il niera tout si jamais un seul mot est mentionné. »

Le vieil homme glissa les feuilles sous le rideau.

« Il a utilisé son papier à lettres... » Le murmure de l'assassin se brisa en un cri étouffé d'angoisse.

« Je vous supplie de ne pas oublier, Carlos, implora le mendiant. Le messager n'est pas responsable des nouvelles qu'il apporte. J'aurais pu refuser de les entendre, refuser de vous apporter cette lettre.

— Comment ? Pourquoi ?...

— Lavier. Il l'a suivie jusqu'au parc Monceau, et puis toutes les deux jusqu'à l'église. Je l'ai vu à Neuilly quand je suis venu vous voir. Je vous l'ai dit.

— Je sais. Mais pourquoi ? Il aurait pu l'utiliser de cent autres façons ! Contre moi ! Pourquoi faire ça ?

— Il l'explique dans son message. Il est devenu fou. Il a été poussé trop loin, Carlos. Ça arrive ; je l'ai vu arriver. Un homme retourné, qui n'a plus d'officier traitant, et il n'a personne pour lui confirmer sa mission initiale. Les deux camps veulent son cadavre. Il est tendu au point de ne même plus savoir qui il est.

— Il sait... fit la voix avec une fureur tranquille. En signant Delta, il me dit qu'il sait. Nous savons tous les deux d'où ça vient, d'où *il* vient. »

Le mendiant marqua un temps. « Si c'est vrai, alors il est encore dangereux pour vous. Il a raison. Washington ne le touchera pas. Ils ne veulent peut-être pas reconnaître son existence, mais ils rappelleront leur tueur. Ils seront peut-être même forcés de lui accorder une faveur ou deux en échange de son silence.

— Les documents dont il parle ? demanda l'assassin.

— Oui. Autrefois... à Berlin, à Prague, à Vienne, on appelait ça les "derniers règlements". Bourne utilise la "dernière protection", une légère variante. Des documents échangés entre un officier traitant et l'infiltrateur, à utiliser au cas où la stratégie s'effondrerait, où l'officier traitant serait tué et où il ne resterait plus d'issue à l'agent. Ce n'est pas quelque chose que vous auriez étudié à Novgorod ; les Soviétiques n'avaient pas ce genre d'arrangement. Les transfuges soviétiques, toutefois, insistaient pour passer ce genre d'accord.

— C'étaient des documents compromettants, alors ?

— Ils devaient l'être dans une certaine mesure. Généralement dans le domaine de celui qui était manipulé. Il faut toujours éviter ce qui risque de vous gêner ; cela détruit des carrières. Mais je n'ai pas besoin de vous dire ça. Vous avez utilisé brillamment cette technique.

— "71 rues dans la jungle...", dit Carlos en lisant le papier qu'il avait à la main, un calme glacé perçant dans sa voix. "Une jungle aussi dense qu'à Tam Quan"... Cette fois, l'exécution aura lieu comme prévu. Jason Bourne ne quittera pas ce Tam Quan-ci vivant. Sous un autre nom, Caïn sera mort et Delta mourra pour ce qu'il a fait. Angélique... tu as ma parole. (Son incantation terminée, l'assassin revint aux détails pratiques.) Villiers avait-il la moindre idée du moment où Bourne a quitté sa maison ?

— Il n'en savait rien. Je vous l'ai dit, il était à peine conscient, aussi choqué que quand il a téléphoné.

— Peu importe. Les premiers vols pour les Etats-Unis sont partis voilà moins d'une heure. Il prendra l'un d'eux. Je serai à New York en même temps que lui, et cette fois je ne le manquerai pas. Mon poignard l'attendra, avec sa lame affûtée comme un rasoir. Je lui pèlerai le visage : les Américains auront leur Caïn sans visage ! Ensuite, ils pourront donner à ce Bourne, à ce Delta tous les noms qu'ils voudront. »

Le téléphone à rayures bleues tinta sur le bureau d'Alexander Conklin. Sa sonnerie était discrète, mystérieuse. Le téléphone à rayures bleues était la ligne directe de Conklin avec la salle des ordinateurs et les banques de mémoires. Il n'y avait personne dans le bureau pour prendre la communication.

L'officier de la C.I.A. entra soudain en hâte, passant la porte en boitillant, mal habitué qu'il était à la canne que lui avait fournie G-2 du SHAPE à Bruxelles, la nuit précédente, lorsqu'il avait réquisitionné un transport militaire pour Andrews Field, dans le

Maryland. D'un geste furieux, il jeta la canne à travers la pièce tout en boitillant vers le téléphone. Il avait les yeux injectés de sang à force d'insomnie, le souffle court ; l'homme responsable de la dissolution de Treadstone était épuisé. Il avait eu des communications téléphoniques confidentielles avec une douzaine de services des opérations clandestines — à Washington et en Europe — pour essayer de réparer la folie des dernières vingt-quatre heures. Il avait transmis les moindres renseignements qu'il avait pu arracher au dossier à toutes les antennes d'Europe, il avait mis en alerte des agents sur l'axe Paris-Londres-Amsterdam.

Bourne était en vie et dangereux ; il avait essayé de tuer son officier traitant à Washington ; il pouvait être n'importe où à dix heures de Paris. Il fallait surveiller tous les aéroports et toutes les gares, alerter tous les réseaux clandestins. Le trouver ! *Le tuer !* « Oui ? » Conklin prit appui contre le bureau et décrocha le combiné.

« Ici le groupe informatique douze, fit une voix d'homme nette et précise. Nous avons peut-être quelque chose. En tout cas le Département d'Etat n'a rien là-dessus.

— Quoi donc, bon sang ?

— Le nom que vous nous avez donné il y a quatre heures. Washburn.

— Et alors ?

— Un George P. Washburn a quitté Paris ce matin sans contrôle de police pour prendre le vol d'Air France pour New York. Washburn est un nom assez commun ; ce pourrait être simplement un homme d'affaires qui a des relations, mais comme il avait un statut de diplomate de l'O.T.A.N., nous avons vérifié avec le Département d'Etat. On n'a jamais entendu parler de lui. Il n'y a personne du nom de Washburn participant à aucune négociation de l'O.T.A.N. avec le gouvernement français et appartenant à un Etat membre.

— Alors comment diable a-t-il échappé au contrôle de police ? Qui lui a donné le statut diplomatique ?

— Nous avons vérifié à Paris ; ça n'a pas été facile. Il semble que ç'ait été arrangé par le Conseiller militaire. Ce sont des gens discrets.

— Le Conseiller ? Qu'est-ce qui leur prend de donner des priorités à *nos* gens ?

— Ça n'a pas besoin d'être "nos" gens ou "leurs" gens ; ce peut être n'importe qui. Simple geste de courtoisie du pays qui reçoit, et il s'agissait d'une ligne aérienne française. C'est une façon d'obtenir une bonne place sur un avion bourré. D'ailleurs, le passeport n'était même pas américain. Il était anglais. »

Il y a un médecin, un Anglais du nom de Washburn... C'était bien lui ! C'était Delta et le Conseiller militaire français avait coopéré avec lui. Mais pourquoi New York ? Qu'y avait-il pour lui à New York ? Et qui si haut placé à Paris voulait rendre service à Delta ? Que leur avait-il raconté ? Oh ! Seigneur ! Que leur avait-il dit ?

« Quand le vol est-il arrivé ? demanda Conklin.

— A 10 h 37 ce matin. Il y a un peu plus d'une heure.

— Très bien, dit l'homme dont le pied avait sauté sur une mine dans l'opération Méduse, tout en se glissant péniblement jusqu'à son fauteuil. Vous m'avez transmis ce message, et je veux maintenant que ça disparaisse des bandes. Détruisez-le. Tout ce que vous venez de me dire. C'est clair ?

— Compris, monsieur. Ce sera détruit, monsieur. »

Conklin raccrocha. New York. New York ? Pas Washington, mais New York !

Il n'y avait plus rien à New York. Delta le savait. S'il poursuivait quelqu'un de Treadstone — s'il le poursuivait, *lui* — il aurait pris un vol direct pour Dulles. Qu'y avait-il à New York ?

Et pourquoi Delta avait-il délibérément utilisé le nom de Washburn ? Autant télégraphier une stratégie : il savait que le nom serait repéré tôt ou tard...

peut-être trop tard... *après* qu'il aurait franchi les grilles ! Delta annonçait à ce qui restait de Treadstone qu'il négociait en position de force. Il était en mesure de révéler non seulement l'opération Treadstone, mais il pouvait aller Dieu seul savait jusqu'où. Des réseaux entiers qu'il avait utilisés en tant que Caïn, des postes d'écoute et des consuls bidon qui n'étaient rien d'autre que des stations d'espionnage électronique... même le spectre sanglant de Méduse. Ses relations auprès du Conseiller étaient la preuve qu'il donnait à Treadstone des hauteurs auxquelles il avait atteint. Un message pour annoncer que s'il pouvait contacter un groupe aussi fermé de stratèges, rien ne pourrait l'arrêter. Bon Dieu, l'arrêter de faire *quoi* ? A quoi bon ? Il avait les millions ; il aurait pu disparaître !

Conklin secoua la tête, il se souvenait. Il y avait eu une époque où il aurait laissé Delta disparaître ; il le lui avait dit douze heures auparavant dans un cimetière des environs de Paris. Un homme pouvait supporter un certain nombre de choses, et nul ne le savait mieux qu'Alexander Conklin, qui avait compté jadis parmi les plus brillants officiers sur le terrain de la communauté du renseignement. On pouvait supporter certaines choses ; les formules apaisantes sur le fait d'être encore en vie prenaient avec le temps un goût d'amertume. Ça dépendait de ce qu'on avait été avant, de ce qu'on devenait. On pouvait supporter un certain nombre de choses... mais Delta n'avait pas disparu ! Il revenait avec des déclarations démentes, des exigences démentes... en utilisant une tactique insensée qu'aucun officier de renseignement expérimenté ne voudrait même envisager. Car malgré tous les renseignements explosifs qu'il possédait, si haut qu'il ait pu pénétrer, pas un homme sain d'esprit ne remettait les pieds sur un champ de mines entouré de ses ennemis. Et tout le chantage du monde ne pouvait vous faire revenir...

Aucun homme sain d'esprit. *Sain d'esprit.* Conklin se pencha lentement dans son fauteuil.

Je ne suis pas Caïn. Il n'a jamais existé. Je n'ai jamais existé ! Je n'étais pas à New York... c'était Carlos. Pas moi, Carlos ! Si ce que vous dites s'est passé 71ᵉ Rue, c'était lui. Il sait !

Mais Delta était allé à l'hôtel particulier de la 71ᵉ Rue. Il y avait des empreintes : l'index et le médius de la main droite. Et le moyen de transport s'expliquait maintenant : Air France, avec la couverture du Conseiller... le fait était là : Carlos n'aurait pas pu savoir.

Des choses me viennent... des visages, des rues, des immeubles. Des images que je n'arrive pas à situer... je connais un millier de faits sur Carlos, mais je ne sais pas pourquoi !

Conklin ferma les yeux. Il y avait une phrase, une simple phrase en code qu'on avait utilisée au début de Treadstone. Qu'était-ce donc ? Ça venait de Méduse... Caïn est pour Charlie et Delta est pour Caïn. C'était ça. Caïn pour *Carlos,* Delta-Bourne devenait le Caïn qui était l'appât pour Carlos.

Conklin ouvrit les yeux. Jason Bourne devait remplacer Ilich Ramirez Sanchez. C'était toute la stratégie de Treadstone 71. C'était la clef de voûte de tout l'édifice de tromperies, le parallaxe qui attirerait Carlos dans leur viseur.

Bourne. Jason Bourne. L'homme totalement inconnu, un nom enterré depuis plus de dix ans, quelques débris humains abandonnés dans une jungle. Mais il avait quand même existé ; ça aussi faisait partie de la stratégie.

Conklin prit un à un les dossiers sur son bureau jusqu'à ce qu'il eût trouvé celui qu'il cherchait. Il n'avait pas de titre, rien qu'une initiale et deux chiffres suivis d'un *x* noir, ce qui voulait dire que c'était le seul dossier contenant les origines de Treadstone.

T-*71 X*. La naissance de Treadstone 71.

Il l'ouvrit, presque effrayé de voir ce qu'il savait être là.

Date d'exécution. Secteur de Tam Quan. 25 mars...

Les yeux de Conklin se tournèrent vers le calendrier posé sur son bureau.

24 mars...

« Oh ! mon Dieu », murmura-t-il en tendant la main vers le téléphone.

Le docteur Morris Panov franchit les doubles portes du service de psychiatrie au troisième étage de l'annexe de l'hôpital de Betseda pour la Marine et s'approcha du bureau des infirmières. Il sourit à la jeune stagiaire qui consultait le fichier sous le regard sévère de l'infirmière-chef de l'étage plantée auprès d'elle. De toute évidence, la jeune stagiaire avait égaré le dossier d'un malade — sinon le malade — et sa supérieure n'allait pas laisser pareille erreur se reproduire.

« Ne vous laissez pas impressionner par Annie, dit Panov à la jeune fille en plein désarroi. Derrière ces yeux froids et inhumains, se cache un cœur de granit pur. En fait, elle s'est échappée voilà deux semaines du cinquième étage, mais nous avons tous peur de le dire. »

La stagiaire pouffa ; l'infirmière secoua la tête d'un air exaspéré. Le téléphone se mit à sonner sur le bureau derrière le comptoir.

« Vous voulez prendre la communication ? », dit Annie à la jeune fille. Elle acquiesça et passa derrière le bureau. L'infirmière se tourna vers Panov. « Docteur Mo, comment voulez-vous que je leur fasse entrer quoi que ce soit dans la tête si vous plaisantez comme ça ?

— Grâce à l'amour, ma chère Annie. L'amour. Mais ne perdez quand même pas vos chaînes de vélo.

— Vous êtes incorrigible. Dites-moi, comment va votre malade du Cinq-A ? Je sais qu'il vous préoccupe.

— Il me préoccupe toujours.

— On m'a dit que vous l'aviez veillé toute la nuit.

— Il y avait à trois heures du matin, à la télé, un film que j'avais envie de voir.

« — Ne faites pas ça, Mo, dit la vieille infirmière. Vous êtes trop jeune pour finir là-haut.

— Et peut-être trop vieux pour l'éviter, Annie. Mais merci quand même. »

Soudain Panov et l'infirmière se rendirent compte que c'était lui qu'on demandait au téléphone, la jeune stagiaire aux yeux ronds nommant son nom dans le microphone.

« Docteur Panov, s'il vous plaît. Téléphone pour...

— C'est moi le docteur Panov, murmura le psychiatre à la jeune fille. Mais ça doit rester un secret. Annie Donovan ici présente est en réalité ma mère venue de Pologne. Qui est-ce ? »

La stagiaire regarda la carte en plastique blanc que Panov portait sur sa blouse blanche, prit un air surpris et répondit : « Un M. Alexander Conklin, docteur.

— Oh ? »

Panov parut étonné. Alex Conklin avait été son patient de façon irrégulière pendant cinq ans, jusqu'au jour où tous deux étaient convenus qu'il était aussi bien adapté qu'il le serait jamais — ce qui n'était pas le Pérou. Ils étaient si nombreux et on pouvait faire si peu pour eux. Mais Conklin devait avoir quelque chose de relativement grave à demander pour appeler l'hôpital et non le cabinet. « Où est-ce que je peux prendre la communication, Annie ?

— Bureau Un, dit l'infirmière en désignant une porte. Il n'y a personne. Je vais vous faire passer l'appel là. »

Panov s'éloigna, avec un sentiment de malaise.

« Il me faut des réponses très rapides, Mo, fit Conklin, la voix tendue.

— Je ne suis pas très fort pour les réponses rapides, Alex. Pourquoi ne pas passer me voir cet après-midi ?

— Il ne s'agit pas de moi. Mais de quelqu'un d'autre. Enfin, peut-être.

— Pas de petits jeux, je vous en prie. Je croyais que nous avions passé ce stade.

— Ça n'est pas un jeu. C'est une urgence Quatre-Zéro, et j'ai besoin de votre aide.

— Quatre-Zéro ? Appelez un de vos collaborateurs. Je n'ai jamais réclamé un statut pareil.

— Je ne peux pas. C'est vous dire à quel point c'est confidentiel.

— Alors vous feriez mieux d'en parler tout bas à Dieu.

— Mo, je vous en prie ! Je n'ai qu'à confirmer certaines possibilités, le reste je peux m'en arranger tout seul. Et je n'ai pas une seconde à perdre. Un homme est peut-être en train de rôder, prêt à descendre tous les fantômes qu'il prend pour des fantômes. Il a déjà tué des gens très réels et très importants, et je ne suis même pas sûr qu'il le sache. Aidez-moi, je vous en conjure, aidez-moi !

— Si je le peux. Allez-y.

— Un homme se trouve placé dans une situation extrêmement délicate, impliquant le maximum de tension, pendant une longue période, et pendant tout ce temps opérant dans la clandestinité la plus totale. La couverture elle-même est un appeau : le but est de débusquer un gibier en le persuadant que cet appeau est une menace, en le forçant à se découvrir... Vous me suivez ?

— Pour l'instant, dit Panov. Vous dites qu'une pression constante a été exercée sur l'appeau. Quel a été son environnement ?

— Aussi brutal qu'on peut l'imaginer.

— Pendant combien de temps ?

— Trois ans.

— Bon sang, fit le psychiatre. Pas un répit.

— Pas un. Vingt-quatre heures sur vingt-quatre, trois cent soixante-cinq jours par an. Trois ans. A être quelqu'un qu'il n'était pas.

— Quand finirez-vous par comprendre, abrutis que vous êtes ? Même dans les camps les plus durs, les prisonniers pouvaient être eux-mêmes, parler à d'autres qui étaient eux-mêmes... (Panov s'interrompit, faisant soudain le rapprochement entre ses paroles et ce que venait de lui dire Conklin.) C'est ça votre problème, hein ?

— Je n'en suis pas sûr, répondit l'officier de renseignement. Tout ça est vague, confus, contradictoire même. Ce que je veux vous demander, c'est ceci. Dans ces circonstances, un tel homme pourrait-il commencer à... croire qu'il est l'appeau, à en prendre les caractéristiques, à absorber le dossier trafiqué au point de croire que c'est bien lui ?

— La réponse à votre question est si évidente que je suis surpris que vous la posiez. Bien sûr qu'il le pourrait. Ce serait même probable. C'est un exploit prolongé de façon insoutenable et qu'on ne peut maintenir que si la conviction finit par devenir un élément de sa réalité quotidienne. Un auteur qui ne quitte jamais la scène dans une pièce qui n'a pas de fin. Jour après jour, nuit après nuit. (Le docteur s'arrêta puis reprit doucement :) Mais ce n'est pas vraiment la question que vous voulez me poser, n'est-ce pas ?

— Non, répondit Conklin. Je vais plus loin. Au-delà de l'appeau. Il le faut bien ; c'est le seul point qui rime à quelque chose.

— Doucement, fit Panov d'un ton sec. Vous feriez mieux de vous arrêter là car je ne veux pas confirmer un diagnostic posé à l'aveuglette. Pas quand je vois où vous voulez en venir. Pas question, Charlie. Ce serait vous donner une autorisation dont je ne serais pas responsable — avec ou sans honoraire.

— "Pas question, Charlie." Pourquoi avez-vous dit ça, Mo ?

— Comment, pourquoi est-ce que j'ai dit ça ? C'est une phrase que j'entends tout le temps. Des gosses du quartier en jeans crasseux ; des putains dans mon bistrot favori.

— Comment savez-vous où je veux en venir ? dit l'homme de la C.I.A.

— Parce qu'il a fallu que je lise des livres quand j'étais étudiant et que vous n'êtes pas très subtil. Vous allez me décrire un cas classique de schizophrénie paranoïaque à personnalités multiples. Ce n'est pas simplement que votre homme prend le rôle de l'appel, mais que l'appel lui-même transfère son identité sur celui qu'il poursuit. Sur le gibier. C'est à ça que vous voulez en venir, Alex. Vous êtes en train de m'expliquer que votre homme est trois personnes : lui-même, l'appel et le gibier. Et je vous répète : pas question, Charlie. Je refuse de confirmer ce genre de diagnostic sans un examen prolongé. Ce serait vous donner des droits que vous ne pouvez pas avoir. Pas question !

— Je ne vous demande pas du tout de confirmer ! Je veux simplement savoir si c'est *possible*. Enfin, Mo, voilà un homme extrêmement dangereux qui se balade armé en tuant des gens qu'il prétend ne pas connaître, mais avec qui il travaille depuis trois ans. Il nie s'être trouvé à telle heure à tel endroit alors que ses empreintes prouvent qu'il y était. Il dit que des images lui viennent, des visages qu'il n'arrive pas à situer, des noms qu'il a entendus mais il ne sait pas où. Il prétend n'avoir jamais été l'appel ; que ce n'était pas lui ! Mais c'était bien lui ! C'est lui ! Est-ce possible ? C'est tout ce que veux savoir. Est-ce que la tension, le temps et les pressions quotidiennes ont pu le faire craquer comme ça ? En trois morceaux ? »

Panov retint son souffle un moment. « C'est possible, murmura-t-il. Si vos faits sont exacts, c'est possible. C'est tout ce que je dirai, parce qu'il y a trop d'autres possibilités.

— Je vous remercie. (Conklin marqua un temps.) Une dernière question. Disons qu'il y avait une date — un mois et un jour — qui avait une signification précise dans le dossier trafiqué, le dossier de l'appel.

— Il faudrait que vous soyez plus précis.

— Je vais l'être. C'était la date à laquelle l'homme dont on a pris l'identité pour l'appel a été tué.

— Alors, ça ne fait évidemment pas partie du dossier de travail, mais c'est un élément que votre homme connaissait. Est-ce que je vous suis bien ?

— Oui, il le connaissait. Disons qu'il était là. S'en souviendrait-il ?

— Pas en tant qu'appel.

— Mais en tant qu'un des deux autres ?

— A supposer que le gibier le connaissait aussi, ou qu'il aurait communiqué ce renseignement par son transfert, oui.

— Il existe aussi un endroit où la stratégie a été conçue, où l'appeau a été créé. Si notre homme se trouvait dans les parages de cet endroit et que l'anniversaire de la date du décès était proche, serait-il attiré ? Cet élément ferait-il surface et deviendrait-il important pour lui ?

— Oui, s'il était associé au lieu où est survenu ce décès. Parce que l'appeau est né là ; c'est possible. Ça dépendrait de la personnalité qu'il aurait à ce moment.

— Et s'il était le gibier ?

— Et qu'il connaisse cet endroit ?

— Oui, parce qu'un autre aspect de lui devrait le connaître.

— Alors il serait attiré vers cet endroit. Ce serait une motivation inconsciente.

— Pourquoi ?

— Pour tuer l'appeau. Il tuerait n'importe qui à vue, mais son principal objectif serait l'appeau. Lui-même. »

Alexander Conklin raccrocha l'appareil, le moignon de son pied traversé d'élancements, ses pensées si enchevêtrées qu'il dut de nouveau fermer les yeux pour y remettre de l'ordre. Il s'était trompé à Paris... dans un cimetière des environs de Paris. Il avait eu envie de tuer un homme pour de mauvaises raisons, les bonnes échappant à sa compréhension. C'était vrai qu'il avait affaire à un dément. A quelqu'un dont vingt ans d'entraînement n'expliquaient pas ce dont il souffrait, mais dont l'état devenait compréhensible si l'on songeait aux souffrances, aux épreuves, aux vagues sans fin de violence... tout cela pour aboutir nulle part. Personne, en fait, ne savait rien. Rien ne rimait à rien. Un Carlos était pris au piège et abattu aujourd'hui, un autre prendrait sa place. Pourquoi avons-nous fait ça... David ?

David. Je finis par dire ton nom. Nous étions amis, jadis, David... Delta. Je connaissais ta femme et tes enfants. Nous avons trinqué ensemble et nous avons fait quelques dîners ensemble aux quatre coins de l'Extrême-Orient. Tu étais le meilleur spécialiste de la diplomatie en Asie et tout le monde le savait. Tu allais être la clef de la nouvelle politique, celle qu'on attendait. Et puis c'est arrivé. La mort venant du ciel dans le Mékong. On t'a retourné, David. Nous avons tous perdu, mais un seul d'entre nous est devenu Delta. Dans l'opération Méduse. Je ne te connaissais pas si bien — quelques beuveries, quelques dîners ne font pas un ami intime. Mais peu d'entre nous sont devenus des monstres. Toi, oui, Delta.

Et maintenant il faut que tu meures. Personne ne peut plus se permettre le luxe que tu es. Aucun de nous.

« Laissez-nous, je vous prie », dit le général Villiers à son aide de camp en s'asseyant en face de Marie dans un café de Montmartre. L'aide de camp acquiesça et alla s'installer à une table quelques mètres plus loin. Le vieux soldat épuisé regardait Marie. « Pourquoi avez-vous insisté pour que je vienne ici ? Il voulait que je vous fasse quitter Paris. Je lui ai donné ma parole.

— Quitter Paris pour que je ne sois plus dans le coup, dit Marie, émue par l'air hagard du vieil homme. Je suis désolée. Je ne veux pas être un fardeau de plus pour vous. J'ai entendu les informations à la radio.

— De la folie, dit Villiers en prenant le cognac que son aide de camp lui avait commandé. Trois heures avec la police à vivre un mensonge affreux, à condamner un homme pour un crime dont je suis seul responsable.

— Le signalement était précis, d'une extraordinaire précision. Personne ne pourrait le manquer.

— C'est lui qui me l'a donné. Il s'est assis devant la coiffeuse de ma femme et m'a expliqué quoi dire, tout en regardant son propre visage de la façon la plus extraordinaire. Il a dit que c'était le seul moyen. Que Carlos ne pouvait être convaincu que si j'allais trouver la police, que si cela déclenchait une chasse à l'homme. Il avait raison, bien sûr.

— Il avait raison, reconnut Marie, mais il n'est pas à Paris, ni à Bruxelles, ni à Amsterdam.

— Je vous demande pardon ?

— Je veux que vous me disiez où il est allé.

— Il vous l'a dit lui-même.

— Il m'a menti.

— Comment pouvez-vous en être certaine ?

— Parce que je sais quand il me dit la vérité. Vous comprenez, nous sommes tous les deux à l'affût.

— Comment ?... J'avoue que je ne comprends pas.

— Je ne m'y attendais pas, j'étais sûre qu'il ne vous avait rien dit. Lorsqu'il m'a menti au téléphone, en me racontant les choses qu'il me disait d'une voix si hésitante, en sachant que je savais que c'étaient des mensonges, je ne pouvais pas comprendre. Je n'ai fait le rapprochement que quand j'ai entendu les bulletins d'information à la radio. A propos de vous et de l'autre affaire. Ce signalement... si complet, si précis, jusqu'à la cicatrice sur la tempe gauche. Alors j'ai su. Il n'allait pas rester à Paris, ni à cinq cents kilomètres de Paris. Il partait pour aller loin — là où ce signalement n'aurait pas grande importance — où il pourrait attirer Carlos et le faire tomber entre les mains des gens avec qui Jason avait passé un accord. Est-ce que je me trompe ? »

Villiers reposa son verre. « J'ai donné ma parole. On doit vous emmener en lieu sûr, à la campagne. Je ne comprends pas ce que vous racontez.

— Alors, je vais essayer d'être plus claire, dit Marie en se penchant en avant. Il y a eu un autre bulletin d'information à la radio, que vous n'avez manifestement pas entendu parce que vous étiez avec la police ou calfeutré chez vous. On a trouvé deux hommes tués par balles dans un cimetière non loin de Rambouillet ce matin. L'un était un tueur connu de Saint-Gervais. L'autre a été identifié comme étant un ancien officier des services de renseignement américains vivant à Paris, un personnage très discuté qui a tué un journaliste au Vietnam et à qui l'on a donné le choix entre démissionner de l'armée ou passer en conseil de guerre.

— Vous dites qu'il y a un rapport entre ces incidents ? demanda le vieil homme.

— Jason a reçu pour consigne de l'ambassade des Etats-Unis de se rendre la nuit dernière dans ce cimetière pour y rencontrer un homme venu tout exprès de Washington.

— Washington ?

— Oui. Il avait passé un accord avec un petit groupe d'hommes appartenant aux services de renseignement américains. Ils ont essayé de le tuer la nuit dernière ; ils croient qu'ils doivent l'abattre.

— Bon Dieu, pourquoi ?

— Parce qu'ils ne peuvent pas lui faire confiance. Ils ne savent pas ce qu'il a fait ni où il était pendant une longue période et il est incapable de le leur dire. (Marie se tut, fermant un instant les yeux.) Il ne sait pas qui il est. Il ne sait pas qui eux sont ; et la nuit dernière l'homme de Washington a engagé des tueurs pour l'abattre. Cet homme ne voulait rien entendre ; ils sont convaincus qu'il les a trahis, qu'il leur a volé des millions, qu'il a tué des hommes dont il n'a jamais entendu parler. Il n'a rien fait de tout cela. Mais il n'a pas de réponses nettes à leur donner non plus. C'est un homme qui n'a que des bribes de mémoire, chaque fragment le condamnant. Il souffre d'une amnésie presque totale. »

Le visage marqué de Villiers exprimait la stupéfaction, on lisait dans son regard qu'il évoquait des souvenirs pénibles. "Pour de mauvaises raisons"... Il m'a dit cela. "Ils ont des hommes partout... qui ont l'ordre de m'abattre à vue. Je suis traqué par des hommes que je ne connais pas et que je ne peux pas voir. Tout cela pour de mauvaises raisons."

— Pour de mauvaises raisons, répéta Marie en tendant la main pour la poser sur le bras du vieil homme. Et c'est vrai qu'ils ont des hommes partout, des hommes qui ont l'ordre de l'abattre à vue. Partout où il va, ils l'attendent.

— Comment sauront-ils où il est allé ?

— C'est lui qui le leur dira. Ça fait partie de sa stratégie. Et à ce moment-là, ils le tueront. Il va tomber dans le piège qu'il s'est tendu lui-même ».

Pendant quelques instants, Villiers resta silencieux, accablé de remords. Puis il finit par dire dans un souffle : « Dieu tout-puissant, qu'est-ce que j'ai fait ?

— Ce que vous estimiez être bien. Ce qu'il a réussi à vous persuader que c'était bien. Vous ne pouvez pas vous faire de reproches. Ni lui en vouloir vraiment.

— Il m'a dit qu'il allait coucher sur le papier tout ce qui lui était arrivé, tout ce dont il se souvenait... Combien cette déclaration a dû lui être pénible ! Je ne peux pas attendre cette lettre, mademoiselle. Nous ne pouvons pas. Il faut que je sache tout ce que vous pouvez me dire. Maintenant.

— Que pouvez-vous faire ?

— Aller à l'ambassade des Etats-Unis. Voir l'ambassadeur. Tout de suite. »

Marie Saint-Jacques retira sa main lentement tout en se renversant contre la banquette, ses cheveux châtains répandus sur le cuir. Son regard était perdu dans le lointain, embué de larmes. « Il m'a dit que sa vie avait commencé sur une petite île de la Méditerranée qui s'appelle l'île de Port-Noir... »

Le secrétaire d'Etat entra d'un pas furieux dans le bureau du directeur des Opérations consulaires, le service qui s'occupait des activités clandestines. Il s'approcha du directeur stupéfait qui se leva en voyant arriver ce puissant personnage, son visage exprimant tout à la fois le désarroi et l'étonnement.

« Monsieur le secrétaire ?... Je n'ai reçu aucun message de votre bureau, monsieur. Je serais monté tout de suite. »

Le secrétaire d'Etat fit claquer un bloc-notes sur le bureau du directeur. Sur la première feuille six noms en colonne écrits à grands traits d'un stylo feutre.

BOURNE
DELTA
MEDUSE
CAIN
CARLOS
TREADSTONE

« Qu'est-ce que c'est que ça ? demanda le secrétaire. Voulez-vous me dire ce que c'est ? »

Le directeur se pencha sur le bureau. « Je ne sais pas, monsieur. Ce sont des noms, bien sûr. Un code pour l'alphabet — la lettre D — et une référence à Méduse ; c'est toujours classé comme ultra-secret, mais j'en ai entendu parler. Et je suppose que "Carlos" est une allusion à l'assassin ; je regrette que nous n'en sachions pas plus sur son compte. Mais je n'ai jamais entendu parler de "Bourne", de "Caïn" ni de "Tread-stone".

— Alors venez dans mon bureau écouter l'enregistrement d'une conversation téléphonique que je viens d'avoir avec Paris et vous apprendrez un tas de choses sur ces noms-là, explosa le secrétaire. Il y a des choses extraordinaires sur cette bande ; on y évoque notamment des meurtres à Ottawa et à Paris, ainsi que de très étranges négociations que notre Premier secrétaire à Paris a eues avec un homme de la C.I.A. Il y est question aussi de mensonges éhontés aux autorités de gouvernements étrangers, à nos propres antennes de renseignement et aux journaux européens — tout cela à l'insu et sans le consentement du Département d'Etat ! Il y a eu une formidable machination pour diffuser de faux renseignements dans plus de pays que je n'ose y songer. Nous faisons venir, sous protection diplomatique, une Canadienne — une économiste travaillant pour le gouvernement d'Ottawa qui est recherchée pour meurtre à Zurich. On nous *oblige* à donner asile à une fugitive, à tourner les lois — car, si cette femme dit la vérité, nous sommes dans de beaux draps ! Je veux savoir ce qui se passe. Annulez tous vos rendez-vous — je dis bien *tous*. Vous allez passer le reste de la journée et de la nuit s'il le faut à déterrer cette histoire. Il y a un homme qui circule sans savoir qui il est, mais la tête pleine de plus de renseignements ultra-secrets que dix ordinateurs des services secrets ! »

Il était minuit passé lorsque le malheureux directeur des Opérations consulaires fit le rapprochement qui avait bien failli lui échapper. Le Premier secrétaire de l'ambassade de Paris, menacé de licenciement immédiat, lui avait donné le nom d'Alexander Conklin. Mais impossible de trouver Conklin. Il était bien rentré le matin de Bruxelles à Washington à bord d'un jet militaire, mais il avait quitté Langley à 13 h 22, sans laisser de numéro de téléphone où on pourrait le joindre en cas d'urgence. Et, d'après ce que le directeur avait appris sur Conklin, cette omission était extraordinaire. On traitait communément l'homme de la C.I.A. de requin tueur ; il donnait des directives dans le monde entier pour les opérations où l'on soupçonnait trahison et défection. Trop d'hommes appartenant à trop d'antennes pouvaient avoir besoin de son approbation ou de son veto à tout moment. Ce n'était pas logique qu'il coupât ce cordon pendant douze heures. Ce qui était inhabituel aussi, c'était le fait que ses registres de communications téléphoniques eussent disparu : il n'y en avait pas pour les deux derniers jours et la Central Intelligence Agency avait des règlements très stricts sur la tenue de ces registres. Toutefois, le directeur avait appris une chose : Conklin avait participé à l'opération Méduse.

En brandissant la menace de représailles du Département d'Etat, le directeur avait obtenu la transmission sur circuit de télévision fermé des registres de Conklin pour les cinq derniers jours. L'Agence avait accepté à contrecœur et le directeur était resté pendant deux heures assis devant son écran de télévision, en demandant aux opérateurs de Langley de lui repasser la cassette vidéo jusqu'à ce qu'il leur dise d'arrêter.

Il avait fait appeler quatre-vingt-six numéros en mentionnant à chaque appel le nom de Treadstone : personne n'avait réagi. Le directeur s'était rabattu alors sur les possibilités ; il y avait un militaire qu'il n'avait pas contacté en raison de son antipathie bien connue pour la C.I.A. Mais Conklin lui avait téléphoné à deux reprises en douze minutes une semaine plus tôt. Le directeur appela ses informateurs au Pentagone et découvrit ce qu'il cherchait : Méduse.

Le général de brigade Irwin Arthur Crawford, actuellement officier responsable des banques de données des services de renseignement de l'armée, ancien combattant à Saigon, attaché aux opérations clandestines — encore couvertes par le secret militaire. *Méduse.*

Le directeur décrocha le téléphone de la salle de conférence dont la ligne ne passait pas par le standard. Il appela le général chez lui, à Fairfax et à la quatrième sonnerie, Crawford répondit. L'homme du Département d'Etat se présenta et demanda si le général voudrait bien rappeler le Département pour se prêter à une vérification nécessaire.

« Pourquoi voulez-vous que je fasse ça ?

— Il s'agit d'une affaire concernant la direction de Treadstone.

— Je vous rappelle. »

Il le fit au bout de dix-huit secondes et, deux minutes plus tard, le directeur lui avait résumé les informations dont disposait le Département d'Etat.

« Il n'y a rien là que nous ne sachions pas, dit le général. Depuis le début, il existe pour cette opération une commission de contrôle, le Bureau Ovale ayant reçu un procès-verbal des discussions moins d'une semaine après sa mise en place. Notre objectif exigeait de telles méthodes, je puis vous l'assurer.

— Je ne demande qu'à être convaincu, répondit le diplomate. Cela a-t-il un rapport avec cette histoire de New York voilà une semaine ? Elliot Stevens... ce commandant Webb et David Abbott ? Où les circonstances ont été, dirais-je, considérablement modifiées ?

— Vous étiez au courant de ces modifications ?

— Général, je suis à la tête des Opérations consulaires.

— C'est vrai... Stevens n'était pas marié ; le reste se comprenait. Cambriolage avec homicide ont paru préférables. La réponse est affirmative.

— Je vois... Votre homme, Bourne, est arrivé à New York hier matin par avion.

— Je sais. Nous savons... c'est-à-dire Conklin et moi. Nous sommes les héritiers.

— Vous avez été en contact avec Conklin ?

— Je lui ai parlé pour la dernière fois vers 1 heure de l'après midi. Conversation non enregistrée. A dire vrai, il a insisté sur ce point.

— Il a quitté Langley. Il n'y a aucun numéro auquel on puisse le joindre.

— Je sais cela aussi. N'essayez rien. Avec tout le respect que je lui dois, dites au secrétaire de ne pas s'en mêler. Ne vous en mêlez pas.

— Mais, général, nous nous en mêlons déjà. Nous faisons venir par avion la Canadienne sous couverture diplomatique.

— Au nom du Ciel, pourquoi ?

— Nous y sommes obligés ; elle nous y a forcés.

— Alors isolez-la. Il le faut absolument ! Elle est notre solution à nous : nous serons responsables.

— Je crois que vous feriez mieux de vous expliquer.

— Nous avons affaire à un fou. A un schizophrène multiple. C'est un peloton d'exécution ambulant ; il pourrait tuer une douzaine d'innocents d'un coup, sur une seule explosion dans sa tête, et il ne saurait même pas pourquoi.

— Comment le savez-vous ?

— Parce qu'il a déjà tué. Ce massacre à New York...

c'était lui. Il a abattu Stevens, le Moine, Webb —
Webb, vous vous rendez compte ! — et deux autres
dont vous n'avez jamais entendu parler. Nous comprenons maintenant. Il n'était pas responsable, mais
ça ne peut rien changer. Laissez-le-nous. A Conklin.

— Bourne ?

— Oui. Nous avons des preuves. Des empreintes.
Cela nous a été confirmé par le F.B.I. C'était bien lui.

— Votre homme aurait laissé des empreintes ?

— Parfaitement.

— Ça n'est pas possible, dit le diplomate d'un ton
catégorique.

— Comment !

— Dites-moi, qu'est-ce qui vous a amené à cette
conclusion qu'il était fou ? Cette histoire de schizophrénie multiple ou je ne sais quoi.

— Conklin a parlé à un spécialiste — un des
meilleurs —, une autorité en matière de dépression
causée par excès de stress. Alex a raconté l'histoire et
le diagnostic a été brutal. Le docteur a confirmé nos
soupçons, les soupçons de Conklin.

— Il les a *confirmés* ? demanda le directeur, abasourdi.

— Oui.

— Fondés sur ce qu'a dit Conklin ? Sur ce qu'il
croyait savoir ?

— Il n'y a pas d'autre explication. Laissez-le-nous.
C'est notre problème.

— Vous dites n'importe quoi, général. Vous auriez
dû vous en tenir à vos banques de données ou peut-
être à une forme plus primitive d'artillerie.

— Je proteste.

— Protestez tant que vous voulez. Si vous avez fait
ce que je crois, il ne vous restera sans doute pas
grand-chose d'autre à faire que de protester.

— Expliquez-vous, dit Crawford sèchement.

— Vous n'avez pas affaire à un fou ni à aucune de
vos foutues formes de schizophrénie simple ou multiple — que vous connaissez sans doute aussi bien que
moi. Vous avez affaire à un *amnésique*, un homme qui

essaie depuis des mois de découvrir qui il est et d'où il vient. Et, à partir de l'enregistrement d'une conversation téléphonique que nous avons ici, nous reconstituons ce qu'il a essayé de vous dire — ce QU'IL A ESSAYE DE DIRE à Conklin, mais Conklin n'a rien voulu entendre. Aucun de vous n'a voulu entendre... Vous avez envoyé dans la clandestinité un homme pendant trois ans — trois ans — pour attirer Carlos et, quand votre stratégie a échoué, vous avez supposé le pire.

— Amnésique !... Non, vous vous trompez ! J'ai parlé à Conklin ; il a bien écouté. Vous ne comprenez pas ; nous connaissions tous les deux...

— Je ne veux pas entendre son nom ! » lança le directeur des Opérations consulaires.

Le général marqua un temps. « Nous connaissions tous les deux... Bourne... depuis des années. Je crois que vous savez où nous l'avons connu, vous m'avez lu son nom. C'était l'homme le plus bizarre que j'aie jamais rencontré, aussi proche de la paranoïa qu'on pouvait l'être dans cette unité. Il a entrepris des missions — pris des risques — qu'aucun homme sain d'esprit n'aurait acceptées. Pourtant, il n'a jamais rien demandé. Il était plein d'une telle haine.

— Et ça a fait de lui un candidat pour un service psychiatrique dix ans plus tard ?

— Sept ans, corrigea Crawford. J'ai essayé d'empêcher sa sélection à Treadstone. Mais le Moine disait qu'il n'y avait pas mieux que lui. Je n'ai rien pu opposer à cela au niveau de l'expérience. Mais j'ai fait état de mes objections. Psychologiquement, c'était un cas limite ; nous savions pourquoi. Les faits m'ont donné raison. J'insiste là-dessus.

— Vous n'allez insister sur rien du tout, général. Vous allez retomber sur votre cul de fer. Parce que le Moine avait raison. Votre homme est bien ce qu'il y a de mieux, avec ou sans mémoire. Il nous amène Carlos, il le livre à votre porte, bon sang ! C'est-à-dire : il l'amène à moins que vous ne tuiez Bourne d'abord. (Crawford prit une brève inspiration : tout juste ce que le directeur redoutait d'entendre. Il poursuivit :) Vous ne pouvez pas joindre Conklin, n'est-ce pas ?

— Non.

— Il est entré dans la clandestinité, c'est ça ? Il a pris ses propres dispositions, fait effectuer les versements par une série d'intermédiaires qui ne se connaissent pas, impossible de remonter à la source, tous les liens avec l'Agence ou avec Treadstone ont été coupés. Et maintenant il existe des photographies entre les mains d'hommes que Conklin ne connaît pas, qu'il ne reconnaîtrait pas s'ils l'attaquaient. Ne me parlez pas de peloton d'exécution. Le vôtre est en place, mais vous ne pouvez pas le voir : vous ne savez pas où il est. Mais il est prêt — une demi-douzaine de fusils prêts à faire feu dès que le condamné se présente. Est-ce que je me trompe ?

— Vous ne vous attendez pas à ce que je vous réponde ? fit Crawford.

— Ça n'est pas nécessaire. C'est le directeur des Opérations consulaires qui vous parle : je connais ce genre d'affaires. Mais vous aviez quand même raison sur un point. C'est votre problème à vous, à vous tout seul. Nous n'allons pas nous laisser impliquer par vous. Voilà ce que je vais recommander au secrétaire d'Etat. Le Département d'Etat ne peut pas se permettre de savoir qui vous êtes. Considérez que cette conversation n'a jamais eu lieu, qu'il n'en restera aucune trace.

— Compris.

— Je suis désolé, fit le directeur, et il était sincère. Il arrive parfois que tout vous saute au nez.

— Oui. Nous avons appris ça avec Méduse. Qu'allez-vous faire de la fille ?

— Nous ne savons même pas encore ce que nous allons faire de vous.

— C'est pourtant facile. Rappelez-vous Eisenhower à la conférence au sommet : « Quels U-Deux ? » Nous continuerons ; pas de sommation. Rien. Nous pouvons faire disparaître des registres de Zurich toute trace de la fille.

— Nous le lui dirons. Ça peut aider. Nous prodiguerons les excuses dans tous les coins ; avec elle, nous essaierons une compensation très substantielle.

— Vous êtes bien sûr ? l'interrompit Crawford.

— Pour la compensation ?

— Non. Pour l'amnésie. Vous êtes catégorique ?

— J'ai écouté la bande au moins vingt fois, j'ai entendu sa voix à elle. Je n'ai jamais été aussi sûr de rien dans ma vie. Au fait, elle est arrivée voilà quelques heures. Elle est à l'hôtel Pierre sous bonne garde. Nous la ferons venir à Washington dans la matinée quand nous saurons ce que nous allons faire.

— Attendez ! dit le général dont le ton montait. Pas demain ! Elle est ici ?... Pouvez-vous m'autoriser à la voir ?

— Ne creusez pas plus profondément votre tombe, général. Moins elle connaîtra de noms, mieux cela vaudra. Elle était avec Bourne lorsqu'il a appelé l'ambassade ; elle connaît l'existence du Premier secrétaire, sans doute celle de Conklin maintenant. Il va peut-être devoir faire le plongeon. Restez en dehors de tout ça.

— Vous venez de me dire de jouer le jeu jusqu'au bout.

— Pas de cette façon. Vous êtes quelqu'un de bien ; moi aussi. Nous sommes tous deux des professionnels.

— Vous ne comprenez pas ! Nous avons des photographies, c'est vrai, mais elles sont peut-être inutiles. Elles sont vieilles de trois ans, et Bourne a changé, changé radicalement. C'est pourquoi Conklin est dans le coup — où, je ne sais pas, mais il est là. C'est le seul à l'avoir vu, mais c'était de nuit et il pleuvait. Elle est peut-être notre seule chance. Elle a été avec lui, elle a vécu des semaines avec lui. Elle le connaît. Il est possible qu'elle le reconnaisse avant quiconque.

— Je ne comprends pas.

— Je vais vous expliquer. Parmi les nombreux

talents de Bourne, il a le don de modifier son aspect physique, de se fondre dans la foule, dans un champ, dans un bois — d'être là où on ne peut pas le voir. Si ce que vous dites est vrai, il ne se souviendrait pas, mais nous lui avions donné un surnom, à Méduse. Ses hommes l'appelaient... un caméléon.

— C'est votre Caïn, général.

— C'était notre Delta. Il n'y en avait pas un autre comme lui. Et c'est pourquoi la fille peut nous aider. Maintenant. Donnez-moi l'autorisation. Laissez-moi la voir, lui parler.

— En vous donnant cette autorisation, nous reconnaissons votre existence. Je ne pense pas que nous puissions le faire.

— Bon sang, vous venez de dire que nous étions des types bien ! Non ? Nous pouvons lui sauver la vie ! Peut-être. Si elle est avec moi et que nous arrivons à le trouver, nous pouvons le tirer de là !

— De là ? Vous voulez dire que vous savez exactement où il va être ?

— Oui.

— Comment ça ?

— Parce qu'il n'irait nulle part ailleurs.

— Et le moment ? demanda le directeur, incrédule. Vous savez *quand* il va être là ?

— Oui. Aujourd'hui. C'est la date de sa propre exécution. »

35

La radio déversait des torrents de musique rock tandis que le chauffeur de taxi aux cheveux longs battait la mesure en frappant de la main contre le volant et secouait la mâchoire au rythme de l'orchestre. Le taxi s'engagea dans la 71e Rue, pris aussitôt dans la file des voitures qui s'amorçait à la sortie de l'East River Drive. Les conducteurs s'énervaient cependant que les moteurs rugissaient sur place et que les voitures ne bondissaient en avant que pour s'immobiliser brusquement, leurs pare-chocs à quelques centimètres du véhicule qui les précédait. Il était neuf heures moins le quart du matin, c'était l'heure de pointe de la circulation à New York.

Bourne se cala dans le coin de la banquette arrière et contempla la rue bordée d'arbres à l'abri du rebord de son chapeau et à travers les verres sombres de ses lunettes de soleil. Il était déjà venu là : tous ces souvenirs étaient indélébiles. Il avait arpenté les trottoirs, vu les portes et les perrons, les murs couverts de lierre — si surprenants en pleine ville et pourtant bien en harmonie avec le caractère de cette rue. Il avait déjà jeté un coup d'œil, il avait remarqué les jardins en terrasse, les rapprochant d'un élégant jardin à quelques pâtés de maisons de là, plus près du parc, derrière de délicates portes-fenêtres tout au bout d'une grande pièce... compliquée. Cette pièce se trouvait dans un bâtiment haut et étroit, avec de larges fenêtres à meneaux qui s'élevaient les unes au-dessus des autres sur quatre étages. Des fenêtres d'un verre épais qui réfractait la lumière aussi bien à l'intérieur qu'à l'extérieur. Des vitres anciennes, peut-être... en tout cas à l'épreuve des balles. Une élégante résidence avec un perron aux larges marches. C'étaient des marches bizarres, chacune sillonnée de rayures noires qui faisaient saillie sur la pierre, protégeant des éléments le visiteur qui descendait : des personnes se dirigeant vers la rue ne glisseraient pas sur la glace ni la neige... et le poids de tout visiteur qui les gravirait déclencherait à l'intérieur des dispositifs d'alarme électroniques.

Jason connaissait cette maison, il savait qu'il approchait. Dans sa poitrine l'écho s'emballa et devint plus fort lorsque le taxi aborda le bloc où se trouvait la maison. Il allait la voir d'un moment à l'autre et il comprit maintenant pourquoi la petite avenue du parc Monceau avait éveillé de telles résonances dans sa mémoire. Ce petit coin de Paris ressemblait tant à ce bout de rue dans l'East Side.

Ses pensées revinrent à André Villiers. Il avait couché sur le papier tout ce qu'il pouvait se rappeler depuis qu'il avait retrouvé une mémoire et noirci les pages d'un carnet acheté en hâte à l'aéroport Charles-de-Gaulle. Tout y était depuis le premier instant où un homme au corps criblé de balles avait ouvert les yeux dans une petite chambre humide sur l'île de Port-Noir jusqu'aux terrifiantes révélations de Marseille, de Zurich et de Paris — surtout de Paris, où le spectre du manteau d'un assassin était tombé sur ses épaules, où il avait découvert qu'il possédait tous les talents d'un tueur. C'était en fait une confession, des aveux accablants par ce qu'ils ne parvenaient pas à expliquer dans ce qu'ils découvraient. Mais c'était la vérité telle qu'il la connaissait, et qui le disculperait infiniment plus après sa mort qu'avant. Entre les mains d'André Villiers, on pourrait en faire bon usage ; les décisions qu'il fallait seraient prises pour Marie Saint-Jacques. Cette certitude lui donnait la liberté dont il avait maintenant besoin. Il avait cacheté les pages dans une enveloppe et l'avait expédiée au parc Monceau depuis Kennedy Airport. Lorsqu'elle parviendrait à Paris, ou bien il serait encore vivant ou bien il serait mort ; il tuerait Carlos ou bien ce serait Carlos qui le tuerait. Quelque part dans cette rue — si semblable à une autre rue à des milliers de kilomètres — un homme aux larges épaules, au-dessus d'une taille étroite, allait se lancer à sa poursuite. C'était la seule chose dont il fût absolument sûr : lui en ferait autant. Quelque part dans cette rue...

C'était là ! *Là*, le soleil matinal allumant des reflets sur la porte laquée noire et sur les cuivres étincelants, pénétrant à travers les épaisses fenêtres qui se dressaient comme une colonne de verre bleuté, soulignant la splendeur décorative des vitraux, mais pas leur résistance aux impacts de balles. Il était arrivé, et pour des raisons, des émotions qu'il ne parvenait pas à définir, ses yeux s'emplirent de larmes et il sentit sa gorge se serrer. Il avait le sentiment incroyable qu'il était revenu à un endroit qui faisait autant partie de lui que son corps ou de ce qui restait de son esprit. Ce n'était pas sa maison : il n'éprouvait aucun réconfort, aucune sérénité à regarder cette élégante résidence de l'East Side. Mais il y avait autre chose, une extra-ordinaire sensation de... de *retour*. Il était revenu au début, tout à la fois au départ et à la création, à la nuit noire et à l'aube qui jaillissait. Quelque chose était en train de lui arriver : il serra plus fort son poignet, s'efforçant désespérément de maîtriser l'envie pres-que irrésistible de sauter du taxi et de se précipiter dans la rue vers cet édifice monstrueux de pierre et de verre. Il avait envie de bondir sur le perron pour venir frapper du poing contre la lourde porte noire.

Ouvrez-moi ! Je suis ici ! Il faut m'ouvrir ! Vous ne comprenez donc pas ?

JE SUIS LÀ !

Des images se formaient devant ses yeux ; des sons discordants lui déchiraient les oreilles. Une douleur insoutenable lui martelait les tempes. Il était à l'inté-rieur d'une pièce sombre — de cette pièce-là — en train de regarder un écran, et des images ne cessaient d'apparaître et de disparaître dans son esprit en une succession aveuglante. *Qui est-il ? Vite. Trop tard ! Vous avez un homme mort. Où est cette rue ? Que signifie-t-elle pour toi ? Qui as-tu rencontré là-bas ? Quoi ? Bon. Ne complique pas les choses ; dis-en le moins possible. Voici une liste : huit noms. Quels sont tes contacts ? Vite ! En voici une autre. Des meurtres. Desquels es-tu responsable ?... Non, non, non ! Delta pourrait faire ça, pas Caïn ! Tu n'es pas Delta, tu n'es pas toi ! Tu es Caïn. Tu es un nommé Bourne. Jason Bourne ! Tu as perdu le fil. Essaie encore. Concentre-toi ! Efface tout le reste. Efface le passé. Il n'existe pas pour toi. Tu n'es que ce que tu es ici, ce que tu es devenu ici !*

Oh ! mon Dieu. Marie l'avait dit.

Peut-être ne sais-tu que ce qu'on t'a dit... ce qu'on t'a répété et répété. Jusqu'au moment où il n'y avait plus rien d'autre... des choses qu'on t'a dites... mais que tu n'arrives pas à revivre... parce qu'elles ne sont pas toi.

La sueur ruisselait sur son visage, lui piquant les yeux, et il s'enfonçait les doigts dans son poignet, en essayant de repousser la douleur et les bruits et les éclairs qui jaillissaient dans sa tête. Il avait écrit à Carlos qu'il venait rechercher des documents qui lui appartenaient...« une ultime protection ». Sur le moment, la phrase lui avait paru faible : il avait failli la barrer, il voulait une raison plus forte de se rendre à New York. L'instinct, pourtant, lui avait dit de la laisser ; elle faisait partie de son passé... d'une façon ou d'une autre. Maintenant il comprenait. Son identité était quelque part dans cette maison. Son *identité*. Et que Carlos se lançât à sa poursuite ou non, il devait la trouver. Il le fallait !

Tout d'un coup, c'était fou ! Il secoua violemment la tête en essayant de réprimer cette envie qui le prenait, d'étouffer les cris qui jaillissaient autour de lui... des cris qui étaient ses cris, sa voix. *Oublie Carlos. Oublie le piège. Entre dans cette maison ! C'était là ; c'était le début !*

Arrête !

C'était d'une ironie macabre. Il n'y avait pas d'ultime protection dans cette maison, mais rien qu'une ultime explication pour lui-même. Et sans Carlos, elle ne voulait rien dire. Ceux qui le traquaient le savaient et ne s'en souciaient pas : c'était pour cela qu'ils voulaient sa mort. Mais il était si près... il devait trouver. C'était là. Bourne leva les yeux ; le chauffeur de taxi l'observait dans le rétroviseur. « Migraine, dit brièvement Jason. Faites le tour du pâté de maisons. Puis revenez ici. Je suis en avance pour mon rendez-vous. Je vous dirai où me déposer. »

— C'est vous qui payez, monsieur. »

L'hôtel particulier était derrière eux maintenant, Bourne se retourna sur la banquette pour regarder par la lunette arrière. La crise se calmait, les images et les bruits s'effaçaient ; il ne restait que la douleur, mais elle aussi allait diminuer, il le savait. Ç'avait été quelques minutes extraordinaires. Les priorités s'étaient déformées ; des pulsions confuses avaient remplacé la raison, l'attrait de l'inconnu avait été si fort que pendant quelques instants il avait failli perdre tout contrôle. Il ne pouvait pas laisser cela se reproduire ; le piège lui-même était tout. Il fallait revoir cette maison ; l'examiner encore. Il avait toute la journée pour travailler, pour affiner sa stratégie, sa tactique pour la nuit, mais il fallait maintenant observer les choses encore une fois, plus calmement. Le caméléon en lui allait se mettre au travail.

Seize minutes plus tard, il était évident que ce qu'il avait l'intention d'étudier ne comptait plus. Soudain, tout était différent, tout avait changé. Le flot des voitures avait ralenti, c'était un risque nouveau qu'offrait maintenant la rue. Un camion de déménagement s'était garé devant l'hôtel particulier ; des hommes en salopette fumaient des cigarettes et buvaient du café, reculant encore un peu le moment où le travail devrait commencer. La lourde porte noire était ouverte et un homme en blouson vert, l'emblème de la firme de déménagement au-dessus de sa poche gauche, se tenait dans le vestibule, un bloc-notes à la main. On était en train de démanteler Treadstone ! Dans quelques heures tout serait parti, et il ne resterait qu'une coquille vide ! Ça n'était pas possible ! Il fallait arrêter cela !

Jason se pencha en avant, des billets à la main, la tête claire : il fallait agir maintenant. Il fallait contacter Conklin à Washington. Ne pas attendre... ne pas attendre que les pièces soient en place sur l'échiquier... tout de suite ! Conklin devait leur dire d'arrêter ! Toute sa stratégie se fondait sur l'obscurité... toujours l'obscurité... Le faisceau d'une torche jaillissant d'une ruelle, puis d'une autre, puis s'arrêtant sur des murs sombres et des fenêtres obscures. Tout cela bien orchestré, la lumière bondissant d'un endroit à un autre. De quoi attirer un assassin la nuit vers une maison de pierre. *La nuit.* C'était la nuit que ça arriverait ! Pas maintenant ! Il descendit du taxi.

« Eh, monsieur ! » cria le chauffeur par la vitre ouverte.

Jason se pencha. « Qu'est-ce qu'il y a ?

— Je voulais juste vous dire merci. Ça me fait... »

Un chuintement. Par-dessus son épaule ! Suivi d'une toux qui était le début d'un cri. Bourne regarda le chauffeur, le flot de sang qui venait de jaillir au-dessus de l'oreille gauche de l'homme. Il était mort, tué par une balle destinée à son client, tirée d'une fenêtre quelque part dans cette rue.

Jason se plaqua contre le sol, puis bondit vers la gauche, en se laissant rouler vers le trottoir. Deux autres crachotements étouffés se succédèrent, un projectile venant s'incruster dans la carrosserie, le second faisant exploser l'asphalte. C'était incroyable ! La chasse n'avait même pas commencé qu'il était un homme marqué ! Carlos était là. En position ! Lui ou l'un de ses hommes s'était installé en haut, à une fenêtre ou sur un toit d'où on pouvait observer toute la rue. Pourtant la possibilité d'être abattu par un tueur posté derrière une fenêtre ou sur un toit était insensée. La police allait venir, on allait bloquer la rue, tendre une embuscade. Et Carlos n'était pas fou ! Ça ne rimait à rien. Bourne n'avait pas le temps d'y réfléchir ; il fallait échapper au piège... à ce piège inversé. Il fallait parvenir jusqu'à ce téléphone. Carlos était ici ! Aux portes de Treadstone ! Il l'avait fait revenir. Il avait réussi à le faire revenir ! C'était la preuve dont il avait besoin !

Il se redressa et se mit à courir en zigzaguant au milieu des piétons. Il arriva au coin de la rue et tourna à droite : la cabine n'était qu'à quelques mètres, mais c'était une cible trop facile. Pas question de l'utiliser.

De l'autre côté de la rue, se trouvait une charcuterie, un petit panneau rectangulaire au-dessus de la porte annonçait : TELEPHONE. Il descendit du trottoir et se remit à courir au milieu des voitures. L'une d'elles pourrait bien faire le travail que Carlos s'était réservé. Encore une macabre ironie.

« La Central Intelligence Agency, monsieur, est

essentiellement une organisation chargée de recueillir des faits, expliqua l'homme au bout du fil d'un ton condescendant. Le genre d'activités que vous décrivez constitue la partie la plus rare de notre travail et a été franchement déformé par des cinéastes et des auteurs mal informés.

— Bon Dieu, mais écoutez-moi ! fit Jason, la main protégeant le microphone du combiné pour qu'on ne l'entendît pas dans la charcuterie encombrée. Dites-moi juste où est Conklin. C'est urgent !

— Son bureau vous a déjà répondu, monsieur. Conklin est parti hier après-midi et nous l'attendons pour la fin de la semaine. Puisque vous dites connaître M. Conklin vous savez qu'il a autrefois été blessé. Il va souvent suivre des séances de rééducation...

— Voulez-vous vous taire ! Je l'ai vu à Paris... dans la banlieue de Paris... il y a deux jours. Il était venu de Washington pour me rencontrer.

— Pour ce qui est de cela, l'interrompit l'homme de Langley, lorsqu'on vous a transféré à ce bureau, nous avions déjà vérifié. Il n'y a aucune trace d'un voyage de M. Conklin à l'étranger depuis plus d'un an.

— Alors il l'a fait clandestinement ! Il était là ! Il demandait des codes, dit Bourne désespéré. Je ne les ai pas. Mais quelqu'un travaillant avec Conklin reconnaîtra les mots. Méduse, Delta, Caïn... Treadstone ! Quelqu'un *doit* les reconnaître !

— Personne ne les connaît. On vous l'a dit.

— Quelqu'un qui n'est pas au courant. Mais ça n'est pas le cas de tout le monde. Croyez-moi !

— Je regrette. Je suis vraiment...

— Ne raccrochez pas ! (Il y avait un autre moyen : il n'avait guère envie de l'utiliser, mais c'était la seule solution.) Il y a cinq ou six minutes, un taxi m'a déposé dans la 71e Rue. J'ai été repéré et quelqu'un a essayé de me descendre.

— De vous... descendre ?

— Oui. Le chauffeur de taxi m'a parlé et je me suis penché pour écouter. Ce mouvement m'a sauvé la vie, mais le chauffeur est mort, avec une balle dans le crâne. C'est la vérité, et je sais que vous avez la possibilité de vérifier. Il doit y avoir une demi-douzaine de voitures de police sur les lieux maintenant. Renseignez-vous. C'est le meilleur conseil que je puisse vous donner. »

Il y eut un bref silence du côté de Washington. « Puisque vous avez demandé M. Conklin... en tout cas vous avez utilisé son nom... je vais suivre cela. Où puis-je vous joindre ?

— Je vais rester en ligne. Je fais cet appel en utilisant une carte de crédit internationale. Délivrée en France au nom de Chamford.

— Chamford ? Vous avez dit...

— Je vous en prie.

— Je vous reprends tout de suite. »

L'attente était intolérable, rendue plus pénible encore par un client à l'air sévère qui le dévisageait, des pièces de monnaie dans une main, un petit pain dans l'autre et des miettes dans sa barbe embrous-saillée. Une minute plus tard, l'homme de Langley était en ligne, la colère cette fois perçant dans sa voix.

« Je crois que cette conversation est arrivée à son terme, monsieur Bourne, monsieur Chamford, ou Dieu sait comment vous vous appelez. La police de New York a été contactée : il ne s'est passé aucun incident tel que celui que vous avez décrit dans la 71e Rue. Et vous aviez raison. Nous avons en effet les moyens de vérifier. Je vous préviens qu'il existe des lois pour punir de tels appels et qui prévoient de lourdes peines. Au revoir, monsieur. »

Il y eut un déclic ; on avait raccroché. Bourne fixa le cadran d'un regard incrédule. Depuis des mois les hommes de Washington le recherchaient, voulaient le tuer pour le punir d'un silence qu'ils ne compre-naient pas Et maintenant, quand il se présentait — lorsqu'il leur offrait sur un plateau l'unique objectif de leur accord passé trois ans plus tôt —, voilà qu'il se faisait éconduire. On ne voulait toujours pas l'écou-ter ! Mais cet homme avait quand même écouté. Il était revenu en ligne, niant un décès qui s'était produit seulement quelques minutes plus tôt. Ça n'était pas possible... c'était dément. C'était quand même arrivé.

Jason raccrocha, tenté de quitter en courant la charcuterie. Au lieu de cela, il s'avança d'un pas tranquille vers la porte, écartant en s'excusant les gens qui se pressaient devant le comptoir, l'œil fixé sur la vitrine, scrutant la foule sur le trottoir. Dehors, il enleva son manteau qu'il mit sur son bras et remplaça ses lunettes de soleil par celles à monture d'écaille. C'étaient de petits changements, mais il ne saurait pas où il allait assez longtemps pour que ce fût une grave erreur. Il traversa le carrefour en direction de la 71ᵉ Rue. De l'autre côté, il se mêla à un groupe de passants attendant que le feu passe au rouge. Il tourna la tête vers la gauche, le menton appuyé contre l'épaule. Les voitures continuaient à circuler et le taxi avait disparu. On l'avait retiré de la scène avec une précision de chirurgien, comme on procède à l'ablation d'un organe malade, les fonctions vitales poursuivant leur cours normal. Cela montrait la précision d'un maître assassin qui savait exactement quand frapper vite. Bourne tourna les talons, changeant de direction et repartit vers la droite. Il fallait trouver un magasin ; il fallait changer de peau. Le caméléon ne pouvait pas attendre.

Marie Saint-Jacques, furieuse, foudroyait du regard le général de brigade Irwin Arthur Crawford, dans la suite de l'hôtel Pierre. « Vous n'avez pas voulu écouter ! lança-t-elle. Aucun de vous n'a voulu écouter. Avez-vous la moindre idée de ce que vous lui avez fait ?

— Oh ! que oui, répondit l'officier, mais l'excuse était dans sa phrase, pas dans son ton. Je ne peux que répéter ce que je vous ai dit. Nous ne savions pas ce qu'il fallait écouter. Les différences entre les apparences et la réalité dépassaient notre entendement, et de toute évidence le sien aussi. Et dans ce cas, pourquoi pas le nôtre ?

— Cela fait sept mois qu'il essaie, comme vous dites, de réconcilier les apparences et la réalité ! Et tout ce que vous avez trouvé à faire, ça a été d'envoyer des hommes pour le tuer ! Il a essayé de vous le dire. Quels gens êtes-vous donc ?

— Des gens faillibles, mademoiselle Saint-Jacques. Faillibles mais honorables, je crois. C'est pourquoi je suis ici. Nous approchons du dénouement et je veux le sauver si je peux, si nous pouvons.

— Mon Dieu, vous m'écœurez ! (Marie s'arrêta, secoua la tête et reprit d'un ton plus doux :) Je ferai tout ce que vous me demanderez, vous le savez. Pouvez-vous contacter ce Conklin ?

— Je suis sûr de le pouvoir. J'attendrai sur le perron de cette maison jusqu'à ce qu'il n'ait pas d'autre choix que de me joindre. Toutefois, ce n'est peut-être pas lui notre principal souci.

— Carlos ?

— Peut-être d'autres.

— Que voulez-vous dire ?

— Je vous expliquerai en chemin. Notre principal souci dans l'immédiat — notre seul souci pour l'instant — est de contacter Delta.

— Jason ?

— Oui. L'homme que vous appelez Jason Bourne.

— Et dire que c'est un des vôtres depuis le début, fit Marie. Il n'y avait pas d'ardoise à effacer, pas de paiement ni de pardon à discuter ?

— Rien. On vous dira tout en temps voulu, mais ce n'est pas le moment. J'ai pris des dispositions pour que vous vous installiez dans une voiture officielle banalisée juste en face de la maison. Nous avons des jumelles pour vous ; vous le connaissez mieux que personne maintenant. Peut-être allez-vous le repérer. Je prie le ciel que ce soit le cas. « Marie se dirigea rapidement vers la penderie et prit son manteau. » Il m'a dit un soir qu'il était un caméléon...

— Il s'est souvenu ? l'interrompit Crawford.

— Souvenu de quoi ?

— De rien. Il avait le don d'évoluer dans les situations les plus difficiles sans se faire voir. C'est tout ce que je voulais dire.

— Attendez un instant. (Marie s'approcha du général, le fixant soudain droit dans les yeux.) Vous dites que nous devons contacter Jason, mais il y a un meilleur moyen. Qu'il vienne à nous. *Moi*. Mettez-moi sur le perron de cette maison. Il me verra, il me fera parvenir un message !

— En donnant à qui se trouve là-bas deux cibles au lieu d'une ?

— Vous ne connaissez pas votre propre agent, général. J'ai dit qu'il me ferait parvenir un message. Il enverra quelqu'un, qu'il paiera, un homme ou une femme dans la rue pour me transmettre un message. Je le connais. Il le fera... C'est la méthode la plus sûre.

— Je ne peux pas le permettre.

— Pourquoi pas ? Vous avez fait tout le reste stupidement ! A l'aveuglette ! Faites au moins une chose intelligente !

— Je ne peux pas. Ça pourrait résoudre des problèmes dont vous ne connaissez même pas l'existence, mais je ne peux pas le faire.

— Donnez-moi une raison.

— Si Delta ne se trompe pas, si Carlos s'est lancé à sa poursuite et s'il est dans la rue, le risque est trop grand. Carlos vous connaît d'après les photographies. Il vous tuera.

— Je suis prête à courir ce risque.

— Pas moi. Je me plais à penser que je parle au nom de mon gouvernement en disant cela.

— Franchement, je ne le crois pas.

— Laissez cela aux autres. Nous partons ? »

« Service de l'Administration générale, fit la voix lasse d'une standardiste.

— M. Petrocelli, je vous prie, fit Alexander Conklin, la voix tendue, debout près de la fenêtre, le téléphone à la main, ses doigts essuyant la sueur qui perlait sur son front. Vite, je vous en prie !

— Tout le monde est pressé... » (Une sonnerie vint

interrompre la phrase.) « Petrocelli, Département des Réclamations.

— Qu'est-ce que vous foutez donc ? » explosa l'homme de la C.I.A.

Le silence fut de courte durée. « Pour l'instant, j'écoute un dingue poser une question stupide.

— Eh bien, écoutez encore. Je m'appelle Conklin, Central Intelligence Agency, accès Quatre-Zéro. Vous savez ce que ça veut dire ?

— Je ne comprends rien de ce que vous racontez tous depuis dix ans.

— Vous feriez mieux de comprendre ça. Il m'a fallu près d'une heure, mais je viens de contacter le chef d'équipe d'une société de déménagement ici à New York. Il a dit qu'il avait un bon signé de vous pour déménager tous les meubles d'un hôtel particulier de la 71e Rue — le 139, pour être précis.

— Oui, je me souviens de celui-là. Et alors ?

— Qui vous en a donné l'ordre ? C'est *notre* territoire. Nous avons retiré notre équipement la semaine dernière, mais nous n'avons pas — je répète : nous n'avons pas — demandé autre chose.

— Attendez, fit le bureaucrate. J'ai vu ce bon. Je veux dire, je l'ai lu avant de le signer ; avec vous autres, je suis toujours curieux. L'ordre venait directement de Langley avec un papillon de priorité.

— De qui à Langley ?

— Un instant et je vais vous le dire. J'en ai un exemplaire dans mon dossier ; il est ici sur mon bureau. (A l'autre bout du fil, on entendit un froissement de papier. Puis il s'arrêta et Petrocelli reprit :) Voilà, Conklin. Adressez vos réclamations à vos gens du Contrôle administratif.

— Ils ne savaient pas ce qu'ils faisaient. Annulez l'ordre. Appelez la société de déménagement et dites-leur de filer ! Tout de suite !

— Tout ça, c'est du vent, mon vieux.

— Quoi ?

— Débrouillez-vous pour que j'aie une demande de priorité écrite sur mon bureau avant trois heures cet après-midi et peut-être — je dis bien peut-être — ça passera à l'exécution demain. Et on remettra tout en place.

— Comment ça ?

— Ben oui. Vous nous dites de déménager, on déménage. Vous nous dites de remettre les choses en place, on les remet. Nous avons des méthodes et des procédures à suivre, tout comme vous.

— Cet équipement... tout... était prêté ! Ça n'était pas — ça n'est pas une opération de l'Agence.

— Alors pourquoi me téléphonez-vous ? Qu'est-ce que vous avez à voir là-dedans ?

— Je n'ai pas le temps de vous expliquer. Faites repartir ces gens de là-bas. Appelez New York et qu'ils s'en aillent ! Ce sont des ordres Quatre-Zéro.

— Ça pourrait être Cent-Quatre et ce serait toujours du vent. Ecoutez, Conklin, nous savons tous les deux que vous pouvez obtenir ce que vous voulez si j'ai ce qu'il me faut. Faites les choses bien. Convenablement.

— Je ne peux pas impliquer l'Agence !

— Vous n'allez pas m'impliquer non plus.

— Il faut que ces gens s'en aillent ! Je vous dis... »
Conklin s'arrêta, les yeux tournés vers l'hôtel particulier de l'autre côté de la rue, comme soudain pétrifié. Un homme de haute taille en manteau noir venait de monter les marches du perron ; il se retourna et se planta devant la porte ouverte. C'était *Crawford*. Qu'est-ce qu'il faisait ? Qu'est-ce qu'il faisait *ici* ? Il avait perdu l'esprit, il était devenu fou ! Il était planté là comme une cible immobile ; il risquait de faire rater le piège !

« Conklin ? Conklin ? » La voix résonnait dans le combiné tandis que l'homme de la C.I.A. raccrochait.

Conklin se tourna vers un homme d'une certaine corpulence posté à deux mètres de là derrière une fenêtre voisine. Dans sa grosse main il tenait un fusil, avec un viseur télescopique fixé au-dessus du canon. Alex ne connaissait pas le nom de l'homme et ne tenait pas à le connaître ; il avait payé assez cher pour ne pas s'en encombrer.

« Vous voyez cet homme là-bas en manteau noir debout près de la porte ? demanda-t-il.

— Je le vois. Ce n'est pas celui que nous cherchons. Il est trop vieux.

— Allez lui dire qu'il y a un infirme de l'autre côté de la rue qui veut le voir. »

Bourne sortit de la boutique de vêtements d'occasion de la 3ᵉ Avenue, s'arrêtant devant la vitre un peu sale pour se regarder. Ça irait : le bonnet de tricot noir lui couvrait la tête jusqu'au milieu du front ; le vieux blouson militaire tout froissé et raccommodé était de quelques tailles trop grand ; la chemise de flanelle à carreaux rouges, le pantalon kaki trop large et les grosses chaussures avec les épaisses semelles en caoutchouc et le bout arrondi, tout cela allait ensemble. Il n'avait qu'à trouver une démarche assortie à sa tenue. La démarche d'un homme robuste, à l'esprit un peu lent et dont le corps commençait à trahir les effets de toute une vie d'efforts physiques, dont l'esprit acceptait l'épreuve quotidienne d'un travail pénible, la récompense venant à la fin de la journée sous la forme d'un paquet de six canettes de bière.

Cette démarche-là il la trouverait ; il l'avait déjà utilisée. Quelque part. Mais avant de fouiller son imagination, il y avait un coup de fil à donner ; il aperçut une cabine téléphonique non loin de là, un annuaire déchiqueté pendu à une chaîne sous l'étagère métallique. Il se mit en marche, les jambes automatiquement plus raides, ses pieds prenant bien appui sur le trottoir, les bras pendant le long du corps, les doigts de ses mains légèrement écartés, incurvés par des années de mauvais traitements. Une expression morne et figée viendrait plus tard sur son visage. Pas maintenant.

« Entreprise de déménagement Belkins, annonça une standardiste quelque part dans le Bronx.

— Je m'appelle Johnson, fit Jason d'un ton impatient mais aimable. Je crains d'avoir un problème et j'espère que vous allez pouvoir m'aider.

— Je vais essayer, monsieur. De quoi s'agit-il ?

— Je me rendais à la maison d'un ami dans la 71e Rue — un ami qui est mort récemment, je regrette de le dire — pour reprendre quelque chose que je lui avais prêté. Quand je suis arrivé là-bas, votre camion était devant la maison. C'est extrêmement gênant, mais je crains que vos hommes n'emportent cet objet qui m'appartient. Y a-t-il quelqu'un à qui je puisse m'adresser ?

— Il faudrait vous adresser au chef d'équipe, monsieur.

— Pourrais-je avoir son nom, je vous prie ?

— Comment ?

— Son nom.

— Bien sûr. Murray. Murray Schumach. Je vais vous le passer. »

Deux déclics précédèrent un long bourdonnement sur la liste. « Schumach.

— Monsieur Schumach ?

— Lui-même. »

Bourne répéta son embarrassante histoire. « Bien sûr, je peux facilement obtenir une lettre de mon avocat, mais l'objet en question n'a que peu, pour ainsi dire pas de valeur...

— Qu'est-ce que c'est ?

— Une canne à pêche. Pas un modèle coûteux, mais avec un vieux modèle de moulinet, le genre qui fait que le fil ne s'embrouille pas toutes les cinq minutes.

— Oui, je vois ce que vous voulez dire. Je pêche moi-même dans Sheepshead Bay. On ne fait plus de moulinets comme autrefois. Je crois que ce sont les alliages.

— Vous avez tout à fait raison, monsieur Schumach. Je sais exactement dans quel placard il le rangeait.

— Oh ! pour une canne à pêche... on ne va pas en faire un plat. Allez voir là-bas un nommé Dugan, c'est

636

le contremaître qui est sur place. Dites-lui que je vous ai dit que vous pourriez la prendre mais il faudra que vous lui signiez un reçu. S'il vous fait des difficultés, dites-lui de sortir pour m'appeler ; le téléphone, là-bas, est débranché.

— Un M. Dugan. Merci beaucoup, monsieur Schumach.

— Bon sang, c'est vraiment le bordel aujourd'hui !

— Je vous demande pardon ?

— Oh ! rien. Il y a un dingue qui a téléphoné pour nous dire de nous en aller de là-bas. Mais c'est une commande ferme, payée d'avance. Vous vous rendez compte ? »

Carlos. Jason était tout prêt à le croire.

« C'est difficile, monsieur Schumach.

— Bonne pêche », fit l'homme de chez Belkins.

Bourne prit à droite dans la 71e Rue, vers Lexington Avenue. A trois blocs de là, il trouva ce qu'il cherchait : un magasin de surplus. Il entra.

Huit minutes plus tard il ressortait, emportant quatre couvertures marron et six larges sangles de toile avec des boucles métalliques. Dans les poches de son blouson, il y avait deux fusées de secours. Elles étaient posées là sur le comptoir, ressemblant à quelque chose qu'elles n'étaient pas, évoquant des images au-delà de sa mémoire, remontant à une période où elles avaient un sens précis. Il chargea tout cela sur son épaule gauche et repartit vers la 71e Rue. Le caméléon se dirigeait vers la jungle, une jungle aussi dense que celle de Tam Quan dont il ne se souvenait plus.

Il était 10 h 48 lorsqu'il parvint au coin du bloc bordé d'arbres qui détenait les secrets de Treadstone 71. Il retournait au début — à son début — et la peur qu'il éprouvait n'était pas la peur d'une atteinte physique. Il était prêt à cela, chacun de ses muscles préparé ; ses genoux, ses pieds, ses mains et ses coudes étaient comme autant d'armes, ses yeux des signaux d'alarme qui déclencheraient l'entrée en action de ces armes. Non, sa peur était bien plus profonde. Il allait pénétrer sur les lieux de sa naissance et il était terrrifié de ce qu'il pourrait trouver là-bas... de ce dont il pourrait se souvenir.

Arrête ! Le piège est tout. Caïn est pour Charlie et Delta est pour Caïn !

La circulation était beaucoup moins dense, l'heure de pointe était passée, la rue retombait dans le calme du milieu de la matinée. Les passants marchaient maintenant d'un pas de promenade, sans hâte ; les voitures contournaient nonchalamment le camion de déménagement, les coups de klaxon furieux remplacés par des brèves grimaces d'agacement. Jason traversa quand le feu passa au rouge pour gagner le trottoir de Treadstone ; la grande maison étroite était à une quinzaine de mètres plus bas. Couvertures et sangles sur son épaule, un travailleur à l'esprit lent et déjà las marchait derrière un couple bien vêtu.

Il atteignit le perron au moment où deux hommes musclés, un Noir et un Blanc, franchissaient la porte avec une harpe dans sa housse. Bourne s'arrêta et les interpella.

« Eh ! Où est Dugan ?

— Qu'est-ce que tu crois ? répondit le Blanc, en désignant du menton l'intérieur. Le cul dans un fauteuil.

— Il ne va rien porter de plus lourd que son bloc-notes, mon vieux, ajouta le Noir. Il est contremaître, pas vrai, Joey ?

— C'est un tire-au-flanc, voilà ce qu'il est. Qu'est-ce que tu trimballes là ?

— C'est Schumach qui m'a envoyé, fit Jason. Il voulait un autre homme ici et il a pensé que vous auriez besoin de ça. Il m'a dit de l'apporter.

— Murray la Menace ! fit le Noir au Blanc. T'es nouveau, toi ? Je ne t'ai pas encore vu.

— Oui.

— Va montrer tes bricoles au contremaître, grommela Joey, en descendant les marches. Il pourra les *attribuer,* qu'est-ce que tu dis de ça, Pete ? Les attribuer... ça te plaît ?

— J'adore, Joey. T'es un vrai dictionnaire. »

Bourne monta les marches de pierre jusqu'à la porte. Il pénétra à l'intérieur et aperçut l'escalier en spirale sur la droite et devant lui le long couloir étroit qui conduisait à une autre porte à une dizaine de mètres de là. Il avait grimpé ces marches mille fois, il avait arpenté ce corridor des milliers de fois aussi. Il était revenu, et sentait déferler sur lui une accablante sensation d'angoisse. Il s'engagea dans le couloir obscur ; il apercevait au loin des rais de soleil qui passaient par des portes-fenêtres. Il approchait de la pièce où Caïn était né. Il serra plus fort les sangles sur son épaule et s'efforça de maîtriser le tremblement qui le secouait.

Marie se pencha en avant sur la banquette arrière de la voiture officielle blindée, les jumelles en place. Il était arrivé quelque chose ; elle ne savait pas très bien quoi, mais elle le devinait. Un homme petit et corpulent avait gravi quelques minutes plus tôt les marches du perron, ralentissant en approchant du général, auquel de toute évidence il disait quelque chose. L'homme avait alors poursuivi son chemin le long du pâté de maisons et quelques secondes plus tard Crawford lui avait emboîté le pas.

On avait retrouvé Conklin.

Ça n'était pas grand-chose si ce que disait le général était vrai. Des tueurs à gages, inconnus de ceux qui les employaient et lui inconnu d'eux. Engagés pour tuer un homme... pour de mauvaises raisons ! Oh ! mon Dieu, qu'elle les détestait tous ! Des gens stupides et sans cervelle. Qui jouaient avec la vie d'autrui, qui en savaient si peu et qui croyaient en savoir tant.

Ils n'avaient pas écouté ! Ils n'écoutaient que lorsqu'il était trop tard, et encore seulement avec une patience un peu lasse et sans manquer de rappeler ce qui aurait pu être — si les choses s'étaient passées comme elle le devinait, ce qui n'était pas le cas. Les erreurs venaient de l'aveuglement, les mensonges d'une obstination, d'un entêtement imbécile. Il ne fallait pas embarrasser les puissants ; le napalm avait réponse à tout.

Marie ajusta les jumelles. Un homme de chez Belkins approchait du perron, des couvertures et des sangles sur l'épaule, marchant derrière un couple d'un certain âge, sans doute des habitants du quartier qui faisaient leur promenade. L'homme au blouson et au bonnet de tricot noir s'était arrêté ; il se mit à parler à deux autres déménageurs qui transportaient un objet de forme triangulaire.

Qu'était-ce donc ? Il y avait quelque chose... quelque chose de bizarre. Elle ne pouvait pas voir le visage de l'homme ; il était dissimulé à ses regards, mais il y avait quelque chose dans le cou, dans l'angle de la tête... qu'était-ce donc ? L'homme monta les marches, un homme aux façons rustres, lassé de sa journée avant même qu'elle eût commencé... Marie reposa les jumelles ; elle était trop anxieuse, trop prête à voir les choses qui n'étaient pas là.

Oh ! mon Dieu, oh ! mon amour, mon Jason. Où es-tu ? Reviens-moi. Laisse-moi te retrouver. Ne m'abandonne pas pour ces hommes aveugles et sans cervelle. Ne les laisse pas t'arracher à moi.

Où était Crawford ? Il avait promis de la tenir au courant de chaque développement, de tout. Elle lui avait parlé carrément. Elle ne lui faisait pas confiance, elle ne faisait confiance à aucun d'eux ; elle n'avait pas confiance dans leur intelligence. Il avait promis... où était-il donc ?

Elle se pencha vers le chauffeur. « Voudriez-vous ouvrir un peu la glace, s'il vous plaît ? Il fait étouffant là-dedans.

— Désolé, mademoiselle, répondit le militaire en civil, mais je ne peux pas. Je vais mettre la climatisation. »

Les portières et les glaces étaient contrôlées par des boutons que seul le chauffeur pouvait actionner. Elle était dans une tombe de verre et de métal, dans une rue bordée d'arbres et inondée de soleil.

« Je n'en crois pas un mot ! » fit Conklin en boitillant rageusement dans la pièce pour revenir près de la fenêtre. Il se pencha par-dessus l'appui pour regarder dehors, portant la main gauche à son visage, se frottant les dents de l'index. « Pas un mot !

— Vous ne voulez pas le croire, Alex, répliqua Crawford. La solution est tellement plus facile. Tout est en place et c'est tellement plus simple.

— Vous n'avez pas entendu cette bande. Vous n'avez pas entendu Villiers ?

— J'ai entendu la femme ; je n'ai pas besoin de plus. Elle a dit que nous n'avions pas écouté... que vous n'aviez pas écouté.

— Alors elle ment ! (Conklin pivota tant bien que mal sur ses talons.) Bon Dieu, bien sûr qu'elle ment ! Pourquoi ne le ferait-elle pas ? Elle est sa compagne. Elle fera n'importe quoi pour le tirer de là.

— Vous avez tort et vous le savez. Le fait qu'il soit ici prouve que vous avez tort, prouve que j'avais tort d'accepter ce que vous disiez. »

Conklin avait le souffle rauque, sa main droite tremblait en étreignant sa canne. «Peut-être... peut-être que nous, peut-être. » Il ne termina pas sa phrase, mais leva vers Crawford un regard désemparé.

« Peut-être devrions-nous ne pas bouger ? demanda doucement l'officier. Vous êtes fatigué, Alex. Voilà plusieurs jours que vous n'avez pas dormi ; vous êtes épuisé. Je crois que je n'ai rien entendu.

— Non. (L'homme de la C.I.A. secoua la tête, les yeux fermés, son visage reflétant son écœurement.) Non, vous n'avez rien entendu et je n'ai rien dit. Je voudrais simplement savoir où commencer.

— Moi, je sais, dit Crawford en se dirigeant vers la porte et en l'ouvrant. Voulez-vous entrer ? »

L'homme corpulent pénétra dans la pièce, ses yeux allant aussitôt vers le fusil appuyé contre le mur. Il regarda les deux hommes. «Qu'y a-t-il ?

— L'exercice a été annulé, dit Crawford. Je pense que vous avez dû le deviner.

— Quel exercice ? J'ai été engagé pour le protéger. (L'homme regarda Alex.) Vous voulez dire que vous n'avez plus besoin de protection, monsieur ?

— Vous savez exactement ce que nous voulons dire, fit Conklin. Tous les messages sont annulés, toutes les conditions.

— Quelles conditions ? Je ne suis pas au courant. Les termes de mon engagement sont très clairs. Je vous protège, monsieur.

— Bon, parfait, dit Crawford. Maintenant, ce qu'il faut savoir c'est qui se trouve dehors pour le protéger.

— Qui d'autre et où ?

— En dehors de cette pièce, de cet appartement. Dans d'autres pièces, dans la rue, dans des voitures, peut-être. Il faut savoir. »

L'homme s'approcha du fusil et s'en empara. « Je crois malheureusement, messieurs, que vous vous êtes trompés. J'ai été engagé à titre individuel. Si on en a engagé d'autres, je n'en sais rien.

— Vous le savez bien ! cria Conklin. Qui sont-ils ? Où sont-ils ?

— Je n'en ai aucune idée... monsieur. » Toujours courtois, l'homme de main tenait le fusil sous son bras droit, le canon braqué vers le sol. Il le releva de peut-être cinq centimètres, guère plus, d'un mouvement à peine perceptible. « Si l'on n'a plus besoin de mes services, je vais partir.

— Pouvez-vous les joindre ? fit le brigadier. Nous paierons généreusement.

— J'ai déjà été généreusement payé, monsieur. Ce ne serait pas bien de ma part d'accepter de l'argent pour un service dont je ne peux pas me charger. Et inutile de continuer tout cela.

— La vie d'un homme est en jeu là-bas ! cria Conklin.

— La mienne aussi, dit l'homme de main en se dirigeant vers la porte, l'arme un peu plus relevée. Au revoir, messieurs. » Il sortit.

« Seigneur ! rugit Alex en revenant vers la fenêtre, sa canne heurtant un radiateur. Qu'est-ce qu'on fait ?

— Pour commencer, débarrassez-nous de cette entreprise de déménagement. Je ne sais pas quel rôle elle a joué dans votre stratégie, mais maintenant ce n'est qu'une complication.

— Je ne peux pas. J'ai essayé. Je n'y étais pour rien. Le contrôle de l'agence a pris nos feuilles quand nous avons retiré l'équipement. Ils ont vu qu'on fermait un dépôt et ont dit aux services généraux d'administration de nous faire décamper d'ici.

— Sans traîner, fit Crawford en hochant la tête. Le Moine couvrait cet équipement de sa signature ; son témoignage absout l'agence. C'est dans ses dossiers.

— Ce serait parfait si nous avions vingt-quatre heures. Nous ne savons même pas si nous avons vingt-quatre minutes.

— Il nous les faudra quand même. Il va y avoir une enquête sénatoriale. A huis clos, j'espère... faites barrer la rue.

— Quoi ?

— Vous m'avez entendu : faites barrer la rue ! Appelez la police, dites-leur d'isoler tout le bloc !

— Au nom de l'Agence ? Il s'agit d'un problème intérieur.

— Alors, c'est moi qui vais le faire. Par l'intermédiaire du Pentagone, de l'état-major interarmes s'il le faut. Nous sommes là à chercher des prétextes quand la solution est là, sous nos yeux ! Faites évacuer la rue, dresser des barrages, faites venir un camion avec un haut-parleur. Mettez-la dedans, elle avec un microphone ! Qu'elle dise tout ce qu'elle veut, qu'elle crie tout ce qui lui passe par la tête. Elle avait raison. Il viendra pour elle !

— Vous savez ce que vous dites ? demanda Conklin. Il y aura des questions. Les journaux, la télévision, la radio. Tout sera révélé. Publiquement.

— Je m'en rends bien compte, dit le général. Je me rends compte aussi qu'elle le fera si ce coup-là échoue. Elle le fera peut-être de toute façon, quoi qu'il se passe, mais je préférerais essayer de sauver un homme que je n'aimais pas, que je n'approuvais pas.

Mais je l'ai respecté jadis et je crois que je le respecte encore davantage aujourd'hui.

— Et s'il y avait un autre homme ? Si Carlos est vraiment là, vous lui ouvrez les portes. Vous lui donnez les moyens de fuir.

— Nous n'avons pas créé Carlos. Nous avons créé Caïn et nous avons abusé de lui. Nous lui avons pris son esprit et sa mémoire. Nous lui devons beaucoup. Allez chercher la femme. Je vais téléphoner. »

Bourne entra dans la grande bibliothèque, avec le soleil qui ruisselait par les larges portes-fenêtres tout au fond de la pièce. Derrière les vitres, on apercevait les hauts murs du jardin... tout autour de lui des objets qui lui faisaient mal à regarder : il les connaissait et en même temps il ne les connaissait pas. C'étaient des fragments de rêves — mais solides, on pouvait les toucher, les sentir, les utiliser — et pas le moins du monde éphémères. Une longue table basse sur laquelle on avait servi du whisky, des fauteuils de cuir où des hommes étaient assis et discutaient, des rayonnages occupés par des livres et par d'autres choses des choses dissimulées qui surgissaient si l'on pressait tel ou tel bouton. C'était une pièce où un mythe était né, un mythe qui avait traversé comme un ouragan toute l'Asie du sud-est pour venir exploser en Europe.

Il vit le long renflement tubulaire dans le plafond et l'obscurité tomba, suivie d'éclairs de lumière, d'images sur un écran et de voix qui lui criaient aux oreilles.

Qui est-il ? Vite. Trop tard ! Tu es un homme mort ! Où est cette rue ? Que signifie-t-elle pour toi ? Qui as-tu rencontré là-bas ?... Ces meurtres. Desquels es-tu responsable ? Non !... tu n'es pas Delta, tu n'es pas toi !... tu n'es que ce que tu es ici, ce que tu es devenu ici !

« Vous, là-bas ! Qui donc êtes-vous ? » La question était lancée par un grand gaillard au visage rougeaud, assis dans un fauteuil près de la porte, un bloc-notes sur les genoux. Jason venait de passer devant lui.

« C'est vous Dugan ? demanda Bourne.

— Oui.

— Schumach m'a envoyé. Il a dit que vous auriez besoin d'un homme de plus.

— Pour quoi faire ? On est déjà cinq et cette foutue baraque a des couloirs si étroits que c'est à peine si on peut y passer.

— Je ne sais pas. Schumach m'a envoyé, c'est tout ce que je sais. Il m'a dit d'apporter ça. » Bourne lança par terre les couvertures et les sangles.

« Murray envoie du matériel neuf ? C'est neuf ça.

— Je ne...

— Je sais, moi, je sais ! C'est Schumach qui vous a envoyé ? Demandez à Schumach.

— Vous ne pouvez pas. Il m'a chargé de vous dire qu'il allait à Sheepshead. Qu'il serait de retour cet après-midi.

— Oh ! mais c'est parfait ! Il s'en va à la pêche en me laissant dans la merde... tu es nouveau, toi ?

— Oui.

— Il est gratiné, ce Murray. Il ne manquait plus qu'un type comme toi.

— Vous voulez que je commence ici ? Je peux.

— Non, trou du cul ! Des connards comme toi, ça commence en haut, tu n'as pas entendu ? C'est plus loin, *capisce* ?

— Oui, je *capisce.* »

Jason se pencha pour ramasser les couvertures et les sangles.

« Laisse ces saloperies ici... tu n'en auras pas besoin. Monte au dernier étage et commence par les meubles en bois dépareillés. C'est plus lourd que tu ne peux porter, et ne me raconte pas des histoires de syndicat. »

Bourne traversa le palier du second étage et grimpa l'étroit escalier qui menait au troisième, comme s'il était attiré par une force magnétique qui le dépassait. Il se laissait entraîner dans une autre pièce tout en haut de la maison, une pièce où il trouverait à la fois le confort de l'isolement et la frustration de la solitude. Le palier au-dessus était sombre, pas de lumière nulle part ni de soleil. Il arriva en haut et resta un moment silencieux. Quelle chambre était-ce ? Il y avait trois portes, deux sur la gauche du couloir, une sur la droite. Il se dirigea lentement vers la seconde porte à gauche, qu'on distinguait à peine dans l'ombre. C'était là ; on aurait dit que des pensées venaient dans l'obscurité... des souvenirs qui l'obsédaient, qui lui faisaient mal. Le soleil et la puanteur de la rivière et de la jungle... des machines qui hurlaient dans le ciel, qui piquaient en hurlant. *Oh ! mon Dieu, ça fait mal !*

Il posa la main sur le bouton de la porte, le tourna et ouvrit le battant. C'était l'obscurité, mais pas complète. Il y avait une petite fenêtre tout au bout de la pièce, avec un store sombre qu'on avait tiré et qui la couvrait, mais pas complètement. Il distinguait une étroite bande de lumière, si étroite qu'elle filtrait à peine entre le store et l'appui de la fenêtre. Il marcha dans cette direction, vers ce petit rai de lumière.

Un bruit de griffure ! Un bruit de griffure dans l'obscurité ! Il se retourna, terrifié par les tours que lui jouait son esprit. Mais ce n'était pas un tour ! Il y eut un bref éclair, de la lumière qui se reflétait sur de l'acier.

Un couteau s'abattait sur son visage.

« Je serais ravie de vous voir mourir pour ce que vous avez fait, dit Marie en dévisageant Conklin. Et cette idée me révolte.

— Alors il n'y a rien que je puisse vous dire, répondit l'homme de la C.I.A. en boitillant à travers la pièce vers le général. D'autres décisions auraient pu être prises... par lui et par vous.

— Vraiment ? D'où devait-il partir ? Quand cet homme a essayé de le tuer à Marseille ? Rue Sarrasin ? Lorsqu'ils l'ont poursuivi à Zurich ? Quand on lui a tiré dessus à Paris ? Et alors que durant tout ce temps il ne savait pas pourquoi. Que devait-il faire ?

— Se montrer ! Se montrer au grand jour, bon sang !

— C'est ce qu'il a fait. Et quand il l'a fait, vous avez essayé de le tuer.

— Vous étiez là ! Vous étiez avec lui. Vous aviez une mémoire, vous.

— A supposer que j'aie su à qui m'adresser, vous m'auriez écoutée ? »

Conklin soutint son regard. « Je ne sais pas, répondit-il en se tournant vers Crawford. Qu'est-ce qui se passe ?

— Washington me rappelle dans dix minutes.

— Mais qu'est-ce qui se passe ?

— Je ne suis pas sûr que vous ayez envie de l'entendre. Empiétement fédéral dans un domaine relevant de l'Etat et de la municipalité. Il faut obtenir des autorisations.

— Seigneur !

— Regardez ! fit le général en se penchant soudain par la fenêtre. Le camion s'en va.

— Quelqu'un a réussi, dit Conklin.

— Qui ça ?

— Je vais le savoir. »

L'homme de la C.I.A. boitilla jusqu'au téléphone ; il y avait des bouts de papier sur la table, des numéros griffonnés à la hâte. Il en choisit un et le composa sur le cadran. « Passez-moi Schumach, voulez-vous..., Schumach ? Ici Conklin, Central Intelligence Agency. Qui vous a donné l'ordre ? »

On entendait la voix du chef d'équipe jusqu'au milieu de la pièce « Quel ordre ? Foutez-moi la paix ! On fait ce boulot et on va le terminer ! Franchement, je vous trouve vraiment dingue... »

Conklin raccrocha violemment. «Bon sang... Oh ! bon Dieu ! (La main qui tenait le combiné tremblait. Il décrocha et refit un numéro, les yeux fixés sur un autre bout de papier.) Petrocelli. Aux réclamations, fit-il. Petrocelli ? C'est encore Conklin.

— Vous aviez disparu. Qu'est-ce qui s'est passé ?

— Pas le temps de vous expliquer. Affranchissez-moi. Cet ordre prioritaire du Contrôle de l'Agence. Qui l'a signé ?

— Comment ça, qui l'a signé ? Le gros bonnet qui les signe toujours. McGivern. »

Conklin devint blême. « C'est bien ce que je craignais, murmura-t-il en raccrochant. Il se tourna vers Crawford, et reprit d'une voix tremblante : L'ordre au service général de l'administration était signé d'un homme qui a pris sa retraite voilà deux semaines.

— Carlos...

— Oh ! mon Dieu ! hurla Marie. L'homme qui portait les couvertures, les sangles ! La façon dont il tenait sa tête, son cou. Penchés vers la droite. C'était lui ! Quand sa tête lui fait mal, il la penche à droite. C'était Jason ! Il est entré dans la maison. »

Alexander Conklin se retourna vers la fenêtre, les yeux fixés sur la porte laquée noire de l'autre côté de la rue. Elle était fermée.

La main ! La peau... les yeux sombres dans le mince rai de lumière. *Carlos !*

Bourne renversa la tête en arrière tandis que le bord de la lame affûtée comme un rasoir lui entaillait la chair sous le menton, le sang jaillissant sur la main qui tenait le poignard. Il lança son pied droit en avant, touchant son agresseur invisible au genou puis pivota et enfonça son talon gauche dans l'aine de l'homme. Carlos pivota et de nouveau la lame jaillit de l'obscurité, plongeant vers lui, pointée sur son ventre. Jason bondit, croisant les poignets, frappant vers le bas, bloquant le bras sombre qui prolongeait le manche du couteau. Il tordit ses doigts vers l'intérieur, tirant les mains ensemble, serrant comme dans un étau l'avant-bras sous son cou ruisselant de sang tout en tordant le bras vers le haut. Le couteau effleura le tissu de son blouson. Bourne fit tourner le bras vers le bas, tordant le poignet qu'il ne lâchait pas, projetant son épaule contre le corps de l'assassin, tirant encore tandis que Carlos, perdant l'équilibre, plongeait sur le côté, le bras à demi démis.

Jason entendit le bruit du poignard tombant sur le sol. Il se pencha dans cette direction tout en cherchant son pistolet dans sa ceinture. L'arme était accrochée au tissu ; il roula sur le sol, mais pas assez vite. Le bout métallique d'une chaussure vint le frapper à la tête, à la tempe, et des secousses le traversèrent. Il roula encore, de plus en plus vite, jusqu'au moment où il vint heurter le mur ; il prit appui sur un genou, essayant de voir quelque chose dans les ombres confuses qui s'agitaient dans une obscurité presque totale. La chair d'une main traversa un instant le mince pinceau de lumière qui tombait de la fenêtre ; il se précipita, les doigts tendus comme des serres, les bras battant l'air comme des masses d'armes. Il empoigna la main et la tordit en arrière, brisant du même coup l'articulation du poignet. Un hurlement emplit la pièce.

Un hurlement et l'explosion sourde et mortelle d'un coup de feu. Une douleur mordante comme la glace vint déchirer la partie supérieure gauche de la poitrine de Bourne, la balle venant se loger non loin de l'omoplate. Sous l'effet de la douleur, il s'accroupit et bondit de nouveau, projetant le tueur contre le mur. Carlos se dégagea et de nouvelles détonations étouffées retentirent. Jason plongea sur la gauche, libérant enfin son pistolet qu'il braqua dans la direction des sons qui trouaient l'obscurité. Il fit feu, l'explosion retentit, assourdissante et inutile. Il entendit la porte se refermer avec fracas ; le tueur s'était précipité dans le couloir.

Essayant d'emplir ses poumons d'air, Bourne se traîna vers la porte. Au moment où il y parvenait, son instinct lui dicta de rester sur le côté et de frapper du poing le bas du panneau. Ce qui suivit fut l'apothéose d'un terrifiant cauchemar. Il y eut une brusque rafale d'une arme automatique tandis que le panneau de la porte volait en éclats, des fragments projetés à travers toute la pièce. Dès l'instant où la fusillade s'arrêta, Jason leva son pistolet et fit feu en diagonale à travers la porte ; une nouvelle rafale vint balayer la pièce. Bourne se retourna, le dos au mur ; le feu cessa et il tira de nouveau. Deux hommes se trouvaient à quelques centimètres l'un de l'autre, chacun voulant avant tout tuer l'autre. *Caïn est pour Charlie et Delta est pour Caïn. Prendre Carlos. Prendre Carlos au piège. Tuer Carlos !*

Et puis ils ne furent plus à quelques centimètres l'un de l'autre. Jason entendit des pas qui couraient, puis le bruit d'une balustrade qu'on brisait tandis qu'une silhouette dévalait l'escalier. Carlos se précipitait en bas ; le monstre avait besoin d'aide ; il était blessé. Bourne essuya le sang qui lui maculait le visage et la gorge et s'avança jusqu'à ce qui restait de la porte. Il l'ouvrit toute grande et déboucha dans l'étroit couloir, son pistolet braqué devant lui. Au prix de grands efforts, il se dirigea vers la cage d'escalier. Soudain il entendit des cris en bas.

« Qu'est-ce que tu fais là-haut ? Pete ! Pete ! »
Deux détonations étouffées emplirent l'air.
« Joey ! Joey ! »
On n'entendit qu'un seul coup de feu ; des corps tombèrent sur un plancher quelque part en bas.
« Seigneur ! Seigneur, bonté... ! »
Deux coups de feu encore, suivis d'un cri d'agonie. Un troisième homme venait d'être tué.

Qu'avait dit ce troisième homme ? *Il ne me manquait plus qu'un type comme toi.* Le camion de déménagement était une opération montée par Carlos ! L'assassin avait amené deux hommes de main avec lui : trois hommes avec des armes et lui était seul avec un pistolet. Traqué au dernier étage de la maison. Mais Carlos était encore à l'intérieur. A l'intérieur. S'il parvenait à sortir, ce serait au tour de Carlos d'être traqué ! S'il parvenait à sortir.

Il y avait une fenêtre tout au bout du couloir, obscurcie par un rideau noir. Jason partit dans cette direction, trébuchant, se tenant le cou, levant l'épaule pour atténuer la douleur qui lui traversait la poitrine. Il arracha le rideau ; la fenêtre était petite, la vitre, ici aussi, épaisse et teintée. Elle était incassable, le châssis était solidement rivé ; pas moyen de casser un seul carreau. Et puis son regard descendit jusqu'à la rue. Le camion de déménagement avait disparu ! Quelqu'un avait dû l'emmener... un des hommes de Carlos ! Il en restait deux. Deux hommes, pas trois. Et lui était en haut ; c'était toujours un avantage.

Grimaçant de souffrance, courbé en deux, Bourne alla jusqu'à la première porte sur la gauche ; elle était parallèle au haut de l'escalier. Il l'ouvrit et pénétra dans la pièce. D'après ce qu'il distingua, c'était une chambre ordinaire : des lampes, de gros meubles, des tableaux aux murs. Il s'empara de la lampe la plus proche, arracha le cordon du mur et la porta jusqu'en haut de l'escalier. Il la leva au-dessus de sa tête et la précipita dans le vide, reculant tandis que la lampe se fracassait en bas dans un grand bruit de verre et de métal. Il y eut une nouvelle rafale, les balles balayant le plafond, creusant un sillon dans le plâtre. Jason poussa un hurlement, qui s'acheva en un cri désespéré, puis ce fut le silence. Il se glissa jusque derrière la balustrade. Il attendit. Toujours le silence.

On venait. Il entendait des pas lents et prudents : le tueur se trouvait sur le palier du second étage. Les pas se rapprochaient, se faisaient plus bruyants ; une ombre indistincte se détacha sur le mur sombre.

Maintenant. Bourne jaillit de sa cachette et tira quatre balles en rapide succession sur la silhouette dans l'escalier ; du sang jaillit suivant une diagonale partant du cou. Le tueur pivota sur lui-même, poussant un rugissement de colère et de douleur cependant qu'il renversait la tête en arrière et que son corps dégringolait les marches, jusqu'au moment où il s'immobilisa, étalé sur le dos, en bas de l'escalier. Il tenait encore un fusil mitrailleur.

Maintenant. Jason bondit dans l'escalier et dévala les marches, se tenant à la rampe pour tâcher de conserver ce qui lui restait d'équilibre. Il n'avait pas un instant à perdre : s'il devait atteindre le second étage, c'était maintenant, juste après la mort de l'homme de main. Et au moment où il sautait par-dessus le cadavre, Bourne sut tout de suite que c'était un soldat : ce n'était pas Carlos. L'homme était grand, il avait la peau blanche, très blanche, des traits scandinaves ou du moins de l'Europe du nord, et pas du tout latins.

Jason se précipita dans le couloir du second étage, cherchant les zones d'ombre, ne s'éloignant jamais du mur. Il s'arrêta, l'oreille aux aguets. Il y eut un bruit sourd au loin, comme si quelqu'un heurtait un meuble. Il savait ce qu'il avait à faire. L'assassin était au premier. Et le bruit n'était pas délibéré : il n'avait pas été assez fort ni assez prolongé pour signifier un piège. Carlos était blessé : un genou démis ou un poignet cassé pouvait le désorienter au point qu'il puisse heurter un meuble ou se cogner contre un mur avec une arme à la main, perdant un instant l'équilibre qu'il avait besoin d'avoir.

Jason s'accroupit et revint jusqu'à l'escalier, jusqu'au corps affalé en travers des marches. Il dut s'arrêter un moment ; il perdait trop de sang, il sentait ses forces diminuer. Il essaya de presser la chair de sa gorge et d'appuyer sur la blessure qu'il avait à la poitrine : n'importe quoi pour empêcher le sang de trop couler. C'était inutile : s'il voulait rester en vie, il devait sortir de la maison, quitter l'endroit où Caïn était né. Il reprit son souffle, se pencha et arracha le fusil mitrailleur aux mains crispées du mort. Il était prêt.

Il était mourant et il était prêt. *Prendre Carlos. Prendre Carlos au piège... tuer Carlos !* Il ne pouvait pas sortir ; il le savait. Le temps n'était pas de son côté. Il perdrait trop de sang avant de réussir. La fin était le début ; Caïn était pour Carlos et Delta était pour Caïn. Seule une question lancinante demeurait : qui était Delta ? Peu importait. C'était derrière lui maintenant ; bientôt ce seraient les ténèbres, non pas violentes mais paisibles... il serait libéré de cette question. Et avec sa mort, Marie serait libre, son amour serait libre. Des hommes sur qui on pouvait compter y veilleraient, guidés par un vieux soldat à Paris dont le fils avait été tué rue du Bac, dont la vie avait été anéantie par la putain d'un assassin. D'ici à quelques minutes, se dit Jason tout en vérifiant que le chargeur était bien en place sur son fusil mitrailleur, il allait tenir la promesse qu'il avait faite à cet homme, exécuter le contrat qu'il avait passé avec des hommes qu'il ne connaissait pas. Et ce faisant, la preuve était avec lui. Jason Bourne était mort une fois ce jour-là ; il allait mourir encore mais en emmenant Carlos avec lui. Il était prêt.

Il s'agenouilla et se mit à ramper vers le haut de l'escalier. Il sentait le sang sous lui, l'odeur douceâtre pénétrant ses narines, lui confirmant que le temps passait vite. Il arriva à la première marche, fouilla dans ses poches pour trouver une des fusées qu'il avait achetées dans le magasin de surplus de Lexington Avenue. Il savait maintenant pourquoi il avait éprouvé le besoin d'en faire l'emplette. Il était de nouveau dans la jungle oubliée de Tam Quan, oubliée sauf les éclairs de lumière aveuglants. Les fusées lui avaient rappelé ce fragment de souvenir ; elles allaient éclairer maintenant une jungle.

Il dégagea la mèche de son petit logement rond, la porta à ses dents et mordit le cordon, pour ne plus laisser que deux ou trois centimètres de mèche. Fouillant dans son autre poche, il y prit un briquet ; il l'appuya contre le corps de la fusée, serrant les deux dans sa main gauche. Puis il bloqua la crosse du fusil mitrailleur contre son épaule droite, il déplia les jambes et se mit à ramper vers le premier étage, la tête en avant, les pieds plus haut, son dos suivant le mur.

Il arriva au milieu de l'escalier. Rien que le silence, les ténèbres, toutes les lumières avaient été éteintes... les lumières ? Et la lumière ? Où étaient les rayons de soleil qu'il avait vus dans ce couloir il y avait seulement quelques minutes ? Le soleil ruisselait par des portes-fenêtres tout au bout de la pièce, mais il ne voyait plus maintenant que les ténèbres. On avait fermé la porte ; la porte d'en bas, la seule autre porte de ce couloir était fermée aussi, et l'on ne voyait plus qu'un mince rai de lumière qui filtrait sous le chambranle. Carlos lui donnait le choix. Derrière quelle porte ? Ou bien l'assassin utilisait-il une meilleure stratégie ? Etait-il dans les ténèbres du couloir ?

Bourne sentit un élancement à l'omoplate, puis un flot de sang qui vint tremper la chemise de flanelle sous son blouson. Nouvel avertissement : il n'avait que très peu de temps.

Il s'appuya au mur, braquant son arme sur les minces colonnes de la rampe, visant les ténèbres du couloir. *Maintenant !* Il pressa la détente. La rafale détruisit la rampe, les balles venant s'enfoncer dans les murs et dans la porte en dessous de lui. Il relâcha la pression de son doigt, glissant sa main sous le canon brûlant, prenant dans sa main droite le briquet, la fusée dans sa main gauche. Il fit tourner la molette ; la mèche prit feu. Il reprit son arme et pressa de nouveau la détente, fracassant tout ce qui se trouvait en bas. Un lustre vint s'écraser quelque part sur le parquet ; le gémissement des balles qui ricochaient çà et là emplissait l'obscurité. Et puis... la lumière ! Une lumière aveuglante, la fusée venait de s'allumer, embrasant la jungle, éclairant les arbres et les murs, les sentiers cachés et les couloirs lambrissés d'acajou. La puanteur de la mort et de la jungle était partout et il était là-bas.

Almanach à Delta. Almanach à Delta. Abandonnez, abandonnez ! Jamais. Pas maintenant. Pas au bout. Caïn est pour Carlos et Delta est pour Caïn. Prendre Carlos. Tuer Carlos !

Bourne se leva, le dos plaqué au mur, la fusée dans sa main gauche, le fusil mitrailleur dans sa main droite. Il se précipita, ouvrant d'un coup de pied la porte devant lui, fracassant des cadres d'argent et des trophées qui tombaient des tables et des étagères. Dans les arbres. Il s'arrêta : il n'y avait personne dans cette pièce élégante et calme. Personne dans la jungle.

Il se retourna et revint dans le couloir, criblant les murs d'une nouvelle rafale : personne.

La porte au bout du couloir. Derrière se trouvait la

pièce où Caïn était né. Où Caïn allait mourir, mais pas tout seul.

Il retint son feu, faisant passer la fusée dans sa main droite sous le canon de son arme, cherchant dans sa poche la seconde fusée. Il la trouva et comme la première fois raccourcit la mèche d'un coup de dent, ne laissant que quelques millimètres. Il en approcha la première fusée ; le jaillissement de lumière fut si intense qu'il en fut aveuglé. Il tenait les deux fusées dans sa main gauche et, clignant des yeux, gardant tant bien que mal son équilibre, il approcha de la porte. Elle était ouverte, entrebâillée. L'assassin était obligeant, mais en regardant cette porte, Jason, d'instinct, comprit une chose que Carlos ne savait pas. Ça faisait partie de son passé, partie de la pièce où Caïn était mort. Il tendit sa main droite, son arme bloquée entre son avant-bras et sa hanche et saisit le bouton.

Maintenant. Il ouvrit plus grand la porte et lança les fusées à l'intérieur. Une longue rafale d'une mitraillette Sten retentit dans la pièce, dans toute la maison, dans un formidable fracas où les échos se chevauchaient tandis qu'une pluie de balles venait se loger dans un bouclier de plomb fixé à une plaque d'acier dans la porte.

La fusillade s'arrêta, un dernier chargeur venait d'être vidé. *Maintenant.* Bourne pressa la détente, poussa la porte de l'épaule et plongea, balayant la pièce en longues rafales tout en roulant sur le sol. Une fusillade nourrie lui répondit tandis que Jason braquait son arme vers l'endroit d'où venaient les coups de feu. Un rugissement furieux jaillit de l'autre extrémité de la pièce ; Bourne, en même temps, s'apercevait qu'on avait tiré les rideaux, empêchant ainsi le soleil d'entrer par les portes-fenêtres. Alors pourquoi y avait-il tant de lumière... une lumière si forte par-delà l'éclat aveuglant des fusées ? C'était écrasant, cela provoquait des explosions dans sa tête, des élancements torturants allant d'une tempe à l'autre.

L'écran ! L'énorme écran était sorti de sa trappe

dans le plafond, il descendait jusqu'au sol, sa surface scintillante reflétant de façon insoutenable la lumière des fusées. Il plongea derrière la grande table pour se mettre à l'abri ; puis il se redressa pour tirer une nouvelle rafale — une dernière rafale. Il venait de vider le dernier chargeur. Il lança son arme à travers la pièce vers la silhouette en salopette blanche et foulard de soie blanche qui ne lui dissimulait plus maintenant le visage.

Le visage ! Il le connaissait ! Il l'avait déjà vu ! Où... où cela ? Etait-ce à Marseille ? Oui... non ! A Zurich ? A Paris ? Oui et non ! Puis l'idée le frappa à cet instant, sous cette lumière aveuglante, que ce visage-là était connu de bien des gens, et pas seulement de lui. Mais comment ? D'où le connaissait-il ? Comme tant d'autres choses, il le savait tout en ne le sachant pas. C'était seulement le nom qu'il n'arrivait pas à trouver !

Il se redressa derrière la table. Des coups de feu claquèrent, deux... trois, la seconde balle lui labourant la chair de l'avant-bras gauche. Il tira son pistolet de sa ceinture ; il lui restait trois balles. L'une d'elles devait trouver sa cible : Carlos. Il y avait une dette à régler, un contrat à remplir, et son amour serait bien plus en sûreté avec la mort de l'assassin. Il prit le briquet dans sa poche, l'alluma et approcha la flamme d'un torchon accroché derrière la table qui faisait bar. Le tissu s'enflamma ; il le lança vers sa droite tout en plongeant vers la gauche. Carlos fit feu sur le tissu enflammé, tandis que Bourne, agenouillé, braquait son arme et pressait à deux reprises la détente. La silhouette trébucha mais sans tomber. L'homme s'accroupit puis bondit comme une panthère blanche en avant, s'agrippa au bord de l'immense écran argenté, l'arrachant à sa monture métallique fixée au plafond, le tirant de tout son poids et de toute sa force.

Il s'abattit sur Bourne, qui ne voyait plus que cela. Il poussa un cri tandis que l'écran scintillant descendait sur lui, il en avait plus peur soudain que de Carlos ni que d'aucun être au monde. Il était terrifié, furieux, des images passaient devant ses yeux et des voix en colère criaient à ses oreilles. Il braqua son pistolet et fit feu sur cet étrange linceul. Et tout en se débattant, en repoussant le tissu rugueux, il comprit. Il venait de tirer sa dernière balle, sa dernière. Tout comme un personnage de légende du nom de Caïn, Carlos savait reconnaître à la vue et au son toutes les armes du monde : il avait compté les coups de feu.

L'assassin se dressait devant lui, le pistolet dans sa main braqué sur la tête de Jason. « C'est ton exécution, Delta. Au jour fixé. Pour tout ce que tu as fait. »

Bourne se détendit en roulant vers la droite ; au moins il ne mourrait pas immobile ! Des coups de feu emplirent la pièce, des aiguilles brûlantes lui lacéraient le cou, les jambes, la taille. Roule, roule ! Les coups de feu cessèrent soudain et au loin il entendit un martèlement sourd et continu, du bois et de l'acier qu'on enfonçait. Il y eut un dernier fracas assourdissant venant du couloir obscur devant la bibliothèque, puis des hommes se précipitèrent en criant et derrière eux, quelque part dans ce monde extérieur qui existait toujours mais qu'il ne voyait plus, on entendit le hululement insistant des sirènes.

« Ici ! Il est ici ! » hurla Carlos.

C'était fou ! L'assassin guidait les envahisseurs vers lui, sur lui ! La raison était folie, plus rien sur terre ne voulait rien dire ! La porte s'ouvrit toute grande, poussée par un homme de haute taille en manteau noir ; quelqu'un était avec lui, mais Jason ne pouvait pas le voir. Les brumes emplissaient ses yeux, les formes et les sons se brouillaient. Il roulait dans l'espace. Loin... encore plus loin. Mais il vit quand même la seule chose qu'il ne voulait pas voir. Des épaules raides au-dessus d'une taille étroite qui traversait la pièce vers le couloir mal éclairé. *Carlos.* Ses cris avaient fait se rouvrir le piège ! Il l'avait renversé ! Dans le chaos, il avait dupé ceux qui le traquaient. Il était en train de s'échapper !

« Carlos... » Bourne savait qu'on ne pouvait pas

l'entendre ; ce n'était qu'un murmure qui sortait de sa gorge ensanglantée. Il essaya encore, en forçant sa voix. « C'est lui. C'est... Carlos ! »

C'était la confusion, on criait des ordres, et puis une silhouette se dressa. Un homme boitillait vers lui, un infirme qui avait essayer de le tuer dans un cimetière des environs de Paris. Il ne restait plus rien ! Jason trébucha, rampa vers la fusée aveuglante. Il s'en empara et la brandit comme si c'était une arme, la braquant sur le tueur qui avançait en prenant appui sur une canne.

« Allons ! Viens ! Plus près, salaud ! Je vais te brûler les yeux ! Tu crois que tu vas me tuer, mais non ! C'est moi qui vais te tuer ! Je vais te brûler les yeux !

— Vous ne comprenez pas, dit la voix tremblante du tueur qui boitillait toujours. C'est moi, Delta. C'est Conklin. Je m'étais trompé. »

La fusée lui brûlait les mains, les yeux !... *Folie. Les explosions l'entouraient maintenant, aveuglantes, assourdissantes, ponctuées par des cris déchirants jaillissant de la jungle avec chaque détonation. La jungle ! Tam Quan ! La puanteur humide et chaude était partout, mais ils étaient arrivés au but ! Le camp de base était entre leurs mains ! Une explosion vers sa gauche ; il voyait ! A un ou deux mètres au-dessus du sol, accrochés entre deux arbres, les barreaux d'une cage de bambou. La silhouette à l'intérieur se déplaçait. L'homme était vivant ! Il fallait arriver jusqu'à lui, l'atteindre !*

Un cri monta sur sa droite. Toussant dans la fumée, un homme avançait en boitillant vers les taillis épais, un fusil à la main. C'était lui, les cheveux blonds éclairés par la lumière, un pied cassé après un saut en parachute. Le salaud ! Une ordure qui avait suivi l'entraînement avec eux, étudié les cartes avec eux, volé vers le nord avec eux... et qui pendant tout ce temps leur tendait un piège ! Un traître avec une radio qui disait à l'ennemi exactement où chercher dans cette jungle impénétrable qui était Tam Quan.

C'était Bourne ! Jason Bourne ! Le traître, l'ordure !

Prenez-le ! Ne le laissez pas arriver jusqu'aux autres !
Tuez-le ! Tuez Jason Bourne ! C'est votre ennemi !
Tirez !

Il ne tombait pas ! La tête déchiquetée par les balles
était toujours là. Qui s'approchait ? Qu'est-ce qui se
passait ? La folie. Tam Quan...

« Venez avec nous, dit le boiteux, sortant de la
jungle pour pénétrer dans ce qui restait d'un élégant
salon. Nous ne sommes pas vos ennemis. Venez avec
nous.

— Allez-vous-en ! » Bourne plongea encore, revenant vers l'écran décroché. C'était son sanctuaire, son
linceul, la couverture qu'on jetait sur un homme à la
naissance, le capitonnage de son cercueil. « Vous êtes
mon ennemi ! Je vous aurai tous ! Je m'en fous, ça
m'est égal ! Vous ne comprenez donc pas ? Je suis
Delta ! Caïn est pour Charlie et Delta est pour Caïn !
Que voulez-vous de plus de moi ? J'étais et je n'étais
pas ! Je suis et je ne suis pas ! Salaud, salaud ! Allons !
Approchez ! » On entendit une autre voix, une voix
plus basse, plus calme. « Allez la chercher. Faites-la
venir. »

Quelque part au loin, les sirènes atteignirent un
crescendo et puis s'arrêtèrent. Les ténèbres tombèrent et les vagues portèrent Jason jusqu'au ciel de la
nuit, pour le précipiter de nouveau dans un gouffre
d'eau tourbillonnante. Il pénétrait dans une éternité
de... de souvenirs. Une explosion maintenant emplissait le ciel nocturne, un flamboyant diadème s'élevait
au-dessus des eaux noires. Et puis il entendit les
mots... qui tombaient des nuages.

« Jason, mon amour. Mon seul amour. Prends ma
main. Serre-la. Fort, Jason. Fort, mon chéri. »

La paix vint avec les ténèbres.

EPILOGUE

Le général Crawford reposa le dossier près de lui sur le canapé. « Je n'en ai pas besoin, dit-il à Marie Saint-Jacques, assise en face de lui sur une chaise. Je l'ai lu et relu, en essayant de trouver ce qui nous avait échappé.

— Vous avez fait des suppositions là ou personne n'avait le droit d'en faire », dit la seule autre personne qui se trouvait dans l'appartement de l'hôtel. C'était le docteur Morris Panov, psychiatre ; il était debout près de la fenêtre qui laissait entrer à flots le soleil matinal, et son visage sans expression était dans l'ombre. « Je vous ai laissé faire des suppositions, et c'est un fardeau que je traînerai jusqu'à la fin de mes jours.

— Ça fait près de deux semaines maintenant, dit Marie avec impatience. J'aimerais des précisions. Je crois que j'y ai droit.

— En effet. C'était une absurdité qu'on appelle accès aux dossiers secrets.

— Une absurdité, reconnut Panov.

— Une protection aussi, ajouta Crawford. J'insiste là-dessus. Il faut que cela continue très longtemps.

— Une protection ? demanda Marie en fronçant les sourcils.

— Nous allons y arriver, dit le général en jetant un coup d'œil à Panov. C'est vital pour tout le monde. Je pense que nous sommes tous d'accord là-dessus.

— Je vous en prie ! Jason... qui est-il ?

— Son nom est David Webb. C'était un diplomate

de carrière, un spécialiste des affaires d'Extrême-Orient, jusqu'au jour où il s'est séparé du gouvernement voilà cinq ans.

— Séparé ?

— Une démission par consentement mutuel. Son rôle dans l'opération Méduse excluait toute carrière au département d'Etat. "Delta" était un nom entaché d'infamie, et trop de gens savaient qui était Webb. Des hommes de ce genre sont rarement les bienvenus autour des tables de conférences diplomatiques. Ça me semble normal. Leur présence risque de rouvrir trop facilement des blessures profondes.

— Il était tout ce qu'on dit ? A Méduse ?

— Oui. J'étais là-bas. Il était tout ce qu'on dit.

— C'est difficile à croire, fit Marie.

— Il avait perdu quelque chose qui lui tenait très à cœur et il ne s'en remettait pas. Il ne pouvait que se venger.

— Qu'était-ce donc ?

— Sa famille. Sa femme était une Thai ; ils avaient deux enfants, un garçon et une fille. Il était en poste à Phnom Penh, sa maison à la lisière de la ville, près du Mékong. Un samedi après-midi, pendant que sa femme et leurs enfants prenaient le soleil sur leur appontement, un avion isolé est descendu en piqué, lâchant deux bombes et mitraillant le secteur. Lorsqu'il est arrivé au bord du fleuve, l'appontement avait sauté, sa femme et ses enfants flottaient dans l'eau, leurs corps criblés de balles.

— Oh ! mon Dieu, murmura Marie. D'où venait l'avion ?

— Il n'a jamais été identifié. Hanoi a déclaré que ce n'était pas l'un des siens ; Saigon a dit que ce n'était pas un des nôtres. N'oubliez pas, le Cambodge était neutre alors ; personne ne voulait être responsable. Webb devait se venger ; il est parti pour Saigon et a suivi l'entraînement pour participer à Méduse. Il a apporté l'intellect d'un spécialiste à une opération très brutale. Il est devenu Delta.

— C'est à ce moment qu'il a rencontré Danjou ?

— Plus tard, oui. Delta alors était connu. Les services de renseignement nord-vietnamiens avaient mis sa tête à prix pour une somme fabuleuse et ce n'est pas un secret chez nous que pas mal de gens espéraient qu'ils réussiraient. Là-dessus, Hanoi a appris que le jeune frère de Webb était officier à Saigon et, ayant étudié Delta — sachant que les deux frères étaient très proches — Hanoi a décidé de tendre un piège ; les Viets n'avaient rien à perdre. Ils ont enlevé le lieutenant Gordon Webb et l'ont emmené dans le nord, en renvoyant un informateur viet pour annoncer qu'il était détenu dans le secteur de Tam Quan. Delta a mordu à l'hameçon ; avec l'informateur — un agent double — il a constitué une équipe d'hommes de Méduse qui connaissaient la région et a choisi une nuit où aucun avion n'aurait dû décoller pour partir vers le nord. Danjou appartenait à cette unité. Ainsi qu'un autre homme dont Webb ne savait rien ; un Blanc acheté par Hanoi, un expert en transmissions capable de monter dans le noir les composants électroniques d'un émetteur radio. Et c'est exactement ce qu'il a fait, trahissant la position du commando. Webb a échappé à l'embuscade et trouvé son frère. Il a découvert aussi l'agent double et le Blanc vendu à Hanoi. Le Vietnamien s'est échappé dans la jungle ; pas le Blanc. Delta l'a exécuté sur place.

— Et cet homme ? fit Marie, les yeux fixés sur Crawford.

— C'était Jason Bourne. Un homme de Méduse venant de Sydney, en Australie ; un trafiquant d'armes, de drogue et d'esclaves dans tout le Sud-Est asiatique ; un homme violent avec un passé criminel qui n'en était pas moins extrêmement efficace — à condition d'y mettre le prix. Il était dans l'intérêt de Méduse de dissimuler les circonstances de sa mort ; il est devenu un officier d'une unité spécialisée tombé en opération. Des années plus tard, quand on a formé Treadstone et qu'on a rappelé Webb, c'est Webb lui-même qui a pris le nom de Bourne. Il a pris le nom de l'homme qui l'avait trahi, de l'homme qu'il avait tué à Tam Quan.

— Où était-il lorsqu'il a été rappelé pour Tread-stone ? demanda Marie. Que faisait-il ?

— Il enseignait dans un petit collège du New Hampshire. Il menait une vie isolée, certains disaient destructrice. Pour lui. (Crawford reprit le dossier.) Voilà les faits essentiels, mademoiselle Saint-Jacques. D'autres domaines seront couverts par le docteur Panov, qui m'a clairement fait comprendre que ma présence ici n'était pas indispensable. Il y a toutefois un dernier détail qui doit être bien compris. C'est un ordre direct de la Maison Blanche.

— La protection, dit Marie.

— Oui. Partout où il ira, indépendamment de l'identité qu'il peut prendre ou de la crédibilité de la couverture que nous lui trouverons, il sera gardé vingt-quatre heures sur vingt-quatre. Aussi long-temps qu'il le faudra... même si rien n'arrive jamais.

— Je vous en prie, expliquez-moi cela.

— Il est le seul homme vivant qui ait jamais vu Carlos. En tant que Carlos. Il connaît son identité, mais elle est enfermée dans son esprit, elle fait partie d'un passé oublié. Nous comprenons d'après ce qu'il dit que Carlos est quelqu'un de connu de bien des gens — un personnage visible dans un gouvernement quelque part, ou dans les media, ou dans les milieux de la finance internationale. Cela coïncide avec une théorie assez répandue. Le problème est qu'un jour cette identité puisse se préciser pour Webb. Nous savons que vous avez eu plusieurs discussions avec le docteur Panov. Je crois qu'il confirmera ce que j'ai dit. »

Marie se tourna vers le psychiatre. « C'est vrai, Mo ?

— C'est possible », dit Panov.

Crawford sortit et Marie leur versa du café à tous les deux. Panov alla s'installer sur le canapé où était assis le général.

«Crawford était dans ses petits souliers. Il a toute raison de l'être, et il n'est pas le seul.

— Que va-t-il se passer ?

— Rien. Absolument rien jusqu'à ce que je leur dise qu'ils peuvent y aller. Et ça peut ne pas être avant des mois, deux ans, je ne sais pas. Pas avant qu'il soit prêt.

— A quoi ?

— Aux questions. Et aux photographies... il y en a des volumes entiers. Ils sont en train de rassembler une encyclopédie photographique fondée sur le vague signalement qu'il leur a donné. Ne vous y trompez pas ; un jour il faudra bien qu'il s'y mette. Il le voudra ; nous le voudrons tous. Il faut que Carlos soit pris, et je n'ai pas l'intention de les forcer à ne rien faire. Trop de gens ont déjà donné ; lui a trop donné. Mais pour l'instant c'est lui qui passe d'abord. Sa tête.

— C'est ce que je veux dire. Que va-t-il lui arriver à lui ? »

Panov reposa sa tasse. « Je n'en suis pas encore sûr. J'ai trop de respect envers l'esprit humain pour vous débiter de la psychologie de bazar ; c'est trop utilisé par des gens qui n'y connaissent rien. J'ai assisté à toutes les conférences — j'ai insisté là-dessus — et j'ai discuté avec les autres psychiatres et les neuro-chirurgiens. C'est vrai que nous pouvons prendre un bistouri et atteindre les centres de tempête, réduire les angoisses, lui donner une sorte de paix. Peut-être même le ramener à ce qu'il était. Mais ce n'est pas le genre de paix qu'il veut... et il y a un risque bien plus grand. Nous pourrions en effacer trop, faire disparaître ce qu'il a trouvé... ce qu'il va continuer à trouver. Avec du soin. Avec le temps.

— Le temps ?

— Oui, j'en suis persuadé. Parce que le plan est tout tracé. Il y a la croissance, la douleur de la reconnaissance et l'excitation de la découverte. Ça ne vous dit rien ? »

Marie regarda les yeux las de Panov, elle y vit une lumière. « Nous tous, dit-elle.

— C'est vrai. Dans une certaine mesure, il est

comme un microcosme de nous tous. Au fond, nous essayons tous de découvrir qui diable nous sommes, non ? »

Marie s'approcha de la grande fenêtre de la villa au bord de l'eau, avec les dunes qui s'élevaient au loin, et le terrain parfaitement clos qui entourait la maison. Et les gardes. Tous les quinze mètres un homme armé. Elle l'apercevait à quelques centaines de mètres de là, sur la plage ; il lançait des galets sur l'eau en les regardant ricocher sur la crête des vagues qui venaient doucement se briser sur la grève. Ces dernières semaines lui avaient fait du bien. Son corps était marqué, mais ses plaies avaient guéri, ses muscles avaient retrouvé leur vigueur. Les cauchemars étaient toujours là et les crises d'angoisse revenaient encore dans la journée, mais, sans qu'elle sût pourquoi, tout cela était moins terrifiant. Il commençait à faire face ; il recommençait à rire. Panov avait raison. Des choses étaient en train de lui arriver ; des images devenaient plus précises, il trouvait un sens là où auparavant il n'en trouvait pas.

Quelque chose venait d'arriver maintenant ! Oh ! mon Dieu, quoi donc ? Il s'était jeté à l'eau et se débattait en criant. Et puis tout d'un coup, il se mit à bondir en sautant par-dessus les vagues. Au loin, près des barbelés, un garde se retourna, son fusil sous le bras, un émetteur radio à la main.

Il se mit à courir sur le sable humide, vers la maison, ses pieds s'enfonçant dans le sol tendre de la plage, projetant derrière lui des jaillissements d'eau et de sable. Que se passait-il ?

Marie resta pétrifiée, prête à cet instant dont ils savaient qu'il pourrait survenir un jour, prête à entendre une fusillade.

Il se précipita dans la pièce, haletant, cherchant son souffle. Il la dévisagea, le regard plus clair qu'elle ne le lui avait jamais vu. Il parla doucement, si doucement que c'était à peine si elle pouvait l'entendre. Mais elle l'entendit quand même.

« Je m'appelle David... »
Elle s'avança lentement vers lui.
« Bonjour, David », dit-elle.

Composition réalisée par JOUVE

Imprimé en France sur Presse Offset par

BRODARD & TAUPIN

GROUPE CPI

La Flèche (Sarthe).
N° d'imprimeur : 15962 – Dépôt légal Édit. 29447-12/2002
LIBRAIRIE GÉNÉRALE FRANÇAISE - 43, quai de Grenelle - 75015 Paris.
ISBN : 2 - 253 - 03144 - 5